T0285952

Los nueve reinos

Santiago Díaz

Los nueve reinos

Papel certificado por el Forest Stewardship Council®

Primera edición: mayo de 2024

© 2024, Santiago Díaz Cortés
Esta edición se ha publicado gracias al acuerdo
con Hanska Literary&Film Agency, Barcelona, España
© 2024, Penguin Random House Grupo Editorial, S. A. U.
Travessera de Gràcia, 47-49. 08021 Barcelona

© Diseño: Penguin Random House Grupo Editorial, inspirado en un diseño original de Enric Satué

Printed in Spain – Impreso en España

ISBN: 978-84-204-7742-8
Depósito legal: B-5979-2024

Compuesto en MT Color & Diseño, S. L.
Impreso en Unigraf, Móstoles (Madrid)

AL 77428

El nuestro es un pueblo amigable, así que aceptamos vuestra amistad siempre que os marchéis en paz. En cuanto a lo de ser cristianos, nosotros creemos que el único dios es Achamán, creador del cielo y de la tierra, aunque respetamos a los guañameñes que viven entre nosotros desde hace años y que tratan de transmitir sus creencias. Pero lo de someternos a los reyes de Castilla..., eso jamás. Yo he nacido para ser mencey y como mencey moriré.

MENCEY BENCOMO (Tenerife, mayo de 1494)

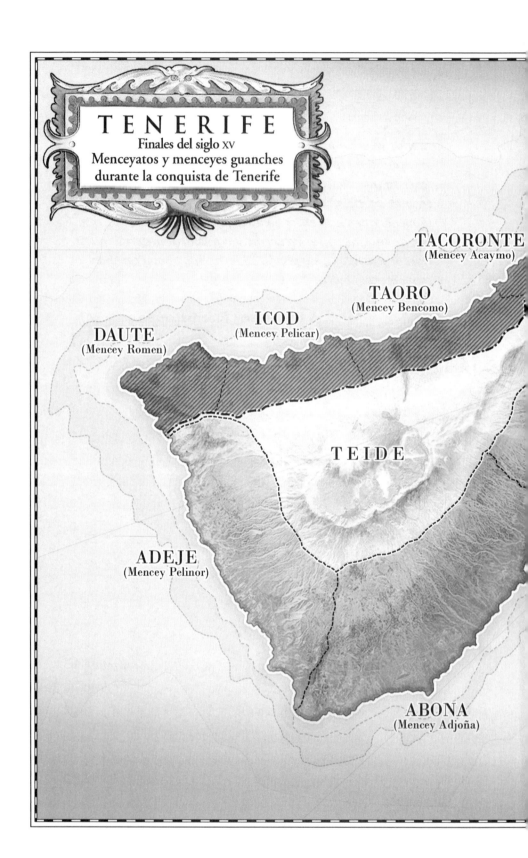

TENERIFE

Finales del siglo XV
Menceyatos y menceyes guanches
durante la conquista de Tenerife

TACORONTE
(Mencey Acaymo)

TAORO
(Mencey Bencomo)

ICOD
(Mencey Pelicar)

DAUTE
(Mencey Romen)

TEIDE

ADEJE
(Mencey Pelinor)

ABONA
(Mencey Adjoña)

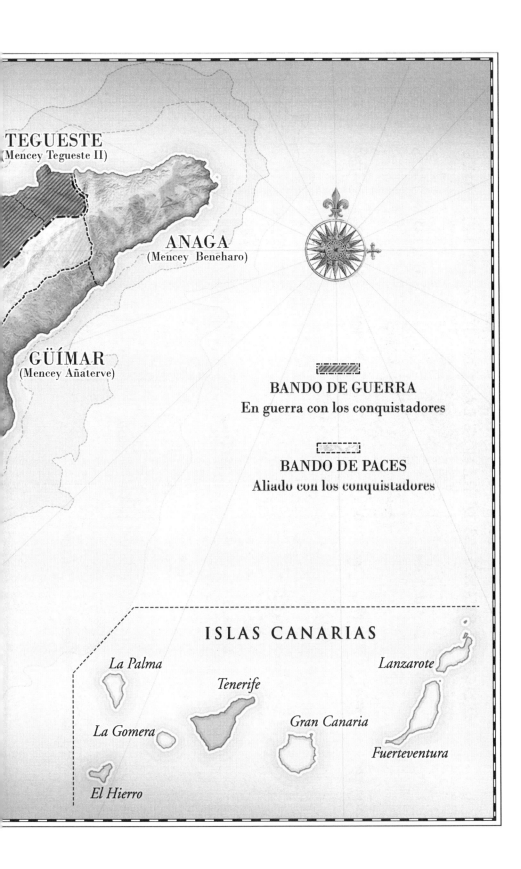

MENCEYES GUANCHES DURANTE LA CONQUISTA DE TENERIFE

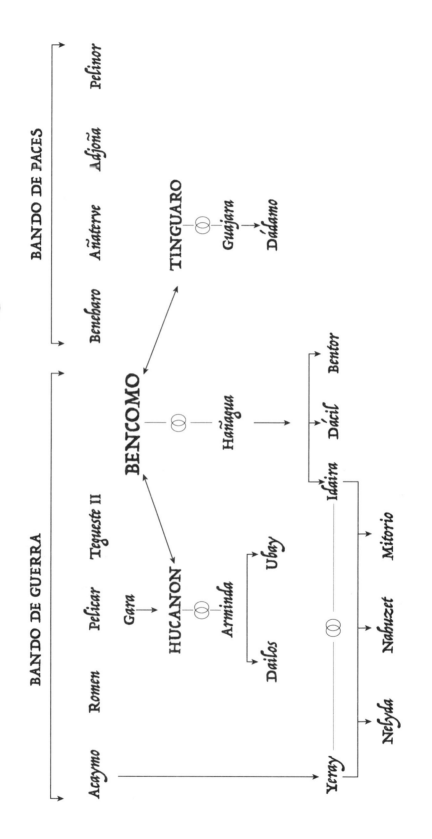

Sur del reino de Mauritania (África). Año 45 a. C.

Mitorio evitó mostrar el mínimo gesto de derrota, pero era inútil disimular cuando tenía claro que había llegado el fin. Miró a sus hombres y sonrió para sí con orgullo. Llevaban luchando a su lado tres lunas y, aunque hambrientos y agotados, lucharían tres más si él se lo pidiera. Sin embargo, empezaba a no tener sentido sacrificar tantas vidas cuando la posibilidad de vencer se había esfumado; aquellos malditos romanos cada vez eran más, y ellos, cada vez menos. Al principio pudieron repeler las incursiones en su territorio, pero, por muchos que mataran, seguían llegando cohortes con hombres de refresco, y lo peor era que ya sabían cómo moverse por un desierto que hasta entonces solo ellos dominaban.

El sol estaba cayendo y Mitorio se tapó con la mano para que no lo deslumbrase; sus ojos claros no resultaban muy útiles cuando carecía de una sombra bajo la que guarecerse. Oteó el horizonte y calculó que el ejército romano los quintuplicaba. Lo que más admiraba del enemigo era su organización. Habían llegado hacía poco y el campamento ya estaba perfectamente montado, con cientos de tiendas bien alineadas; como defensa, una empalizada de catorce pies de alto rodeada por un foso lleno de estacas afiladas de diferentes tamaños, dos torres de vigilancia en cada una de las cuatro puertas y otra más en cada esquina. Nadie dijo nada, pero notó que todos a su alrededor estaban igual de impresionados. Aun así, sus cuatrocientos guerreros, la mayoría heridos y al límite de sus fuerzas, seguían convencidos de que lograrían expulsarlos para siempre de sus tierras.

Se dio la vuelta para ver a las mujeres, que cargaban con sus hijos y con las pocas pertenencias que les quedaban. Las viudas se habían ido rezagando, y él pensó que en el fondo eran afortunadas, ya que aún tendrían una posibilidad de sobrevivir.

—Son demasiados... —dijo Yuften.

Mitorio conocía a su mejor hombre desde que ambos eran niños y nunca antes había visto el miedo en sus ojos.

—¿Temes reunirte con el creador, amigo mío?

—Lo que temo es lo que harán con nuestras mujeres e hijos una vez que tú y yo nos hayamos ido.

Mitorio buscó con la mirada a Tanirt, que sujetaba al hijo de ambos en brazos. La llegada de los romanos hizo que solo pudiesen disfrutar de la vida en común unas pocas lunas, pero los dos estaban de acuerdo en que había merecido la pena. Sonrió y ella le devolvió la sonrisa, diciéndole sin palabras que hiciese lo que tuviera que hacer, que ya serían felices en la siguiente vida.

—No podemos retroceder más —le dijo a Yuften—. Si huimos, solo prolongaremos el sufrimiento. O morimos o nos rendimos.

—¿Acaso hay alguna diferencia?

Mitorio negó con la cabeza y dio permiso para que sus hombres se despidiesen de sus familias. Después de llenarse el estómago, cuando su hijo cayó rendido, Tanirt y él se miraron con tristeza.

—Debéis marchar hacia el sur, mujer. Allí los romanos aún no han llegado.

—Pero llegarán tarde o temprano y yo no quiero seguir huyendo. Nuestro lugar es este, a tu lado.

—Si os quedáis, ambos moriréis.

—Aceptamos nuestro destino.

—Muchas mujeres buscarán refugio en...

—No insistas más, te lo ruego —lo interrumpió con determinación—. Ya está decidido. Ahora bésame. Si esta ha de ser nuestra última noche, quiero que su recuerdo me acompañe al otro mundo.

Tanirt dejó caer sus pieles al suelo y le mostró su cuerpo desnudo. Hacía muy poco que había dado a luz, pero los largos desplazamientos la obligaron a recuperarse a marchas forzadas. Mitorio besó sus pechos y notó el sabor de la miel que se aplicaba en ellos para aliviar las pequeñas grietas que le provocaba amamantar al niño. Bajó la mano por su vientre y ella se estremeció al sentir cómo los dedos se abrían paso hacia su interior. Hicieron el amor con desesperación, conscientes de que, si los dioses no los socorrían, sería la última vez.

Las antorchas de las doce torres de vigilancia iluminaban el campamento romano y, a pesar de que era noche cerrada, se oía un murmullo de voces que denotaba que aún había actividad en el interior.

—Quizá se estén emborrachando con esos meados de cabra que ellos llaman vino —dijo Yuften sin apartar la mirada del campamento.

—¿Ya están preparados los hombres?

—Solo esperan tu señal.

Mitorio sabía que los enviaba a todos a la muerte, pero era lo que habían decidido.

—Adelante.

—Nos veremos en el más allá, amigo mío.

Se apretaron los antebrazos como muestra de respeto y Yuften se alejó para dar la orden. Poco después, mientras los vigías de las doce torres de vigilancia eran atacados de manera simultánea, una nube de proyectiles incendiarios empapados en grasa, aceite y resina cayó sobre la empalizada del campamento romano, provocando múltiples fuegos. Los romanos no se esperaban aquella acometida y tardaron más de la cuenta en organizarse, lo que dio la oportunidad a los hombres de Mitorio de penetrar en el campamento y causar numerosas bajas enemigas. Pero, en cuanto la caballería romana pudo incorporarse a la batalla y el buccinator transmitió con la tuba las órdenes del tribuno, la maquinaria de guerra que llevaba siglos conquistando el mundo se puso en marcha y los nativos fueron aniquilados. Uno de los últimos en caer fue Yuften, aunque antes de hacerlo mató a veinte legionarios.

Por orden del tribuno al mando, apresaron a Mitorio y dejaron a ochenta de sus hombres vivos como presente para el dictador Julio César. Este seguramente ordenase su sacrificio en la arena o devorados por leones para divertimento del pueblo, que se refugiaba en aquel tipo de espectáculos para olvidar las penurias que pasaban, por mucho que Roma fuese cada vez más poderosa. A los prisione-

13

ros, junto con algunas mujeres y niños —entre los que se encontraban Tanirt y su hijo—, los condujeron a través del desierto hasta la costa atlántica, donde los encerraron en un enorme barco.

El mar estaba revuelto y los africanos, poco acostumbrados a navegar, se mareaban y vomitaban hacinados en la bodega del navío con decenas de cerdos, cabras, ovejas y perros. A Mitorio le partía el corazón ver a los suyos encadenados en aquel oscuro lugar donde se pudrían sin remedio, como animales.

Varios de sus captores entraron en la bodega del barco tapándose la boca y la nariz con un trapo.

—Si no hacemos algo, llegarán todos muertos, centurión —le dijo uno de ellos al que estaba al mando—. De hecho, varios ya han expirado.

—Debemos deshacernos de los cadáveres, subir al resto a cubierta y baldear esto, por Júpiter, o el hedor a muerte acabará con todos nosotros.

Cuando los prisioneros volvieron a respirar aire puro y a calentarse con el sol, sintieron que aún seguían vivos. Los obligaron a tirar los cadáveres de sus compañeros a unos tiburones ávidos por darse un festín y, desnudos y humillados, les lanzaron cubos de agua salada por encima.

—Quitadles las cadenas y curadles las heridas. Quiero presentar ante Julio César guerreros y no despojos humanos.

—¡Ya habéis oído al centurión!

Les quitaron las cadenas y les dieron un ungüento para que ellos mismos se lo aplicasen. A Mitorio le bastó cruzar una mirada con varios de sus hombres para que todos comprendieran que no podían perder esa oportunidad. El descuido de uno de los legionarios le sirvió para hacerse con su gladio y, con un rápido movimiento, le seccionó la yugular.

—¡Por los dioses, por la libertad, acabad con todos ellos!

A los romanos el motín los cogió tan desprevenidos como el ataque a su campamento días atrás y apenas resistieron luchando media mañana. Los que no cayeron por la borda fueron ejecutados sin piedad. Después de las celebraciones, los africanos se dieron cuenta

14

de que no sabían gobernar aquel barco y se dejaron llevar por las corrientes. Mataron varios cerdos para alimentarse, pero, al cabo de unos días, las cabras dejaron de dar leche y la sed hizo estragos entre ellos.

Una mañana en la que empezaba a cundir la desesperación, divisaron en el horizonte una gran montaña que vomitaba fuego por su cumbre.

Ninguno se sentía seguro en una isla que albergaba la puerta al infierno, pues el volcán —al que bautizaron como Echeyde— solo podía ser la guarida del espíritu del mal, pero era su única oportunidad de sobrevivir. Tan pronto como el barco encalló en las rocas de la costa, los supervivientes saltaron desesperados para besar tierra firme por primera vez en mucho tiempo.

Entre la lucha contra los romanos y los fallecidos por enfermedad, solo lograron desembarcar veinticuatro hombres, treinta y dos mujeres y catorce niños. Junto con ellos, también sobrevivieron una decena de cabras, el mismo número de ovejas, media docena de perros y ocho cerdos que, por fortuna, pronto se adaptaron al lugar y comenzaron a procrear. Mitorio y Tanirt se abrazaron, de nuevo libres, sintiendo que lo imposible acababa de suceder.

En las lunas que siguieron mientras exploraban la isla, descubrieron que no eran los primeros en habitarla, pero no encontraron ningún otro ser humano con vida e imaginaron el peor de los finales para sus antecesores. La frondosa vegetación de aquel lugar no dejó de sorprenderlos, en especial un árbol al que llamaron drago, con una savia que se tornaba roja al contacto con el aire y que, en aquel mismo momento, convirtieron en sagrado. Encontraron refugio en cuevas, y algunos, con el tiempo, aprendieron a navegar y se fueron marchando, huyendo de la furia del volcán o simplemente desterrados por diferentes motivos, hasta poblar las siete islas del archipiélago canario.

Mitorio fue nombrado primer mencey de aquel nuevo mundo, jefe con honores de rey de los hombres y mujeres que, tras haber sobrevivido a los romanos, al desierto y al océano, también sobrevivirían a aquella isla.

Se llamaron a sí mismos habitantes del infierno, los wa-n-Achi-net, *los guanches.*

Después de Mitorio, durante los quince siglos que pasaron aislados del resto del mundo, llegaron al poder muchos más menceyes que gobernaron con mayor o menor acierto; entre ellos estaban Archinifc, Hornor, Binichenque, Chindia, Armeñima, Titaño, Sunta —al que los guanches debían el nombre de su principal arma— y, por fin, Tinerfe el Grande. Este tuvo nueve hijos y, antes de su muerte, para no beneficiar a uno sobre el resto, decidió que dividiría la isla en nueve reinos y entregaría uno a cada heredero.

Pero lo que el gran Tinerfe no podía imaginar era que su magnánima decisión traería aparejados el odio y la guerra...

Primera parte

1

Reino de Valencia. Agosto de 1519

De entre todos los esclavos que recorrían la Sala de Contratación de la Lonja de la Seda de Valencia, la que más destacaba era la que apodaban la Rubia. La mayoría eran negros, sarracenos y algún que otro indio llegado del Nuevo Mundo descubierto por Cristóbal Colón hacía algo más de veinticinco años, pero muy pocos tenían el pelo y los ojos claros como ella. Tampoco acostumbraban a vestir sayas francesas ni a calzar chapines, y mucho menos a tener un trato tan familiar con sus amos; viéndola recorrer los puestos con su señora y con las hijas de esta, cualquiera diría que se trataba de un miembro más de la familia.

Cuando el terrateniente don Joaquín Lavilla la compró a finales del siglo anterior, le dijeron que la niña, que por aquel entonces tenía unos pocos meses, procedía de un país nórdico y que a sus padres los habían ajusticiado por ejercer la piratería. Aunque él iba buscando una muchacha mayor que pudiese empezar a trabajar enseguida, el ajustado precio que le pidieron por la cría y el aspecto tan saludable que tenía lo ayudaron a decidirse de inmediato. La bautizó como Elena y la puso al servicio de su esposa, a la que ya llevaba atendiendo los últimos veinte años.

—¿Qué te parecen estas telas, Elena? —Doña Rosa se detuvo frente a un puesto sepultado por rollos de todo tipo de paños de diferentes colores y bordados.

En cualquier otro momento, aquel mercado estaría lleno de clientes, pero los nobles llevaban semanas abandonando precipitadamente la ciudad debido a un brote de peste, lo que agravó la crisis del comercio, azotado por la piratería berberisca, la presión fiscal y el abandono al que los sometía Carlos I, nombrado rey tres años antes por la incapacitación de su madre, Juana I de

Castilla, la hija de los Reyes Católicos conocida como Juana la Loca.

Elena observó el género con detenimiento mientras el comerciante la atravesaba con la mirada, esperando algo de solidaridad por parte de alguien tan explotado por los poderosos como él. Pero la muchacha le debía obediencia a su ama y negó con la cabeza.

—No os dejéis engañar por las apariencias, ama. La seda está bien tintada, pero es de baja calidad.

—Qué sabrás tú, rabiza... —El hombre le arrebató la tela con desdén para mostrársela a la señora—. Esta seda ha sido elaborada en uno de los mejores tornos de Valencia, pero una esclava como la vuestra, aunque se dé aires de princesa, no sabría distinguirla del esparto.

—Mi señora no pagará lo que pedís por algo que en la plaza se vende a la mitad de precio —respondió la joven sin acobardarse—. Hacedle una oferta acorde con lo que ofrecéis.

—No hay oferta que valga.

—Marchémonos pues, Elena —intervino doña Rosa—. Si algo sobra en este mercado es género.

El artesano vio que se le iba a escapar una venta más que necesaria para mantener a flote un negocio que empezaba a ser ruinoso, así que maldijo su suerte por lo bajo y detuvo a las dos mujeres.

—Está bien... Si os lleváis más de diez varas, os la dejo a mitad de precio.

—Eso se ajusta más a su valor, señora.

—Que vean la tela Sabina y Guiomar. Estoy harta de mandar hacerles vestidos para que después no quieran ponérselos. —Buscó a sus hijas con la mirada—. ¿Dónde se han metido? Ve a buscarlas.

Mientras doña Rosa curioseaba las diferentes telas, Elena fue a buscar a sus jóvenes amas. Las encontró, como ya sospechaba, examinando los ornamentos de las paredes, donde había figuras de brujas, centauros, toda clase de animales, escenas cotidianas y, lo que más llamaba la atención de dos muchachas de trece y catorce años, hombres desnudos y parejas fornicando.

—Vuestra madre os reclama, niñas —dijo Elena al dar con ellas, y, fijándose en la pared, preguntó—: ¿Nunca os cansáis de mirar esas obscenidades?

—Tendremos que aprender para cuando nos casemos —respondió la mayor para regocijo de su hermana.

—¿Qué prisa tenéis vosotras por casaros?

—Es lo natural, Elena. La rara eres tú.

Las dos hermanas corrieron a reunirse con su madre. Elena se quedó parada, pensando en las palabras de la muchacha; era cierto que llevaba años en edad casadera, pero rezaba cada noche para que no acordasen su matrimonio con el hijo de cualquier socio del señor o, peor aún, con algún viejo viudo de los que solían mirarla con lascivia en cada recepción que daban sus amos. El problema era que se había convertido en una de las mujeres más bellas de Valencia, pretendida por muchos hombres. Por demasiados. Hasta entonces, los Lavilla habían rechazado las propuestas que les llegaban, pero ella sabía que eso no iba a aplazarse durante mucho más tiempo, puesto que, según se hacía mayor, su valor iba menguando.

Aquella mañana, cuando regresaron del mercado con una carreta cargada de telas que arrastraban dos esclavos africanos con la ayuda de un viejo mulo, se encontraron al señor y a su hijo mayor, Daniel, de dieciocho años, organizando la mudanza de la finca familiar, un terreno a orillas del río Turia rodeado de frutales.

—¿Qué sucede, Joaquín? —se alarmó su mujer al verlo.

—Nos marchamos a la hacienda de mi hermano.

—¿Y eso por qué?

—Porque las cosas en la ciudad se van a poner muy feas, Rosa. Ni quiero que enfermemos de peste ni que nos lleven por delante los comerciantes con sus protestas.

—El mercado está muy tranquilo.

—Si está tranquilo, no venden. Y, si no venden, la desesperación originará revueltas.

—Pero...

—No discutas, por favor. —Don Joaquín la cortó con determinación—. Seguramente solo sea cuestión de unos meses, pero tenemos que marcharnos hoy mismo, y quiero llegar antes de que anochezca. Solo faltaba que nos coja la noche de camino y nos asalten unos facinerosos.

—Dios no lo quiera —dijo la señora santiguándose.

—Ordena empacar todo lo que necesitéis tú y las niñas.

—¿Nos llevamos al servicio?

—Solo a Elena y a los dos negros. Mi hermano ya dispone allí de todo lo que necesitamos. Dejaré media docena de hombres al cuidado de la casa y los cultivos.

Se pusieron en marcha a primera hora de aquella calurosa tarde de agosto, con varios baúles donde llevaban la ropa que iban a necesitar. Atrás quedaban, sobre la carreta, los rollos de tela que habían comprado en el mercado tras tanto regatear. Mientras se alejaba del único hogar que había conocido desde que la vendieron a los Lavilla, Elena no se percató de que un esclavo observaba la escena con desasosiego. Su nombre cristiano era Melchor.

El esclavo atravesó la ciudad con paso rápido y aguardó en la entrada principal de la catedral de Santa María, junto a un batallón de pobres que esperaban la salida de misa para mendigar unas monedas con las que echarse algo a la boca. Al cabo de un rato, salió un matrimonio seguido por otros dos esclavos. Uno de ellos, al verlo, le dijo algo al oído a su compañero y se reunió con Melchor en el lateral del templo.

—¿Qué haces aquí? ¿Por qué no estás vigilándola?

—Se la han llevado.

—¿Qué estás diciendo? —preguntó asustado.

—Los amos se han marchado huyendo de la peste y la han llevado con ellos.

Los dos hombres se miraron con preocupación. Eran de facciones muy parecidas, aunque con diferentes tonos de piel; Melchor tenía un color oscuro, y el otro esclavo, al que llamaban Nicolás, era blanco y con el pelo castaño. Ambos procedían del mismo lugar, de las islas Canarias, conquistadas hacía unos años por la Corona de Castilla. Aunque a todos los habitantes de Tenerife se los denominaba guanches, había tales diferencias entre ellos que algunos bien podían pasar por africanos, mientras que otros parecían escandinavos.

2

Tenerife (islas Canarias). Agosto de 1452

El día que el joven Bencomo se enfrentó por primera vez a Guayota, el espíritu maligno que habitaba dentro del volcán, fue también el primero que mató a uno de aquellos extranjeros. Desde entonces los tuvo a ambos —a los invasores y a los demonios— como a una misma cosa.

A pesar de que los guanches vivían principalmente de la agricultura y de la ganadería, su padre, el príncipe Imobach, aspirante al trono de la región de Taoro, llevaba a sus hijos a cazar desde que solo levantaban un par de palmos del suelo. Con nueve años, Bencomo ya podía presumir de haber cazado lagartos, ratas gigantes y todo tipo de aves, pero esa mañana, por fin, se iba a enfrentar a uno de aquellos peligrosos cerdos que habían llegado con Mitorio y los suyos quince siglos atrás. Algunos se asilvestraron a lo largo del tiempo y se dedicaban a destrozar los cultivos. Su hermano Tinguaro, de cinco años, lo escuchaba con atención mientras recorrían el inmenso bosque de laurisilva que ocupaba buena parte de Achinet, como ellos conocían su isla.

—Cazaré el cerdo salvaje más grande que hayas visto, hermano —dijo Bencomo mientras agarraba a Tinguaro por su ropaje de piel de cabra para ayudarlo a saltar un árbol caído—. Con eso honraré a Achamán y alimentaré a todo nuestro pueblo.

—¡Callaos!

Imobach se había detenido unos pasos por delante de sus hijos y examinaba en compañía de un joven guerrero unas huellas en el barro. Bencomo se remangó su tamarco y se agachó junto a ellas.

—¿Qué ha encontrado, padre?

—Mira estas huellas, hijo. ¿Qué ves?

Bencomo estudió el rastro con una meticulosidad exasperante. Cuando terminó de inspeccionar cada detalle de los alrededores, regresó junto a su padre, su hermano y el guerrero que siempre escoltaba al futuro mencey.

—Es una hembra y puede que cuatro crías. Se han dirigido hacia la playa hace medio día.

—¿Los perseguimos? —preguntó Tinguaro excitado.

—Eso debe decirlo tu hermano. Hoy decide él.

Bencomo meditó con calma antes de pronunciarse. Su padre aguardó paciente una respuesta que diría mucho del hombre en el que pronto se convertiría. Al fin, negó con la cabeza.

—Dejemos que la hembra críe a su camada, así podremos cazarlos cuando crezcan.

—Cuando crezcan, destrozarán los cultivos y causarán más problemas a los cabreros, príncipe —apuntó el guerrero.

—Nuestros agricultores y pastores los ahuyentarán a pedradas. Si dejamos vivir a la hembra, tendremos carne durante años.

Imobach se disponía a alabar el buen juicio de su hijo cuando vio que el guerrero palidecía. «Guayota», le escuchó murmurar antes de ponerse en guardia, atemorizado. Siguió su mirada y vio al imponente perro lanudo que los observaba entre los helechos. A su alrededor aparecieron cinco perros más pequeños pero igual de amenazadores. Imobach supo enseguida lo que pretendían y protegió con el cuerpo a Tinguaro, un bocado más que apetecible para los guacanchas.

—No te separes de mí, Tinguaro.

—¿Qué buscan los hijos del demonio tan lejos del volcán, padre?

—Guayota y sus hijos también necesitan alimentarse.

Sin dejar de apretar a su hijo menor contra su cuerpo, Imobach sacó del cinto su maza boleadora. Los perros fijaron la atención en Bencomo, la mejor opción que les quedaba de llenar su estómago aquella mañana. El niño miraba hipnotizado al más poderoso de los animales mientras blandía con fuerza el banot, la pequeña lanza de pino fabricada con empeño durante días y destinada a atravesar a su primer cerdo salvaje. Fue la primera de las muchas veces que ambos estarían frente a frente.

—No lo mires a los ojos, Bencomo.

—Puedo matarlo y acabar con Guayota para siempre, padre —dijo él con una inocente temeridad.

—Guayota nunca muere.

—Pero sí la bestia que transporta su alma.

Bencomo avanzó dos pasos y lanzó su banot contra el animal, que lo esquivó sin ningún esfuerzo.

—Has perdido tu defensa —le recriminó Imobach.

Bencomo le arrebató a su hermano su pequeña lanza y el perro gruñó al comprender que, para probar aquella carne, debía luchar. Se había alimentado hacía poco tiempo y el esfuerzo no merecía la pena, así que gruñó con resignación y se marchó tan rápido como había llegado. Al instante, la manada desapareció tras su líder.

—Regresemos —dijo Imobach sin soltar a su hijo pequeño y se dirigió a Bencomo—: Recoge tu banot y ve dos pasos por delante con los ojos bien abiertos.

—¿Y mi cerdo? —preguntó el muchacho—. Le prometí a madre que...

—Se acabó la caza por hoy —lo interrumpió su padre.

Avanzaron en alerta por el bosque, esperando que en cualquier momento los guacanchas abandonasen las sombras y saltasen sobre ellos. Solo al salir a una llanura respiraron aliviados; allí era más difícil que les tendieran una emboscada. Cruzaron varios desfiladeros formados por piedras volcánicas negras y, al llegar al borde de un barranco, el guerrero cogió una larga pértiga que había escondida entre las rocas. Imobach ordenó a Tinguaro que se agarrase fuerte a su cuello y saltó con habilidad de un lado a otro. Acto seguido, le devolvió la pértiga a su hijo mayor.

—Ten cuidado, Bencomo. Si caes desde esta altura, conocerás a Achamán.

El muchacho saltó sin contratiempos, seguido por el guerrero. Cuando estaban a punto de llegar al valle en el que se encontraban las cuevas donde vivían, los sorprendió un restallido seco. Los dos hombres se miraron alarmados; ese ruido lo habían oído más veces y sabían que provenía de los látigos que utilizaban los extranjeros que llevaban años arribando a sus costas a bordo de aquellas barcazas. Sus voces les confirmaron que estaban cerca.

—No hagáis ruido —ordenó Imobach a sus hijos.

Los cuatro subieron a un risco y se ocultaron detrás de una roca, desde donde pudieron ver cómo varios hombres blancos conducían a un numeroso grupo de guanches encadenados por el cuello que pedían clemencia y ayuda a Achamán. Lo que más impresionó a los niños fue que uno de aquellos extranjeros iba subido sobre una bestia negra el doble de grande que la representación de Guayota de la que huían.

—Son del menceyato de Abona —dijo el guerrero al reconocer los adornos y los tatuajes de los prisioneros.

La mayoría de aquellos guerreros eran morenos, de cabeza achatada y robustos, mientras que los de Taoro solían ser altos, de tez pálida, e incluso algunos —como el propio Bencomo— rubios y de ojos claros.

—¿Adónde los llevan? —preguntó Tinguaro, desconcertado al ver la crueldad con la que trataban a sus vecinos.

—Solo sabemos que los que marchan ya nunca regresan, hijo.

Cuando todos ellos se perdieron por el desfiladero, los guanches se acercaron a un hombre de Abona que yacía en el suelo, muerto por una lanza mucho más pequeña y delgada que el banot de los aborígenes canarios. Habían disparado la ballesta a tan corta distancia —seguramente cuando aquel desgraciado intentó escapar— que la flecha había quedado incrustada en la columna y a los traficantes de esclavos les resultó imposible recuperarla.

—Deben de tener la fuerza de diez hombres para lanzar un banot tan pequeño y atravesar un cuerpo —dijo Bencomo, horrorizado ante aquella visión.

—Utilizan artefactos para lanzarlos. Y la punta corta como la piedra más afilada.

Imobach abrió la herida del cadáver con su cuchillo de obsidiana y partió la flecha. Limpió en su piel de cabra la sangre de la punta de metal antes de mostrársela a sus hijos. Bencomo la observó fascinado. Jamás había visto una piedra tan brillante como aquella.

—¿Puedo quedármela? —preguntó y, cuando Imobach asintió, el chico la guardó con cuidado en su faltriquera—. Tenemos que ayudar a los hombres de Abona, padre.

—Los extranjeros nos triplican. Debes llevarte a tu hermano y buscar ayuda.

—Si los atacamos por...

—¡Deja de protestar! —Imobach lo cortó hastiado—. Id a casa y contadle a vuestro abuelo lo que sucede.

—Yo quiero quedarme a su lado, padre —dijo Tinguaro.

—Escúchame bien, hijo. —Imobach le habló con firmeza, cogiéndolo por los hombros—. Tu hermano te protegerá con su propia vida. Tú solo debes obedecerlo y correr como si Guayota te persiguiera, ¿de acuerdo?

—No dejaré que te hagan daño, Tinguaro —prometió Bencomo.

—Marchaos, deprisa.

Bencomo y Tinguaro corrieron tan rápido como pudieron mientras los dos hombres buscaban el mejor lugar para tenderles una emboscada a los cazadores de esclavos una vez que llegase la ayuda.

Los muchachos pensaron que se alejaban del peligro sin saber que un grupo de extranjeros se había adentrado en el bosque para cazar más hombres, mujeres y niños a los que vender en los mercados de Valencia o Sevilla. Cuando quisieron darse cuenta, ya se habían dado de bruces con ellos. Ni siquiera el fuerte olor que desprendían, una nauseabunda mezcla de sudor y de alcohol, alertó al joven aspirante a guerrero.

—Vaya, vaya... Mirad lo que tenemos aquí —dijo uno que llevaba el pecho cubierto por una armadura.

Varios extranjeros los rodearon, incluyendo uno muy corpulento que se acercó a lomos de otra de aquellas bestias. Bencomo gruñó y blandió su lanza sin dejar de mirar a un lado y a otro.

—¡Un paso más y moriréis!

Los traficantes no entendían la primitiva lengua en la que les hablaba y se carcajearon al ver a un niño rubio protegiendo a otro aún más pequeño con una diminuta lanza de madera rematada con un cuerno de cabra.

—Basta de perder el tiempo —dijo el que parecía el jefe desde lo alto de aquel animal—. Atrapadlos y llevadlos al barco.

El hombre de la armadura se acercó a Bencomo y este le arrojó la lanza con todas sus fuerzas. Pero, para su sorpresa, el banot rebotó contra su pecho sin hacerle el más mínimo rasguño.

—Maldito mocoso...

El chico lo miró aturdido, preguntándose de qué animal sería aquella piel tan dura en la que se reflejaba el sol. Cuando fue a agacharse para coger una piedra que lanzarle, recibió un golpe en la cabeza que le hizo perder el conocimiento.

El olor a vómitos y a excrementos golpeó a Bencomo en cuanto volvió en sí. Abrió los ojos, aunque aún tardó unos segundos en habituarse a la penumbra. En un primer momento no logró recordar qué había pasado, solo sabía que le dolía muchísimo la cabeza. El resto de sus sentidos también fueron despertando poco a poco y escuchó lloros y súplicas a su alrededor. Enseguida se dio cuenta de que lo habían encerrado junto a los de Abona.

Quiso levantarse, pero estaba encadenado por las muñecas a una larga cuerda que unía a los cautivos. A su lado, un hombre lo miraba muerto de miedo. Lo reconoció como el ganador de la competición de lucha que se celebraba cada año entre los distintos menceyatos, durante la fiesta del Beñesmer. Bencomo lo había visto vencer uno tras otro a todos sus oponentes, era un guerrero por el que todas las muchachas suspiraban, pero en ese momento solo parecía un niño asustado.

—¿Dónde estamos?

—Dentro de una de sus casas flotantes.

—¿Sabes dónde han llevado a mi hermano?

—Tinguaro pudo escapar, príncipe Bencomo —respondió una joven.

—¿Estás segura de eso? —No conseguía localizar aquella voz entre todas las que suplicaban ayuda.

—Lo vi correr hacia el bosque cuando tú estabas inconsciente —insistió ella—. Le lanzaron muchos banots, pero ninguno lo alcanzó.

Bencomo dio gracias a Achamán, aliviado. Miró otra vez sus muñecas y vio aquellos grilletes fabricados con el mismo material que la punta de flecha que aún guardaba en su faltriquera y que el peto de aquel cazador de esclavos. Tiró con fuerza y, gracias a su propio sudor y a la humedad acumulada en aquel lugar, logró liberarse. Al levantarse, sintió el suelo moverse y se mareó.

—Ayúdame, príncipe Bencomo —rogó la muchacha—. Llévate a mi hijo, te lo suplico.

Se acercó a ella y vio que, aunque todavía era muy joven, sostenía entre sus brazos a un niño de la edad de Tinguaro. Estaba tan asustado que ni siquiera lloraba, aferrado al pecho de su madre.

—Te liberaré y lo salvarás tú misma.

—Es inútil, ya lo he intentado y no puedo soltarme.

Bencomo quiso arrancar a la mujer de aquellas cadenas, pero los grilletes estaban tan apretados que le provocaban unas terribles rozaduras en las muñecas. Seguramente la infección acabaría con ella antes de llegar a ningún puerto.

—Llévatelo y te servirá siempre, te lo juro. Su nombre es Hucanon.

Besó con desesperación a su hijo, le dijo unas palabras de despedida y se lo entregó al muchacho.

—Ponlo a salvo y que Achamán os ayude.

El pequeño se resistía a separarse de su madre, agarrado a su cuello. Consciente de que no tenía tiempo que perder, Bencomo tiró de él y ambos corrieron hacia las escaleras que llevaban a la cubierta, por las que seguían llegando extranjeros y guanches capturados. Los dos niños se ocultaron entre las sombras.

—Salvajes —dijo uno de los hombres a su compañero—. Todavía no hemos empezado a navegar y esto ya parece una cochiquera.

Condujeron a empujones a los prisioneros hacia el fondo de la bodega y los niños aprovecharon para subir a la superficie. La luz del sol los cegó, pero cuando se habituaron pudieron ver que estaban más lejos de tierra de lo que nunca habían estado, en la cubierta de uno de los tres bajeles que llenaban sus bodegas de esclavos.

—¿Sabes nadar? —le preguntó Bencomo a Hucanon.

El niño negó con la cabeza, aterrado.

—No te preocupes, no dejaré que te ahogues. Si te agarras fuerte a mí, no te pasará nada.

En ese instante, Bencomo oyó un grito a su espalda y se dio la vuelta para ver a un hombre aproximarse con muy malas intenciones. Soltó la mano de Hucanon y buscó algo con lo que defenderse. A su lado, dentro de un cesto, había uno de aquellos delgados banots y lo cogió con decisión. Amenazó con la flecha al cazador de esclavos y este sonrió, divertido.

—¿Vas a matarme con eso?

Bencomo le lanzó la flecha, pero no solo no logró clavársela, sino que, aunque no llevaba una de aquellas armaduras, rebotó en la prominente barriga del hombre y cayó a sus pies. Acto seguido, el joven príncipe recibió una patada que lo lanzó junto a Hucanon. El niño comprendió que no saldrían vivos de allí y empezó a llorar.

Aquello enfureció aún más al extranjero, que entre gruñidos cogió al niño por el pescuezo y lo sostuvo en alto, dispuesto a lanzarlo por la borda. Bencomo intentó detenerlo.

—¡No! ¡¿Qué estás haciendo?! ¡Suéltalo! ¡No sabe nadar!

El hombre volvió a empujar con violencia a Bencomo y este cayó de nuevo al suelo. Buscó a toda prisa en su faltriquera y encontró la punta de flecha. Corrió hacia él decidido y se la clavó en la pierna.

—¡Aghhh!

Soltó a Hucanon, que cayó a plomo sobre la cubierta, y en un acto reflejo se agachó para llevarse la mano a la herida. Bencomo

31

no dudó y le clavó la punta de flecha en la sien. El extranjero lo miró con los ojos muy abiertos, sin acabar de creérselo. Luego se desplomó a sus pies, ya sin vida. Bencomo tardó en asimilar lo que había hecho, pero reaccionó y se acuclilló junto a Hucanon.

—Ahora debes ser fuerte y guardar silencio. No estaremos a salvo hasta que regresemos a Achinet.

—Nos tragarán las aguas.

—No, no lo harán —respondió Bencomo muy seguro de sí mismo—. He remolcado a mi hermano Tinguaro en busca de lapas cientos de veces. Confía en mí.

Ambos saltaron por la borda y Bencomo nadó con Hucanon aferrado a su cuello. Cuando estaba a punto de desfallecer, unas manos tiraron de ellos y los arrastraron hasta la playa. Una vez a salvo, Imobach abrazó con fuerza a su hijo, aliviado tras pensar que lo había perdido para siempre.

—¿Estás bien, hijo mío?

Bencomo asintió, aún recuperándose. Tinguaro miró con curiosidad al crío, que temblaba de miedo y de frío.

—¿Quién es, hermano?

—Su nombre es Hucanon. Su madre no pudo escapar y me suplicó que lo trajese conmigo.

Imobach lo observó y lo cubrió con su piel de cabra.

—Bienvenido a mi familia, Hucanon —dijo al fin.

El chico pareció darse cuenta de que estaba entre amigos y sonrió con timidez. Todos miraron en silencio las tres casas flotantes de los extranjeros, que se alejaban navegando con decenas de guanches en su interior.

3

Reino de Valencia. Noviembre de 1519

Don Joaquín Lavilla tenía razón cuando, durante el verano, había pronosticado que los comerciantes de Valencia, ahogados en deudas y sin dirigentes en la ciudad que pudieran contenerlos, iniciarían una revuelta social que arrasaría todo el reino. Los miembros de las germanías —hermandades de diferentes gremios artesanales— estaban dispuestos a matar antes que dejarse morir de hambre.

Los primeros meses se limitaron a convocar protestas legales exigiendo la intervención de Carlos I para mediar en los conflictos crecientes entre pobres y ricos, agravados por el aumento desmesurado de impuestos y por los continuos ataques de piratas berberiscos a los cargamentos marítimos, pero el rey —más preocupado por su coronación imperial en el Sacro Imperio Romano Germánico— se limitó a prometer mejoras en un futuro que nunca llegaba y a ratificar el permiso que les había dado años atrás su abuelo, Fernando el Católico, de armarse para hacer frente a dichos ataques. Los ánimos se caldearon más de la cuenta y aquellos pacíficos comerciantes se convirtieron en un ejército sediento de sangre y con medios para derramarla. Cuando el rey Carlos quiso revocar el permiso de armas, ya era tarde.

Los agermanados se organizaron y crearon la Junta de los Trece, mediante la que se intentó prohibir cualquier trabajo que no estuviera controlado por los gremios, algo que los terratenientes no estaban dispuestos a aceptar. Cuando el líder de aquella junta murió, al poco de iniciarse las protestas, su lugar lo ocuparon cabecillas más radicales, ansiosos por tomarse la justicia por su mano. Empezaron atacando las viviendas que los nobles habían dejado atrás al huir precipitadamente de la epidemia de peste, que, debido a la falta de higiene y de medicinas, aún no se había erradicado; continuaron arrasando huertas y por fin centraron sus iras en los musulmanes, a los que acusaban de colaborar con las clases altas y de hacer competencia desleal tirando por los suelos los precios de la mano de obra.

—¡Hay que acabar con ellos! —gritó uno airado.

—Son pobres como nosotros —respondió otro.

—Lo que hay que hacer es bautizarlos de una vez por todas —dijo un tercero—. Y el que se niegue que se atenga a las consecuencias.

—¿Qué ganamos con eso?

—Si los terratenientes les pagan una miseria es porque no son cristianos, pero, si los bautizamos, terminaremos con el vasallaje que arruina a los comerciantes.

Grupos de hombres asaltaron las barriadas mudéjares y obligaron a sus habitantes a bautizarse bajo la amenaza de pena de muerte, que no dudaron en aplicar en más de una ocasión. Pero, aunque los rebeldes pensaban que con esa medida tan expeditiva terminaría todo, aquello no había hecho más que comenzar.

La familia Lavilla vivía desde el inicio de esa rebelión de las germanías en una hacienda cerca de la Albufera, a algo más de seis leguas de Valencia, donde Miguel Lavilla, el hermano pequeño de don Joaquín, se dedicaba al cultivo de arroz. Pensaban que allí estarían a salvo, pero las noticias que llegaban de la ciudad eran cada vez más alarmantes y no descartaban que los agermanados pronto se presentasen ante su puerta.

Para Elena, la vida no había cambiado en exceso. Su rutina seguía siendo atender a la señora y a sus hijas, aunque el hecho de que prácticamente no saliesen de la hacienda le proporcionaba un tiempo libre del que nunca antes había disfrutado. Apenas se relacionaba con los demás esclavos, y menos aún con los africanos, destinados casi siempre a los trabajos más duros del campo. Pero una tarde, durante su paseo diario por los arrozales, conoció a uno que llamó su atención; mientras los demás descansaban, derrotados tras una agotadora jornada de trabajo, él aprovechaba para leer. Elena ya llevaba casi tres meses allí cuando decidió acercarse.

—¿Comprendes lo que dice? —preguntó señalando el libro.

—Sería estúpido mirar las letras si no las comprendiera —respondió él.

Ante aquella respuesta, fue Elena quien se sintió estúpida.

—¿Y qué lees, si puede saberse?

—Un tratado de agricultura. Cuando regrese a mi tierra, pondré en práctica todo lo que está aquí escrito.

—¿Cuál es tu tierra?

—Pertenezco al pueblo fang, de África. ¿Y la tuya?

—No lo sé.

—Mi nombre es Riako. —Se puso en pie—. Pero los amos me llaman Rodrigo.

Ella lo observó impresionada. Era un hombre alto y musculoso y pensó que era atractivo, a pesar de que la S y el clavo que tenía grabado a fuego en su mejilla para identificarlo como esclavo allá donde fuera debió de hacérselo alguien inexperto, visto el destrozo que le había causado.

—Yo soy Elena.

—Nunca había visto a una esclava como tú —dijo admirando su pelo rubio con curiosidad.

—Tú... ¿recuerdas cómo era tu vida antes de servir a tus amos?

Aquella fue la primera vez que él le habló de su tierra. Esa tarde le contó cómo recordaba su aldea, situada en los alrededores del río Djoliba; cómo con catorce años iba a cazar simios a la selva, o a coger huevos de gaviota a los acantilados de la costa, o cómo, de vez en cuando, sobre todo en época de lluvias, se adentraba en la sabana en busca de alguna de las miles de gacelas que pastaban ajenas al peligro.

Al igual que les había sucedido durante años a los aborígenes de las islas Canarias, él y los suyos también eran un objetivo de los cazadores de hombres, aunque a estos resultaba difícil distinguirlos porque, como ellos, también eran negros. Una noche, mientras regresaba a casa junto a sus hermanos, no corrió tanta suerte como Bencomo medio siglo antes y al joven Riako le fue imposible escapar tras ser capturado.

Lo maniataron, lo encadenaron por el cuello con unas varas de madera y lo condujeron a latigazos, junto con decenas de hombres, mujeres y niños, hasta la costa, donde los vendieron a los blancos que aguardaban en barcos fondeados cerca de la playa. Cuando su familia los empezó a echar de menos —Riako y sus hermanos podían demorarse varios días en una partida de caza—, ellos ya estaban camino de Lisboa. Durante el largo trayecto, muchos murieron de enfermedades y de melancolía. Y a la mayoría de los que no lo hicieron aún los esperaba un viaje mucho más largo para trabajar hasta su muerte en el Nuevo Mundo. Solo unos pocos se quedaban a servir en Europa, y, aunque Riako lloró y protestó cuando lo separaron de los suyos, llevó una vida fácil en comparación con la de sus hermanos, a pesar de que el esclavista que lo compró se empeñase en marcar personalmente sus adquisiciones. Solo dependía de lo que hubiera bebido aquel día y, por lo tanto, de lo que le temblase el pulso, para que quedase una marca más o menos discreta. Y, en eso, Riako no fue de los más afortunados. La infección que le produjo en la mejilla estuvo a punto de matarlo, y pasaron varias semanas antes de que empezase a remitir la hinchazón, dejándole una marca muy difícil de disimular. Al volver a la vida, lo bautizaron como Rodrigo.

Ya en Sevilla, lo pusieron a trabajar como mozo en el mercado, y, aunque la jornada era dura e interminable, comía caliente a diario e incluso aprendió a leer. Al principio se limitaron a enseñarle algunos signos para que pudiera hacer bien los recados, pero la curiosidad del muchacho no tenía fin. En el testamento, su amo —a quien Rodrigo había servido los últimos seis años— otorgaba la libertad a todos sus esclavos, pero sus hijos hicieron caso omiso de sus deseos y los vendieron a toda prisa. Él recaló en Valencia, en la plantación de arroz de Miguel Lavilla. El trabajo allí era más duro, pero, al contrario que muchos de los suyos, que soñaban con la libertad simplemente para volver a su vida de antes, él empezó a hacer planes de futuro. Decidió aprender todo lo que podían enseñarle los blancos para que, al regresar a casa, aquella pesadilla hubiese valido la pena.

4

Tenerife (islas Canarias). Junio de 1457

Bencomo, su padre Imobach y algunos miembros principales del menceyato de Taoro se dirigían a Adeje para asistir a un tagoror, una asamblea a la que acudirían prohombres desde todos los rincones de la isla para tratar de resolver las diferencias que solía haber entre los distintos reinos. El abuelo del muchacho había fallecido hacía medio año y aquella era la primera vez que Imobach asistiría como mencey a un acto de ese calado. Bencomo tenía entonces catorce años y su pelo rubio y su estatura empezaban a hacerle destacar entre los demás guanches. Su hermano Tinguaro se había quedado en el poblado junto a su inseparable hermanastro Hucanon, ambos refunfuñando por no poder representar a su menceyato, el más rico de todos en agua y vegetación.

—Quizá no logre evitar la guerra con Güímar, padre —le dijo Bencomo justo antes de saltar con una pértiga el profundo barranco que separaba los reinos de Icod y de Adeje.

—Las guerras entre hermanos siempre hay que intentar evitarlas.

—Añaterve no es mi hermano.

—Todos venimos de un mismo lugar aunque tengamos nuestras diferencias, hijo.

Añaterve, uno de los hijos del mencey de Güímar, se había convertido en el principal enemigo de Bencomo, haciendo extensiva la rivalidad de sus padres. Según solía contarles el fallecido abuelo de Bencomo y de Tinguaro alrededor de la hoguera, eso no siempre había sido así.

Cuando la isla entera se hallaba bajo el gobierno de Tinerfe el Grande y los menceyes únicos que lo precedieron, todos convivían en paz.

—Cuéntenos cómo fueron los primeros tiempos, abuelo —pedían a menudo los muchachos al antiguo mencey Betzenuhya.

—¿Otra vez? —El viejo resoplaba fingiendo hartazgo, cuando en realidad le encantaba la atención con que lo escuchaban los suyos.

—Otra vez, por favor. Cuéntenos cómo llegaron los guanches a estas tierras.

—Está bien. Dejad que haga memoria...

Mientras simulaba devanarse los sesos para recordar, hombres, mujeres y niños iban sentándose a su alrededor, dispuestos a escuchar un relato mil veces contado, pero que seguía siendo tan emocionante como el primer día. De esos oyentes dependía que la historia de los guanches no terminara perdiéndose en el olvido.

—Para encontrar el origen de nuestro pueblo, debemos remontarnos mucho tiempo atrás. —El viejo mencey siempre empezaba de la misma manera, aunque a medida que avanzaba su narración solía introducir pequeñas variaciones—. El dios Achamán, el padre de todos, creó a nuestros antepasados en otras tierras, rodeados de amplios vergeles y de desiertos aún más extensos que nuestra isla, y a algunos les dio ganado y a otros les ordenó servir a los primeros. Vivían en paz y sin aprietos, pues la tierra les ofrecía todo cuanto necesitaban para subsistir, hasta que unos poderosos guerreros llegados desde el otro lado del mar trataron de robarles lo que era suyo...

Entonces les hablaba de Mitorio y de la batalla final contra los romanos, del barco en el que los llevaban para morir frente a su mencey —el dictador perpetuo Julio César—, del motín que les devolvió la libertad y de su llegada a Achinet. Por muchas veces que el anciano hubiese contado aquella misma historia, siempre conseguía hacerlos vibrar.

—Cuando yo sea mencey —acostumbraba a decirle Bencomo a su abuelo, muy seguro de sí mismo—, volveré a unir los nueve reinos bajo mi mando y acabarán las guerras entre hermanos.

—Si es deseo de Achamán, lo lograrás, pero para conseguirlo deberás ser tan inteligente como implacable.

—Seré generoso con mis amigos y despiadado con mis enemigos, abuelo.

El viejo mencey le revolvía el pelo; si alguien podía obrar aquel milagro era ese muchacho. Y más si contaba con el apoyo de Tinguaro y de su hermanastro. Hucanon era el último en irse a dormir. Se quedaba junto al anciano en silencio, hasta que él reparaba en su presencia.

—¿Necesitas algo más de mí, Hucanon?

—Quisiera preguntarle, gran mencey, si los extranjeros también se llevaron a mi madre a Roma.

—Solo Achamán lo sabe. Él es quien decide nuestro destino y si algún día volverás a encontrarte con ella.

Hucanon siempre le sonreía, agradecido por unas palabras que le harían mantener la esperanza de reencontrarse con su madre hasta que el anciano volviese a relatar el origen de su pueblo y él le repitiese la misma pregunta, convirtiéndolo en una especie de tradición. Pese a no ser descendiente directo de aquel mencey, el muchacho fue quien más le lloró a su muerte.

Los representantes de Taoro llegaron al lugar donde se iba a celebrar la reunión cuando ya había anochecido. Alrededor de una hoguera esperaban los de los demás reinos, excepto los de Tacoronte y Anaga, que enviaron emisarios anunciando que llegarían a la mañana siguiente. Todos se callaron al ver aparecer a Imobach rodeado de su séquito.

—No parece que seamos bienvenidos, padre —susurró Bencomo.

—Reúnete con los demás príncipes y procura comportarte.

Bencomo ya creía haberse convertido en un guerrero temido por todos, pero su arrogancia chocó de frente con la imponente presencia de Añaterve. Su enemigo le sacaba varios años y, aunque no era tan alto como él, lo doblaba en musculatura. Sonrió con malicia cuando lo vio acercarse.

—Somos afortunados —dijo jocoso el hijo del mencey de Güímar—. El gran Bencomo por fin se ha dignado a acompañarnos.

Los demás muchachos solían reírle las gracias, pero más por temor a su reacción que porque de verdad les pareciese ocurrente.

—Me alegro de verte, Añaterve —respondió Bencomo con educación.

—A mí, en cambio, verte me revuelve las tripas. —Añaterve se olvidó de las sutilezas y lo rodeó, toqueteándole el cabello rubio—. ¿Qué clase de hombre tiene un pelo que brilla como el dios Magec, el que nos calienta y nos ilumina?

Ante un tirón, Bencomo se revolvió.

—¡Quítame tus sucias manos de encima, orín de cabra!

Las risas de los demás muchachos encendieron a Añaterve, que se lanzó con rabia a por Bencomo. Este pudo esquivar su primer golpe, pero el segundo le hizo caer de bruces a la arena y su rival lo inmovilizó clavándole la rodilla en la espalda.

—¡Suéltame!

—Antes retira lo que has dicho.

—¡Nunca!

—¿Qué escándalo es este, Añaterve?

El joven soltó a Bencomo e inclinó la cabeza cuando vio al mencey de Güímar acercarse a él con cara de pocos amigos.

—Solo estaba practicando la lucha con Bencomo, padre.

—Respetad las leyes del tagoror. Este no es lugar para juegos. Ahora vayamos a la cueva que han dispuesto para nosotros.

Antes de seguir a su padre, Añaterve miró a Bencomo con desprecio.

—Pronto terminaré lo que he empezado, y entonces nadie saldrá en tu defensa.

—Tal vez seas tú quien necesite ayuda.

Añaterve le sonrió con suficiencia y se marchó. Romen, el hijo del mencey de Daute, con quien Bencomo tenía un trato amistoso desde su nacimiento, se acercó a él y le puso la mano en el hombro.

—Deberías evitar a Añaterve, Bencomo. Terminará matándote.

—¿Qué clase de futuros menceyes seríamos si temiésemos a la muerte?

—Mi querido sobrino Imobach dice no tener inconvenientes con su territorio tan solo porque ocupa el mejor de toda la isla.

El padre de Añaterve, uno de los hijos aún con vida de Tinerfe el Grande, señaló con desdén a Imobach en cuanto tomó la palabra en el tagoror.

—Te sobran pastos para alimentar al ganado, mientras que los demás tenemos que ver cómo nuestras cabras y ovejas mueren de hambre —continuó el mencey de Güímar, dando voz a una opinión compartida por los otros siete menceyes, que también pensaban que la rama familiar de Imobach había sido la más beneficiada en el reparto de tierras de hacía ya medio siglo—. ¿Acaso es eso justo?

—Fue tu padre quien repartió los cantones y, con gran sabiduría, hizo más extensos a los más áridos —se defendió Imobach.

—¿De qué me sirve a mí tener una enorme extensión de piedras y tierra baldía? —protestó el mencey de Abona, al sudeste de la isla.

La mayoría de los menceyes y de los prohombres que asistían a aquella reunión apoyaron a los demandantes. Cuando vio que la asamblea podía írsele de las manos, Imobach se levantó indignado.

—¡No pienso ceder el territorio que me legó mi padre y este a su vez recibió del suyo, si es lo que pretendéis!

—Lo que pretendemos es que seas más generoso con nosotros, Imobach —contestó el mencey de Güímar—. Debes renunciar a los pastos comunes.

—Siempre que tú permitas entrar en tu territorio a los que tenemos menos costa para coger lapas y cangrejos —replicó Imobach.

Algunos apoyaron la petición de Imobach y se cruzaron gritos y acusaciones. Bencomo y los demás príncipes lo observaban todo en tensión desde el lugar destinado para ellos. Añaterve miró a su rival con inquina; aunque moduló la voz, habló lo bastante alto para que el muchacho lo escuchara.

—Perros —dijo escupiendo a los pies de Bencomo—. Los hombres de Taoro, aparte de ser unos cobardes, también nos roban las pastas.

Romen apretó el brazo de su amigo pidiéndole que no entrase en la provocación, pero Añaterve continuó humillándolo delante de todos.

—Y eso por no hablar de sus mujeres. Son tan feas que ni Guayota quiere llevarlas a su cueva, empezando por la esposa de su mencey.

A pesar de que sabía que eso le causaría muchísimos problemas, Bencomo pasó al ataque, golpeando la mandíbula de Añaterve. Después del desconcierto inicial, cuando iba a contraatacar, el de Güímar se encontró con una punta de flecha en el cuello, la misma que Bencomo había recuperado hacía unos años del cuerpo de un guanche muerto y con la que había matado a su primer hombre.

—¡Una palabra más y te mato! —gritó enfurecido.

—¡Bencomo!

Cuando se quiso dar cuenta, los asistentes al tagoror se habían callado y lo miraban con censura. En el centro de los menceyes y de los sacerdotes, Imobach aguantaba con la vergüenza dibujada en la cara.

—Suelta de inmediato a Añaterve.

—¡Ha insultado a madre y a todos los hombres y mujeres de Taoro, padre! ¡Se merece una lección!

—¡He dicho que lo sueltes!

Bencomo miró a su padre desconcertado. No podía entender que permitiera una falta de respeto tan grande hacia los suyos, pero sabía que no era momento de discutirle una orden y obedeció a regañadientes.

—Esto es inaudito —intervino el mencey de Adeje, el anfitrión de aquel tagoror—. Si el príncipe Bencomo no sabe comportarse, será mejor que tanto él como el mencey Imobach abandonen este lugar sagrado.

—Pido disculpas a todos los presentes —dijo Imobach humillado—. Mi hijo todavía es un niño y tiene muchas cosas que aprender.

—Confío en que se las enseñes pronto o la próxima vez lo haré yo, mencey Imobach —dijo el padre de Añaterve.

A pesar de que les llevó prácticamente el día entero, Imobach no dijo una sola palabra en el camino de vuelta a Taoro. Bencomo intentó justificarse en un par de ocasiones, pero la fría mirada que le dedicó su padre le hizo desistir. Cuando llegaron a la cueva-palacio que ocupaba su familia, Imobach hizo salir a su esposa, a Tinguaro, a Hucanon y a los hombres y mujeres que los servían. Una vez que se quedó solo con Bencomo, lo abofeteó con furia.

—¡¿Cómo te atreves a avergonzarme delante de los demás menceyes?!

El muchacho se frotó la cara, sorprendido por una violencia que no acostumbraba a ver en un padre hasta la fecha comprensivo.

—Añaterve insultó a madre y no supe contenerme.

—Desnúdate y arrodíllate. No eres digno de ser mi hijo.

A Bencomo le dolieron más esas palabras que los veinte latigazos que le propinó hasta desollarle la piel con una fusta hecha de hojas de palmera trenzadas. Solo las súplicas de su esposa haciéndole ver que iba a matarlo contuvieron al colérico mencey de Taoro. Las fiebres por la infección casi se llevan a Bencomo para siempre, pero gracias a los cuidados de su madre, que le aplicaba día y noche compresas de sangre de drago, el árbol sagrado de los guanches, y la compañía que le hacían sus hermanos pequeños, logró salir adelante.

5

Reino de Valencia. Mayo de 1522

La rebelión de las germanías había alcanzado tal intensidad que, a finales del año 1521, tras expandirse a diversas poblaciones del reino de Valencia, ya le había costado la vida a más de diez mil agermanados y soldados enviados por la corona. Una de las batallas más sangrientas se produjo en julio de aquel año en Gandía, donde las tropas realistas, compuestas por más de ciento veinte nobles, trescientos caballeros, cuatrocientos jinetes y dos mil mercenarios —entre los que había moros, manchegos y catalanes—, se enfrentaron a alrededor de mil sublevados. Estos últimos, comandados por el terciopelero Vicent Peris, plantearon la ofensiva en una arboleda junto al río Vernisa, lo que dificultó la maniobrabilidad de la caballería enemiga y causó una auténtica escabechina. Ese hecho, sumado a que muchos de los mercenarios decidieron abandonar la primera línea para saquear los pueblos de los alrededores, hizo que el descalabro de los nobles fuese considerable. Cuando los supervivientes se retiraron para refugiarse en Peñíscola, los agermanados tomaron Gandía y sembraron el caos saqueando la villa, violando monjas y obligando a bautizarse a los musulmanes que encontraban. Los que opusieron resistencia no sobrevivieron.

A los pocos días de la victoria —la única obtenida por los agermanados en enfrentamientos directos con las tropas realistas—, la Junta de los Trece decidió dimitir al comprobar que la situación se había radicalizado en exceso. Las disputas internas de los sublevados para hacerse con el poder marcaron el principio del fin de la revuelta. Cuando las constantes derrotas empezaron a mermar sus fuerzas, Vicent Peris decidió regresar a Valencia con la intención de rehacer la resistencia, pero fue descubierto y abatido junto a sus más directos colaboradores. Acto seguido, lo descuartizaron y colocaron su cabeza en el portal de San Vicente, donde permaneció clavada durante semanas como advertencia para los que aún seguían apoyando a los insurgentes.

La derrota de los comerciantes se produjo a mediados de mayo de 1522, tras el asesinato en Burjassot del último líder rebelde, un impostor apodado el Encubierto que se hacía pasar por hijo del infante Juan, y por lo tanto nieto de los Reyes Católicos y primo del rey Carlos I.

—Prepara las cosas, Elena —ordenó doña Rosa a su esclava—. Regresamos a Valencia.

—¿Regresamos?

—Ya lo has oído. Gracias a Dios, los comerciantes rebeldes han sido derrotados y todo vuelve a la normalidad.

La noticia le cayó a Elena como un jarro de agua fría. No podía negar que prefería vivir en la ciudad para acudir con sus amas al mercado o a diversos actos sociales antes que pasar los días en una plantación de arroz en mitad de la nada y sin más ocupación que satisfacer los caprichos de sus amos, pero le partía el corazón tener que separarse de Rodrigo.

Después de aquel primer encuentro en el que le sorprendió leyendo sobre cultivos, aprovechaba cualquier oportunidad para visitarlo y escuchar las anécdotas que le contaba sobre su vida en libertad. Los únicos animales que había visto ella eran caballos, aves, perros, gatos y ganado, y le maravillaba saber que en la tierra de Rodrigo abundaban las gacelas, los leones, los simios e incluso los elefantes. También le encantaba escucharle hablar acerca de sus costumbres, tan diferentes a las de Valencia, y de sus planes de futuro cuando pudiese regresar con los suyos. Al principio solo eran dos esclavos soñando en voz alta, pero pronto sus sueños se convirtieron en uno solo.

Se dio cuenta de que aquel hombre provocaba en ella sentimientos que no conocía de antes el día en que, por culpa de un error de cálculo a la hora de cargar una carreta, esta se despeñó por un barranco y se perdió todo un cargamento de arroz. Rodrigo, que se hizo responsable del desastre, pasó varios días encerrado en una jaula, expuesto al sol y al frío, y sin más alimento que agua y pan duro. Aquella situación provocó que Elena llorase de rabia e impotencia y se jugó un castigo parecido al escabullirse de casa cada noche para llevarle comida y hacerle compañía.

—Malditos sean... —dijo al verlo tiritar cuando bajaban las temperaturas.

—No deberías estar aquí, Elena —respondió Rodrigo abrigándose con la manta que ella le proporcionaba mientras duraba su visita—. Márchate antes de que te descubran y te castiguen a ti también.

—Me da igual que lo hagan. Que me azoten si lo desean.

—No quiero que marquen la piel más hermosa que he visto en mi vida.

Ambos se sonrieron y no necesitaron decir más palabras. Se miraron intensamente y sus bocas se aproximaron hasta fundirse en un prolongado beso a través de los sucios barrotes de metal.

Elena sabía lo que era el deseo, aquel no era el primer hombre en el que se fijaba, pero nunca había permitido que la tocasen, ni tampoco había pasado día y noche pensando en alguien. Cuando Rodrigo cumplió su castigo, empezaron a verse más a menudo. De día, ella hacía lo imposible por pasar un rato a su lado y arrancarle algún beso, y cada noche, al meterse en la cama, se acariciaba pensando en él. Unos días después, lo citó en una barraca a orillas de la laguna de la Albufera y allí se desnudó por primera vez frente a un hombre. Él la miró excitado, pero sin atreverse a tocar una piel tan delicada y tan diferente de la suya.

—¿No te gusto? —preguntó Elena con inseguridad al ver que él no se acercaba.

—Claro que me gustas.

—Entonces ven.

Rodrigo obedeció y extendió una mano para acariciarle el pecho como si estuviese tocando lo más frágil del mundo. Elena también se lanzó a recorrer su cuerpo con las yemas de los dedos. El sudor hacía brillar su piel negra y resaltaba sus músculos conseguidos a base de trabajos forzados; notó cicatrices antiguas y otras más nuevas, algunas de antes de ser capturado, pero la mayoría causadas por los diferentes amos que había tenido. Ella notó cómo, al rozar su pene con la yema de los dedos, se humedecía igual que cuando se tocaba cada noche pensando en él.

—Quiero sentirte dentro de mí...

Rodrigo la cogió en brazos y la llevó a un lecho de paja seca que había en un rincón de la barraca.

—¿Estás segura?

—Nunca he estado más segura de nada.

Elena notó que lo habían capturado demasiado joven y era tan inexperto como ella. Cuando al fin se abrió paso en su interior, se estremeció.

Sus amos habían guardado su virginidad para cuando pudiesen intercambiarla por algo igual de valioso, y estaba segura de que le traería consecuencias entregarla sin permiso, pero en aquel instante se sintió libre por primera vez en su vida.

Mientras ayudaba a su ama y a sus hijas —que en aquellos casi tres años fuera de Valencia se habían convertido en dos adolescentes muy poco agraciadas— a empacar sus pertenencias para el traslado de vuelta a casa, Elena supo que, o lo hacía en aquel momento, cuando doña Rosa estaba de buen humor por el regreso a casa después de las revueltas, o ya no podría hacerlo nunca.

—¿Qué ha decidido el amo respecto a Rodrigo, señora? —preguntó.

—¿Quién es Rodrigo?

—Ese muchacho negro que trabaja en los arrozales. El que tiene marcada la cara. Creo que a vuestro esposo le sería de utilidad en la finca.

—¿Utilidad para qué?

—Sabe leer y escribir. Podría llevar las cuentas e incluso dirigir a los peones.

—No creo que a los peones les guste que los dirija un negro, Elena.

—Aquí está desaprovechado, señora. Estoy convencida de que el hermano del señor no opondría resistencia para separarse de él. Seguramente ni sepa que tiene más seso que los demás esclavos

Doña Rosa la miró con cierta suspicacia, pero, sea lo que fuera lo que se le pasó por la cabeza, lo descartó de inmediato por absurdo y aberrante.

—¿Cómo dices que se llama?

—Rodrigo, señora. Como el Cid Campeador.

—Un nombre demasiado ambicioso para un esclavo..., pero hablaré con Joaquín por si estuviera interesado.

6

Tenerife (islas Canarias). Junio de 1460

Después de aquel tagoror del que Imobach y Bencomo fueron invitados a irse, los conflictos entre los diferentes menceyatos empeoraron. Las reyertas por las lindes o por el robo de ganado, que antaño se arreglaban con simples discusiones en las que rara vez corría la sangre, empezaron a cobrarse vidas de guanches de uno u otro bando. Especialmente tirantes eran las relaciones entre los reinos del norte y del sur de la isla, y más desde que hacía un par de años el mencey de Güímar había fallecido debido a una caída y los hombres principales, tras descartar al mayor de sus hijos por su ceguera, eligieron como su sucesor a Añaterve.

El nuevo mencey de Güímar se la tenía jurada a Bencomo desde hacía muchos años; no olvidaba que ese mocoso estuvo a punto de degollarlo con aquella punta de flecha y deseaba hacérselo pagar. El hijo de Imobach, que ya había cumplido diecisiete años, había endurecido su carácter desde la paliza que le dio su padre. Ya no era un muchacho alegre y risueño; las únicas veces que se permitía reír era en presencia de Tinguaro y de Hucanon, que se habían convertido en dos adolescentes espigados y revoltosos. Los tres caminaban en la retaguardia de la numerosa comitiva que los llevaba a los acantilados del menceyato de Abona, donde aquella noche se celebraría la entrada en el solsticio de verano y, por lo tanto, en el año nuevo guanche. Era una noche de hogueras, de comilonas y de celebración, pero también de muerte. Junto con las fiestas del Beñesmer —la fiesta de la cosecha que se celebraría un par de meses después—, aquella era la única ocasión en la que las disputas entre los nueve menceyatos se dejaban a un lado para agasajar todos juntos a los dioses.

—Achamán la ha señalado, hermano —le iba diciendo Tinguaro—. Jamás te has topado con nadie más fuerte.

—No es la primera mujer guerrera —respondió Bencomo.

—No es una mujer cualquiera —comentó Hucanon—. Dicen que unos extranjeros intentaron raptar a sus hijos y ella los mató a todos con su punta.

Tinguaro y Hucanon cruzaron varios golpes con sus garrotes hechos a medida, imitando la supuesta lucha que se había producido entre la guerrera y los cazadores de esclavos. A pesar de que entonces solo jugaban, ya podrían hacerle mucho daño a un enemigo real.

—Eso me hubiera gustado verlo —dijo Bencomo.

—Algunos aseguran que se presentará a las batallas de las fiestas del Beñesmer representando al mencey de Daute —contestó Tinguaro.

De pronto se hizo el silencio. Hacía un momento todo eran risas y buen ambiente en la comitiva de Taoro, pero hombres, mujeres y niños callaron ante la imponente visión del volcán Echeyde, la guarida de Guayota. Estaban pasando demasiado cerca y no querían despertar al espíritu maligno que habitaba en sus entrañas.

—¿Recuerdas cuando estábamos cazando y vimos a Guayota, Bencomo? —preguntó Tinguaro conteniendo la voz.

—Claro que lo recuerdo. Fue el mismo día que encontré a Hucanon.

Se giró hacia él, pero su hermanastro no escuchaba.

—Está sangrando. —Señalaba tembloroso hacia la cima del volcán, de donde salía una lengua anaranjada.

Bencomo frunció el ceño y avanzó en el grupo hasta llegar junto a sus padres.

—Ya lo he visto —dijo Imobach antes de que su hijo mayor pudiera abrir la boca, sin dejar de mirar hacia la cumbre del volcán—. Debemos acelerar el paso. Si Guayota y los guacanchas nos atacan, no podremos proteger a las mujeres y a los niños.

El joven asintió y fue a transmitir la orden a los escoltas que encabezaban la comitiva. Tras mucha tensión, lograron llegar sanos y salvos a los acantilados de Abona. Aquel día no se las tendrían que ver cara a cara con el espíritu del mal.

—Os doy la bienvenida a ti y a tus súbditos, mencey Imobach.

El guañameñe de Abona era el encargado de recibir a los recién llegados como sumo sacerdote del menceyato anfitrión. Su séquito, compuesto por media docena de chamanes y otras tantas harimaguadas —sacerdotisas que cuidaban de la diosa Chaxiraxi, la madre del Sol—, les ofrecía leche con miel, alimentos y coloridos collares de flores.

—Confiamos en que el viaje desde Taoro haya sido placentero, gran mencey —continuó el sacerdote con amabilidad.

—La puerta del infierno se ha abierto. —Imobach alzó la mirada hacia la lengua cobriza que asomaba por la cumbre del volcán y que resplandecía gracias a las sombras del atardecer.

—Lo sabemos —respondió el guañameñe con gravedad—. Por eso esta noche hemos de ser especialmente cuidadosos con las ofrendas a Achamán y a Magec, el que nos calienta y nos ilumina.

Imobach asintió. Sabía lo que eso significaba y que no sería agradable, pero debía hacerse si querían ganarse el favor de los dioses. Hacía mucho tiempo, al poco de llegar los primeros guanches a la isla, el suelo tembló y las puertas del infierno se abrieron con violencia y gran estrépito. De la guarida de Guayota salieron ríos de sangre que abrasaban todo a su paso; los dragos y las palmeras ardían en un instante, y los hombres y animales a los que alcanzaba morían entre terribles dolores. Una inmensa columna de humo tapó el sol durante días y los ancianos supieron que era obra de Guayota, el espíritu maligno, que había raptado a Magec y lo tenía secuestrado en su guarida. Desesperados como estaban por recuperar la luz y el calor, ofrecieron cincuenta cabezas de ganado, varios hombres, mujeres y tres recién nacidos como sacrificio para que Achamán, el padre celestial, intercediera en su favor.

Al finalizar la orgía de sangre, cuando ya casi estaban convencidos de que el señor de los cielos no había quedado saciado, este ordenó soplar al viento y liberó a Magec, para gran regocijo de todos. Desde entonces, aunque las puertas del infierno se habían abierto muchas más veces, no fue con tanta violencia y Guayota no pudo volver a atrapar el sol; se conformaba con matar algunas cabezas de ganado y, de cuando en cuando, a algún niño que tuviera la desgracia de encontrarse con el perro lanudo que lo representaba. Pero, para que eso no cambiase, debían contentar a Achamán con valiosas ofrendas. Aunque cada vez eran más numerosas las voces que pedían acabar con aquello, los guañameñes advertían de lo que podría pasar si dejasen de agasajar a su dios.

—Ya eres un hombre, Bencomo —le dijo Imobach a su hijo mayor—. ¿Puedo confiar en que sabrás comportarte?

—¿Y qué debo hacer si Añaterve vuelve a insultar a madre?

—Dímelo y seré yo quien hable. Ahora Añaterve es mencey y podría solicitar en el tagoror que te castiguen con dureza si no lo respetas como se merece.

—Ese es el problema, que no se merece ningún respeto.

—Llegará el día en el que puedas tratarlo de igual a igual, hijo. —Imobach le apretó el hombro en señal de afecto y confianza—. Pero hasta entonces debes ser cauto.

Bencomo asintió y su padre sonrió complacido.

—Ahora disfrutemos de la paz con nuestros hermanos.

Fue a saludar a los demás menceyes, a sus esposas y a los grandes hombres que los acompañaban. Aunque tenía algunos pleitos abiertos con varios de ellos, aquella noche quedaba todo olvidado. Tinguaro y Hucanon se reunieron con los muchachos de su edad y lucharon con sus suntas, midiéndose como futuros guerreros. Bencomo, por su parte, se acercó a la hoguera que compartían los príncipes de los diferentes cantones sabiéndose a salvo de altercados; desde que Añaterve había dejado de frecuentarlos en las reuniones para juntarse con los menceyes, entre ellos apenas había conflictos.

—Es la muchacha más bonita que Achamán ha puesto sobre la tierra —decía Beneharo, el primogénito del mencey de Anaga, varios años más joven que Bencomo y con un llamativo pelo del color del fuego—. Sus ojos tienen la misma profundidad que las aguas más allá de los acantilados.

—Me temo que lo hemos perdido para siempre —aseguró Romen, príncipe de Daute—. ¡Beneharo se ha enamorado!

—¿Quién es la afortunada, Beneharo? —preguntó Bencomo sonriente.

—Su nombre es Hañagua. Es harimaguada al cuidado de la diosa Chaxiraxi, la madre de Magec, el que nos calienta y nos ilumina.

—¿Una sacerdotisa? —Bencomo frunció el ceño—. Vas a tener que ofrecerle muchas cabezas de ganado para que abandone a la diosa por ti, amigo mío.

—Y más aún —apuntó Pelicar, príncipe de Icod—. Uno de nuestros mejores guerreros también se prendó de una harimaguada y ahora ocupa el día entero en tratar de contentarla.

Todos rieron, incluido Beneharo.

—Es mi destino, hermanos. Si he de escalar barrancos en busca de la más dulce miel y perseguir cabras para ofrecerle la mejor leche, así será.

—En ese caso te felicitamos, Beneharo. ¿Cuándo la desposarás?

—Tengo que esperar a tiempos mejores, Romen —respondió inseguro—. Debo obtener el consentimiento de mi padre y, sobre todo, el de Hañagua. Aún no he tenido ocasión de hablar con ella. Si ya es difícil abordar a una muchacha normal, imagínate a una harimaguada.

Todos volvieron a reír.

—Hablando de mujeres... —Bencomo cambió de tema, mirando con curiosidad a Romen—. He oído hablar sobre una guerrera al servicio de tu padre que mató a varios extranjeros que pretendían raptar a sus hijos. ¿Hay algo de cierto en ello?

—Todo es cierto. —Romen sonrió con orgullo—. Su fuerza es comparable a la de cualquier luchador de la isla.

—¿Competirá en las fiestas del Beñesmer?

—No en esta ocasión —respondió decepcionado—. Ha vuelto a quedar preñada.

—Mirad. —Todos miraron hacia donde señalaba Adjoña, hijo del mencey de Abona, el anfitrión en aquella celebración anual.

La noche estaba despejada y, a lo lejos, podía divisarse el resplandor de un gran fuego que se había desatado en la vecina isla de Gran Canaria. Debía de ser obra de los invasores que llevaban años merodeándolos. Los guanches conocían de primera mano a dos tipos de extranjeros: por una parte estaban los monjes, que parecían inofensivos, aunque ya habían desembarcado en sus costas para tratar de imponerles la absurda idea de que su dios era el verdadero; y por la otra estaban los cazadores de esclavos, hombres sin honor con los que llevaban años guerreando. Pero también sabían de la existencia de una tercera clase: soldados crueles y bien adiestrados cuyo único objetivo era arrebatarles las tierras a sus legítimos propietarios. Ya habían conquistado alguna de las islas más pequeñas, aniquilando a los aborígenes que vivían en ellas desde hacía siglos. Estos, de natural pacíficos, se sometieron a los visitantes desde su llegada, pero los abusos que debieron soportar provocaron que empezara a haber pequeños levantamientos que eran sofocados sin compasión. En todos los tagoror, los menceyes terminaban comentando que no tardarían en intentarlo también en Tenerife. Aunque los guerreros se envalentonaban y aseguraban que los enviarían de vuelta a la pocilga de la que habían salido, los más viejos y sabios eran conscientes de que, llegado el día, supondría un antes y un después para su pueblo.

Los guanches celebraban desde hacía rato comiendo carne asada y gofio de trigo cuando Bencomo fue a orinar junto a una gran roca y volvió a encontrarse cara a cara con Añaterve. El joven mencey de Güímar tenía un aspecto imponente, con una poderosa musculatura que asomaba por debajo de su tamarco fabricado con el mejor cuero gamuzado. A su lado, Bencomo seguía pareciendo un niño. Añaterve sonrió con suficiencia al verlo, crecido ante su superioridad no solo física, sino también social.

—Mirad a quién tenemos aquí —dijo a su séquito mientras lo miraba de arriba abajo—. ¡Una boñiga de Taoro!

Sus hombres rieron y Bencomo le sostuvo la mirada en silencio. Su desafío irritó a Añaterve.

—¿A ti no te han enseñado cómo debes tratar a un mencey, estúpido?

Bencomo recordó las palabras de su padre pidiéndole cautela y agachó la cabeza frente él.

—Yo te saludo, gran mencey.

—¡Arrodíllate!

Bencomo dudaba sobre lo que debía hacer y las consecuencias que tendrían sus actos cuando, por fortuna, su padre llegó en su ayuda.

—¿Tienes algún problema con mi hijo, Añaterve?

—Tu hijo siempre los causa, Imobach.

—Permite entonces que sea yo quien lo amoneste.

Añaterve miró con desprecio a Bencomo.

—Cualquier día tú y yo ajustaremos cuentas —dijo salpicándolo con su saliva.

—Cualquier día —respondió Bencomo sin acobardarse—, cuando podamos volver a tratarnos de igual a igual.

Añaterve apretó los dientes, pensando si tirar al suelo la añepa que lo identificaba como mencey para retar a duelo, como dos simples mortales, a aquel muchacho engreído. Mientras que la inconsciencia de Bencomo le hacía aguantarle la mirada, en el fondo deseando que lo hiciera, Imobach contenía la respiración, temiendo que su hijo fuera a morir aquella misma noche. Sin embargo, el destino volvió a aliarse con Bencomo y se escuchó una enorme explosión.

Todos miraron hacia el volcán y comprobaron que las puertas del infierno habían vuelto a abrirse, esparciendo su sangre en todas las direcciones y provocando con ello un sinfín de pequeños incendios. Los gritos de terror y las carreras se sucedieron entre los asustados guanches. El guañameñe alzó la voz por encima de los gritos.

—¡Achamán reclama sus ofrendas!

Las nueve hogueras —una por cada menceyato— habían sido alimentadas con troncos secos de drago, el árbol sagrado que conduciría a los cielos las almas de los cabritillos que, inmovilizados por las patas, ya sentían el calor del fuego y balaban desesperados, como si intuyeran su destino. El sacerdote volvió a tomar la palabra:

—¡Con esta ofrenda, padre celestial, rogamos que intercedas por tu querido pueblo frente a Guayota, el espíritu maligno que habita dentro de Echeyde! ¡No permitas que vuelva a raptar a Magec, el que nos calienta y nos ilumina!

—¡Protégelo, Achamán! —gritaron todos al unísono.

—¡Proceded!

Los menceyes que presidían cada una de las hogueras, ayudados por sus hijos, hermanos o parientes más cercanos, levantaron los cabritillos por encima de las cabezas. Imobach solo precisó la ayuda de Bencomo, mientras que Añaterve quiso hacerlo él solo, convencido de que así el dios supremo sería más generoso con él.

—¡Que los balidos de estas almas puras contenten a Achamán!

Uno a uno, los cabritillos fueron arrojados dentro de las hogueras, balando con desesperación e intentando en vano escapar de las llamas. Cuanto más alto chillaran, más complacería al habitante de los cielos. Cuando los animales ya estaban calcinados, se arrojaban junto a las rocas para alimentar a los guacanchas, que aguardaban excitados, ansiosos por darse su festín.

Todos miraron hacia el volcán, pero este seguía expulsando lava y comprendieron lo que pasaría a continuación.

—¡Traed la ofrenda para Magec!

La voz del sacerdote los silenció a todos. Los guanches se giraron para ver a dos hombres que llevaban a un niño de unos meses en brazos, vestido con sus mejores galas y adornado con collares y pulseras. Los padres del crío caminaban unos pasos detrás de ellos, resignados a la suerte que le había tocado correr al pequeño, el cuarto de sus hijos, aunque felices por haber sido elegidos para tal honor y responsabilidad. Los recursos naturales de la isla eran escasos y no eran raras las épocas de hambruna, por lo que no solía ser común ni estaba bien visto que las parejas tuviesen más de dos o tres hijos.

Solo los sollozos del niño, que llamaba desesperadamente a su madre, rompían el silencio sepulcral. Tinguaro y Hucanon, con los ojos como platos, se situaron en primera fila, justo delante de Bencomo.

El joven ya había asistido en más ocasiones a ceremonias como aquella y, aunque no las disfrutaba, sabía que eran necesarias para congraciarse con el más brillante de los dioses.

—¿Qué le van a hacer? —preguntó Hucanon, impresionado por todo lo que habían vivido aquella noche.

—Entregárselo como ofrenda a Magec cuando nos visite —respondió Bencomo—. Ahora debéis guardar silencio.

El niño seguía sollozando, sin entender por qué tantas miradas estaban puestas sobre él, cuando el guañameñe le hizo una seña a su madre. La mujer se acercó a su hijo y le dijo unas palabras al oído que enseguida hicieron efecto. Durante lo que quedaba de noche, apenas se escuchó el graznar de las gaviotas. Al fin, el sacerdote cogió al niño y lo levantó por encima de su cabeza.

—¡Magec, te ofrecemos esta criatura como muestra de respeto y de amor hacia ti!

Justo cuando el sol asomó por el horizonte, el sacerdote arrojó al niño por el acantilado. Su llanto se acalló con el golpe y solo los más jóvenes corrieron a asomarse para ver cómo las frías y profundas aguas se tragaban el pequeño cuerpo.

Entonces la luz del amanecer apagó el brillo naranja de la lava al salir del volcán y todos se abrazaron aliviados. Una vez más, Achamán había salvado a Magec y Guayota volvía a su guarida con las manos vacías.

7

Reino de Valencia. Junio de 1522

El regreso a la finca familiar de los Lavilla supuso nuevas preocupaciones para Melchor y Nicolás, los esclavos guanches encargados de velar por la seguridad de Elena. Al principio, saber que se la llevaban de la ciudad los inquietó, pero comprendieron que estaría más segura en la hacienda de Miguel Lavilla, alejada del foco de la rebelión de los comerciantes. Aun así, durante los tres años que permaneció en la Albufera estuvieron muy pendientes de que no sufriese ningún percance. Desde allí supieron de la llegada de Rodrigo a la vida de la muchacha y, aunque inicialmente no les hizo demasiada gracia, pronto lo tomaron como un protector más de alguien tan importante para ellos.

La primera vez que Elena tuvo conciencia de aquellos hombres fue a los catorce años, cuando unos rateros la asaltaron mientras lavaba ropa en la orilla del río. Normalmente allí había lavanderas que solían protegerse unas a otras, pero aquel día ella fue a deshoras y, sin darse cuenta, se había quedado sola.

—No tengo nada —dijo asustada al ver acercarse a tres muchachos sucios y desharrapados.

—Tienes coño, es suficiente —respondió uno de ellos.

Sus compinches le rieron la gracia mientras la rodeaban, cortándole toda posibilidad de escapatoria.

—Mi amo es don Joaquín Lavilla —dijo a la desesperada, retrocediendo hacia el río—. Si me hacéis daño, pondrá precio a vuestras cabezas.

—Solo te haremos daño al principio —replicó bravucón otro de los chicos—. Después, seguro que te gusta.

Volvieron a reír y se dispusieron a atacarla.

—Será mejor que no te resistas...

Cuando ya los tenía encima, una piedra lanzada como solo un guanche sabía hacerlo golpeó a uno de ellos en la cabeza y cayó descalabrado al agua, tiñéndola de sangre. Los otros dos, aún sin comprender qué había pasado, se giraron y vieron a dos hombres robustos acercándose a ellos. Uno tenía un tono de piel diferente, más oscuro de lo habitual por mucho que se trabajase bajo el sol, aunque no parecía africano.

—Largaos de aquí —les dijo el de piel clara a los muchachos.

—¡Habéis matado a nuestro amigo! —respondió el más alto mientras la corriente se llevaba el cuerpo del chico.

—Él se lo ha buscado. Y, si no queréis correr la misma suerte, lo mejor es que os marchéis por donde habéis venido.

Cegado por la rabia, uno de los dos rateros sacó un pequeño estilete, agarró a Elena por la espalda y se lo puso en la garganta.

—¡Dad un paso más y le rebano el cuello!

Antes siquiera de que ella pudiera asustarse, el guanche moreno lanzó otra piedra que fue a incrustarse en el cráneo del tercer ratero, que se desplomó, como fulminado por un rayo.

—Solo quedas tú, muchacho —le dijo al que tenía agarrada a la esclava—. Si no la sueltas y te largas, te juro por Achamán que te sacaremos las tripas por la boca.

El chico dudó, pero al mirar a su amigo, cuyo único signo de vida era un ligero temblor en una de las piernas, soltó a Elena y huyó. Los dos guanches se acercaron con cautela a ella.

—¿Estás bien?

—¿Quiénes sois vosotros?

—Tranquila. Estamos aquí para cuidarte.

—¿Cuidarme?

—Eso es. No te haremos ningún daño. Pero tú tienes que tener más seso. No puedes exponerte así. ¿Lo has entendido?

Elena asintió y los dos hombres le dedicaron una sonrisa y desaparecieron tan rápido como habían llegado. Después de aquello, a lo largo de los años, percibió su presencia unas cuantas veces más.

Cierto día, mientras escuchaba misa en la catedral de Santa María, vio a uno de ellos vigilándola desde la puerta de los Apóstoles. Le dijo a su ama que iba a rezar una oración a la capilla donde guardaban el Santo Cáliz, donado a la catedral de Valencia casi un siglo antes por el rey Alfonso V de Aragón, el Magnánimo, y caminó hacia él.

—¿Por qué me sigues?

—No te estoy siguiendo —respondió Melchor, incómodo al sentirse descubierto—. Solo he venido a escuchar misa.

—Mientes. O me dices por qué lo haces o te denuncio ante la milicia.

Lo último que necesitaba el esclavo era llamar la atención, así que mostró las palmas de las manos y se aproximó a Elena, que retrocedió.

—No te acerques.

—No tengas miedo. Recuerda que estoy aquí para protegerte.

—¿Para protegerme de quién?

—De todos los peligros que te acechan. El mundo en el que vivimos es muy peligroso y necesitamos que sigas viva.

—¿Quiénes lo necesitáis? ¿Y por qué?

—Tú limítate a mantenerte a salvo.

Melchor le apretó el hombro y se marchó. Elena quiso ir tras él y obligarlo a responder a todas las preguntas que se agolpaban en su cabeza, pero, cuando reaccionó, aquel hombre que le resultaba tan extrañamente familiar ya había salido de la iglesia y se había perdido entre la multitud que deambulaba esa mañana de domingo por las calles de Valencia.

Gracias a la intercesión de Elena, don Joaquín Lavilla compró a Rodrigo y este acompañó a la familia en su regreso a Valencia. Doña Rosa creía que el brillo que iluminaba la mirada de su esclava se debía a que echaba de menos la ciudad y se alegraba de volver a casa, como les sucedía a ella y a sus hijas. Nadie podía sospechar que lo que ocurría es que estaba profundamente enamorada por primera vez en su vida.

Aunque era duro, el trabajo de Rodrigo en la finca de los Lavilla resultó mucho menos agotador que el que llevaba a cabo en los arrozales de la Albufera. Las primeras semanas trabajó en los frutales desde el amanecer hasta el crepúsculo, pero los conocimientos que había adquirido los últimos años le hicieron destacar entre otros esclavos y hasta entre los aparceros mudéjares y valencianos que también trabajaban allí.

Todas las mañanas, don Joaquín Lavilla recorría sus tierras a caballo acompañado de su capataz y de su hijo Daniel, que se había convertido en un hombre muy temido tanto por los esclavos como por los trabajadores libres. De niño era bueno, incluso cariñoso con Elena, a la que consideraba casi una hermana, pero a medida que fue creciendo empezó a marcar distancias con todos los que no pertenecían a su clase social. Quizá se debiera a que, al igual que sus hermanas pequeñas, carecía por completo de atractivo para el sexo opuesto. Los tres hermanos Lavilla tuvieron que concienciarse pronto de que sus matrimonios probablemente no serían por amor, y, en el caso de Daniel, verse rechazado por todas las muchachas a las que se acercaba y saberse objeto de burlas entre sus compañeros de la escuela forjaron su difícil carácter.

—¿Ese es el hombre del que me hablabas, José? —le preguntó don Joaquín al capataz mientras observaba cómo Rodrigo instruía a sus compañeros sobre la manera de podar correctamente un limonero.

—El mismo, patrón. Es inteligente.

—Di más bien que es avispado —respondió Daniel con desdén—. Un negro no puede ser inteligente.

—Sabe leer y escribir.

—Llámalo —ordenó don Joaquín.

—¡Rodrigo!

El esclavo dejó lo que estaba haciendo y corrió hacia los tres hombres, que lo observaban desde lo alto de sus caballos. Los animales piafaron nerviosos al verlo llegar tan aprisa y frenar en seco frente a ellos.

—A vuestras órdenes, capataz.

—Don Joaquín desea hablarte.

Rodrigo miró a su amo, a la expectativa.

—¿Quién te enseñó a leer?

—Mi primer amo. Me era útil para hacer bien los recados en el mercado.

—¿También sabes hacer cuentas?

—Sí, amo.

—Mañana, al alba, en lugar de a los cultivos, te llegas a la casona.

—Sí, amo.

—Y ven aseado —añadió Daniel—. Apestas.

Los tres hombres azuzaron sus monturas y siguieron su ronda. Aquella noche, Rodrigo volvió a recibir la visita de Elena, que solía escaparse de casa en cuanto los amos se dormían. Su relación se consolidaba poco a poco e hicieron el amor como la primera noche en aquella barraca destartalada a orillas del lago. Después, mientras descansaban abrazados, volvieron a soñar con una vida en libertad lejos de aquel lugar.

—¿Crees que tu pueblo aceptará a alguien como yo? —preguntó Elena.

—¿Te refieres a alguien tan blanquita?

—No soy tan blanca. Pero, como casi siempre trabajo dentro de la casona, el sol no tuesta mi piel.

—En África te tostarás, pierde cuidado, y claro que te aceptarán. Si me ven a mí feliz, mi pueblo también lo será.

Elena sonrió y volvió a besarlo, aunque enseguida se le nubló el semblante.

—¿Qué te pasa? —preguntó Rodrigo.

—Por más que lo deseemos, nunca sucederá.

—¿Por qué dices eso?

—¿De dónde vamos a sacar el dinero para comprar nuestra libertad, Rodrigo? Mi señora no quiere que trabaje, y el aguinaldo que me dan no son más que unas monedas. Y en cuanto a ti...

—Encontraré la solución, te doy mi palabra —la interrumpió él.

Elena asintió porque deseaba creerlo, pero sabía que seguramente su historia de amor se limitaría a verse a escondidas durante el resto de su vida.

8

Tenerife (islas Canarias). Agosto de 1461

La fiesta del Beñesmer, cuando los guanches festejaban por todo lo alto la recogida de la cosecha, tocaba celebrarla aquel año en el menceyato de Güímar, el reino del poderoso Añaterve. Bencomo y su enemigo se habían cruzado solo un par de veces desde su último encontronazo aquella noche en la que se abrieron las puertas del infierno, pero él sabía que no lograría evitarlo por mucho más tiempo. Habían invitado a los menceyes, a sus familias y a los nobles de cada cantón a venerar la talla que representaba a Chaxiraxi, la madre del sol, que permanecía en la cueva-palacio de Añaterve custodiada por un ejército de harimaguadas que la mantenían impoluta y procuraban que nunca se apagase el fuego que la alumbraba, bajo la amenaza de arrojar a la lava del volcán a la que se descuidase en su cometido. Aquella extraña y mágica figura la habían encontrado abandonada hacía muchos años en la playa, sin duda puesta allí por Magec como regalo para los más fieles de sus discípulos...

Rondaba el año 1350 cuando unos monjes franciscanos llegaron desde Mallorca a Gran Canaria —la isla situada al sudeste de Tenerife— con la intención de evangelizar a las tribus salvajes que vivían en aquel archipiélago. Los aborígenes nunca entendieron lo que pretendían hacer con las inmensas cruces de las que colgaba un hombre semidesnudo, pero sus vestimentas, lo orondos que eran algunos y, sobre todo, el extrañísimo corte de pelo que lucían —una radical tonsura con afeitado en la parte superior y una franja circular de pelo alrededor de la cabeza, justo por encima de las orejas— les hacía tanta gracia que los acogieron como miembros de su comunidad.

Los monjes, cuyo único objetivo era cristianizar a aquellos nativos para que sus almas fueran admitidas en el cielo al pasar a mejor vida, se instalaron en la isla y tardaron pocos días en empezar a levantar una ermita. Los canarios, acostumbrados a vivir en cuevas y en chozas de barro y de madera, se maravillaron ante aquella construcción de piedra que se erguía hacia el cielo para honrar a un extraño dios cuyo hijo, según consiguieron entender al cabo del tiempo, había sido crucificado en una tierra lejana.

Durante medio siglo, religiosos y aborígenes vivieron en paz, pero las continuas razias en busca de esclavos por parte de otros extranjeros que llegaban a sus costas comenzaron a provocar tensiones. El guanarteme, como eran conocidos los menceyes de Gran Canaria, recibía a diario las quejas de súbditos que habían perdido padres, maridos, hermanos o hijos por culpa de aquellos hombres que los llamaban salvajes, cuando eran ellos los que se comportaban como bestias. El monarca visitó a los monjes para exigirles que trajeran de regreso a todos los que se habían llevado, pero ellos aseguraban estar atados de manos. Las relaciones fueron enfriándose poco a poco hasta que, en una de las incursiones, unos portugueses secuestraron al mismísimo hijo del guanarteme para venderlo en el mercado de esclavos de Lisboa.

Aquella fue la gota que colmó el vaso y doscientos aborígenes armados con lanzas y piedras fueron en busca de los religiosos y los condujeron a empellones hasta la sima de Jinámar —un tubo volcánico de casi doscientos treinta pies de profundidad— para arrojarlos al vacío junto con sus cruces, sus cuadros y sus tallas. Quiso el destino que uno de los franciscanos, un manacorí famoso entre los aborígenes por su afición a dar las misas cantadas, aquella mañana hubiese llevado una talla de la Virgen a un artesano local para que reparase un pequeño arañazo que le habían hecho en sus ropajes. Al regresar camino de la ermita descubrió el humo, y la suerte se alió con él por segunda vez ese mismo día cuando decidió esconderse entre la vegetación al escuchar a un numeroso grupo de nativos que clamaba venganza. Corrió aterrorizado hacia la playa con la figura a cuestas, tratando de divisar algún barco que lo pusiera a salvo, pero, para su desgracia, el horizonte estaba despejado.

Cuando los isleños se percataron de que se había escapado uno de los monjes, se conjuraron para darle caza. Él, hostigado, subió la talla de la Virgen a una rudimentaria barcaza e intentó poner rumbo a la isla de Tenerife, cuya costa y su volcán divisaba en la lejanía. Sin embargo, los aborígenes lo descubrieron cuando estaba a punto de echarse al mar y lo llevaron a la sima de Jinámar para que tuviera el mismo final que sus hermanos. La talla de la Virgen, con el niño Jesús en brazos, se vio arrastrada por las olas mar adentro.

Varios días después, dos pastores guanches que conducían a su ganado por el menceyato de Güímar vieron a una extraña y menuda mujer sobre la arena. Permanecía quieta, sin asustarse ni esconderse por mucho que ellos gritasen que se apartase de su camino. Cuando se acercaron con toda la cautela del mundo, se dieron cuenta de que no estaban ante una mujer cualquiera. Era tan bella y delicada que debía de tratarse de la diosa Chaxiraxi, la madre de Magec. Se apresuraron a avisar al padre de Añaterve, que acababa de recibir su menceyato de manos de Tinerfe el Grande, y toda la comunidad se dirigió hacia la playa. Era cierto, allí estaba. El grupo entero se detuvo a una veintena de pasos de aquella mujer colorida e inmóvil.

—¿Quién eres? —preguntó el mencey—. ¿Cómo has llegado hasta aquí?

Al ver que no contestaba, un muchacho que no llegaba a los cinco años le lanzó una piedra y acto seguido recibió una paliza por atacar a lo que tenían por una diosa caída del cielo. Tras un rato de incertidumbre y de altercados, el jefe decidió aproximarse. Cuando estuvo junto a ella, descubrió con asombro algo que los desconcertó a todos todavía más.

—¡Es de madera!

—Debemos protegerla de la lluvia y del viento —dijo su esposa—. Llevémosla a nuestra cueva.

El mencey quiso cargar él solo con la talla de la diosa mientras su pueblo lo seguía en silencio, convirtiendo aquella en la primera de las muchas procesiones que protagonizaría tan hermosa efigie, pero a mitad de camino se detuvo agotado y necesitó pedir ayuda. En ese punto exacto, al cabo del tiempo, construirían el santuario de Nuestra Señora del Socorro. Trasladaron la representación de Chaxiraxi a la cueva-palacio del monarca de Güímar y allí permaneció hasta que llegaron los castellanos, casi un siglo después, y pasaron a llamarla Virgen de la Candelaria, patrona de las islas Canarias.

Bencomo no alcanzaba a comprender por qué el dios Magec había elegido el menceyato de Güímar para que cuidara de su madre pudiendo habérsela entregado a Taoro o a cualquiera de los restantes siete cantones, pero debía respetar su voluntad. Se arrodilló como hicieron todos los presentes cuando cuatro harimaguadas sacaron la talla de una sala interior y la colocaron sobre una peana en el centro de la estancia principal de la cueva-palacio de Añaterve. Los sacerdotes iniciaron los rezos y, durante toda la mañana, los asistentes fueron postrándose ante la diosa para pedirle su intercesión en asuntos variopintos que iban desde la sanación de algún familiar enfermo hasta una buena cosecha, pasando por ausencia de dolor en los partos o aumento en la producción de leche de las cabras para los meses venideros.

Bencomo no tenía nada que pedir salvo la paz con los reinos vecinos o si acaso que la diosa proveyera de más caza a los bosques de Taoro, y eso precisamente se disponía a hacer cuando algo lo aturdió y las palabras se le atragantaron. Nunca antes había sentido una punzada en el estómago como la que le produjo el encontrarse por primera vez con una joven esbelta, de piel morena, cabello negro y unas formas redondeadas que apenas podía ocultar bajo las ligeras túnicas propias de las harimaguadas. Era la mujer más hermosa que hubieran visto sus ojos. Ella sonrió con timidez al ver el efecto que había causado en uno de los muchachos más deseados por todas las mujeres casaderas de la isla y sus dientes blancos al asomar entre sus labios desarmaron definitivamente al que algún día sería mencey.

—Si vas a pedir algo, hazlo ya o deja paso al siguiente, majadero —dijo Añaterve con desprecio desde su trono, haciendo añicos la magia que había surgido entre los dos jóvenes.

—Pediré, gran mencey —respondió Bencomo y volvió a fijar la mirada en la muchacha—. Ahora más que nunca necesito el favor de la diosa.

La harimaguada se sonrojó y bajó la mirada al comprender que lo que pedía Bencomo en susurros al oído de Chaxiraxi tenía mucho que ver con ella.

Bencomo aguardó frente a la entrada de la cueva, esperando para hablar con la que él ya consideraba su futura esposa. Se quitó de encima de un manotazo a Tinguaro y Hucanon, que insistían en que los acompañase a presenciar los combates de lucha o las competiciones de habilidad que se disputaban entre los diferentes menceyatos.

—¿Qué te pasa, hermano? —preguntó Tinguaro confundido—. ¿Es que no vas a representar a Taoro en el salto con pértiga ni en el lanzamiento de banot?

—Lo dejaré en tus manos —respondió Bencomo sin apartar la mirada del grupo de harimaguadas, entre las que no localizaba a la que le había causado tan buena impresión.

—¿Te has vuelto loco? —El muchacho palideció—. ¡Yo no tengo ninguna posibilidad de vencer!

—Deberías confiar más en ti, hermano. Díselo tú, Hucanon.

—No tiene ninguna posibilidad. —Cabeceó este—. Va a quedar el último.

—Gracias por tus ánimos —dijo Tinguaro sarcástico.

—Tampoco pasa nada por perder. De las derrotas se aprende más que de las victorias. Y ahora largaos. —Volvió a empujar a los chicos—. Me rondáis igual que las moscas rondan a las boñigas de cabra.

Los dos se marcharon a presenciar las competiciones discutiendo sobre quién podría representar a Taoro con garantías, y

Bencomo continuó allí, sin apartar la mirada de la cueva. Al fin, vio salir a la joven. A la luz del sol era aún más hermosa que en la penumbra. Magec la embellecía, agradecido por la devoción con la que atendía a su madre. La muchacha pidió permiso a una sacerdotisa mayor y, cuando esta se lo concedió con un gesto, se adentró por un sendero del bosque. El príncipe debía tener cuidado de que no lo vieran al seguirla; estar a solas con una sacerdotisa suponía severos castigos para ambos, y no dudaba de que Añaterve exigiría el más duro correctivo que les pudieran aplicar.

Cuando tuvo la certeza de que nadie podía adivinar sus intenciones, se internó en el bosque y, tras una larga caminata en la que llegó a pensar que se le había escapado la oportunidad, dio con la harimaguada. Su ropa descansaba sobre una roca y ella se bañaba desnuda bajo una catarata. Bencomo ya conocía los placeres de la carne, se había desahogado muchas veces con diferentes mujeres de su cantón, pero aquello era distinto. Se sintió sucio espiándola en un acto tan íntimo, aunque, por más que quisiera, no lograba apartar la mirada de aquel cuerpo, deseando que algún día fuera suyo. De pronto, algo se movió entre los arbustos, a unos cincuenta pasos, y la chica se cubrió con las manos.

—¿Quién anda ahí?

Al instante, la bestia que ocultaba en su interior el espíritu de Guayota se dejó ver. Le bastó un gruñido para que cuatro perros salvajes más, los guacanchas, salieran de la espesura y rodearan a su presa. En los ojos del viejo perro lanudo había tanto deseo como en los de Bencomo, pero era deseo de muerte. La harimaguada comprendió que no tenía escapatoria y se rindió, abriendo los brazos y cerrando los ojos, convencida de que la diosa Chaxiraxi la acogería a su vera por el buen servicio que le había dado desde niña. Sin embargo, el golpe seco y el quejido hicieron que volviese en sí. Enfrente de ella, uno de los hijos de Guayota se retorcía ensartado por una lanza mientras su sangre teñía el agua de rojo.

—¡Fuera, malditos! —gritó Bencomo mientras corría hacia la muchacha—. ¡Largaos, si no queréis que os envíe de regreso al infierno!

El enviado de Guayota y los tres guacanchas que quedaban vivos se olvidaron de la joven para enfrentarse a Bencomo. En cuanto lo vio y reconoció aquel olor, al perro lanudo se le erizó la grupa y enseñó los colmillos. El muchacho había crecido, pero era el mismo que casi una década antes lo había desafiado lanzándole su pequeño banot. Uno de los perros se abalanzó sobre él en un ataque aislado y Bencomo le rajó el estómago con la punta de flecha que siempre llevaba encima y que se ocupaba obsesivamente de tener bien afilada. El animal vio las tripas flotando en el agua antes incluso de advertir que eran las suyas. Mientras los otros tres animales vacilaban, Bencomo protegió a la harimaguada con su cuerpo y recuperó el banot del primer perro caído.

—¡Marchaos!

Guayota gruñó y los dos perros atacaron a la vez, uno por cada flanco. El chico pudo deshacerse de uno de ellos con facilidad, pero el otro le mordió en una pierna antes de caer ensartado por su lanza. De nuevo, quedaron frente a frente la bestia que albergaba el espíritu del mal y el joven guerrero.

—¡Vamos! —lo retó—. ¡No te tengo miedo!

Guayota estuvo a punto de entrar en la provocación, pero se sabía en desventaja y huyó de él por segunda vez. En cuanto desapareció entre los árboles, Bencomo miró a la harimaguada, sin saber dónde posar los ojos debido a su desnudez.

—¿Estás bien?

—¿Me estabas espiando? —le reprochó ella.

—No... —titubeó avergonzado—. Solo quería hablar contigo y... te juro que iba a marcharme cuando llegaron Guayota y los guacanchas. Perdóname, te lo ruego.

Parecía sincero y ella se relajó.

—Te han herido, Bencomo —dijo señalándole la pierna.

—Es injusto que tú sepas mi nombre y yo desconozca el tuyo.

—Me llamo Hañagua.

Bencomo lo sospechaba desde que la conoció, pero no quería creerlo: esa harimaguada era la misma de la que estaba enamorado Beneharo, el futuro mencey de Anaga. Durante el solsticio de verano de hacía un año, su amigo le había comunicado su intención de desposarla y sabía que, después de esperar pacientemente hasta adecentar una cueva a la altura de la futura reina, se había decidido a pedirle matrimonio en aquella fiesta de la cosecha. Antes de que pudiera decir nada, escuchó un colérico grito a su espalda.

—¡Cómo te atreves, miserable!

Hañagua corrió a por su ropa a la vez que Bencomo se giraba para ver a Añaterve al frente de un numeroso grupo de guanches, entre los que se encontraba el mencey Imobach, que miraba a su hijo de nuevo decepcionado. Pero lo que más le dolió fue ver el desengaño en la mirada de Beneharo.

—¡Tu hijo ha vuelto a faltarme al respeto, Imobach! —exclamó Añaterve indignado—. ¡Ha desvirgado a una de las harimaguadas que cuidan de la diosa!

—¡Eso es mentira! —Bencomo señaló a los animales muertos que había a su alrededor—. La he defendido del ataque de Guayota y los guacanchas, pero no la he tocado. Sigue siendo pura.

—Espero que haya merecido la pena, Bencomo. —El mencey de Güímar esbozó una sonrisa cruel—. Ella morirá arrojada a la sangre caliente del volcán.

—¡No!

Todos se giraron hacia Beneharo, que temblaba de miedo y de rabia.

—Ya sé que era tu intención desposarla, Beneharo —le dijo Añaterve poniéndole amistosamente la mano en el hombro—, pero Bencomo nos ha deshonrado a todos y es mi obligación castigarla como se merece.

El heredero del menceyato de Anaga miró a Bencomo con un odio que le salía de las entrañas y que prometía seguir ahí hasta su muerte. Añaterve sonrió complacido al ver que tenía un nuevo aliado y dio una orden a su escolta:

—Cogedla.

Cuando dos hombres de Añaterve fueron a detener a la harimaguada, Bencomo tomó la decisión más arriesgada de toda su vida.

—¡Te reto a duelo, mencey Añaterve!

El desafío cogió por sorpresa a todos los presentes, incluido el eterno enemigo de Bencomo. Imobach cerró los ojos temiendo que, esta vez sí, iba a perder a su primogénito para siempre.

—¿Cómo dices?

—Ya lo has oído. Si vences tú, yo moriré y podrás sacrificar a Hañagua si así lo consideras. Pero, si te derroto, ella vendrá conmigo a Taoro y la convertiré en mi esposa.

Añaterve llevaba años deseando disponer de la vida de aquel muchacho y sonrió, convencido de su victoria.

Tinguaro y Hucanon miraban preocupados a Bencomo mientras este seleccionaba una piedra del cesto fabricado con raíces de drago, de donde Añaterve ya había sacado los seis guijarros que utilizaría en la primera parte del duelo. Escogió una plana a la que poder darle efecto y sorprender así a su adversario. La segunda era redonda y pesada, capaz de hacer mucho daño si alcanzaba su objetivo. Dudó sobre la tercera, aunque estaba casi seguro de que las piedras no serían determinantes en el resultado final de la contienda. Las demás competiciones se interrumpieron para presenciar la batalla más esperada de los últimos años; aparte de que eran dos enemigos irreconciliables casi desde la cuna, no era habitual ver a un mencey pelear por su vida. Hañagua observaba la escena junto a las otras harimaguadas, que la miraban con una mezcla de desprecio por haber roto sus votos al verse a solas con un muchacho y admiración por que ese muchacho fuese el heredero del menceyato de Taoro, que además se jugaba la vida por ella en una demostración de amor por la que muchas suspiraban a diario. Un poco más allá, los herederos reales apenas hablaban, divididos entre los que apoyaban a Beneharo, y por lo tanto a Añaterve, y los que deseaban la victoria de Bencomo a pesar de la traición a su amigo. El silencio de los dos hermanos de Bencomo, por costumbre parlanchines, incomodó al luchador.

—¿Qué ocurre? ¿No confiáis en que gane?

—Añaterve es más fuerte que tú —respondió Tinguaro con franqueza.

—Pero yo soy más rápido —dijo él con una aplastante seguridad—. En cuanto la piedra salga de su mano, sabré qué dirección tomará.

—¿Y cuando luchéis con las suntas? —preguntó Hucanon.

—Ni siquiera me rozará.

—¿Te duele la pierna?

Bencomo miró la herida que le había hecho el guacancha. A pesar de ser muy profunda, casi no la sentía. Imobach se acercó angustiado a sus hijos.

—Dejadnos solos.

Tinguaro y Hucanon abrazaron a su hermano mayor deseándole suerte y fueron a ocupar su lugar entre cientos de guanches, que guardaban un imponente silencio.

—Si va a afearme mi conducta, no creo que sea buen momento, padre.

—Vengo a rogarte, Bencomo. Si no como padre, como mencey de Taoro que no puede perder a uno de sus mejores guerreros ahora que se avecinan tiempos difíciles por la continua llegada de extranjeros a nuestras costas.

—Si lo que quiere es que gane, descuide, que lo intentaré con todas mis fuerzas.

—Lo que quiero es que pidas clemencia en cuanto te veas superado, hijo.

Bencomo miró a su padre, decepcionado por la poca confianza que tenía en su victoria.

—Sabe que no puedo hacer tal cosa, padre.

—Añaterve no dudará en matarte.

—Si Achamán me reclama, iré a verlo orgulloso de haber muerto defendiendo el honor de mi tierra.

—No mueres por tu tierra, sino por una muchacha a la que no conoces.

—¿No moriría el mencey por mi madre?

—No compares a una reina con una simple harimaguada.

—Si sobrevivo, Hañagua también será reina algún día. Si no, a nadie le importará porque ambos nos habremos reunido con nuestros antepasados.

—¡Empecemos de una vez!

Añaterve ya estaba subido en su montículo, ansioso por darle una lección a aquel impertinente. Tensó su poderosa musculatura y lanzó el mismo rugido que solía descomponer a los pocos enemigos que habían osado enfrentarse a él en un campo de batalla. Los espectadores golpearon las armas contra escudos fabricados con madera de drago, enceltados, deseosos de ver sangre de reyes derramada en la arena.

—Procura vivir, hijo mío.

Imobach abrazó a Bencomo antes de que este se subiera en su montículo, a solo diez pasos del de su enemigo, y fue a sentarse con los demás menceyes. Miró a Tinguaro, consciente de que ese día también era crucial para él. Si, como todos pensaban, incluido él mismo, su hijo mayor perecía, debía prepararlo a marchas forzadas para postularse como futuro rey de Taoro. Estaba convencido de que, llegado el momento, los nobles aceptarían el reinado de Bencomo, pero con su hijo pequeño aún quedaba mucho trabajo por hacer, ya que a sus catorce años todavía era un niño. El guañameñe se situó entre los dos contendientes.

—¡El príncipe Bencomo ha retado a duelo al mencey Añaterve y este ha aceptado! ¡Es un combate a muerte!

Los espectadores patearon el suelo con excitación. Imobach, Tinguaro y Hucanon fueron los únicos que se quedaron quietos y pudieron sentir cómo temblaba bajo sus pies, igual que cuando se abrían las puertas del infierno.

—¡Que comience la batalla!

—Te concedo el honor de lanzar primero, Bencomo —dijo Añaterve con suficiencia—. Con un poco de suerte, me descalabrarás antes de que te envíe a visitar a Achamán.

Los espectadores rieron y Bencomo lanzó su primera piedra velozmente, aprovechando que el mencey de Güímar no estaba tan concentrado como debería. La piedra cogió un efecto endiablado y fue a golpear en la frente de Añaterve, que cayó de espaldas desde el montículo. Los presentes se llevaron las manos a la boca y no se escuchó un alma, temiendo haber presenciado uno de los duelos más cortos de la historia. Sin embargo, el mencey se incorporó pasados unos instantes. Se limpió el reguero de sangre que le bañaba la cara y apretó los dientes, furioso.

—¡Te abriré en canal y me comeré tus tripas!

—Es tu turno, gran mencey —respondió Bencomo esbozando una sonrisa.

Añaterve volvió a subirse en su montículo y seleccionó con cuidado su piedra. Bencomo aguardaba en completa tensión, sin un ápice de temor en la mirada. El de Güímar amagó tres veces antes de soltarla y el proyectil, lanzado con una fuerza descomunal, rozó la sien izquierda del retador y fue a incrustarse en el tronco de un haya canaria. Los espectadores se sorprendieron ante la habilidad del muchacho, que, sin concederse un respiro, cogió su segunda piedra y la tiró contra Añaterve. Pretendía golpearlo en el mismo lugar que la primera, aunque al mencey no le costó esquivarla. Doce piedras se lanzaron en total uno contra el otro, pero, al ver que la habilidad de ambos haría eterna la batalla, el guañameñe golpeó el suelo con su bastón.

—¡Suntas!

Un par de jóvenes guerreros se acercaron a ambos contendientes y les entregaron sus suntas, dos poderosas mazas de madera, el arma más mortífera de los guanches. La excitación de los espectadores se podía oler. Los labios de Hañagua se movían acelerados, dejando escapar una súplica apenas audible a la diosa Chaxiraxi para que protegiese la vida de Bencomo.

—¿Preparado para morir, mocoso? —preguntó Añaterve.

—Preparado para luchar.

El mencey embistió a Bencomo con fiereza y él detuvo el primer golpe a duras penas. Solo entonces pudo sentir toda la fuerza de su adversario. Las siguientes cinco acometidas las esquivó con habilidad, pero la sexta lo alcanzó en el pecho y lo tiró de espaldas. Los guerreros de Güímar rugieron para animar a su jefe, que ya se veía vencedor.

Un nuevo ataque terminó con Bencomo en el suelo por segunda vez y él todavía no había alcanzado a su rival. Añaterve no le dejaba respirar y se situó encima de él, manchándolo con la sangre que goteaba de su frente.

—He pensado que no la mataré, Bencomo —dijo mirando a Hañagua con lascivia—. La encerraré en una cueva y disfrutaré de ella. Y, cuando yo me canse, haré que la disfruten todos mis guerreros, y después los pastores. ¡Y hasta los carniceros!

Una patada en la entrepierna interrumpió en seco las risas de Añaterve. Bencomo recuperó su sunta del suelo y por fin pudo atacarlo. Cruzaron golpes en igualdad de condiciones, hiriéndose el uno al otro. Ambos sangraban en abundancia cuando la maza fue a destrozar el cráneo a Bencomo, pero este logró agacharse y Añaterve perdió el equilibrio y quedó tendido de espaldas. Bencomo aprovechó su oportunidad y lo golpeó con la sunta en el pecho, dejándolo sin respiración. Por primera vez, vio el miedo en los ojos de su enemigo. Entre los guanches seguía sin escucharse un alma. Bencomo miró a su padre y este asintió con la cabeza, pidiéndole que cumpliera con su obligación y ejecutara al mencey de Güímar. Levantaba ya su maza para acabar con su vida cuando se escuchó la temblorosa voz de Añaterve:

—Te ruego piedad, príncipe Bencomo...

9

Reino de Valencia. Noviembre de 1522

Lo que don Joaquín Lavilla pretendía al citar a Rodrigo en la casona era que, mientras que él se dedicaba a otros negocios menos sufridos que la agricultura, el esclavo ayudase a su hijo a llevar la finca, y en especial las cuentas, ya que Daniel era nulo con las matemáticas y cometía infinidad de errores que causaban pérdidas muy significativas. Hacía no demasiado, una suma mal realizada había echado a perder las ganancias de medio año, y, aunque Daniel se las arregló para exculparse del desaguisado, a don Joaquín le bastó con mirar los albaranes para darse cuenta de la verdad. Pero al señorito no le sentó nada bien aquella intromisión por parte de alguien a quien él consideraba inferior y se dedicó a hacerle la vida imposible desde el primer día. Aparte de cuestionar todo lo que decía, no perdía la oportunidad de humillarlo.

—Lo malo de los cultivos —comentó Rodrigo una tarde, cuando ambos recorrían unos sembrados destrozados por una granizada— es que dependen de las inclemencias del tiempo.

—Ha tenido que venir un negro a mostrarme tal evidencia.

—Lo que quiero decir...

—Ya sé lo que quieres decir, y no me interesa escucharlo. Si no es para dar una idea con la que recuperar las pérdidas por el temporal, será mejor que mantengas la bocaza cerrada.

—Gallinas de Indias.

—¿De qué narices hablas?

—Son aves que se están importando desde el Nuevo Mundo. Parecidas a las gallinas comunes, pero mucho más grandes y, por lo tanto, dan más carne. Estoy convencido de que pronto serán un buen negocio.

—Habla claro, maldita sea.

—He pensado que podríamos transformar una parte de los cultivos menos productivos en corrales y comprar varias docenas de hembras y un par de machos para que empiecen a criar.

—Cómo se nota que no eres tú quien ha de aflojar el bolsillo —respondió Daniel—. Comprar gallinas exóticas costaría un ojo de la cara, por no hablar de las instalaciones que necesitan.

—Es cierto que en el mercado su precio es abusivo, pero quizá podríamos encargárselas a algún mercader que vaya a cruzar el océano y nos ahorraríamos intermediarios. Y, en cuanto a las instalaciones, bastaría con cercar con maderas una pequeña zona.

—Demasiado lío.

—Pensad en el dinero que...

—He dicho que no, carajo —lo interrumpió con sequedad—. Empiezo a estar harto de que cuestiones todo cuanto digo. Métete de una vez en la sesera que solo eres un esclavo, uno al que se le están subiendo demasiado los humos, dicho sea de paso.

—De acuerdo —respondió Rodrigo tragándose el poco orgullo que le permitían conservar.

—A partir de ahora, añádele siempre el «amo», ¿queda claro?

—Sí..., amo.

La vida de Elena, aunque bastante más plácida que la de su amante, también se iba complicando por momentos. Al igual que Daniel hacía con Rodrigo, sus hermanas Guiomar y Sabina habían empezado a tratarla con desdén, pero, si lo que le molestaba al muchacho era que su esclavo tenía más agudeza de la que él estaba dispuesto a reconocerle a un africano, las Lavilla odiaban con toda su alma la belleza natural de Elena, y, por mucho que quisiesen ocultarla obligándola a llevar viejos vestidos o a cubrir con pañuelos su cabello, ella siempre destacaba. Ninguna de las dos comprendía por qué Dios le había otorgado tal virtud a un ser tan bajo, mientras que a ellas no les había concedido un mínimo de atractivo.

A pesar de eso, y para sorpresa de propios y extraños, nada más cumplir dieciocho años, Guiomar había enamorado a un muchacho emparentado con la familia Borgia, que, aunque tampoco era un figurín, gozaba de una muy buena posición. Los jóvenes pretendían casarse la primavera siguiente, pero doña Rosa, temiendo que el chico se arrepintiese o que alguien le hiciese ver que podía aspirar a una esposa mucho más agraciada como futura madre de sus hijos, sugirió a la joven que le entregase su honra para que la boda se adelantase lo máximo posible y no hubiera que lamentar ningún disgusto de última hora. La chica obedeció y la ceremonia se programó para aquel mismo mes de noviembre.

El día del enlace, Elena fue la encargada de lavar y desenmarañar el fosco pelo de su joven ama, pero, después de media mañana intentando domar aquella cabellera, se había convertido en una misión imposible.

—¡Ay! ¡Me haces daño, estúpida!

—Disculpadme, Guiomar, pero tenéis el pelo demasiado enredado.

—Pues desenrédamelo, pero con cuidado. ¿Es que ni eso sabes hacer?

—Lo intento, os lo aseguro.

—Inténtalo con más ahínco. Bien que el tuyo lo llevas siempre a las mil maravillas.

Elena se armó de paciencia y procuró hacerle un recogido a su gusto. Cuando logró que los pelos no se salieran del moño como si fueran alambres, suspiró aliviada.

—Ya está. Pero no os mováis demasiado, os lo ruego.

—¿Estoy guapa? —preguntó Guiomar revisando su peinado en el espejo.

Elena la observó con cara de circunstancias. Siempre había oído decir que toda novia es guapa el día de su boda, pero jamás hubiera utilizado aquel adjetivo para describir a su ama. Aparte de la falta de armonía de sus facciones —algo que acentuaba aún más el recogido—, los nervios le habían jugado una mala pasada y una docena de espinillas salpicaban lo largo y ancho de una cara cuadrada. Bajo ella sobresalía un cuello de leñador que normalmente impedía que pudiese cerrarse con comodidad ningún vestido. Y eso por no hablar de su cuerpo, que desde los doce años empezó a ensanchar sin remedio por lugares inauditos. Por cuerte para la esclava, no tuvo que mentir, puesto que se abrió la puerta y entraron doña Rosa y Sabina, hermana pequeña de la novia.

—¿Ya estás peinada, hija?

—Sí, madre —respondió Guiomar girándose hacia ella—. ¿Os gusta?

A doña Rosa se le cayó el alma al suelo al ver la peor versión de su hija. De manera instintiva, se volvió hacia Elena, que no pudo hacer otra cosa que encogerse disimuladamente de hombros.

—Estás... —buscó la palabra— turbadora.

—Gracias, madre. Ahora tengo que ponerme el vestido.

—Ayuda a tu hermana a cambiarse, Sabina —ordenó a la pequeña para enseguida llevarse a Elena a un aparte—. ¿Se te ocurre algo que podamos hacer?

—Quizá debiéramos blanquearle un poco la piel frotándola con un cristal de amatista húmedo, señora. En cuanto a los labios, lo ideal sería cubrirlos con sedimentos de vino tinto para darles lustre. Y para la nariz... —Elena suspiró—, para la nariz no se me ocurre nada.

—La Iglesia quiere que las mujeres nos mostremos como Dios nos ha creado, muchacha —se resignó la señora.

—No debería ser un desliz lucir lo mejor de nosotras mismas.

—Pues lo es. Y solo faltaba que a la pobre además la llamasen fulana y pecadora. Espero que el velo que hemos elegido sea lo bastante opaco.

—En algún momento se lo tendrá que retirar.

—Quiera Dios que sea cuando ya esté desposada... —La señora miró a su esclava y sonrió—. Qué diferente estarás tú el día de tu boda. Cuando te cases, serás la novia más bonita de todo el reino de Valencia. Y yo estaré muy orgullosa de ti.

—Yo no deseo casarme, señora.

—En esta vida a veces hay que hacer sacrificios, pequeña —respondió doña Rosa con ambigüedad para enseguida ir a atender a su hija.

A la esclava la invadió una profunda angustia que ya no pudo sacudirse en muchos días.

Unas semanas después del matrimonio de su hermana Guiomar, Daniel Lavilla galopó a toda velocidad hacia la cabaña de los esclavos, bajó de su caballo con cara de pocos amigos y, apretando la fusta en su mano, se dirigió furioso hacia Rodrigo, que leía distraído un tratado sobre ganadería sentado en la puerta de la choza donde se guardaban los aperos de labranza.

—¡¿Cómo te has atrevido?! —preguntó iracundo.

Rodrigo levantó la mirada del libro y recibió un verdugazo que le abrió la carne de la mejilla sana.

—¡¿Cómo te has atrevido, negro?! —repitió Daniel mientras descargaba sobre él una cascada de golpes que salpicaron el suelo de sangre.

—¿Qué sucede, amo?

Mientras se cubría de los fustazos, Rodrigo temió que Daniel hubiese descubierto su relación con Elena. De ser así, el castigo al que los someterían a ambos sería terrible; a él lo azotarían hasta dejarlo lisiado y a ella la venderían por unas monedas a un burdel de los que abundaban en las calles de Valencia. Por eso, a pesar de la tunda que estaba recibiendo, respiró aliviado al comprender que el motivo de la furia de su amo era otro.

—¡¿Por qué has tenido que irle a mi padre con el cuento de las estúpidas gallinas de Indias, eh?!

—Él me preguntó qué podíamos hacer para recuperarnos por las pérdidas del temporal y yo se lo comenté. Eso es todo.

—Te dije que te olvidaras, pero tú tenías que intentar quedar por encima de mí, ¿verdad? ¡¿Verdad?!

—No era mi intención, amo. Lo siento mucho.

—Más lo vas a sentir. Ya va siendo hora de que aprendas cuál es tu lugar.

Los compañeros de Rodrigo presenciaron con impotencia la paliza que le dio Daniel Lavilla al muchacho, cuyos brazos y espalda ya estaban cubiertos de sangre. Aunque varios de los trabajadores libres le pidieron que parase, diciéndole que iba a matar al chico, el joven amo siguió golpeándolo hasta que el esclavo quedó inconsciente en el suelo.

10

Tenerife (islas Canarias). Agosto de 1461

Después de vencer en el duelo contra Añaterve —en el que finalmente decidió perdonar la vida de su enemigo—, Bencomo quiso llevarse a Hañagua a Taoro para desposarla, pero se encontró con la oposición de los demás menceyes y de los guañameñes. A petición del mencey de Anaga y padre del mancillado príncipe Beneharo, se convocó un tagoror de urgencia.

Según la tradición, iniciada cuando la talla de la diosa Chaxiraxi fue trasladada desde la playa donde fue hallada hasta su cueva, las harimaguadas que descuidasen su obligación de dedicarse en cuerpo y alma a su cuidado —y citarse con un muchacho a solas sin duda lo era— debían ser sacrificadas. Pocas veces se permitía que una mujer asistiese a aquellas reuniones, pero con Hañagua hicieron una excepción. La muchacha aguardaba en mitad del círculo de piedras, deseando que tomaran una decisión lo antes posible, fuera esta cual fuese. Permanecía de pie con la cabeza gacha, mientras los menceyes, los príncipes y los sacerdotes discutían con vehemencia sobre su destino.

Añaterve guardaba silencio, humillado tras su derrota, que habían presenciado centenares de guanches y que pronto correría de boca en boca hasta llegar a los que no tuvieron la suerte de verla con sus propios ojos. Se irritaba imaginando las caras de sorpresa y las posteriores risas por su cobardía. Él sabía mejor que nadie que debería haber muerto con honor, pero aún no estaba preparado para reunirse con Achamán. Ni siquiera tenía un hijo varón al que presentar como heredero; hasta entonces, su joven esposa solo le había dado dos hembras. Un mencey jamás había hecho tal cosa y, aunque su alma se mantuvo en la superficie de Achinet, su dignidad cayó hasta el fondo del barranco más profundo.

—¡Si no contentamos a Magec sacrificando a la harimaguada por descuidar a su madre, Achamán nos castigará abriendo las puertas del infierno!

La mayoría de los presentes apoyaba las palabras de los guañameñes presentes, temerosos de unos dioses siempre vengativos. Bencomo había permanecido callado, dejando la defensa de su futura esposa en manos de su padre, pero, cuando Imobach se vio sobrepasado por las opiniones en contra, decidió intervenir.

—¡Memeces!

Todos se callaron y miraron ofuscados al muchacho.

—¡¿Cómo te atreves a hablar así de los dioses?! —Un sacerdote lo señaló con el dedo, acusador—. ¡Póstrate y pide perdón, necio!

Bencomo se levantó y lo miró con frialdad.

—Vuelve a faltarme al respeto y clavaré tu cabeza en una pica, guañameñe.

El sacerdote lo maldijo para sus adentros. El joven puso la mano en el hombro de su padre.

—Agradezco su defensa, padre, pero, si me da su permiso, yo tomaré la palabra.

Imobach seguía siendo un mencey respetado, aunque empezaba a sentirse viejo y, en privado, dejaba en manos de su hijo muchas de las decisiones relativas a Taoro. Había llegado la hora de echarse a un lado públicamente. Hasta el día anterior, Bencomo solo era un muchacho, pero desde que había derrotado a Añaterve delante de todos, y, en particular, desde que lo había indultado, ya era un hombre que se había ganado un lugar de privilegio dentro de la comunidad.

—Solo te pido que respetes a este tagoror, hijo.

Bencomo asintió e Imobach se retiró. Todos los presentes tenían la mirada puesta sobre él, incluida Hañagua. El príncipe de Taoro ordenó las palabras en su cabeza. Era la primera vez que hablaba ante un público tan importante y su discurso debía ser hilvanado con delicadeza, pero también con determinación.

—La vehemencia de nuestras palabras nos hace olvidar la verdad, respetados menceyes, guañameñes y hombres nobles aquí reunidos. Si alguien se merece un castigo soy yo, puesto que yo fui quien siguió y espió a la harimaguada sin que ella se percatase de mi presencia hasta que aparecieron las bestias enviadas por Guayota.

Bencomo se situó frente a los demás príncipes y se dirigió a Beneharo, que lo miraba con inquina, herido por la traición de su amigo.

—A ti personalmente quiero pedirte perdón, Beneharo. En mi defensa diré que no supe que ella se llamaba Hañagua y que por lo tanto era la mujer con la que pretendías desposarte hasta que ya era demasiado tarde.

—Si tan arrepentido estás —intervino el padre de Beneharo—, renuncia a ella para que mi hijo la despose.

—Con gusto lo haría, gran mencey, el problema es que a mí también me ha robado el corazón.

Se montó un nuevo revuelo con disputas y acusaciones cruzadas. Los había que seguían insistiendo en que la harimaguada debía ser sacrificada, algunos otros sostenían que debía ser entregada a Beneharo por ser su primer pretendiente y los demás apoyaban que la desposase Bencomo, puesto que fue él quien la salvó de morir devorada por el espíritu del mal y sus esbirros. Cuando parecía que las discusiones se prolongarían hasta la noche, Añaterve tomó la palabra:

—Dejemos que sea ella quien elija.

Lo dijo en voz baja, avergonzado de hacerse notar en aquel día tan aciago para él. Cuando tuvo que repetirlo, se aseguró de que todos lo oyeran.

—¡Dejemos que ella elija a su marido!

Se hizo de nuevo el silencio.

—Eso es absurdo, Añaterve —volvió a protestar el padre de Beneharo—. ¿Desde cuándo una mujer puede hablar en un tagoror?

—Este no es un tagoror cualquiera. —El mencey derrotado se levantó y se acercó a la joven—. Sé que nos arriesgamos a contrariar a los dioses, pero le di mi palabra a Bencomo. Si a él le parece bien, ella elegirá con quién casarse.

—Me parece bien, mencey Añaterve.

—Ven aquí, Beneharo.

Beneharo, con una luz de esperanza en la mirada, se situó junto a Bencomo. Añaterve miró a Hañagua, que aguardaba con la respiración agitada.

—Elige morir o a uno de estos dos hombres como marido, Hañagua.

—Elijo al príncipe Bencomo, gran mencey Añaterve.

La rapidez con la que la muchacha respondió hizo comprender a los presentes que ella sentía lo mismo que Bencomo y todos dieron por buena la resolución que había tomado Añaterve. La sincera sonrisa que cruzaron los enamorados acrecentó el odio de Beneharo. Los dos hombres humillados aquel día por Bencomo se miraron a los ojos, y Añaterve le prometió sin necesidad de hablar que algún día ambos encontrarían su venganza.

A la entrada del poblado de Taoro, largas mesas llenas de viandas recibían a los invitados venidos desde todos los rincones de la isla. Había hogueras en las que se asaban cabritillos, ovejas y cerdos, y cuencos con gofio de harina de trigo. A un lado, completaban el menú grandes fuentes de verduras, pescados y mariscos. El mencey Añaterve había excusado su asistencia a la boda alegando una oportuna indisposición, pero tuvo la deferencia de enviar dos enormes sacos de moluscos recién recogidos en los acantilados de Güímar. También habían rechazado la invitación a la ceremonia —con diferentes motivos que Bencomo había decidido no cuestionar— los menceyes de Anaga, de Abona y de Adeje.

Tinguaro y Hucanon, vestidos con el mejor cuero gamuzado y adornos de todo tipo, daban buena cuenta de una gran fuente de lapas, mientras a unos pasos de ellos unas muchachas de su edad los miraban, cuchicheaban entre sí y reían. Tinguaro arrugó la nariz.

—Se burlan de nosotros, hermano. No sé por qué tenemos que vestirnos con adornos de mujer.

—Porque se casa Bencomo y padre nos lo ha ordenado. Además, seguramente no se rían de nosotros.

—¿Entonces de quién?

Tinguaro y Hucanon miraron hacia atrás, buscando el objeto de sus burlas, pero allí no había nadie más. Cuando vieron que las chicas se acercaban, se pusieron en tensión.

—Que vienen...

Si aquellos dos adolescentes tuvieran que enfrentarse a vida o muerte a diez guerreros de otro cantón o incluso a quince buscadores de esclavos armados con ballestas y espadas, lo harían sin titubear, nunca pensarían en huir. En ese momento, sin embargo, fue lo primero que se les pasó por la cabeza. Pero ya las tenían encima.

—Si seguís comiendo lapas, los demás no podremos probarlas.

Ambos miraron impresionados a la chica que había hablado. Era estilizada, con el pelo largo y liso y unos ojos verdes como el bosque. La otra, de tez más morena y más rechoncha pero con una permanente sonrisa en la boca, volvió a reírse:

—Hemos ido a dar con dos mudos, Haridian.

—No somos mudos —acertó a decir Tinguaro.

—Se ve que os gustan las lapas.

Los chicos miraron al suelo y descubrieron que había decenas de conchas vacías a su alrededor.

—Es que en las costas de Taoro no abundan y pocas veces las traen del sur —se justificó Hucanon.

—Tú eres el hijo bastardo del mencey Imobach, ¿no es cierto? —preguntó Haridian.

—¿Qué significa «hijo bastardo»?

—Que el mencey preñó a tu madre sin haberla desposado antes.

—A mi madre no la preñó el mencey —Hucanon se revolvió, a la defensiva—, ni siquiera la conoció. Me adoptó cuando yo era pequeño.

—Pues muy bien —respondió la muchacha con desinterés.

A ella no le importaba lo más mínimo la historia de ese bastardo. Quien le interesaba realmente era su hermano y se propuso seducirlo, pero le desconcertó ver que él solo tenía ojos para su acompañante. Haridian, acostumbrada a ser el centro de atención, crispó el gesto.

—¿Sabes quién soy, príncipe Tinguaro?

—No.

—Soy la princesa Haridian, hija de Atbitocazpe, mencey de Adeje. He venido como representante de mi cantón.

Ni a Hucanon ni a Tinguaro los impresionaba estar frente a una princesa. Este último seguía con la atención puesta en la otra chica.

—¿Y tú cómo te llamas?

—Guajara —respondió ella esbozando una tímida sonrisa.

—Es mi sirvienta —matizó Haridian—. Ahora marchémonos, Guajara, la ceremonia está a punto de empezar.

Haridian se marchó y Guajara fue tras ella. Cuando solo se había alejado unos pasos, se giró para confirmar que Tinguaro la seguía mirando. Le sonrió de nuevo y se perdió entre los invitados. Aquella noche, el chico comprendió qué llevó a Bencomo a arriesgar su vida por una muchacha a la que acababa de conocer.

Bencomo esperaba a su futura esposa más nervioso que cuando, días atrás, había retado a muerte a un guerrero que lo superaba en fuerza y en destreza para la batalla. Permanecía junto a su padre y el guañameñe de Taoro, un viejo sacerdote que no estaba muy conforme con la manera en que se había acordado aquella boda. Para él, arrebatarle una harimaguada a la diosa Chaxiraxi no era una buena idea. Preparaba con cara de preocupación el pequeño altar frente al que se iba a celebrar la ceremonia, sobre el que había un cuenco con sal, otro con miel y un tercero con gofio. A un lado había otro más grande, el gánigo nupcial, en el que se mezclarían los tres alimentos para que los novios lo pusieran en su hogar y Achamán lo bendijera.

—¿No está tardando demasiado? —preguntó Bencomo.

Antes de que Imobach pudiese recomendarle paciencia, comenzaron a sonar las caracolas marinas, las flautas de hueso y los tambores que anunciaban la llegada de la novia. Todos se volvieron para ver a Hañagua, que apareció acompañada por varias harimaguadas con las que hasta hacía unas semanas compartía su vida. Su belleza ya era conocida por todos, pero corrió entre los invitados un murmullo de admiración. Vestía un sencillo tamarco de piel, un cinturón y unas sandalias atadas con cintas. Sobre la cabeza llevaba una diadema de cuero con plumas de diferentes aves y coloridas flores, y diversos dibujos tribales adornaban tanto la cara como los brazos y las piernas. El atuendo de la novia lo completaban varios collares de huesos tallados, conchas y cuentas de barro. Cuando la vio aproximarse, el sacerdote respiró aliviado; era evidente que la madre de Magec la había perdonado.

El único que no la miraba obnubilado mientras iba al encuentro de Bencomo era Tinguaro, incapaz de apartar los ojos de Guajara. Esta notó que alguien la observaba y sonrió al descubrir quién era.

—Estás preciosa... —murmuró Bencomo cuando la novia llegó al altar.

Ella agradeció el piropo con nerviosismo y el guañameñe comenzó la ceremonia. Habló de los antepasados comunes, de dioses que los protegían y los castigaban, de tradiciones que había que respetar, de responsabilidades y de la obligación de los recién casados de proveer de jóvenes guerreros a la comunidad. Bencomo y Hañagua no podían dejar de sonreír y, por sus miradas al escuchar eso último, quedó claro que tenían previsto cumplir con sus deberes desde aquella misma noche.

Después de ser bendecidos por los ancianos y de servir con sus propias manos la comida a los invitados, los recién casados se retiraron a su nuevo hogar. Mientras Imobach siguiese siendo mencey, ellos no podrían ocupar la cueva-palacio, así que tuvieron que conformarse con vivir en una cabaña de piedra y madera que Bencomo había encargado levantar a los mejores constructores. Hañagua se sorprendió al ver que tanto suelos como paredes estaban forrados de piel.

—¿No te gusta? —preguntó él al ver su expresión.

—Me gusta que te hayas tomado tantas molestias para agasajarme, Bencomo... —respondió ella sonriente—, pero de la decoración de nuestro hogar ya me ocuparé yo.

Bencomo aceptó devolviéndole la sonrisa y, tras guardar a buen recaudo el gánigo nupcial, se acercó para besarla. Unieron sus labios por primera vez y se despojaron de la ropa. Hañagua rozó con las yemas de los dedos las cicatrices del pecho que le había causado la sunta de Añaterve.

—¿Todavía te duelen?

—Casi nada... —respondió Bencomo.

Ella besó sus heridas con delicadeza.

—Ven, siéntate frente a mí.

Bencomo obedeció y ambos juntaron sus manos.

—Cierra los ojos.

Bencomo no tenía ni idea de lo que pretendía, pero los cerró. Aquello era algo que Hañagua solía hacer con las harimaguadas durante las noches en que rezaban a la diosa y se creaba entre ellas una energía especial, como si la madre de Magec estuviese acompañándolas.

—¿Lo sientes? —preguntó al cabo del rato.

—No sabría decirlo...

Hañagua abrió un ojo y sonrió al notar su excitación.

—Para sentirlo necesitas estar sosegado, y mucho me temo que no es el caso.

Decidió dejar aquello para mejor ocasión y cogió el miembro de su esposo con las dos manos. Se asustó al pensar que era demasiado grande, pero enseguida deseó sentirlo en su interior. Se tumbó y permitió que la tomase. Lo primero fue un dolor agudo, pero luego la recorrió una oleada de placer.

Mientras Bencomo se unía a Hañagua para siempre, muy lejos de allí, en un lugar llamado Sanlúcar de Barrameda, se iba dibujando el destino del que se convertiría en el mayor enemigo del futuro mencey de Taoro, alguien mucho más peligroso que Añaterve: Alonso Fernández de Lugo.

11

Sanlúcar de Barrameda (Cádiz). Septiembre de 1462

Al nacer, Alonso Fernández de Lugo ya dejó claro que había llegado a este mundo para crear caos y destrucción. Su madre, Inés de las Casas, parió sin contratiempos a otro niño antes que a él, pero con Alonso sufrió una hemorragia que la comadrona no supo detener a tiempo. Su padre, el comerciante de ascendencia gallega Pedro Fernández de Lugo, se refugió en el vino para intentar superar aquel duro revés, y, cuanto más bebía, más grande era el esfuerzo que tenía que hacer para no odiar con toda su alma al responsable de la muerte de su esposa. Alonso tuvo que crecer sin padres, al cuidado de esclavas que no lograban sentir ningún afecto por el hijo del hombre al que se veían obligadas a contentar en todos sus caprichos.

A lo largo de sus primeros siete años, solo encontró refugio en su hermano mayor, pero hacía poco que este se había trasladado a estudiar a Sevilla para alojarse en casa de una tía segunda de su madre, donde no le faltaban comodidades. El joven Alonso, en cambio, tuvo que quedarse en Sanlúcar para ayudar a su padre en los negocios. Aquello forjó en él ya desde niño un carácter duro y desconfiado. Tampoco es que fuese el crío más inteligente del mundo, pero nadie podía negarle una perspicacia, un arrojo y una falta de escrúpulos muy difíciles de encontrar. Cada vez que iban al puerto de Barrameda, miraba embobado los barcos que llegaban desde diferentes partes del mundo conocido hasta la fecha, convencido de que acabaría marchándose a bordo de alguno de ellos.

—No te entretengas, Alonso —lo apremió su padre, aquejado por una terrible resaca que amenazaba con hacerle estallar la cabeza—. Cuando lleguemos, no va a quedar uno decente.

Aquel pequeño puerto vivía principalmente de la exportación de vino, aunque también recibía cargamentos de tela, de especias y, de cuando en cuando, de esclavos. La mayoría de las veces, los barcos esclavistas tenían como destino los puertos de Valencia y de Cádiz, donde había mucha más demanda, pero, si alguno atracaba allí, Pedro se enteraba y, por un puñado de monedas, el tratante de esclavos le dejaba echar un vistazo a la mercancía antes de llevarla al mercado.

—¿Qué habéis traído hoy? —le preguntó el padre de Alonso mientras le entregaba el correspondiente soborno.

—Las sobras —respondió con desidia—. Hay negros y canarios.

Pedro y su hijo subieron al barco y examinaron a los esclavos mientras varios marineros les echaban agua por encima para darles más lustre. Como había dicho el tratante, eran las sobras, lo que nadie había querido comprar dondequiera que hubiese atracado antes aquel barco.

—¿Qué buscamos, padre?

—El duque de Medina Sidonia siempre necesita mano de obra, aunque dudo de que entre estos despojos haya algo que rascar.

Los esclavos africanos eran tres hombres viejos y castigados, seguramente por deslomarse en el campo durante años, y tres mujeres, que, por su aspecto y su mirada huidiza, tenían pinta de haber trabajado como prostitutas hasta que los clientes dejaron de reclamar sus servicios. Pedro chasqueó la lengua decepcionado y se fijó en los canarios. Había entre ellos dos hombres jóvenes y asustadizos, morenos de piel y con el pelo negro y fosco, que miraban impresionados todo a su alrededor, como si hubieran aterrizado en otro mundo. Otros dos, de piel más clara, pelo largo y castaño, y enormes cicatrices en los torsos que hablaban de más de una batalla. Y, por último, también había cuatro mujeres. Tres de ellas parecían débiles y enfermas, pero la cuarta llamó la atención del comerciante. Tenía unos treinta años, una belleza racial y miraba al frente con dignidad. Pedro se fijó en sus muñecas, en las que había cicatrices antiguas bajo las heridas nuevas provocadas por los grilletes.

—¿De dónde ha salido esta?

—Lleva algunos años trabajando en la cocina de un hidalgo cordobés —respondió el tratante.

—¿Por qué la han vendido?

—¿Qué sé yo? Quizá su amo se cansó de ella o compró a otra que cocina mejor.

Pedro le apretó la cara para que abriese la boca y le examinó los dientes, como habría hecho con una yegua. Aunque le faltaban un par de piezas, conservaba una buena dentadura. Después le palpó los pechos —algo flácidos pero agradables al tacto— y palmeó sus muslos, que encontró musculosos. Era una mujer bien plantada, acostumbrada a trabajar.

—¿Sabes hablar castellano?

—Sí, señor.

—¿Cómo te llamas?

—He sido bautizada como Ana.

—¿Qué opinas, Alonso? —le preguntó a su hijo, sin dejar de mirarla.

—Muy ajustado ha de ser su precio para sacar algún beneficio, padre.

—Estoy de acuerdo. —Se volvió hacia el tratante—. Quince mil maravedís por esta y los canarios blancos.

—Con eso no cubro ni su manutención durante el viaje. Veinticinco mil es un buen precio por tres esclavos que todavía pueden trabajar durante años.

—Ella está demacrada y seguramente sea indómita. Y ellos, míralos, por el amor de Dios; están lisiados, cosidos a sablazos. Habrá que dar gracias si no amanecen muertos cualquier día de estos. Dieciocho mil es mi última oferta.

De camino a la residencia de don Juan Alonso Pérez de Guzmán, nombrado hacía diecisiete años primer duque de Medina Sidonia por los servicios prestados a la Corona de Castilla, el joven Alonso miró a los tres esclavos que viajaban encadenados de pies, cuello y manos en la parte trasera de la carreta.

—¿Cuánto creéis que nos dará el duque por los tres canarios, padre?

—Solo le venderemos a los dos hombres. La mujer nos la quedamos. Si es cierto que trabajó en la cocina de un hidalgo, por fuerza ha de saber guisar.

—Ya tenemos cocinera.

—Está muy vieja y no tiene la misma mano que antes. Cogeremos lo que ha ahorrado y que se largue.

—¿Va a dejar que compre su manumisión? —se sorprendió el niño.

—¿No tienen todo el día en la boca la palabra «libertad»? Pues dejemos que la obtengan para que comprueben que no todo es tan bonito, que tendrán que trabajar el doble para llenarse el estómago como se lo llenamos sus amos.

Al llegar al palacete donde residía el duque, Pedro detuvo la carreta y se apeó de un salto.

—Vigílala bien, hijo. —Señaló con un gesto a la esclava, a la vez que quitaba las cadenas a los dos hombres—. Con un poco de suerte, el duque los comprará por los dieciocho mil maravedís que hemos pagado y ella nos saldrá de balde.

Mientras su padre conducía a los dos esclavos a la residencia del duque, Alonso volvió a observar a la esclava. Le irritó comprobar que ella no apartaba la mirada cuando los ojos de ambos se encontraron.

—¿Qué miras?

—Nada, amo. Vuestro padre es un hombre generoso al permitir que esa esclava compre su libertad.

—No te creas que tú vas a correr la misma suerte.

—Quién sabe...

Aunque Alonso no solía confraternizar con los esclavos —su padre le había enseñado que solo eran trozos de carne de los que obtener beneficios—, aquella mujer tan altiva despertaba su curiosidad. Tenía muchas preguntas que hacerle sobre el lugar de donde venía. Lo único que había escuchado era que el archipiélago canario lo componían unas cuantas islas habitadas por salvajes que se resistían a ser conquistados y cristianizados. Pero ya habría tiempo para indagar cuanto quisiera.

12

Reino de Valencia. Noviembre de 1522

Al volver en sí después de la paliza que le dio Daniel Lavilla, lo primero que vio Rodrigo fue a Elena. La esclava estaba sentada junto a su catre, con un cuenco sobre las rodillas que contenía una mezcla de agua, grasa animal y diversas hierbas hervidas. Mojaba un paño en él y lo aplicaba con delicadeza en las heridas, con los ojos humedecidos y los labios apretados por la rabia. Él quiso sonreír, pero la hinchazón que le deformaba la cara solo le permitió forzar una especie de mueca.

—Elena...

—Gracias a Dios que has despertado —respiró aliviada—. Por momentos, pensé que no lo conseguirías.

—¿Creías que iba a dejarte sola en este mundo?

Elena le devolvió la sonrisa y lo besó con suavidad. Rodrigo sintió el contacto de sus labios como si lo hubieran quemado con un hierro candente.

—¿Te duele mucho?

—Apenas. —Miró a su alrededor y comprendió que lo habían trasladado a la cabaña de los esclavos, pero no ocupaba su cama, sino la única que gozaba de una mínima intimidad al hallarse al fondo de la estancia, en un pequeño recoveco aislado del resto gracias a una manta colgada del techo—. ¿Cuánto tiempo llevo aquí?

—Tres días.

—Ayúdame a incorporarme.

Le costó volver a tomar el control de su cuerpo. Cuando logró sentarse en el catre, Elena le ofreció un cuenco con agua.

—Bebe. Debes de estar sediento.

Rodrigo tragó con esfuerzo, como si los latigazos se los hubieran dado también en la garganta.

—¿Qué pasó, Rodrigo? ¿Qué le dijiste a ese malnacido de Daniel para que estuviera a punto de matarte a golpes?

—Cometí el error de hablar con su padre de un asunto que para él estaba zanjado, y eso esa clase de hombres no lo perdona.

—Bastardo.

—Cuida tus palabras, Elena. Si te escuchase...

—¡Me da igual que me escuche! —lo interrumpió con rabia—. Cualquier día de estos, va a terminar matándote.

—Lo sé...

—¿Lo sabes y lo dices tan tranquilo?

—Soy un simple esclavo, no valgo nada para él. Dispone por completo de mi vida y yo no puedo hacer más que obedecerlo sin rechistar. Es mi amo.

—Hay amos y amos. A mí la señora nunca me ha puesto una mano encima.

—Desobedécela en lo más mínimo y eso cambiará.

La congoja que Elena llevaba días sintiendo volvió a cortarle el aliento.

—¿Qué ocurre? —preguntó Rodrigo al observarla y notar que apartaba la mirada.

—Nada —respondió ella evasiva.

—No me mientas, por favor.

—Creo que... van a casarme —dijo descompuesta.

—¿Con quién?

—Aún no lo sé, pero estoy segura de que lo conoceré muy pronto. Si es que no lo conozco ya. Los amos están organizando una recepción para dentro de unas semanas y algo me dice que lo anunciarán allí.

—Quizá estés equivocada.

—Por desgracia, no lo estoy. Han pactado mi matrimonio con alguien que los convenga por política o por negocios. Aunque no quería pensar en ello, llevo esperándolo desde hace tiempo.

Él frunció el ceño, contrariado. Ella suspiró, resignada.

—Quizá lo mejor sea que aceptemos nuestro destino.

—Nuestro destino no es este, Elena. Es estar juntos y formar una familia siendo libres.

—Nunca nos darán la libertad.

—Entonces tendremos que cogerla.

Elena lo miró desconcertada. Rodrigo le devolvió la mirada, con determinación, y ella comprendió lo que estaba queriendo decirle.

—¿Hablas de... escaparnos?

—Es la única opción que nos dejan.

—¿Te has vuelto loco? Si nos cogen, nos matarán.

—Si nos quedamos es cuando moriremos, ¿no te das cuenta? Tú misma lo has dicho: Daniel no tardará en encontrar un nuevo motivo para darme otra paliza de la que seguramente ya no salga. Y, en cuanto a ti, morirás de pena casada con alguien a quien no amas y que te seguirá tratando como a una esclava.

—Es una locura...

—Si tú deseas quedarte, lo respetaré.

Elena dudó, superada por algo con lo que había soñado infinidad de veces, pero nunca se hubiera atrevido a llevar a cabo antes de conocer a Rodrigo.

—Yo no puedo quedarme más tiempo aquí, Elena. —Cogió una mano de ella entre las suyas—. Tal vez para ti sea fácil seguir con esta vida, pero...

—No lo es en absoluto —lo interrumpió ella decidida—. Iré contigo.

—¿Estás segura? En cuanto pongamos un pie fuera de la hacienda, ya no habrá vuelta atrás.

—Como tú dices, estaría muerta en vida sin poder verte y pariendo hijos de otro hombre. ¿Cuándo escaparemos?

—Tengo que organizarlo con calma. Necesitamos reunir todo el dinero que podamos; comprar un pasaje hasta África para dos esclavos fugados no será barato.

Elena asintió y lo abrazó. La excitación por saber que el regreso a casa estaba más cerca hizo que el dolor que sentía Rodrigo desapareciese por completo.

13

Tenerife (islas Canarias). Junio de 1463

Hacía ya casi dos años de la boda y Bencomo y Hañagua no habían logrado cumplir la promesa de proporcionar guerreros a la comunidad. El primer bebé nació prematuro y con malformaciones congénitas habituales entre los guanches y murió al poco tiempo, y el siguiente embarazo se malogró antes de llegar al ecuador. Varias semanas después del aborto, Bencomo se sentó frente al camastro que su esposa se negaba a abandonar.

—Llevas demasiado tiempo ahí tumbada —dijo cogiendo su mano—. Deberías levantarte.

—No quiero levantarme. —Ella le dio la espalda, sumida en una profunda tristeza—. Márchate y busca una mujer que pueda darte hijos.

—Tú eres la única mujer que contemplo como madre de mis hijos, Hañagua.

—¡Soy yerma, Bencomo! —dijo con lágrimas en los ojos—. La diosa Chaxiraxi me está castigando por abandonarla.

—Entonces, tendremos que ir a hablar con ella.

El camino hasta Güímar, donde se encontraba la cueva en la que custodiaban la figura de la diosa, fue más dificultoso de lo esperado. A la distancia y lo abrupto del terreno había que sumarle los cada vez más numerosos extranjeros que se movían con impunidad por la isla; no eran solo sacerdotes empeñados en evangelizar a los guanches o cazadores de esclavos, sino también militares que hacían incursiones de reconocimiento, lo que no gustaba a algunos menceyes, en especial a los de los cantones del norte.

A Bencomo y a Hañagua los acompañaban Tinguaro, Hucanon, varios guerreros a los que el mencey Imobach había enviado como escolta y una anciana experta en ritos de fecundación. Con dieciséis años cumplidos, los hermanos de Bencomo se habían convertido en hombres de aspecto temible y, aunque seguían siendo inseparables, eran muy diferentes el uno del otro; Tinguaro se parecía a su hermano mayor en altura y en el color claro tanto de pelo como de ojos y piel, y Hucanon era más moreno, recio y musculoso. También su carácter era más hosco y vivía con el resentimiento de saber que su madre ya nunca regresaría de dondequiera que se la hubiesen llevado aquellos malditos extranjeros.

El grupo observaba oculto detrás de unas rocas a un destacamento de militares que habían acampado junto al camino que llevaba al reino del mencey Añaterve. Eran ruidosos y sucios, tanto que se les podía oler a gran distancia.

—¿Quiénes son esos hombres? —se inquietó Hañagua.

—Soldados —respondió Bencomo—. Debemos rodearlos.

—¿Rodearlos? —preguntó Hucanon irritado—. Apenas son media docena, hermano. Y están bajo los efectos de ese brebaje que los adormece. Deberíamos acercarnos y degollarlos antes de que sientan nuestra presencia.

—No sabemos si hay más hombres cerca. Los rodearemos.

—Eso nos retrasará medio día —protestó el chico.

—He dado una orden, hermano.

Hucanon obedeció a regañadientes. Bencomo pondría su propia vida y la de su familia, incluidos los hijos que Hañagua y él le iban a pedir a la diosa Chaxiraxi, en manos de aquel muchacho, pero su ímpetu podía complicarles mucho las cosas.

—Controla a Hucanon —le pidió a Tinguaro en un aparte.

—Ya sabes que no soporta a los extranjeros, hermano.

—Ninguno lo hacemos, pero no estamos en condiciones de luchar.

El grupo rodeó a los soldados y continuó su camino hasta que, cuando ya estaban cerca de su destino, varios hombres capitaneados por un jinete les salieron al paso. Para su sorpresa, no eran forasteros.

—¿Qué has venido a buscar a mis tierras, Bencomo? —preguntó Añaterve desde lo alto del caballo negro.

El aspecto del mencey de Güímar era imponente, y aún más subido a lomos de aquella bestia que rascaba el suelo y piafaba, ávida por volver a galopar. Tinguaro, Hucanon y hasta el mismo Bencomo se habían preguntado muchas veces cómo sería montar en alguno de aquellos animales, pero nunca se imaginaron que verían hacerlo a un guanche como ellos.

—Hemos venido a pedir a la diosa Chaxiraxi —respondió Bencomo.

—A la diosa no se la puede molestar con menudencias...

La mirada de súplica de Hañagua hizo que Añaterve sonriese con superioridad y completase la frase:

—... aunque hoy haremos una excepción.

El mencey se bajó del caballo y uno de sus hombres se lo llevó sujeto por las riendas ante la mirada de los de Taoro. Añaterve notó lo impresionados que estaban e hinchó el pecho.

—Se llama Nao, como el barco en el que llegó.

—Lo habrás tenido que canjear por un rebaño entero de cabras —dijo Tinguaro.

—Los extranjeros son generosos, muchacho. Solo hay que saber manejarlos.

Bencomo sabía que algunos menceyes hacían tratos con los forasteros, aunque él prefería tenerlos lejos; no se fiaba de sus intenciones, por mucho que dijeran que venían en son de paz, pero su objetivo entonces era otro y lo último que quería era contrariar a Añaterve con sus observaciones.

Al llegar a los alrededores de la cueva donde las harimaguadas adoraban a la diosa Chaxiraxi, a Bencomo y a sus hermanos los indignó descubrir que en el exterior había algunos monjes totalmente integrados en la sociedad guanche. Varios instruían a los niños, otros construían una casa de piedra sobre la que habían colocado una de sus cruces y los dos más obesos asaban extraños animales en una hoguera.

—¿Qué han puesto al fuego? —preguntó Hucanon intrigado.

—Conejos —dijo Añaterve—. Deberíais probarlos. Los han traído de su tierra y se reproducen con rapidez.

—Tal vez en otra ocasión —respondió Bencomo para contrariedad de Hucanon, Tinguaro y los guerreros de Taoro, que solo habían comido gofio desde que salieron de sus casas y se les hacía la boca agua por el olor que desprendía el asado—. Ahora queremos ver a Chaxiraxi.

Añaterve los condujo al interior de la cueva y pidió a las harimaguadas que atendían a la diosa que dejasen solos a Bencomo, a Hañagua y a la anciana que los acompañaba.

—La habéis ofendido —dijo esta—. Debéis pedirle perdón.

Bencomo y Hañagua se postraron con sumisión frente a la figura que representaba a la madre de Magec y ambos rogaron que los perdonase.

—Ahora debéis copular —dijo la anciana cuando la pareja terminó sus rezos.

—¿Aquí? —preguntó Bencomo.

—Así es. La diosa debe bendeciros para que el próximo embarazo de Hañagua llegue a buen término. A cambio, pide que vuestra primera hija sea puesta a su servicio después de su primera sangre.

Hañagua también había sido una niña entregada por sus padres al cuidado de la diosa y, aunque hubiera preferido otra vida para la hija que tanto deseaba, aceptó con resignación el pago que requería Chaxiraxi. Se tumbó en el frío suelo de la cueva, retiró su tamarco y abrió las piernas, ofreciéndose a su marido, sin percatarse de que Añaterve la miraba con lascivia desde una sala contigua.

Desde que Tinguaro conoció a Guajara en la boda de su hermano mayor, no había dejado de pensar en ella. Pasaron meses hasta que al fin, una noche de verano, cuando todos se retiraron a descansar, cogió su banot, se cubrió con sus mejores pieles y atravesó los pastos comunales en dirección al menceyato de Adeje, al sudoeste de la isla. Durante el trayecto, se encontró con varios cabreros a los que logró evitar sin contratiempos, pero lo complicado era llegar hasta la cabaña en la que vivía la joven, a los pies del conjunto de cuevas que ocupaba la familia del mencey Atbitocazpe. Sabía que estaba en juego su vida, era consciente de lo que arriesgaba, pero su amor por esa muchacha con la que solo había cruzado unas palabras era superior a su sentido común. Se escondió y aguardó paciente. Por fin, cuando ya estaba a punto de amanecer, la vio salir de su cabaña y dirigirse hacia la playa. La siguió con cautela y la abordó cuando se estaba aseando en una poza.

—Guajara...

—¡Tinguaro! —Ella se sobresaltó al verlo—. ¿Q-qué haces aquí?

El muchacho sonrió al confirmar que ella tampoco lo había olvidado.

—He venido a verte.

La chica miró a su alrededor asustada por si alguien los sorprendía hablando a solas, pero no pudo contener una sonrisa que se esfumó enseguida.

—¿Te has vuelto loco? Si te descubren...

—Sé lo que pasaría, Guajara —la interrumpió—, y por eso no debemos perder el tiempo. ¿Conoces algún lugar seguro en el que podamos hablar?

—En la explanada que lleva al menceyato de Icod, junto al gran drago. Pero yo ahora debo ocuparme de mis obligaciones.

—Nos veremos allí cuando Magec se oculte.

—No te aseguro que vaya.

—Entonces regresaré mañana, y si no el otro día o al siguiente. Allí te esperaré las noches que me quedan hasta que Achamán me lleve.

El chico le robó un beso y desapareció entre las sombras. Guajara se tocó los labios con la yema de los dedos, ilusionada por ver cumplido aquello con lo que llevaba soñando desde que conoció a Tinguaro.

Pasó el día en una nube y recibió varias reprimendas por descuidar la atención que le reclamaba Haridian, que no comprendía qué mosca le había picado a su sirvienta de mayor confianza. Cambió de opinión sobre si acudir o no a la cita en múltiples ocasiones, pero, aunque decidió hacerle esperar para comprobar si su promesa de aguardar por ella era cierta, le pudo la impaciencia y fue al gran drago aquella misma noche.

Ninguno de los dos tenía experiencia con el sexo opuesto y los nervios hicieron que la primera noche la pasaran hablando de dioses y de los extranjeros que llegaban cada día a sus costas. Solo al final de la cita, cuando ya tenían que marcharse, se atrevieron a hablar de lo que sentían.

—¿Querrás volver a verme, Tinguaro?

—Cada día, si por mí fuera. Dentro de tres noches volveré a esperarte aquí.

—¿Y si no puedo acudir?

—Lo harás, Guajara.

Los chicos se sonrieron y se besaron. A las tres noches volvieron a verse y retomaron la conversación donde la habían dejado, empezando por los besos y las caricias. En las citas, que se sucedieron durante meses, afianzaron un amor que ya era inútil ocultar.

En la fiesta del Beñesmer —a la que Bencomo no asistió para quedarse acompañando a su esposa en el tercer mes de embarazo tras la visita a la diosa Chaxiraxi—, Tinguaro quiso hacer público su interés por Guajara, pero, para desconcierto del chico, ella lo evitó toda la jornada.

—Quizá es que no siente lo mismo por ti, hermano —le dijo Hucanon mientras ambos se preparaban para representar a Taoro en las diferentes competiciones.

—Me quiere. Basta con mirarla a los ojos para saberlo.

—¿Cuándo lo has hecho, si dices que lleva todo el día apartándote la mirada?

Tinguaro calló y Hucanon descubrió su secreto.

—Espero que no se te haya ocurrido ir a visitarla a escondidas, Tinguaro.

—Necesitaba verla.

—¿Y no me lo dices para que te proteja, insensato?

—He ido de noche, cuando nadie podía verme.

—Ya hablaremos de eso. —Hucanon contuvo su enfado—. Ahora centrémonos en las competiciones.

Durante todo el día, los representantes de los distintos menceyatos compitieron en destreza, fuerza y resistencia para demostrar de dónde procedían los mejores guerreros. Quien más llamó la atención fue la famosa guerrera de Daute, que, aunque había tenido que interrumpir los entrenamientos para criar a sus dos hijos, logró tumbar a tres contrincantes antes de caer derrotada ante Hucanon. Este, a pesar de su juventud, llevaba varios años alzándose con la gloria, pero en aquella ocasión se encontró con un competidor a su altura, quizá porque no combatía por su tierra, sino por la atención de la mujer a la que amaba.

—Pídemelo y te dejo vencer —le dijo Hucanon a Tinguaro cuando ambos estaban a punto de enfrentarse.

—No necesito favores para destronarte, hermano.

—Entonces tu amada Guajara te verá morder el polvo.

Tinguaro se volvió hacia donde se hallaban los representantes de Adeje y la sorprendió observándolo, pero ella volvió a apartar la mirada. Quien no lo hizo fue Haridian, que le dedicó una sonrisa que el chico correspondió con educación.

Durante el combate, los dos hermanos se olvidaron de cuánto se querían y pelearon como si de verdad fuesen enemigos irreconciliables. Ambos querían vencer por diferentes motivos y dieron un espectáculo tan violento como honesto. Aunque Tinguaro tuvo su oportunidad cuando levantó a Hucanon en volandas y lo lanzó de espaldas contra el suelo, este se rehízo y lo inmovilizó estrangulándolo con el antebrazo. Tinguaro intentó zafarse, pero, cuando estaba a punto de perder el conocimiento, tuvo que rendirse.

—Algún día te ganaré —le dijo al oído.

—Quizá cuando seamos viejos —respondió Hucanon con una sonrisa.

Mientras su hermano recibía las felicitaciones de Imobach y de los demás menceyes, Tinguaro se retiró para asearse. Guajara por fin se acercó a él.

—Has luchado bien.

El chico se volvió y la miró con dureza.

—Me hubiera gustado dedicarte la victoria, Guajara, pero ni soy un digno oponente para mi hermano ni tú te mereces ese honor.

—Lamento que pienses así. —La joven bajó la cabeza.

—¿Por qué me has ignorado? ¿Es que ya no me quieres?

Ella quiso decirle que seguía pensando en él a cada instante, pero, antes de poder hacerlo, llegó Haridian acompañada por dos sirvientas y se dirigió a él desplegando la mejor de sus sonrisas.

—Hola, Tinguaro. Espero que Guajara no haya hablado de más y estropeado mi sorpresa.

—¿Qué sorpresa? —preguntó él con cautela.

—Ha llegado el momento de que mi padre acuerde la dote con el tuyo, ¿no crees? —contestó Haridian muy segura de sí misma.

—¿A qué dote te refieres?

—A la de nuestra boda, bobo. —Haridian se rio mirando con complicidad a sus sirvientas—. Ya estamos en edad de casarnos y será beneficioso para nuestros menceyatos.

—Me siento muy halagado por tu elección, princesa Haridian —dijo Tinguaro con aplomo—, aunque nuestra boda no va a ser posible.

—¿Por qué no?

Antes de responder, Tinguaro cruzó la mirada con la de Guajara y esta le rogó con un gesto casi imperceptible que guardase silencio, pero la falta de experiencia del chico le hizo seguir adelante.

—Porque yo amo a otra mujer.

—¿A qué mujer? —preguntó Haridian humillada.

—A Guajara, aquí presente. Traía intención de pedirle matrimonio.

Los ojos de Haridian se volvieron hacia Guajara, centelleantes de ira.

—¿Cómo te has atrevido, ingrata?

Tinguaro avanzó un paso para atraer su mirada.

—No la culpes a ella, Haridian. He sido yo quien ha venido a buscarla.

—Nunca la desposarás.

—No creo que seas tú quien deba decidir eso.

—Se va a convertir en la tercera esposa de mi padre, estúpido.

La princesa de Adeje dio media vuelta y se marchó a grandes zancadas con sus sirvientas. Tinguaro miró a Guajara, asimilando lo que acababa de escuchar.

—Dime que es mentira.

—Olvídate de mí, Tinguaro.

La chica le dedicó una mirada llena de tristeza y se marchó corriendo. Tinguaro se quedó destrozado viendo cómo se alejaba la muchacha de la que estaba profundamente enamorado.

14

Sanlúcar de Barrameda (Cádiz). Febrero de 1464

Después de año y medio sirviendo en casa de los Fernández de Lugo, Ana, la esclava guanche comprada en el puerto de Barrameda, se había convertido en mucho más que en una simple cocinera. Todas las mañanas acompañaba a padre e hijo a misa, más tarde iba al mercado, preparaba almuerzo y cena, y por las noches tenía que seguir sirviendo a su amo. Por suerte para ella, la mayoría de las veces este llegaba borracho a casa y solo le pedía que lo ayudase a quitarse la ropa y meterse en la cama. Y, cuando no, la tomaba con brusquedad y apenas aguantaba unas pocas embestidas. Mientras lo hacía, ella se abstraía recordando su vida de antes de ser capturada.

Vivía junto a la playa, en una cabaña construida con la sangre del volcán, que al enfriarse se convertía en piedra de un color muy oscuro. Su familia se dedicaba a la pesca desde antes de que naciese Tinerfe el Grande, cuando un solo mencey gobernaba la isla entera. Por la mañana, mientras sus padres y tíos pescaban con anzuelos fabricados con huesos de cabra y espinas de pescado, ella iba con sus hermanos y primos a mariscar cerca de las rocas y a pescar mediante la embarbascada, cerrando con piedras una zona durante la marea alta y vertiendo en la poza la savia del cardón, un arbusto muy característico del archipiélago. Los peces que habían quedado atrapados subían aturdidos a la superficie, por lo que era posible sacarlos con las manos. Aunque ya quedaban muy lejanos para ella y el trabajo era incluso más duro que el que hacía para sus amos, aquellos tiempos fueron felices. Todo cambió cuando vieron por primera vez una inmensa casa de madera flotando frente a la costa. Al principio les pareció que era un regalo de Achamán, pero pronto se dieron cuenta de que, si alguien lo enviaba, debía de ser Guayota.

Al joven Alonso no le importaba que esa mujer compartiese lecho con su padre, pero seguía molestándole que se comportase como una señora y no como la esclava que era.

—¿De dónde has sacado esas ropas, Ana? —le preguntó una mañana de domingo, cuando la vio aparecer con un vestido verde delicadamente ornamentado bajo el que llevaba una camisa de lino con las mangas largas y las empuñaduras bordadas.

—Me las ha dado vuestro padre.

—Quítatelas de inmediato. Pertenecían a mi madre.

Ella quiso decirle que, si tenía algún inconveniente, lo hablase con su padre, pero sabía que no le convenía estar a malas con ese niño que ya había demostrado tener un alma negra como la noche. Ese mismo invierno, una joven esclava que llevaba poco tiempo sirviendo en la casa recibió veinte latigazos como castigo tras ser acusada del robo de un peine de marfil. Un par de semanas más tarde, Ana descubrió a Alonso peinándose con él. Al verse sorprendido, en lugar de confesar o sentirse avergonzado, sonrió de una manera que a ella le heló la sangre.

—Di una palabra de esto y los próximos latigazos te los darán a ti, aunque le chupes la verga todas las noches a mi padre —le dijo mientras seguía peinándose como si nada.

Ana era incapaz de creer que aquellas palabras procediesen de un muchacho de tan solo nueve años, pero, si entonces ya era capaz de eso, no quería ni imaginar cómo sería al convertirse en un hombre. Ella, cuyo único objetivo era sobrevivir, prefería no tener que experimentar la ira de Alonso en sus carnes.

La mañana que el chico le pidió que se cambiase de ropa, ella obedeció, y, cuando don Pedro le preguntó el motivo, ella se limitó a decir que le quedaba demasiado holgada y que no se sentía cómoda, sin mencionar el encontronazo que había tenido con su hijo. Esa actitud sumisa agradó a Alonso, que, durante la ceremonia, la observó con curiosidad. Ana parecía una devota más, arrodillándose y levantándose cuando correspondía y repitiendo las fórmulas sin equivocación ninguna. Pero él sospechaba que lo hacía únicamente para no desentonar, que era algo que no sentía, al igual que los demás esclavos que ocupaban las últimas filas de la iglesia.

—¿Tú crees en Dios? —le preguntó al llegar a casa, mientras ella preparaba la comida para él y para su padre, que había salido a cerrar un acuerdo con un cliente.

—Claro que sí, amo.

—A mí no me mientas. He oído que en tu tierra adoráis a otro dios, ¿es cierto?

—Lo conocemos por otro nombre, amo, pero yo creo que es el mismo.

—¿Con qué nombre lo conocéis?

—Achamán.

—¿Achamán? —El chico se carcajeó sin ningún respeto—. ¿Qué clase de dios puede tener un nombre tan ridículo?

Ana apretó los labios con fuerza para evitar que saliera de su boca el más mínimo sonido que Alonso pudiera confundir con una protesta. Si no temiese su reacción, le habría dicho que Achamán era un dios severo que en ocasiones exigía sacrificios a su pueblo, pero que los protegía del espíritu del mal que vivía dentro del volcán y que pretendía volver a secuestrar a Magec, lo que los castellanos llamaban el sol. Aunque lo cierto era que, desde que había llegado a aquel lugar, todas sus creencias se habían tambaleado, ya que allí las montañas jamás escupían fuego y nadie temía que Guayota enviase a los guacanchas para devorar a sus hijos. En Sanlúcar de Barrameda, de donde ella jamás había salido después de que la comprase don Pedro, también existían perros, pero por lo general estaban raquíticos y solo se ocupaban de buscar algo que echarse a la boca, rehuyendo a los muchachos, que solían maltratarlos sin mostrar ningún temor por la reacción del espíritu que los enviaba.

Todo allí era muy diferente de lo que había conocido, incluso la pesca. Aunque algunos hombres también utilizaban anzuelos, la mayoría salía a buscar a los peces en sus barcos. Un esclavo le contó una vez que llegaban lejos, hasta donde se perdía de vista la tierra, y echaban redes al agua que al rato izaban llenas de enormes peces que después se vendían en el mercado, algunos tan grandes que sus padres y hermanos no lo creerían. Ella soñaba con regresar a Achinet para poder contárselo y enseñarles muchas más cosas que había aprendido y que, sin duda, les facilitarían la vida en la isla, pero ese día cada vez lo veía más lejano.

15

Reino de Valencia. Enero de 1523

Durante los dos meses siguientes de acordar su fuga, Elena y Rodrigo prácticamente no se vieron. Decidieron no hacerlo para evitar poner en peligro un plan que cada día cobraba más consistencia. La idea era escapar una noche, cuando los amos ya se hubiesen acostado, dirigirse hacia el puerto y embarcarse en un navío que los llevase a África. Una vez allí, tendrían que recorrer medio continente hasta llegar al poblado de Rodrigo, donde les darían cobijo y podrían por fin descansar. Era muy arriesgado, pero no imposible.

Escabullirse de la hacienda de los Lavilla parecía lo más sencillo, si bien a partir de ahí las dificultades irían en aumento. Para empezar, el trayecto hasta el puerto de Valencia, aunque no excesivamente largo, los obligaría a atravesar una ciudad siempre despierta en la que dos esclavos sin amo llamarían demasiado la atención. Lo único que se le ocurría a Rodrigo era cargar una carreta de fruta y ocultar a Elena en su interior. Aunque eso sumaría a la fuga un delito de robo que, de capturarlos, les costaría a ambos la vida.

Una vez que hubiesen conseguido llegar, debían dar con un capitán de barco dispuesto a arriesgarlo todo por ayudarlos a cruzar el Mediterráneo. Y aquello sí que era un problema, porque, aunque ocurriese un milagro y lograsen contactar con la persona adecuada, costaría una fortuna. Rodrigo podía desviar pequeñas cantidades de dinero de las cuentas de la hacienda, pero no era suficiente. Elena le pidió que él se dedicase a buscar el medio de transporte y que la cuestión económica la dejase en sus manos, ya que ella tenía acceso a las joyas de su ama.

Tras varias semanas rondando por el puerto y escuchando conversaciones ajenas, el esclavo fijó su atención en el propietario de una carabela destartalada que se dedicaba al transporte de mercancías entre la Península y el norte de África. Su capitán era un hombre de sesenta años que se hacía llamar Juan Luis Díaz y que aseguraba haber participado en la primera expedición de Cristóbal Colón. Pero, entre que su nombre no aparecía en ningún documento oficial y que solía estar borracho, nadie lo tomaba en serio. Rodrigo se acercó a él mientras el capitán despotricaba contra Colón, a quien acusaba de haberlo dejado al margen de los enormes beneficios que había generado el descubrimiento.

—¿Sois Juan Luis Díaz?

—¿Y tú quién eres, negro?

—Mi nombre no tiene importancia. Lo único que necesitáis saber es que tengo dinero para pagaros.

—¿Pagarme el qué?

—Suficiente vino para que paséis borracho el resto de vuestra vida.

El capitán lo miró con desconfianza. Aquel esclavo repleto de marcas de palizas no le gustaba un pelo, pero, si era cierto que podía sufragarle sus próximas borracheras, su deber era escucharlo.

—Habla.

—¿Cuánto cobraríais por llevar a dos personas hasta la costa de África?

—Eso depende de las personas.

—Fugitivos.

—Si huyen de la Inquisición, olvídate. No hay dinero suficiente para pagar un riesgo semejante.

—La Inquisición nada tiene que ver, pero el riesgo también existe. Ayudar a fugarse a dos esclavos está penado con prisión.

—Así que se trata de esclavos... ¿Uno de ellos serías tú?

Rodrigo evitó contestar, pero su silencio fue de lo más elocuente.

—Debería denunciarte.

—Entonces no ganaríais los veinticinco ducados que estamos dispuestos a pagaros por un trayecto de solo dos días.

—Veinticinco por cada uno.

—Eso es demasiado.

—Lo tomas o lo dejas.

Lo que pedía el viejo marinero era una auténtica fortuna y los dejaría casi sin dinero para la segunda etapa de su viaje, la que debía llevarlos hasta su pueblo, aún más larga y peligrosa que la primera, pero Rodrigo sabía que no encontraría nada más económico y terminó aceptando.

El acuerdo entre Rodrigo y el capitán Juan Luis Díaz quedó fijado para la madrugada del 10 de febrero, dos semanas después.

—¿Qué estás haciendo, Elena?

La chica apretó en la mano el anillo de oro y diamantes que acababa de sacar del joyero de su ama y se volvió forzando su sonrisa más inocente. Desde que decidió escaparse, realizaba pequeños hurtos de joyas sin demasiado valor que sabía que doña Rosa no echaría en falta. Pero, cuando Rodrigo le dijo la fecha acordada para la fuga y el montante que debían pagarle al capitán que los llevaría hasta África, se vio obligada a correr más riesgos.

—Buscaba el broche de oro que os regaló vuestra consuegra antes de la boda de Guiomar, señora.

—¿Para qué?

Elena calló, cogida en falta. Doña Rosa endureció el gesto.

—Te he hecho una pregunta, Elena.

—Os lo diré, pero habéis de prometerme que me guardaréis el secreto.

—Déjate de zarandajas y habla de una vez, muchacha.

Elena se acercó a ella para hablarle con complicidad mientras escondía el anillo robado en el dobladillo de su vestido.

—Es para vuestra hija menor.

—¿Para Sabina? ¿Y por qué no me lo pide ella?

—Porque ella ni siquiera sabe que lo necesita, señora. No sé si estáis enterada de que esta tarde merendará con Luis Fonseca, el hijo del diputado.

—¿Por qué no se me ha informado de eso? —preguntó doña Rosa con una mezcla de sorpresa y agrado.

—En realidad, solo es una posibilidad el que se encuentren, pero yo quiero asegurarme de que, si al fin sucede, Sabinita esté deslumbrante. Y he pensado que luciendo ese broche se verá más atractiva a ojos del muchacho.

—¿Es que acaso mi hija está enamorada de él?

—Basta con mirarla a los ojos para daros cuenta, señora. Pero no le digáis que os lo he contado, os lo ruego. Dejaría de confiarme esa clase de secretos y entonces ni vos ni yo nos enteraríamos de la misa la mitad.

Doña Rosa se mantuvo en silencio, sin comprender cómo pudo pasar por alto algo así cuando llevaba mucho tiempo buscándole marido a su hija pequeña. Para alivio de Elena, sonrió y se dirigió hacia el tocador.

—El broche que buscas no es apropiado para alguien tan joven, Elena —dijo mientras abría el joyero—. Lo que ha de ponerse es un colgante de amatista que me regaló mi marido por nuestras bodas de plata. Aquí está.

Doña Rosa le mostró el colgante y Elena lo observó, admirada.

—Es un primor, señora. El señor tiene muy buen gusto.

—Dudo mucho que fuese Joaquín quien lo eligiera, hija. Ni este colgante ni la diadema que te voy a dar a ti.

La señora cogió una diadema de oro con motivos religiosos y se la tendió con una enigmática sonrisa.

—¿Para mí?

—Solo es un préstamo, no te creas. Después de tu boda, deberás devolvérmela.

Elena volvió a estremecerse, como la primera vez que sospechó que sus amos estaban pactando su matrimonio. Esa mañana tuvo la sensación de que era un acuerdo ya cerrado y no una simple posibilidad. La señora percibió su desasosiego y la cogió de la mano.

—Sé que tú no tenías intención de casarte, muchacha, pero es deseo de Dios que toda mujer forme una familia y aumente su rebaño. Además, estoy segura de que la elección de Joaquín te agradará.

—¿De quién se trata, señora?

—De Matías Antúnez, familiar de uno de los principales armadores de Cádiz. Parece ser que el joven te vio en el mercado en una reciente visita a Valencia y quedó prendado. Te dará una buen vida sin carencias de ningún tipo, puedes quedarte tranquila. Y conocerás mundo a su lado.

—¿A qué os referís?

—A que su familia tiene negocios en el Nuevo Mundo y él llevará parte de ellos. Por eso vuestra boda ha de celebrarse de inmediato.

—¿Cuándo, señora?

—La próxima semana. Me hubiera gustado avisarte con más tiempo, pero el muchacho solo pasará un par de días en Valencia y Joaquín lo ha pactado así. No sabes cuánto te echaré de menos, hija.

En una demostración de cariño muy poco habitual de amos a esclavos, doña Rosa abrazó a Elena. No en vano, la consideraba como la tercera de sus hijas. La joven se dejó hacer, descompuesta; la boda estaba fijada días antes de que zarpase rumbo a África el barco del capitán Juan Luis Díaz y, si llegaba a celebrarse, ella jamás podría fugarse con Rodrigo.

16

Tenerife (islas Canarias). Marzo de 1464

Bencomo aguardaba en el exterior de la cabaña, más nervioso y asustado de lo que jamás había estado. Según la anciana que le hizo copular con Hañagua nueve meses antes frente a la figura que representaba a la diosa Chaxiraxi, si el embarazo se hubiese vuelto a malograr o el recién nacido viniese con malformaciones, la maldición ya los acompañaría para siempre. Ni Tinguaro ni Hucanon se separaron de su hermano mayor, esperando que, esta vez sí, naciera un sobrino sano al que poder malcriar.

Ninguno de los dos había encontrado todavía a la mujer con la que formar una familia. Hucanon —aunque no rechazaba compartir lecho con las muchachas que se le acercaban con esa intención— se dedicaba casi en exclusiva a formarse como guerrero, y Tinguaro no lograba superar lo sucedido con Guajara.

Unos meses atrás, toda la familia de Imobach había sido invitada a la boda del viejo mencey Atbitocazpe con la que iba a ser su tercera esposa, la joven Guajara. Sin embargo, y aunque sus padres les pidieron tanto a Tinguaro como a Hucanon que los acompañasen en ausencia de Bencomo —que no quería separarse de su esposa en la recta final de su embarazo—, ambos rehusaron la propuesta. Aquel día, el chico se levantó temprano con la intención de ir a cazar, pero sus pasos lo llevaron hasta el menceyato de Adeje, donde se escondió tras unas rocas para presenciar cómo la mujer a la que amaba se unía a otro hombre. Pese a que no había soltado prenda desde que regresaron de la fiesta del Beñesmer, Hucanon conocía el motivo por el que su carácter se había agriado. Cuando aquella mañana lo vio adentrarse solo en el bosque, fue tras él.

—No comprendo por qué te torturas así, hermano —dijo sentándose a su lado.

—¿Qué haces aquí, Hucanon?

—¿Pensabas que iba a dejarte solo en un día como este?

Tinguaro le sonrió agradecido y volvió a prestar atención a la ceremonia, en la que los novios se disponían a hacer los juramentos frente al guañameñe y los invitados llegados desde todos los rincones de Achinet.

—No lo quiere —masculló—. Sé que Guajara aún me quiere a mí.

—Aunque así fuera, debes olvidarte de ella. Ahora es la esposa de un mencey.

El chico asintió y se levantó.

—Ya he tenido suficiente, hermano. ¿Nos vamos de caza?

—Algunos hombres aseguran haber visto los conejos que han traído los extranjeros en los bosques de Taoro —respondió Hucanon—. Me gustaría probarlos para ver si son tan sabrosos como dicen.

Aquellos animales eran tan escurridizos que resultaba casi imposible ensartarlos con sus banots, así que los dos jóvenes tardaron una semana en cazar uno. Y, durante ese tiempo, Hucanon creyó que su hermano había olvidado a Guajara. Pero el dolor que sentía Tinguaro lo envenenaba por dentro un poco más cada día.

—¿Cómo está, madre?

Bencomo y sus hermanos se levantaron a toda prisa cuando su madre salió de la cabaña. Su semblante no auguraba nada bueno.

—Todavía hay que esperar, Bencomo.

—¿Por qué tarda tanto?

—El niño aún no está colocado. Y si no lo consiguiera pronto...

—Lo conseguirá. —Hucanon interrumpió a la que ya consideraba su madre.

—Id a buscar más agua caliente.

Los dos jóvenes obedecieron.

—No me mienta, por favor —dijo Bencomo una vez que se quedó a solas con su madre—. Si el niño no va a sobrevivir, quiero saberlo.

—Eso ahora está en manos de Achamán.

—¿Por qué nos castiga así?

Ella iba a contestar, cuando se escuchó un llanto en el interior de la cabaña. Bencomo no logró contenerse y, a pesar de que su madre le rogó que esperase fuera, entró para ver cómo una de las dos matronas que atendían a Hañagua le entregaba un bebé que lloraba a pleno pulmón, aún cubierto de sangre y de restos de placenta.

—Es una niña —dijo Hañagua agotada después de un parto tan largo.

—¿Está sana?

—La diosa nos ha perdonado —respondió ella radiante de felicidad.

Bencomo sonrió emocionado y fue a abrazar a su esposa y a su hija, a la que veía tan frágil que no se atrevía a tocar.

—La llamaremos Idaira.

La hija de Bencomo y Hañagua superó las primeras semanas de vida sin ningún contratiempo. Aunque sus padres celebraban cada gramo que ganaba Idaira, sabían que había empezado la cuenta atrás para tener que ponerla al servicio de la diosa Chaxiraxi. Todavía quedaban muchas lunas para su primera sangre, pero quisieron aprovechar cada momento a su lado. Una mañana en la que ambos se bañaban con ella en una piscina natural que se formaba en las rocas de la costa, Bencomo vio aparecer a su padre y a sus hermanos acompañados por guerreros del reino armados para la batalla. A Imobach cada vez le costaba más moverse debido a una dolencia de los huesos que ningún curandero lograba sanar, pero seguía liderando con mano firme el menceyato de Taoro.

—¿Qué pasa, Bencomo? —se asustó Hañagua.

—No lo sé. Quédate aquí.

Idaira protestó cuando su madre la sacó del agua, pero Hañagua quiso tenerla controlada mientras observaba cómo su marido se dirigía al encuentro de su padre y sus hermanos.

—¿Qué sucede, padre? —preguntó al llegar hasta ellos.

—Debemos acudir a un tagoror en el menceyato de Anaga.

Tinguaro se adelantó y le entregó sus armas.

—Me he permitido entrar en tu cabaña para traerte esto, hermano.

—¿Y cuál es el motivo para que tengamos que ir armados?

—No solo asistiremos nosotros, hijo. También habrá representantes extranjeros.

Bencomo resopló. Hacía meses que la convivencia con los forasteros se estaba haciendo insostenible y sabía que, tarde o temprano, debían pactar con ellos. Y quizá tomar la decisión de echarlos para siempre de su isla. Miró a Hañagua y a su hija con preocupación, temiendo que la pequeña nunca fuese a conocer otro periodo de paz como en el que le había tocado nacer.

El capitán Diego García de Herrera aguardaba en la playa escoltado por medio millar de soldados, cincuenta indígenas procedentes de las islas ya conquistadas y un nutrido grupo de religiosos. A ambos lados del oficial se encontraban el obispo Diego López de Illescas y el notario Fernando de Párraga, y, fondeada tras todos ellos, parte de la flota castellana, con sus cañones y falconetes apuntando por encima de las tropas.

El calor de aquel sábado 21 de junio de 1464, junto con la humedad y el salitre, hizo la espera insoportable para los hombres que se habían congregado frente a la desembocadura del lugar conocido como barranco del Bufadero. Los castellanos empezaban a impacientarse cuando aparecieron los nueve menceyes de Tenerife seguidos por familiares y otros nobles, y, unos pasos más atrás, llegados desde todas las partes de la isla, cerca de mil guerreros pertrechados para la batalla. Tanto el obispo como el notario retrocedieron un paso, asustados ante la visión de aquel ejército. Salvo los líderes de los diferentes cantones, que portaban varas cuidadosamente labradas que los diferenciaban del pueblo llano, el resto de los hombres empuñaban afiladas lanzas, robustas juntas y escudos fabricados con corteza de drago. El obispo se santiguó.

—Que Dios nos proteja.

El capitán Herrera contrajo el gesto. A sus cuarenta y siete años, llevaba más de diez combatiendo contra nativos de otras islas, y casi todos eran lo buen guerrero que llega a ser cualquiera que lucha por defender a su familia. Pero aquellos los miraban con una insolencia que despertó murmullos de temor entre sus hombres.

—Salvajes —masculló con desprecio.

La primera vez que el capitán se enfrentó a indígenas de las islas Canarias fue en 1454, poco después de que su esposa, Inés de Peraza, heredase de su padre Lanzarote, Fuerteventura, La Gomera y El Hierro. Durante meses pleiteó con los portugueses por el señorío de las islas, y, cuando consiguió imponerse, descubrió que ni mucho menos era territorio conquistado. Lo único que había oído sobre aquellos salvajes era que no tenían espadas, arcos ni armas de fuego, pero sí mucha destreza en el lanzamiento de piedras y varas. No en vano, su cuñado había muerto unos años antes ensartado por una pica mientras llevaba a cabo una razia en busca de esclavos en la vecina isla de La Palma. Aun así, sofocó con mano dura las revueltas hasta que, hacía ya tres años, sometió a los habitantes de Gran Canaria. Desde entonces, su objetivo era Tenerife y aquellos guanches a quienes todos temían.

—¡Intérprete! —dijo tras pasear la mirada por los menceyes y escupir la arena que llevaba largo rato masticando.

Un joven de piel tostada se abrió paso entre las tropas y se situó junto a Diego García de Herrera, al que se presentó como Antón. Vestía como un castellano más, pero el capitán lo miró de arriba abajo, con el mismo desagrado que a quienes tenía enfrente.

—¿Conoces el idioma de estos salvajes?

—Lo conozco, señor —respondió Antón en un perfecto castellano—. Yo nací en el menceyato de Güímar y viví allí hasta que fui apresado.

—Aún has de estar agradecido por haber recibido una educación en lugar de seguir siendo un bárbaro como ellos. No te separes de mí.

El capitán Herrera y el guanche, escoltados por una guardia de hombres armados con alabardas y ballestas, avanzaron hasta situarse a veinte pasos de los líderes tribales. En la retaguardia del grupo, con más miedo que vergüenza, se ocultaron el obispo y el escribano. Los nueve menceyes y sus acompañantes, entre los que estaban Bencomo, Tinguaro y Hucanon, se reunieron con los extranjeros.

—Mi nombre es Diego García de Herrera, señor de las islas de Lanzarote, Fuerteventura, La Gomera, El Hierro y Gran Canaria —dijo con pomposidad y aguardó a que el intérprete tradujera. Una vez que lo hizo, y puesto que los guanches guardaban silencio, más impresionados por que alguno de aquellos hombres supiese hablar su idioma que por la ristra de títulos, continuó—: Tengo intención de construir una torre en estas tierras que sirva como almacén para mercadear con el reino de Castilla.

La traducción de aquellas palabras provocó las primeras desavenencias entre los nueve menceyes guanches. Los reyes de los cantones del sur, encabezados por Añaterve, acostumbrados a tratar con comerciantes y sacerdotes que llevaban años instalados en sus tierras, se mostraron dispuestos a pactar. Los del norte, en cambio, liderados por el mencey Imobach y sus hijos, lo consideraron una afrenta y quisieron que aquel extranjero tan soberbio se marchase de inmediato, llevándose consigo sus tropas y sus barcos.

—¿Qué dicen? —le preguntó Herrera a Antón.

—Algunos están de acuerdo en dar su permiso y otros no quieren soldados en sus costas, señor.

—Diles que las tomaremos por las buenas o por las malas.

El guanche no se decidía a transmitir el mensaje como se lo había dicho el capitán y este lo miró con dureza.

—¿No me has entendido?

—Con todos mis respetos, señor —respondió Antón—, si les digo tal cosa, los que ya teníais en vuestra contra se reafirmarán, y los que no lo tomarán como un insulto.

El capitán Herrera masculló una maldición contra los guanches en general y contra su intérprete en particular, pero sabía que el muchacho tenía razón; a pesar de sus armas primitivas, los isleños eran estilizados y musculosos, en contraste con la mala forma física de sus soldados, a los que además sacaban una cabeza: una escaramuza no era la mejor idea en ese momento. Tampoco jugaba a su favor el terreno; ya tenía experiencia por sus disputas en otras islas y sabía que moverse por aquellos riscos con sus armaduras era un suplicio que les hacía perder su ventaja en favor de los indígenas, acostumbrados a saltar entre las rocas con pértigas que tenían escondidas por doquier. Además, escucharlos discutir le estaba levantando dolor de cabeza y deseó acabar la reunión cuanto antes.

—Pregúntales qué quieren a cambio de permitirme construir la maldita torre y dejar aquí una guarnición.

Antón les transmitió la pregunta y se avivó la discusión entre los dos bandos de guanches. Cuando el desencuentro empezó a enquistarse, Antón le pidió permiso a Diego García de Herrera para tratar de convencer a su compatriotas de llegar a un acuerdo. Este se lo dio con la advertencia de que, si intentaba algo en contra de sus intereses, lo haría desollar vivo. Aceptó y se adelantó para hacerse escuchar:

—¡Mi nombre cristiano es Antón, pero antes me llamaba Airam, uno de vosotros!

Los guanches aparcaron sus diferencias para prestar atención a aquel muchacho, que enseguida continuó haciendo uso de la palabra.

—Me apresaron siendo niño, cuando pescaba con mi familia más al sur.

—¿Eres de Güímar? —le preguntó Añaterve sorprendido.

—Así es. Los extranjeros me llevaron en uno de sus barcos hasta una tierra lejana y allí me enseñaron su lengua y sus costumbres.

—Estos hijos de Guayota tienen por costumbre robar, violar y matar —escupió Bencomo con rabia y recibió el apoyo de la mitad de los menceyes.

—No seré yo quien los defienda —respondió Antón intentando calmarlos—, pero debo advertiros de que no se irán hasta llevarse lo que han venido a buscar. Los he visto actuar así decenas de veces.

—Son la mitad que nosotros y están asustados. —Hucanon miraba a las tropas que aguardaban en la playa—. Si los atacamos ahora, Guayota y los guacanchas se darán un festín con sus cadáveres.

—Tal vez los derrotéis en esta ocasión —intervino de nuevo Antón—, pero volverán con más tropas, barcos y armas. En las otras islas y en el lugar del que proceden, hay miles de hombres aguardando a ser llamados.

—¿Pretendes que los dejemos ocupar nuestras tierras sin que nos den nada a cambio, muchacho? —preguntó el mencey Imobach irritado.

—En absoluto, gran mencey. De este acuerdo todos podéis salir beneficiados: ellos construyendo esa torre y vosotros pidiéndoles cuanto deseéis.

Los guanches valoraron, mucho más calmados, la oferta que les había hecho aquel chico. Aunque seguían mostrándose en desacuerdo, al cabo de un rato miraron a Diego García de Herrera, que aguardaba a la expectativa. Añaterve, el imponente mencey de Güímar, pronunció una sola palabra en un aceptable castellano:

—Conejos.

—¿Conejos? —preguntó a su vez el militar, aturdido.

Añaterve le explicó a Antón lo que querían y este se lo transmitió a su señor.

—Quieren conejos para poder criarlos en cautividad, semillas y útiles de labranza, señor. También que la orchilla de la que sacan esos tintes se la trueque por cabras, ovejas y cerdos. Una cabeza de ganado por cada cinco sacos que entreguen.

—Mucho piden para ser salvajes —dijo Diego García de Herrera con desdén—, pero sea. ¡Escribano!

Los guanches no conocían la escritura y ninguno de los menceyes comprendía la validez del escrito que el notario Fernando de Párraga les ofreció para que firmasen y que había denominado Acta del Bufadero. El guanche Antón lo leyó y se volvió preocupado hacia Diego García de Herrera.

—Aquí no consta el acuerdo al que se ha llegado, señor. Solo dice que los nueve menceyes de Tenerife aceptan rendir vasallaje a vuestra excelencia.

—Es un pacto entre caballeros que no necesita ser rubricado —respondió el capitán Herrera—. ¿O es que me llamas embaucador?

—No, señor, pero...

—No hay peros que valgan —lo interrumpió con dureza—. Dile a estos reyezuelos que firmen el tratado o juro por Dios que se lo arrebataré todo.

Antón dudó sobre lo que debía hacer, pero tenía claro que, de no obedecer las órdenes del capitán, aquella tarde rodarían muchas cabezas, empezando por la suya. Disimulando su desazón, les explicó a los menceyes que los extranjeros habían dejado constancia en aquel escrito de lo que allí se había hablado y que necesitaban que ellos mostrasen su acuerdo. Imobach fue el encargado de firmar aquel engaño con un símbolo ininteligible.

Diego García de Herrera les dijo a los guanches a través de Antón que en unos días tendrían los animales, las semillas y el resto de las cosas que les habían prometido y sonrió con suficiencia al obispo López de Illescas.

—Mañana mismo comenzaremos la construcción de la torre, vuestra reverencia. Después ya es cosa vuestra evangelizar a estos salvajes.

De regreso al menceyato de Taoro, Imobach insistió a sus hijos en que habían alcanzado un buen acuerdo, pero ni Bencomo, ni Tinguaro, ni mucho menos Hucanon, que volvía decepcionado por no haber podido bañarse en la sangre de los extranjeros a los que tanto odiaba, parecían conformes.

—Nos hemos olvidado muy pronto de lo que esos malnacidos llevan años haciéndonos —dijo Hucanon con rabia.

—Comprendo tu frustración, hijo, pero los acuerdos hay que alcanzarlos con la cabeza fría, sin dejarse llevar por las ansias de venganza.

—Yo no soy tan vehemente como mi hermano, padre —intervino Bencomo—, pero estoy de acuerdo con él en que no podemos confiar en la palabra de esos extranjeros.

—Nadie ha dicho que lo hagamos. Sin embargo, aunque la juventud de Hucanon lo lleve a pensar que podríamos derrotarlos, ya has escuchado decir a ese joven que los acompaña que hay muchos más soldados aguardando para tomar nuestras costas por la fuerza.

—Yo no me fío de ese traidor. —Hucanon seguía empecinado—. ¿Qué clase de hombre vive con quien amenaza a su pueblo y no degüella uno a uno a sus enemigos mientras duermen?

—Nosotros hace tiempo que dejamos de ser su pueblo, hermano —respondió Bencomo.

—¿Tú qué opinas, Tinguaro? —preguntó Imobach a su hijo menor—. No has abierto la boca en todo el día. ¿Es que no te interesa el futuro de nuestro pueblo?

Era cierto que el joven Tinguaro andaba más taciturno y ausente de lo habitual, pero no porque no tuviese una opinión formada sobre lo que pretendían los extranjeros, sino porque su cabeza seguía en Adeje, donde vivía Guajara. Se sentía culpable por haber pasado la tarde deseando que se desatase la guerra solo para ver cómo uno de aquellos soldados atravesaba con su espada al hombre que se la había arrebatado.

—Lo siento, padre —respondió el muchacho sacudiéndose aquellos negros pensamientos—. Como mi hermano Hucanon, también pienso que hemos perdido la oportunidad de expulsar a los extranjeros de nuestra isla.

—¿Y si es cierto que regresan con más barcos y más armas?

—¿Quién nos dice que no lo vayan a hacer de todas maneras?

—Mucho me temo —dijo el mencey mostrando su preocupación— que la guerra es un destino al que nuestro pueblo tarde o temprano tendrá que enfrentarse, Tinguaro. Y la única posibilidad de vencer sería que todos los menceyatos luchásemos como uno solo, como en la época de mi abuelo, Tinerfe el Grande.

—Hoy estábamos unidos, padre —respondió Hucanon—. Cada mencey tenía tras de sí a sus mejores guerreros.

—¿Crees que los menceyes del sur se hubieran sumado a la batalla cuando por todos es sabido que llevan tiempo haciendo tratos con los extranjeros?

—Eso no cambiará en el futuro —dijo Tinguaro—. En aquellos cantones cada vez se tolera más su presencia. Hace tiempo que mis hermanos y yo pudimos ver a Añaterve montando a caballo y rodeado de monjes.

—Debemos esperar a que llegue quien lidere a todo nuestro pueblo unido, hijo.

Imobach fijó su mirada en Bencomo. Aunque su rebeldía le había dado disgustos desde niño, sabía que estaba llamado a ser esa figura que tanto necesitaban si pretendían sobrevivir, pero también temía que su ímpetu los llevase a la aniquilación. Aun así, tenía la esperanza de que, con el nacimiento de su hija, Idaira, fuese más cauto a la hora de tomar decisiones. Bencomo asintió captando el mensaje que su padre le transmitía sin decir una palabra, sintiendo el peso de la responsabilidad sobre sus hombros.

Al llegar al barranco de Acentejo —que servía como frontera entre los menceyatos de Tacoronte y Taoro— los guerreros fueron a buscar las pértigas que tenían guardadas y comenzaron a saltar. Cuando ya había saltado la mitad de los hombres, le tocó el turno a Imobach y a sus hijos. Los primeros en hacerlo fueron Tinguaro y Hucanon, que aguardaron al otro lado para ayudar a su padre, cuya habilidad había mermado desde que padecía esa dolencia en los huesos.

—Tenga cuidado, padre —le dijo Bencomo sujetándole la pértiga.

Imobach se asió con fuerza, como había hecho miles de veces a lo largo de su vida, y se impulsó. Pero, por desgracia para el mencey, la humedad de aquel lugar hizo que la base de la pértiga se desplazase un palmo. De sucederle cuando estaba en plenas facultades, se habría quedado en un pequeño susto; sin embargo, Imobach no pudo corregir el punto de apoyo y perdió el equilibrio.

—¡Padre!

El hombre quedó precariamente agarrado a un saliente de roca. Bencomo intentó llegar hasta él, pero no encontraba la manera de bajar.

—¡Sujétese, padre! ¡Enseguida le subimos!

—Escúchame, Bencomo.

El tono de voz de Imobach, tan pausado a pesar de la situación que vivía, hizo que, mientras a su alrededor todos intentaban rescatar al mencey, su hijo mayor se detuviera y lo mirase a los ojos.

—Ha llegado el día de que demuestres que no estaba equivocado contigo, hijo.

—Mi día todavía no ha llegado, padre. Aún tiene que guiarnos durante mucho tiempo.

—No, Bencomo. Achamán me espera. Nuestro pueblo queda en tus manos.

Dicho esto, Imobach se soltó.

17

Sanlúcar de Barrameda (Cádiz). Junio de 1464

La única posibilidad de que Ana lograse su libertad era comprándola; la famosa manumisión de la que todos los esclavos habían escuchado hablar pero que muy pocos obtenían. Lo malo era que, para intentar siquiera reunir el dinero, necesitaba el permiso de su amo para trabajar, y, en caso de conseguirlo, estaba obligada a darle la mitad de sus ganancias. Aunque el panorama era desolador para ella, en cuanto convenció a don Pedro de que ocuparse fuera de casa no afectaría a sus obligaciones, se presentó en el mejor puesto de pescado de la lonja de mercaderes.

—¿Qué sabes tú del oficio? —le preguntó con displicencia la mujer que lo atendía.

—Llevo desde niña limpiando pescado, señora. Dadme la oportunidad de demostraros que soy buena trabajadora.

La pescadera la puso a prueba y, al ver que ciertamente se daba maña, decidió pagarle unas monedas por cada mañana que se ocupase en el puesto destripando y desescamando pescado. Ana hacía malabarismos para trabajar en el mercado sin que se notase su ausencia en la casa donde servía, pero, aunque don Pedro nunca tuvo queja, con su hijo Alonso era más difícil bregar.

—Hueles a podredumbre —le dijo el niño con desprecio cuando ella se disponía a preparar el almuerzo.

—Lo lamento, amo —contestó apurada—. Hoy ha habido faena en el mercado y no he tenido tiempo de asearme.

—En esta casa se sirve aseada. Ve a quitarte ese olor a pescado, puerca.

—Sí, amo.

Mientras se lavaba en un barreño en el patio que daba a la cocina, Alonso la observó; aunque todavía era un crío, empezaba a apreciar la belleza de las mujeres. Los mejores años de aquella esclava ya habían quedado atrás, pero seguía siendo apetecible para su padre y para muchos hombres a los que veía volverse a mirarla cuando se cruzaban con ella por la calle. Al descubrir sus pechos para enjabonarlos, Alonso tuvo una repentina erección. Algunas mañanas se levantaba así, pero nunca antes lo había relacionado con el sexo opuesto. Durante los siguientes días, se las apañaba para espiarla siempre que podía, incluso mientras yacía con su padre. Una mañana en que este había viajado a Sevilla para comprar unos esclavos por encargo del duque de Medina Sidonia, Alonso esperó a que regresase de trabajar en el puesto de pescado.

—¿De dónde vienes? —preguntó inquisitivo.

—Del mercado, amo. —Bajó la mirada, presintiendo que se avecinaban problemas.

—No hace falta que lo jures. —Alonso agitó la mano frente a su nariz con cara de asco—. Hueles que apestas.

—Ahora iba a asearme, amo.

—Me barrunto que no lo haces correctamente. Quiero verlo para comprobar que te frotas bien y no te limitas a remojarte. Prepara el barreño.

Ana no tuvo otra que obedecer y preparó el barreño para lavarse delante de su joven amo. Aunque la desnudez era una cosa natural en su Tenerife natal y había tenido que mostrar su cuerpo muchas veces desde que fue esclavizada, quitarse la ropa delante de aquel niño que la miraba sin perder detalle, con los ojos muy abiertos, le hizo sentir pudor y le dio la espalda.

—¿Qué estás haciendo? Vuélvete —ordenó Alonso.

Ana se dio la vuelta mientras se cubría el pubis con ambas manos.

—Frótate, quiero ver qué haces mal.

La esclava cogió un trozo de jabón y se frotó por cuello, pecho, brazos y axilas, pero Alonso no apartó la mirada de la mata de pelo negro ensortijado que la mujer tenía entre las piernas y volvió a experimentar una erección. Se levantó apresurado y se marchó a su cuarto a explorar aquellas reacciones de su cuerpo, pero Ana sabía que pronto querría que fuese ella quien lo hiciera. Y, si don Pedro se enteraba, tenía por seguro que a ojos de todos la culpable sería la esclava desvergonzada que había seducido con malas artes a un muchacho inocente.

Una vez a la semana, coincidiendo con que su padre salía de viaje, Alonso le ordenaba repetir la operación, aunque cada día llegaba un paso más lejos; al principio le bastaba con mirar, pero al poco se acercaba para acariciarla. Después volvía a encerrarse en su cuarto, algunas veces hasta la hora del almuerzo. Uno de aquellos días, la observó cuando ella le servía la sopa de pescado.

—¿Tienes ya mucho dinero ahorrado?

—Unas monedas, amo. Son pocas las horas que puedo trabajar en el mercado y debo entregarle a vuestro padre la mitad de mis ganancias.

—¿Acaso te parece mal?

—No, amo.

—Bastante con que te damos permiso para que trabajes. Piénsalo así.

Ana asintió, mordiéndose la lengua. En el mercado hablaba con otros esclavos y ninguno de ellos tenía que entregarle un porcentaje tan alto de su salario a sus amos, pero ese era un tema que ella pensaba negociar con don Pedro cuando las circunstancias fuesen propicias. Solo estaba esperando el momento.

—Si la consiguieras —Alonso volvió a mirarla con curiosidad—, la libertad, digo, ¿qué harías con ella?

—Volvería a mi tierra, amo.

—A la isla de Tenerife, ¿no?

—Así la llaman aquí, aunque nosotros la conocemos por Achinet.

—Tengo entendido que, antes de bautizarte, tenías otro nombre. ¿Cuál era?

—Gara.

—Gara —repitió el muchacho para sí—. Suena menos salvaje de lo que imaginaba. ¿Te espera alguien allí?

Ella calló. Responder a eso le dolía más que cien latigazos.

—Te he hecho una pregunta.

—Tenía un hijo —contestó al fin la esclava—, pero desconozco si aún vive. Se llamaba Hucanon.

18

Tenerife (islas Canarias). Junio de 1464

El cuerpo sin vida del mencey Imobach fue depositado en una cueva, sobre un lecho de lajas de piedra para evitar que estuviese en contacto directo con el suelo. Los encargados de llevar a cabo el mirlado eran un padre y su hijo. La suya era una profesión —junto con las de carnicero y verdugo— asignada a los achicasnai, la casta más baja de la sociedad guanche. Que se ganasen la vida manipulando muertos provocaba rechazo y respeto a partes iguales, ya que quedaba en sus manos la responsabilidad de preparar al difunto de cara a su encuentro con Achamán.

Elaboraron un hervido a base de lavanda silvestre, jara, ciclame y salvia silvestre y procedieron a lavar el cuerpo cada poco tiempo, hasta que no quedó ninguna impureza sobre la piel. Después —aunque normalmente esto solo lo hacían cuando el cadáver pertenecía a alguien por quien mereciera la pena tal esfuerzo— lo evisceraron y guardaron los órganos extraídos en un recipiente de barro que sellaron con sumo cuidado. Más tarde, procedieron a rellenarlo con una masa compuesta de manteca, polvos de brezo y de piedra tosca, cáscara de pino, hojas de mocán, gramíneas y sangre de drago. Finalmente cosieron las cicatrices y taponaron sus orificios naturales con piedras volcánicas.

Una vez completada esa operación, volvieron a lavar el cuerpo y lo untaron con manteca derretida para proceder a su secado. Si fuese invierno, lo habrían colocado junto a una hoguera de madera de drago para deshidratarlo, pero, al estar en verano, bastaba con exponerlo al sol durante las horas de más calor.

Por último, cuando después de quince días la piel ya se asemejaba al cuero, le cosieron pieles de cabra trabajadas con esmero para abrigar al mencey en su viaje. Desde aquel momento, ya no era considerado un hombre, sino un xaxo.

—Habéis hecho un gran trabajo —dijo Bencomo cuando los embalsamadores terminaron su labor—. Seréis recompensados con veinte cabras cada uno.

—Gracias, mencey Bencomo.

Era la primera vez que escuchaba a alguien llamarlo así en público y le agradó, pero todavía no había sido elegido. Aunque era habitual que el título de mencey se transmitiera de padres a hijos, los hombres nobles aún debían aprobarlo. Todos daban por hecho que sería así, pero él era cauto.

—Hasta que no sea nombrado, simplemente Bencomo.

Los embalsamadores ataron con tiras de cuero el xaxo a una tabla y, con la ayuda de algunos guerreros —entre los que se encontraban el propio Bencomo, Tinguaro y Hucanon—, lo trasladaron a una recóndita cueva situada en el barranco de Herques, sellada con una piedra que tuvieron que retirar entre media docena de hombres. Aunque aquel lugar estaba en la frontera entre los menceyatos de Abona y Güímar, desde los primeros tiempos se depositaba allí tanto a los menceyes de los diferentes cantones como a los nobles y las familias de todos ellos.

A lo largo de los inmensos tubos volcánicos había colocados varios cientos de momias. Las había tendidas, apoyadas en vertical en la pared y algunas más, las que llevaban allí siglos, apiladas. La mayoría conservaba las pieles que las envolvían desde su muerte, pero otras —a causa de un mal mirlado, de un ave carroñera o de algún perro salvaje que hubiera logrado profanarlas— estaban expuestas con orejas, ojos y dientes a la vista de todos. La familia de Imobach eligió para su descanso eterno un pequeño recoveco en la sala principal y lo rodearon de cuencos llenos de leche de cabra, gofio y miel de yoya para cubrir sus necesidades si el dios supremo le hacía esperar. A su alrededor, cientos de cuencos que en su día contuvieron exactamente lo mismo se pudrían sin remedio, lo que confería al ambiente un leve aroma a leche agria. El guañameñe encomendó al viejo mencey a Achamán, dijo unas palabras deseándole buen viaje y buen encuentro con el creador y, después de dejar en su regazo la añepa que había llevado durante todo su reinado y permitir que sus familiares se despidieran del xaxo, todos volvieron a salir al aire libre.

—¿Quién acompañará al mencey Imobach en su viaje? —preguntó Bencomo.

—Seré yo.

Un hombre de unos treinta y cinco años, en apariencia sano, se abrió paso entre la muchedumbre y se situó frente a la viuda y los hijos del mencey fallecido. Hucanon y Tinguaro se sorprendieron, pues se trataba del padre de uno de sus mejores amigos y les constaba que este tenía varios hermanos pequeños. También a Bencomo le extrañó, porque, aunque era mayor que él, habían competido muchas veces durante las fiestas del Beñesmer y le consideraba un buen hombre y un magnífico guerrero, algo que no se podía desperdiciar así como así en los tiempos que corrían.

—Pensaba que tenías familia a la que cuidar, Choim.

—Así es. Tengo esposa y tres hijos.

—Entonces ¿por qué quieres ser tú quien lleve los mensajes a mi padre al otro mundo?

—El gran mencey Imobach siempre me trató con respeto y cariño —respondió con solemnidad—. Siendo yo niño, lo vi escarmentar a un guerrero de Daute que le había faltado al respeto a mi padre. ¡Un mencey arriesgando su vida por defender a un simple cabrero! Aquel día juré que le serviría hasta el fin y deseo cumplir mi palabra. Quiero ser yo quien le lleve los mensajes de tu madre y tus hermanos, Bencomo. Solo te pido una cosa.

—Pide.

—Que veles por mi familia.

—Tu familia siempre quedará bajo mi cuidado.

Bencomo y Choim se apretaron el antebrazo en señal de respeto y la familia de Imobach le trasladó los mensajes que debía transmitir. Una vez memorizados, los embalsamadores le entregaron el recipiente en el que habían guardado los órganos y, seguido a corta distancia por toda la comunidad, Choim se encaminó hacia los acantilados. Se detuvo en el risco más alto, sonrió a su esposa y a sus tres hijos —que no podían contener las lágrimas a pesar de que lo que hacía su marido y padre era un acto de honor— y se lanzó al vacío. Por fortuna para él, murió al chocar contra las rocas y no tuvo que pasar horas de sufrimiento, como les sucedía a algunos de los que llevaban a cabo aquel suicidio ritual.

El luto por el mencey Imobach ya duraba medio año, y, aunque a todos los efectos su hijo Bencomo lo sucedió en el poder, todavía no había sido elegido oficialmente en el tagoror. Aquella mañana de invierno de 1465 se prometía fría y ventosa. De todas las veces que el aún príncipe se había imaginado haciendo el juramento y recibiendo la añepa que lo identificaba como rey, en ninguna lo hacía bajo un vendaval.

—¿Ya te has despertado? —le preguntó Hañagua acurrucándose a su lado—. Todavía no ha amanecido.

—¿Oyes el viento, Hañagua? —preguntó Bencomo, preocupado—. Es un mal presagio para el tagoror de hoy.

—Cuando Magec esté en lo más alto, ya lo habrá acallado. Duerme un poco más.

Aunque cerrase los ojos, Bencomo sabía que no volvería a coger el sueño. La próxima vez que durmiera ya lo haría como mencey o estaría en proceso de convertirse en xaxo. No era previsible que sucediera, pero cabía la posibilidad de que alguno de los ancianos o los consejeros postularan a otro que no fuese él, y la manera de designar al futuro rey era mediante un combate a muerte entre los dos candidatos. Bencomo recordaba su duelo con Añaterve, en el que quedó demostrado que cualquier cosa podía pasar y que no siempre vence el más fuerte, pero en ese sentido estaba tranquilo, pues no había un solo hombre en todo Taoro capaz de plantarle cara. El único que podría ponerle las cosas difíciles era Hucanon, pero estaba seguro de la fidelidad de su hermanastro.

Se estremeció al sentir el frío suelo en sus pies desnudos. Se acercó a besar a Idaira, que dormía en la cuna de madera que él mismo había fabricado, y salió al exterior. Aún era noche cerrada y solo se advertía el movimiento de los animales, de los árboles agitados por el viento y de los vigías. Uno de ellos fue a su encuentro.

—¿Va todo bien, príncipe Bencomo?

—No hay quien duerma con este viento, Abhau. ¿Alguna novedad?

—Todo está tranquilo, aunque el príncipe Tinguaro también ha salido ya. Se ha dirigido hacia la playa.

Bencomo siguió los pasos de su hermano pequeño y, a pesar del frío, sonrió al sorprenderlo saltando las olas como cuando ambos eran niños. Hacía tiempo que lo notaba cambiado, pero, entre sus nuevas responsabilidades y sus constantes preocupaciones, había ido posponiendo el momento de sentarse a hablar con él. Cuando lo vio salir del agua, sacudió la arena de la piel de oveja que había junto al tamarco y las sandalias de Tinguaro y fue a recibirlo con ella a la orilla.

—Sécate bien, hermano. Tienes los labios azules.

El muchacho asintió y se envolvió en la piel a toda prisa. Mientras esperaba a que entrase en calor, Bencomo se descalzó para mojarse los pies.

—¿No te animas? —preguntó Tinguaro cuando dejó de tiritar—. Según decía padre, el agua fría ayuda a despejar la mente.

—Tal vez otro día. Sentémonos.

Bencomo extendió en la arena la piel que llevaba sobre los hombros y los dos hermanos se sentaron sobre ella y permanecieron en silencio, mirando el horizonte. Desde otros lugares se podían ver las islas vecinas, pero delante de ellos solo estaba la inmensidad del océano.

—Hoy es un gran día para ti —dijo Tinguaro—. El tagoror se reunirá y te nombrará mencey de Taoro.

—Nunca se sabe lo que puede pasar —aseguró él con la prudencia de un anciano, a pesar de que todavía no había cumplido veintidós años.

—Nadie sería tan insensato como para disputarte el trono, hermano.

136

Bencomo cogió un palo, rascó con él la arena y lo lanzó al mar. Después observó a su hermano pequeño. La tristeza de su mirada no era propia de alguien que hasta hacía bien poco era un niño.

—Dime qué te preocupa tanto para que hayas dejado de ser el muchacho risueño que eras antes, Tinguaro.

—Solo me dispongo a afrontar mi destino —respondió el chico, evasivo—. Como dijo padre antes de morir, la guerra con los extranjeros nos alcanzará algún día. ¿Qué sentido tiene seguir actuando como si eso nunca fuera a pasar?

—Quizá esa guerra se desate dentro de mucho tiempo, hermano, o puede que incluso no suceda nunca. Pero cuando Achamán nos reclame, ya sea después de morir en batalla o cayendo por un barranco como padre, debemos mirar hacia atrás y ver que nuestra vida aquí ha merecido la pena.

—Desde tu posición es fácil decirlo, Bencomo. Has nacido para ser nuestro líder y, además, has tenido la suerte de encontrar a Hañagua.

—Tú también encontrarás a la mujer que te merezca.

—¿Y si ya la he encontrado y nuestro amor es imposible?

Para contrariedad del joven Tinguaro, su hermano mayor estalló en carcajadas.

—¿Así que es eso? ¿Tu abatimiento se debe al rechazo de una muchacha?

—¿Y qué si fuera así? —se revolvió a la defensiva.

—No te enojes conmigo porque yo siempre estaré de tu parte. —Bencomo le apretó el hombro con cariño—. ¿Recuerdas lo que tuve que hacer yo para casarme con Hañagua?

—Retar a duelo a Añaterve.

—Exacto, una insensatez propia de un muchacho enamorado. Como hermano te pido que no hagas nada parecido, pero como amigo te digo que, sea quien sea, luches por ella hasta el fin.

Las palabras de Bencomo hicieron renacer la esperanza en Tinguaro, aunque enseguida recordó que Guajara se había casado con otro y ya no podía hacer nada para cambiar aquello. Los dos hermanos charlaron durante largo rato sobre todos los temas que les preocupaban, empezando por la mala cosecha de aquel año, pasando por el habitual robo de ganado y terminando, cómo no, por las molestias que causaban los extranjeros. Cuando ya había amanecido, Bencomo se levantó.

—Debo ir a prepararme para el tagoror en el que se decidirá mi destino.

Bencomo escuchaba con gesto serio a los ancianos, al guañameñe y a los hombres nobles reunidos para determinar si debía ser o no el próximo mencey. Junto al recinto, casi todos los habitantes de Taoro aguardaban en silencio la resolución del tagoror. Los argumentos que daban a su favor eran el respeto que se había ganado, la capacidad de liderazgo demostrada en múltiples ocasiones y el recuerdo de su padre, un rey querido en toda la isla que lo había educado y preparado desde niño para liderar a su pueblo. Pero en su contra se alzaban voces que ponían de relieve su ímpetu a la hora de tomar decisiones y, sobre todo, la animadversión que otros poderosos menceyes como Añaterve o Beneharo sentían hacia él. Tampoco el guañameñe permitió que se olvidara que Bencomo había arrebatado a una de sus harimaguadas a la diosa Chaxiraxi y eso podía acarrear graves consecuencias para toda la comunidad, aunque la buena salud de su hija Idaira apuntaba a que la madre de Magec los había perdonado tanto a él como a Hañagua.

Su obligación era escuchar y aceptar todas las críticas, pero algunas de ellas no se le olvidarían jamás. Tras un largo rato de intenso debate, se le permitió tomar la palabra para renunciar a la candidatura o abogar en su propio favor. Bencomo le dio un sorbo a su cuenco de chacerquen, la miel del fruto del mocán que Hañagua solía preparar para él y para su hija, se aclaró la garganta y se puso en pie.

—Sé que no es fácil decidir qué hombre debe guiar a este gran pueblo, y menos en tiempos como estos en los que la paz pende de un hilo, pero os aseguro que no hay otro más adecuado que yo. —Paseó la mirada por los ilustres miembros del tagoror—. Algunos de los que estáis aquí hoy acompañasteis a mi padre como amigos y consejeros. Él era un hombre sabio y templado que consiguió que apenas hubiese conflictos a lo largo de su reinado. Pero eso, por desgracia, no es algo que yo pueda prometer.

El denso silencio se vio interrumpido por algunos murmullos de desaprobación. Bencomo continuó hablando, sin perder un ápice de su aplomo.

—Comprendo vuestro temor al verme como un hombre impetuoso, y no niego serlo, pero considero que es necesario... —Hizo una pausa y se subió a la roca más alta para dirigirse, alzando la voz, tanto al tagoror como al resto de los suyos—. ¡Para no dejarnos avasallar ni por otros menceyes ni por los extranjeros!

El pueblo rugió al escuchar las palabras de quien ya consideraban su legítimo rey. Bencomo descendió de la roca y volvió a mirar uno a uno a los miembros de la asamblea.

—Ojalá que la paz sea duradera, pero yo no rehuiré la guerra si nuestro pueblo se ve amenazado, eso tenedlo por seguro. Debemos ser complacientes con nuestros amigos e implacables con nuestros enemigos. —Regresó a su sitio y le dio otro trago a su bebida antes de terminar su intervención—: Lo único que os puedo asegurar es que seré cauto y justo en mis decisiones.

La resolución del tagoror, solo cuestionada con escasa vehemencia por el guañameñe y por varios nobles, fue que Bencomo sería hasta su muerte el nuevo mencey de Taoro. El anciano que custodiaba la reliquia guanche más valiosa, uno de los huesos de su antepasado más antiguo —algunos decían que pertenecía a Mitorio, el primer mencey—, se acercó con él a Bencomo, que se arrodilló. El anciano desenvolvió el hueso y se lo acercó.

—Bésalo y prepárate para el juramento.

Bencomo hizo lo que se le pedía y el anciano lo colocó sobre la cabeza del todavía príncipe, que inspiró profundamente e hizo su juramento:

—¡Juro por el hueso de aquel día en que te hiciste grande! ¡Juro por el hueso defender este dominio!

La fórmula del ritual guanche —*Agoñe yacoron yñatzahaña chacoñamet!*— encerraba en cada sílaba la carga de los siglos.

La ceremonia finalizó cuando cada uno de los miembros del tagoror besó el hueso y, con este colocado sobre el hombro derecho, hizo el juramento de fidelidad al nuevo mencey. Los festejos duraron tres días, en los que se mataron cabras, cerdos y ovejas hasta que todos quedaron saciados. Bencomo tuvo que mediar en algunos conflictos menores entre sus vecinos, como disputas por lindes o por la propiedad de alguna cabeza de ganado, pero su primer gran conflicto como mencey se lo presentó un humilde agricultor

—¿Cómo que no han llegado? —le preguntó Bencomo irritado.

—Ni las semillas ni los útiles de labranza prometidos por los extranjeros en el acuerdo del Bufadero han llegado a nuestras manos, alteza —añadió el tratamiento como signo de respeto.

—Mañana al amanecer partiremos hacia el menceyato de Anaga para solucionar ese asunto.

Acompañado por Hucanon y por una treintena de sus guerreros, Bencomo observaba desde la distancia a los castellanos levantar aquella construcción de piedra bautizada como torre de Añazo. A su alrededor había algunas cabañas de madera entre las que se movían soldados y sacerdotes con total libertad, pero lo que más contrarió al nuevo mencey fue que algunos guanches servían a los extranjeros como simples esclavos.

Una pequeña patrulla, encabezada por el mencey Beneharo, salió al encuentro de Bencomo y de sus hombres. En la mirada que le dedicó al acercarse se notaba que aún le guardaba rencor por haberle quitado a Hañagua.

—Mencey Bencomo —dijo a modo de saludo—. Te felicito por tu reciente nombramiento.

—Gracias, Beneharo. Que Achamán os bendiga a ti y a los tuyos.

—¿Cuál es el motivo de tu visita?

—Vengo a reclamar las semillas, los animales y los útiles de labranza que prometieron los extranjeros. A Taoro aún no ha llegado nada.

—Han de traerlas desde su tierra, y el viaje es largo.

—Espero no enterarme de que Añaterve y tú estáis haciendo y deshaciendo a vuestro antojo.

—Como te digo —respondió el mencey de Anaga tratando de contener la animadversión que sentía hacia él—, los extranjeros aún no han cumplido su promesa, pero confío en que aceptes un pequeño presente como muestra de mi buena voluntad.

Beneharo dio la orden a varios de sus hombres y estos corrieron hacia una de las cabañas, de donde regresaron cargados con varios sacos de semillas y de grano. Bencomo lo aceptó como anticipo de lo que debía recibir más adelante y él y sus hombres regresaron a casa.

Al llegar a Taoro, se dirigió a la cueva que había ocupado tras la muerte de su padre. Necesitaba descansar después de unos días muy intensos. Cuando iba a entrar, Tinguaro salió a su encuentro.

—¿Dónde te habías metido? —preguntó Bencomo mirándolo con censura—. Confiaba en tener a mi hermano pequeño a mi lado en mi visita a Anaga.

—Discúlpame, hermano, pero debía hacer algo importante.

—¿Qué hay más importante que proteger a tu mencey?

—Acompáñame y lo verás con tus propios ojos.

Bencomo tuvo la sensación de que lo que iba a ver no sería de su agrado, y se confirmó cuando acompañó a Tinguaro a su cueva y descubrió allí a una muchacha que lo contemplaba asustada, con medio rostro amoratado.

—¿Qué significa esto, Tinguaro?

—Es Guajara, la mujer de la que estoy enamorado.

—¡¿Te has vuelto loco?! ¡Es la esposa de un mencey!

—Atbitocazpe la maltrata, hermano. Solo tienes que verle la cara.

—Eso no es asunto tuyo. Llévala de regreso a Adeje.

—No pienso hacer tal cosa. —Tinguaro se mantuvo firme—. Es la mujer que amo, y tú mismo me dijiste que debía luchar por ella.

—Espero que merezca la pena, hermano —le dijo Bencomo con dureza—, porque nos vas a obligar a luchar a todos.

19

Reino de Valencia. Febrero de 1523

La fecha programada para el matrimonio de Elena con el joven Matías Antúnez precipitó los planes de huida de los dos esclavos. Rodrigo volvió al puerto para informar al capitán Juan Luis Díaz de que había surgido un contratiempo, y este, a cambio de otros diez ducados por las molestias y el riesgo, aceptó adelantar unos días el traslado de la pareja a la costa de África. El muchacho sabía que, entregándole aquella fortuna, se complicaría todavía más la segunda etapa de su viaje, puesto que la única manera de llegar sanos y salvos a su destino era pagando sobornos, pero no había vuelta atrás; si no se marchaban antes de la boda, ya nunca podrían hacerlo.

—Esto ya está. —La modista terminó de coger el bajo del vestido de novia—. Puedes mirarte.

Elena se dio la vuelta y le costó reconocer la imagen que le devolvía el espejo; jamás había imaginado que llevaría un vestido de novia como aquel. Era de terciopelo azul —símbolo del amor verdadero que supuestamente se profesaban su futuro marido y ella, aunque en realidad nunca se habían tratado—, con ribetes dorados y empuñaduras de seda blanca decoradas con piedras preciosas. La esclava dio una vuelta sobre sí misma para verse desde todos los ángulos y sonrió.

—¿Ves como al final tú también deseas casarte, muchacha?

Lo que doña Rosa no sabía era que Elena sonreía al imaginarse que, en lugar de un perfecto desconocido, era Rodrigo quien la esperaba frente al altar. La señora se acercó a ella y le colocó sobre la cabeza, con solemnidad, la diadema de oro que tenía reservada para aquella ocasión.

—Estás preciosa...

—¿Desde cuándo a una esclava se le permite llevar tantas joyas encima, madre? —preguntó cegada de envidia Guiomar, a la que su primer embarazo tampoco había logrado embellecer lo más mínimo.

—Elena no es una esclava cualquiera, hija. Ya formaba parte de esta familia cuando ni tú ni tu hermana habíais nacido.

—Si ella se pone las mejores joyas, ¿qué quedará para mi boda? —preguntó a su vez Sabina, que había seguido el mismo camino que su hermana mayor en cuanto a envidia y belleza se refería.

—Dejad de protestar, niñas —zanjó la señora—. Esto solo es un préstamo para que mañana la muchacha luzca en todo su esplendor frente a su prometido. Al finalizar la ceremonia, me lo devolverá.

—¿Puedo dormir con la diadema esta noche, señora? —preguntó Elena con una fingida inocencia.

—Qué majadería. ¿Para qué quieres hacer tal cosa?

—Ya que he de devolvérosla, al menos que pueda disfrutarla por unas horas.

—Se me olvidaba que sigues siendo una cría —respondió doña Rosa con indulgencia—. Pero, si es lo que deseas, adelante. Ahora quítate el vestido, anda, no lo vayas a manchar.

En cuanto sus amos se retiraron a descansar después del almuerzo, Elena se hizo la encontradiza con Rodrigo en el despacho de la casona. Cuando comprobó que nadie los observaba, le entregó la diadema, unos pendientes de perlas y el colgante de amatista que había llevado semanas atrás la joven Sabina para intentar seducir —infructuosamente— al sobrino del diputado.

—¿Con esto habrá suficiente para pagar a ese capitán?

—Habrá de sobra, aunque debería vender algún objeto y así disponer de monedas para los gastos menores.

—Casas de empeño hay a mansalva en Valencia.

—Pero ninguna en la que un esclavo negro pueda empeñar una joya sin levantar sospechas. Deberé acudir a la antigua judería. Allí aún queda gente que se dedica a la compraventa sin hacer demasiadas preguntas.

—Ten mucho cuidado.

—Descuida... —Rodrigo la miró—. ¿Sigues queriendo hacerlo, Elena?

—Por supuesto. ¿Acaso tú no?

—Claro que sí, pero todo esto —añadió mostrando en sus manos las joyas sustraídas por la muchacha— no solo nos convierte en unos esclavos fugados, sino también en unos ladrones. Si nos cogen, no habrá perdón.

—Si no puedo envejecer a tu lado, la vida no tendrá sentido.

Rodrigo sonrió enamorado y la besó.

—Te esperaré junto al apeadero del río en cuanto anochezca. Si surgiera algún asunto por el que no pudieras acudir...

—Acudiré —lo interrumpió ella—. Me muero de ganas de empezar una nueva vida a tu lado..., Riako.

Cuando el frío le entumeció los músculos, Elena comenzó a preocuparse. El ansia por iniciar el viaje que la llevaría a recorrer medio mundo hasta alcanzar su libertad hizo que acudiera al lugar de la cita antes de la hora fijada, pero ya llevaba demasiado tiempo esperando y Rodrigo seguía sin aparecer. Pensó en la posibilidad de que él hubiese cogido las joyas y el dinero que llevaban días reuniendo y decidiese marcharse solo, pero no era de esa clase de hombres. Y, además, la quería; una caricia, un beso o un «te quiero» podía fingirlos cualquiera, pero no una mirada.

—Estará al llegar —dijo para sí, intentando tranquilizarse—. Para él no es tan sencillo librarse de las tareas.

El primer indicio de que algo no iba bien fueron las antorchas que avanzaban por el camino de entrada de la finca. Desde la distancia solo pudo distinguir unas sombras y escuchar gritos amortiguados por el viento que le pusieron la piel de gallina. Rezó por ver llegar a Rodrigo y dejar atrás juntos lo que fuese que estaba sucediendo, pero, después de otro rato de espera, escondió entre la vegetación el pequeño hatillo que había preparado y corrió de regreso hacia la casona.

Al llegar a las inmediaciones, vio que el resto de los esclavos y trabajadores libres rodeaban en silencio a los hombres que portaban las antorchas. Intentó averiguar qué ocurría, pero solo pudo ver a sus amos, que observaban algo en primera fila.

—¿Qué está pasando?

Al escucharla, doña Rosa fue directa hacia ella y la miró con censura.

—¿Dónde te habías metido, Elena?

—Estaba en mi alcoba, señora.

—¡Mientes! He ido a buscarte y no te he visto.

—Me escondí cuando escuché el escándalo —dijo convincente—. Pensé que regresaban las germanías y me oculté por temor a que me violentasen.

—¿Dónde está la diadema que te presté para tu boda?

—La guardo a buen recaudo, ¿por qué?

—Porque hemos sorprendido a un esclavo intentando venderla junto con otras joyas. El muy ingrato se ha dedicado a robarnos aprovechándose de la oportunidad que le dimos en la casona.

Elena al fin pudo ver lo que todos miraban y se le cayó el alma al suelo al descubrir que era Rodrigo. Permanecía de rodillas, con las manos atadas a la espalda y ensangrentado de pies a cabeza por el severo castigo que le habían infligido los hombres de las antorchas de camino hasta la finca. Don Joaquín miró a su hijo Daniel y, con un gesto, le dio permiso para proceder. El muchacho abrió su navaja, se acercó a Rodrigo y, sin inmutarse, le seccionó los tendones de Aquiles de ambos pies.

—Así no volverás a intentar escapar, maldito negro.

El grito de dolor del esclavo congeló el alma de todos los presentes, incluida doña Rosa. Ella pensaba que el castigo era proporcional a la importancia del delito cometido, pero en los meses que aquel muchacho llevaba con ellos le había cogido cierto aprecio; valoraba sus ganas de aprender, algo que su propio hijo jamás había demostrado. Un par de hombres se abrieron paso entre el gentío llevando casi en volandas al capitán Juan Luis Díaz.

—Aquí está el miserable que iba a ayudar a fugarse al esclavo —dijo uno de ellos.

Todos miraron al marinero, que tragó saliva al ver el estado de Rodrigo.

—Diré todo lo que sé —aseguró atemorizado antes de que nadie le preguntara, para evitar que le hicieran a él lo mismo.

—Empezad por confirmar que este es el hombre que os contrató —intervino don Joaquín.

—Así es. Quería que partiésemos esta misma noche hacia la costa de África.

—La rata quería volver al agujero de donde salió... —aseguró Daniel.

—¿Han capturado también al otro? —preguntó el capitán.

—¿Cómo que al otro? —preguntó don Joaquín a su vez.

—Eran dos los que pretendían escapar, señor.

Don Joaquín miró al esclavo, que, mientras se sujetaba los talones, empezaba a asumir que ya no solo no podría caminar más, sino que jamás volvería a hacerlo sobre la tierra donde nació.

—¿Con quién pensabas fugarte?

Rodrigo paseó la mirada por todos los presentes. Entre las caras de horror que encontró, una destacaba sobre las demás.

—Te he hecho una pregunta, Rodrigo. Si nos lo dices, te juro por Dios que ambos conservaréis la vida.

Elena se disponía a delatarse, con la esperanza de que don Joaquín cumpliese su palabra, pero Rodrigo le indicó con una mirada de la que nadie más se percató que debía callar y, acto seguido, fue él quien habló.

—Vuestra palabra no vale nada. Y menos la del bárbaro de vuestro hijo.

—¡Traed la soga! —ordenó el señor, furioso por la falta de respeto de un esclavo delante del resto de sus empleados.

Un par de hombres pasaron una cuerda sobre la rama de un árbol cercano y varios más llevaron a rastras a Rodrigo hasta allí. Daniel, con una cruel sonrisa dibujada en la cara, fue el encargado de colocarle la soga al cuello.

—Te veré en el infierno.

Era tal el silencio aquella noche que el crujido de la soga al tensarse se escuchó en cada rincón de la hacienda. Ninguno de los presentes comprendía por qué el esclavo al que sus amos habían bautizado como Rodrigo, molido a golpes y con los pies a punto de desprenderse de su cuerpo, sonreía mientras se balanceaba colgando por el cuello bajo aquel árbol. Solo Elena comprendió que aquella sonrisa iba dirigida a ella y se esforzó por devolvérsela, procurando que fuese lo último que viese antes de morir.

20

Tenerife (islas Canarias). Mayo de 1465

El mencey Bencomo, escoltado por sus tropas, observaba junto a Tinguaro y Hucanon el enorme ejército que había reunido Atbitocazpe, al que acompañaban Añaterve y Adjoña, menceyes de Güímar y Abona respectivamente. Las tropas enemigas habían pasado toda la mañana cercando Taoro, ocupando los lugares estratégicos para el ataque. El marido de Guajara llevaba varios meses tratando de negociar el regreso de su esposa, pero debido a la negativa de Bencomo, que había decidido apoyar a su hermano Tinguaro hasta las últimas consecuencias, buscó aliados. Cuando los tuvo, y tan poderosos como aquellos, decidió pasar a la acción.

—Malditos perros... —masculló Bencomo al ver a los tres menceyes mirándolos con superioridad desde una atalaya.

—Está claro que lo que buscan es resolver viejas rencillas contigo, Bencomo —dijo Hucanon, deseoso de entrar en batalla.

—Con Añaterve siempre las he tenido, pero no con Adjoña. Y, por lo que veo, ha traído a todos sus hombres desde Abona.

—Nos triplican —dijo Tinguaro impresionado ante la visión de un ejército mucho más numeroso que el suyo.

—¿Estás dispuesto a renunciar a Guajara, hermano? —le preguntó Bencomo.

—Nunca.

—Entonces no titubees. Si nos triplican, cada uno de nosotros habremos de matar al menos a tres de ellos.

—Se acercan —señaló Hucanon.

En efecto, los tres menceyes avanzaron con una veintena de hombres hasta detenerse en una pequeña explanada en mitad de los dos ejércitos. Bencomo, Tinguaro y Hucanon caminaron hacia ellos, seguidos por otros veinte guerreros de Taoro. Al llegar hasta su posición, Bencomo los miró uno a uno.

—Atbitocazpe, Adjoña, Añaterve... —dijo a modo de saludo—. No recuerdo haberos invitado a visitar mi cantón. Supongo que venís a presentar vuestros respetos ante el nuevo mencey de Taoro.

—Vengo a llevarme a mi esposa, Bencomo.

—Tu esposa ahora está bajo mi protección.

—¿Qué clase de menceyes somos si permitimos que un mocoso le robe la esposa a uno de nuestros iguales? —preguntó Añaterve.

—Lo que no voy a permitir —respondió Bencomo con dureza— es que insultes a mi hermano, Añaterve. Haciéndolo, me insultas a mí.

Añaterve llevaba mucho tiempo, desde el día en que Bencomo lo humilló delante de todos durante la fiesta del Beñesmer, deseando vengarse de él. No le importaba que Tinguaro le hubiese robado su tercera esposa a Atbitocazpe cuando todos sabían que ya no podía atender a las dos anteriores; aquello era una simple excusa para atacar a quien él consideraba su peor enemigo. Por su culpa, muchos lo veían como a un cobarde al haberle rogado piedad en lugar de morir con dignidad. El mencey Adjoña frunció el ceño al darse cuenta de que aquella guerra nada tenía que ver con el honor de un marido burlado. Él se había visto arrastrado por los tratos que tenía con sus cantones vecinos, pero confiaba en poder llegar a un acuerdo antes de que corriese la sangre.

—Tenemos enemigos muy poderosos como para matarnos entre hermanos —dijo el mencey de Abona—. Seguro que podremos pactar.

—El único pacto posible —respondió Bencomo— es que os marchéis de mis tierras llevándoos vuestro ejército, Adjoña.

—Lo haremos cuando nos entreguéis lo que hemos venido a buscar —insistió Atbitocazpe.

—Guajara es ahora mi esposa —se adelantó Tinguaro—. Casarse contigo fue una aberración, y, puesto que no llegó a darte hijos, lo mejor que puedes hacer es olvidarte de ella y buscarte otra mujer.

—Bastardo... —escupió Atbitocazpe.

El mencey, herido en su orgullo, levantó su lanza, dispuesto a ensartar con ella a Tinguaro, pero Hucanon estaba atento y, con un rápido movimiento, lo desarmó y le colocó la punta de su banot en el cuello.

—He matado a algunos extranjeros —dijo el muchacho—, pero nunca a un mencey. Dame la orden y lo enviaré con Achamán, Bencomo.

—¡Nuestro ejército os triplica, ¿no os dais cuenta?! —exclamó Añaterve, perplejo ante la temeridad de aquellos hombres.

—¿De veras? Yo más bien diría que estamos en igualdad de condiciones.

Las palabras de Bencomo sorprendieron tanto a los tres menceyes enemigos como a sus propios hermanos, que eran conscientes de su desventaja. Cuando Añaterve iba a contradecirlo, uno de sus capitanes dio la voz de alarma:

—¡Allí!

Todos miraron hacia el horizonte. Detrás del grueso del ejército de Bencomo aparecieron dos batallones más con quinientos hombres cada uno.

—¿De dónde diablos han salido? —se asombró Atbitocazpe.

El de Güímar apretó los puños y respondió con rabia:

—Son guerreros de Icod y de Daute.

Pelicar y Romen, recién llegados con sus tropas desde sus menceyatos, saludaron con respeto a Bencomo y se situaron a sus flancos, frente a Añaterve, Atbitocazpe y Adjoña, que no podían entender cómo se les había torcido de aquella manera una situación a priori tan ventajosa para ellos. El mencey de Güímar los miró decepcionado.

—Pelicar, Romen... Pensaba que éramos amigos.

—Nosotros también, Añaterve. Pero a los amigos no se les traiciona como habéis hecho vosotros.

—¿A qué traición te refieres?

—Han pasado muchas lunas desde que llegamos a un acuerdo con los extranjeros en el barranco del Bufadero, pero los únicos beneficiados habéis sido vosotros tres y Beneharo, a quien Bencomo fue a reclamar no hace mucho.

—Los extranjeros aún no han cumplido su palabra.

—Ah, ¿no? ¿Entonces de dónde han salido las semillas que plantáis en vuestras tierras aradas con utensilios de metal?

Los interpelados apartaron la mirada, cogidos en falta. Aunque era cierto que Diego García de Herrera aún no les había entregado todo lo acordado, lo poco que habían conseguido se lo habían repartido entre los cuatro menceyatos del sur, dejando al margen a los cinco restantes.

—Solo han traído una parte de lo que prometieron, Pelicar —titubeó Adjoña—. Cuando entreguen el resto, lo dividiremos a partes iguales.

—De todas maneras —intervino Atbitocazpe—, ahora no estamos aquí para tratar ese asunto. Tinguaro se ha llevado a mi esposa. ¿De veras estáis dispuestos a desatar una guerra para defender a un muchacho que le ha faltado así al respeto a un mencey?

—Tanto Bencomo como Tinguaro saben que no aprobamos cómo se han hecho las cosas, pero esto —Pelicar paseó la mirada por el ejército que aguardaba detrás de los tres menceyes invasores— tampoco está bien.

—¡¿Pretendías que me quedase de brazos cruzados después de que un mocoso secuestrase a mi mujer?!

—Yo no he secuestrado a nadie —se revolvió Tinguaro—. Si Guajara quiso venir conmigo fue porque tú la maltratabas. Cualquiera de tus hombres o de tus otras mujeres, si es que les permites hablar, dirá que escuchaba sus súplicas cada noche, en cuanto Magec se ocultaba.

—¡Es mi esposa y hago con ella lo que me viene en gana! —respondió Atbitocazpe colérico.

—Era, más bien. Ahora Guajara es mi esposa. Llevamos yaciendo juntos sin que yo tenga que forzarla desde que la traje conmigo.

—Te veré morir a mis pies, muchacho —contestó trabado de rabia—, y junto a ti, a todos los hombres de Taoro.

—Tal vez no tenga que morir más que uno —intervino el mencey de Icod—. Resolvedlo en un duelo. Quien viva se quedará con la muchacha.

Ambos se retaron con la mirada. Tinguaro solo tenía diecisiete años, pero se había convertido en un hombre acostumbrado a pelear desde niño. Atbitocazpe, en cambio, contaba con más de cuarenta, y, aunque con mucha más experiencia y fuerza bruta, la edad empezaba a pesarle y había perdido habilidad y reflejos. Además, él era mencey y tenía mucho más que perder que aquel muchacho engreído. Tinguaro percibió sus dudas y dio un paso al frente.

—Yo no tengo inconveniente en batirme con el mencey Atbitocazpe —dijo con entereza—, pero, en caso de morir, mi última voluntad será que Bencomo siga manteniendo a salvo a Guajara de las garras de este... hombre.

—Deseo concedido, hermano —respondió Bencomo.

El mencey de Adeje, humillado una vez más, sintió cómo le hervía la sangre.

—Vosotros lo habéis querido.

Dio media vuelta y regresó con sus hombres, dando por rota cualquier posible negociación. Añaterve retó con una sonrisa a Bencomo y lo siguió. Al mencey Adjoña no le quedó otra que unirse a ellos, pero maldiciendo en voz baja por haberse dejado arrastrar a aquella locura.

Durante los primeros días, la guerra entre los menceyatos del norte y del sur —solo quedaron al margen Anaga, Tacoronte y Tegueste— se saldó con una docena de guanches muertos en pequeñas escaramuzas. Pero al décimo, cuando aún no había amanecido, Hucanon y Tinguaro se presentaron en la cueva-palacio de Bencomo.

Después de recibir el aviso por parte de uno de los vigías, el hermano mayor se levantó y se vistió, intentando no alarmar a Hañagua, que ya estaba en el cuarto mes de un nuevo embarazo. Aun así, ella se despertó.

—¿Qué pasa, Bencomo?

—Ha llegado el momento —respondió él para ir a sentarse en el lecho y acariciar la tripa de su esposa—. Las tropas de Atbitocazpe han comenzado el ataque.

Ella deseó pedirle que no se fuera de su lado, que dejase la guerra en manos de Tinguaro y Hucanon y que él se quedase cuidándolos a ella, a Idaira y al pequeño que estaba en camino, pero cuando se casó con Bencomo sabía que era un guerrero y que su obligación, llegado el caso, era morir defendiendo a su pueblo.

—Prométeme que regresarás.

—Todavía me quedan muchas cosas por hacer en este mundo, Hañagua.

La besó y salió al encuentro de sus hermanos. Cuando el dios Magec los alumbró con los primeros rayos de luz, los dos ejércitos se prepararon para la batalla.

Bencomo podía oler la excitación de sus hombres. Frente a ellos, a varios cientos de pasos, un ejército de más de dos mil guanches procedentes de Güímar, de Abona y de Adeje armados con las tradicionales suntas, con lanzas y con algunas espadas y picas cedidas por los soldados de Diego García de Herrera. Aunque rehusó participar en aquella guerra tribal, al extranjero le interesaba que los vencedores fuesen los menceyatos del sur, con quienes era más sencillo alcanzar acuerdos. Tinguaro y Hucanon llegaron desde la retaguardia para reunirse con Bencomo. El mencey frunció el ceño al ver que estaban cubiertos de salpicaduras de sangre.

—¿Qué ha pasado?

—Nos hemos encontrado con una patrulla de Güímar en la playa —respondió Tinguaro.

—Ninguno podrá regresar para informar al cobarde de Añaterve —añadió Hucanon sin poder contener su euforia.

—No deberías disfrutar así de quitar la vida de quienes fueron tus hermanos —lo censuró su mencey.

—Esos a los que tú llamas hermanos han venido a matarnos. Y, una vez que lo hagan, matarán también a nuestras mujeres e hijos.

Bencomo sabía que Hucanon tenía razón, pero le estremecía comprobar cuánto gozaba derramando la sangre de sus enemigos, ya fuesen extranjeros u otros guanches. Los menceyes de Icod y Daute se reunieron con los tres hermanos. Fue Romen quien tomó la palabra, muy serio:

Los ataques por los flancos han comenzado. No lograremos contener a los hombres de Abona.

—Hay que atacar —sentenció Tinguaro.

A Bencomo le costaba dar la orden. En cuanto lo hiciera, morirían cientos de guanches de uno y otro bando. No era la primera vez que se declaraban guerras unos a otros; su abuelo les había contado cómo desde los primeros tiempos hubo desavenencias que no pocas veces terminaban con derramamientos de sangre, pero en aquella ocasión sentía que debían estar unidos para combatir a sus verdaderos enemigos, los llegados desde tan lejos para intentar cambiar a sus dioses por otros o llevárselos a ellos como esclavos. Miró a sus hombres y vio en sus ojos el mismo deseo de sangre que había visto en Hucanon. Todos esperaban que demostrase que Bencomo, hijo de Imobach, nieto de Betzenuhya y bisnieto de Tinerfe el Grande, sabía gobernarlos en la paz y conducirlos con éxito en la guerra. Miró hacia la montaña y vio a una manada de perros, los guacanchas, los enviados por Guayota, relamiéndose ante la perspectiva de un festín de carne humana. Después miró al cielo, desde donde lo observaban Magec, Achamán y todos sus antepasados, a los que pidió ayuda en esa batalla. Por último, miró a sus hermanos.

—Procurad vivir.

Ellos asintieron y Bencomo apretó los dientes.

—¡Atacad! —gritó a pleno pulmón—. ¡Matadlos a todos!

Bencomo, Tinguaro y Hucanon, seguidos por casi dos mil guerreros de Taoro, Daute e Icod corrieron al encuentro de sus enemigos.

La lluvia de banots y de piedras hizo caer a decenas de hombres de ambos bandos. Los que pudieron protegerse con sus escudos de madera de drago continuaron su avance hasta que comenzó la lucha cuerpo a cuerpo. El sonido de las suntas chocando entre sí, destrozando cráneos y partiendo brazos y piernas era ensordecedor. Las espadas y las picas con punta de acero que llevaban algunos de los enemigos de Taoro hicieron estragos entre las tropas de Bencomo.

—¡Hay que desarmar a aquellos hombres! —ordenó el mencey al advertirlo.

Mientras él reorganizaba las líneas de ataque que habían quedado maltrechas en esos primeros envites, sus dos hermanos se abrieron paso hasta los guerreros que portaban las espadas.

—¡No te separes de mí, Tinguaro! —gritó Hucanon protector.

Aunque las armas extranjeras eran mucho más dañinas que las suntas, su manejo también resultaba más complicado, por lo que no les costó demasiado arrebatárselas y lanzarlas a un lado, donde los guacanchas destripaban los cadáveres. Avanzada la batalla, Hucanon se dio cuenta de que había perdido de vista a Tinguaro. Lo buscó con la mirada hasta localizarlo a lo lejos, dirigiéndose hacia la posición desde la que Atbitocazpe, Añaterve y Adjoña observaban la contienda sin haber puesto aún su vida en riesgo.

—¡Tinguaro, no! —Hucanon buscó a su hermano mayor y lo vio combatiendo como uno más en primera línea, protegiendo a los que debían protegerlo a él, mucho más involucrado que los menceyes enemigos—. ¡Bencomo!

El mencey de Taoro miró a Hucanon. Este se quitó de encima a un enemigo sin esfuerzo y señaló a Tinguaro, que continuaba su avance en busca de Atbitocazpe. Bencomo supo que debían ayudarlo o su hermano pequeño sería uno de los caídos aquella aciaga mañana.

—¡Reúne a todos los hombres que puedas y ve hacia allí, Hucanon!

El chico asintió y, junto con treinta de sus guerreros, siguió los pasos de Tinguaro, pero al llegar al promontorio encontraron una situación desconcertante: allí no había guerra, sino que los hombres de ambos bandos habían dejado de luchar para formar un círculo. Observaban cómo el joven Tinguaro y Atbitocazpe, mencey de Adeje, se batían en duelo. Poco a poco fueron cesando los sonidos de la batalla y la guerra entera se detuvo, mezclándose en paz los que hasta hace unos instantes se mataban sin piedad para presenciar cómo combatían aquellos dos hombres. Bencomo y Añaterve se miraron, convencidos de que el momento de enfrentarse el uno al otro estaba cada vez más cerca. Hucanon presenciaba el duelo preocupado.

—Está cansado —le dijo a Bencomo cuando este se situó a su lado—. Lleva mucho tiempo luchando y Atbitocazpe conserva todas sus fuerzas.

En efecto, el duelo lo dominaba el mencey de Adeje. Tinguaro, desfallecido y cubierto de sangre enemiga de pies a cabeza, se limitaba a protegerse de los ataques.

—¡Estás muerto! —clamaba enardecido el mencey con cada golpe que le propinaba al muchacho—. ¡Cuando me lleve a Guajara de regreso a Adeje, se arrepentirá de haberme traicionado!

Tinguaro intentó revolverse, pero sus músculos estaban tan agarrotados que apenas lograba alzar la sunta. Atbitocazpe le barrió las piernas y el chico cayó de espaldas y perdió su escudo, que rodó hasta los pies de Bencomo. Al verlo entre los espectadores, el mencey sonrió.

—Deberías haber contenido a tu hermanito, Bencomo. Ahora lo enviaré con vuestro padre.

Atbitocazpe levantó su sunta, dispuesto a aplastar la cabeza de Tinguaro, que lo miraba vencido desde el suelo. De pronto, un banot salió disparado de entre la multitud y le entró por el pecho para salirle por la espalda. El mencey, ya muerto pero aún en pie, contempló al joven Hucanon mientras este le dedicaba una sonrisa. En cuanto Atbitocazpe se desplomó, todos se quedaron en silencio, asimilando lo que acababa de pasar. Bencomo se adelantó.

—¡Ya no tiene sentido seguir derramando sangre! ¡Recoged a vuestros muertos y marchad con vuestras mujeres e hijos!

Los hombres se miraron sin saber qué hacer. Aunque pocos aprobaban la manera en que se había resuelto aquel combate, ninguno quería seguir adelante con una guerra que no les incumbía. El primero en reaccionar fue Adjoña, mencey de Abona.

—Marchémonos. Aquí ya no hay nada por lo que pelear.

Poco a poco, todos fueron abandonando el lugar. Hucanon ayudó a Tinguaro a levantarse del suelo.

—Deberías haber dejado que Achamán decidiese, hermano —le dijo Tinguaro con reproche.

—Y lo ha hecho —respondió Hucanon sonriente—. Es él quien ha impulsado mi brazo. También me ha dicho que, como agradecimiento, Guajara y tú deberéis darle muchos hijos.

Tinguaro no pudo hacer otra cosa que sonreír. Antes de reunirse con sus hermanos, Bencomo volvió a cruzar la mirada con Añaterve, cuyos ojos centelleantes de ira le aseguraban que pronto habría una nueva oportunidad para ellos dos.

21

Sanlúcar de Barrameda (Cádiz). Mayo de 1475

A Alonso Fernández de Lugo le sorprendió descubrir que, de todos los asistentes al entierro de su padre, la esclava guanche era la única que parecía sentir su muerte. Lo que no tenía claro era si le dolía por afecto o porque a partir de entonces estaría a su merced. Diez años antes, las primeras semanas después de verla desnuda por primera vez, se conformó con acariciarla, pero al poco tiempo quiso tener relaciones completas, aunque siempre a espaldas de su padre. Alonso pensaba que ella le pedía discreción por las posibles represalias si aquello salía a la luz, pero, al verla enjugarse las lágrimas delante de la tumba de su amo, empezó a creer que de verdad había sentido algo por él y lo único que pretendía era evitar hacerle daño.

Durante su adolescencia, Alonso había recurrido a ella dos o tres veces por semana y sufrió algún que otro ataque de ira si la encontraba atendiendo a su padre, pero enseguida fijó como objetivo a otras esclavas más jóvenes y dejó a Ana vivir con cierta tranquilidad. Por su parte, el exceso de alcohol había terminado dañando gravemente el hígado de don Pedro y pasó los últimos años enfermo y sin ganas de practicar sexo. Eso, sumado a que su joven amo se fue de casa tras casarse con doña Violante de Valdés, hizo que Ana pudiera trabajar más horas en el mercado y siguiera soñando con comprar su libertad. Para su desgracia, aquello se acabó al morir don Pedro.

Unos días después del entierro, al llegar del mercado, se encontró a Alonso esperándola.

—¿Qué hacéis aquí, amo?

—He puesto a la venta esta casa y al resto de los esclavos de mi padre, pero tú vendrás a vivir conmigo y con mi esposa. Violante está embarazada y quiero que te ocupes de nuestro hijo.

—¿Y mi trabajo en el mercado?

—Tendrás que dejarlo, por descontado. Ya sé que al final engatusaste a mi padre con darle solo una décima parte de tu salario, pero eso para mí no basta.

—Os pagaré más, amo —aseguró, comprendiendo que, si dejaba de trabajar, se esfumaría para siempre su posibilidad de ser libre—. Decidme cuánto queréis.

—No lo comprendes, Ana. Lo que no quiero es que mi hijo crezca aguantando ese nauseabundo olor a pescado que traes cada mañana. Prepara el barreño y lávate. Quiero verte.

Hacía años que Ana no sufría aquella humillación, pero tuvo que volver a desnudarse delante de Alonso y atender todas sus peticiones. Ya era una mujer de más de cuarenta años y su cuerpo se había estropeado, pero a él seguía provocándole las mismas erecciones que cuando era niño.

—Date la vuelta.

Ana obedeció y se colocó como sabía que a él le gustaba, exponiendo sus genitales. Tras escupirse en la mano y lubricarse el pene, Alonso la penetró con un golpe seco. Ella protestó diciéndole que le hacía mucho daño; no era cierto, pero había aprendido que eso lo excitaba y así terminaba antes.

Los primeros meses en casa de Alonso y su esposa fueron una pesadilla para Ana. Violante de Valdés era una señora severa que no permitía que ninguna mujer se relacionase con su marido, ya fuera otra noble o una simple esclava. Para ella, aquella guanche no era de fiar, por mucho que llevase una década con los Fernández de Lugo y nunca hubiese causado problemas. A pesar de que poseía esclavas mucho más bellas, Violante veía en Ana a una enemiga de la que guardarse. Le pidió a Alonso que la vendiera, que aún podrían sacar algún beneficio, pero él se negó, así que se dedicó a hacerle la vida imposible; no le gustaba cómo cocinaba, cómo limpiaba, cómo hablaba ni cómo respiraba. Y, cuando nació su primer hijo, tampoco le gustó cómo se ocupaba de él. Ana, por su parte, trató de mantenerse en un discreto segundo plano, y, salvo un par de veces en las que Alonso requirió de sus servicios, logró hacerse cada vez más invisible hasta que se convirtió prácticamente en una sombra que no salía de la cocina más que para ir a comprar al mercado.

En una de aquellas salidas se cruzó con una señora a la que acompañaban dos jóvenes esclavos. Le dio un vuelco al corazón al ver que uno de ellos era guanche y tenía en la piel una marca propia de los guerreros de su menceyato. Tardó varias semanas en descubrir quién era aquella señora y otras tantas en poder acercarse al esclavo y cruzar unas palabras con él.

—Eres de Abona, ¿verdad?

—¿Cómo lo sabes? —se sorprendió él.

—Porque yo también soy de allí. Me llevaron hace mucho, seguramente antes de que tú nacieras. ¿Cómo están las cosas por Achinet?

—Los extranjeros cada vez son más numerosos y no respetan los acuerdos que pactan con los menceyes. Y no ayuda que haya tantas diferencias entre los cantones del sur y los del norte.

—¿El príncipe Bencomo fue elegido mencey de Taoro?

—Así es.

—Cuando era niño, ayudó a mi hijo a escapar del barco en el que me trajeron, pero no sé si ambos lo lograron. Su nombre es Hucanon.

El guanche la miró sorprendido.

—¿Eres la madre de Hucanon?

—¿Lo conoces? —Ana contuvo el aliento.

—Todos en Achinet lo conocen. Es el mejor guerrero, único vencedor de las competiciones del Beñesmer. Todo el mundo quiere luchar a su lado.

Saber que su hijo vivía hizo que la invadiese una sensación de felicidad como no había experimentado desde hacía años. Resurgió en ella la esperanza de volver a abrazarlo, algo a lo que había renunciado hacía mucho tiempo.

En cuanto a Alonso, después de la muerte de su padre descubrió que muchos de sus socios le daban la espalda y empezó a pasar apuros económicos. La herencia que le correspondía tras el reparto con su hermano mayor se limitaba a la casa y a un puñado de esclavos, pero ya se había deshecho de ambas cosas y el dinero se había esfumado. Algunos ni siquiera respetaban los acuerdos más simples que llevaban décadas vigentes.

—¿Esto es todo lo que tenéis? —preguntó contrariado al subir al barco esclavista y comprobar que solo quedaban un par de hombres viejos y enfermos.

—Es todo lo que queda —respondió el tratante.

—¿Cómo voy a servirle mano de obra al duque de Medina Sidonia si únicamente me ofrecéis esta escoria?

—Me temo que se os han adelantado.

Alonso se dirigió a la residencia de Enrique de Guzmán, segundo duque de Medina Sidonia. Así como con su padre —fallecido siete años antes— tenían buena relación tanto don Pedro como él, con su hijo y heredero había más tensiones, ya que el noble veía a los Fernández de Lugo como simples mercaderes de esclavos indignos de respirar su mismo aire. Alonso pidió audiencia y tuvo que esperar más de medio día, mientras el duque ultimaba con los consejeros de Isabel I de Castilla y Fernando II de Aragón su apoyo en la guerra de sucesión castellana.

—¿En qué puedo ayudaros, Alonso? —preguntó el duque con desinterés cuando al fin lo recibió.

—Nuestros padres hicieron negocios juntos durante muchos años, como bien sabe vuestra excelencia. Quiero pediros que vos y yo, como sus herederos, continuemos haciéndolos.

—Los esclavos que me ofrecéis son de ínfima calidad, y, como sabréis, tengo muchos gastos apoyando a la corona. No es tiempo de beneficencia.

—Solo decidme qué necesitáis y yo lo conseguiré.

El duque lo miró con suficiencia y suspiró magnánimo.

—Tengo en mente construir un palacio a la altura de mi ducado, y para ello necesitaré mano de obra cualificada. Proporcionádmela y quizá podamos retomar los negocios que tenían nuestros padres.

22

Palacio Real de Medina del Campo. Valladolid. Marzo de 1476

La reina Isabel I de Castilla observaba con recelo a Beatriz de Bobadilla, sobrina de una de sus más cercanas consejeras y damas de compañía. Todavía era joven —en aquel momento, Beatriz rondaba los dieciséis años—, pero ya se había convertido en la mujer más hermosa que la reina hubiese visto nunca. Era tal su belleza que la propia tía de la muchacha, llamada igual que ella y conocedora de la forma de ser de la monarca, le había pedido a la joven que, al menos en palacio, fuese lo más discreta posible, tanto en su vestimenta como en los adornos o perfumes que utilizase. Aun así, a la que pronto se convertiría en la mujer más poderosa del mundo, aquella cría le parecía agraciada en exceso y eso, aunque a ella no le temblaba el pulso a la hora de gobernar un imperio, le causaba una incontrolable inseguridad. Y más aún cuando su cuerpo no había vuelto a ser el mismo después de dar a luz seis años antes a su primera hija.

Hacía siete que se había casado a escondidas con Fernando de Aragón; por entonces ambos eran todavía herederos al trono y lo hicieron enamorados, aunque su boda tenía mucho de estrategia política, puesto que solo con la unión de ambos reinos podrían disputar la corona primero al hermanastro de Isabel, Enrique IV, y más tarde a su heredera, Juana de Castilla, apodada por sus adversarios la Beltraneja. Al ser primos segundos necesitaban una bula papal, pero el papa Paulo II se negó a firmarla para mantenerse al margen del conflicto sucesorio por la Corona de Castilla. Isabel y Fernando no estaban dispuestos a que aquello frenase sus aspiraciones y decidieron sobornar a un nuncio apostólico para que falsificara una bula concedida por

Pío II. El problema era que aquel papa había muerto cinco años antes de la boda y todo saltó por los aires cuando el obispo de Segovia descubrió el engaño, lo que les costó la excomunión a ambos príncipes.

A pesar de eso, ellos decidieron mantenerse unidos y pasaron los dos siguientes años amándose como una pareja normal, por mucho que escuchasen a su alrededor que cada vez que yacían juntos cometían incesto y se estaban condenando al infierno. La solución llegó en 1471, cuando el cardenal Rodrigo Borgia les ofreció una bula firmada por el papa Sixto IV —conocida posteriormente como la bula de Simancas— que legitimaría su matrimonio a cambio de que, si lograban finalmente hacerse con el trono de Castilla, concediesen la ciudad de Gandía y el título de duque a su primogénito, Pedro Luis Borgia. Aunque con aquel documento todo parecía haberse encauzado, buena parte de la nobleza castellana nunca aceptó la validez del enlace y pasaron, tras la muerte de Enrique IV en diciembre de 1474, a apoyar a Juana la Beltraneja, lo que desató la guerra de sucesión en Castilla.

Durante todos aquellos años Fernando tuvo amantes, e Isabel, sin duda enterada de ello, miraba hacia otro lado, convencida de que ninguna estaba a su altura, pero ver a aquella tal Beatriz le hizo temerse lo peor. Y, desde que un año antes había declarado la guerra a la Beltraneja, le faltaba tiempo para además tener que controlar los devaneos amorosos del rey.

Isabel I se levantó de su trono y rodeó a Beatriz de Bobadilla, observándola con detalle, buscando en ella algún defecto que la humanizase. Para su contrariedad, no lo encontró. La muchacha permaneció con la mirada clavada en el suelo, en silencio, aunque muy consciente de lo que sucedía; desde niña había suscitado envidia en las mujeres y ardor en los hombres, y sabía de sobra cómo aprovecharse de ello. No era, ni mucho menos, una muchacha inocente que tuviese que proteger su virginidad ni su honra, puesto que ya se la había entregado por voluntad propia y de muy buena gana, entre algunos otros, a Rodrigo Téllez Girón, maestre de la Orden de Calatrava, que casualmente luchaba a favor de la Beltraneja. En una época en la que la mujer no era más que un instrumento para traer hijos al mundo, Beatriz aprendió pronto que, con su belleza y su desinhibición, podría utilizar a los hombres a su antojo.

—Sois muy bella. —La reina le acarició un mechón de pelo rebelde que escapaba de su tocado, mientras disimulaba su malestar.

—No tanto como vos, majestad —respondió la muchacha sin alzar la mirada, siguiendo las indicaciones que le había dado su tía.

—¿Cómo podremos diferenciaros de vuestra tía cuando ambas os llamáis de igual manera? Vuestro padre es Juan de Bobadilla, cazador real, ¿cierto?

—Así es, majestad.

—Entonces os conoceremos como la Cazadora.

Sin que la reina Isabel lo supiera, le acababa de poner el apodo más acertado que podría existir para aquella joven en apariencia débil, pero que marcaría el destino de miles de canarios a lo largo de su vida.

Unas semanas después de la llegada de Beatriz, todos en palacio se disponían a recibir al rey Fernando II de Aragón, que llegaba de vencer a los seguidores de la Beltraneja en Toro. La reina, más nerviosa e irascible que nunca, dio toda clase de instrucciones al respecto, pero una en particular que afectaba a la muchacha.

—¿Cómo que no puedo salir de mis aposentos? —preguntó decepcionada a su tía.

—Son órdenes de la reina, Beatriz. Y, por tu bien, no la desobedezcas. Hasta ahora solo la has conocido de buenas.

—¿Hasta cuándo tengo que estar encerrada?

—Hasta que vuelva a partir don Fernando.

Beatriz obedeció y se quedó encerrada más de una semana mientras en palacio todos celebraban el regreso del rey y los avances en la guerra. Su tía le llevaba lectura de la biblioteca personal de la reina para que se entretuviese, como el *Libro de las claras y virtuosas mujeres*, de Álvaro de Luna, o *El jardín de las nobles doncellas*, que el teólogo agustino Martín de Córdoba escribió para la monarca el año de su boda, ambos tratados sobre buen comportamiento. También le llevó la Biblia de Gutenberg y alguna novela de caballerías, como *El libro del caballero Zifar*, de Ferrand Martínez, clérigo de Toledo. Una noche, al regresar a su alcoba después de asearse, se encontró a un desconocido de espaldas a la puerta, curioseando los libros que había sobre la cómoda.

—¿Quién sois? ¿Qué hacéis aquí? —se sobresaltó.

El hombre se dio la vuelta y la miró de arriba abajo, en silencio, atestiguando que, a pesar de que la muchacha no esperaba visita y vestía un camisón desgastado y demasiado ancho, era cierto todo lo que le habían contado sobre su belleza.

—Os he preguntado quién sois —insistió ella—. ¿Acaso estáis sordo?

—¿Es esa manera de hablar a vuestro rey?

—Disculpadme, majestad —respondió ella sofocada, bajando la mirada—. No os había reconocido.

—Os gusta leer, por lo que veo.

—Sí, majestad.

—¿Sabéis por qué estáis encerrada en este cuartucho? —preguntó el rey, para enseguida contestarse a sí mismo—: Porque la reina considera que sois demasiado bella como para que yo pueda admiraros.

Beatriz levantó la cabeza para mirarlo a los ojos y sonrió.

—¿Y qué opináis vos, majestad?

—No me he formado opinión cuando vestís como una pordiosera.

Beatriz tomó una de las decisiones más arriesgadas de toda su vida y dejó caer su camisón al suelo, para quedar totalmente desnuda.

—¿Y ahora?

Fernando descubrió el cuerpo más armonioso que hubiera visto jamás, con unas piernas bien torneadas, un pubis de color miel, un vientre apenas curvado y unos pechos tan perfectos como las facciones de aquella muchacha.

—Sin duda, habéis sido bendecida.

Se acercó a ella y acarició con la yema de los dedos sus pezones, que se endurecieron al momento. Beatriz sintió su erección y posó su mano en la entrepierna del rey.

—Vos también habéis sido bendecido, majestad.

Él la trasladó en brazos a la cama y le hizo el amor como llevaba años sin hacérselo a su propia esposa.

23

Tenerife (islas Canarias). Abril de 1476

Al mencey Atbitocazpe, muerto durante su duelo con Tinguaro, lo sucedió su hijo Pelinor, que, con dieciséis años, se convirtió en el más joven de todos los reyes de Tenerife. Desde el primer día, Bencomo le ofreció su amistad y el muchacho se vio obligado a aceptarla, pero el odio que sentía por él y por sus hermanos formaba parte del legado de su padre. El nuevo mencey de Adeje logró no precipitarse en la búsqueda de venganza; sabía que tarde o temprano, por justicia, Achamán le pondría sus cabezas en bandeja.

—Paciencia, joven Pelinor —solía repetirle Añaterve—. Te juro por la diosa Chaxiraxi que algún día veremos a esos hijos de Guayota desangrándose a nuestros pies.

Desde la gran batalla de Taoro, sucedida once años atrás, los guanches habían vivido en una relativa paz, sin más rencillas que las de costumbre por los límites de los pastos comunales o robos de ganado. Los problemas llegaban de fuera, pues los extranjeros eran más numerosos y causaban muchas molestias. Los monjes seguían con su incansable labor de evangelizar a los guanches en los cantones del sur, y, aunque estos no pensaban renunciar a Achamán, muchos aceptaban bautizar a sus hijos en la religión cristiana, por lo que no era raro que empezasen a oírse nombres como Ana, Santiago, Isabel o Sancho. Con los soldados, en cambio, las relaciones eran mucho más tirantes.

La fortificación que los castellanos habían construido tras el pacto alcanzado con Diego García de Herrera en el barranco del Bufadero se había convertido, después de más de una década, en un pequeño poblado con una torre de defensa, un almacén, una iglesia y medio centenar de cabañas en las que vivían soldados y monjes. Pero de lo que les prometieron a los menceyes a cambio de permitirles levantar todo aquello solo les habían llegado migajas. Las revueltas causadas por los guanches que acudían a reclamar el pago de esa deuda se sofocaban cada vez con más dureza. La gota que colmó el vaso fue la muerte de uno de los hijos del mencey Beneharo en un altercado con las tropas castellanas, lo que, sumado a las habituales violaciones de toda aborigen que se cruzase con un soldado, hizo que en el último tagoror se acordase romper el acuerdo de manera unilateral y expulsar definitivamente a los invasores de la isla.

Cada menceyato aportó doscientos guerreros para el asalto a la torre de Añazo, lo que reunió a casi dos mil hombres dispuestos a acabar con cualquiera que opusiese resistencia. Mientras se dirigían hacia Anaga, Bencomo tuvo la esperanza de arreglar sus diferencias con Añaterve y los que lo seguían para que, bajo su mando, algún día pudiesen luchar todos unidos, como había soñado años atrás el mencey Imobach. Pero cualquier acercamiento entre los dos grandes menceyes estaba cargado de desconfianzas y de reproches, y un objetivo común no iba a cambiar eso.

Nada más ver aparecer al ejército guanche, los soldados castellanos enviaron su barco más veloz en busca de ayuda. Sin embargo, para desgracia de los que se quedaron defendiendo la fortificación, Diego García de Herrera estaba demasiado ocupado intentando sofocar levantamientos en otras islas y decidió olvidar, de momento, sus intereses en Tenerife, donde los nativos eran más numerosos y daban más trabajo que en cualquier otro lugar.

El asedio a la fortaleza duró una semana, mientras los guanches buscaban la manera de sortear los grandes muros de piedra, defendidos con experiencia y pericia por los castellanos. Al principio los menceyes ordenaron ataques frontales, valiéndose de su superioridad numérica, pero los repelían con facilidad y las bajas entre ellos fueron numerosas. El joven Hucanon, que se había convertido en un experto nadador desde que escapó del barco esclavista aferrado a la espalda de Bencomo, fue quien ideó un ataque inesperado.

—La corriente es muy fuerte —señaló Tinguaro—, y no hay demasiados guerreros capaces de nadar en esas condiciones. Menos aún armados.

—Me basta con que me acompañen un puñado de hombres. Los sorprenderemos desde la playa y podréis aprovechar su desconcierto para atacarlos con todo.

—Es una locura —dijo Bencomo con gesto serio para a continuación esbozar una sonrisa— que yo no me perdería por nada del mundo.

—Entonces solo nos faltan unos pocos voluntarios más —se resignó Tinguaro.

Una docena de guerreros de diferentes menceyatos se unieron a la misión y todos se retiraron hacia las rocas. Se cubrieron de algas y aguardaron a que anocheciera para echarse al agua. Como había anunciado Tinguaro, las corrientes no se lo pusieron fácil, pero ya entrada la madrugada se reunieron en la playa, dentro del recinto de la fortaleza, sin haber sido descubiertos.

Se dividieron como habían planeado y consiguieron matar a cinco vigías antes de que uno de ellos diese la voz de alarma. Pero ya era demasiado tarde. Los guanches se movieron entre las sombras creando el caos, lo que aprovechó el ejército que aguardaba en el exterior para lanzar el ataque definitivo. Al igual que sucedió años atrás, durante el enfrentamiento con los menceyatos del sur, Bencomo se estremeció al comprobar cómo disfrutaba Hucanon arrebatando vidas.

En cuanto tomaron la fortaleza, la batalla se decantó del lado aborigen. El balance final fue de un centenar de isleños muertos, cuarenta soldados castellanos y media docena de monjes. Los que quedaron vivos aprovecharon para huir a bordo de sus barcos con todo lo que pudieron llevarse. Beneharo, como mencey de aquellas tierras y padre del hijo asesinado por los extranjeros, decidió que se destruyera absolutamente todo, que no quedase una piedra sobre otra ni un trozo de madera sin quemar.

De regreso a Taoro, Bencomo, Tinguaro y Hucanon pudieron charlar sobre cómo habían cambiado sus respectivas vidas en los últimos años. Bencomo era padre de Idaira y de Dácil, de doce y diez años respectivamente. Hañagua se había quedado embarazada dos veces más, pero ninguna llegó a buen puerto, así que habían asumido que ya nunca serían padres de un varón. Hucanon, por su parte, seguía teniendo como único objetivo la guerra, así que su matrimonio con Arminda fue un mero trámite para tener descendencia y era padre de dos revoltosos gemelos de nueve años. Tinguaro y Guajara eran los más prolíficos, pues ya habían tenido dos niñas y un niño.

—¿Un mencey mujer? —se sorprendió Hucanon.

—¿Por qué no? —respondió Bencomo—. Dácil solo tiene diez años y aún mucho por demostrar, pero vosotros la conocéis bien y sabéis que no se arredra ante nada.

—Es la cabecilla de todos los primos, eso es cierto —coincidió Tinguaro—, aunque no sé si los ancianos aceptarían algo así.

—Cuando yo me reúna con Achamán y llegue el momento de decidir, quizá los ancianos seáis vosotros.

—Tal vez —sonrió Tinguaro—, aunque mi hijo Dádamo también tiene madera de rey. Y eso por no hablar de los gemelos de nuestro hermano.

—Mis hijos poseen alma de guerrero, no de mencey —sentenció Hucanon.

—Sea quien sea el elegido —respondió Bencomo complacido—, Taoro tendrá un buen guía.

En cuanto llegaron al poblado, los tres hermanos se separaron para dirigirse cada uno a su cueva. Nada más entrar en la suya, Bencomo presintió que algo iba mal: Hañagua estaba sentada en el catre mirando con los ojos llorosos a sus hijas, que dormían abrazadas, ajenas a lo que el destino tenía previsto para ellas.

—¿Qué sucede, Hañagua?

—Es Idaira... —contestó afligida—. Ha llegado su primera sangre.

—¿No es aún muy pequeña?

—Ya tiene doce años. Debemos entregarla para servir a la diosa Chaxiraxi.

—No pienso entregar a mi hija.

—Lo prometimos, Bencomo.

—¡Me da igual esa estúpida promesa! —exclamó con vehemencia—. No necesito recordarte que Chaxiraxi se encuentra en Güímar, donde reina Añaterve. No dejaré a Idaira en sus manos.

—La diosa nos castigará.

—¿Qué más podría hacernos ya, Hañagua? Desde que nos casamos, hemos perdido a cuatro hijos.

—Podríamos perder también al que ahora crece en mi vientre...

Él se detuvo y la miró desconcertado.

—¿Qué?

—Vuelvo a estar embarazada, Bencomo. Y estoy segura de que es un varón.

Bencomo amaba a Idaira y a Dácil por encima de todas las cosas, pero mentiría si dijese que no daría lo que fuera por ser padre de un varón. Meditó unos instantes y al fin decidió que separarse de su hija mayor era un precio demasiado alto que no estaba dispuesto a pagar.

—Si Chaxiraxi quiere seguir castigándonos, nosotros nada podemos hacer. Pero no entregaré a Idaira.

—Yo quiero ir. Quiero servir a la diosa.

Bencomo y Hañagua se volvieron para mirar a la pequeña, que se había levantado y observaba a sus padres de pie en mitad de la cueva, con una inquebrantable serenidad.

—No sabes lo que dices, Idaira.

—Claro que lo sé, padre. Madre también la sirvió y me lo ha explicado todo. Es mi destino, igual que el suyo era ser mencey de Taoro.

Bencomo tardó dos semanas en dejarse convencer de que convertirse en harimaguada era un buen cometido para Idaira. Las reglas que habría de cumplir eran muy estrictas, pero sería respetada y, como había demostrado Hañagua y muchas otras antes y después que ella, no tendría por qué ser una condena de por vida. No obstante, lo que en realidad temía Bencomo era que la muchacha sirviese como instrumento para que el mencey Añaterve se tomara contra él la venganza que llevaba tanto tiempo esperando.

El rito de iniciación se llevó a cabo durante las fiestas del Beñesmer de 1476. Al finalizar las tradicionales peticiones a la diosa Chaxiraxi —desde hacía un tiempo presididas no solo por Añaterve como mencey de Güímar, sino también por los monjes franciscanos que vivían allí—, el guañameñe hizo que las nueve harimaguadas que iban a ponerse al servicio de la diosa, una por cada cantón, se arrodillasen frente a la figura y jurasen cuidarla y protegerla con su propia vida. Bencomo seguía sin estar conforme con aquello, pero no pudo hacer otra cosa que consolar a Hañagua, que lloraba de emoción por el recuerdo de su propio juramento a la misma edad que Idaira. Lo que más irritó a Bencomo fue la sonrisa de Añaterve cuando vio a la pareja profundamente afectada por tener que separarse de aquella niña que tanto les costó traer al mundo. El mencey de Güímar aún recordaba el instante mismo de la concepción, cuando presenció escondido cómo Hañagua se entregaba a su marido. En aquel momento decidió que lo primero que haría cuando lo matase sería ir a poseerla, y no sería delicado. Ese sería el mejor colofón para su venganza.

Una vez que las nueve harimaguadas fueron ordenadas, les permitieron despedirse de los suyos y las llevaron a las cuevas en las que iban a vivir, donde les entregaron las túnicas que deberían vestir y les explicaron cuáles serían sus funciones. A Idaira le habría encantado que la destinasen a conservar el colorido manto de la diosa, pero se tuvo que conformar con la labor de limpiar las estancias destinadas a alojarlas a ella y a sus compañeras.

Las celebraciones por la recolección de la cosecha siguieron su curso con normalidad, y en la competición de lucha volvió a vencer Hucanon, al que todos temían y respetaban después de haberlo visto pelear contra los enemigos de Taoro, ya fuesen guanches de otros cantones o extranjeros. Su leyenda crecía cada día hasta la exageración, y no eran pocos los que aseguraban que, durante la toma de la torre de Añazo, había matado a cincuenta soldados castellanos.

Añaterve contemplaba la competición de lanzamiento de banots acompañado de dos jovencitas. Aunque ya tenía tres mujeres, disfrutaba seduciendo a otras, cuanto más niñas, mejor. También se había aficionado a beber el vino que traían los monjes y que, según ellos, representaba la sangre de su dios. Bencomo estuvo observándolo un buen rato, hasta que decidió acercarse a él.

—Querido Bencomo... —dijo Añaterve con una falsa amabilidad y levantó su copa de vino—. Brindo por que Hañagua dé a luz a un niño sano y fuerte.

—Estás bien enterado.

—He estado atento a lo que le pedíais a Chaxiraxi. Con el sacrificio que habéis hecho, seguro que os lo concederá.

Bencomo vio con repulsión cómo el vino desbordaba la boca de Añaterve y le empapaba el tamarco.

—Montas a caballo, bebes el licor de los extranjeros, armas a tus guerreros con sus espadas... Poco falta para que te pliegues a su dios y bautices a alguno de tus hijos con un nombre cristiano.

—Para mí el único dios es Achamán —respondió el mencey de Güímar, molesto por la insinuación.

—En ocasiones pareces olvidarlo. Y con respecto al sacrificio que mi esposa y yo hemos tenido que hacer...

Miró a las acompañantes de Añaterve y este comprendió que no debían escuchar aquello, así que se deshizo de ellas de malas maneras, enviándolas a por más vino. Las muchachas se marcharon y Añaterve clavó los ojos en Bencomo.

—¿Qué decías, amigo mío?

—Que, en efecto, como tú has señalado, ha sido duro para mi esposa y para mí tener que entregar a nuestra hija mayor para el cuidado de la diosa Chaxiraxi, pero no por ello vamos a desentendernos.

—¿Adónde quieres ir a parar?

—A que si a Idaira le sucediera algo, si algún soldado de esos con los que tratas le pusiera una mano encima, si alguno de los guañameñes extranjeros o tú mismo la miraseis de una manera lasciva, o incluso si se despeñase o se intoxicase comiendo una lapa en mal estado, yo te responsabilizaré a ti, Añaterve.

—Lo que les suceda a las hurlmuguadas no es asunto mío.

—Desde ahora sí lo es.

Añaterve tiró su copa de vino y se levantó para plantarle cara.

—¿Vienes a mi casa a amenazarme, Bencomo?

—Veo que lo has comprendido —respondió él sin titubear—. Te juro por Achamán, por Magec y aun por el dios de los extranjeros que, si mi hija sufre el mínimo daño, vendré a buscarte y terminaré aquello que dejé a medias hace tiempo. Y esta vez de nada servirán tus súplicas.

Añaterve podía mascar el odio que sentía por aquel hombre, que escocía como una herida abierta cada vez que recordaba el único momento de su vida en que se había avergonzado de sí mismo. Quiso retarlo y terminar con aquello de una vez, reescribir ese recuerdo, pero el vino de los extranjeros lo embotaba y apenas podía tenerse en pie. Al ver que no iba a decir una palabra más, Bencomo dio por concluida la charla.

—Que disfrutes de las fiestas del Beñesmer, Añaterve.

Al alejarse, Bencomo sintió sobre su nuca el profundo rencor de su enemigo.

24

Reino de Valencia. Febrero de 1523

A primera hora de la mañana siguiente a la muerte de Rodrigo, llegó un mensajero a la finca de los Lavilla anunciando que unos piratas habían asaltado el barco que trasladaba a Valencia al prometido de Elena, Matías Antúnez. El muchacho no había sufrido ningún daño, pero se veía obligado a aplazar la boda una semana.

Aquella noche Elena había dormido mucho mejor que los días anteriores, en los que la excitación de pensar en la vida que la esperaba junto al hombre que amaba no le dejaba pegar ojo. Sin embargo, cuando después de verlo colgado de un árbol regresó a su habitación, no tuvo tiempo ni de llorarlo; se dejó caer en la cama y de inmediato se sumió en un profundo sueño. Al despertar, aún tardó un rato en recordar lo que había sucedido la noche antes. Cuando lo hizo, se le encogió el corazón.

Al saber del percance que había sufrido su prometido cerca de Marsella, la joven sonrió para sí con tristeza; de suceder un día antes, Rodrigo y ella no tendrían que haber cambiado sus planes iniciales de huida y a él no lo habrían sorprendido la tarde anterior procurando vender una diadema de oro en la antigua judería de Valencia. Según había escuchado, le ofreció la joya a quien no debía, a alguien que vio mucho más rentable denunciar al esclavo y esperar una buena recompensa a cambio que arriesgarse a mover por el mercado negro una joya cuyo robo seguramente ya hubiese denunciado su legítimo propietario.

—Tampoco es para que te descompongas de esa manera, Elena —dijo Guiomar imaginando que el rictus de la chica se debía al aplazamiento de su boda y no a que hubiesen ahorcado a Rodrigo—. Una semana pasa en un suspiro.

—Guiomar tiene razón —señaló doña Rosa—. Lo que has de hacer estos días es descansar y prepararte para el viaje que te espera una vez que te hayas casado.

—¿Cómo será el Nuevo Mundo? —preguntó Sabina—. Dicen que está lleno de salvajes y de animales que nunca se han visto por estos lares.

—Elena pronto nos escribirá para contarnos qué es real y qué simple producto de la imaginación de marineros ebrios. ¿Verdad que sí, muchacha?

Elena, que tenía la cabeza muy lejos de allí y de aquella conversación banal, se volvió hacia la señora, con los ojos desprovistos de vida.

—¿Qué han hecho con Rodrigo?

—¿Quién es Rodrigo?

—¿Tan pronto habéis olvidado que anoche se ahorcó a un hombre en el árbol de la entrada, señora?

—Se ahorcó a un ladrón —corrigió doña Rosa con frialdad—. Te recuerdo que lo sorprendieron intentando vender joyas robadas para escapar. Y, entre ellas, la diadema de oro que tú debías tener a buen recaudo.

—Has de agradecer que lo cogieran, Elena —intervino Guiomar—. De no haber recuperado esa diadema, habrías tenido que dar muchas explicaciones.

—¿Dónde se han llevado su cuerpo? —preguntó de nuevo.

Doña Rosa comprendió que la corazonada que tuvo cuando Elena insistió en que su marido le comprase a su hermano ese esclavo, por muy extravagante que sonase, era real. Solo había que mirarla a los ojos para darse cuenta de que lo amaba. Iba a preguntarle directamente, pero aquello hubiese supuesto anular una boda muy conveniente para su familia y decidió callar.

—Imagino que lo habrán enterrado detrás de las casetas —respondió con expresión neutra.

Para perplejidad de las hermanas Lavilla, Elena se levantó sin decir una palabra y salió de la estancia.

—Ni siquiera pide permiso —se indignó Sabina.

—Cada día es más descarada —añadió Guiomar.

—Dejadlo estar, hijas —zanjó doña Rosa indulgente—. Hoy la muchacha debería haberse casado y por fuerza ha de estar afectada.

Clavada en la tumba de Rodrigo había una rudimentaria cruz de madera y, sobre la tierra removida, un ramillete de flores silvestres. Elena pensó que lo habría puesto allí la pequeña Lucía, una jovencísima esclava guineana que trabajaba en la cocina y que aseguraba que algún día se casaría con Rodrigo. Pero ya ninguna de las dos podría hacerlo. Se arrodilló, se besó la mano y la posó con suavidad sobre la tumba.

—Pagarán, amor mío —dijo con rabia y dolor—. De un modo u otro, pagarán.

Al cabo de un rato, se levantó y echó a andar sin rumbo fijo. Cuando quiso darse cuenta, había atravesado la ciudad y se encontraba en la costa. Miraba el mar desde lo alto de la roca más elevada. No sabía por qué, pero sentía que aquella era la manera de morir que le correspondía. Cuando se disponía a saltar al vacío, una mano la agarró con firmeza de la muñeca.

—Aún no ha llegado tu hora, muchacha.

Elena volvió en sí y miró a Melchor, aquel hombre que la había acompañado en la sombra durante toda su vida.

—Ya no tengo motivos para vivir.

—Tú estás llamada a hacer grandes cosas.

—¿Qué podría hacer yo? —preguntó amargada—. Soy una simple esclava.

El guanche esbozó una enigmática sonrisa.

—¿Te parece divertido?

—Pronto sabrás la verdad y tú también sonreirás...

—¿A qué verdad te refieres? ¡Dímelo de una vez!

—Aún no estás preparada.

—¡¿Y cuándo lo estaré, maldita sea?!￼ ¡Me van a obligar a casarme dentro de una semana con un hombre al que no conozco y que después me llevará al Nuevo Mundo! ¡¿También vais a protegerme allí?!

—Está en manos de Achamán que esa boda se celebre o no —respondió Melchor con ambigüedad.

—¿Quién es Achamán?

—Lo único que has de hacer es mantenerte viva unos días más, muchacha. No hagas nada, no te expongas y no causes problemas a tus amos. Nosotros nos encargaremos de todo.

—¿Encargaros de qué?

—De devolverte el lugar que te corresponde. Y, ahora, sepárate del borde del acantilado. Podrías resbalar y nada habría valido la pena.

Elena se dio cuenta del peligro que corría e instintivamente retrocedió un paso. Eso le bastó a Melchor para saber que no volvería a intentar ninguna locura y sonrió antes de marcharse caminando por las rocas. A ella le sorprendió que un hombre de su edad se moviese con tanta habilidad por un terreno tan abrupto y sintió que en algo tan simple como aquello estaba la respuesta a todas las preguntas que se agolpaban en su cabeza.

Regresó a la hacienda de los Lavilla con el mismo vacío que la había llevado al borde del precipicio, pero con la sensación de que, como le había dicho aquel misterioso guardián, aún le quedaban cosas por hacer en este mundo.

25

Sanlúcar de Barrameda (Cádiz). Junio de 1477

Las visitas del rey Fernando a Beatriz de Bobadilla se prolongaron durante meses, y, lejos de cansarse de ella, el monarca cada día quería más y deseaba regresar a palacio únicamente para verla. Cuando la reina Isabel le comunicó a su esposo que debía visitar al duque de Medina Sidonia, uno de sus más poderosos aliados en la guerra contra Juana la Beltraneja, él se entusiasmó con la posibilidad de pasar unas semanas con su amante sin necesidad de limitar sus visitas a la noche. Pero la reina, desconfiada como era, supo que no le debía quitar la vista de encima a la joven y decidió llevarla consigo. De cara a aquel viaje, quiso renovar su vestuario y el de su séquito, y gastó una fortuna en zapatos, tocados y vestidos de diferentes colores y telas. Solo para trasladar todo aquello de Valladolid a Cádiz, hicieron falta varios carruajes cargados hasta los topes.

Beatriz deseaba ver mundo, pero hubiera preferido quedarse junto a Fernando, con quien disfrutaba en la cama más que con cualquiera de sus otros amantes, empeñados casi siempre en pedirle matrimonio una vez que descubrían lo que sabía hacer entre las sábanas. Sin embargo, ella tenía claro que, cuando decidiera casarse, sería con alguien que la pudiese colocar en el lugar que se merecía. Durante las largas semanas de viaje, fantaseó con la posibilidad de enamorar al famoso duque de Medina Sidonia, pero, cuando lo conoció, averiguó que no solo estaba felizmente casado, sino que el tal Enrique de Guzmán desprendía un intenso olor a sudor que le repugnaba. Mientras la reina y el duque trataban sus asuntos —la corona necesitaba de sus socios un mayor esfuerzo en la recta final de la guerra—, Beatriz se las ingenió para ir a conocer el mar, ya que, aunque le daba vergüenza reconocerlo, lo único que sabía de él era lo que había leído o escuchado por boca de otros.

Acostumbrada como estaba a pasar los días encerrada en la corte, pasear por las calles de aquel pueblo tan lleno de vida le produjo una reconfortante sensación de libertad. Al llegar a la playa, se quedó obnubilada mirando la inabarcable masa de agua azul, tanto que no se dio cuenta de que un par de rateros la habían estado siguiendo y la abordaron en una callejuela del puerto.

—¿Adónde vais tan sola, muchacha?

Beatriz se asustó al ver que se había despistado y que no había nadie cerca a quien pedir ayuda.

—Debéis saber que soy dama de compañía de la reina Isabel de Castilla —dijo con aplomo—. Si me tocáis un solo pelo, tened por seguro que lo pagaréis muy caro.

—¿La reina Isabel? —Uno de ellos la miró perplejo—. Pues nosotros somos protegidos del papa de Roma, que se las apañen entre ellos.

Los chicos estallaron en carcajadas. El mayor detuvo las risas de golpe, sacó una daga de la cintura y se la puso en el cuello a Beatriz.

—Con tan buenas influencias, llevaréis joyas encima.

—¡Soltadla!

Los rateros miraron contrariados hacia el otro extremo de la calle, donde había un hombre no mucho mayor que ellos, aunque bastante mejor vestido, con una chaqueta corta con adornos de piel en los bordes y mangas abullonadas.

—¡Largaos! —gritó el de la daga, amenazándolo con ella—. Esto no va con vos.

Al ver que el hombre tiraba de la empuñadura de su bastón y extraía un estilete de dos palmos de largo, el otro muchacho agarró a su amigo del brazo, asustado.

—Vámonos, no merece la pena.

El ratero estaba dispuesto a batirse con el recién llegado, pero, cuando el hombre avanzó hacia ellos con paso resuelto, se dio cuenta de que aquel desconocido no se achantaría y se marcharon corriendo, maldiciéndolo a voces.

—¿Estáis bien? —preguntó al llegar junto a Beatriz.

—Gracias a vos —dijo ella recuperando el aliento—. Le debo la vida, señor...

Al mirarla a los ojos, el hombre enmudeció. Conocía bien el odio, la envidia, el deseo y hasta el afecto, pero lo que sintió ante esa joven era nuevo. Frente a aquella belleza quedó desarmado. En un instante la imaginó tanto desnuda sobre una cama como vestida de novia frente a un altar. Cuando el silencio se prolongó más de la cuenta, reaccionó.

—Disculpadme. Mi nombre es Alonso, Alonso Fernández de Lugo. ¿Y vos sois?

—Beatriz de Bobadilla, dama de compañía de la reina Isabel de Castilla. Me alojo en el castillo de Santiago, propiedad del duque de Medina Sidonia.

—Lo conozco bien. Soy yo quien le proporciona la mano de obra. Aunque no entiendo qué hacéis tan lejos. Y sola.

—Salí a dar un paseo y me despisté.

—Una temeridad.

—Gracias a Dios, hay caballeros como vos. —Lo miró a los ojos con la misma picardía que había postrado a muchos a sus pies—. Aún no me habéis dicho cómo podría agradeceros que me hayáis salvado la vida.

—¿Casándoos conmigo?

—Demasiado precipitado —sonrió halagada—. Además, se me antoja que un hombre tan apuesto ya ha de tener esposa e hijos. ¿Qué tal si os lo agradezco accediendo a pasear con vos mañana?

—Nada me haría más feliz.

Después del primer paseo, vinieron media docena más, hasta que Beatriz decidió entregarle lo que sabía que él deseaba desde el primer momento que la vio. Cuando ella le ofreció ir a un lugar más íntimo y alejado de miradas indiscretas, Alonso dudó de que aquello le estuviese pasando a él. Para disipar cualquier tipo de duda, Beatriz se le acercó y lo besó.

—Tal vez esto termine de convenceros...

Durante los siguientes veinte días que Beatriz pasó en Sanlúcar de Barrameda acompañando a la reina Isabel, se encontró casi a diario con Alonso. Él le mostró los rincones más relevantes de los alrededores e incluso una mañana la llevó a navegar por la bahía de Cádiz. Aunque ella no disfrutó tanto del paseo como le hubiera gustado debido a un inoportuno mareo, fue el primero de los muchos viajes en barco que haría a lo largo de su vida. Solían verse en la casa de un amigo de Alonso, muy cerca de la iglesia mayor parroquial de Nuestra Señora de la O.

La primera tarde que la llevó allí, Alonso pensó que aquello era una trampa y la muchacha, una prostituta que le pediría el pago por sus servicios antes de dejarse poner una mano encima, pero lo único que le pidió Beatriz fue presteza.

—Debo regresar al castillo de Santiago antes de que la reina me eche en falta. Démonos prisa.

—¿Prisa para qué? —preguntó él con cautela, todavía sin creerse que la suerte estuviera tan de su lado.

—¿Para qué creéis? —sonrió ella, mientras le desabrochaba la chaqueta—. En la corte me han hablado de la fogosidad de los hombres del sur y deseo comprobarlo por mí misma.

Se bajó el vestido por los hombros y cogió las manos de Alonso para llevarlas a sus pechos. Él los acarició con suavidad.

—Más fuerte —reclamó ella.

Alonso los estrujó y ella gimió de placer.

—Habéis conseguido excitarme. Besadlos —ordenó luego y, tras dejarle hacer, lo apartó y terminó de desvestirse.

—Como ya os he dicho, tengo prisa.

Se tumbó sobre la cama y se expuso de la misma manera que Alonso les pedía a sus esclavas, como si hubiese leído su mente. Aquella primera vez, la pasión desenfrenada de Alonso le jugó una mala pasada y todo acabó casi antes de que empezase. Por la cara de decepción de Beatriz, temió haberla perdido para siempre, pero, después de prometerle que la próxima vez sería distinto, fijaron una nueva cita para el día siguiente.

Poco a poco se fueron compenetrando y averiguando lo que les gustaba a uno y a otro, hasta que, cuando ella iba a regresar con la reina a Valladolid, ya se conocían casi a la perfección. Pero Beatriz aún sabía cómo sorprenderle.

—Antes de despedirnos, quiero tener tu recuerdo en todo mi cuerpo —dijo tuteándolo y colocándose de espaldas a él.

—Te haré daño, Beatriz —respondió Alonso, aturdido por aquella petición, considerada una de las peores perversiones, algo que prácticamente no se le podía demandar ni a las meretrices.

—¿A qué esperas?

Alonso dudó, pero ante la visión de aquella mujer, que se ofrecía con total descaro, la penetró sin que ella hiciese más que un pequeño mohín de dolor que enseguida se transformó en un gesto de placer.

—Quédate, Beatriz —dijo él al final.

—¿Quedarme?

—Aquí, conmigo —asintió—. Dejaré a mi esposa al cuidado de nuestro hijo y tú y yo viviremos cerca del mar para que puedas verlo a diario.

—¿Qué podrías ofrecerme tú, Alonso?

—Mi amor —respondió él asombrado de sus palabras.

Ella se rio y le acarició la cara con ternura.

—El amor se acaba tarde o temprano, querido. No niego que haya disfrutado contigo estos días, pero los placeres que me das los encuentro en otros hombres. Si algún día puedes ofrecerme la vida que merezco, búscame.

Con el orgullo pisoteado, Alonso pasó los siguientes meses buscando la manera de complacer a la mujer de la que se había enamorado perdidamente. El comercio de esclavos, que era su principal fuente de ingresos, apenas le permitía vivir con cierta comodidad, ya que no obtenía más que un puñado de maravedís en cada transacción. Pensando en cómo obtener un mayor rendimiento en aquel negocio, se dio cuenta de que solo podría enriquecerse si dejaba de ser un mero intermediario e iba él mismo a buscar a los esclavos a su lugar de procedencia.

Con eso en mente, en abril del año 1478 se presentó ante el capitán Juan Rejón, del que había oído que, financiado por los reyes Isabel y Fernando y por algunos inversores particulares, y en un intento de adelantarse a los portugueses, preparaba una expedición hacia el archipiélago canario. Pretendía desembarcar en Gran Canaria, la más oriental de las tres islas que —junto con La Palma y Tenerife— quedaban por conquistar.

—¿Por qué querría alistaros un hombre como vos? —le preguntó Juan Rejón con curiosidad.

—Sirvo a los reyes Isabel y Fernando.

—No tenéis pinta de saber lo que vamos a encontrarnos —contestó mirándolo con suficiencia.

—Llevo años tratando con los aborígenes y sé de qué pasta están hechos, capitán. Llevadme con vos y no os arrepentiréis.

26

Tenerife (islas Canarias). Julio de 1477

El nacimiento de Bentor, primer hijo varón de Bencomo y Hañagua, fue muy celebrado tanto por sus padres como por los demás habitantes de Taoro. A pesar de la dicha del mencey por que sus plegarias hubiesen sido escuchadas, él no podía quitarse de la cabeza a su hija Idaira, que casi había cumplido un año al servicio de la diosa Chaxiraxi. Siempre que sus obligaciones se lo permitían, iba a vigilar que no estuviese sufriendo ninguna de las desgracias que se imaginaba cada vez que cerraba los ojos. Tanto sus hermanos como el resto de los súbditos que lo veían desaparecer a solas hacia el bosque pensaban que se dirigía al encuentro de alguna amante. Solo Hañagua sabía que sufría por el destino de su hija mayor.

Las primeras veces se presentaba sin avisar, pero fue la propia muchacha quien le pidió que no siguiese avergonzándola delante de sus compañeras, así que Bencomo comenzó a observar a escondidas cómo el grupo de harimaguadas al que pertenecía su hija hacía sus labores. Idaira había pasado unos meses limpiando la residencia, y en los últimos tiempos hacía tareas de abastecimiento, que, aunque le agradaban más, seguían muy lejos de su deseo de atender directamente a la diosa.

Aquella mañana, el mencey se tensó al ver a Añaterve aproximarse a su hija mientras ella limpiaba pescado junto a las rocas. Apretó la empuñadura de su sunta, preparado para acercarse corriendo y abrirle la cabeza sin mediar palabra si la importunaba. Por suerte para los tres implicados, el mencey de Güímar se limitó a hablar con la sacerdotisa que estaba al mando del grupo y volvió a su cueva a seguir bebiendo vino y fornicando con otras jóvenes que no le darían tantos quebraderos de cabeza como la hija de su principal enemigo.

Tras un rato de vigilancia, Bencomo regresó a casa. Al dejar atrás los pastos comunales y adentrarse en el bosque de laurisilva, lo envolvió un silencio que no presagiaba nada bueno. Al principio temió verse sorprendido por un grupo de soldados extranjeros, pero pronto advirtió que era una situación mucho más embarazosa.

—Guayota...

Frente a él apareció un perro lanudo idéntico al que se había enfrentado siendo niño, aunque era imposible que se tratase del mismo. Seguramente fuese algún descendiente directo que lo miraba con el mismo odio que su antepasado, como si supiera que ambos tenían una cuenta pendiente. Bencomo se preparó para luchar, convencido de su victoria, pero a ambos flancos de aquella bestia aparecieron media docena de guacanchas. Escuchó un ruido a su espalda y vio, con el rabillo del ojo, que otros tantos perros lo rodeaban.

—De todas las muertes que he imaginado —dijo mirando a los ojos del animal que albergaba el espíritu del mal—, ninguna era combatiendo contra Guayota y sus esbirros, pero acepto mi destino.

Los dos primeros guacanchas lo atacaron por la espalda y Bencomo los abrió en canal con su cuchillo de obsidiana. Al igual que sucedió años atrás, el mismo día que salvó a Hañagua en aquel estanque de Güímar, las tripas de los animales se desparramaron frente a él, impregnando el aire con el inconfundible hedor de la muerte. Apretó su banot y apuntó al líder.

—¡Vamos! ¡Atácame!

La bestia aceptó el reto y lo atacó. Bencomo le lanzó su banot antes de que llegase hasta él, pero el animal, en alerta, pudo esquivarlo. Cuando el mencey se disponía a recibirlo clavándole el cuchillo en el cuello, uno de los guacanchas le desgarró el antebrazo de un mordisco y el arma cayó entre la vegetación. Quiso defenderse con la sunta, pero ya tenía a los perros encima, y, a la vez que el más grande le destrozaba sin piedad brazos y piernas, los guacanchas le desgarraban pecho y espalda. Bencomo sabía que había llegado su final y solo tuvo tiempo de sacar la punta de flecha que lo había acompañado toda la vida y herir a varios animales antes de clavársela en el ojo a su líder. Este aulló de dolor, pero no fue suficiente para terminar con su ataque. Ante un gruñido suyo, los demás se retiraron y Bencomo comprendió que aquello era entre los dos, pero no tenía nada que hacer; aparte de las múltiples mordeduras y de la pérdida de sangre, estaba desarmado.

—¿A qué esperas? Estoy preparado para reunirme con Achamán.

Bencomo abrió los brazos para morir con dignidad, pero, cuando el perro lanudo se disponía a arremeter contra él, una figura menuda surgió de entre la maleza, saltó sobre la grupa de la bestia y le clavó un pequeño cuchillo en el ojo que le quedaba. El animal se sacudió furioso y la figura cayó al suelo.

—¿Dácil? —se sorprendió el mencey.

—Padre, ¿está bien?

—Dácil, hija mía... ¿Qué haces aquí?

—Mis primos y yo salimos a cazar conejos y escuchamos a los guacanchas.

Bencomo miró hacia atrás y vio cómo Dailos y Ubay, los gemelos de Hucanon, peleaban sin temor contra los guacanchas, que huyeron despavoridos hacia el bosque tras haber perdido a su jefe. Sonrió al comprender que su hija de once años y sus sobrinos de diez recién cumplidos le habían salvado el pellejo. En aquel momento, supo que no todo estaba perdido en la más que probable guerra contra los extranjeros. Solo debía esperar a que esos tres feroces guerreros crecieran lo suficiente.

—Está herido, mencey...

—Estoy bien, Dailos.

Todos miraron al perro lanudo que albergaba el espíritu de Guayota y que se sacudía y chocaba contra los árboles, ciego.

—No os acerquéis. Todavía es peligroso —dijo Bencomo.

El mencey recogió del suelo su banot, se acercó al animal con cautela y lo mató de una certera lanzada que le entró por la boca y le salió por la nuca.

27

Gran Canaria (islas Canarias). Junio de 1478

El ejército comandado por el capitán Juan Rejón, trasladado en una decena de barcos y compuesto por seiscientos peones y treinta jinetes, desembarcó en la costa de Gran Canaria una mañana de finales de junio. En cuanto Alonso Fernández de Lugo puso los pies en la arena, sintió el suelo moverse, como si uno de los volcanes que habían formado aquellas particulares islas hubiese entrado en erupción.

—Mal de tierra —dijo el obispo Juan de Frías, que se apoyaba en su deán para mantener el equilibrio—. Después de tantos días en el mar, el cuerpo ya se nos había habituado a sus vaivenes.

Alonso miró a su alrededor con admiración. Acostumbrado al paisaje árido de Sanlúcar de Barrameda, el intenso verde de aquella isla era lo más llamativo que había visto nunca. Los tratantes que le vendían esclavos solían hablar del esplendor de aquel lugar, pero hasta entonces pensaba que eran simples exageraciones.

—¡Lugo!

—A sus órdenes, mi capitán. —Alonso se cuadró frente a Juan Rejón.

—Coged algunos hombres y buscad el mejor lugar para acampar.

La mayoría de la tripulación estaba compuesta por soldados sin educación ni más experiencia en la vida que combatir en un campo de batalla sin tener claro si volverían a ver amanecer, así que solo pensaban en apostarse las soldadas y esperar un golpe de suerte que casi nunca llegaba. Durante la travesía, Alonso, con más cultura y temas de conversación que el resto, supo ganarse la confianza tanto del capitán como de los religiosos. Acató la orden con un saludo militar y se volvió hacia los soldados, resolutivo.

—¡García! ¡Espabilad a diez de vuestros hombres y acompañadme!

El grupo se internó en la selva con temor a lo que se encontrarían. Todos habían conocido en la Península esclavos llegados desde aquel archipiélago, y, aunque sometidos y fuera de lugar, eran fuertes y mucho más altos que ellos, así que en libertad podían suponer una auténtica amenaza. Tras un rato avanzando a ciegas entre la densa vegetación, llegaron a un claro en el que había una catarata y una poza natural en cuyo interior un grupo de mujeres se reían y se bañaban desnudas, ajenas a la llegada de los extranjeros.

—Cielo santo, esto es el paraíso... —dijo García con los ojos como platos.

Al contrario que sus hombres, Alonso no veía en aquellas aborígenes un desahogo sexual, sino la fortuna que le pagarían por ellas en el mercado sevillano, lo que lo acercaría un poco más a Beatriz de Bobadilla, a la que no lograba sacarse de la cabeza. Sin embargo, antes de poder hacerse con un botín así, debía ganarse la confianza de los soldados, ya que sin su ayuda jamás alcanzaría sus objetivos.

—Vuestras son.

Los hombres lo miraron desconfiados, como si no hubiesen escuchado bien. Alonso sonrió ante el efecto que habían causado sus palabras.

—Son salvajes, así que podemos disponer de ellas a nuestro antojo. Nos lo merecemos después de tantos días navegando. Pero debéis guardar el secreto. Si los demás se enteran, podrían reclamar para sí lo mismo y no creo que en este lugar haya suficientes mujeres para satisfacer el apetito de todos los soldados.

Cuando, varias horas más tarde, los hombres regresaron a la playa donde habían desembarcado, sus compañeros no comprendieron por qué traían esas caras de felicidad, mientras que en ellos el calor y los insectos estaban haciendo estragos.

—Hemos encontrado el lugar perfecto para montar el campamento, capitán.

—Mostrádmelo.

Alonso condujo al capitán, al obispo y al deán al lugar que habían elegido. A todos les gustó tanto que fundaron allí mismo El Real de Las Palmas y lo convirtieron en la capital de la isla.

A lo largo de los siguientes días, los grupos de reconocimiento enviados por el capitán Juan Rejón para inspeccionar antiguas construcciones castellanas sufrieron diversos ataques, pero no fue hasta una semana más tarde cuando cerca de dos mil isleños liderados por el rey aborigen Tenesor Semidán y comandados por los capitanes Doramas y Adargoma sitiaron la fortaleza que los conquistadores acababan de empezar a construir. Estos intentaron negociar, pero los aborígenes, envalentonados por sus últimas victorias ante los extranjeros, como la que cuatro años antes había acabado con la destrucción de la torre de Gando, construida por Diego García de Herrera, decidieron luchar.

Durante la primera hora, los grancanarios no se decidieron a atacar salvo por pequeñas incursiones que la infantería castellana rechazaba sin esfuerzo, bregada en el cuerpo a cuerpo después de años combatiendo contra los musulmanes. A Juan Rejón le preocupó que muchos de los locales llevasen espadas y lanzas incautadas a los contingentes cristianos en anteriores refriegas, aunque ya en las primeras escaramuzas se dio cuenta de que les faltaba destreza para manejarlas. Lo verdaderamente peligroso eran los hombres que, desde la retaguardia de las tropas enemigas, eran capaces de lanzar piedras con sus hondas con una puntería y una potencia asombrosas, y cuyos impactos podían romper huesos e incluso causar la muerte si acertaban en cabezas desprovistas de casco, lo que era habitual por causa de la humedad y el excesivo calor.

—¡Hay que neutralizar a los tiradores! —ordenó el capitán.

—Están demasiado lejos para que los alcancen los ballesteros, capitán.

—¿Y qué sugerís, Lugo? Demostradme que de veras he hecho bien trayéndoos conmigo.

—Enviad a la caballería y escuadrones por ambos flancos.

—Solo tenemos treinta jinetes y ellos son cerca de dos mil.

—No con la intención de presentar batalla, mi capitán, sino como maniobra de distracción para que dejen de lanzarnos piedras. Entonces será el momento de ordenar el avance de la infantería.

La estrategia planteada por Alonso Fernández de Lugo dio el resultado esperado, pero la ferocidad con la que resistían los aborígenes y la manera de replegarse hacia zonas escarpadas prolongó la refriega demasiado tiempo, algo que perjudicaba a los castellanos, lastrados por el peso de sus armaduras. Cuando el capitán Rejón tuvo a su alcance a uno de los cabecillas locales, cogió una lanza y corrió hacia él.

—¡Dejádmelo a mí!

Los soldados se retiraron y Rejón atacó a Adargoma. Este, cansado como estaba tras tantas horas de combate, nada pudo hacer y fue herido en el muslo.

—¡Lleváoslo! —ordenó a sus hombres—. Será un buen presente para los reyes.

Sus hombres lo cogieron de los brazos y lo arrastraron hacia la fortificación. Los grancanarios, al ver que su capitán había sido apresado, contraatacaron, pero ya estaban derrotados y Tenesor Semidán tuvo que ordenar la retirada. El recuento de bajas al finalizar la batalla dio un resultado de doscientos cincuenta grancanarios muertos por tan solo quince castellanos, a los que había que sumar treinta heridos. Otros cincuenta aborígenes fueron capturados vivos para su venta como esclavos.

Aprendida la lección tras el descalabro en la batalla de Guiniguada, los grancanarios rehusaron volver a enfrentarse a los conquistadores en campo abierto, y la guerra de guerrillas que llevaron a cabo en los siguientes meses provocó numerosas bajas y la desesperación de los castellanos, que se dividieron en varios bandos enfrentados al ver cómo el rey aborigen, Tenesor Semidán, y el capitán Doramas, convertido en héroe local, les estaban ganando la partida.

Una vez derrotada Juana la Beltraneja y conquistado el trono de Castilla, los reyes Isabel y Fernando quisieron ver resultados inmediatos y enviaron a Pedro de Algaba para sustituir a Juan Rejón, someter al fin a los rebeldes y cristianizar a los aborígenes que vivían en aquella isla. El capitán Rejón se sintió traicionado cuando Alonso Fernández de Lugo recibió con los brazos abiertos al recién llegado.

—Después de todo lo que os he dado, ¿así me lo pagáis, Lugo?

—Vos sabéis cuánto os aprecio, capitán, pero la familia es la familia. Algaba es mi concuñado, marido de la hermana de mi esposa.

Juan Rejón, herido en su orgullo, no aceptó su destitución y, junto con sus todavía fieles, apresó a Pedro de Algaba y lo mandó ejecutar. Alonso intentó impedirlo, y aunque él salvó la vida por los servicios prestados, se le desterró a la isla de El Hierro con algunos de sus hombres.

Cuando los reyes de Castilla supieron lo que había pasado, enviaron a un nuevo gobernador para hacerse cargo de la situación. Lo primero que hizo Pedro de Vera al tomar posesión de su cargo fue rescatar de su destierro a Alonso, del que había oído hablar maravillas, para volver a ponerlo al frente de las tropas.

—Id al norte con vuestros hombres y construid una torre de defensa aquí —le dijo Pedro de Vera señalando un punto en el mapa.

—Con todos mis respetos, gobernador, ¿qué sentido tiene? —preguntó Alonso Fernández de Lugo al ver con extrañeza el lugar que le indicaba.

—¿No fuisteis vos quien aconsejó al capitán Juan Rejón enviar a la caballería para dividir a las tropas enemigas durante la primera batalla con los salvajes? Pues vamos a hacer lo mismo; quiero que se entretengan atacándoos en el noroeste mientras nosotros avanzamos desde el sur.

Aunque sabía que era un suicidio, Alonso acató la orden y marchó con ciento cincuenta hombres hacia Gáldar. Allí empezó a construir la torre de Agaete y se aprovisionó de armas, munición y víveres para soportar el asedio de los grancanarios. En cuanto la fortificación estuvo terminada, cien de los soldados regresaron al frente y Alonso se tuvo que conformar con el resto para defender aquel inhóspito lugar. Mientras rechazaba el primer ataque, pensó que no volvería a ver a su esposa y a sus hijos, que aguardaban noticias en Sanlúcar de Barrameda atendidos por la esclava guanche, y, lo que era mucho peor, tampoco sabría más de Beatriz de Bobadilla.

El capitán Juan Rejón, por su parte, huyó con su familia y los pocos fieles que le quedaban a la isla de La Gomera, gobernada por Hernán Peraza el Joven, hijo de Diego García de Herrera e Inés Peraza. El viejo conquistador, cansado tras tantos años de guerra contra unos aborígenes a los que era prácticamente imposible someter, había decidido dejar el señorío de esa isla en manos de su hijo y retirarse con su esposa a pasar sus últimos días en Lanzarote.

Hernán Peraza el Joven había heredado de su padre la crueldad y la ambición, lo que le costó varias revueltas por su gobierno despótico y numerosas denuncias por capturar y vender gomeros ya cristianizados como esclavos, algo que contravenía los acuerdos alcanzados por la corona con los líderes aborígenes. Pero lo que lo puso en el disparadero fue su desencuentro con Juan Rejón; cuando le informaron de que se refugiaba en su isla, mandó a sus hombres a apresarlo, vivo o muerto. Ellos siguieron las órdenes al pie de la letra y, al negarse a ser llevado ante su señor, lo mataron de una lanzada.

28

Reino de Valencia. Febrero de 1523

Los siguientes días a la muerte de Rodrigo, Elena los pasó en una nube; la fecha de su boda se acercaba sin remedio y ella se dejaba vestir, desvestir y aconsejar sobre su futura vida de casada sin cuestionar nada. Estaba profundamente triste por haber perdido al que ella consideraba el amor de su vida, pero las ganas de acabar con la suya habían desaparecido cuando Melchor evitó que saltara al mar desde las rocas. No podía dejar de darle vueltas a las palabras de aquel viejo esclavo: «Pronto sabrás la verdad y tú también sonreirás».

¿A qué verdad podría referirse que le hiciera sonreír cuando atravesaba el peor momento imaginable? Por más vueltas que le daba, no se le ocurría nada con un mínimo de sentido. La penúltima noche de soltera, tuvo un sueño muy extraño.

Se encontraba en un bosque verde y frondoso pegado a una playa de arena negra, frente a un océano de un color azul intenso. En el mercado había escuchado decir que en el Nuevo Mundo existía aquella clase de vegetación y supuso que ya se había casado y marchado con su marido, pero, al mirar su mano en busca de la alianza, lo que encontró fueron unos dibujos tribales y pulseras hechas de hueso y conchas marinas. Tampoco llevaba uno de aquellos sofisticados vestidos que le compraba su ama, sino que iba prácticamente desnuda, solo cubierta con una piel de cabra. Y en los pies, unas sandalias atadas con tiras de cuero, pero que le resultaron más cómodas que cualquier otro zapato que hubiese calzado antes. De pronto, Melchor salió de entre los árboles.

—Ha llegado el momento de que te lo muestre. ¡Sígueme!

—¿Mostrarme el qué?

Sin responder a su pregunta, Melchor desapareció por un sendero.

—¡Espera!

El esclavo no solo no la esperó, sino que cada vez corría más rápido. La muchacha lo siguió hasta que el bosque desapareció para dar paso a un paisaje escarpado de piedras tan oscuras como la playa que había visto antes. Melchor saltó de una roca a otra con la misma habilidad que había demostrado en la costa de Valencia. Al darse cuenta de que Elena no lo seguía, se detuvo y la miró.

—¿Por qué no vienes?

—Me caeré.

—No, no lo harás. Tú solo déjate llevar.

—¿Adónde vamos?

—Allí.

Melchor señaló a lo lejos y Elena miró hacia lo alto de una montaña muy diferente a las que había visto antes. Era imponente y estaba tintada de blanco en la cumbre. No sabía qué era aquello y pensó que se trataba de las nubes, que se habían posado, cansadas de tanto flotar en el cielo. De repente, la montaña explotó y un río naranja se desbordó desde el interior.

Elena despertó sobresaltada, sin comprender por qué había soñado con algo tan insólito. Miró a su alrededor y descubrió que volvía a estar en su dormitorio. Cuando pudo controlar la respiración, se levantó y buscó la jarra de agua que siempre dejaba junto a la cama, pero estaba vacía y resopló resignada. Se puso una bata larga, se calzó, cogió la jarra y salió. Lo único que recordaría con claridad de lo que sucedió aquella noche era que hacía mucho frío.

Aceleró el paso para llenar la jarra de agua en la fuente que había en la entrada, pero nunca llegó hasta allí.

—¿Adónde vas tan aprisa, Elena?

La muchacha se dio la vuelta y vio a don Joaquín Lavilla sentado en una mesa frente a la chimenea, en la que aún crepitaban algunas brasas. A su alrededor, varias jarras de vino vacías.

Por su aspecto desaliñado y por cómo arrastraba las palabras al hablar, entendió que estaba borracho. No era habitual que su señor bebiera, pero, cuando lo hacía, podía seguir pidiendo vino hasta caer redondo al suelo. Más de una vez, su esposa y ella habían tenido que llevarlo en volandas hasta la cama.

Voy a buscar agua, señor.

—Hace días que quería hablar contigo, pero no he tenido ocasión.

—¿Hablar de qué?

—De ese negro al que ajusticiamos por ladrón. ¿Qué crees que dirá tu futuro marido cuando sepa que ya te han metido la verga, Elena?

En cualquier otro momento, la muchacha hubiera intentado convencer a su amo de que aquella acusación no era cierta, pero solo le salió devolverle una mirada cargada de resentimiento, mientras recordaba que fue él quien dio la orden de ahorcar a Rodrigo. Don Joaquín se levantó y caminó hacia ella tambaleándose.

—¿No lo niegas?

—No.

El señor la abofeteó y, en cuanto Elena recobró el equilibrio, siguió mirándolo a los ojos, con desprecio.

—¿Es así como te hemos educado? —volvió a preguntar—, ¿como a una fulana que se entrega a cualquiera?

—Rodrigo no era cualquiera.

—¿Cómo dices?

—Que Rodrigo no era cualquiera. Era el hombre al que amaba, alguien con mucha más nobleza que vos, que el demonio de vuestro hijo, la necia de vuestra esposa y las majaderas de vuestras hijas —dejó salir por primera vez todo el odio que sentía por aquella familia que, aunque aparentemente afectuosa, la tenía cautiva y la utilizaba como moneda de cambio para prosperar en sus negocios.

—¡¿Cómo te atreves, zorra?!

Don Joaquín alzó la mano para volver a pegarle, pero, antes de que pudiera hacerlo, Elena lo golpeó en la cabeza con la jarra de barro que había ido a llenar de agua. Esta se rompió en varios pedazos, aunque la esclava siguió agarrando con fuerza el asa. El señor cayó sobre la mesa, tirando el resto de las jarras y formando un gran estruendo. Enseguida se repuso y, para desgracia de Elena, la borrachera se le había pasado de un plumazo.

—Voy a matarte, muchacha —dijo iracundo—. Voy a colgarte del mismo árbol que a ese negro ladrón.

En cuando don Joaquín se acercó, Elena volvió a golpearlo. El trozo de barro que había quedado adherido al asa de la jarra penetró en su cuello como si fuera un puñal y un chorro de sangre fue a parar a la cara y al camisón de la esclava. El hombre intentó tapar la herida con las manos, pero le había seccionado la yugular y se desangraba sin remedio. Volvió a caer sobre la mesa, de la que ya nunca se levantaría.

Después de expulsar algunos chorros más de sangre, acompasados a unas pulsaciones cada vez más débiles, don Joaquín dejó de respirar. Elena se dio cuenta de lo que había hecho, soltó el asa de la jarra y fue asustada hacia la entrada. Allí tropezó con Daniel Lavilla, que bajaba en camisón por las escaleras que conducían a su cuarto.

—¿Qué gritos son esos, Elena? —preguntó el joven antes de fijarse en las manchas de su cara, sus manos y su ropa—. ¿De quién es esa sangre?

Elena corrió hacia el exterior sin dar respuesta. Daniel, temiéndose lo peor, se dirigió hacia el salón de donde venía la esclava.

29

Palacio Real de Medina del Campo. Valladolid. Diciembre de 1481

—¡¿Dónde está?!

Aún no había amanecido cuando la reina Isabel —en los primeros meses de su cuarto embarazo— entró en la alcoba de Beatriz de Bobadilla hecha una furia, todavía en camisón y con los labios amoratados por el frío. Por suerte para la joven, la monarca no acostumbraba a visitar aquella zona del palacio y tardó en encontrar los aposentos de su dama de compañía, lo que le dio la oportunidad al rey Fernando de escabullirse justo antes de que ella llegase.

—¿Qué sucede, majestad? —preguntó Beatriz levantándose de la cama y cubriéndose con las mantas.

—Lo sabéis bien, maldita fulana —escupió rabiosa—. ¡¿Dónde se esconde el rey?!

—Aquí no está, majestad.

—¿Os creéis que a mí podéis engañarme, rabiza?

—Debéis abrigaros, majestad. —La tía de Beatriz quiso ponerle una capa sobre los hombros, pero ella se resistía y se la arrancaba, desquiciada.

—¡Dejadme!

La reina revisó la estancia de arriba abajo mientras la tía de la muchacha censuraba a Beatriz con la mirada. Ya le había advertido muchas veces del peligro que corría viéndose con el rey, pero ella, no sin razón, decía estar atada de manos si él reclamaba su compañía.

—Por última vez os lo pregunto, Beatriz. —La reina volvió a encararla, inquisitiva—. ¿Dónde escondéis a mi marido?

—Os juro por...

Isabel la interrumpió con una bofetada.

—Yo sí que os juro por lo más sagrado que, si volvéis a mentirme, os haré decapitar.

—¿Qué está pasando aquí?

La reina se volvió para ver que el rey la observaba desde la puerta con un gesto de censura.

—¿Dónde os habíais metido, Fernando? He ido a buscaros a vuestros aposentos y no os encontrabais.

—He salido a cazar. Y, cuando regreso, me entero de que recorréis el castillo en cueros buscándome como una perturbada.

—¿Habéis salido a cazar de madrugada en pleno invierno? —preguntó Isabel con incredulidad.

—Salgo cuando mis obligaciones me lo permiten. El resto del día tengo asuntos que atender, como los desaguisados que causan los gobernadores que enviáis a las islas Canarias o la guerra en ciernes contra los musulmanes de Granada. ¿Lo habéis olvidado ya?

—No —se contuvo ella.

—Entonces dejad a esta muchacha en paz y cubríos para recibir a Hernán Peraza. Os recuerdo que lo habéis obligado a venir desde La Gomera.

Hernán Peraza aguardaba a que la docena de consejeros de los reyes los informasen de los asuntos que tenían pendientes con él. Le preocupaba pensar que tanto tiempo alejado de sus dominios, y más cuando los levantamientos de los gomeros estaban a la orden del día, retrasaría aún más el definitivo control sobre la isla. Mientras el rey atendía las explicaciones de sus asesores, la reina parecía abstraída, mirando con inquina hacia donde estaban sus damas de compañía, entre las que se encontraba Beatriz de Bobadilla. Aunque aquella mañana no había conseguido sorprender al rey en su lecho y quedó a ojos de todos como una mujer enferma de celos, Isabel sabía que se amaban a escondidas desde hacía meses. Bastaba con ver cómo se miraban cuando pensaban que nadie los observaba.

—¿Cómo se encuentra vuestro padre? —le preguntó el rey a Hernán Peraza una vez que los consejeros los pusieron al día de los asuntos que lo habían llevado hasta Valladolid.

—Ya nota los años, majestad, pero sigue dando guerra.

—Dándola y perdiéndola —intervino la reina Isabel—. Tengo entendido que de nada sirvieron las torres que construyó tanto en Gran Canaria como en Tenerife, ya que ambas han sido destruidas por los aborígenes.

—Son salvajes sin ningún respeto por la corona ni por Dios, Nuestro Señor, majestad.

—El respeto por Nuestro Señor tampoco lo mostráis vos —continuó la reina, demostrando que había estado más atenta de lo que parecía—, pues os empeñáis en comerciar con gomeros ya bautizados.

—Únicamente con los que continúan en rebeldía, majestad.

—Permitidme que lo dude. Ya lo hacía vuestro padre, y por ello tuvimos que sancionarlo, y ahora seguís haciéndolo vos. Pero, por lo visto, no escarmentáis.

Hernán Peraza bajó la cabeza con sumisión, dispuesto a afrontar el castigo que quisieran imponerle. La dureza de la reina Isabel era conocida por todos, pero aquella mañana estaba especialmente intratable. El rey, en cambio, conocedor de los asuntos que mortificaban a su esposa, se mostró más magnánimo.

—No será sencillo bregar con esos bárbaros...

—No lo es, majestad —respondió Hernán Peraza, agarrándose a todo lo que pudiese reducir su condena—. Aparte de adorar a diferentes dioses, no tienen seso ni respeto por la autoridad. Y eso por no hablar de que allí las mujeres van medio desnudas, sin mostrar ningún decoro.

—En eso, aquello se parece a la corte —dijo la reina Isabel volviendo a mirar fugazmente a Beatriz de Bobadilla.

—¿Y qué tenéis que decir del asesinato del capitán Juan Rejón? —preguntó el rey, intentando volver a centrar la conversación.

—No hubo tal asesinato, majestad. Tuve conocimiento de que Rejón había desembarcado en La Gomera y envié a detenerlo para entregároslo por haberse alzado contra el legítimo gobernador de Gran Canaria. Pero se revolvió contra mis hombres y estos no tuvieron otra que defenderse.

Aunque Isabel y Fernando no lo creyeron, tampoco pensaban acusarlo formalmente por ordenar el asesinato del capitán rebelde Juan Rejón, cuando lo cierto era que este había hecho ejecutar unos meses antes al gobernador designado por los propios reyes para sustituirlo en la conquista de Gran Canaria.

—No tendremos en cuenta ese desgraciado incidente —resolvió el rey después de cruzar unas palabras con la reina y sus consejeros—, pero comprenderéis que no podemos pasar por alto que habéis vendido como esclavos a gomeros ya bautizados. Por ello, os exigimos vuestra colaboración en la conquista de Gran Canaria. Os pondréis vos y todo vuestro ejército a disposición del gobernador Pedro de Vera hasta que reduzca a los rebeldes y tome la isla.

—Si envío a todo mi ejército —protestó tímidamente Peraza—, el problema lo tendremos en La Gomera.

—Supongo que con dejar la mitad allí será suficiente.

—Agradecido, majestad —aceptó resignado.

—Que tengáis buen viaje de regreso. —El rey dio por finalizada la audiencia.

Hernán Peraza hizo una reverencia y se dispuso a salir, pero, para sorpresa de todos, la reina intervino de nuevo.

—Hay algo más que deseo decir.

—Os escucho, mi señora.

—Como no termino de confiar en vuestra fidelidad a la corona, quiero que os acompañe alguien de mi completa confianza para vigilar que no os desmandéis y que tratáis con humanidad a los gomeros sometidos. Aún permanecéis soltero, ¿cierto?

—Así es.

—Pues eso se ha acabado. ¡Beatriz, acercaos!

Fernando miró a su esposa, demudado.

—¿Qué estáis haciendo?

—Quitarme una molestia de encima y a vos una tentación. —Se volvió hacia la doncella, que ya había acudido a la llamada de la reina—. Beatriz, os presento al señor de La Gomera, don Hernán Peraza, vuestro futuro marido.

—¿Qué? —preguntó ella desconcertada.

—No os quejaréis, ¿verdad? De ser una simple cortesana pasaréis a ser señora de la noche a la mañana. —La reina se volvió hacia Hernán Peraza—. ¿Os agrada mi elección, Peraza?

Aunque él no tenía ninguna intención de casarse, la visión de aquella muchacha, la más bella que jamás hubiera visto, le arrancó una sonrisa.

—Me agrada, majestad.

—Entonces no se hable más. Espero que le deis muchos hijos a la corona.

Beatriz pidió ayuda con la mirada al rey, pero este no pudo hacer más que apartar la suya, tan disgustado como ella.

30

Tenerife (islas Canarias). Enero de 1482

A pesar de que la idea de postular a Dácil como futura mencey de Taoro seguía muy viva dentro de la cabeza de Bencomo, fue ella misma la que, al cumplir quince años, decidió que el próximo rey debía ser su hermano pequeño o alguno de sus primos; la muchacha, al igual que los gemelos de Hucanon, un año menores, estaba más interesada en prepararse para la guerra que en gobernar a su pueblo. No así Dádamo, el hijo mayor de Tinguaro, que mostraba un elevado interés por la historia y por la organización política y social de los guanches.

Todos ellos, incluido Bentor, que acababa de cumplir cinco años, seguían en silencio a Dácil a través del bosque de laurisilva. Unos pasos por detrás caminaban Bencomo, Tinguaro y Hucanon, que observaban a la muchacha rastrear con meticulosidad huellas de animales.

—Me recuerda a ti, hermano —dijo Tinguaro en voz baja—. Exasperabas a padre con tu tenacidad.

—Dácil es más lista de lo que éramos tú y yo. Y los gemelos de Hucanon, los muchachos más valientes con los que me he cruzado. —En un gesto inconsciente, Bencomo acarició las cicatrices que le habían quedado en los brazos tras su enfrentamiento con los perros salvajes cinco años atrás—. Aún recuerdo cuando los tres me salvaron la vida luchando contra Guayota y los guacanchas.

—Más que valientes, mis hijos son temerarios —respondió Hucanon resignado—. No hay día que no se peleen, o entre ellos o con los demás muchachos.

—Han tenido a quién salir —comentó Bencomo con complicidad.

Los tres hermanos se rieron demasiado alto, lo que hizo que Dácil se detuviera y los mirase con censura.

—Si quieren comer cerdo asado, deberán guardar silencio. Se les escucha hasta en el menceyato de Adeje.

—Disculpa a estos tres torpes que apenas saben de caza, hija —respondió Bencomo con ironía—. ¿Has encontrado algún rastro?

—Todavía no.

—Quizá debas apartar los ojos del suelo y fijarte más en los troncos, Dácil —intervino Hucanon indulgente—. Las heladas endurecen el barro, pero las cortezas pueden indicarte muchas cosas.

Automáticamente, el grupo de niños se fijó en todos los árboles que había alrededor. El pequeño Bentor enseguida encontró algo.

—¡Aquí! —gritó excitado.

Sus primos mayores lo apartaron sin delicadeza y se agacharon junto al tronco, que estaba un tanto descascarillado.

—Mirad... —Uno de los gemelos extrajo de la corteza un pelo negro y duro—. Por aquí ha pasado una piara hace no demasiado.

—Que ha pasado un cerdo es evidente, pero puede haber sido hace días —señaló Dádamo.

—El interior de la corteza que hay en el suelo está seca, primo —respondió el otro gemelo—. Y, como hace poco que ha dejado de llover, tienen que estar cerca.

Dácil ya lo había deducido y avanzaba explorando el terreno hasta que se detuvo detrás de una roca. Sonrió y llamó a sus primos y a los tres adultos con la mano. Cuando estos se acercaron, vieron una piara de cerdos salvajes compuesta por dos machos adultos, tres hembras y media docena de crías.

—Ahí tenemos carne para alimentar a todo Taoro —susurró Dádamo.

—¿Debemos matarlos a todos, Dácil? —le preguntó Bencomo a su hija.

La chica negó con la cabeza.

—Solo cazaremos al macho más grande.

—¿Por qué dejar escapar al resto? —preguntó uno de los gemelos.

—Porque las hembras y el otro macho podrán seguir suministrándonos caza durante mucho tiempo.

Bencomo miró orgulloso a Tinguaro y este le sonrió, recordando que esa misma respuesta es la que le había dado el ahora mencey treinta años atrás a su padre, cuando se encontraron a Guayota y a los guacanchas por primera vez.

—Sea, pues —aceptó Bencomo—. Organizad vosotros el ataque.

Los primos se reunieron en un aparte y discutieron en voz baja la manera de proceder mientras los tres hermanos los observaban.

—Si tardan un poco más —susurró Hucanon con una sonrisa en los labios—, el macho habrá muerto de viejo y su carne no habrá quien la mastique.

Unos instantes después, los chicos regresaron con ellos.

—Los rodearemos y dejaremos una vía de escape para que el macho que hemos descartado y las hembras con sus crías puedan huir —dijo Dácil.

—La teoría es buena —aseguró Tinguaro—, pero ¿cómo pensáis hacerlo?

—Poniendo a Bentor como cebo.

Ante la cara de susto de los adultos, en esta ocasión fueron sus hijos los que se rieron, pero Dácil enseguida recuperó la seriedad:

—Conduciremos a la piara hacia el desfiladero que hay de camino a la playa. Allí nos será más fácil aislar a nuestro objetivo.

Los tres hermanos tuvieron que corregirles un par de ideas por encontrarlas demasiado arriesgadas, pero reconocieron la originalidad de los chicos elaborando planes de caza. Cuando todos se colocaron en sus posiciones, Bencomo, el pequeño Bentor y Dádamo salieron de su escondite y, golpeando los escudos con sus banots, asustaron a la piara, que huyó despavorida hacia la playa, teniendo que pasar obligatoriamente por el desfiladero, donde esperaban Hucanon, Tinguaro, Dácil y los gemelos. La idea era que el último en llegar fuese el gran macho y cortarle el paso antes de que entrara, pero no habían contado con que corría más que los demás y se puso en cabeza.

—¿Y ahora qué? —preguntó Hucanon a Dácil y a los gemelos.

Los chicos se miraron y tomaron una decisión.

—Cambio de planes —respondió ella con determinación.

En cuanto pasó el gran macho, los gemelos y Dácil empujaron la gran piedra que bloqueó el desfiladero, obligando a la piara a regresar por donde había venido y aislando al gran macho en la playa, que se dio cuenta de que se había quedado solo y se volvió para ver a los gemelos y a la muchacha correr hacia él con sus banots. Detrás de ellos, preparados para salir en su ayuda, llegaban Hucanon y Tinguaro. Pero Dácil y los gemelos, compenetrados como guerreros que llevan combatiendo juntos toda la vida, rodearon al cerdo y le asestaron tres lanzadas rápidas y mortales. El animal buscó huir por mar, pero solo llegó hasta la orilla, donde cayó desplomado.

Unas semanas después de aquella cacería, buena parte de los habitantes de los nueve menceyatos de Tenerife se reunieron en Güímar para acompañar a la diosa Chaxiraxi en su traslado desde la residencia de Añaterve a la cueva de Achbinico —una gruta de grandes dimensiones situada junto al mar— donde podrían venerarla tanto los guanches, que la tenían por la diosa madre de Magec, como los extranjeros, que la reconocían como la Virgen María, madre de Jesús. Aunque a los sacerdotes cristianos les costó convencer al mencey de Güímar de aceptar ese traslado, Añaterve admitió que tanto trasiego de guanches y de religiosos extranjeros en sus dominios no hacía más que perturbar su paz y terminó cediendo.

Durante la procesión, representantes de todos los menceyatos acarrearon la figura, vigilados de cerca por las harimaguadas. Entre ellas estaba Idaira, que, tras casi seis años dedicándose a diferentes labores, había logrado lo que tanto ansiaba; ocuparse de mantener impoluto el colorido manto de Chaxiraxi. Bencomo y Hañagua aprovecharon el único momento en que pudieron acercarse a su hija mayor, que se había convertido en una joven bellísima, tanto como lo era su madre a su edad.

—Idaira, hija mía... —Hañagua la abrazó con lágrimas en los ojos para enseguida separarse y mirarla de arriba abajo—. Estás demasiado delgada.

—Estoy bien, madre. Últimamente apenas duermo por el traslado de la diosa, pero, en cuanto nos instalemos, todo volverá a la normalidad. ¿Y en Taoro cómo están?

—Echándote mucho de menos, hija —respondió Bencomo tras darle un beso.

—¿Se cree que no me doy cuenta de que viene de cuando en cuando a vigilarme, padre?

—Lo siento... —contestó avergonzado.

—No lo sienta. Me gusta tenerle cerca. Aunque espero que, al regresar a casa, tenga cuidado con Guayota y los guacanchas.

—Aprendió la lección, hija —respondió Hañagua.

Las dos mujeres se sonrieron con complicidad.

—¿Cómo están mis hermanos?

—Deseando verte, en especial Dácil. Toda la fortaleza que demuestra en otras cosas se viene abajo al recordarte.

—Dígales que pido mucho a la diosa por ellos, madre. Cada día, cuando saco brillo a su manto. Pido por que Dácil encuentre un buen esposo que le dé muchos hijos y por que Bentor se convierta en un gran guerrero.

A Bencomo se le ensombreció el semblante al ver que el mencey de Güímar los observaba desde la distancia, con una expresión que no supo cómo interpretar.

—¿Has tenido algún desencuentro con Añaterve? —preguntó sin dejar de mirar cómo su enemigo se alejaba seguido por su séquito.

—Ninguno, padre. Desde que me convertí en harimaguada, solo he cruzado un par de palabras con él. Yo creo que no sabe de quién soy hija, así que no se preocupe.

Bencomo asintió, sin decirle que por supuesto que lo sabía, y que lo que más le preocupaba era precisamente que no se lo hubiese hecho notar. No era tan ingenuo como para pensar que sus amenazas el día que Idaira se ordenó hubieran surtido el efecto esperado.

—¿Y con los extranjeros? —preguntó Hañagua.

—Tanto ellos como sus costumbres son muy extrañas, pero casi no nos relacionamos. Dicen que nuestro atuendo es pecaminoso.

—¿Eso qué significa?

—No tengo idea, pero nos miran y se marchan corriendo como si Guayota hubiese salido de su guarida para perseguirlos.

Madre e hija volvieron a reír.

—¡Idaira! —la reclamó una de las sacerdotisas más mayores.

—Tengo que regresar.

Idaira les dio un beso y corrió al encuentro de su superiora. Sus padres la observaron mientras llenaba con diligencia cuencos con agua para los porteadores de la diosa.

—Parece feliz —dijo Hañagua.

—Esperemos que eso no cambie —respondió Bencomo críptico.

Hañagua miró a su marido y percibió su preocupación.

—¿Qué has querido decir con eso, Bencomo?

—Nada, olvídalo —disimuló—. Ya sabes cuánto me preocupo siempre por nuestra hija mayor.

—Demasiado. E Idaira nos ha demostrado ya que sabe cuidarse sola.

Bencomo asintió, pero, aunque aparentaba calma, sabía que algún día tendría que tomar una decisión que, aparte de impopular, haría que todo el amor que su hija sentía por él se convirtiese en odio.

31

Gran Canaria (islas Canarias). Febrero de 1482

El asedio al que los grancanarios sometían desde hacía meses a la torre de Agaete ya se había cobrado la vida de casi la mitad de los soldados castellanos, y los que sobrevivían, entre ellos el propio Alonso Fernández de Lugo, empezaban a estar demasiado desnutridos como para seguir peleando. La última información que les llegó del exterior era que el héroe local, Doramas, había muerto al enfrentarse con el gobernador Pedro de Vera, que ordenó decapitarlo y clavar su cabeza en una pica. Al ver lo que aquello afectó a los suyos, el rey de los nativos, Tenesor Semidán, quiso levantarles la moral ofreciéndoles una gran victoria.

—Se preparan para el ataque...

Los veinte hombres que aún resistían miraban desde lo alto de la torre a los doscientos asaltantes que se congregaban frente a ellos, en la playa.

—¿Qué defensas nos quedan? —preguntó Alonso.

—Flechas para diez recargas de ballesta, piedras y aceite para freírles los cojones a los que pretendan escalar.

Los soldados estallaron en carcajadas, lo que desconcertó a los aborígenes, que no comprendían de qué podían reírse aquellos hombres famélicos que estaban a punto de morir.

—Ya habéis luchado suficiente por mí, por el gobernador Vera y por los reyes Isabel y Fernando. —Alonso miró a cada uno de sus hombres, orgulloso—. No se os puede pedir más. De vosotros depende rechazar el ataque, intentar huir por mar, aunque seguramente nos matarán en cuanto pongamos un pie en la playa, o rendirnos y suplicar por nuestra vida.

—¿Aceptarían nuestra rendición? —preguntó un sevillano que aún no había cumplido veinte años.

—Cualquiera sabe. Quizá quieran hacer un intercambio de prisioneros.

—Yo, por mí, moriría matando —dijo un toledano que había perdido una mano hacía algunas semanas—. Si es cierto que la cabeza de Doramas se pudre en lo alto de una pica, querrán hacer lo mismo con las nuestras.

Un madrileño lanzó una piedra con una de las hondas que usaban los locales. Esta dibujó una enorme parábola hasta alcanzar a uno de los grancanarios en la frente, lo que le hizo caer de espaldas. Los castellanos lo celebraron, admirados por la puntería de su compañero, comparable a la de los mejores tiradores enemigos.

—Según mi recuento —dijo el madrileño seleccionando otra piedra para volver a cargar su honda—, he matado a dieciséis salvajes y he descalabrado a otros tantos. Si llego a veinte, san Pedro me hará una reverencia antes de abrirme las puertas del cielo.

Todos volvieron a reír.

—Ya vienen, mi capitán —dijo otro de los soldados al ver que el ejército enemigo se movilizaba.

—¡Luchemos pues! —exclamó Alonso—. ¡Hasta la muerte!

Los hombres gritaron enardecidos y combatieron con todo lo que tenían a mano, incluso arrojándoles las piedras y los ladrillos de adobe que formaban la torre. Antes de que los grancanarios pudiesen empezar a escalar, ya habían caído treinta de ellos, mientras que los dardos y las piedras lanzadas desde la playa habían acabado con cinco soldados castellanos.

—¡Han prendido la puerta, capitán!

—¡Sellad el acceso! ¡Y abrasad a los hombres que escalan, por Dios!

—¡Ya no nos queda aceite!

Alonso Fernández de Lugo miró a su alrededor y vio a sus hombres repeler a espadazos a los grancanarios que habían conseguido coronar la torre, pero cada vez eran más y los castellanos caían como moscas. Desenfundó su espada y se dispuso a morir matando, como había acordado con los suyos. Pero, de pronto, un murmullo de sorpresa y de terror se escuchó a lo lejos, y enseguida, el inconfundible sonido del galopar de caballos y órdenes militares.

—¡Mirad! —El joven extremeño señaló hacia la playa.

Los hombres que quedaban vivos se asomaron y vieron a ciento cincuenta soldados de infantería y cincuenta de caballería aniquilar a los grancanarios. Muchos de estos cayeron muertos al momento, y solo unos pocos pudieron escapar hacia los acantilados, aterrorizados. Una victoria sin paliativos alcanzada en un suspiro.

—Capitán Alonso Fernández de Lugo, supongo. —El hombre bajó de su caballo y lo saludó con respeto una vez que los supervivientes descendieron de la torre, ya a medio derruir.

—El mismo... ¿Y vos sois?

—Hernán Peraza, señor de la isla de La Gomera enviado por los reyes de Castilla para auxiliaros.

—No podríais haber llegado en mejor momento.

—Me urge finiquitar los asuntos aquí y regresar a mis dominios. ¿Se os ocurre la manera?

—Si capturamos a Tenesor Semidán, rey de los grancanarios, acabaremos con su resistencia. Ya que los vuestros están frescos y con ansias de sangre y ellos amedrentados, quizá debamos perseguirlos.

—Pedro de Vera les corta la retirada, así que no podrán ir muy lejos. Descansad, recuperaos y dad sepultura a los caídos. En cuanto os hayáis repuesto, me tendréis a mí y a todas mis huestes a vuestra disposición.

Pasada una semana, Alonso encabezó la persecución de la resistencia aborigen. Los grancanarios intentaron un par de ataques sorpresa, pero los castellanos los repelieron sin bajas. Unos días después, los acorralaron en unas cuevas y, tras impedir que se abastecieran, veinte guerreros, treinta mujeres y más de cincuenta niños salieron con los brazos en alto, rindiéndose ante la superioridad de los conquistadores.

—Ahí lo tenéis. —Alonso señaló a Tenesor Semidán, que, aunque cansado y maltrecho, miraba al frente con dignidad.

—No parece gran cosa. —Peraza se acercó a él, introdujo su espada en la densa barba del grancanario y le levantó la barbilla con ella.

—Llevo meses luchando contra él y os aseguro que es un guerrero bizarro y avispado. Sin duda un buen presente para los reyes Isabel y Fernando.

—¿Qué reclamáis para vos?

—Mis hombres y yo llevamos meses muriendo sin recompensa ninguna. Quizá los beneficios por la venta de estos salvajes nos hagan más llevaderas las penurias pasadas.

—¿Cómo podría negaros lo que es de justicia?

Alonso negoció con los mismos tratantes a los que solía comprar esclavos en Sanlúcar de Barrameda y les vendió a los guerreros apresados y a sus mujeres e hijos por una fortuna. Aunque su intención inicial era quedarse con la mitad y repartir el resto entre sus hombres, el haber pasado tantas semanas sufriendo y luchando junto a ellos le hizo tomar una decisión impensable en otro tiempo y repartió las ganancias a partes iguales con los supervivientes de la torre de Agaete, lo que lo convirtió en el mando más admirado y querido por la tropa, alguien bajo cuyas órdenes todos ansiaban guerrear hasta el fin de sus días.

Aquella misma noche, mientras los hombres celebraban la victoria hartándose de vino y de la carne de las cabras y cerdos que habían confiscado, el gobernador Hernán Peraza invitó a Alonso a beber con él en su tienda.

—Habéis sido generoso en extremo, pero muchos de vuestros hombres perderán esta misma noche las monedas que han ganado con la venta de esos esclavos... —dijo mientras le rellenaba la copa.

—Su destino es perder lo poco que tienen, que la mayoría de veces no es sino su propia vida. Y con esto he logrado que estén dispuestos a darla por mí.

—Sin duda, estáis hecho de otra pasta —contestó Peraza con admiración—. ¿Tenéis familia?

—Mi esposa vive con mis tres hijos en Sanlúcar de Barrameda.

—¿No pensáis traerlos?

—Tal vez, cuando terminemos de convertir a la fe cristiana a todos los nativos, decida que este es un buen lugar para vivir.

—Lo es, os lo aseguro. Yo ansío regresar a La Gomera para reencontrarme con mi esposa. Le prometí a la reina Isabel cuando me pidió que la desposara que le haría muchos hijos. Y ganas no me faltan —añadió jocoso.

—¿Cómo es que vuestro matrimonio lo concertó la reina?

—Beatriz era su dama de compañía, la más hermosa de todas ellas. Os aseguro que en mi vida había visto mujer más bella.

—¿Habéis dicho que se llama Beatriz? —preguntó Alonso con cautela.

—Así es. Beatriz de Bobadilla.

Beatriz de Bobadilla contemplaba horrorizada desde el balcón de su residencia en lo que se había convertido su vida; de vivir en la corte y ser la mujer a la que amaba el rey, había tenido que trasladarse a aquel lugar dejado de la mano de Dios. La Gomera era para ella un lugar inhóspito y sucio, donde muchos salvajes aún campaban a sus anchas adorando a dioses paganos. Lo primero que hizo al llegar, mientras su marido colaboraba en la conquista de Gran Canaria, fue seleccionar a las esclavas que la servirían, pero solo pudo encontrar a dos o tres que poseyeran cierto saber estar. En cuanto a su marido, aunque apenas había pasado unos días con él, fueron suficientes para ganarse su desprecio, tanto física como intelectualmente. Nada podía ofrecerle aquel gañán, por muy señor que fuera a ojos de todos. Incluso había conseguido que se esfumase el intenso deseo sexual que la acompañaba desde que tenía uso de razón. Ni siquiera el musculoso cuerpo de alguno de aquellos aborígenes lograba despertar en ella un mínimo de pasión.

—Disculpadme, señora —dijo una de las esclavas bajando la cabeza con sumisión, como Beatriz había ordenado que se dirigieran a ella—, don Hernán os espera en el comedor.

Al bajar por las escaleras, la señora escuchó que su marido charlaba animadamente con alguien. Pensó en la estupidez de su criada, que había olvidado decirle que su esposo estaba acompañado, y decidió que más tarde mandaría azotarla para que se le quedase la lección bien grabada en la mollera.

—Querida... —dijo Hernán Peraza yendo a recibirla al pie de la escalera—. Estás arrebatadora.

—No hace ni seis meses que nos casamos, querido —respondió ella . Veremos qué opinas dentro de algunos años

Hernán sonrió y le besó la mejilla.

—Si algo tengo por seguro en esta vida es que tú siempre serás bella.

Beatriz agradeció el cumplido obligándose a forzar una amable sonrisa y se fijó en el hombre que aguardaba en el salón, de espaldas a ellos.

—¿Tenemos visita?

—Permíteme que os presente... —La condujo hacia el invitado—. Beatriz, es un placer presentarte a uno de los hombres más valerosos que he conocido: Alonso Fernández de Lugo.

Cuando Alonso se volvió para saludar a Beatriz, ella enmudeció, temiendo que pusiera al tanto a su marido de su pasado común. Pero él se limitó a sonreír y a besarle la mano con caballerosidad, como si fuese la primera vez que se veían.

—Señora, es un verdadero honor. Hernán ya me había hablado de vuestra belleza, pero se quedó corto.

—Sois muy amable —atinó a responder ella—. ¿Puedo preguntaros de qué conocéis a mi marido?

—Si continúo con vida es únicamente gracias a él. Los salvajes grancanarios nos tenían sitiados a mis hombres y a mí cuando Hernán apareció de manera milagrosa para rescatarnos.

—Quiero conocer esa historia al detalle.

—Habrá tiempo para eso —intervino Hernán Peraza—. Alonso me ha comunicado su interés en invertir en La Gomera y pasará unos días con nosotros.

No fue hasta el tercer día cuando Alonso y Beatriz pudieron verse a solas. Hernán Peraza había tenido que salir a solventar unos asuntos locales y Alonso se quedó en la hacienda alegando que debía atender la correspondencia. En cuanto se supo a salvo de miradas indiscretas, Beatriz se lanzó a sus brazos, como si la que llevase años soñando con el reencuentro fuese ella y no él. Alonso contuvo sus impulsos, intentando conservar algo de dignidad.

—Jamás imaginé que te vería casada con alguien como Hernán Peraza, Beatriz.

—Obligada por los celos enfermizos de la reina. Pero abrázame. No sabes cuánto te he extrañado.

—¿De veras? Lo último que me dijiste es que era un don nadie.

—Me alegra comprobar que estás dejando de serlo. Tu esposa estará contenta —añadió incisiva.

Alonso encajó el comentario, entendiendo que no podía echarle nada en cara.

—¿Vas a abrazarme o prefieres que me marche a mis aposentos a seguir marchitándome? Pero decídete pronto, Alonso. Esta isla es ridículamente pequeña y mi marido estará de regreso antes de lo que te imaginas.

Él se tragó su orgullo y la besó con la misma pasión que casi cinco años atrás en Sanlúcar de Barrameda. Aquella tarde hicieron el amor tantas veces como pudieron, hasta que la esclava de confianza de Beatriz fue a avisar de que el señor se aproximaba con su escolta por la playa.

—Y, a partir de ahora, ¿qué? —preguntó Alonso mientras se vestía.

—Yo estoy atrapada en este horrible lugar —contestó Beatriz sin ocultar su amargura—. Y supongo que tú regresarás a casa.

—Aún queda mucho por conquistar en estas islas.

—Me consuela saber que estarás cerca de mí. Ahora márchate. Si mi vida ya es un infierno, no quiero imaginar en lo que se convertiría si Hernán supiese que, cuando me monte como un puerco, yo estaré pensando en ti.

Alonso la besó, tan enamorado como la primera vez que se separó de ella, y dispuso aquella misma tarde su regreso a Gran Canaria para ponerse cuanto antes a las órdenes de Pedro de Vera en la fase final de la conquista. Por la noche, después de que

Hernán Peraza se preguntase qué había causado la espantada de su amigo, volvió a acostarse con su esposa, pero en quien pensaba Beatriz no era en Alonso, sino en el rey don Fernando, que seguramente ya tendría otra amante que la sustituyera.

Tenesor Semidán fue enviado a la corte y, durante las largas semanas de viaje, comprobó que su pueblo nada podría hacer contra unos enemigos que poseían una maquinaria de guerra con la que ellos ni siquiera habían soñado. Al llegar a Sevilla, tenía asumido que la única opción de que los suyos sobrevivieran era rindiéndose, así que, cuando al fin estuvo delante de los reyes Isabel y Fernando, se arrodilló frente a ellos y suplicó piedad para los que habían quedado en la isla. El rey se acercó a él, lo levantó del suelo y lo abrazó como a un igual.

Lo bautizaron con el nombre de Fernando Guanarteme y lo enviaron de regreso a su isla para convencer a los grancanarios que aún seguían resistiendo de que se rindieran, pero estos lo acusaron de traidor y continuaron luchando hasta que, en abril de 1483, fueron aniquilados.

32

Reino de Valencia. Febrero de 1523

Elena corrió tan rápido como pudo mientras oía a Daniel Lavilla ordenar a gritos que detuviesen a la asesina de su padre. Atravesó el campo de frutales, la zona donde don Joaquín había mandado construir los corrales para las gallinas de Indias que iban a criar gracias al consejo de Rodrigo, y llegó agotada hasta el recodo del río en el que esperó a su amante el día de su muerte. Al mirar hacia atrás, vio las mismas antorchas que aquella noche avanzando en todas las direcciones y pensó en rendirse y en afrontar con la misma dignidad que su amor las consecuencias de sus actos, pero en cuanto recuperó el aliento siguió corriendo.

Aún podía oír los gritos de Daniel, aunque cada vez parecían más lejanos y se confundían con el bullicio de la ciudad, a la que poco a poco se iba acercando. Al mirar sus manos y su ropa y verlas manchadas de la sangre de su amo, supuso que llamaría demasiado la atención en un lugar tan concurrido como Valencia, pero tenía que seguir alejándose de la finca de los Lavilla si quería escapar.

Se detuvo junto a unos árboles para coger aliento y pensó; a la mañana siguiente se esperaba la llegada del barco de su prometido, Matías Antúnez, así que el puerto, donde acudirían empleados de los Lavilla para recogerlo y contarle lo sucedido, no era un buen lugar al que dirigirse. Tampoco tenía sentido huir campo a través, donde tarde o temprano encontrarían su rastro los perros que escuchaba ladrar excitados al olfatear su ropa. Entonces, Elena se dio cuenta de que lo único que podía hacer era recurrir a ese esclavo que tantas veces la había ayudado. Lo malo era que no sabía dónde podía localizarlo.

—¿Qué haces aquí tan sola, muchacha?

Se dio la vuelta sobresaltada y vio salir de entre los árboles a la mujer más vieja que hubiera visto nunca. Tenía el pelo blanco, los rasgos afilados y una de las cuencas de sus ojos estaba vacía. El conjunto, incluida su vestimenta, oscura y terriblemente sucia, le daba una apariencia inquietante que pronto llamaría la atención de la Inquisición. Tenía pinta de ser una de tantas que terminarían muriendo en la hoguera. La anciana se esforzó por mirarla con su único ojo, cubierto de legañas.

—¿Estás herida?

—No...

—¿De quién es esa sangre entonces? ¿Has matado a tu amo?

Elena retrocedió aturdida, preguntándose cómo podía saberlo.

—Tranquila, muchacha. No es de mí de quien tienes que huir. ¿Lo oyes?

La joven afinó el oído y volvió a escuchar los gritos de Daniel y los ladridos de los perros, que ya habían localizado su rastro y se acercaban cada vez más.

—Ayudadme, os lo ruego. No puedo daros nada, pues nada tengo. Pero, si me ayudáis a escapar y a encontrar a un esclavo llamado Melchor, haré cuanto me pidáis.

La anciana se aproximó a ella y le apoyó la palma de su huesuda mano en la mejilla. Elena se fijó en que su muñeca estaba llena de viejas cicatrices. No se atrevió ni a respirar mientras la acariciaba. De pronto, la mujer sonrió.

—¿De qué os reís? —preguntó Elena.

—De que tú sola vas a lograr lo que no consiguieron las suntas y los banots, muchacha. Desnúdate.

—¿Qué?

—Que te desnudes, he dicho —respondió quitándose la capa cubierta de suciedad y un fuerte olor a podrido invadió las fosas nasales de la esclava—. Los guacanchas huelen tus ropas. Si no te las quitas de inmediato, darán contigo aunque te escondas en la mismísima guarida de Guayota. ¡Vamos!

Aunque no comprendía qué estaba diciendo, Elena obedeció y se desnudó a toda prisa. La anciana cogió su camisón cubierto de sangre y se lo puso después de entregarle su capa.

—Póntela y corre hacia la ciudad. Cuando llegues a la plaza del mercado, pregunta por el burdel de la Canaria. Dile que te envía la Tuerta. Allí sabrán cómo encontrar a Melchor.

—¿Cómo podré pagar vuestra ayuda?

—Prometiéndome que lo matarás.

—¿Matar a quién?

—Cuando lo tengas delante, lo sabrás. Solo mátalo, muchacha, mátalo y escupe sobre su cadáver. Y, ahora, ¡márchate! ¡Ya están aquí!

Elena se puso la nauseabunda capa y corrió hacia la ciudad mientras veía con el rabillo del ojo cómo la anciana se internaba en el bosque vestida con su ropa. Escuchó cómo los perros la alcanzaban y la destrozaban a dentelladas, pero, en lugar de quejarse o pedir ayuda, la vieja se reía y repetía a gritos que lo matase.

Al llegar a la plaza del mercado, preguntó por el burdel, pero el olor que desprendía la capa de la anciana, gracias a la cual había despistado a los perros de Daniel Lavilla, hacía que la mayoría de los transeúntes la evitasen, alejándose de ella haciendo gestos de repulsa.

Deambuló por las calles aledañas a la plaza, y ya empezaba a desesperarse cuando se fijó en una figura que aguardaba en una esquina, pero no tuvo claro si era un hombre o una mujer. Ya había escuchado decir que existían personas así y que, en aquella misma plaza, en 1460, ejecutaron a Margarida Borrás, que había crecido con el nombre de Miquel. La condenaron por perversión y, después de torturarla tratando en vano de que renunciase a su autoimpuesta condición de mujer, fue ahorcada frente a cientos de valencianos.

—Disculpad... —dijo acercándose con cautela—. Busco a una mujer que regenta un burdel. La llaman la Canaria.

—La Canaria no te dejará entrar en su casa apestando como lo haces —respondió con voz masculina.

—Solo necesito saber dónde vive. Me envía una anciana a la que llaman la Tuerta.

—Ya me parecía a mí que ese olor me resultaba familiar...
Vuelve a cruzar la plaza y camina cien pasos por la calle Caballeros. Allí busca una puerta roja. Si te abren, dentro encontrarás a la Canaria.

—Os lo agradezco..., señora.

Ella sonrió agradecida y Elena volvió sobre sus pasos. Cruzó la plaza y no tardó en encontrar una puerta que en su día debió de ser roja.

33

Gran Canaria (islas Canarias). Julio de 1486

Una vez que Gran Canaria fue sometida, el gobernador Pedro de Vera recompensó a Alonso Fernández de Lugo con las tierras que rodeaban la torre de Agaete en la que estuvieron a punto de morir él y sus hombres. Curiosamente, quien le había salvado la vida en aquella ocasión fue el mismo que le arrebató la esperanza de poder formar una familia con la única mujer a la que había amado.

Convencido de haber perdido a Beatriz para siempre, pensó en regresar a Sanlúcar de Barrameda con su mujer y sus hijos, pero se dio cuenta de que allí volvería a ser el don nadie que era antes, mendigando al duque de Medina Sidonia las migajas de sus negocios, mientras que en el archipiélago era un conquistador temido por los aborígenes y admirado por los castellanos que habían luchado bajo sus órdenes.

—¿Qué sé yo de ingenios de azúcar?

—Poco habéis de saber, amigo mío —le respondió el gobernador después de sugerirle que fundase uno en sus posesiones—. Basta con que contratéis a un maestro especialista portugués y pongáis a sus órdenes a unos cuantos esclavos canarios. Os aseguro que los comienzos no son sencillos, pero a la larga será rentable y alcanzaréis una buena jubilación.

Alonso decidió hacerle caso y, durante los siguientes años, se dejó la piel para levantar una planta azucarera y construir un buen hogar para su familia. El verano de 1486, Violante de Valdés, los tres hijos de la pareja y Ana embarcaron en el puerto de Cádiz con rumbo a Gran Canaria.

La única vez que Ana había navegado fue cuando, siendo una cría, la arrancaron de su casa para encerrarla en la bodega de un barco esclavista, donde vio por última vez a su hijo Hucanon. Pero entonces viajaba de manera diferente.

—Quítame a los niños de encima —le dijo Violante con sequedad—. ¿No ves que el vaivén de las olas me marea?

Aunque las olas que golpeaban el barco tampoco dejaban a Ana disfrutar de la travesía, saber que regresaba a su tierra —aunque fuese a una isla distinta y no a Achinet— le hacía sentirse dichosa. Se llevó a los niños a proa y, mientras observaban hacer piruetas a los delfines que acompañaban la embarcación, les contó cómo arribaron a aquellas islas los primeros guanches, les habló de sus costumbres y creencias, y también de los riesgos que correrían allí.

—Y esos guacanchas de los que hablas... —le preguntó impresionado el mayor de los hijos de Alonso y Violante—, ¿son peligrosos?

—Siempre están al acecho, buscando un bocado para alimentarse.

Los niños hicieron mil preguntas sobre el lugar al que se dirigían, hasta que cayeron rendidos de sueño. La noche del quinto día de travesía hubo un revuelo entre la tripulación. Violante palideció al mirar hacia el horizonte y descubrir un río naranja que avanzaba hacia el mar desde la montaña más alta que hubiese visto jamás.

—¿Qué diablos es aquello?

—Es Echeyde, señora —respondió Ana—. Está sangrando.

Violante y sus hijos respiraron con alivio al comprobar que no era aquella la isla en la que los esperaba Alonso. Ana, en cambio, miró con nostalgia Achinet; si supiera nadar, no habría dudado en tirarse por la borda para reunirse con los suyos.

Al desembarcar en Gran Canaria, todos temieron encontrarse con el mismo hombre frío y cruel que había dejado Sanlúcar años atrás, incluso más embrutecido por las batallas libradas. Pero, sorprendentemente, Alonso recibió a su esposa con un beso, a sus hijos con un abrazo y una sonrisa, e incluso saludó a Ana con buenas palabras. Deseaba llevarlos de inmediato a conocer su nuevo hogar.

Aunque Violante estaba acostumbrada a vivir en la civilización y aquel era un lugar abrumador, rodeado de vegetación, mares y montañas infranqueables, por primera vez fue feliz en su matrimonio.

Beatriz, por su parte, dio a luz a Guillén, el primero de sus hijos, nueve meses después de su último encuentro con Alonso, por lo que ni ella misma supo nunca si era o no ilegítimo. Un par de años más tarde nació su segunda hija, Inés. Poco a poco se fue adaptando a la vida en La Gomera —sobre todo gracias a las prolongadas ausencias de su marido, que seguía haciendo razias en busca de esclavos en las islas aún sin conquistar para sufragar los gastos que le ocasionaban los continuos levantamientos de los gomeros—, y hasta recuperó su apetito sexual.

Lo que más le agradaba de su nueva vida era percibir el temor que despertaba a su paso y saber que, con solo ordenarlo, podría disponer a su antojo del destino de todos a su alrededor. Cuanto más poderosa se hacía, más crecía su odio por la reina Isabel, hasta el punto de prohibir nombrarla en su presencia bajo amenaza de pena de muerte. Cuando cerraba los ojos, soñaba con que algún día podría mirarla de tú a tú y devolverle multiplicado el dolor que le había causado.

Pero los problemas para Beatriz empezaron cuando, una mañana, al terminar de darse uno de sus habituales baños en el mar, vio a su marido internarse en el bosque con su paje y su escudero. Ordenó a uno de sus escoltas que los siguieran y, al regresar, este le informó de que el señor le estaba siendo infiel con Yballa, una joven gomera que vivía con su madre en unas cuevas cercanas. Beatriz no tenía ninguna intención de renunciar a sus aventuras extraconyugales, pero saber que ella era la burlada le hizo hervir la sangre. Aquello no era algo que pensase consentir.

34

Tenerife (islas Canarias). Septiembre de 1487

—¿Cómo te has atrevido?

Bencomo vio la profunda decepción en la mirada de su esposa. Sabía que eso iba a pasar y llevaba días pensando en la manera de decírselo, pero no había encontrado el momento y ya era demasiado tarde para intentar hacerle entender que la decisión que había tomado era la adecuada.

—¡¿Cómo te has atrevido?! —insistió ella, muy enfadada.

—He hecho lo que tenía que hacer.

Por toda respuesta, Hañagua lo abofeteó. Bencomo no se esperaba que llegase tan lejos, pero comprendió su indignación y se limitó a frotarse la cara aguardando a que ella se tranquilizase.

—No tenías ningún derecho, Bencomo —dijo cuando consiguió aplacar su ira.

—Claro que lo tenía. Soy su padre y la estoy protegiendo.

—¿Protegiendo de qué?

—De la muerte, Hañagua. O, peor aún, de la esclavitud.

—¿De qué estás hablando?

—La guerra contra los extranjeros está cada vez más cerca, es algo que tarde o temprano nos alcanzará, y no dudo de que Añaterve llegará a un acuerdo con ellos. ¿Qué crees que hará entonces con Idaira?

—Quizá no haga nada.

—No seas ilusa. Lleva años esperando la oportunidad de vengarse de mí, y no tendrá piedad. Casarla con el hijo de Acaymo, aparte de lograr una alianza con el menceyato de Tacoronte, es la única manera de protegerla. Si no morimos todos, cosa que no descarto, será la esposa de un príncipe, un más que probable mencey. Si tienes una idea mejor para evitar que Añaterve le ponga una mano encima, dímela.

—Tendríamos que haberlo hablado con ella antes de tomar una decisión así, Bencomo. Idaira ama a la diosa.

—Tú también la amabas y has sido feliz lejos de ella. Se acostumbrará.

La boda pactada de Idaira con el hijo del mencey Acaymo se celebró en Tacoronte. De haberla llevado a cabo en Taoro, algunos menceyes no hubiesen acudido por diferentes rencillas con Bencomo. Pero, aparte de la mitad de los monarcas y los guañameñes —que consideraban un mal presagio que tanto la madre como la hija hubiesen abandonado el cuidado de la madre de Magec para casarse—, quien más lo odiaba era la propia Idaira. Entró en la cueva que la joven ocuparía una vez desposada, donde varias sirvientas y Hañagua la preparaban para la ceremonia decorándole la piel con dibujos tribales, ajustándole las sandalias y enhebrando a su pelo una corona de flores silvestres.

—Dejadnos solos.

Las muchachas se levantaron y abandonaron la estancia a toda prisa. Antes de seguirlas, Hañagua apretó el hombro de su marido, mostrándole su apoyo a pesar de que continuaba sin estar conforme con la decisión que había tomado.

—Estás preciosa... —dijo Bencomo una vez que se quedó solo con su hija mayor, pero ella ignoró el comentario.

El mencey se sentó a su lado. Tenía cuarenta y cuatro años y, aunque se mantenía en plena forma, ya notaba el paso del tiempo. Pero el rencor que le había demostrado Idaira los últimos días le había echado una década sobre los hombros.

—Sé que no lo entiendes, pero lo he hecho por tu bien.

—Diga más bien que lo ha hecho por el suyo, padre —se revolvió la chica—. Lo único que buscaba era un aliado en el mencey Acaymo.

—Qué equivocada estás, hija mía. Es cierto que emparentarnos con Tacoronte nos beneficiará en el futuro, pero mi principal intención era protegerte de Añaterve. No sabes la clase de hombre que puede llegar a ser.

—¿Cuándo se va a enterar de que ya no soy una cría a la que tenga que proteger o espiar detrás de una roca? ¡Deseaba seguir sirviendo a la diosa! ¡Es para lo que he nacido, puesto que soy fruto de una promesa!

—Tenías una deuda que ya has saldado con creces, Idaira. De hoy en adelante, podrás servir a Chaxiraxi de otra manera.

—Llevo desde que era una niña sacrificándome para llegar adonde estaba —respondió ella con resentimiento—, y por su capricho debo casarme con un muchacho al que ni siquiera conozco. Márchese, por favor. Ha ganado un aliado para la guerra, pero ha perdido a una hija.

El que Bencomo había imaginado como uno de los días más felices de su vida se convirtió en el más duro para él; su primera hija, por la que tanto sufrió desde antes incluso de ser concebida, le había dado la espalda para siempre.

35

La Gomera (islas Canarias). Noviembre de 1488

La infidelidad de Hernán Peraza con Yballa no solo afectaba a su esposa, sino que también estaba traicionando el Pacto de Colactación que el conquistador había alcanzado con los nativos, en el que renunciaba a mantener relación alguna con mujeres gomeras por considerarlas prácticamente hermanas. Beatriz de Bobadilla pergeñó durante más de un año su plan, hasta que una lluviosa mañana de otoño, después de ver a su marido salir al encuentro de su amante, envió a un mensajero a informar a los líderes tribales de lo que estaba sucediendo.

Estos se presentaron indignados en las cuevas donde vivía Yballa con la intención de detenerlos a ambos, pero, al verlos llegar, el paje y el escudero que siempre acompañaban al señor de La Gomera y El Hierro entraron apresurados para avisarlo.

—¿Con qué derecho van a detenerme a mí esos salvajes? —preguntó Hernán Peraza envalentonado.

—Lo mejor es que intentemos negociar una salida, señor —dijo el escudero.

—¿Cuántos son?

—Una docena, y vienen armados hasta los dientes.

Hernán Peraza torció el gesto y envió a los dos muchachos a negociar por él. Al verlos salir, los gomeros se pusieron nerviosos y uno de los más jóvenes les lanzó una piedra con su honda, con tan mala suerte que, al golpearlo en la frente y caer de espaldas, el paje se desnucó. El escudero, aterrorizado, corrió hacia el caballo esquivando las piedras que le arrojaban y consiguió huir, dejando a su señor a merced de los gomeros.

En cuanto la madre de Yballa irrumpió en la cueva y relató lo sucedido, Peraza entró en pánico. La anciana le dijo algo en su idioma que él no comprendió.

—¿Qué está diciendo? —le preguntó a su amante.

—Mi madre cree que la única manera de salir vivo de aquí es poniéndoos sus ropas y haciéndoos pasar por ella.

—Si he de morir —respondió con dignidad—, no será vestido de mujer.

Hernán Peraza salió de la cueva para pactar con los nativos, pero uno de ellos, con la excusa de ser familiar de Yballa, le ensartó con una lanza sin mediar palabra. El silencio se hizo entre los presentes, que asimilaban lo que suponía tener muerto a sus pies al más poderoso de entre los invasores.

—No podemos darles oportunidad de venganza —dijo uno de los jefes tras unos instantes de incertidumbre.

—¿Qué sugieres?

—Que los matemos a todos.

Aún tardaron un largo rato en ponerse de acuerdo, pero, cuando lo hicieron, avisaron con unos peculiares silbidos a todos los guerreros que pudieran levantar una lanza o tirar una piedra y se dispusieron a acabar para siempre con la invasión de aquellos extranjeros que nunca los habían tratado con respeto.

La llegada del escudero a la torre de San Sebastián anunciando el ataque sufrido sobrecogió a los hombres de Peraza, que, después de años sin tener que tomar decisiones por sí mismos, habían quedado descabezados. Para sorpresa de todos —que no podían ni imaginarse que Beatriz llevaba tiempo planeándolo—, la viuda enseguida asumió el mando, mostrándose como una mujer valiente y resolutiva.

—Preparad la torre para el asedio.

—¿Qué asedio? —preguntó un soldado, desconcertado.

—El que vamos a sufrir. ¿O pensáis que esos salvajes se van a quedar de brazos cruzados tras el más que probable asesinato de mi marido?

Los hombres se miraron unos a otros, sin saber si debían tomarla en serio, pero la llegada de un muchacho de unos doce años, jadeante y asustado, al que la armadura le quedaba enorme, confirmó las palabras de Beatriz.

—¡Nos atacan!

Los gomeros, llevados más por el corazón que por la cabeza, intentaron un asalto frontal a la torre, pero los soldados los esperaban bien pertrechados y acabaron con una tercera parte de ellos ya en la primera acometida. Los que quedaron vivos se retiraron para reorganizarse y preparar mejor su siguiente ataque, momento que Beatriz aprovechó para mandar recuperar el cadáver de su esposo y para enviar un navío hasta la vecina isla de Gran Canaria con intención de informar a Alonso Fernández de Lugo lo que allí estaba sucediendo.

—Debéis venir con nosotros y poneros a salvo, señora.

—Ni hablar —respondió ella con determinación—. Ahora soy la gobernadora de estas tierras y las defenderé con mi propia vida.

Unos días más tarde, mientras Beatriz y sus hombres soportaban ataques incesantes a la torre, los enviados a Gran Canaria llegaban a casa de Alonso Fernández de Lugo.

—Mi marido no se encuentra... —respondió Violante de Valdés.

—¿Cómo que no se encuentra?

—Partió hace varias semanas a Sevilla a atender unos negocios. No lo espero hasta la primavera.

—Venimos desde La Gomera en busca de auxilio. Los salvajes se han levantado y asedian la torre de San Sebastián.

—Hablad con el gobernador.

El gobernador Pedro de Vera tenía sus propios conflictos con los grancanarios y aún tardó en reunir a un ejército con el que ayudar a aquella mujer a la que jamás había visto. Cuando los barcos comandados por el gobernador llegaron a la costa de La Gomera cargados de soldados y de jinetes, los aborígenes huyeron hacia el interior, ocultándose en las montañas sin haber

conseguido tomar la torre ni matar más que a unos pocos castellanos a pesar de las muchas semanas de asedio, mientras que las
bajas entre ellos eran innumerables.

Al bajarse del caballo, el gobernador no imaginaba que fuese a encontrar en aquel inhóspito lugar a una mujer como aquella. Aunque llevase tiempo sitiada, Beatriz conservaba intacto su
atractivo. Salió de la torre junto con sus dos hijos, famélicos y
asustados, a quienes envió con uno de sus soldados para que les
dieran alimentos y cuidados, y miró desconfiada a aquel desconocido.

—¿Quién sois vos?

—Soy el gobernador Pedro de Vera —respondió él besándole la mano.

—Esperaba a Alonso Fernández de Lugo.

—Lugo está de viaje, y no soy yo hombre de mirar hacia
otro lado cuando una dama está en apuros. Lamento mucho lo
que esos salvajes le han hecho a vuestro esposo.

—Gracias, gobernador. ¿Me ayudaréis a vengarlo?

—Estoy a vuestra entera disposición...

Pedro de Vera no tardó más que un par de noches en caer
rendido a los encantos de su anfitriona, pero ella le insinuó que
solo podría disfrutar de su compañía cuando la venganza por el
asesinato de su esposo se hubiese consumado.

—El problema —dijo él mientras aspiraba extasiado el perfume que Beatriz hacía traer desde Francia— es que yo no puedo dejar desatendidos mis asuntos en Gran Canaria por mucho
tiempo, y perseguir a esos salvajes nos llevaría meses.

—¿Quién habla de perseguirlos?

—¿No es eso lo que queréis?, ¿que se les persiga y se ajusticie
a los culpables?

—Quiero que paguen por el asesinato de Hernán, pero no
creo que sea necesario perseguirlos.

Beatriz y Pedro de Vera enviaron mensajeros a cada rincón
de la isla para comunicar que todo gomero —hubiese sido o no
previamente cristianizado— que acudiera por voluntad propia

a la misa que se celebraría en honor de Hernán Peraza quedaría eximido de cualquier responsabilidad en su asesinato. Aunque muchos no se fiaban de su palabra, temían aún más sus represalias por desobedecerlos y acudieron a la llamada.

La misa transcurrió con normalidad, pero, cuando los gomeros se confiaron, fueron rodeados y detenidos por las tropas de Pedro de Vera. Después de algunos interrogatorios que no dieron el resultado esperado, e incitado por Beatriz, el gobernador, ansioso por cobrarse cuanto antes su recompensa, mandó matar a todos los nativos mayores de quince años pertenecientes a los cantones responsables del magnicidio. Pero, aunque la nueva señora de La Gomera y de El Hierro estuvo conforme con la medida, convencida de que esa era la única manera de que los culpables pagasen, mostró su crueldad y su sed de sangre cuando detuvo a los soldados que empezaban a pasar a espada a los condenados.

—Eso no es suficiente —dijo con frialdad—. Quiero que, en su último soplo de vida, sufran tanto como sufrirán mis hijos el resto de las suyas por haber quedado huérfanos tan jóvenes.

Para evitar futuras revueltas, no se conformaron con los supuestos responsables y extendieron su odio y su venganza por toda la isla. En total, quinientos hombres fueron mutilados, empalados, quemados vivos y lanzados al mar atados a grandes piedras. Beatriz de Bobadilla quiso presenciar la muerte de todos ellos, y las ejecuciones solo se interrumpían cuando la señora se retiraba a descansar. Una vez que terminaron, la mayoría de las mujeres y niños fueron vendidos como esclavos y enviados a la península, enriqueciendo tanto a Pedro de Vera como a Beatriz de Bobadilla y dejando la isla prácticamente deshabitada.

Cuando ya se hubo completado todo su plan, la señora mandó llamar al gobernador de Gran Canaria a sus aposentos. Al entrar, la encontró desnuda sobre la cama. Ya había sido madre en dos ocasiones, pero su cuerpo se mantenía terso y joven, mejor aún a como se lo había imaginado Pedro de Vera.

—Al igual que vos, yo también soy una mujer de palabra.

Cuando el gobernador regresó a Gran Canaria, saciado tras cinco días sin salir del lecho de la Cazadora, descubrió que los gomeros que allí tenía como esclavos sabían lo que le había pasado a su pueblo, y, precavido e insensibilizado por aquellas sangrientas últimas semanas, mandó ejecutar a doscientos hombres más.

Algunos meses después, el obispo de Canarias presentó una queja formal en la corte por la venta como esclavos de gomeros ya convertidos, lo que incumplía los acuerdos firmados entre la corona y la Iglesia. Cuando la reina Isabel de Castilla supo que la responsable de aquella atrocidad era su odiada Beatriz de Bobadilla, la hizo llamar para pedirle explicaciones.

El regreso de Alonso Fernández de Lugo de Sevilla se demoró más de la cuenta y, cuando al fin llegó a Agaete, se enteró de lo que había pasado en La Gomera y se maldijo por no haber estado presente cuando Beatriz reclamó su ayuda.

—No te preocupes por eso, querido —le dijo Violante—. Según tengo entendido, el gobernador fue en su rescate e hicieron muy buenas migas...

Él creía haber superado lo que sentía por esa mujer, pero imaginarse cómo podía haberle agradecido que Vera fuese a socorrerla le hizo hervir la sangre.

—Qué hembra, amigo mío —le dijo Pedro de Vera con complicidad cuando fue a interesarse—. ¡Es insaciable!

Alonso pasó meses debatiéndose entre visitar a Beatriz o tratar de olvidarla para siempre, y, cuando al fin sucumbió, su esposa enfermó y se vio en la obligación de retrasar el viaje de manera indefinida.

A quien también le estropeó los planes el estado de salud de Violante de Valdés fue a Ana. Llevaba muchos años ahorrando para comprar su libertad y poder regresar a casa para reunirse con su hijo Hucanon, pero, aunque tenía la promesa de su señor de que vería con buenos ojos aquella manumisión, todo se fue al traste.

—Los médicos dicen que Violante no vivirá demasiado y necesito que te quedes cuidando de mis hijos.

—Ya soy mayor para eso, señor —replicó Ana—. Alguna de las otras esclavas podría darle mejor servicio que yo.

—No me fío de ellas —zanjó Alonso—. Cuando mis hijos hayan crecido, volveremos a hablar.

Ana obedeció con un nudo en la garganta. Algunas mañanas, si el día estaba despejado, podía ver a lo lejos Achinet y el volcán donde vivía Guayota. Estaba más cerca que nunca de su hijo y, aun así, sabía que seguramente jamás volvería a verlo. Desde que llegó a la isla se había planteado cientos de veces escapar en alguno de los barcos que partían en busca de nuevos esclavos, pero la posibilidad de éxito era mínima y la condena por intentarlo sería morir a latigazos.

Alonso enviudó en el invierno de 1490 y, después del duelo por la pérdida de la madre de sus hijos, decidió visitar por fin a Beatriz de Bobadilla. Pero al llegar a La Gomera le informaron de que ella había acudido a Granada, donde los reyes Isabel y Fernando estaban a un paso de derrotar a Boabdil y devolver a la fe católica el último bastión musulmán, así que no le quedó más remedio que continuar esperando. Además, seguía sin tener nada que ofrecerle, y ella no se conformaría con vivir de un ingenio de azúcar que apenas daba para subsistir.

Durante los años que vivió alejado de la guerra, solía hacer razias en Tenerife para afrontar gastos imprevistos con la venta de los esclavos capturados, pero aquellos guanches eran más peligrosos que el resto de los aborígenes que había conocido. Él sabía que allí estaba su futuro, aunque Violante se negaba a apoyarlo en nuevas guerras que podían prolongarse durante años. Sin embargo, ahora que ella no estaba, tenía vía libre para conquistar la mayor de las islas, un objetivo que, de alcanzarlo, podía hacer que Beatriz por fin se plantease pasar el resto de su vida a su lado. Pero antes de desembarcar en Tenerife, debía hacerse fuerte conquistando La Palma, la otra isla que aún no estaba en manos de la corona.

36

Alhambra. Granada. Febrero de 1492

Tras la rendición de Boabdil y la entrega de Granada el segundo día del año 1492, los reyes Isabel y Fernando mandaron colocar una gran cruz en lo alto de la torre de Comares —la mayor de las tres torres de la Alhambra— e instauraron en aquel bello lugar su palacio real. La reina paseaba a diario por el recinto, descubriendo nuevos rincones, mientras esperaba la llegada de sus hijos: Isabel, la mayor, que se había casado dos años antes y enviudado a los pocos meses; los adolescentes Juan y Juana, y las pequeñas María y Catalina, esta última de poco más de seis años.

Aquella mañana había recalado en el Mexuar —el lugar donde se reunía la sura y el sultán impartía justicia— y observaba fascinada la cerámica en forma de estrellas de ocho y de dieciséis puntas que decoraba una de las paredes. La tía de Beatriz de Bobadilla, que seguía fiel a su señora, se acercó a ella.

—Majestad...

—¿Qué opináis de este lugar? —preguntó la reina rozando con la yema de los dedos el alicatado.

—No sabría deciros. Es, como todo en este palacio, colorido en exceso.

—El color es vida —replicó divertida—. Creo que ordenaré construir aquí una capilla. ¿Para qué me reclamáis?

—Ese marinero que lleva rondándoos tantos años solicita veros, majestad.

—Cristóbal Colón... Me produce solaz escucharlo. Hacedle pasar.

La dama de compañía salió a buscar al genovés, que, al entrar, hizo una ceremoniosa reverencia.

—¿Vos nunca os cansáis de pedir financiación? —preguntó doña Isabel cuando Colón se irguió.

—No cuando estoy convencido de que os devolveré lo que me proporcionéis multiplicado por mil, majestad.

—Por mil, nada menos.

—Así es. La nueva ruta a las Indias...

—Ese tema ya lo hemos tratado —lo interrumpió la reina, hastiada—. Con el fin de la guerra, las arcas de la corona están vacías como para invertir en ir a buscar especias. Olvidaos de eso.

—¿Puedo hablaros con franqueza, mi señora? —preguntó Colón decepcionado.

—Sois un hombre de mundo y sabréis en qué momento la franqueza se convierte en impertinencia...

—Me gustaría preguntaros —dijo midiendo sus palabras— por qué rechazáis desde hace años financiar mi empresa y, sin embargo, seguís recibiéndome.

—Porque aguardo a que me digáis vuestro verdadero propósito.

—No os entiendo.

—Desde que el rey y yo os escuchamos por primera vez hemos sabido que, detrás de vuestras palabras, hay mucho más que ir en busca de especias. Se os nota en la mirada. Y, si conocemos lo que nos ocultáis, tal vez os apoyemos.

Cristóbal Colón dudó, pero decidió sincerarse.

—Un nuevo mundo, majestad. Estoy convencido de que, navegando hacia el oeste, encontraremos tierra sin cristianizar, seguramente llena de almas y de tesoros más valiosos que las especias.

—¿Cómo podéis estar seguro de eso? —Aquello había captado su interés.

—Son muchos los indicios: viejos escritos y mapas nórdicos que señalan la existencia de otras tierras, leyendas con visos de ser ciertas, pero, lo principal, mis propios ojos.

—Explicaos.

—He navegado a muchas millas de la costa de Portugal, hasta donde avanzar una legua más supondría renunciar al regreso... en caso de no haber nada más allá. Pero una noche en la que me costaba conciliar el sueño, subí a cubierta y sentí cómo un tronco golpeaba el casco de nuestro barco, y las corrientes apuntaban a que procedía del oeste.

La reina temió estar ante un loco, aunque no podía negar que aquella idea la fascinaba. Sin embargo, era cierto que, debido a la prolongada guerra contra los musulmanes, no disponía de capital para financiar algo así.

—¿Cuánto dinero necesitáis para llevar a cabo esa locura?

—Aproximadamente... dos cuentos de maravedís.

—¡¿Estáis loco?! ¡¿Pretendéis que os entreguemos dos cuentos por un simple tronco de árbol?! ¡Dos mil veces mil maravedís, por el amor de Dios!

—Sé que la suma es importante, majestad, pero no es por un simple tronco de árbol, sino por la prueba fehaciente de que hay tierra al oeste que yo conquistaré en vuestro nombre, y haré cristianos y súbditos de la Corona de Castilla a todos los que la habiten.

—Lo comentaré con el rey y veremos si es buena idea costear vuestra excentricidad, aunque deberéis conformaros con la mitad de lo que pedís.

—Con todos mis respetos, majestad, un cuento de maravedís no será suficiente para comprar los barcos, abastecerlos y pagar el jornal de los hombres.

—Si ya contáis con el apoyo de la corona, no os será difícil lograr el patrocinio de algún comerciante. Os sugiero que no perdáis el tiempo. Cuando tomemos una decisión, os haremos llamar —zanjó la reina, dando por finalizada la reunión.

Al salir de la Alhambra, Cristóbal Colón se cruzó con Pedro de Vera, gobernador de Gran Canaria, que iba acompañado de un hermosa mujer. Aunque no pudo intercambiar ni un saludo con ella, su belleza también caló en el marinero genovés.

—La Cazadora... —dijo la reina Isabel con animosidad cuando tuvo frente a sí a la antigua amante de su marido—. Las esposas del reino deberían temer que una mujer como vos haya enviudado.

Con la mirada gacha, Beatriz maldijo por lo bajo a la que, aunque considerada una de las mujeres más poderosas del mundo, ella tenía por una pusilánime, una simple esposa herida por no saber retener a un hombre a su lado.

—Aparte de vuestra conocida procacidad —continuó la reina—, también habéis demostrado una enorme falta de escrúpulos ordenando exterminar a cientos de gomeros cristianos y al vender como esclavos a sus mujeres e hijos.

—Los ajusticiados eran los asesinos de mi esposo, majestad, señor de Canarias nombrado por la corona. ¿Deberíamos habernos quedado de brazos cruzados mientras los salvajes atentaban contra uno de vuestros embajadores?

La reina contuvo la inquina que sentía por Beatriz y fijó la mirada en Pedro de Vera, que intuyó que entre aquellas dos mujeres había mucho más que desavenencias por un modo de proceder evidentemente irregular.

—¿Y vos, gobernador? ¿Cómo habéis permitido tal atrocidad?

—Cuando llegué a La Gomera, los locales sitiaban desde hacía semanas la torre donde se resguardaban la viuda de Peraza, aquí presente, sus hijos y los pocos hombres que quedaban con vida, majestad. No hice sino defenderlos.

—¿Y qué me decís de los esclavos que habéis vendido?

—Nos hemos cobrado los gastos ocasionados —dijo sin más.

—¡La mayoría estaban bautizados! ¡No teníais ningún derecho a tratarlos como infieles!

Tanto Beatriz como Pedro de Vera callaron, esperando que la ira de la reina se aplacase antes de decidir qué castigo imponerles. Doña Isabel esbozó una tenue sonrisa al encontrar la solución para la financiación del viaje de Cristóbal Colón.

—Os impondré una multa conjunta de un cuento de maravedís.

Ambos palidecieron al escuchar tal cantidad.

—Eso es un montante considerable, majestad —protestó Pedro de Vera.

—Agradeced que no os entregue a Tomás de Torquemada para que la Inquisición valore si vuestros actos no han atentado contra la Iglesia y la fe católica. Tenéis seis meses para reunir esa suma. Podéis retiraros.

Mientras esperaba a que Beatriz de Bobadilla y Pedro de Vera reuniesen el millón de maravedís, doña Isabel convenció al rey de que financiar el viaje de aquel genovés era una buena idea y pidieron prestado el dinero a la tesorería de la Santa Hermandad. En abril de 1492, los reyes firmaron con Cristóbal Colón las conocidas como Capitulaciones de Santa Fe, donde se le otorgaban los títulos de almirante, virrey y gobernador general de todos los territorios que descubriera durante su viaje, así como un diezmo de los beneficios que obtuviese para la corona.

A primeros de agosto de ese mismo año, Colón zarpaba desde Palos de la Frontera al mando de dos carabelas y una nao bautizadas como la Niña, la Pinta y la Santa María. En lugar de hacer escala en la isla de Gran Canaria, como hubiese sido natural debido a la situación estratégica de su puerto, Colón ordenó poner rumbo hacia La Gomera, sin explicar a nadie por qué había tomado aquella decisión.

—Mi señora... —dijo Cristóbal Colón besando la mano de Beatriz de Bobadilla—. Hemos recalado en vuestra isla para reparar el timón de uno de nuestros navíos y para abastecernos de cara a un viaje de exploración en nombre de la corona.

—¿Así que vos sois el almirante del que todos hablan?, ¿el que tiene embelesada a la reina Isabel? —preguntó Beatriz con curiosidad.

—La reina Isabel cree en mí.

—Es fácil creer con el dinero de otros... —respondió Beatriz con resquemor—. Pero contadme, ¿adónde os dirigís exactamente?

—Hacia el oeste, en busca de una nueva ruta hacia las Indias. Aunque las corrientes no nos serán favorables hasta dentro de un mes. Confío en que nos deis cobijo hasta entonces.

—Todos somos leales servidores de la reina...

Desde que había enviudado, y salvo algunos encuentros con Pedro de Vera, Beatriz de Bobadilla saciaba su elevado apetito sexual con esclavos que compraba para tal menester; ¿por qué entregarse a rancios señores casados cuando podía disponer de jóvenes isleños a los que exprimir hasta el agotamiento? Pero la audacia de aquel genovés le hizo soñar con convertirse en la gobernadora del nuevo mundo del que no tardó Colón en hablarle, rendido ante ella después de uno de sus encuentros sexuales. Aquel mes transcurrió veloz para ambos y, por primera vez en su vida, la Cazadora despidió a un hombre en el puerto con lágrimas en los ojos, con angustia y temor de que no cumpliese su palabra de regresar a buscarla.

Unas semanas más tarde, el 12 de octubre de 1492, la corazonada del almirante se confirmó cuando uno de sus hombres avistó tierra. Colón sonrió satisfecho, convencido de que aquella gesta cambiaría para siempre la historia. Pasaron cuatro meses explorando las islas que encontraron y, a mediados de enero de 1493, las dos carabelas que aún permanecían intactas —la Pinta y la Niña— regresaron con una decena de indios y algo de oro como prueba de su hazaña. Tal era la urgencia por informar a los reyes Isabel y Fernando que Cristóbal Colón se olvidó de visitar a Beatriz.

Durante el viaje del descubrimiento, los reyes trasladaron la corte a Barcelona, donde el rey Fernando había sufrido un atentado por parte de un campesino que a punto estuvo de degollarlo. Como castigo, el payés fue conducido por toda la ciudad desnudo y atado a un palo. En el recorrido fue brutalmente mutilado, apedreado y por fin quemado en la hoguera.

Al recibir la visita de Colón con la buena nueva, el rey Fernando ya estaba casi recuperado e instó al almirante a que partiera a un nuevo viaje en busca de las riquezas que les había prometido y que tanta falta les hacían. A la reina Isabel, por su parte, la llenó de dicha saber que había en el Nuevo Mundo miles de almas a las que salvar bautizando y convirtiendo a la fe católica.

El segundo viaje partió del puerto de Cádiz a mediados de septiembre de 1493, y Cristóbal Colón, al mando de diecisiete navíos y alrededor de dos mil hombres, volvió a desviarse hacia La Gomera para visitar a la mujer que, a pesar de la locura en

239

que se había convertido su vida los últimos meses, jamás se pudo quitar de la cabeza. Pero la urgencia de ingresos de la Corona de Castilla, sumado al frío recibimiento de Beatriz, herida en su orgullo por el abandono, hizo que solo pasase un par de días en su compañía.

Mientras Cristóbal Colón atravesaba por primera vez el océano persiguiendo su sueño, Alonso Fernández de Lugo había desembarcado en La Palma con el permiso de los reyes Isabel y Fernando. Su intención era conquistarla en el menor tiempo posible, y para ello contrató a hombres con experiencia en el asalto a otras islas, con muchos de los cuales había batallado contra los grancanarios diez años antes. Pero, aunque encontró menos resistencia por parte de los aborígenes que en otros lugares, un cabecilla local se negaba a ser sometido. Cuando iba a cumplirse el año de plazo que le habían dado los reyes para alcanzar su objetivo, supo que debía asestar el golpe definitivo a la resistencia.

Uno de sus soldados más fieles, con quien había sufrido durante semanas el asedio a la torre de Agaete hacía una década, se presentó ante Alonso acompañado por su hijo mayor, llamado Gonzalo del Castillo, un muchacho fornido de alrededor de dieciocho años que, de haber caído en una gran ciudad de la península, hubiese enamorado a más de una joven sin necesidad de abrir la boca.

—Os ofrecerá buen servicio en la lucha contra los salvajes, mi capitán. Se ha criado rodeado de ellos y conoce su manera de pensar, de actuar e incluso de hablar.

—¿Hablas su idioma? —preguntó Alonso interesado.

—Logro entenderme con ellos, mi capitán. —El chico se expresó con aplomo.

—Eres demasiado joven y demasiado guapo para poner mi vida en tus manos.

—Dejó de ser joven a los doce años, cuando mató a un hombre que importunó a su madre en el mercado de Sevilla —respondió su padre por él—. Y lo de guapo..., eso sí que no tiene remedio. A mí no ha salido, y a su madre, menos aún.

Los dos hombres rieron y Alonso aceptó llevarlo a su lado en las escaramuzas con los palmeros, durante las que demostró su fidelidad y su valentía. Fue el propio Gonzalo quien, cuando la situación se complicó más de la cuenta, le sugirió repetir la estrategia que había utilizado el gobernador Pedro de Vera durante la rebelión de los gomeros. A Alonso le pareció una excelente idea y citó al reyezuelo sublevado para pactar con él. Cuando lo tuvieron a su merced, lo traicionaron y liquidaron a su ejército. El líder aborigen fue enviado como cautivo a Castilla, pero de camino, torturándose por lo estúpido que había sido al caer en el engaño que le costó la vida a todos sus fieles y la esclavitud a sus familias, se dejó morir de inanición.

Con La Palma ya conquistada, Alonso Fernández de Lugo viajó hasta la corte para reunirse con los reyes en busca del objetivo que tenía en mente desde el principio: un nombramiento como adelantado y el permiso para desembarcar en Tenerife, donde la densidad de población —y por lo tanto los beneficios al comerciar con las vidas de los llamados guanches— era mucho mayor. Isabel y Fernando, igual que hicieron con Cristóbal Colón unos meses antes, aceptaron las condiciones de Lugo, aunque lo instaron a conseguir por su cuenta el capital necesario para desembarcar en la última de las islas sin someter.

—Alonso... —Beatriz se sorprendió mientras bajaba por las escaleras—. Eres el último hombre al que esperaba ver.

—Estás igual de bella que siempre, Beatriz —dijo él besándole la mejilla y aspirando el olor que desprendía—. Has cambiado de perfume.

—¿No te agrada?

—Siempre me ha gustado tu olor natural.

Beatriz sonrió complacida.

—Los olores naturales, rodeados como estamos de salvajes, es mejor evitarlos. Pero dime, ¿qué te trae por mis dominios?

—La primera vez que nos separamos, en Sanlúcar, me dijiste que regresara cuando tuviera algo que ofrecerte, ¿recuerdas?

—¿Acaso ya lo tienes?

—Te ofrezco ser reina. Reina de las islas Canarias.

—¿De qué hablas, Alonso?

—Conozco los pleitos que mantienes con tu suegra por el dominio de las islas, pero a ti ya se te considera señora de La Gomera y El Hierro. Si te casas conmigo, también lo serás de La Palma y Tenerife.

—Tentador, pero, hasta donde yo sé, Tenerife está sin conquistar.

—Los reyes me han nombrado adelantado y me han encargado que finalice la conquista del archipiélago. Cuando lo haga, tú y yo seremos los señores de todo.

Beatriz sintió cómo se le erizaba el vello. Cristóbal Colón le había ofrecido algo parecido, pero no con tanto convencimiento. Además, el rencor hacia el almirante seguía muy vivo y aquella podría ser una buena manera de vengarse.

—Volveremos a hablar cuando subyugues Tenerife, Alonso. Aunque algo me dice que no es tan sencillo como tú pretendes.

—En efecto, hay un pequeño problema. Necesito que financies parte de la conquista.

—La arpía de la reina me ha quitado todo lo que tengo.

—Estoy al tanto de la multa que os impuso a ti y a Pedro de Vera..., pero también sé que hay mucho más que eso en tus arcas.

Beatriz enarcó una ceja, dudando sobre si financiar aquella locura.

37

Reino de Valencia. Febrero de 1523

Elena observó la puerta roja de la calle Caballeros, sin decidirse a llamar pese a que se suponía que dentro estaba la única persona a la que podía pedir ayuda para encontrar a Melchor. Mientras permanecía agazapada en un soportal, vio entrar a todo tipo de hombres; los había jóvenes y mayores, comerciantes y nobles, y hasta le pareció distinguir a uno que ocultaba su hábito bajo un sobretodo holgado. Hasta que no vio salir a un chico que vació un cubo de orines en la acequia que llevaba las aguas residuales hasta la desembocadura del Turia, no salió de su escondite.

—Muchacho...

Él se giró y retrocedió con cara de asco en cuanto percibió su olor.

—Aléjate de mí, puerca.

—Necesito hablar con la Canaria. ¿Sabes si está ahí dentro?

—La Canaria jamás contratará a una puta que apeste como tú.

—No soy eso que dices. Solo necesito verla. Dile que me envía la Tuerta. —Ante la mirada de desconfianza del chico, Elena rogó—: Por favor.

—Supongo que no tienes monedas para pagar al recadero, ¿verdad?

Ella negó con la cabeza y el muchacho suspiró.

—Espera aquí.

Regresó al interior de la casa con la puerta roja y esta se volvió a abrir al cabo del rato, cuando se asomó una mujer con unos rasgos muy parecidos a los de los esclavos que la protegían. Buscó a Elena con la mirada y la llamó con un gesto en cuanto la reconoció. La muchacha suspiró aliviada y fue a su encuentro.

Daniel Lavilla no podía creer que hubiera perdido la pista de la asesina de su padre cuando le pisaba los talones desde que había escapado de la hacienda unas horas antes. Se entretuvo más de la cuenta con una anciana a la que los perros destrozaron a mordiscos en el bosque y eso le dio la oportunidad a Elena de llegar a la ciudad. Pero no podía estar demasiado lejos. La había visto escapar y sabía que iba vestida con ropa de cama empapada en sangre y no llevaba dinero encima. Envió a algunos de sus hombres a buscarla al puerto y él se dirigió hacia la plaza del mercado. Ofreció recompensas a quien le diera alguna pista sobre el paradero de la esclava fugada, pero, en cuanto mostró la bolsa de monedas, lo rodearon borrachos y pendencieros intentando venderle toda clase de información falsa.

—Oye, tú... —le dijo a una figura que permanecía inmóvil en la esquina de una de las calles adyacentes a la plaza—. Estoy buscando a una muchacha.

—Muchachas hay por todas partes —respondió una voz grave que no concordaba con el atuendo de quien hablaba—. Con dinero, podréis disponer de cuantas deseéis.

Al salir de las sombras, Daniel Lavilla miró a aquella persona con repulsa y vio que era uno de esos pervertidos a los que les gustaba vestirse de mujer.

—Es una esclava —continuó—. Joven y bonita, de pelo y ojos claros. Seguramente esté asustada y desesperada. ¿La has visto?

Daniel percibió sus dudas.

—Responde a mi pregunta.

—No he visto a nadie así —contestó apartando la mirada.

—Pago bien por la información. Lo suficiente para que un desviado como tú deje de pecar por una noche y vaya a comer algo caliente.

Aunque las monedas que podría sacarle a aquel hombre por la información que solicitaba evitarían que pasase otra noche infernal dejándose sodomizar por algún marinero borracho, recordó que aquella muchacha asustada y maloliente a la que buscaban era la única persona que la había tratado con respeto desde hacía mucho tiempo. Pocas veces la llamaban «señora» sin una burla de por medio.

—Ya os he dicho que no he visto a nadie así.

La manera de ganar unas monedas que tenía Melchor, el esclavo que había dedicado su vida a cuidar de Elena, era esquivando piedras en el puerto de Valencia. De joven, antes de ser capturado, cuando todavía se llamaba Ancor, participó varias veces en los juegos del Beñesmer. Aún recordaba, como si no hubiesen pasado ya treinta años, el día que, tras vencer un combate de lanzamiento y esquiva de piedras, se acercó a él Hucanon, al que los guanches ya consideraban el mejor guerrero de todos los tiempos.

—Te felicito, Ancor —dijo poniéndole una mano en el hombro—. Me gustaría tenerte a mi lado cuando llegue la gran batalla.

—A tu lado estaré, Hucanon —contestó él con orgullo.

A pesar del tiempo transcurrido, el guanche aún conservaba los reflejos que lo habían hecho digno de esas palabras. Cada noche, cuando las obligaciones con su amo se lo permitían, se jugaba la vida dejando que los marineros intentasen descalabrarlo por veinte vellones —la moneda más utilizada por las clases menos pudientes—; si alguno conseguía acertarle con una de las tres piedras que le lanzaba desde diez pasos de distancia, él le devolvía cuarenta; si no, se quedaba con el dinero. Llevaba muchos años haciendo aquello y nunca lo habían vencido. Pero aquella noche tuvo un mal presentimiento.

Un marinero extremeño recién desembarcado desde el Nuevo Mundo se acercó a él con decisión, jaleado por sus compañeros.

—Quiero probar tres veces. —Y puso una bolsa de cuero sobre el cajón en el que se subía el guanche.

—Por supuesto, señor. Seleccionad las piedras —dijo señalando un cesto lleno de piedras de distinto tamaño.

—He traído las mías.

Uno de sus acompañantes le entregó un saco que el extremeño abrió frente al guanche. Este se asomó al interior y vio nueve cantos de idéntico tamaño. Cogió uno de ellos y lo notó liso y pesado; si un hombre como aquel le daba en la cabeza con una de esas piedras de río, visitaría por fin a Achamán. Aun así, no vio ningún motivo por el que rechazar el reto.

—Me las lanzaréis en tandas de tres. Si me acertáis en alguna de ellas, os daré los cuarenta vellones.

—De eso nada —contestó el extremeño—. Si te acierto con alguna de las nueve piedras, me pagarás ciento veinte.

No era la primera vez que Melchor se enfrentaba a un fanfarrón como aquel y todos se marchaban despotricando con los bolsillos vacíos, diciendo que muy pronto volverían y verían sus sesos esparcidos por el suelo, así que decidió aceptar.

—Sea.

Los acompañantes del extremeño aplaudieron excitados. Frente al murete de piedra donde se llevaba a cabo el desafío, fueron congregándose decenas de personas ávidas por ver caer por fin a aquel guanche.

—Llevo dos meses practicando con salvajes en las Indias —dijo el extremeño haciendo girar el brazo para calentar sus músculos—. Hoy mi vino y el de mis compadres va a correr de tu cuenta.

Los marineros celebraron y animaron a su amigo. Este seleccionó una de las piedras y apuntó a Melchor, que ya estaba subido en el cajón a diez pies de distancia, mirándolo muy concentrado.

—Cuando queráis.

El extremeño amagó varias veces antes de lanzar. Su primer intento se le fue algo bajo, a la altura de la cadera, y Melchor solo tuvo que ponerse de perfil para esquivarla. La piedra golpeó con un ruido sordo en el murete mientras el marinero y los espectadores se lamentaban. En los siguientes seis intentos, fue afinando su puntería y varios de los proyectiles rozaron el cuerpo y la cabeza de Melchor, que tuvo que esforzarse al máximo, pero ninguno lo alcanzó.

—Solo os quedan dos...

—Sé contar —respondió el extremeño frustrado.

Se preparó para lanzar la penúltima piedra y sorprendió al guanche tirándosela a las piernas. Pero, cuando parecía que le iba a golpear, las separó lo suficiente para que el canto pasase entre ellas y se hiciera añicos en la pared del fondo.

—¡Concéntrate, extremeño! —le pidieron sus amigos.

Melchor sabía que esa era la clave de todo: la concentración. Normalmente, la gente se limitaba a apuntar y lanzar, sin concentrarse antes. Eso él no podía permitírselo o acabaría en una fosa común de algún cementerio para ajusticiados y desamparados. Pero, cuando vio entre los espectadores a su compañero Nicolás con la cara descompuesta, la perdió por completo. Sabía que algo había pasado para que se acercara a hablar con él a esas horas. Iba a pedirle una pausa al marinero extremeño, pero este armó el brazo y lanzó la piedra. Melchor vio acercarse el proyectil con el rabillo del ojo y giró la cara para evitar el impacto. La piedra pasó rozándole la sien antes de hacerse añicos contra la pared.

—¡Te he dado! —gritó el marinero.

—Si me hubieseis dado con la fuerza a la que iba esa piedra —contestó Melchor—, ahora mismo estaría tendido en el suelo con el cráneo abierto en dos.

—No te pienses ni por asomo que me voy a ir sin mi dinero, maldito salvaje —dijo el extremeño aproximándose a él, amenazante—. Págame o te juro que te parto la crisma aquí mismo.

Por muy fuerte que fuese aquel marinero, el guanche no le tenía ningún miedo; llevaba toda la vida combatiendo contra hombres mejor preparados y armados que él y sabía cómo reducirlo. Pero, si un esclavo le hiciese daño a un hombre libre, tendría que dar demasiadas explicaciones. Aun así, no pensaba dejarse robar por nadie. Ya se colocaba en guardia para neutralizar el ataque del marinero cuando una voz se alzó sobre el resto.

—¡Melchor!

Todos miraron a Nicolás, que se abrió paso entre el público hasta llegar a su compañero.

—El amo te reclama.

—Este salvaje no se irá de aquí hasta que me pague lo que me debe —dijo el marinero.

Melchor iba a protestar, pero Nicolás se adelantó.

—Págale. No tenemos tiempo que perder.

Comprendió que la cosa era grave y procedió a pagarle mientras el marinero y sus amigos celebraban, pensando en su próxima borrachera.

38

Tenerife (islas Canarias). Mayo de 1494

Mediada la primavera, quince bergantines con más de mil hombres, caballos y armas llegaron a la costa de Añazo. Nada más poner un pie en tierra, Alonso Fernández de Lugo ordenó volver a erigir una torre de defensa en el mismo lugar en el que el suegro de su amada Beatriz había construido treinta años antes la primera, de la que solo quedaban algunos restos desperdigados por los alrededores. También decidió levantar empalizadas y trincheras que protegiesen a su ejército de un posible ataque aborigen. Cuando todo hubo quedado a su gusto, mandó armar la cruz más grande que se hubiera visto para clavarla en lo alto de una colina e iniciar la conquista de la isla de Tenerife en nombre de los reyes de Castilla.

—Gonzalo —le dijo a su joven ayudante, que desde la conquista de La Palma se había convertido en su mano derecha—. Reúne a veinte jinetes y treinta peones y salid a explorar los alrededores.

—¿Nada más que a explorar?

—Aquí hemos venido a sacar beneficios, así que, si pasan por delante de tus narices, no los dejes escapar. También quiero que los harapientos salvajes que viven aquí sepan que hemos llegado para quedarnos.

—Con esa cruz —respondió Gonzalo mirando al grupo de hombres que terminaban de anclar la gigantesca cruz al suelo—, raro será que no lo sepan ya.

Al adentrarse en la arboleda que lindaba con la playa, el grupo capitaneado por Gonzalo se topó con una docena de monjes franciscanos que iban al encuentro de las tropas castellanas, de las que ya se empezaba a hablar en toda la isla.

—Llevamos años conviviendo en relativa paz con los guanches —dijo uno de los religiosos—. Salvo los menceyes del norte, los demás nos toleran en sus cantones y nos permiten atraerlos poco a poco a la fe católica.

—La reina Isabel se ha cansado de esperar, padre —replicó Gonzalo—. Quiere que todos estos salvajes, incluidos los del norte, sean cristianizados de inmediato para poder ocuparse de los hallados en el Nuevo Mundo.

—El mencey Bencomo y los que lo siguen no lo aceptarán tan fácilmente.

—Entonces habrá que obligarlos, pero no nos marcharemos hasta que hinquen sus sucias rodillas frente a la santa cruz de nuestro campamento.

Los monjes fueron a avisar de lo que estaba a punto de suceder a los compañeros instalados desde hacía años en los menceyatos de Güímar, Abona y Adeje, y Gonzalo y sus hombres continuaron con su exploración. Al llegar a la frontera de Tegueste, encontraron un grupo de ciento cincuenta guanches —todos ellos mujeres, ancianos y niños— trabajando el campo.

—¿Dónde están los hombres? —preguntó Gonzalo.

—Habrán huido al vernos llegar —contestó un soldado.

—Lo dudo mucho. Según tengo entendido, estos guanches son de todo menos cobardes. Apresadlos. Nos los llevamos.

Alonso Fernández de Lugo sonrió de oreja a oreja cuando vio a su pupilo regresar acompañado de aquellas almas a las que él solo veía como trozos de carne que vender en el mercado de esclavos. Un pasito más para alcanzar la grandeza que tanto ansiaba.

—Debemos bautizarlos —dijo uno de los religiosos que acompañaban a Lugo en la conquista.

—Ni por asomo, o no los podremos vender.

—Aquí hemos venido a evangelizar —protestó el sacerdote.

—Evangelizad a quien os venga en gana, padre —respondió Alonso con dureza—, menos a mis esclavos. ¡Gonzalo!

El muchacho, después de asearse y beber agua, se reunió con el adelantado y lo acompañó a su tienda, cruzando el campamento.

—Organiza la venta de la mitad de los esclavos y el resto que se envíen a La Gomera.

—¿A La Gomera? —preguntó el muchacho extrañado.

—Eso he dicho. Quiero que se los entreguen como presente a Beatriz de Bobadilla. Al fin y al cabo, buena parte de las soldadas salen de su bolsillo.

—A vuestras órdenes.

—Otra cosa... ¿Por qué no hay hombres de batalla entre los apresados?

—Según he podido entender, acompañaron a su rey a una reunión que se está celebrando entre los distintos menceyatos.

—Supongo que estarán hablando de nosotros. —Alonso frunció el ceño.

—Eso supongo yo también, mi capitán.

—Hemos de estar alerta para prevenir cualquier ataque, Gonzalo. Si no se produce en los próximos días, tendremos que salir nosotros en busca de esos salvajes.

—Será dificultoso movilizar todas las tropas. Y peligroso enfrentarnos a campo abierto con los nueve reyes.

—Pronto llegarán otros mil hombres de la isla de La Palma y de Gran Canaria. Además, ¿quién te ha dicho que lucharemos contra los nueve reyes?

—¿No es así?

Alonso sonrió con suficiencia e invitó con un gesto a Gonzalo a entrar en su tienda, donde los esperaban varios guerreros guanches. Su tamaño y su aspecto feroz hicieron que tanto Alonso Fernández de Lugo como su pupilo se detuviesen a una distancia prudencial, cautelosos.

—¿Quiénes son estos animales? —preguntó Gonzalo impresionado.

—El mencey Añaterve y su escolta.

—Espero que el resto de los guerreros guanches no sean así...

—Yo lo que espero es que no sean así sus enemigos, porque este traidor a los suyos está de nuestro lado.

Alonso Fernández de Lugo se acercó a Añaterve para sellar el pacto que sus emisarios llevaban negociando con él desde hacía meses.

251

Los ocho menceyes miraban circunspectos el lugar que debía ocupar Añaterve en el tagoror de urgencia que se había convocado tras conocerse el desembarco de las tropas extranjeras. Después de un largo rato de espera, Bencomo se levantó, harto.

—Está claro que no vendrá.

—Nunca nadie ha faltado a un tagoror si no es por un motivo justificado —respondió el mencey de Abona.

—Llevamos ya medio día esperando y no se ha dignado ni a enviar a un emisario de su cantón, Adjoña. ¿Qué más pruebas necesitáis de que nos ha traicionado?

El resto de los menceyes se miraron con incomodidad, en especial los del sur, los más cercanos a Añaterve. Todos ellos conocían la buena relación que tenía con los extranjeros, pero ninguno se imaginaba que pudiera atreverse a faltar así al respeto a una de las tradiciones más sagradas de los guanches.

—Empezaremos sin él —resolvió al fin Beneharo, en cuyo cantón, Anaga, había vuelto a desembarcar el ejército invasor—. Debemos decidir qué hacer.

Bencomo fue inflexible:

—Solo tenemos una opción: expulsarlos para siempre de Achinet.

—Aunque nos cueste admitirlo —intervino el mencey de Adeje—, los extranjeros nos superan en número y poseen mejores armas que las nuestras. Enfrentarnos a ellos sería una necedad.

—¿Sugieres que nos rindamos sin pelear, Pelinor?

—Lo que sugiero es que pactemos.

—¡No es posible un pacto entre hombres y bestias que saquean, violan y secuestran a nuestras mujeres e hijos!

La vehemencia de Bencomo hizo que los ánimos se exaltaran y que las diferencias entre los menceyatos del norte y del sur, estos últimos acostumbrados a relacionarse con los extranjeros, se hicieran más evidentes que nunca.

—Calmémonos, hermanos —pidió Romen, mencey de Daute, con voz templada—. Debemos decidir si nos enfrentamos juntos a los extranjeros, pero lo que no nos podemos permitir es enemistarnos entre nosotros.

—¿Más aún? —preguntó Bencomo incisivo.

—Si estamos enemistados es en buena parte por tu culpa y la de los tuyos, Bencomo. —Adjoña lo señaló con el dedo, acusador—. A tus continuos desplantes a Añaterve hay que sumarle la defensa que hiciste de Tinguaro cuando le arrebató al padre de Pelinor su legítima esposa. Incluso permitiste que Hucanon le quitara la vida.

—Hucanon le quitó la vida en el campo de batalla, Adjoña —respondió Bencomo.

—Tu memoria te engaña. La mía me dice que lo mató a traición. Igual que traicionaste tú a Beneharo cuando le robaste a la mujer a la que amaba.

—¡Eso sucedió cuando éramos críos, por Achamán! —respondió exasperado—. ¡Ahora todos aquí tenemos hijos y nietos a los que defender! Además, yo no robé a nadie. Se le dio la oportunidad a Hañagua de elegir y ella lo hizo libremente.

La mirada de rencor de Beneharo evidenciaba que, por mucho tiempo que pasara, esa espina no había podido sacársela.

—Ya basta —dijo el mencey de Anaga atusando su pelo rojo ya plagado de canas y procurando que la humillación que sufrió hacía tanto tiempo no fuese motivo de conversación—. No tiene sentido seguir discutiendo, porque nunca nos pondremos de acuerdo.

—Lo que debemos hacer es parlamentar con los extranjeros —dijo el mencey de Icod—. Tal vez solo quieran mercadear y marchar en paz.

—Lo mismo pensamos cuando se instalaron en Anaga y abusaron de la confianza que les dimos, hasta que mataron a uno de los hijos de Beneharo. ¿Ya lo has olvidado?

—No, no lo he olvidado... —respondió Pelicar.

En aquel tagoror se acordó que Bencomo, en representación de los ocho menceyes presentes, se reuniría con los invasores para intentar llegar a un acuerdo. Aunque todos sabían que, enviándolo a él, las discrepancias con los extranjeros surgirían de inmediato, el encuentro entre el mencey de Taoro y el representante de la Corona de Castilla, Alonso Fernández de Lugo, finalmente se produjo el 4 de mayo de 1494 en las inmediaciones de la laguna de Aguere.

Bencomo, al frente de un numeroso ejército —sobre todo de Taoro, aunque también había una representación de Daute, Icod, Tacoronte y Tegueste—, observaba a Alonso Fernández de Lugo, que, junto con cien peones y la mitad de jinetes, permanecía en formación en el otro extremo de la explanada. Unos pasos por detrás del mencey, esperando órdenes y deseosos de entrar en batalla, estaban sus hijos Dácil y Bentor —este ya convertido en un hombre de diecisiete años—, los corpulentos gemelos Dailos y Ubay, además de Dádamo. Tinguaro y Hucanon se reunieron con su hermano, y los cinco jóvenes se acercaron para escuchar mejor, impacientes.

—Los centinelas confirman que esto solo es una pequeña parte del ejército invasor, Bencomo. El grueso aguarda en Anaga.

—Ya me parecía a mí que su arrogancia era demasiado grande si pretendían vencernos con un puñado de hombres y de bestias.

—¿Qué hacemos?

—Miremos a los ojos de quien quiere aniquilarnos, hermanos...

Sin decir una palabra más, Bencomo echó a andar, seguido de cerca por Tinguaro, Hucanon y veinte guerreros seleccionados previamente por este último, entre los que estaban sus hijos y sobrinos.

—Ha llegado la hora —dijo Alonso Fernández de Lugo bajándose de su caballo al ver movimiento en las tropas enemigas.

—¿Iremos a pie? —preguntó Gonzalo.

—Los caballos podrían quedarse varados en este barrizal. No mostremos nuestras debilidades antes de tiempo.

—Estáis en lo cierto, mi capitán.

—Coge a un intérprete y dos docenas de hombres —dijo Lugo—. Y que sean fornidos, por el amor de Dios. Lo último que quiero es que esos salvajes se crean superiores por ver frente a ellos a alfeñiques andaluces.

En cuanto la representación de la corona se reunió con los guanches, los dos líderes se miraron, estudiándose, como si no hubiera nadie más en aquel lugar. Alonso Fernández de Lugo quedó impresionado ante la portentosa presencia del famoso Bencomo, aunque le sorprendió comprobar que ya estaba entrado en años. La constante exposición al sol y las preocupaciones habían trazado profundas arrugas en la cara que le hacían parecer mayor, pero calculó que tendría unos cincuenta años. Acto seguido se fijó en los dos hombres que lo acompañaban, tan poderosos como Bencomo, en especial uno de ellos, de piel oscura y una impresionante musculatura que el sudor y el sol hacían brillar como si fuese un espejo. Finalmente estudió a su escolta, entre los que llamaba la atención una mujer, con una mirada tan fiera como el resto de los guerreros.

—Hasta envían a luchar a sus mujeres... —comentó Gonzalo con descrédito.

—Esa no parece una mujer cualquiera, muchacho —respondió Alonso con cautela—. He visto a algunas de estas salvajes con menos apariencia matar a soldados para defender a sus hijos.

A Bencomo, por su parte, aunque se sabía muy superior a su enemigo en una pelea cuerpo a cuerpo, le impresionó el aplomo de aquel hombre al mirarlo. Se notaba que era alguien acostumbrado a la guerra y habría quitado la vida a muchos hombres. Después se fijó en las armas de sus enemigos; aparte de espadas y picas afiladas, cada uno de los soldados portaba el artefacto que lanzaba flechas con una punta similar a la que encontró siendo niño y que seguía llevando en su faltriquera.

Después de un prolongado silencio, Alonso Fernández de Lugo habló a su intérprete, que, cuando terminó de escuchar el mensaje, asintió y dio un paso al frente.

—¡Mi señor, el adelantado Alonso Fernández de Lugo desea mostrar su respeto al gran mencey Bencomo!

—Dile a tu señor que la mejor manera de mostrar su respeto es marchándose con sus tropas de nuestra isla —respondió Bencomo.

Al escuchar al intérprete, Alonso sonrió con suficiencia.

—Venimos en son de paz, pero dispuestos para la guerra si no se atienden todas y cada una de nuestras peticiones.

—¿Cuáles son?

—En primer lugar, queremos ofrecer nuestra amistad. Nadie tiene por qué salir herido en el día de hoy. En segundo lugar, queremos que todos los llamados guanches, empezando por sus nueve menceyes, se postren ante la santa cruz y acepten como única y verdadera religión la cristiana. Y, por último, que todo habitante de esta isla muestre sumisión ante los reyes de Castilla, doña Isabel y don Fernando.

Bencomo y sus hermanos cruzaron unas palabras. Al fin, el mencey habló:

—El nuestro es un pueblo amigable, así que aceptamos vuestra amistad siempre que os marchéis en paz. En cuanto a lo de ser cristianos, nosotros creemos que el único dios es Achamán, creador del cielo y de la tierra, aunque respetamos a los guañameñes que viven entre nosotros desde hace años y que tratan de transmitir sus creencias. Pero lo de someternos a los reyes de Castilla... —Bencomo endureció el gesto—, eso jamás. Yo he nacido para ser mencey y como mencey moriré.

Alonso volvió a sonreír, admirado por la valentía y el orgullo de aquel hombre.

—Entonces no nos dejáis otra opción que la guerra.

—Así sea.

Los tres hermanos dieron media vuelta y regresaron con su ejército.

—¿Quiénes son los dos hombres que lo acompañan? —preguntó Alonso Fernández de Lugo mientras los veía alejarse.

—Uno de ellos es su hermano Tinguaro, mi capitán —respondió Gonzalo—. El más fornido dicen que es su hermanastro y responde al nombre de Hucanon.

Al escuchar aquel nombre tan familiar, Alonso miró al intérprete.

—¿Es Hucanon un nombre común en este pueblo?

—Nunca antes lo había oído, señor.

Al confirmar que se trataba del único hijo de su esclava Ana, Alonso Fernández de Lugo supo que Dios estaba de su lado y estalló en carcajadas. Aún no sabía de qué manera podría sacarle provecho a aquella información, pero tenía claro que la encontraría.

39

Reino de Valencia. Febrero de 1523

Una vez que Elena le explicó a la Canaria lo sucedido en la finca de los Lavilla, esta envió al muchacho que tenía de recadero —hijo de una de las prostitutas más jóvenes que trabajaban en su burdel— en busca de Melchor y Nicolás. La joven esclava, todavía con el susto metido en el cuerpo, ya se había aseado y vestía ropa limpia. Tomaba un cuenco de sopa caliente sentada sobre el catre de un cuartucho que normalmente ocupaban clientes y prostitutas, y cuya única decoración, aparte de varios desconchones en las paredes, era una vieja palangana y una jarra de agua. Se puso en tensión cuando escuchó a varias personas subir las escaleras de madera, pero sonrió con alivio al ver que eran los esclavos guanches que tenían como objetivo protegerla.

—Menuda has organizado, muchacha... —dijo Melchor nada más verla.

—Lo siento.

—No lo sientas. El hombre al que mataste disponía de vidas ajenas a su antojo y se merecía morir. Igual que su hijo.

—Daniel Lavilla ha puesto precio a tu cabeza —intervino Nicolás—. La desesperación por no dar contigo le ha hecho ofrecer cien ducados de oro por quien se la lleve en bandeja.

—Eso es mucho dinero... —dijo Elena impresionada.

—Lo suficiente como para que no te fíes de nadie que no seamos nosotros dos o la Canaria.

—Daniel estuvo a punto de alcanzarme en el bosque, pero una anciana me ayudó a escapar.

—Estamos al tanto... —respondió Melchor.

—Sé que no tengo nada que ofrecer, pero me gustaría que la buscaseis para poder recompensarla de alguna manera.

—Ana ha muerto.

Elena sospechaba que el ataque de los perros de Daniel Lavilla podía haber hecho mucho daño a una mujer tan vieja, pero la noticia de su muerte la afectó más de lo que hubiera imaginado.

—¿Se llamaba Ana?

—Es el nombre que le pusieron sus amos, cuando los tuvo hace años. Pero su verdadero nombre era Gara, madre de Hucanon. No sufras por ella, porque llevaba mucho tiempo deseando reunirse con Achamán.

—¿Quién es ese Achamán del que tanto habláis?

—Es nuestro dios, sustentador de los cielos, creador de la tierra, del agua, del fuego y del aire.

—No entiendo nada de lo que decís.

—Pronto lo entenderás.

—No. —Elena se plantó—. Ya basta de tratarme como a una cría. Quiero saber por qué me ayudáis, por qué me lleváis ayudando desde que tengo uso de razón. Necesito saberlo de una vez.

Los dos hombres se miraron: había llegado el momento de contarle la verdad. Nicolás asintió a su compañero, dándole permiso para hablar.

—Tú crees llamarte Elena, pero ese solo es tu nombre de esclava.

—¿Conoces el nombre que tenía antes de que me comprase mi amo? —preguntó ella conteniendo la respiración.

—Claro, todos lo conocemos.

—¡Habla!

—Naciste como Nayra, hija de dos de los mejores guerreros guanches que se enfrentaron a los conquistadores castellanos. Y es hora de que regreses a Achinet.

Segunda parte

40

Tenerife (islas Canarias). Mayo de 1494

El ruido de las suntas al chocar entre sí era ensordecedor. Bajo la atenta mirada de Bencomo, trescientos guerreros de Taoro practicaban la lucha cuerpo a cuerpo, otros tantos lanzaban sus banots contra unas balas de paja con una precisión asombrosa, y el resto, hasta llegar a los mil, entre los que se encontraba un nutrido grupo de mujeres, afinaba la puntería con sus temidas hondas. La intensidad con la que entrenaban haría temblar a cualquier enemigo, incluido a ese soberbio de Alonso Fernández de Lugo, el que pretendía que dejasen de lado a Achamán para adorar a su dios y que se postrasen ante unos reyes que ni siquiera se habían dignado a acompañarlo para combatir por las tierras que querían conquistar.

Paseó entre sus guerreros animando a los menos capaces —principalmente los que hasta entonces se habían dedicado al pastoreo o a la agricultura—, y corrigiendo la manera de empuñar la sunta o de agarrar las cintas de las hondas a los más jóvenes. El sonido de las armas se fue acallando poco a poco hasta que solo se oían los bufidos, jadeos y golpes de varios contendientes. Bencomo se abrió paso entre la multitud para presenciar en primera fila la lucha de su hermanastro Hucanon contra sus hijos, los gemelos Dailos y Ubay. Cualquiera de los mandobles que se lanzaban con sus suntas sería mortal si impactara en su objetivo. Pero los tres eran guerreros excepcionales, los mejores que Bencomo hubiera visto nunca. Se movían con una habilidad hipnótica, en una especie de danza en la que cualquier mínimo fallo se pagaría muy caro.

—¡Perdéis vuestra ventaja si me atacáis de uno en uno! —Hucanon barrió con la sunta los pies de uno de sus hijos, que cayó al suelo—. ¡Unid vuestras fuerzas, por los dioses!

Cubiertos de sudor, sangre y arena, los dos hermanos se miraron y por fin comprendieron que, en solitario, jamás conseguirían vencer a su padre, por más que tuviese cerca de cincuenta años y prácticamente les doblase la edad. Se desplazaron muy despacio, asegurando bien sus pasos, sin quitarle la mirada de encima hasta situarse a ambos flancos de Hucanon.

—Por ahí vais mejor. Demostradme que habéis aprendido algo de cuanto os he enseñado.

Los gemelos atacaron por primera vez compenetrados. Hucanon rechazó las embestidas de sus hijos con movimientos rápidos, pero se veía obligado a retroceder, sin poder conectar ningún golpe. Dailos hincó una rodilla en tierra y se cubrió con su escudo fabricado con madera de drago. Hucanon no comprendió lo que estaban tramando hasta que fue demasiado tarde.

—¡Ahora, hermano!

Ubay saltó sobre el escudo de Dailos y este lo impulsó con todas sus fuerzas, elevándolo a una altura considerable. Hucanon no se esperaba un ataque desde lo alto y perdió de vista a Dailos, que arrojó su arma a los pies de su padre. El hermanastro de Bencomo tropezó y cayó de espaldas en el preciso instante en el que Ubay aterrizaba sobre su pecho y le colocaba en el cuello la empuñadura de su sunta, que había afilado y endurecido al fuego la noche anterior. Un denso silencio se hizo entre todos los espectadores, que jamás habrían imaginado ver derrotado a su mejor guerrero. Ni siquiera sus propios hijos contaban con ello y volvieron a mirarse, confundidos.

—¿Lo hemos vencido? —preguntó Ubay.

—Eso parece —respondió Dailos henchido de orgullo.

Hucanon aprovechó un momentáneo despiste de sus hijos para desarmar a Ubay y golpearlos a ambos con la sunta del muchacho. La situación se dio la vuelta por completo y los gemelos quedaron tumbados de espaldas en la arena, maltrechos, mientras su padre se colocaba sobre ellos.

—La lucha termina cuando el enemigo ya ha abandonado este mundo, no antes —dijo con la afilada empuñadura contra el pecho de uno de sus hijos y pisando el del otro—. ¿Lo habéis entendido?

Los gemelos asintieron, derrotados. Hucanon sonrió y los ayudó a levantarse.

—Bien hecho, hijos.

—¡Ya basta por hoy! —dijo Bencomo a su ejército—. ¡Id a beber agua, a descansar y a que os curen las heridas! ¡Mañana seguiremos preparándonos para hacer que esos extranjeros cambien a su dios por Achamán y se postren ante nosotros! ¡Hasta lograremos que prefieran nuestra leche de cabra a ese vino repugnante!

Los guerreros rieron con ganas y comenzaron a retirarse. Bencomo se acercó a Hucanon con una sonrisa y le puso la mano en el hombro.

—Nunca antes te había visto derrotado, hermano...

—Estoy viejo —respondió Hucanon mientras se sacudía el polvo.

—El tiempo pasa para todos, aunque sigues siendo el mejor guerrero que tenemos. Al cabo de unos años, quizá tus hijos te superen, pero todavía no.

—¿Crees que vivirán unos años, Bencomo? ¿Crees que alguno de nosotros sobrevivirá a esta guerra?

Bencomo miró pensativo hacia la playa, donde algunos de los guerreros más jóvenes habían ido a refrescarse y jugaban saltando las olas, salpicándose unos a otros como los niños que todavía eran.

—Creo que tenemos una posibilidad si luchamos con cabeza.

—Las armas de los extranjeros superan a las nuestras. He visto cómo una de sus espadas partía en dos una sunta como si fuese una simple rama.

—Es cierto, pero son difíciles de manejar en un terreno abrupto. Y de eso a nosotros nos sobra. Solo debemos elegir el campo de batalla que nos favorezca.

—¿Cómo conseguirás ser tú quien elija ese lugar?

—Estoy pensando en ello. Pero esa es la clave de todo. Cuando lo decida, serás uno de los primeros en saberlo.

Hucanon asintió. Llevaba toda la vida confiando en Bencomo y no iba a dudar de él en el momento más complicado para su pueblo. Uno de los vigías se acercó a los dos hermanos.

—Disculpas, mencey Bencomo. Sus emisarios ya están de regreso.

—Gracias —respondió Bencomo para volver a mirar a Hucanon—. Veamos si es cierto que hablando ellos en mi nombre con los demás menceyes lograríamos más apoyos...

La misma tarde del primer encuentro entre Bencomo y Alonso Fernández de Lugo, cuando ambos constataron que no habría acuerdo y que la siguiente vez que se verían sería en el campo de batalla, los prohombres de Taoro decidieron que una delegación acudiese a informar a los demás gobernantes de lo que había sucedido y que Bencomo no formase parte de ella, convencidos de que así recabarían más apoyos entre los cantones vecinos. Después de varios días de negociación, Tinguaro, Dádamo, Bentor y Dácil ya habían regresado con una respuesta, aunque su semblante no presagiaba nada bueno.

Bencomo llegó acompañado por Hucanon y los miró uno a uno a los ojos antes de decir una palabra. Ni su hermano, ni su sobrino, ni mucho menos sus hijos, pudieron sostenerle la mirada.

—¿Y bien? —preguntó convencido de que el viaje había sido en balde.

—Solo tenemos el apoyo de Daute, Icod, Tacoronte y Tegueste —respondió Tinguaro circunspecto.

Los habitantes de Taoro, que se habían reunido en torno a ellos esperando buenas noticias, suspiraron al unísono con decepción, incluidas Guajara y Hañagua, que, a pesar de su edad, seguía manteniendo el mismo porte elegante que en sus días como harimaguada.

—O sea —dijo Bencomo—, de los mismos cantones que ya nos apoyaban antes.

—Beneharo ha prometido mantenerse neutral —matizó su sobrino Dádamo.

—Cobarde —respondió indignado—. Consiente que esos extranjeros desembarquen en Anaga sin mover un dedo. ¿Llama a eso ser neutral?

—Permitirá que nos movamos libremente por su cantón —dijo Dácil—. Eso nos ayudará a planificar mejor el ataque.

—Tendremos que conformarnos. En cuanto a Adeje y Abona, supongo que Pelinor y Adjoña le tienen más miedo a Añaterve que a los propios invasores.

—Los cantones del sur, con Güímar a la cabeza, llevan años haciendo tratos con los extranjeros, hermano —dijo Tinguaro—. Lo extraño hubiera sido que se unieran a nosotros en la guerra.

—Así que solo los cinco cantones del norte nos enfrentaremos a las tropas de Lugo... ¿Cuánto compromiso están dispuestos a adquirir?

—Su compromiso es total, padre —intervino el joven Bentor—. Pondrán a su disposición a todo su ejército. En total, seremos seis mil guerreros dispuestos a aplastar a esos hijos de Guayota.

Bencomo hizo un gesto de aprobación; aunque las armas enemigas eran más mortíferas que las suyas, ellos conocían mejor el terreno y los triplicaban en número. Por un instante, tuvo la sensación de que la victoria era posible.

—Jamás se había reunido un ejército tan numeroso —dijo Hucanon dejándose contagiar por el optimismo.

—Si el gran Hucanon empieza a creer que podremos con ellos, así será... —aseguró Bencomo antes de volver a dirigirse a su hijo Bentor—: ¿Cuándo llegarán?

—Están en alerta, padre, ejercitándose y esperando su llamada.

—Bien. Ahora id a descansar y pasad tiempo con vuestras familias. La gran batalla se acerca.

Todos se fueron dispersando, encaminándose hacia las cabañas que ocupaban a los pies de la cueva-palacio de Bencomo. Mientras que Dádamo ya había hecho abuelo a Tinguaro, y los gemelos Dailos y Ubay a Hucanon por partida doble, Dácil y Bentor aún no le habían dado ningún nieto a Bencomo. A sus diecisiete años, el muchacho no se decidía por ninguna joven, mientras que Dácil no mostraba por los muchachos mayor interés que el derrotarlos en el campo de entrenamiento.

—Hija mía —dijo Bencomo cuando ella se disponía a marcharse—. Ven a sentarte con tus padres.

Dácil miró a su madre con complicidad y fue a sentarse junto a ellos.

—Ya me extrañaba a mí que no fuera a preguntarme por mi hermana, padre.

—¿La has visto?

—¿Cree que pasaría por Tacoronte sin visitar a Idaira?

—¿Cómo está? —preguntó Hañagua, tan impaciente como su marido.

—Embarazada de nuevo.

Bencomo y Hañagua se alegraron de volver a ser abuelos, tanto como se entristecieron de que su hija siguiera sin querer tener relación con su padre después de que este la obligase a abandonar el cuidado de la diosa Chaxiraxi para casarse con el hijo del mencey Acaymo. Aun así, entonces más que nunca, Bencomo estaba convencido de que había hecho bien alejándola de Añaterve.

—¿Es feliz?

—Ya conoce a mi hermana, padre. Se esfuerza para que no la veamos sonreír, pero cada día le resulta más difícil.

—¿Pudiste encontrarte con tus sobrinos?

—Los vi, y están enormes ya. Nahuzet es todo un hombrecito y Nelyda cada día se parece más a mí cuando era niña. No se separa de su pequeño banot... —añadió sonriente.

Hañagua notó la tristeza en los ojos de su esposo y le apretó la mano.

—Los conocerás, Bencomo. Tarde o temprano los conocerás.

—Ya no me queda mucho tiempo, Hañagua. Si no muero por la espada de uno de los extranjeros, pronto lo haré de viejo.

Hañagua y Dácil lo miraron apenadas. La muchacha quiso consolar a su padre diciéndole que pronto acabaría su pesar, pero la verdad era que había intentado ablandar el corazón de su hermana —como cada vez que la visitaba—, e Idaira, testaruda y orgullosa como era, seguía asegurando que ella ya no tenía padre.

41

Reino de Valencia. Febrero de 1523

Elena escuchaba a Melchor hablar con emoción sobre su tierra —esa peculiar isla que todos conocían como Tenerife, aunque él la llamaba Achinet—, pero no terminaba de creerse que aquello pudiera ser cierto. Cuando eran niñas, sus amas Guiomar y Sabina se burlaban de ella porque descendía de piratas escandinavos y tenía el pelo rubio y los ojos demasiado claros, pero resultaba que en realidad venía de una isla cercana a la tierra de su añorado Rodrigo. La muchacha, que no recordaba haber salido de la ciudad de Valencia más que para visitar la hacienda de Miguel Lavilla, sentía un vértigo tremendo al mirar en un mapa aquellas diminutas islas perdidas en mitad del océano.

—¿Vosotros estáis seguros de que no os confundís de persona? —preguntó por enésima vez.

—Llevamos siguiendo tus pasos desde que te llevaron de Achinet. No hay error ninguno.

—¿Conociste a mis padres?

—Eran dos guerreros guanches que lucharon a las órdenes del gran mencey Bencomo, aunque apenas tuve trato con ellos —respondió Melchor en tono neutro—. Y nosotros no abandonamos a los nuestros, por eso te hemos cuidado todos estos años.

—Está bien —asumió desbordada—. Pongamos que sea cierto; eso no cambia que haya matado a mi amo. Si me cogen, me colgarán igual que a Rodrigo.

—Nosotros nos ocuparemos de que eso no ocurra.

—¿Cómo?

—De momento, manteniendo la calma y ocultándote hasta que las aguas vuelvan a su cauce. Aparte de nosotros, ¿sabe alguien más que estás aquí?

—Una mujer..., aunque creo que nació como hombre. Le pregunté por el burdel de la Canaria y me indicó cómo llegar, pero no dirá nada.

—¿Por qué estás tan segura?

—Algo me dice que puedo confiar en ella.

—No debes fiarte de nadie, muchacha. Más allá de lo sucedido con Joaquín Lavilla, hay mucha gente que querría hacerte daño.

—¿Por qué? —se extrañó.

—Dejémoslo en que es muy importante para nosotros mantenerte a salvo.

Al oír unos pasos subiendo las escaleras, Melchor sacó un puñal y protegió instintivamente a Elena con su cuerpo. Respiró aliviado al ver que se trataba de Nicolás y de la Canaria.

—Baja ese puñal, Ancor.

—¿Cómo están las cosas ahí fuera? —preguntó guardando de nuevo el arma.

—Daniel Lavilla ha puesto Valencia patas arriba. —Nicolás parecía preocupado—. Es tan alta la recompensa que ofrece que tanto comerciantes como guardias e indeseables la buscan hasta debajo de las piedras.

—Y todos ellos vienen después a mi casa a desfogarse —añadió la Canaria con gesto grave.

—Tenemos que sacarla de aquí cuanto antes —dijo Melchor.

—Hay que esperar. Nos acabamos de cruzar con una partida peinando las calles.

—Cualquier noche alguna de las chicas preguntará por qué no se puede utilizar esta habitación y atará cabos.

—Si queremos enviarla a Achinet, habrá de ser por mar —dijo la Canaria—, pero los hombres de Lavilla han tomado el puerto. Y se unirán los de su prometido. Recordad que la muchacha se iba a casar con un ricachón que también estará furioso por que se le hayan torcido los planes.

Los tres guanches resoplaron, pues cada noticia era peor que la anterior. Elena bajó la mirada, sintiéndose culpable.

—Lamento daros tantos problemas...

—No debes disculparte. —Melchor le tomó la mano con afecto—. Esto no es culpa tuya. Además, cuidar de ti es mi destino y lo asumo con honor.

—Cherfe... —dijo Nicolás pensativo.

Todos se volvieron interrogantes hacia él.

—Es un esclavo guanche que, al morir su amo, obtuvo la libertad y heredó el barco en el que faenaba. Si sigue vivo, nos ayudará.

—Lo último que supimos es que Cherfe vive en Barbate, en la costa de Cádiz —contestó Melchor—. Eso queda aún más lejos que Sevilla. Tardaremos semanas en llegar por el interior. Y eso sin contar con que quizá lleguemos y se niegue a ayudarnos.

—Confiemos en que lo haga.

Melchor y la Canaria no tenían claro que fuese una buena idea, pero no se les ocurría otra mejor. Aun así, el guanche seguía teniendo dudas sobre el plan.

—Es cierto que Daniel Lavilla espera que escape por mar, pero también tendrá hombres vigilando los caminos en busca de una esclava.

—Si eso es lo que busca, jamás la encontrará —replicó la Canaria—. Miradla, esta muchacha tiene pinta de cualquier cosa menos de esclava.

—¿Qué quieres decir?

—Que con su presencia y educación no será difícil transformarla en señora. Y Melchor bien pudiera ser uno de los esclavos que la acompañen en su viaje para..., para... —La Canaria no supo qué más añadir.

—¿Para atender los negocios de mi difunto padre? —intervino Elena con timidez—. Me he pasado media vida negociando con comerciantes de telas, así que algún conocimiento he adquirido.

Los tres guanches volvieron a mirarse. Era una locura que seguramente acabase con la vida de todos los que participasen en ella, pero existía una mínima posibilidad de que saliese bien.

42

Tenerife (islas Canarias). Mayo de 1494

Alonso Fernández de Lugo y Gonzalo del Castillo examinaban el muro que habían mandado levantar alrededor del campamento de Añazo, protegido por un foso de casi diez pies de profundidad y tres pasos de ancho. A lo lejos, en el otro extremo de la empalizada, bajo la santa cruz que daría para siempre nombre a aquel lugar, se escuchaban las sierras y los martillos de los carpinteros. Estaban terminando de construir los establos para albergar a los ciento cincuenta caballos que habían llevado para la conquista de la única isla que aún no estaba bajo el dominio de la Corona de Castilla.

—Parece firme. —Gonzalo palmeó una de las piedras volcánicas que componían la defensa.

—Esas piedras son tan duras como la mollera de los salvajes que habitan estas malditas islas. —Alonso observaba con seriedad la loma cubierta de vegetación que se erigía al otro lado del muro.

—¿Qué os preocupa tanto, mi capitán? —preguntó Gonzalo siguiendo su mirada.

—Ya llevamos aquí una semana y no hemos sabido nada del tal Bencomo. Miedo me da lo que pueda estar tramando.

—Según tengo entendido, está envuelto en disputas internas, procurando recabar apoyos de manera desesperada.

—Solo tendrá el de los menceyatos del norte. De los del sur ya me he ocupado yo.

—¿Confiáis plenamente en Añaterve?

—La vida me ha enseñado que uno no debe confiar plenamente ni en su propia madre, muchacho. Pero, mientras respetemos el acuerdo al que hemos llegado con ellos, no moverán un dedo contra nosotros.

—Me consta que el grano, los animales y los aperos de labranza que les hemos prometido ya están en su poder, mi capitán.

—Que engorden, pues, que no es de ellos de quienes nos hemos de preocupar.

Cuatro jinetes salieron del bosque y se dirigieron al portón de entrada del campamento. Al verlos llegar, uno de los centinelas dio la orden y el puente levadizo empezó a caer lentamente sobre el foso.

—Ahí llegan los exploradores —señaló Gonzalo.

—Veamos qué noticias traen.

Los dos hombres se dirigieron a su encuentro. Los jinetes bebían agua y se refrescaron mientras varios mozos se hacían cargo de sus monturas. La práctica totalidad del ejército castellano dejó de rezongar para acercarse a escuchar lo que los exploradores tenían que decir.

—¿Cómo están las cosas ahí fuera?

—No sabríamos deciros, mi capitán —respondió uno de ellos—. Los salvajes se limitan a ejercitarse, no parece que tengan pensado atacar.

—¿Cuántos son?

—Nos ha sido imposible llegar más allá de la frontera de Taoro, así que desconocemos cuántos habrá allí, ni tampoco en los menceyatos de Icod y Daute. Pero, entre Tegueste y Tacoronte, suman alrededor de dos mil guerreros.

Alonso percibió el nerviosismo de su ejército. Ellos de momento solo eran mil quinientos entre la milicia llegada desde la Península y los aborígenes de las islas ya conquistadas. El adelantado supo que tenía que reaccionar con rapidez si no quería que cundiese el desánimo, lo peor que podría suceder antes de una batalla.

—¿Usan espadas, picas y ballestas y se cubren con armaduras forjadas en Toledo? —preguntó atajando los rumores.

—No, mi capitán —respondió el explorador, aturdido.

—Cuéntame entonces cuáles son sus armas de guerra.

—Palos y piedras.

—¡Palos y piedras! —repitió Alonso Fernández de Lugo alzando la voz y volviéndose hacia sus hombres—. ¡Por muchos que sean, únicamente tienen palos y piedras! ¡¿Vamos a temer a unos salvajes desarmados cuando la mayoría de los que estáis aquí habéis sometido a los moros en Granada?!

Los hombres negaron, aunque no con la vehemencia que Lugo esperaba.

—¡No os oigo! ¡¿Vamos a dejarnos intimidar por unos bárbaros en taparrabos cuando vosotros habéis conquistado el mundo entero?!

—¡¡¡No, mi capitán!!! —respondieron todos al unísono.

—¿Dónde está Fernando Guanarteme?

Los soldados dejaron paso a Tenesor Semidán, antiguo rey de los grancanarios, a quien todos consideraban un traidor con ansias de riqueza, cuando su auténtica pretensión seguía siendo intentar convencer a los guanches de que abandonasen las armas para evitar una masacre como la que habían sufrido los aborígenes en otras islas.

—A vuestras órdenes, mi capitán.

—Muchos lo recordaréis como el rey de la isla de Gran Canaria que nos tuvo en jaque durante meses —continuó diciendo a sus hombres para, acto seguido, dirigirse al grancanario—: Cuéntanos por qué te bautizaste con nombre cristiano y ahora estás de nuestro lado, Fernando.

—Porque no hay posibilidad de someter a la Corona de Castilla.

—¡Repítelo más alto!

—¡Porque no hay ejército capaz de someter a la Corona de Castilla!

Las palabras del antiguo rey lograron el efecto deseado y los hombres celebraron como si ya hubiesen derrotado a Bencomo y a su ejército. Alonso se volvió hacia Gonzalo.

—¿Cuántas barricas quedan?

—Quince o veinte, mi capitán.

—Que se agüe el vino y se reparta entre los hombres. Pero vigila que no estén como cubas por si a Bencomo le da por asomar la nariz.

—Así lo haré.

Un soldado llegó hasta los dos hombres.

—Se acerca el navío que enviasteis a Gran Canaria hace unos días, mi capitán.

Alonso Fernández de Lugo miró satisfecho hacia el horizonte, donde ya se distinguían las velas cuadradas del barco.

—Ahora empieza la verdadera partida, amigo mío. —Le apretó el hombro a Gonzalo y se encaminó hacia su tienda—. Dales el vino a los hombres. Será la última borrachera de algunos de ellos.

Una joven esclava gomera, obsequio de su amada Beatriz de Bobadilla, ayudaba a Alonso a asearse. El sudor y la humedad de aquella isla hacían que la arena se le quedase incrustada en la piel, produciéndole unas insufribles ronchas casi imposibles de aliviar. Un guardia anunció la llegada de Gonzalo y Alonso despidió a la esclava con un gesto. La joven recogió la palangana y los trapos y salió de la tienda apresurada. El adelantado se levantó de la cómoda butaca que había mandado llevar desde su casa de Agaete para recibir a su mejor consejero y hombre de confianza.

—¿Ya están bebiendo los hombres? —preguntó mientras terminaba de vestirse.

—Me he permitido desobedecer vuestras órdenes y dar vino solo a la mitad de ellos, mi capitán. La otra mitad ya beberá cuando los primeros se repongan.

—No sé de quién has heredado esa sensatez, muchacho —dijo Alonso complacido—. De tu padre no, desde luego. Aún recuerdo que había que frenarlo para que no iniciase él solo la conquista de Gran Canaria.

—Siempre fue un hombre impetuoso.

—Demasiado, diría yo. ¿Cómo está, por cierto?

—Hace unos días recibí correspondencia de mi madre. Dice que la edad le ha afectado a los órganos y apenas se levanta de la cama.

—Una lástima —respondió Alonso sirviendo un par de copas de vino y tendiéndole una a Gonzalo—. Aunque puede estar orgulloso de la vida que ha llevado. Brindemos por él.

Los dos hombres alzaron sus copas y bebieron.

—Ahora ocupémonos de conquistar esta repugnante isla —dijo el adelantado—. ¡Guardia!

El mismo guardia que había anunciado a Gonzalo volvió a asomarse a la tienda.

—Que traigan a la esclava.

El guardia asintió solícito y unos momentos después regresó llevando a una esclava del brazo. Al verla, el adelantado esbozó una sonrisa ambigua.

—Querida Ana... ¿Verdad que me has echado de menos?

La guanche comprada por el padre de Alonso cuando este tan solo era un niño seguía conservando la misma dignidad que de joven, aunque había sobrepasado los sesenta años. Aguantó en silencio, sin variar su expresión, temiéndose lo peor; conocía bien a su amo y sabía de lo que era capaz aquel hombre. Gonzalo los miraba uno a otro sin comprender nada.

—Gonzalo. —El adelantado se arrancó a hablar después de observarla con detalle y confirmar que ya no quedaba en ella nada de lo que tanto le había atraído—, quiero presentarte a Ana, aunque su nombre de salvaje es... ¿Cómo me dijiste que te llamaban los tuyos?

—Gara, amo.

—Eso es, Gara. —Volvió a Gonzalo, sin dejar de mirarla—. Esta esclava lleva más de treinta años sirviendo a mi familia. ¿A que no adivinas dónde nació?

—¿Aquí?

—Exacto, aquí. Pero eso no es lo más curioso de todo, amigo mío. Resulta que, cuando la sacaron de esta isla, tenía un hijo pequeño. ¿Quieres saber cómo se llamaba? Díselo tú, esclava.

Ella calló. Llevaba toda la vida soñando con volver al lugar del que la arrancaron por la fuerza, pero en aquel momento deseó estar en la otra punta del mundo. El silencio se prolongó más de la cuenta y Alonso endureció la expresión.

—Te he hecho una pregunta. ¡Dile cómo se llama tu hijo!

—Hucanon.

—¿El mismo Hucanon que...? —se sorprendió Gonzalo.

—¡El mismo! —respondió Alonso exultante—. Tenemos frente a nosotros a la madre del guerrero al que todos temen,

Gonzalo. Hasta a Añaterve se le descompone el semblante al escuchar su nombre.

—Bendita casualidad...

—Casualidad que no pienso desaprovechar, por descontado. ¿Qué crees que deberíamos hacer con ella?

—No lo sé. —Gonzalo aún estaba asimilando la información.

—Quizá podríamos dejarla libre para que se reúna con su hijo antes de que le cortemos la cabeza y la clavemos en una pica. ¿Te gustaría, Ana?

La mujer volvió a callar, sin creerse que aquello pudiese suceder de verdad.

—O, mejor aún —continuó Alonso—, quizá la cabeza que debamos cortar sea la de ella para enviársela como presente a su hijo. ¿Tú qué opinas, Gonzalo?

—De poco nos serviría muerta, mi capitán.

—Tienes toda la razón. Se me está ocurriendo algo que hará que ese salvaje se postre ante nuestros pies...

Tanto Gonzalo como Ana miraron a Alonso Fernández de Lugo. Ambos tenían claro que, fuera lo que fuese lo que se le había ocurrido, no sería bueno ni para la esclava ni para su hijo.

43

La Gomera (islas Canarias). Mayo de 1494

Cuando Beatriz de Bobadilla financió la conquista de Tenerife, Alonso le dijo que sería cuestión de días y que pronto regresaría a buscarla para cumplir su promesa de convertirla en reina, pero a ella la espera se le estaba haciendo eterna. Deseaba equipararse de una vez a Isabel de Castilla, a la que tanto seguía odiando, y para ello mandó tallar un trono en el que sentarse para recibir en audiencia a sus vasallos. Solía ocuparlo rodeada de los hombres más fornidos y las mujeres más bellas que había en La Gomera.

—¿Para qué requerís la presencia de vuestra gobernadora? —preguntó con desgana a un aborigen, uno de los pocos jefes tribales que quedaron con vida tras la matanza por el asesinato de su marido, Hernán Peraza el Joven.

El hijo que un noble castellano había tenido con una esclava guanche ejercía de intérprete.

—Este hombre se queja de que los jinetes a vuestro servicio pisotean su cosecha cuando patrullan, mi señora.

—¿Este salvaje me molesta para hablarme de cosechas? —protestó Beatriz—. Dile que se marche antes de que lo haga colgar de un drago.

Para su sorpresa, el hombre volvió a hablar sin moverse del sitio.

—El jefe tribal quiere recordaros que su cosecha, aparte de alimentar a su pueblo, abastece vuestras cocinas. Y también que, gracias a ella, puede pagaros lo que reclamáis.

Unos pocos años antes, Beatriz habría mandado desollar a ese hombre allí mismo por su insolencia, pero lo último que necesitaba era una hambruna en sus dominios y que los agricultores dejasen de pagar los impuestos que le permitían llevar un nivel de vida adecuado a su posición.

—Que los jinetes dejen de echar a perder las cosechas —sentenció para después hablarle al intérprete mientras miraba amenazante al gomero—. Y adviértele de que, como diga una sola palabra más, no volverá a ver el sol.

El jefe tribal entendió que le convenía callar, hizo una reverencia y se retiró. Aquel día, Beatriz tuvo que mediar entre varios oficiales por las lindes de las tierras que les había cedido para explotar, negociar comisiones con barcos pesqueros llegados de otras islas, discutir con arquitectos castellanos sobre la viabilidad de un nuevo pabellón que deseaba construir en el borde de un acantilado y hasta aprobar el diseño del nuevo mercado de la plaza.

Al terminar de despachar aquellas tediosas labores administrativas, Beatriz pidió que trajeran vino, todo tipo de manjares y a unos músicos para que amenizasen la velada. Pero no sería esa su principal distracción. Según iba madurando, sus gustos evolucionaban con ella y, aunque todavía disfrutaba siendo el centro de atención de varios hombres a la vez, también la excitaba ver a los demás mientras ella se mantenía alejada. Al principio se limitaba a ordenar a esclavos y esclavas que fornicasen; luego buscó que fueran los más dotados quienes desflorasen a muchachas vírgenes; más tarde, que fuesen dos esclavas las que se unieran, y, por último, su descubrimiento más excitante.

—Tú y tú, acariciaos.

Los esclavos, dos muchachos que Beatriz había comprado en la isla de La Palma, se miraron confundidos y después miraron a su ama, sin entender qué era exactamente lo que les pedía.

—¿No me habéis oído? Quiero que os acariciéis.

El resto de los presentes interrumpieron sus quehaceres para observarlos mientras ellos, avergonzados, se acariciaban mecánicamente.

—Acariciaos con deseo, demontres, igual que me acariciáis a mí, como si uno de vosotros fuese una mujer. De hecho, ese es tu papel a partir de ahora —indicó a uno de los dos, un chico de piel clara de no más de veinte años, musculoso aunque con facciones más delicadas.

—Vamos, bésala —ordenó luego al otro—. Besa a tu mujer.

El más moreno se acercó con timidez a su compañero y lo besó.

—Eso es —dijo ella satisfecha—. Pero hacedlo con más ardor. Será la última vez que os lo pida, antes de mandaros a azotar.

Los dos esclavos se besaron y acariciaron con la pasión exigida por su ama. Cuando vio que se habían dejado llevar y gozaban tanto como ella misma, sonrió.

—¿Veis como no es tan horrible? Ahora quiero que cambiéis los papeles y que ella lo haga con la boca.

El más moreno se arrodilló y obedeció.

—Qué poca gracia tienes, muchacho. —Beatriz miró a una esclava, que observaba la escena tan obnubilada como ella—. Tú, ya que tanto te llama la atención, enséñale cómo se hace.

La chica le enseñó cómo hacerlo y, al verlos, Beatriz tuvo un orgasmo sin necesidad de tocarse. Desde aquel día, incorporó aquellos juegos a sus habituales orgías, involucrando a casi todos los hombres a su servicio. Si estaba de buen humor, se convertía en una más, prestándose a hacer lo mismo que pedía a los demás. Las veladas solían terminar a altas horas de la madrugada, cuando ya todos habían caído rendidos por el agotamiento y por el alcohol.

—Mi señora... —Unas manos zarandearon con suavidad a Beatriz—. Debéis despertar.

Ella abrió los ojos y vio a hombres y mujeres durmiendo desnudos a su alrededor, enredados unos con otros, tal y como terminaron la noche anterior. Después miró con dureza a la esclava que la había despertado de manera tan abrupta.

—¿Por qué interrumpes así mi sueño?

—Es vuestra suegra, mi señora, doña Inés Peraza. Su barco acaba de atracar en el puerto y se dirige hacia aquí.

Beatriz contrajo el gesto, disgustada.

—¿Cómo se atreve a presentarse sin avisar y sin ser invitada? ¡Despejad y airead esto!

Los participantes en la orgía salieron diligentes mientras el servicio adecentaba la estancia y ella se arreglaba para recibir a su suegra, con quien tenía múltiples disputas sobre la herencia de su hijo.

Al bajar de las habitaciones, Beatriz encontró a Inés Peraza sentada en su trono, lo que hizo que su presencia la irritara todavía más. A la anciana, que tenía setenta años y un aspecto rollizo nada saludable, la habían acompañado varios asistentes y un par de caballeros con pinta de juristas.

—¿Qué crees que pensaría la reina Isabel si supiera que has mandado construir un trono igual que el suyo, querida? —preguntó con retranca la recién llegada.

—He de estar cómoda para recibir al vulgo, suegra —se justificó manteniendo la calma—. ¿Cómo es que no me habéis avisado de vuestra visita?

—Yo no he de avisar de nada cuando La Gomera y El Hierro me pertenecen. —Se levantó e hizo una seña a los letrados, que se adelantaron para entregarle unos documentos a Beatriz.

—Nuestra representada, doña Inés Peraza, aquí presente, reclama la propiedad de las dos islas de las que vos os presentáis erróneamente como gobernadora. Como compensación por su renuncia a ellas, está dispuesta a ofreceros medio cuento de maravedís.

—Sois muy generosa, suegra —replicó Beatriz en tono neutro—, pero ¿por qué habría de renunciar yo a nada cuando me corresponden por legítimo derecho tras el fallecimiento de vuestro hijo?

—No te corresponden a ti, sino a mi nieto Guillén.

—Os recuerdo que Guillén ha cumplido nueve años y yo tengo su patria potestad hasta su mayoría de edad. Y eso, si aquí vuestros leguleyos no os lo han explicado, significa que soy responsable de la administración de sus bienes y puedo disponer de ellos como me plazca.

—Coge el dinero y regresa a Medina del Campo, Beatriz. Estoy segura de que allí también podrás encontrar hombres que te satisfagan.

—¿Insinuáis algo?

—¿Te crees que no me he enterado de que has convertido este lugar en Sodoma y Gomorra, infeliz?

Sin variar la expresión, Beatriz fue a ocupar su trono y, con la seguridad que le daba estar sentada allí, la miró con suficiencia y rompió con parsimonia los documentos que le habían entregado.

—Me da exactamente igual lo que hayáis escuchado, suegra —endureció el tono—, porque yo en mi casa y en mis islas hago lo que me viene en gana. Seis años llevo aguantando vuestras insolencias y por última vez os lo repito: La Gomera y El Hierro pertenecían a mi difunto marido, y defenderé con uñas y dientes la herencia de mi hijo Guillén. Así que ese medio cuento de maravedís que tan generosamente me ofrecéis podéis metéroslo por donde amargan los pepinos.

—Te arrepentirás de hablarme así, rabiza.

—La que se arrepentirá si vuelve a pisar mis dominios sin ser invitada sois vos, señora. De modo que coged a vuestros esclavos y a vuestros abogados y marchaos con viento fresco u os mandaré echar a patadas.

—Quiero ver a Inés y a Guillén —dijo tratando de conservar la dignidad.

—Vuestros nietos están aprendiendo leyes con sus maestros para que la ladina de su abuela no meta mano en sus propiedades. Y, ahora, ¡largaos de mi casa!

Inés Peraza la miró con odio, dio media vuelta y salió seguida por su séquito. A solas, Beatriz sonrió; hacía mucho tiempo que deseaba dejarle las cosas claras a su suegra y no había quedado ninguna duda de que no cedería a sus presiones.

44

Tenerife (islas Canarias). Mayo de 1494

Añaterve bebía vino y comía todo tipo de alimentos obtenidos en el acuerdo alcanzado con los castellanos mientras lo atendía un grupo de jóvenes harimaguadas a las que no quitaba ojo, pensando en lo que les pediría una vez que se quedase solo con ellas. A su lado, con evidente incomodidad, estaban los menceyes Pelinor, Adjoña y Beneharo.

—Deberíais probar esto que llaman uvas. —Se metió una en la boca—. De ellas sacan el vino, así que se pueden comer y beber. ¿Qué otro prodigio existe que quite el hambre y la sed por igual?

Añaterve soltó una carcajada, pero enseguida borró su sonrisa, hastiado, cuando comprobó que los demás mantenían un gesto circunspecto.

—¿Se puede saber qué os pasa?

—Comprende que no estemos para celebraciones cuando acabamos de dar la espalda a quienes antes eran hermanos, Añaterve —respondió Pelinor.

—Hermanos liderados por un demente que pretendía arrastrarnos a una muerte segura.

—Parece que solo te importa vengarte de las afrentas de Bencomo.

—Lo único que hemos hecho es salvar a nuestro pueblo de la destrucción. ¿O es que vosotros también deseáis ver morir a los vuestros bajo las espadas y las lanzas enemigas?

—No se trata de eso...

—¡Claro que se trata de eso, Adjoña! —replicó Añaterve con vehemencia—. Lugo ha sido claro: o estamos de su parte o de la de Bencomo. ¡Ni siquiera nos ha pedido que luchemos a su lado! ¡Solo pide que nos mantengamos al margen!

—Mantenernos al margen mientras ellos aniquilan los menceyatos del norte.

—Aún estás a tiempo de cambiar de opinión, Pelinor. Estoy seguro de que Bencomo os recibirá a ti y a tu ejército con los brazos abiertos.

—Haya paz, hermanos —replicó Beneharo—. A ninguno nos gusta tener que pactar con los extranjeros, y menos a mí, cuando son los responsables de la muerte de uno de mis hijos, pero Añaterve tiene razón al decir que lo hacemos por el bien de nuestro pueblo; o nos metemos en una guerra imposible de ganar o nos aprovechamos de los acuerdos que podamos alcanzar con ellos.

—Los menceyes del norte están convencidos de poder vencer y expulsar a los extranjeros —dijo Adjoña.

—¿Tú opinas lo mismo cuando has visto sus armas y sus barcos, amigo mío? Sabemos que ya han conquistado el resto de las islas, incluso algunos de sus habitantes luchan a su lado al entender que es imposible batirlos, como el que llaman Fernando Guanarteme. ¿Por qué nosotros habríamos de ser diferentes?

Ninguno supo qué contestar a Añaterve. El mencey de Güímar levantó su copa y una de las harimaguadas procedió a rellenársela con diligencia.

—Si yo hubiera podido evitar que los extranjeros tomasen nuestras costas, juro por toda mi estirpe que lo habría hecho, pero llegaron en tiempos de nuestros padres y nosotros solo debemos mirar hacia el futuro.

—Un futuro de sometimiento.

—Un futuro de abundancia, Pelinor. Observa a tu alrededor y dime cuándo habíamos tenido tanta comida y tan variada. Con las herramientas y los animales que nos han proporcionado para arar la tierra, podremos cultivar cuanto necesitemos y acabar con las hambrunas que hemos padecido desde que nuestros antepasados llegaron a Achinet.

—Y eso por no hablar de nuestros bosques —volvió a intervenir el de Anaga—. Se han llenado de conejos que podemos cazar para alimentar a nuestros hijos.

—El precio que debemos pagar no será bajo, Beneharo.

—¿Qué precio? —preguntó Añaterve—. ¿Jurar fidelidad a unos reyes que seguramente nunca vengan a nuestra tierra?

—Y darle la espalda a Achamán por su dios.

—No habremos de darle la espalda a nada, Adjoña. Yo pienso que Achamán y su dios solo pueden ser el mismo, pero llamados con nombres diferentes. ¿No habéis escuchado a los guañameñes extranjeros llamar Virgen María a la diosa Chaxiraxi? El creador es el mismo para todos.

Aunque seguían sin estar plenamente convencidos, las palabras de Añaterve fueron incontestables. El líder de los menceyes aliados con los castellanos les hizo una seña a las harimaguadas y estas procedieron a rellenar tres copas de vino y tendérselas a Adjoña, Pelinor y Beneharo. Este último, el más cercano a la posición de Añaterve, unidos ambos por un mismo odio hacia Bencomo desde que eran jóvenes y les robó el honor a uno y la esposa al otro, levantó la suya.

—Por la paz y la prosperidad que nos ofrece nuestro acuerdo con los extranjeros.

Los menceyes brindaron y bebieron, aunque no a todos ellos les supo igual de bien aquel brebaje llegado desde la tierra de los conquistadores.

Después de que Bencomo lo rescatase del barco esclavista que se llevó a su madre, Hucanon quiso aprender a nadar. Todas las mañanas, Bencomo los aleccionaba a Tinguaro y a él. Con los años, los dos hijos de Imobach fueron abandonando aquella costumbre, pero Hucanon la instauró como parte de su entrenamiento y aún entonces bordeaba a diario a nado los acantilados de Taoro. Durante muchos años logró que sus hijos y sus sobrinos lo acompañasen, pero estos también fueron encontrando mejores cosas que hacer hasta que de nuevo lo dejaron solo.

Más de una vez se cruzaron en su camino tiburones y orcas, aunque siempre había salido airoso. Aquella mañana de mayo percibió una sombra que se deslizaba por las profundidades y aceleró el ritmo, temiendo que se le hubiese agotado la suerte, pero la amenaza no iba a llegarle desde el agua. Al regresar a la playa, mientras se secaba con su piel de oveja, vio que una niña se acercaba a él titubeante. Nunca antes la había visto, pero su manera de mirarlo no le hizo presagiar nada bueno. Por sus rasgos y el color de su piel, pensó que venía de alguno de los menceyatos del sur. Cuando la tenía a unos pasos, pudo fijarse en su cara de terror y en las cicatrices de sus brazos y de sus muñecas: aquellas marcas eran las que provocaban los látigos y los grilletes utilizados por los extranjeros.

—¿Tú eres Hucanon? —preguntó la niña.

—¿Quién lo pregunta?

—¿Tú eres Hucanon? —repitió—. ¿El hijo de Gara?

Hucanon sintió un escalofrío. Él se acordaba perfectamente del nombre de su madre, pero nunca se lo había dicho a nadie, ni siquiera a Bencomo y a Tinguaro. Cuando había salido el tema, aseguraba no recordarlo. Ni él mismo sabía por qué mentía. Quizá fuese porque quería mantener un recuerdo de ella intacto.

—¿Cómo conoces el nombre de mi madre?

—Me lo ha dicho ella.

—¿Habéis hablado?

Una nueva sacudida recorrió la espina dorsal de Hucanon cuando la niña respondió con un asentimiento.

—¿Dónde la has visto?

—Los extranjeros la tienen en uno de sus barcos, a un día de camino. Me han dado algo para ti.

La niña sacó de debajo de su tamarco una pequeña cajita de madera y se la tendió. Hucanon la miró desconfiado.

—¿Qué es?

—Me han ordenado que te la entregue. Y después, cuando la abras, debo darte un mensaje.

Hucanon dudó, pero al fin alargó la mano. Casi no pesaba; si de veras había algo en su interior, era muy liviano. Otro escalofrío recorrió su cuerpo cuando, al abrir la caja, encontró un ojo humano. Agarró con fuerza a la niña del brazo y la atrajo hacia sí.

—¿Qué significa esto? ¿Qué mensaje tienes que darme?

—Los extranjeros quieren que sepas que, por ahora, tu madre solo ha perdido un ojo, y que de ti depende que sigan arrancándole más partes de su cuerpo.

—¡Mientes! ¡Este ojo no es de mi madre!

—Yo misma vi cómo se lo arrancaban —dijo la niña, más afectada por el recuerdo que por la presión con la que Hucanon la agarraba—. Ellos me han dicho que un hijo nunca olvida los ojos de su madre.

Hucanon volvió a observar el ojo dentro de aquella pequeña caja. Había muchas cosas de su madre que, por más que se esforzase en recordar, se habían desvanecido de su memoria, pero no su mirada. Aquellos ojos de tristeza cuando Bencomo lo alejaba de ella en la bodega de aquel barco los reconocería siempre. Y uno de ellos lo tenía en sus manos en aquel momento. Volvió a mirar a la niña, ya convencido de que decía la verdad.

—Continúa.

—Los extranjeros dicen que, si haces lo que piden, la dejarán libre para que vuelva contigo. Pero, si no, sufrirá la peor de las muertes.

—¿Qué quieren que haga?

—Que los ayudes a derrotar a Bencomo.

Hucanon cavó un profundo agujero en el suelo del bosque, junto al drago sagrado bajo el que había pedido tantas veces volver a ver a su madre. Depositó la cajita de madera en su interior y la cubrió de tierra antes de decir sus oraciones y regresar al poblado.

—¿Dónde te habías metido, hermano? —preguntó con alivio Bencomo al ver a Hucanon aparecer sano y salvo—. ¡Ya pensábamos que te habías ahogado!

—He ido a buscar un drago con el que fabricarme una nueva sunta —respondió él en tono neutro.

—No es propio de ti adentrarte solo en el bosque, insensato —intervino Tinguaro—. Y menos aún con los extranjeros rondándonos.

—Los extranjeros jamás se atreverían a llegar hasta aquí.

—No son la única amenaza, Hucanon. —Bencomo señaló las enormes cicatrices que le cubrían los brazos y el pecho—. ¿He de recordarte que yo estuve a punto de morir peleando con Guayota y los guacanchas?

—Tú nunca has sabido pelear, Bencomo —bromeó Hucanon intentando rebajar la tensión—. ¿He de recordarte yo que en aquella ocasión te salvaron mis gemelos y Dácil cuando eran unos críos?

Los presentes temieron que el mencey no se tomase bien aquella chanza, por mucho que viniese de su propio hermano, pero Bencomo se rio y decidió que, tras un suave entrenamiento, aquel fuese un día de fiesta, ya que, a partir de la mañana siguiente, pondrían en marcha el plan que había pergeñado.

—¿Qué plan? —preguntó Hucanon tenso.

—Tengo una idea para acabar con esos malditos extranjeros.

Tinguaro asintió con una sonrisa de confianza.

—Ardo en deseos de escucharla, hermano.

—Esta tarde, después de ejercitarnos, cuando tengamos el estómago lleno, os pondré al tanto.

Durante aquella jornada fueron varios los que comentaron que Hucanon estaba más abstraído que de costumbre, pero, mientras se dirigía al campo de entrenamiento, él no se podía quitar de la cabeza que su única posibilidad de volver a ver a su madre pasaba por traicionar a su propia familia, al hombre que le salvó la vida cuando ambos eran niños y que, desde entonces, lo había tratado como a un hermano.

Dailos lanzó un golpe con su sunta que su padre esquivó a duras penas, pero trastabilló justo cuando Ubay reemplazó a su hermano gemelo en el ataque. El golpe en el pecho desplazó a Hucanon a varios pasos de distancia. Cayó de espaldas y se quedó sin respiración. Intentaba coger aire a grandes bocanadas cuando sus hijos soltaron sus suntas y fueron a atenderlo, asustados.

—¡Padre! ¡¿Está bien?!

—Os he dicho muchas veces... —respondió Hucanon boqueando con esfuerzo—. ¡Que no debéis confiaros, estúpidos!

Dio un puñetazo con todas sus fuerzas a Ubay y una patada en la entrepierna a Dailos. Mientras los muchachos se quejaban, su padre se levantó y siguió golpeándolos como si tuviese delante al mismísimo Alonso Fernández de Lugo. Los demás guerreros lo miraban en silencio, sorprendidos por la dureza de su mejor guerrero con sus hijos. Tuvo que ser Tinguaro quien corriese a detenerlo.

—¡¿Te has vuelto loco?! —Lo sujetó—. ¡Vas a matarlos!

—Quienes van a matarlos son los extranjeros, Tinguaro. ¿O te crees que ellos van a golpearnos con más delicadeza?

Hucanon se zafó de su hermano y se marchó. Mientras los guerreros atendían a los gemelos, que sangraban abundantemente, Tinguaro cruzó una mirada intranquila con Bencomo, que se había acercado para interesarse por el alboroto.

—¿Sucede algo? —le preguntó Bencomo a Hucanon tras reunirse con él, con Tinguaro y con el resto de sus consejeros.

—No... —respondió evasivo.

—No lo parece cuando no has abierto la boca en toda la tarde.

—Escuchaba tu plan.

—¿Y no tienes nada que decir al respecto, Hucanon? Confiaba en que el mejor de mis guerreros aportase su visión a la batalla más importante que vamos a librar en toda nuestra historia.

—Eres un buen estratega, hermano. Solo has de decirme lo que debo hacer y yo obedeceré.

—Ya sabemos cómo acabar con ellos, pero tú conoces Achinet como la palma de tu mano y necesito que me ayudes a dar con el lugar. No quiero que tu cometido se limite a obedecerme.

—Mi función es matar, Bencomo —respondió con frialdad—. Y ten por seguro que lo haré hasta quedar cubierto de sangre.

Bencomo lo observó cuando se marchaba. Lo conocía bien y sabía que algo le preocupaba más allá de la batalla. Y debía de ser grave cuando lo sentía más lejos que nunca.

Hucanon trepó a la roca que solía visitar cuando era niño y deseaba estar solo, desde la que divisaba todo el reino de Taoro. La noche era despejada y, a lo lejos, podía ver que el volcán sangraba. Deseó que el suelo temblase y Guayota volviese a secuestrar a Magec para que el día siguiente jamás llegase. Miró hacia el poblado y descubrió con asombro que, a pocos días de la más que probable destrucción de su pueblo y su cultura, sus compatriotas festejaban con cánticos, juegos y risas.

Vio a Dácil y a Bentor midiéndose con los gemelos, incansables los cuatro. Dailos y Ubay eran duros y no protestaron por la paliza que les había dado aquella tarde, lo tomaron como una lección de tantas como habían recibido de su padre. Después miró a Bentor: lucía el mismo porte que su padre, madera de mencey para guiar a un pueblo que, si nada lo remediaba, tenía los días contados. El alma de Dácil, en cambio, era de guerrera. En su interior percibía el mismo fuego que lo había quemado a él por dentro toda la vida, una sed que solo se saciaba derramando la sangre de sus enemigos. Sus hijos eran duros, pero ella era especial. Les deseó a los cuatro una muerte en el campo de batalla, la única digna para ellos.

Mientras seguían practicando con sus suntas, miró al otro lado de la hoguera, donde Dádamo, el hijo mayor de Tinguaro, ponía a prueba la inteligencia de sus sobrinos con juegos sobre unas formas geométricas talladas en la piedra. El primogénito de su hermano no era tan buen guerrero como el resto, aunque su perspicacia lo colocaba muy por encima de los hombres de su edad. Quizá nunca fuese ni héroe ni guía, pero todo el mundo lo escuchaba cuando hablaba.

Por último, miró hacia el reino de Tacoronte. A lo lejos se distinguían pequeños destellos reflejados en las rocas e imaginó que su querida sobrina Idaira, a la que Bencomo había obligado a casarse seis años atrás con el hijo del mencey Acaymo, también estaría festejando la última noche de paz.

A Idaira aún le duraba la pena por haber abandonado el cuidado de la diosa Chaxiraxi, aunque hubiese dado a luz a las dos personas a las que más quería y viniese de camino la tercera. Sin embargo, por quien ella sentía verdadera adoración era por su padre. Le encantaba saber que, durante los primeros años como harimaguada, iba a menudo desde Taoro para comprobar que ella estuviese a salvo. Incluso una vez, cuando regresaba a casa, sufrió un ataque de Guayota y los guacanchas que casi acabó con el que ya era uno de los menceyes más importantes de todos los tiempos. Aun así, Idaira no podía perdonarle que la hubiese obligado a casarse, aunque lo hiciese para protegerla de Añaterve.

Yeray, hijo del mencey Acaymo, no era el muchacho más despierto que hubiese conocido Idaira, ni tampoco el más apuesto. Pero había resultado ser un buen marido que la cuidaba, respetaba y sentía adoración por sus hijos. Al llegar a la cabaña con una cesta de fruta, Idaira se encontró a su hija Nelyda, de algo más de cuatro años, vestida con un tamarco y con el cuerpo cubierto de pinturas de guerra. Amenazó a su madre con su pequeño banot y ella fingió darse un susto de muerte. Tanto la niña como su hermano pequeño Nahuzet y el padre de ambos se rieron con ganas.

—¿Qué significa esto? —preguntó llevándose la mano al pecho teatralmente—. ¿Quién es esta guerrera que ha invadido nuestra casa?

—Soy Nelyda, de Tacoronte —respondió la niña con solemnidad—. Y mañana acompañaré a mi padre para luchar junto al gran mencey Bencomo en la guerra contra los extranjeros.

Al escuchar eso, Idaira no tuvo que seguir fingiendo que estaba asustada. Miró a su marido con el corazón en un puño.

—Tu padre ya nos ha citado —dijo él sin necesidad de que ella le preguntase.

—Niños, esperad fuera.

Los niños obedecieron e Idaira observó a su marido mientras este, de espaldas a ella, seleccionaba un escudo de madera de drago de entre la media docena que guardaba como un tesoro. Mentiría si dijera que estaba enamorada de él, aunque en aquel momento sintió una punzada en el estómago al pensar que quizá no volvería a verlo. Para Idaira, el sexo había sido un mero trámite para procrear, y, por primera vez desde que se lo presentaron como marido, se fijó en su físico; aquellos músculos siempre habían estado ahí, recordaba haberlos visto en alguna ocasión, pero nunca fueron un reclamo para su libido, que entonces estaba más despierta de lo acostumbrado, quizá debido a su embarazo. Se acercó a él y posó con delicadeza la mano en su espalda.

—Deja ahora eso, Yeray.

Él se dio la vuelta, sorprendido por el tono de voz de su esposa. El miedo que descubrió en su mirada lo desconcertó aún más.

—¿Qué sucede?

—Prométeme que regresarás.

—Eso solo está en manos de Achamán.

—Prométemelo, por favor —insistió—. Deja que sean mis primos Dailos y Ubay, mi hermano Bentor e incluso mi hermana Dácil quienes luchen en primera fila. Ellos tienen más posibilidades de sobrevivir que tú.

Yeray pudo tomarse aquello como una muestra del amor de su esposa, sin embargo, lo tomó como un insulto a su valor como guerrero.

—Mi obligación es luchar para defender a mi pueblo, Idaira —respondió con determinación—. Entre los que estáis tú y mis hijos. No voy a rehuir esa responsabilidad.

—Necesito que regreses a mi lado.

—Ya te he dicho que eso lo decidirá el creador. Y, cuando me reclame, no me presentaré ante él como un cobarde que se escondió detrás de tus primos o de tus hermanos. Yo soy tan buen guerrero como ellos.

—Solo te pido que no arriesgues más de lo necesario, ¿de acuerdo? Quiero que el hijo que crece en mi vientre conozca a su padre.

Yeray sonrió por aquella demostración de cariño tan poco habitual en su esposa y la besó. Ella prolongó el beso y él se retiró.

—Estás preñada, Idaira. No podemos.

—Claro que podemos.

La muchacha dejó caer su tamarco al suelo y, desnuda, volvió a besarlo. Por primera vez desde que se casaron, Idaira y Yeray hicieron el amor.

45

Reino de Valencia. Marzo de 1523

El domingo 8 de marzo se dio definitivamente por sofocada la revuelta comunera de las germanías y Germana de Foix fue nombrada virreina de Valencia. Nada más alcanzar el poder, decretó ochocientas penas de muerte y, aunque a la larga solo se llevaron a cabo la mitad de ellas, las horcas de madera del mercado tuvieron que ser reemplazadas por otras de piedra para soportar la sangría.

Aquella misma mañana, se puso en marcha el plan que llevaría a Elena de regreso a Achinet. La muchacha pasó varias semanas escondida en la habitación del burdel de la Canaria, mientras Melchor y Nicolás cerraban con el dueño de una naviera la compra de dos esclavos guanches y del propio Melchor con el hombre que lo había adquirido en Sevilla unos años antes y que, necesitado de dinero para afrontar la vejez, aceptó una generosa oferta anónima por él.

—Ya puedes mirarte...

La Canaria le tendió un espejo de metal pulido y Elena se sorprendió al ver que había teñido su pelo de negro con una mezcla de grasa de cabra y ceniza.

—¿Cómo te ves? —preguntó al notarla tan callada.

—No sé —respondió dubitativa—. No me reconozco.

—Eso es bueno, porque, si no te reconoces tú, menos aún lo harán Daniel Lavilla y sus esbirros. Ahora pruébate la ropa.

Elena se puso una moderna saya francesa de dos piezas, de manga ancha y escote cuadrado algo atrevido —no en vano, aquel conjunto pertenecía a una de las prostitutas que trabajaban en el burdel—, y completó su atuendo con una falda larga y chapines de color negro.

—Estás preciosa.

—¿De veras?

—Quédate tranquila, porque nadie con ojos en la cara creerá que eres una esclava.

En ese momento llegó Melchor acompañado por los dos jóvenes guanches que acababa de comprar. Uno de ellos rondaba los treinta y cinco años y tenía la piel oscura y una musculatura impresionante lograda a base de cargar y descargar barcos. El otro tenía el mismo tono de piel, aunque era algo más joven y delgado. Al ver a Elena, ambos inclinaron la cabeza con respeto.

—Mi nombre es Kanar —dijo el mayor de los dos— y él es mi primo Unche, experto cochero desde que llegó de Achinet. Nacimos en el menceyato de Tacoronte y estamos aquí para protegerte hasta la muerte.

Elena no supo qué contestar, no entendía a qué venía aquello.

—Esperemos que nadie tenga que morir en este viaje —intervino Melchor rebajando la tensión—. ¿Ya estás preparada?

—No estoy segura —suspiró ella mostrándose—. ¿Alguien creerá que de veras soy la hija de un rico comerciante?

—Como dijo la Canaria, lo que no pareces es una esclava, con eso es suficiente.

—¿Habéis comprado el carruaje? —preguntó la Canaria.

—El carruaje y los dos mejores caballos que había en el mercado. Pero, aunque Unche los ha logrado a buen precio, nos hemos gastado todo cuanto teníamos.

—Sin dinero, difícilmente llegaréis a vuestro destino.

—Tendremos que conseguirlo por el camino. Pongámonos en marcha. Nicolás nos espera en la plaza del mercado.

Las celebraciones por el nombramiento de la virreina habían llenado las calles de gente que acudía a presenciar las ejecuciones de los comerciantes sublevados, por lo que al grupo le costaba avanzar. Cuando ya tenían a la vista el carruaje en el que esperaba Nicolás, una mano que salió de entre el gentío agarró el brazo de Elena. La muchacha se volvió, sobresaltada.

—¿Una moneda para un plato de sopa caliente, señora?

Elena reconoció a aquella mujer con facciones y voz masculina como la que le había indicado el camino hacia el burdel de la Canaria la noche que mató a Joaquín Lavilla. La calma de la joven contrastaba con la tensión de todos a su alrededor.

—Melchor, ¿podríamos darle unas monedas a esta señora?

—Faltaría más.

Cuando el esclavo puso unas monedas en la palma de su mano, las dos mujeres se sonrieron, profundamente agradecidas la una con la otra.

El carruaje avanzaba en dirección contraria al río de curiosos y comerciantes que llegaban desde todos los pueblos de Valencia para intentar vender sus productos. Melchor viajaba en el pescante con Unche, y en la parte trasera, sobre un minúsculo escalón, Kanar iba guardando equilibrio. Al llegar al monumental portal de Serranos, una de la docena de accesos a la ciudad que había a lo largo de la muralla, se encontraron con una barrera que no solía estar allí. Unche tiró con fuerza de las riendas y, cuando el coche se detuvo, dos guardias se acercaron.

—¿En qué podemos serviros, oficiales? —preguntó Melchor.

—¿Quién viaja?

—Mi señora, doña Leonor Alborx Fabra.

—¿Por qué nos detenemos, Melchor? —Elena asomó la cabeza por el ventanuco del carruaje, disfrazando el nerviosismo de irritación.

—Necesitamos ver vuestra identificación, los certificados de propiedad de vuestros esclavos y conocer el motivo del viaje, señora —dijo uno de los guardias.

—¿Vos creéis que acostumbro a llevar una valija cargada de documentos, caballero? Pedídselos a mi esclavo.

—Aquí los tenéis.

Melchor les tendió los papeles y, mientras los guardias los examinaban con detenimiento, él rezó en silencio a Achamán y a la diosa Chaxiraxi para que la calidad de la falsificación que habían encargado en la judería valiese lo pagado. Los guardias volvieron a dirigirse a Elena.

—¿Hacia dónde os encamináis?

—Vamos a Buñol —respondió Melchor.

—No te he preguntado a ti, esclavo —replicó con sequedad antes de insistir—: ¿Hacia dónde os encamináis, señora?

—Ya habéis oído a mi esclavo —suspiró paciente—. Nos hemos citado en el castillo de Buñol con don Pedro Mercader y su esposa, doña Juana de Blanes y Perellós, barones de Cheste. A mi familia y a la suya nos une una amistad desde hace varias generaciones. Y, si no os importa, Buñol queda lejos y tenemos prisa. Melchor, dales a estos caballeros unas monedas para que se tomen un vino al acabar la jornada.

—A vuestras órdenes, ama.

Melchor sacó unas monedas de su capazo y se las tendió al guardia. Este dudó, pero finalmente las cogió y le devolvió los documentos a Melchor.

—¡Abrid la barrera!

Un par de hombres retiraron la barrera y el carruaje retomó el viaje. Hasta que no se habían alejado varias leguas de la ciudad, ni Elena ni Melchor se atrevieron a respirar.

46

Tenerife (islas Canarias). Mayo de 1494

Alonso Fernández de Lugo dormitaba en su cama acompañado por dos jóvenes guanches proporcionadas por Añaterve para su uso y disfrute. El mencey de Güímar había descubierto que a sus aliados castellanos nada les gustaba más que las vírgenes, y él tenía a mano a un sinfín de harimaguadas con las que agasajarlos. Ellas lo aceptaron como uno de tantos sacrificios que habían tenido que hacer desde que las pusieron al servicio de la madre de Magec, aunque habían bastado unas noches para que la falta de delicadeza del extranjero marcase su piel.

Gonzalo entró en la tienda y fue directo hacia el adelantado. Al verlo llegar, las muchachas se cubrieron, pudorosas. Él les echó un vistazo y pensó que llevaba demasiado tiempo sin estar con una mujer y que, aunque nunca había tenido que forzar a una esclava, no le importaría pasar un rato con ellas.

—Mi capitán. Despertad... —dijo zarandeando a Alonso.

—¿Qué sucede, Gonzalo? —se sobresaltó—. ¿Nos atacan?

—Ni mucho menos. Lamento interrumpir así vuestro plácido sueño, pero debéis ver algo.

—¿De qué se trata?

—Jamás osaría quitaros el placer de presenciarlo con vuestros propios ojos... —respondió esbozando una ambigua sonrisa.

Alonso miró intrigado a su hombre de confianza y le ordenó esperar fuera. Se calzó, se puso la casaca y salió a su encuentro.

—Por tu bien, espero que la sorpresa valga la pena —le advirtió mientras lo seguía hasta una de las torretas de vigilancia.

—Os aseguro que la vale, mi capitán.

Al llegar a lo alto del muro construido con piedra volcánica, Gonzalo señaló hacia el exterior.

—Ahí lo tenéis.

Alonso miró y sonrió complacido.

—¡Abrid el portón! —ordenó.

Los soldados bajaron la pasarela sobre el foso y Hucanon, que llevaba desde el amanecer esperando para consumar su traición, caminó hacia el fuerte.

En cuanto cruzó el foso, varios soldados despojaron al hermanastro de Bencomo de su banot, de su maza boleadora y de un cuchillo de obsidiana que guardaba bajo su tamarco. Alonso lo miró de arriba abajo con curiosidad. Aunque su primera intención era menospreciarlo delante de sus hombres —entre los que ya se encontraba Fernando Guanarteme—, la perfección de su cuerpo impedía hacerlo; aquel guanche era una fuerza de la naturaleza, pero también un hombre derrotado, con los hombros demasiado cargados y la mirada fija en el suelo. Le agradó saber cuánto podía afectar a alguien tan poderoso un presente enviado dentro de una pequeña caja de madera.

—Supongo que habrás venido a aceptar a Jesucristo como único Dios verdadero y a postrarte a los pies de los reyes de Castilla...

Fernando Guanarteme hizo de intérprete y Hucanon miró de frente a Alonso.

—Vengo a comprobar que el ojo que me enviaste es el de mi madre.

Alonso sonrió cuando le tradujeron lo que había dicho y señaló hacia la bahía, donde permanecía anclada su flota.

—Tu madre está en uno de aquellos barcos. Podrás verla y contarle todo lo que has hecho durante estos años que habéis pasado separados. Ella también tiene muchas cosas que contarte. ¿Sabes que fue quien me crio? ¿No tiene gracia que me cambiase por ti? Aunque conmigo no se comportó precisamente como una madre...

Las risotadas de Alonso y de sus hombres desconcertaron a Hucanon, si bien su objetivo era salvar a su madre y logró contenerse cuando conoció el motivo. Los únicos que no celebraron el comentario del adelantado fueron Fernando Guanarteme y Gonzalo del Castillo, que observaba al guanche en silencio, con la mano agarrando la empuñadura de su espada por si la tuviera que desenvainar.

—Quiero verla —dijo Hucanon.

—No es tan sencillo. Antes tienen que cumplir una serie de trámites.

Para que Alonso Fernández de Lugo le permitiera reunirse con su madre, Hucanon tuvo que arrodillarse frente a la enorme cruz que el adelantado había mandado colocar al desembarcar y proclamar su amor hacia el dios cristiano por encima del que sentía por Achamán. Después lo vistieron con ropas castellanas y se arrodilló de nuevo, esta vez ante el propio Lugo como representación de los reyes castellanos, a quienes juró fidelidad. Y, por último, para demostrar que no era todo un ardid, le obligaron a enfrentarse a un prisionero que habían capturado en una de las incursiones en los menceyatos pertenecientes a los bandos de guerra.

Hucanon miró a su oponente con compasión. Por las inscripciones de su pecho, lo identificó como a un guerrero de Tegueste, aunque no recordaba haberlo visto antes. Él, en cambio, sí reconoció al hermano de Bencomo.

—Al menos —dijo el de Tegueste agarrando la sunta que le entregaron—, estos perros me van a dejar morir con dignidad.

—Confío en que Achamán te reciba con los brazos abiertos.

—Borra de tu sucia boca el nombre del creador, traidor —respondió con desprecio—. Todos hemos visto cómo has renegado de él.

Acto seguido lo atacó. Quizá se sabía muy inferior y trató de sorprenderlo, pero su ímpetu no le sirvió de nada. Hucanon esquivó el primer embiste y le partió la pierna con un golpe de sunta. Su adversario cayó de rodillas gritando de dolor antes de que la maza del mejor luchador guanche de todos los tiempos le aplastara la cabeza. Mientras convulsionaba en el suelo,

Hucanon dejó caer el arma al suelo y miró a Alonso, que disimuló a duras penas lo impresionado que estaba por la demostración de poder de aquel hombre.

—Breve, pero efectivo... —atinó a decir—. Parece que te has ganado el reencontrarte con tu madre.

Dentro del bote que se dirigía hacia uno de los bergantines fondeados frente a la costa, dos soldados apuntaban a Hucanon con sus ballestas mientras otros dos remaban con esfuerzo. Gonzalo observaba al prisionero, con la mano aún en la empuñadura de su espada; no pensaba permitirse ninguna distracción que confirmase todo lo que había escuchado sobre él.

Habló al intérprete sin dejar de mirar a Hucanon, a pesar de que él mismo podría comunicarse con el prisionero:

—Dile que no intente ninguna majadería. Pretendo respetar el acuerdo que hemos alcanzado, pero, a la mínima, tengo orden de matarlos a él y a su madre. Y juro por Dios, Nuestro Señor, que lo haré sin que me tiemble la mano.

Fernando Guanarteme tradujo sus palabras y Hucanon respondió con un leve asentimiento. Al llegar al navío, un par de marineros los ayudaron a embarcar y el guerrero guanche volvió a experimentar la misma desagradable sensación que la primera vez que subió en una de aquellas casas flotantes. Cuando se acostumbró al vaivén, notó cómo se le erizaba el vello al pensar que de veras iba a reencontrarse con su madre, que no se trataba de un sueño. Escuchó hablar al hombre que estaba al mando con los marineros y estos se perdieron hacia el interior del barco.

Se le hizo eterna la espera, pero, al cabo de unos instantes, los marineros regresaron agarrando a una mujer por las axilas. Un trapo sucio le cubría el ojo que le habían arrancado y un reguero de sangre seca le manchaba la cara, el cuello y el mismo vestido raído que llevaba cuando la sacaron por la fuerza de Gran Canaria hacía una semana, pero, aun así, conservaba la dignidad. Él contuvo la respiración, sin tener claro si era de verdad su madre o solo se estaba dejando llevar por una absurda fantasía infantil. Cada vez que pensaba en ella, la recordaba igual que cuando lo llevaba a pescar o a recoger frutos al bosque, y frente a él tenía a una anciana.

A ella, al ver a aquel guanche observándola sin atreverse a acercarse, se le iluminó la cara.

—Hucanon, ¿eres tú?

—¡Madre!

Hucanon corrió hacia ella y le dio el abrazo con el que soñaba desde que los separaron. Cruzaron palabras de amor y de alegría, poniéndose al tanto de manera atropellada de lo que habían sido sus vidas, restándole importancia al sufrimiento del pasado para mirar con esperanza hacia el futuro. Pero, cuando pudo serenarse y controlar la excitación por un reencuentro que había añorado tanto como su hijo, la mujer se separó de él, confundida.

—¿Qué estás haciendo aquí, hijo mío?

—He venido para decirle que nunca la he olvidado y que pronto regresaré para llevarla conmigo, madre.

—¿A cambio de qué?

Hucanon se incomodó al advertir que su madre se fijaba en la ropa que llevaba. Entre los conocimientos del idioma que había adquirido y la expresión corporal de madre e hijo, Gonzalo pudo seguir con facilidad su conversación.

—Te he hecho una pregunta, hijo —insistió ella—. Conozco bien a los extranjeros y sé que no dan nada si no reciben algo a cambio. ¿Cómo has conseguido que te dejen visitarme?

—He llegado a un acuerdo con ellos.

Ana retrocedió un paso, poniendo entre ellos una barrera aún más grande que la que los había separado durante años.

—¿Piensas traicionar a tu pueblo?

—Lo que no pienso hacer es dejar que le arranquen el otro ojo, madre.

—Prefiero estar ciega a ver a mi único hijo convertido en un traidor —respondió ella con dureza—. Le juré a Bencomo cuando te llevó de aquel barco que siempre lo servirías, Hucanon.

—Y lo he estado haciendo durante toda mi vida. Pero ahora mi mayor deseo es llevarla conmigo a Achinet. Quiero que conozca a sus nietos.

—Nada me gustaría más, pero no creo que eso sea posible.

—El mencey de los extranjeros me ha dado su palabra de que la dejará acompañarme cuando todo termine.

—Ese hombre no tiene palabra. Además, cuando todo termine, ya no existirá Achinet. Lo he visto devastar otros muchos lugares y con este no hará una excepción. Jamás confíes en él.

—¿Pretende que la deje morir ahora que hemos vuelto a reunirnos?

—Yo llevo muerta mucho tiempo, Hucanon. Achamán me ha concedido el deseo de volver a verte antes de reunirme con él, y eso me hará marchar feliz.

—No pienso darle la espalda, madre —zanjó Hucanon con determinación.

—Entonces le darás la espalda a los nuestros. Incluidos tus hijos.

—La decisión no ha sido fácil, pero ya está tomada. He jurado fidelidad a los invasores a cambio de su vida y de la de nuestro pueblo.

Ana le acarició la cara con tristeza.

—Piénsalo bien, Hucanon.

—Ya está todo pensado, madre.

—Se ha acabado el tiempo —intervino Gonzalo hablando en el idioma guanche.

Hucanon y su madre volvieron a abrazarse, disfrutando de los últimos instantes de un reencuentro que ambos, en el fondo, temían que no se volviese a repetir.

Alonso Fernández de Lugo terminaba de almorzar en su tienda atendido por las dos mismas harimaguadas con las que había dormido la noche anterior cuando entró Gonzalo.

—Que os aproveche, mi capitán.

—Gracias. ¿Cómo ha ido la visita de ese salvaje a su madre?

—Sin contratiempos. Aguarda fuera para hablaros.

—Pues que aguarde, que la hora de comer es sagrada. Siéntate conmigo.

Gonzalo se sentó frente al adelantado y este le hizo una seña a las muchachas para que le sirvieran comida y vino. Con otro gesto, ordenó que se retirasen.

—Son hermosas —dijo Alonso al darse cuenta de que su joven ayudante las miraba con deseo—, pero no van sobradas de seso. Si deseas que te atiendan, solo tienes que pedirlo.

—No rechazaré esa oferta, mi capitán.

—Les diré que esta noche te visiten en tu tienda... —resolvió para enseguida centrar la conversación—: ¿Cómo ha sido el reencuentro?

—Emotivo, aunque a la esclava no le ha hecho demasiada gracia saber que su hijo ha pactado con nosotros.

—Si ese tal Hucanon tiene cojones, su madre tiene muchos más. Lo importante es que esté controlado. ¿Es así?

—Creo que a él solo le importa salvarla. Me ha dicho que está dispuesto a ponernos a sus hermanos Bencomo y Tinguaro en bandeja a cambio de que dejemos vivir al resto de su familia, incluidos sus hijos, sus sobrinos y, por supuesto, su madre.

—Yo hubiera pedido lo mismo.

—¿Se lo vamos a conceder?

—De palabra, por supuesto. Pero, cuando hayamos sometido esta isla, lo más sensato será ejecutarlos a todos para que no haya levantamientos.

Gonzalo frunció ligeramente el ceño, algo que no pasó desapercibido a Alonso.

—¿No te parece bien?

—Si algo sabemos de los guanches es que son orgullosos y no temen a la muerte, mi capitán. Si los que queden vivos se sienten traicionados, se sublevarán aunque sepan cuál será su destino. Lo hemos visto antes.

—Entonces tendremos que venderlos... —Gonzalo fue a hablar, pero Alonso lo cortó, harto—: Esta discusión ahora está fuera de lugar, muchacho. Primero acabemos con Bencomo y los suyos y después decidiremos.

—Sabia decisión, señor.

—Hazlo pasar.

Gonzalo salió de la tienda y regresó acompañado por Hucanon, Fernando Guanarteme y los dos escoltas que tenían orden de no descuidar la vigilancia del guanche.

—Como has podido comprobar —le dijo el adelantado a Hucanon—, soy un hombre de palabra: te dije que verías a tu madre y he cumplido. ¿Cómo la has encontrado? Obviando el pequeño detalle de que se ha quedado tuerta, por supuesto.

Fernando Guanarteme tradujo sus palabras y Hucanon luchó una vez más para no entrar en la provocación. Alonso fue consciente de que nada ganaba tensando tanto la cuerda y se acercó a él amistosamente.

—Te pido disculpas, amigo mío. La tensión que vivimos hombres como tú y yo en ocasiones nos hacen decir necedades, pero quiero que sepas que te respeto y entiendo que la situación que atraviesas no es fácil.

Hucanon calló para dejarle continuar, sin fiarse de sus buenas intenciones.

—Ya he sido informado de que la condición que pones para ayudarnos a derrotar a tus hermanastros Bencomo y Tinguaro es que tanto tus hijos como los suyos queden al margen de esta horrible guerra, ¿cierto?

—Así es —respondió a través de Fernando Guanarteme.

—Tienes mi palabra de honor de que así será. Más aún, me comprometo a nombrarte rey de los menceyatos del norte para que los dirijas a tu antojo, siempre y cuando respetes mi autoridad, los deseos de la Corona de Castilla y los acuerdos a los que hemos llegado con Añaterve.

—¿Me nombrarías mencey? —se sorprendió al escuchar la propuesta.

—Veo que lo has entendido. La única condición es que lo decidas aquí y ahora. ¿Qué me dices?, ¿trato hecho?

Alonso le tendió el brazo y Hucanon, tras un momento de duda, le estrechó el antebrazo, sellando el pacto. El adelantado sonrió, satisfecho.

—Estupendo. Aunque todavía no lo sepa, Bencomo está derrotado. Y ahora dime cómo acabar con él en el menor tiempo posible.

—Atacando a su ejército cuando todavía está dividido.

—¿Dividido? —intervino Gonzalo en su idioma.

—Hasta mañana, cuando Magec esté en lo más alto, los ejércitos de Daute, Icod, Tacoronte y Tegueste no se pondrán al servicio de Bencomo en Taoro —explicó Hucanon—. Cuando se unan, no los derrotaréis, pero ahora

—¿Sugieres atacar de inmediato? —preguntó el adelantado.

—Mañana, al amanecer, vuestro ejército combatirá de igual a igual con el de Bencomo, y con vuestras armas será una victoria fácil. Si esperáis un poco más, los guanches seremos muy superiores en número.

—Para atacar a Bencomo al alba, tendríamos que partir esta misma noche.

—Si lo que buscáis es una victoria rápida, no hay mejor manera.

Entonces quien dudó fue Alonso, pero miró a Hucanon a los ojos y se dijo que lo había cegado la ambición; ser mencey era algo inalcanzable para alguien como él y se lo había puesto en bandeja. Después, se volvió hacia Gonzalo.

—Manda formar al ejército. Partimos esta noche.

—Es muy precipitado, señor —respondió prudente.

—Ya has oído a este traidor. Si esperamos un poco más, se reunirán todos los ejércitos del norte y tardaremos meses en conquistar este agujero inmundo. Y mis planes no son pasar aquí mucho tiempo. Manda formar a las tropas.

—A vuestras órdenes, mi capitán.

Gonzalo, Hucanon, Fernando Guanarteme y los dos escoltas salieron de la tienda. Alonso Fernández de Lugo se sentó y se reclinó en su butaca. Podía oler la victoria y, con ella, el perfume de su amada Beatriz. Si todo salía como tenía planeado, en unos días iría a buscarla a La Gomera para cumplir su palabra de convertirla en reina de las islas Canarias. Por fin, lo que llevaba tantos años deseando se iba a convertir en realidad. Bebió un trago de su copa y sonrió, triunfal.

47

Palacio Real de Medina del Campo. Valladolid. Mayo de 1494

—No seré yo quien defienda a vuestra nuera, pero que administre los bienes de su hijo de nueve años me parece de lo más natural.

A Inés Peraza le molestaba más que la reina Isabel no se pusiese inmediatamente de su parte que, después de un viaje tan largo, haber tenido que esperar una semana de la mañana a la noche para que la recibiera.

—Pero, majestad —protestó la anciana—, Beatriz se arroga funciones que no le corresponden. ¡Es una usurpadora!

—Vuestro hijo Hernán heredó las islas de El Hierro y La Gomera, ¿cierto?

—Sí, pero...

—Si no respetamos el mayorazgo —la interrumpió la reina—, ¿qué sería de los bienes conseguidos por nuestros antepasados? ¿Sugerís que los repartamos entre el pueblo en lugar de que los disfruten nuestros descendientes?

—No, pero...

—Entonces no hay más que hablar —la frenó de nuevo—. El primogénito de vuestro hijo heredó esas propiedades de su padre, y a la madre le corresponde administrarlas. Por otra parte, prefiero tener a la Cazadora allí entretenida que merodeando por Castilla.

A Inés Peraza no le quedó otra que acatar la decisión de la reina, pero aún tenía una manera de hacer daño a la viuda de su hijo.

—¿Estáis enterada de que utiliza un trono igual que el vuestro?

—¿Cómo?

—Beatriz se ha hecho construir un trono igual que el que ahora ocupáis para recibir a la plebe, majestad. Y no solo eso, sino que les hace tratarla prácticamente de reina de las islas Canarias, haciéndole a vuestra majestad de menos. Además...

Inés Peraza se calló, como si le costara seguir hablando. La reina Isabel la miró, sulfurada por lo que acababa de escuchar.

—No calléis ahora. Además, ¿qué?

—Os pido disculpas si con lo que voy a deciros os incomodo en modo alguno, pero Dios, Nuestro Señor, ha de tener la mirada puesta en aquella diminuta isla y bien podría castigarnos a todos con lo que ve allí. Las siete plagas bíblicas se quedarían en nada.

—¿De qué estáis hablando? Soltadlo de una vez.

—Bacanales, majestad. Ha llegado a mis oídos que se dedica a reunir allí a esclavos y esclavas y fornican todos con todos, incluso practican la sodomía. ¿Una mujer piadosa y temerosa de Dios como vos va a dejar impune tal herejía?

—¿Estáis segura de eso?

—No lo he visto con mis propios ojos, como es natural, pero aquello es muy pequeño y no se habla de otra cosa. Si me permitís un consejo, enviad a La Gomera al inquisidor general para que tome medidas.

—Tomás de Torquemada ya es un hombre mayor y se retiró el año pasado a un convento de Ávila. No está para viajar hasta La Gomera.

—Quizá podáis enviar a alguien tan íntegro como él, majestad...

Beatriz de Bobadilla ordenó retirar el trono y en su lugar colocó una gran cruz. A un lado, junto a un altar plagado de velas, había una figura de la Virgen María rodeada de varios banquitos de madera. La gobernadora vestía completamente de negro y rezaba de rodillas con sus hijos Inés y Guillén y una docena de esclavos y de esclavas que en otros momentos se habían paseado desnudos por aquel mismo lugar. Una sirvienta entró en la estancia y se agachó junto a ella.

—Disculpadme, mi señora. El obispo don Diego de Deza ha llegado.

—Gracias, muchacha —dijo con una amabilidad impropia de ella, al tiempo que se incorporaba—. Hazle pasar.

Beatriz aguardó en tensión al flamante obispo de Zamora, llamado a sustituir al temido Tomás de Torquemada como inquisidor general. Desde que recibió una carta de su tía advirtiéndola de que la reina había decidido enviarle para comprobar si era cierto lo que se comentaba sobre las prácticas pecaminosas que se llevaban a cabo en su casa, había tenido tiempo para transformar el salón del trono en una capilla e instruyó a todos sus esclavos y sirvientes sobre cómo debían comportarse ante el religioso.

En cuanto entró el prelado junto a su séquito, todos se postraron ante él como habían ensayado.

—Excelencia. —Beatriz hizo una genuflexión y le besó el anillo—. Sed bienvenido a mi humilde morada. Niños, saludad a su excelencia.

Los pequeños Guillén e Inés se acercaron solícitos y besaron su anillo.

—Ahora marchaos a jugar, hijos. El señor obispo y su comitiva han de estar agotados por el viaje.

Los niños y los esclavos, después de hacer torpes reverencias al religioso y a sus acompañantes, abandonaron la estancia.

—¿Puedo ofreceros algo de comer?

—Algo frugal estará bien.

Beatriz le hizo una seña a sus sirvientes y estos fueron a buscar una comida que a su ama le había dado no pocos quebraderos de cabeza, pues no deseaba quedarse corta ni tampoco agasajarlos en exceso. Tras mucho pensarlo, se decidió por una sopa de verduras y cabritillo asado acompañado del gofio tradicional aborigen. Todo ello aderezado con vino ligeramente aguado.

Mientras aguardaban la comida, el obispo se persignó frente a la cruz y observó el altar con semblante serio.

—No os hacía tan piadosa, doña Beatriz.

—Soy mujer, viuda y vivo entre salvajes, como ha visto vuestra excelencia. Si no procurase ganarme la protección de Nuestro Señor, estaría perdida en este lugar.

—¿Dónde escondéis el trono? —preguntó directo.

Prevenida por su tía de que le iban a preguntar por él, pues eso era lo que más había sulfurado a la reina, Beatriz agachó la cabeza.

—No era un trono propiamente dicho, pero sí, reconozco que me dejé llevar por la vanidad e hice uso de él. Aunque en cuanto advertí que era una altanería, decidí que se destruyera y que con él se fabricase la cruz que podéis ver. Sin duda, merezco una penitencia y estoy dispuesta a aceptarla.

El obispo la miró, sin tenerlas todas consigo.

—¿Hay algo más por lo que creáis merecer penitencia, Beatriz?

—¿A qué os referís, excelencia?

—Ha llegado a mis oídos que en esta casa el pecado campa por sus respetos. Os acusan de organizar bacanales con vuestros esclavos.

—Válgame el cielo. —Beatriz se santiguó—. Ese disparate es cosa de mi suegra, ¿no es cierto?

El obispo no lo confirmó, pero ese silencio bastó para que a Beatriz se le humedecieran los ojos por la rabia.

—El único pecado que cometo es odiar a la que en su día fue mi segunda madre, excelencia. Desde que su hijo Hernán murió, me ha hecho la vida imposible y ha querido arrebatarle al mío lo que le corresponde. Y para ello es capaz hasta de jurar que soy una libertina. ¿Es eso justo?

Los convincentes lagrimones que le caían a Beatriz incomodaron al obispo.

—Está bien, tranquilizaos. Ahora almorcemos y más tarde llevaré a cabo las investigaciones que sean pertinentes.

El obispo demostró que, aunque pedía comida frugal, tenía el mismo apetito que un soldado después de la batalla, y quiso hablar con el servicio y con algunos de los aborígenes bautizados que servían a la gobernadora.

—Con gusto acompañaría a vuestra excelencia —dijo Beatriz con humildad—, pero creo que lo mejor es que no lo haga, para que podáis preguntar por mi persona sin pudor y realicéis las pesquisas que consideréis oportunas.

A la vez que el obispo y su séquito hablaban con el servicio y con cuantos nativos encontraban a su paso, Beatriz de Bobadilla disfrutaba tranquilamente de una copita de vino dulce en sus aposentos. Estaba convencida de que nadie la dejaría en mal lugar, ya que una semana antes, el mismo día que recibió la carta de su querida tía, había ordenado secuestrar a un familiar de cada hombre y mujer que la hubiesen tratado y los tenía encerrados a buen recaudo bajo la amenaza de ejecutarlos de la peor manera posible si alguno se iba de la lengua.

48

Tenerife (islas Canarias). Mayo de 1494

Bencomo afilaba con una piedra la punta de flecha que había encontrado de niño. Cada vez que lo hacía, recordaba lo inferiores que eran sus armas frente a las de los extranjeros; él había perdido la cuenta de las suntas y los banots utilizados a lo largo de su vida, mientras que aquel material seguía intacto después de tantos años. A pesar de eso, estaba convencido de la victoria, aunque no podía sacudirse la extraña sensación que lo acompañaba desde hacía varios días. Hañagua interrumpió sus cavilaciones al entrar en la cueva-palacio. Su sonrisa, improcedente en el momento tan difícil que vivía su pueblo —y más siendo la esposa del mencey que, para muchos, iba a conducir a los guanches a la aniquilación—, la hacía aún más hermosa a ojos de su marido.

—¿Y esa sonrisa? ¿Vienes a informarme de que los extranjeros han levantado su campamento y se han marchado con sus casas flotantes? —preguntó Bencomo sarcástico.

—Mejor aún...

—¿Mejor aún? ¿Se han llevado consigo a Añaterve y al resto de los menceyes del sur?

—Eso sí que sería estupendo —respondió divertida—. Pero, aunque sería una noticia muy celebrada por todos, lo que vengo a enseñarte te alegrará todavía más.

Dicho esto, se echó a un lado. Al ver quién aguardaba tras ella, Bencomo se incorporó en el acto.

—¡Idaira, hija mía!

—Hola, padre. Vengo a presentarle a sus nietos.

Bencomo miró a los niños. Nahuzet le devolvió una mirada llena de curiosidad, pero guardó las distancias, refugiándose tras las piernas de su madre. La niña, en cambio, dio un paso al frente con decisión, adornada con pinturas de guerra y agarrando con fuerza su minúsculo banot.

—Mi nombre es Nelyda. Quiero luchar a su lado contra los extranjeros, gran mencey Bencomo.

—¿No eres aún muy joven para eso? —preguntó Bencomo jovial.

—Mi madre me ha contado que, cuando mi tía Dácil tenía mi edad, cazaba aves, lagartos y hasta cerdos salvajes.

Bencomo se emocionó y Hañagua comprendió que debía dejarlos solos.

—Niños, ¿queréis tomar un poco de chacerquen?

Nelyda y Nahuzet asintieron, salivando ante la perspectiva de probar la miel del mocán, uno de los dulces más apreciados por los guanches. Ambos se olvidaron de su madre y de su abuelo para acompañar a Hañagua al exterior. Una vez a solas, Bencomo se fijó en la tripa de su hija.

—Vuelves a estar embarazada. Enhorabuena.

—Gracias, padre. Quisiera que el niño que está por llegar conozca a su abuelo desde su nacimiento.

—Nada me gustaría más.

—Y también a su padre —añadió Idaira.

Bencomo comprendió que la visita de su hija no se debía únicamente a un intento de reconciliación. Aunque, si lo que venía a pedirle servía para derribar los muros que había entre ellos, lo haría sin titubear.

—Tú siempre has sabido hablar sin tapujos, Idaira. Te escucho.

—Quiero que mi marido viva. Yeray es un buen padre para mis hijos. No deseo que crezcan sin él.

—Según tengo entendido, es un muchacho valiente y aguerrido. No creo que quiera esconderse cuando llegue la batalla.

—Solo pido que lo proteja, padre. Él lo respeta por encima de todo. Si se lo ordena, se quedará en la retaguardia.

—Es el creador quien...

—¡Júreme que lo protegerá, padre! —lo interrumpió, desesperada.

—Te juro por Achamán, por Magec y por su madre, la diosa Chaxiraxi, cuyo amor por ella te separó de mí, que haré todo lo que esté en mi mano para traerlo de vuelta sano y salvo —respondió Bencomo solemne.

Idaira asintió, convencida de que cumpliría su promesa. Una vez volviendo en su asiento, miró a su padre de arriba abajo.

—Le veo bien.

—Siento el paso del tiempo, Idaira. Y, desde que dejé de verte, más aún.

—Ya me he enterado de que Añaterve ha pactado con los extranjeros.

—Ese canalla nunca fue de fiar.

—Lamento no haberle creído. Solo ahora me doy cuenta de que, de haber permanecido bajo su protección, me habría entregado como presente a los invasores, como me consta que ha hecho con otras harimaguadas con las que tuve trato durante mi servicio a la diosa Chaxiraxi.

—Lo importante es que hayamos podido dejar eso atrás, hija. Espero que, a pesar de haberte apartado de la diosa, hayas encontrado la felicidad.

—El cuidado de mis hijos me llena de dicha, padre. Lo único que lo empañaba era no poder verle por culpa de mi estúpido orgullo.

—Ser orgullosa es herencia de familia.

Ambos se sonrieron, sellando una reconciliación que deseaban por encima de todo. Bencomo la abrazó emocionado.

—No te imaginas cuánto te he echado de menos, Idaira.

—Yo también le he extrañado, padre...

El momento de felicidad lo empañó el regreso de Hañagua con una expresión muy diferente a la que llevaba cuando llegó acompañada por su hija mayor y sus nietos. Su cara estaba contraída por el miedo y la preocupación.

—Bencomo, tienes que salir.

—¿Qué pasa, Hañagua? —preguntó alarmado.

—Son Bentor y Dailos. Se van a matar.

Bentor y Dailos, ambos ensangrentados y magullados, peleaban con sus suntas en la playa, frente a cientos de guerreros que habían interrumpido su entrenamiento para presenciar un duelo que tenía muy poco de amistoso. En primera fila estaban Dácil y el otro gemelo, Ubay, que se miraban con una inquina directamente proporcional al aprecio que se tenían la noche anterior, dispuestos a sumarse a la lucha a favor de sus respectivos hermanos ante el mínimo movimiento del otro. Bencomo se abrió paso entre los espectadores, que tampoco parecían dispuestos a detener aquella escabechina en la que aún no había un vencedor claro.

—¡¿Qué estáis haciendo?! ¡Separaos! —El mencey se interpuso entre los dos primos, que hicieron caso omiso, intentando conectar un último golpe a su adversario—. ¡¿No me habéis oído?!

Bencomo logró separarlos y los miró alternativamente, sin comprender a qué se debía aquella animadversión.

—¡¿No creéis que habéis llegado demasiado lejos en vuestro entrenamiento?!

—Esto no es un entrenamiento, padre —respondió Bentor limpiándose la sangre de la boca, sin dejar de mirar desafiante a su primo.

—Ah, ¿no? ¿Pretendías matar a Dailos cuando hasta ayer erais como hermanos? —Se volvió hacia Dácil y Ubay—. Y vosotros dos, ¿no pensabais detener este disparate?

—Mi hermano solo se defendía, mencey —respondió Ubay.

—¿Defenderse de qué?

—Bentor ha faltado al respeto a nuestro padre.

—Vuestro padre es un traidor... —intervino Dácil.

Bencomo endureció el gesto y se volvió hacia su hija.

—Ten mucho cuidado con lo que dices, si no quieres que sea yo quien os dé un escarmiento. No olvides que hablas de mi hermano.

—Un hermano que ha pactado con los extranjeros, padre.

—¡No consentiré una majadería más, Dácil!

—Por desgracia, Dácil tiene razón, hermano.

Bencomo miró a Tinguaro, que avanzaba hacia él con la expresión descompuesta.

—¿De qué diablos hablas?

—Anoche los vigías vieron a Hucanon internarse en el bosque —explicó Tinguaro, desolado—. Dos de ellos lo siguieron y acaban de regresar para informar.

—¿Informar de qué?

El silencio en torno a los dos hermanos era absoluto. Todos habían escuchado rumores, pero se negaban a creerlos. Tinguaro confirmó la peor de las noticias.

—Hucanon se dirigió al campamento de los extranjeros, Bencomo. Lo vieron arrodillarse ante ellos y su gran cruz. Incluso han jurado por Achamán y la diosa Chaxiraxi que lo hizo vestido con uno de sus uniformes.

Mientras a su alrededor se sucedieron las reacciones —el mismo número de demostraciones de miedo por tener en contra a su mejor guerrero y de indignación por que los hubiera traicionado de una manera tan ruin—, Bencomo sufrió la mayor decepción de su vida. La experiencia le había enseñado que una traición podía venir de cualquiera, pero, si había alguien por quien él hubiese puesto la mano en el fuego, ese era Hucanon. Desde que lo rescató de aquel barco cuando ambos eran niños, su hermanastro le había demostrado una fidelidad inquebrantable, aunque lo cierto era que llevaba un par de días con una actitud distante y evasiva con él.

—No entendemos qué ha podido pasar —les dijo Ubay a sus tíos—, pero nuestro padre jamás haría algo así. Todos aquí saben cuánto odia él a los extranjeros por haberse llevado a su madre.

Bencomo miró a sus sobrinos, que estaban aún más destrozados que Tinguaro y que él, y habló al resto de su pueblo, poniendo especial atención en Bentor y en Dácil.

—Pase lo que pase, quiero que se respete a Dailos y a Ubay. Ellos son de mi completa confianza y no tienen ninguna culpa de lo que sea que haya hecho su padre, ¿ha quedado claro?

—Pero... —protestó Bentor.

—¡¿Ha quedado claro?! —insistió Bencomo con vehemencia.

Cuando comprobó que todos habían comprendido su mensaje y pensaban acatar sus órdenes, volvió a dirigirse a Tinguaro.

—¿Qué más sabemos?

—Parece ser que los extranjeros se están preparando para atacarnos, pero hay algo muy extraño.

—¿El qué?

—Según nuestros informantes, las tropas enemigas se dirigen hacia Acentejo.

Bencomo se sorprendió; si de verdad los estaba ayudando, Hucanon les habría dicho que debían atacarlos antes de que se reunieran bajo su mando los ejércitos de los cinco menceyatos que habían declarado la guerra a los extranjeros, pero la ruta que habían decidido tomar no tenía ningún sentido. De pronto, el mencey de Taoro sintió que se le erizaba el vello.

—¿Dónde se encuentran los ejércitos de los demás menceyatos?

—El ejército de mi padre está preparado para entrar en batalla, gran mencey Bencomo. Solo espera mi orden.

Bencomo reconoció al marido de Idaira, el padre de sus nietos. Tenía un aspecto tan fiero como el de casi todos los guerreros a su mando y supo que sería difícil mantenerlo al margen de la contienda, como le había pedido su hija.

—Me alegra volver a verte, Yeray.

—Es un honor luchar a su lado.

—Necesito que partas de inmediato en busca del ejército de Tacoronte y que los conduzcas hacia la frontera entre nuestros reinos. Pero tiene que ser esta misma noche.

—A sus órdenes, mencey.

A Bencomo le agradó que ni Yeray ni ninguno de los emisarios que envió al resto de los menceyatos aliados con el mismo mensaje hicieran preguntas ni cuestionasen sus órdenes. Estaba convencido de que, si permanecían unidos, la victoria aún sería posible.

En cuanto las tropas comandadas por Alonso Fernández de Lugo dejaron atrás el campamento de Añazo, el peso de las armaduras y de las armas del ejército castellano, sumado a la fragosidad del terreno, convirtió la marcha en una tortura para los soldados. Al llegar a las inmediaciones de la enorme laguna que cubría buena parte de los menceyatos de Anaga y Tegueste, los caballos y los carros se atascaron en el barro.

—¡Alto!

Cuando la marcha se detuvo, Alonso atravesó con la mirada a Hucanon, que también sufría la incomodidad de la casaca que le habían obligado a vestir.

—¿Dónde nos llevas?

—Este es el camino más rápido para llegar a Taoro —respondió Hucanon una vez que Fernando Guanarteme tradujo las palabras del adelantado—. Cualquier otro nos llevaría demasiado tiempo, el suficiente para que Bencomo reúna a los ejércitos de todos los menceyatos aliados.

Alonso miró hacia el horizonte, aún más abrupto que lo que habían dejado atrás, y por primera vez dudó de las intenciones del guerrero guanche. Gonzalo percibió su indecisión y se acercó a él.

—Quizá deberíamos abortar el avance, mi capitán.

—No podemos arriesgarnos a que Bencomo se haga fuerte. Tenemos que derrotarlo hoy o no lo lograremos hasta dentro de muchas semanas, y yo sé bien lo que significa que estos salvajes tomen las riendas de la guerra. Lo sufrí junto a tu padre en Gran Canaria y, siendo una décima parte, convirtieron nuestras vidas en un infierno.

—A los caballos les cuesta avanzar.

—Dejaremos atrás todo lo que no necesitemos. —Se volvió hacia Fernando Guanarteme—. Tradúcele palabra por palabra lo que voy a decir. No quiero que lo digas a tu manera, sino a la mía. ¿Está claro?

—Sí, mi capitán.

—Bien. Dile a este bastardo —habló sin apartar la mirada de Hucanon— que, como esto sea algún tipo de ardid, su madre sufrirá la peor muerte que pueda existir. Adviértele de que he dejado a media docena de hombres vigilándola en el barco y que, como vean que algo va mal, tienen orden de hacer con ella lo mismo que hacían los persas con sus prisioneros de guerra. Pregúntale si sabe lo que es el escafismo.

Cuando Fernando Guanarteme lo tradujo, Hucanon negó con la cabeza, mirando a los ojos a Alonso. Este sacó de su cintura un estilete y comprobó su filo mientras hablaba y se acercaba a uno de los caballos.

—Se trata de una práctica que hasta alguien como tú considerará salvaje. Pero, si me obligas a ello, no me temblará el pulso a la hora de utilizarla.

Dicho esto, rajó el vientre del animal, que relinchó e intentó huir, pero el brusco movimiento hizo que sus tripas cayeran al barro y se desplomase. Los soldados que había junto a él dieron un paso atrás, impresionados. Alonso observó al caballo dar sus últimos estertores y volvió a mirar a Hucanon.

—Hay varias versiones del escafismo, pero la que más me gusta a mí —continuó con tranquilidad— consiste en hacer algunos cortes superficiales en una persona, en este caso tu querida madre, inmovilizarla de pies y manos e introducirla dentro del vientre de un caballo como este, dejando fuera su cabeza para que pueda respirar y beber agua, claro está. Más tarde se cose la incisión y solo hay que esperar. ¿Sabes lo que sucede al cabo de las horas?

El adelantado aguardó mientras le traducían sus palabras a Hucanon, que se mantuvo en completo silencio.

—Que la descomposición y los insectos empiezan a hacer su trabajo —respondió a su propia pregunta—, pero no distinguen la carne muerta de la que aún vive, así que devoran ambas por igual. ¿Te puedes imaginar lo que pensará de ti tu madre si por tu culpa ha de morir así? Y tendrá tiempo para pensar, palabra, porque esos bichitos no tienen ninguna prisa.

Tanto Hucanon y Fernando Guanarteme como Gonzalo y los soldados que escucharon aquello quedaron horrorizados. Cuando comprobó que sus palabras habían calado, Alonso volvió a hablar:

—Si ya tienes claro las consecuencias de la menor mentirijilla que me digas —remató—, quiero saber si sigues opinando que este es el mejor camino para dirigirse a Taoro y atacar a Bencomo.

—No es el mejor camino —respondió Hucanon tras meditar su respuesta—, pero sí el que nos permitirá atacar a Bencomo antes de que los ejércitos aliados se unan a él. Es la única opción de lograr una victoria rápida.

—Pregúntale —intervino Gonzalo— si todo esto lo hace solo para salvar a una madre a la que no ve desde hace casi medio siglo.

—Lo hago para salvar a mi madre, pero también para evitar la matanza de mi pueblo —respondió Hucanon con aplomo—. He visto vuestras armas y sé que los guanches estamos condenados. Si Bencomo es derrotado ahora, los menceyes aliados se plegarán igual que Añaterve y los demás reyes del sur, y solo morirán unos pocos hombres. Lo único que busco es la paz.

Las palabras de Hucanon parecieron convencer tanto a Alonso como a Gonzalo, que asintió a su capitán.

—¡Continuamos!

Dejaron atrás algunos carros y armaduras, y los cerca de mil quinientos soldados castellanos, gomeros y grancanarios siguieron su avance. Ya no volvieron a detenerse hasta el amanecer del último día de mayo, frente al barranco de Acentejo.

49

Buñol (reino de Valencia). Marzo de 1523

El lujoso carruaje tirado por los dos caballos negros ascendió lentamente hacia el majestuoso castillo de Buñol y se detuvo frente a la puerta de la iglesia de San Salvador, prácticamente abandonada mientras duró la elevada presencia musulmana en los alrededores y devuelta a la vida por la familia Mercader a principios del siglo XVI.

Melchor y Kanar seguían a pie el carruaje para aliviar el esfuerzo de los animales durante la empinada subida. Al llegar a su destino, Melchor le pidió al cochero que permaneciese atento y recorrió la plaza con la mirada para asegurarse de que allí solo había curiosos esperando a ver quién se dignaba a visitar aquel pueblo situado entre la sierra de Malacara y la de la Cabrera, a algo más de siete leguas de Valencia. Después de comprobar que no había peligro, le hizo al esclavo guanche una seña y este abrió la portezuela del carruaje y ayudó a Elena a apearse. La muchacha miró a su alrededor y se echó un manto sobre los hombros para protegerse de los últimos coletazos del invierno.

—¿Estáis preparada, mi señora? —preguntó Melchor en voz baja.

—No sé si esto ha sido buena idea —respondió Elena nerviosa—. Si lo que pretendemos es pasar desapercibidos, no entiendo que alternemos con la nobleza.

—Ya escuchasteis a la Canaria: donde Daniel Lavilla no os buscará será precisamente en un castillo. Además, recordad que pasamos por un grave apuro económico y necesitamos recaudar fondos si queremos completar con éxito nuestro viaje hasta Achinet.

—Recaudar fondos es una manera un tanto tibia de decirlo...

—Si queréis escapar de vuestros perseguidores, es hora de que dejéis los escrúpulos a un lado, mi señora.

—¿Es necesario que me hables con tanta pompa?

—En público, soy oficialmente vuestro esclavo. ¿De qué otro modo queréis que os hable? Estad tranquila y haced lo que hemos hablado..., mi señora.

Un matrimonio adinerado de mediana edad salió del interior de la iglesia rodeado de su séquito. Al ver el carruaje, se dirigieron con curiosidad hacia allí. Tanto él, don Pedro Mercader, señor de Buñol y barón de Cheste, como su esposa, doña Juana de Blanes y Perellós, se quedaron hechizados ante la visión de aquella esbelta mujer recién llegada de la ciudad, aunque con ánimos opuestos: él, admirado; ella, recelosa. Melchor se adelantó y les hizo una ceremoniosa reverencia.

—Señores barones, mi nombre es Melchor y me pongo a vuestro servicio. Permitidme que os presente a mi señora, doña Leonor Alborx Fabra, hija de don Juan Alborx y doña Catalina Fabra.

—¿Qué os trae por Buñol, muchacha? —preguntó doña Juana ignorando a Melchor y marcando las distancias con la recién llegada.

—Me dirijo a atender negocios familiares en Madrid, señora.

—Largo viaje os espera.

—Lo sé, pero, después del fallecimiento de mi padre y a falta de hermanos mayores de edad que se ocupen, no me queda más remedio que velar por la economía familiar.

—Lamentamos el fallecimiento de vuestro padre —contestó don Pedro—. ¿Podemos ofreceros alimento para vuestros animales y esclavos y alojamiento en nuestro castillo para vos?

—Sois muy amable...

Mientras Kanar y su primo Unche seguían al servicio de los barones en dirección a las caballerizas, Elena y Melchor acompañaron a los señores hacia el castillo, cuya zona residencial tenía acceso directo desde la iglesia. Atravesaron una pasarela en altura y llegaron a un complejo gótico junto al que se había empezado a construir una ampliación mucho más moderna.

—Disculpad que tengamos el palacio manga por hombro, Leonor —dijo el barón una vez que Elena se había instalado y ocupaba su lugar en la mesa para la cena—, pero las obras son un fastidio.

—Las he sufrido en mis propias carnes, perded cuidado. Hace unos años, justo antes de las germanías, mi padre se empeñó en ampliar un ala de la residencia familiar.

—¿No os da miedo viajar sola por estos mundos de Dios? —preguntó la señora.

—No viajo sola, doña Juana. Melchor —Elena le dedicó una fugaz mirada al esclavo, que aguardaba con discreción en un rincón del comedor— ha servido a mi familia desde antes de que yo naciera y me siento bien protegida por él.

—¿De dónde procede?

—De las islas Canarias.

—¿Es uno de esos sucios guanches? —preguntó mirándolo con repulsa—. Esos salvajes mataron a un tío materno mío durante la conquista de Gran Canaria.

—Entonces no murió a manos de los guanches —contestó Elena antes de dirigirse al esclavo—: Corrígeme si me equivoco, Melchor, pero diría que así solo se denomina a los oriundos de Tenerife.

—Estáis en lo cierto, ama.

—Tanto da cómo se llamen —zanjó la señora—, salvajes todos.

—Decidnos, Leonor. —El barón cambió de tema mientras un sirviente le llenaba la copa de vino—. ¿Qué negocios os esperan en Madrid?

—Mi padre exportaba seda a varios mercados de Castilla, y su almacén principal se encuentra allí. Me dispongo a negociar su venta con un representante de la Casa Real.

—Con la Casa Real, nada menos —repitió don Pedro, impresionado—. Estaremos hablando de un buen montante.

Elena apartó la mirada, discreta.

—Os halláis entre amigos, muchacha —dijo la baronesa en confianza—. Lo que aquí hablemos no saldrá de estas cuatro paredes. Podéis confiar.

—El montante podría ser muy elevado —respondió Elena—, pero mucho me temo que tendré que conformarme con las migajas

—¿Y eso por qué?

—Porque antes de proceder a la venta del negocio, valorado en seis mil ducados de oro, debo pagar los mil que la corona me reclama y, por desgracia, el entierro de mi padre y la liquidación de sus propiedades en Valencia nos ha dejado en una situación harto complicada.

—¿Y de dónde pensáis sacar el dinero?

—Las dos opciones que me han ofrecido es cerrar el negocio a la mitad de precio o pedir un préstamo a un usurero.

—Eso nunca. Los intereses os sepultarían en vida.

—¿Dónde si no podría yo conseguir semejante suma, barón?

Don Pedro y su esposa cruzaron sus miradas, viendo en aquella muchacha inocente y desesperada que les había caído del cielo un negocio redondo.

A la mañana siguiente, el barón y dos de sus hombres de confianza se unieron a la expedición a Madrid con mil ducados de oro y la esperanza de traer de vuelta el doble de lo invertido una vez que comprobasen que no había gato encerrado y se cerrase el acuerdo con la Casa Real. Apenas llevaban media mañana de viaje cuando Kanar y Melchor desarmaron a los hombres del barón y Elena le puso un afilado cuchillo en el cuello.

—¿Qué estáis haciendo, Leonor? —preguntó don Pedro asustado para enseguida atar cabos—. ¡Lo sabía! ¡Sabía que esto era una artimaña!

—Lamento tener que desplumaros, barón —dijo ella—, pero creedme que es por una causa mayor. Os aconsejo que lo toméis como un negocio fallido y os olvidéis.

—Os veré colgar del árbol más alto.

—Poneos a la cola.

—Quizá deberíamos... —comenzó diciendo Kanar con crudeza.

—No —lo interrumpió Elena antes de que pudiera terminar la frase—. Nosotros no asesinamos a nadie a sangre fría. Atadlos.

Al rato de marcharse, una vez que los tres hombres consiguieron liberarse, don Pedro cursó la denuncia y, al mismo tiempo que el alguacil de zona y sus ayudantes buscaban a la ladrona en el camino que conducía a Madrid, Elena ya había puesto rumbo hacia el sur.

50

Tenerife (islas Canarias). Mayo de 1494
Frontera entre los menceyatos de Taoro y Tacoronte

Los mil guerreros de Taoro y los ochocientos enviados por el mencey Acaymo y capitaneados por su hijo Yeray, yerno de Bencomo, se reunieron en la frontera entre ambos reinos poco antes del amanecer. Esperaban que los ejércitos del resto de los cantones aliados —a cuyos menceyes se habían enviado mensajeros la noche anterior— se uniesen a ellos en algún momento de la mañana.

Aunque todos obedecían sin rechistar las órdenes de su líder de no culpar a los gemelos de Hucanon de lo que pudiera haber hecho su padre, la tensión entre Dailos y Ubay con el resto era evidente, en especial con Bentor y Dácil. Los primos, hasta hacía unas horas inseparables, se miraban con recelo.

—¿Qué hacemos aquí, Bencomo? —le preguntó Tinguaro—. La incertidumbre está afectando a los hombres.

—La discreción es imprescindible en este asunto, hermano. De ella depende que tengamos una oportunidad de vencer a los extranjeros o de que nos aniquilen.

—¿También desconfías de mí?

—Tú y yo somos uno. Jamás desconfiaría de ti.

—Lo mismo decíamos ayer de Hucanon y mira.

Bencomo trepó a una roca para hacerse escuchar por su ejército, ávido de noticias.

—¡Hombres y mujeres de Taoro y Tacoronte, ha llegado la hora de expulsar a los invasores de Achinet para siempre!

El ejército rugió, levantando sus suntas, sus escudos y sus banots.

—Nuestros hermanos de Daute, Icod y Tegueste ya están de camino para unirse a la batalla, aunque quizá no lleguen a tiempo, por lo que debemos confiar los unos en los otros y permanecer más unidos que nunca.

—Si vamos a atacar su campamento —habló el hijo de Tinguaro—, quizá deberíamos esperar a los refuerzos, mencey Bencomo.

—Los extranjeros no se encuentran en su campamento, Dádamo. Según las últimas informaciones que me han llegado, avanzan hacia nosotros y nos saldrán al paso en cuanto Magec nos ilumine.

La inquietud se apoderó del ejército, ya que quedaba muy poco para que el sol asomase por el horizonte.

—Antes de nada, quiero deciros algo con respecto a mi hermano Hucanon —continuó Bencomo, logrando la atención de todos—. Sé que la traición en nuestro pueblo se paga con la muerte, pero deseo que a él no se le aplique, haga lo que haga y aunque, como dicen algunos, vista con las ropas de nuestros enemigos.

—¡No puedes pedirnos tal cosa, Bencomo! —protestó Tinguaro en nombre de todos—. Yo soy el primero que lloraré frente al cadáver de nuestro hermano, pero no desperdiciaré la oportunidad de matarlo si lo encuentro en el campo de batalla.

Todos asintieron, conformes.

—¡Mi orden... —Bencomo alzó la voz— es que no se le toque! ¡Quien desobedezca sí será penado con la muerte, ya se trate de un hijo mío, de cualquiera de mis sobrinos o —miró a Tinguaro con firmeza— de mi propio hermano!

—¿Va a dejar impune su traición, padre? —preguntó Bentor decepcionado.

—Del castigo de Hucanon me ocuparé yo, hijo. Pero, si os reta a alguno de vosotros, rehuidlo. Más aún, si veis que su integridad corre peligro, protegedlo y traedlo con vida ante mí. ¿Alguna duda?

Todos negaron, aceptando a regañadientes las órdenes de su mencey.

—Bien —continuó—. Aclarado ese asunto, pasemos a hablar de lo que ocurrirá cuando nos topemos con las tropas de

Alonso Fernández de Lugo. ¿Quién es nuestro lanzador más certero, Tinguaro?

—En mi ejército sirve el mejor de Achinet, mencey Bencomo —respondió Yeray, adelantándose a Tinguaro—. ¡Caluca!

Un joven guerrero guanche con el pelo largo y negro como la noche se presentó ante Bencomo agarrando su honda.

Barranco de Acentejo (nacimiento)

—Mirad...

Acababa de amanecer cuando Alonso Fernández de Lugo, al frente de su ejército, observó cómo varios pastores guanches abandonaban su rebaño de cabras y trepaban asustados hacia los riscos más altos del barranco de Acentejo, un desfiladero cubierto por una frondosa vegetación, de casi media legua de longitud y paredes laterales que en algunas zonas alcanzaban las treinta varas.

—Huyen como ratas de un barco a punto de irse a pique... —dijo con suficiencia.

—¿Los seguimos? —preguntó uno de sus oficiales.

—No merece la pena dividir las tropas para perseguir a unos cabreros —respondió Gonzalo—. Aunque el ganado vendrá bien para celebrar la victoria.

—En cuanto dejemos atrás el desfiladero, mis hombres conducirán al rebaño hasta nuestro campamento —respondió un jinete llamado Pedro Benítez, al que apodaban el Bizco porque uno de sus ojos era negro y el otro de un color azul intenso.

Alonso observó a Hucanon, cuya mirada estaba fijada en el lugar por donde habían desaparecido los cabreros. Miró hacia allí con suspicacia, pero, salvo algunos de aquellos perros salvajes que siempre iban detrás de su ejército recogiendo los desperdicios, no encontró ningún indicio de peligro.

—Pregúntale si falta mucho —le pidió al intérprete.

—Al llegar a la cima de esta montaña —contestó Hucanon— tendréis a vuestros pies el reino de Taoro, aunque mucho me temo que los cabreros ya habrán informado de nuestra presencia.

—¿Qué sugieres entonces?

—Que nos demos prisa antes de que puedan organizar su defensa.

Alonso volvió a examinar los alrededores, pero todo parecía tranquilo.

—Dile que vaya en cabeza —habló de nuevo al intérprete—. Y recuérdale lo que le sucederá a su madre si se le ocurre hacer alguna majadería. El caballo ya está abierto en canal esperándola.

Hucanon inició el ascenso, seguido de cerca por Alonso, Gonzalo y los cerca de mil quinientos hombres, ya cansados tras tantas horas cargando sus armas y armaduras por un terreno tan farragoso.

Barranco de Acentejo (cima)

Bencomo, escoltado por la mitad de su ejército, observaba escondido desde lo alto del desfiladero cómo las tropas enemigas se internaban en el barranco. Junto a él aguardaban sus hijos, sus sobrinos y algunos de sus mejores guerreros, entre ellos Caluca, el que su yerno tenía por el mejor lanzador de la isla. Las miradas de todos estaban centradas en Hucanon, que, confirmando los rumores, no solo comandaba a los castellanos, sino que lo hacía vestido con su uniforme. Aunque intentaron conservar la calma, a los gemelos se les empañaron los ojos, consternados por una traición que jamás se hubieran imaginado. A muchos guerreros guanches —incluidos ellos— se les pasó por la cabeza desobedecer a Bencomo y acabar con él, pero el mencey vislumbró sus intenciones.

—Recordad: Hucanon es mío.

—¿A qué esperamos para atacarlos, padre? —preguntó Dácil.

—Paciencia, hija. No hagáis nada hasta que Tinguaro inicie la ofensiva.

Bencomo miró a su hermano, que, al otro lado del barranco, aguardaba a que el último de los guerreros enemigos entrase en el desfiladero. Cuando lo hizo, buscó al mencey con la mirada y este le dio permiso con una seña.

—¡Ahora! —ordenó Tinguaro.

En aquel momento, los guanches empujaron decenas de enormes rocas, que rodaron ladera abajo, aplastando las cabezas y rompiendo los huesos de los sorprendidos castellanos, a los que les habían cortado la posibilidad de volver sobre sus pasos. Tanto las cabras como los caballos, asustados por el olor a sangre y el griterío, corrieron desbocados en todas las direcciones, pisoteando a los soldados e incrementando el caos.

—¡Nos atacan, capitán! —gritó Gonzalo—. ¡Nos atacan por todas partes!

—¡¿Te crees que no lo veo, muchacho?!

Hucanon aprovechó el desconcierto de los castellanos para huir hacia la cima del barranco, pero Alonso lo descubrió.

—¡Ballesteros! ¡Matadlo, maldita sea! ¡Acabad con ese bastardo!

Los ballesteros dispararon sus saetas contra Hucanon, pero la lluvia de banots y de piedras que caían sobre ellos impidió que alguna alcanzase su objetivo.

En la cima, Bencomo vio cómo su hermanastro trepaba hacia su posición y se volvió para mirar a Caluca, que aguardaba impaciente para llevar a cabo la misión más importante de su vida.

—¡Es tu turno, Caluca! ¡Demuéstrame lo que sabes hacer!

Caluca hizo girar su honda mirando a Alonso Fernández de Lugo, que se refugiaba junto a sus hombres de las lanzas y rocas. Aguardó paciente hasta tenerlo a tiro, pero, cuando al fin lo tuvo en el punto de mira e iba a disparar la piedra, vio con el rabillo del ojo a Hucanon correr hacia él. En el último momento cambió su objetivo y soltó una de las tiras de cuero de su honda. La piedra salió disparada hacia Hucanon, pero apenas le rozó la mejilla y fue a incrustarse en la frente del soldado castellano que corría detrás de él y que se disponía a clavarle su alabarda. Bencomo comprendió que le acababa de salvar la vida a su hermano y le hizo un gesto de agradecimiento.

Hucanon, por su parte, llegó hasta la cima y se detuvo a un par de pasos de Bencomo. Ambos quedaron frente a frente en silencio y, para sorpresa de todos los que miraban al mejor guerrero de Achinet aguardando que culminase la traición con un ataque al mencey, recorrieron la distancia que los separaba y se abrazaron.

—Me alegro de tenerte a mi lado, Hucanon.

—Nunca dejé de estarlo, hermano.

Dailos, Ubay, Bentor y Dácil miraban atónitos a los dos hombres. Hucanon se quitó las ropas castellanas y las arrojó a un lado.

—¿Qué ha pasado, padre? —preguntó uno de los gemelos—. ¿Por qué ha pactado con los extranjeros?

—Tienen a mi madre, Dailos, a la abuela que vosotros nunca conocisteis. Me dijeron que solo viviría si los conducía hasta Bencomo y...

—... y vuestro padre los ha conducido hacia su tumba. —Bencomo miró satisfecho a Hucanon—. Deberías haberme avisado de tus intenciones, hermano.

—No tuve tiempo, pero esperaba que, al saber que nos dirigíamos hacia aquí, comprendieras lo que pretendía hacer.

—Así fue. ¿Qué ocurre con tu madre? ¿Dónde la tienen?

—En una de sus casas flotantes. Si no la rescato de inmediato, los soldados tienen orden de ejecutarla.

—¿Qué necesitas?

—Que mis hijos me acompañen. Sé que aquí hacen falta, pero necesito buenos nadadores para llevar a cabo mi plan.

—Dispón de ellos como consideres.

—Permítame acompañarlos, padre —intervino Bentor, avergonzado por haber dudado de la lealtad de su tío.

Bencomo asintió, orgulloso por verle reconocer su error.

—Marchad, aprisa. Y trae de vuelta a tu madre, hermano. Ardo en deseos de volver a verla.

Hucanon asintió y se marchó corriendo junto a Dailos, Ubay y Bentor. Bencomo miró hacia el fondo del barranco, donde los castellanos, a pesar de haber perdido ya a muchos hombres, habían logrado reagruparse y protegerse de las piedras y banots que seguían cayendo incesantemente. Sonrió al comprobar que acababan de llegar otros dos mil hombres procedentes de los menceyatos de Daute, Icod y Tegueste.

—¡Es hora de rematar a esos miserables! —exclamó el mencey—. ¡Acabad con ellos! ¡Sin piedad!

Miles de guerreros guanches corrieron ladera abajo empuñando sus suntas y banots, gritando con furia, dispuestos a aniquilar a quienes habían llegado a su isla para quitarles todo lo que tenían.

Costa de Añazo

Hucanon, los gemelos y Bentor corrieron por el bosque de laurisilva como si los persiguieran Guayota y los guacanchas, dejando atrás los terribles gritos de los caídos y el sonido de espadas cortando carne, suntas aplastando cabezas y lanzas de uno y otro ejército hincándose en el cuerpo de sus adversarios. Algunos caballos habían escapado de la emboscada y corrían desbocados de regreso al campamento castellano. Hucanon lamentó no saber montar aquellas bestias para llegar a la costa antes de que los carceleros de su madre se enterasen de lo sucedido.

—¡Padre!

Dailos señaló a uno de los caballos, que aún conservaba a su jinete sobre la grupa. Se trataba de un muchacho de unos quince años que huía aterrorizado de su primera batalla. A pesar del ensordecedor ruido que los rodeaba, todos pudieron escuchar los rezos del joven. El hermano de Bencomo agarró con decisión su banot, clavó los pies en la tierra y lo lanzó. La pértiga se elevó por encima de las copas de los árboles y, al descender, atravesó de lado a lado al muchacho, que cayó ensartado al suelo, muerto. Sin perder tiempo, Hucanon reanudó su carrera y, cuando pasó junto al cadáver, recuperó su banot.

Al llegar a la playa, se detuvo detrás de unas rocas y, junto a él, lo hicieron sus hijos y su sobrino. Les pidió con un gesto que guardasen silencio y señaló hacia la entrada del campamento enemigo, donde los soldados que se habían quedado de guardia recibían desconcertados a los caballos que llegaban al trote desde el barranco de Acentejo.

—¿Nuestra abuela está ahí dentro? —preguntó Ubay en voz baja.

—No, está en una de aquellas casas flotantes.

Todos miraron hacia la bahía, donde los diecisiete barcos de la flota de Alonso Fernández de Lugo permanecían fondeados.

—¿Cómo vamos a llegar hasta allí sin que nos vean? —preguntó Bentor.

—Haremos que den la espalda a la costa.

Los pocos soldados que quedaban en la fortaleza se dieron cuenta de que, si no controlaban el fuego que se había declarado en el bosque, podría llegar a prender las estructuras de madera de las torres de vigilancia. El oficial que había quedado al mando de la guarnición —un señorito de Cádiz, sobrino de uno de los múltiples patrocinadores de aquella conquista— ordenó que se apagase el incendio y que todos los ballesteros disponibles se apostasen en la muralla en previsión de un ataque sorpresa, por lo que la totalidad de las defensas quedó de espaldas a la playa.

Hucanon y Bentor por un lado y los gemelos Dailos y Ubay desde el otro extremo de la playa se echaron al agua ocultos tras sendos troncos de árbol. El mar estaba revuelto y les costó sortear las olas, pero, gracias a la pericia de los cuatro como nadadores, llegaron al barco donde tenían encerrada a la madre de Hucanon. Sobre la cubierta, como le advirtió Alonso Fernández de Lugo, había varios guardianes que miraban asustados hacia la costa.

—¿Qué pasa? —preguntó uno de ellos.

—Un incendio —respondió su compañero—. Abrid bien los ojos.

Varios de los vigías se asomaron por la borda, pero solo vieron un par de troncos que se alejaban a la deriva. No descubrieron a los cuatro guerreros guanches que, agarrados al casco del bergantín, buscaban la manera de abordarlo.

Barranco de Acentejo (valle)

La ventaja de los guanches en los primeros compases de la batalla se desvaneció en cuanto empezó la lucha cuerpo a cuerpo. A pesar de que la superioridad tanto numérica como física de los hombres de Bencomo era evidente, en las distancias cortas se imponían las armas castellanas. Cuando Alonso Fernández de Lugo vio descender a los ejércitos de los cinco menceyatos enemigos hacia su posición, ordenó a los ballesteros disparar a discreción y fueron cientos los guanches alcanzados. Pero, tras las descargas iniciales, aquellas armas tan efectivas quedaron inservibles y los soldados tuvieron que echar mano de sus espadas y puñales.

—¡Alzad las alabardas, por Jesucristo, Nuestro Señor!

Los guanches, ansiosos por aplastar a los invasores, se precipitaron hacia la defensa castellana, pero hasta que las picas de los soldados quedaron inutilizadas por el peso de los hombres que se incrustaban en ellas no pudieron hacer uso de sus suntas. La potencia y la rabia con que golpeaban hizo retroceder a los conquistadores, aunque eran soldados expertos que enseguida se hicieron fuertes.

—¡Resistid, por Isabel y Fernando! —arengó Alonso a sus soldados—. ¡Solo son salvajes armados con palos y piedras!

Bencomo le partió el cuello a un joven extremeño que se había alistado con la intención de ganar dinero para pedir matrimonio a una muchacha del pueblo, y vio a su yerno —seguramente buscando ser recordado como el autor de la mayor gesta de aquella mañana— avanzar decidido hacia la posición donde el enviado por los reyes de Castilla luchaba mano a mano con su inseparable Gonzalo. Buscó con la mirada a su hija Dácil y la vio deshacerse con facilidad de cuantos castellanos la atacaban pensando que, siendo mujer, sería más sencilla de abatir.

—¡Dácil, aquí!

La muchacha se abrió paso hasta llegar a su altura.

—Ahora mismo estoy algo ocupada, padre —le dijo con una sonrisa, disfrutando de aquello para lo que llevaba tanto tiempo preparándose.

—El marido de Idaira. —Lo señaló—. Debemos devolvér-selo de una pieza o mi reconciliación con tu hermana habrá durado un suspiro.

—Me parece que sabe defenderse solo —respondió Dácil tras verlo rajar el cuello de un enemigo con su cuchillo de obsidiana.

—Cúbrele las espaldas.

Dácil corrió hacia Yeray para protegerlo. Bencomo tuvo unos instantes de respiro para contemplar una escena tan terrorífica como esperanzadora; a su alrededor había cientos de cadáveres junto a hombres mutilados y destripados que ya nunca saldrían por su propio pie de aquel barranco, pero la mayoría eran invasores. En lo alto del desfiladero, las guerreras de los cinco menceyatos del norte cargaban una y otra vez sus hondas y abatían a los aterrorizados castellanos que intentaban huir. Por último, miró a su hija Dácil pelear con Yeray y Dádamo. Sonrió con orgullo al comprobar que el hijo de Tinguaro —que luchaba al otro lado del barranco junto a trescientos hombres— cortaba la huida de los vencidos bañado en sangre enemiga; su sobrino desafiaba así las burlas que siempre le hacían sus primos por considerarlo más un hombre de palabras que un guerrero.

Todo estaba saliendo como él planeó en cuanto supo que Hucanon conducía a los extranjeros hasta aquel barranco para que fueran masacrados. Pero, para que el triunfo fuese completo, su hermanastro debía regresar con su madre de la mano.

Costa de Añazo

El viento empujó mar adentro la densa humareda negra del incendio provocado por los guanches y envolvió en tinieblas a la flota castellana fondeada en la bahía. La media docena de soldados destinados a la vigilancia de la madre de Hucanon se tapaban la boca con trapos, preocupados por no saber qué sucedía en tierra.

—¿Veis algo? —preguntó uno de ellos estirando el cuello para buscar algún resquicio entre las nubes de humo.

—Vemos humo, lo mismo que tú —respondió su compañero.

—Deberíamos desembarcar para ayudar a apagar el incendio.

—Tenemos órdenes directas del adelantado de no descuidar la vigilancia de la esclava, así que de aquí no se mueve nadie. Además, el fuego no llegará al barco, quedaos tranquilos.

De pronto, se escuchó un ruido en la popa y todos se volvieron.

—¿Qué ha sido eso? —preguntó un joven soldado llevando la mano a la empuñadura de su espada.

—Tal vez sea la madera, que cruje más que el lomo de una vieja.

Los soldados aguzaron el oído, pero, al no repetirse sonido alguno, se relajaron y volvieron a mirar hacia la costa. Lo siguiente que vio el muchacho fue la punta de un banot brotando de su pecho para desaparecer al instante. Hizo un sonido sordo, como si estuviese conteniendo un vómito, y se llevó la mano a la herida. Sus compañeros lo miraron, asustados.

—¿Qué te pasa?

El soldado, aturdido, mostró las manos empapadas en sangre y cayó desplomado sobre la cubierta. Los demás desenfundaron sus espadas.

—¡Mirad!

Todos miraron el suelo, donde se podían distinguir las huellas mojadas de unos pies descalzos que se acercaban hasta ellos y volvían a desaparecer entre la humareda, que cada vez dificultaba más la visión.

—¡Por Dios y por la Virgen! ¡Nos atac...!

Antes de que el soldado terminara la frase, el mismo banot que acababa de matar a su compañero salió disparado desde las sombras y le perforó el pecho. Bentor y los gemelos Dailos y Ubay saltaron sobre los que quedaban vivos sin darles tiempo a reaccionar y, mientras Hucanon corría hacia el interior del barco, los destrozaron con sus armas.

Hucanon percibió aquel olor a humedad y a comida podrida que, desde que lo separaron de su madre, jamás había conseguido olvidar. Cuando sus ojos se habituaron a la oscuridad, descubrió una pequeña portezuela al final de la bodega y se dirigió hacia allí. La abrió con cuidado y, en el interior, vio a uno de los soldados junto a su madre. La tenía agarrada por la espalda y le había colocado un puñal en el cuello.

—¡Un paso más y la envío al infierno!

—¿Está bien, madre? —preguntó Hucanon, con un tono de voz pausado, como si aquel extranjero no existiese.

—¿Se ha producido ya la batalla? —preguntó Gara a su vez.

—Los extranjeros cayeron en la trampa.

La sonrisa de la esclava puso al soldado más nervioso de lo que ya estaba y apretó el cuchillo contra su cuello.

—¡¿Qué estáis diciendo?! ¡Di otra palabra y te rebanaré el pescuezo!

Llegaron Bentor, Ubay y Dailos. Este último le entregó a su padre su banot, empapado con la sangre de sus enemigos. Sin decir una palabra, rodearon al soldado, que agarraba con fuerza a Gara.

—¡No os mováis!

—¿Sabe hablar su idioma, madre? —preguntó Hucanon a su madre y esta asintió—. Dígale que quiero hacer un trato.

—¿Qué trato? —preguntó impaciente el soldado una vez que Gara habló.

—Dígale que, si la suelta, le dejaré vivir. Pero si no... —miró con frialdad al soldado— juro por Achamán que lo desollaré, le arrancaré los ojos y lo meteré en el interior de una de sus bestias hasta que los gusanos lo devoren vivo.

Nada más escuchar aquello, el castellano soltó el puñal y liberó a Gara, que fue a abrazarse a su hijo. Ubay recogió el puñal del suelo y miró al extranjero.

—¿Qué hacemos con él, padre?

—¡Me han prometido dejarme vivir! —respondió el soldado sin necesidad de que le tradujeran la pregunta del muchacho y miró suplicante a Gara—. Recuérdale que el trato es que me dejaría vivir.

—Mi hijo no te matará... —dijo Gara aproximándose a él—, pero yo aún recuerdo cómo disfrutaste al arrancarme el ojo.

—Solo cumplía órdenes.

—¿También cumplías órdenes cuando me violaste, miserable? Gara le quitó el puñal a su nieto y se lo clavó al castellano en el estómago para rajarlo de costado a costado. Mientras lo hacía, se acercó para hablarle al oído.

Agradece que tienes una muerte rápida y no la que te mereces.

Barranco de Acentejo (valle)

Después de varias horas de contienda, quedaba en pie menos de un tercio del ejército castellano; los que no habían aprovechado para huir —casi todos los aborígenes de otras islas y los soldados pertenecientes a familias nobles que habían confiado en una conquista a priori sencilla— alimentaban un caudaloso río de sangre que descendía hacia la costa, como si fuera producto del deshielo de una montaña de muerte.

Alonso Fernández de Lugo aún se mantenía en pie, rodeado por sus fieles, entre los que estaba Gonzalo. Bencomo y sus hombres seguían avanzando hacia él, empachados de matar. Al mirar hacia un lado, el mencey vio a su mejor lanzador.

—¡Caluca! ¡Tienes otra oportunidad!

El guanche asintió, volvió a cargar su honda y la hizo girar a una velocidad endiablada. Cuando tuvo de nuevo a tiro al líder de los castellanos, lanzó la piedra. Esta sorteó varios luchadores y estuvo a punto de ser desviada accidentalmente por la sunta de Dádamo, que partía el vigésimo cráneo aquella mañana, pero siguió su trayectoria y golpeó al adelantado de lleno en la quijada. El tremendo golpe le partió la mandíbula y lo tiró de espaldas al barro.

—¡Mi capitán!

Un soldado atravesó con su espada a Caluca cuando se disponía a cargar de nuevo la honda y Gonzalo corrió a atender a Alonso.

—Me han matado, Gonzalo —dijo el adelantado a duras penas, sujetándose la mandíbula para vocalizar—. Esos salvajes me han matado.

338

—Si podéis hablar es que seguís vivo, mi capitán. —Buscó con la mirada y vio que, a unos pasos de ellos, Pedro Benítez el Bizco seguía batallando sobre su montura—. ¡Pedro!

El Bizco desmontó junto a ellos.

—Han herido al capitán —dijo Gonzalo—. Tienes que ponerlo a salvo.

—Suponiendo que los guanches no nos arponeen al vernos escapar, mi caballo no aguantará con el peso de dos hombres por un terreno tan escarpado —contestó para inmediatamente tomar una decisión que tal vez le costase la vida—. Tendrá que irse él solo. Ayúdame a subirlo.

Ambos montaron a su capitán sobre el caballo y Alonso los miró agradecido.

—Vivid y os cubriré de oro. Lo juro por Dios.

—Vivid vos para cumplir esa promesa, mi capitán —respondió Gonzalo.

Dicho esto, palmeó la grupa del caballo y el animal corrió desfiladero abajo pisando cadáveres y sorteando los diferentes combates que aún seguían activos. Bencomo lo vio escapar, cogió un banot del suelo y lo lanzó, pero la vara había sido dañada y se desvió de su objetivo.

Cuando Gonzalo y el Bizco comprobaron que Alonso había escapado, miraron a su alrededor y vieron que los pocos castellanos que seguían luchando hacía ya rato que habían asumido la derrota y solo intentaban salvarse.

—Y que me llegue la oportunidad de hacerme rico justo cuando estos salvajes me van a mandar al infierno... —se lamentó el Bizco.

—Que terminarás en el infierno te lo garantizo yo, Pedro —replicó Gonzalo buscando una escapatoria—, pero no tiene por qué ser ahora. ¡Sígueme!

Se abrieron paso hasta llegar a un lateral del desfiladero y trataron de avanzar ocultándose entre las cabras que quedaban allí. Pero Dácil los vio.

—¡Dádamo, Yeray! —Su primo y su cuñado la miraron, y ella señaló a los dos fugitivos—. ¡Ese hombre es la mano derecha de Lugo! ¡Hay que evitar que escape!

Los guanches, más acostumbrados a moverse por aquel terreno y con vestimenta y armas más livianas que las de los conquistadores, pronto los alcanzaron. Yeray atacó al Bizco con su sunta, pero este esquivó el golpe e hirió con su espada al yerno de Bencomo. Cuando el soldado iba a rematarlo, Dádamo le clavó su sunta en el estómago.

—¿Estás bien? —le preguntó a Yeray una vez que el Bizco cayó muerto.

—Gracias a ti —contestó este comprobando que solo tenía una herida superficial—. Si vuelvo a escuchar a alguien decir que solo sirves para la política, te juro que tendrá que vérselas conmigo.

Dádamo le sonrió y ambos se volvieron hacia Gonzalo, que había desistido de escapar y los aguardaba jadeante a cincuenta pasos, blandiendo su espada. Se disponían a atacarlo cuando llegó Dácil.

—Dejádmelo a mí...

La batalla terminó con una victoria aplastante de los guanches, tanto que sería conocida por los castellanos como la matanza de Acentejo. Los aborígenes que no seguían ejecutando a los heridos enemigos o tratando de salvar a los propios se habían detenido para presenciar el combate entre la princesa Dácil y Gonzalo del Castillo. Ambos se estudiaban antes de atacar; a lo largo de la mañana, el soldado había observado a la guerrera y sabía que estaba bien entrenada, aunque su cuerpo y sus facciones le recordasen más a una de aquellas bellas jóvenes que solían pasear cerca de la torre del Oro de Sevilla. Ella, por su parte, reconocía que Gonzalo no era como los demás soldados; aunque los había con aspecto más fiero, la mirada de este estaba desprovista de miedo, como si supiera que iba a morir allí y solo disfrutase de su destino.

—Vamos, ¿a qué esperas? —dijo Gonzalo en lengua guanche—. Atácame y acabemos con esto.

—Hablas mi idioma —se sorprendió Dácil.

—Tú y los tuyos pronto hablaréis el mío...

340

La guerrera endureció el gesto y lanzó su ataque, pero supo medirlo mejor que Yeray y, aunque falló el golpe de sunta, se protegió a tiempo del espadazo de Gonzalo. El siguiente ataque lo efectuó él y, a pesar de que el cansancio del extranjero y el peso de la espada jugaban a favor de Dácil a la hora de averiguar la trayectoria, cada golpe en su escudo ella lo sentía como un mazazo del mismísimo Hucanon. Se dio cuenta de que debía despojarlo de su arma o tendría serios problemas, así que esperó a un nuevo ataque y atrapó el acero entre el escudo y la sunta. Barrió los pies de su oponente de una patada y, al perder el equilibrio, logró desarmarlo. Los guanches, entre los que ya se encontraban Bencomo y los demás menceyes aliados, rugieron celebrando la habilidad de la princesa de Taoro.

Gonzalo se puso en pie velozmente y buscó con la mirada, pero su espada había quedado lejos de él. El peto le molestaba y limitaba sus movimientos, así que decidió quitárselo. Un golpe en el pecho con una de aquellas suntas acabaría con él, pero agradeció haberse librado de tanto peso. También se quitó las protecciones de brazos y piernas y se sintió libre. Dácil dudó; llevaba toda la vida preparándose en la lucha cuerpo a cuerpo, aunque no podía arriesgarse a pelear contra un hombre que, a la vista de su musculatura, la doblaba en fuerza. Pero a ella tampoco le gustaba jugar con ventaja.

—¡Sunta!

Bencomo comprendió lo que pretendía su hija y lanzó su sunta a los pies de Gonzalo. Este se agachó para cogerla y Dácil lo atacó. Los tres primeros golpes pudo esquivarlos con habilidad, pero el cuarto lo alcanzó de lleno en el estómago. Gonzalo se dobló sin respiración y recibió una patada en la frente que le hizo volver a caer de espaldas. Dácil fue a rematarlo sin clemencia, aunque él logró apartarse y la pateó en los riñones. La chica perdió el equilibrio y fue a caer junto a su padre, que no hizo ningún amago de ayudarla a levantarse.

—Mira su pierna... —Fue lo único que dijo.

Dácil miró su pierna y vio que el interior del muslo del soldado estaba cubierto por un enorme moratón producto de alguna contusión anterior.

—¡Vamos! —la retó Gonzalo, de nuevo en pie.

Dácil se incorporó, recuperó su sunta e inició un nuevo ataque. Igual que antes, Gonzalo pudo detener los primeros envites, pero después ella amagó con volver a atacar su estómago y lo golpeó en la pierna.

El terrible dolor que sintió hizo que el soldado descuidara su defensa y los siguientes impactos acertaran de lleno en pecho, pierna y cabeza, hasta tirarlo una vez más al suelo, herido. Dácil se colocó sobre él y le presionó el cuello con su sunta, privándolo de toda posibilidad de rehacerse.

—Prepárate para rendir cuentas ante tu dios, extranjero...

—¡Dácil! —gritó Bencomo justo cuando se disponía a aplastar la cabeza del vencido.

La muchacha dirigió a su padre una mirada interrogante.

—Necesitamos prisioneros vivos.

—¡Es uno de los hombres de confianza de Lugo, padre!

—Razón de más. Si tan valioso es para él, podremos intercambiarlo por varios de nuestros hombres, puede que incluso por Bentor, por uno de los gemelos o por Hucanon si las cosas no han salido como ellos esperaban. Déjalo vivir.

Dácil aún mantuvo la sunta sobre su cabeza unos instantes, tentada por segunda vez aquel día de desobedecer a su padre. Pero sabía que ese soldado que la miraba con orgullo desde el suelo valía mucho más vivo que muerto y bajó su arma.

—¡Levantadlo! —ordenó.

Dádamo y Yeray levantaron a Gonzalo y Dácil lo miró con desprecio.

—Has tenido mala suerte. Si supieras lo que te espera, habrías preferido morir.

Lo golpeó con el mango de su sunta en la cabeza y Gonzalo perdió el conocimiento.

Costa de Añazo

Mientras el humo seguía envolviendo los barcos de la armada castellana, Hucanon, los gemelos y Bentor echaron al mar unos fardos que encontraron sobre la cubierta del barco para llevar a Gara hasta la costa sin que los soldados, que aún se afanaban en apagar el incendio, lo advirtieran.

—Yo no sé nadar, Hucanon... —dijo Gara asustada.

—Después de todo lo que hemos pasado, no dejaré que se ahogue, madre. Agárrese a mi cuello y no se suelte.

—Nosotros la esperamos abajo, abuela —dijeron Dailos y Ubay antes de saltar por la borda haciendo una voltereta, como si aquello no fuese más que un juego.

—Yo también la considero mi abuela y moriría por salvarla, tranquila... —dijo Bentor siguiendo a sus primos.

—Tienes una buena familia, hijo —dijo orgullosa.

—También es la suya, madre. Ahora agárrese y contenga la respiración todo el tiempo que pueda. ¿Preparada?

Gara asintió, se agarró al cuello de Hucanon y este saltó por la borda. Tanto él como los chicos procuraron que Gara estuviera el menor tiempo posible bajo el agua, pero fue suficiente para que diese un buen trago. Cuando aplacó la tos y respiró con normalidad, el grupo, oculto tras los fardos, nadó hacia la playa, alejándose todo lo posible de campamento de Añazo. Al cabo del rato de pugnar con las corrientes, llegaron a la orilla, agotados. Tuvieron que esperar antes de internarse en el bosque a que Gara se recuperase.

Con cada zancada del caballo, Alonso Fernández de Lugo sentía que se le descolgaba un poquito más la quijada, rota por la pedrada que le había dado Caluca. Pensó en detenerse para aliviar el dolor, pero temía que lo estuvieran siguiendo. El sabor a sangre se le empezaba a hacer insoportable y deseaba llegar cuanto antes a Añazo para enjuagarse la boca y beber agua, pero, cuando ya estaba cerca, se topó con un incendio. Se estremeció al pensar que la derrota que les habían infligido aquellos salvajes había sido completa y que lo que ardía era el campamento. Al salir del bosque hacia la playa, vio a un grupo de personas junto a la orilla. El sol lo deslumbraba y no conseguía identificarlos, pero, al entornar los ojos, distinguió a la esclava de la que llevaba abusando desde niño. Y junto a ella, al traidor de Hucanon y tres jóvenes guanches.

—Perros —masculló.

Miró hacia el campamento y vio que sus hombres intentaban apagar el incendio que amenazaba con destruir la fortaleza. Al ir a azuzar al caballo, descubrió que dentro de una de las al forjas había una ballesta. La sacó, tensó la cuerda con la polea, colocó la flecha en el canal y apuntó.

Dailos aún tenía secuelas tras el combate con Bentor, en el que los dos primos pelearon a muerte a pesar de que se querían como hermanos. Lo que más le dolía era la parte baja de la espalda, así que, mientras los otros tres hombres atendían a Gara, él se estiró. Levantó la mirada y vio junto al bosque a un jinete que los apuntaba con una de aquellas armas que expulsaban banots con una fuerza descomunal. Pudo oír el chasquido del gatillo seguido por el golpe seco de la cuerda al contraerse. Se dio cuenta de que la flecha se dirigía directamente hacia su abuela.

—¡Cuidado!

Sin pensarlo, Dailos protegió a Gara con su cuerpo y la flecha se le clavó en el corazón.

—¡¡Nooo!! —gritó Hucanon cuando vio caer a su hijo.

Alonso hubiera preferido acabar con la esclava, pero, al ver que el guerrero guanche más poderoso se hincaba de rodillas junto al cuerpo de aquel joven, sonrió y galopó hacia la fortaleza.

—Dailos, hijo mío —dijo Hucanon desesperado, retirando el tamarco y comprobando con horror que la flecha había penetrado más de un palmo—. Te llevaré a Taoro y te curarás, te lo juro por la diosa.

—No, padre... —dijo Dailos mientras sus dientes se teñían de sangre—. Hoy será el día en el que conozca al creador. Dígale a mi esposa que no sufra por mí. Apenas siento dolor.

Hucanon asintió, con un nudo en la garganta. Dailos se volvió hacia su hermano Ubay y hacia Bentor, que, junto con Gara, observaban la escena desolados.

—Rezaré por ti cada día, hijo.

—Hágalo, abuela, y cuide bien de mi hermano... —Dailos miró a Ubay—. ¿Qué vas a hacer ahora sin mí?

—Te echaré de menos, hermano. —Ubay le apretó la mano—. Juro que cuidaré de tu esposa y de tus hijos como si fueran míos.

Dailos asintió complacido y miró a su primo. A pesar de las diferencias que habían tenido los últimos días, Bentor estaba deshecho.

—Perdóname por haber desconfiado de ti, Dailos. Jamás debí hacerlo.

—Eres un gran guerrero, Bentor. Tú serás quien guíe a nuestro pueblo en el futuro, y yo te estaré observando.

—Te honraré, primo.

Dailos sonrió por última vez y cerró los ojos.

Barranco de Acentejo (nacimiento)

Cuando Bencomo regresó al nacimiento del desfiladero, encontró a su hermano Tinguaro sentado sobre una roca, mirando pensativo hacia la costa. Como todos los demás supervivientes, también estaba agotado y empapado en sangre enemiga.

—Hermano... Me alegra ver que Achamán aún deberá esperar para recibirte.

—Yo también celebro verte de una pieza, Bencomo.

Los dos se abrazaron, pero el mencey notó cierta frialdad en su hermano.

—¿Va todo bien, Tinguaro?

—Has dejado que odie a Hucanon —le reprochó—. ¿Por qué no me dijiste que estaba equivocado al hacerlo?

—Yo tampoco supe lo que pretendía hasta anoche.

—Tuviste tiempo para informarme.

—Lo siento, Tinguaro, pero debía guardarlo en secreto. Entre nuestras filas también hay fieles a Añaterve que podían haberlo descubierto y ponerlo al tanto de nuestras intenciones. Además, necesitaba que el miedo que le daba a los hombres luchar contra Hucanon se convirtiera en alivio al ver que seguía de nuestro lado. Esa sorpresa nos dio las fuerzas necesarias para aplastar a los extranjeros.

—No sé cómo lo voy a mirar a la cara cuando llevaba pensando desde anoche que era un traidor y lo único que deseaba era matarlo.

—Él hubiera deseado lo mismo de estar en tu lugar. No te lo tendrá en cuenta.

Tinguaro seguía dolido con Bencomo, pero todo había salido bien y no era momento de reproches.

Miró hacia la costa, adonde aún llegaban soldados castellanos huyendo de la batalla. Algunos corrían por la playa en dirección a la fortaleza de Añazo —envuelta en una densa humareda— y otros se echaban al mar y nadaban hacia los islotes, confiando en que los guanches no los seguirían por el agua y allí serían rescatados por un barco castellano.

—¿Por qué los has dejado escapar? —preguntó Bencomo—. Deberías haberlos ejecutado uno por uno.

—Yo he cumplido con mi misión, hermano, que era vencer. Que las matanzas las hagan los carniceros.

51

Sierra Morena (Andalucía). Abril de 1523

Las siguientes dos semanas tras su salida de Buñol transcurrieron sin demasiados sobresaltos para Elena, Melchor y los dos primos guanches que los acompañaban en su regreso a Achinet. Después de abandonar el reino de Valencia y de atravesar la ciudad de Albacete, mientras se dirigían hacia Córdoba, la muchacha acribilló a Melchor a preguntas sobre su tierra y poco a poco se fue familiarizando con algunas palabras guanches.

—Te lo estás inventando, Melchor —dijo Elena desconfiada—. Yo asistía a todas las clases de mis amas y jamás escuché al maestro decir que los guanches derrotaron a los Reyes Católicos.

—La memoria en ocasiones es muy selectiva, muchacha, pero te aseguro que aquella primera batalla se decantó del lado guanche. Yo vi con mis propios ojos a los supervivientes castellanos huir de regreso a sus barcos.

—¿Participaste en la batalla de Acentejo? —le preguntó Kanar, a quien Melchor permitía viajar en el interior del carruaje cuando el grupo recorría caminos solitarios.

—Aún era demasiado joven, pero ayudé a las tropas de Bencomo a preparar la emboscada en lo alto del barranco.

—Mi padre luchó y murió en aquel lugar. Pero ni siquiera pude despedirle, ya que ese mismo día unos cazadores de esclavos nos llevaron a mi primo Unche y a mí.

—¿Cómo se llamaba tu padre?

—Caluca, de Tacoronte.

La inicial sonrisa de Melchor poco a poco se fue transformando en una carcajada en toda regla. Kanar frunció el ceño, molesto por lo que consideraba una falta de respeto.

—¿He dicho algo gracioso?

—Discúlpame, Kanar, pero creo que no eres consciente de lo que supuso tu padre en aquella gran victoria.

—¿Qué quieres decir?

—A él fue a quien Bencomo eligió personalmente para la misión más importante de aquel día. Su honda lanzó los dos guijarros que marcaron nuestra historia; con el primero, salvó la vida del gran Hucanon y, con el segundo, hirió de gravedad a Alonso Fernández de Lugo. Puedes estar orgulloso, ya que tu padre, Caluca de Tacoronte, es un héroe para todo el pueblo guanche.

Kanar sonrió, emocionado por las palabras de Melchor. Pero la alegría del grupo duró poco; cuando empezaban a internarse en la Sierra Morena cordobesa, los sorprendió una fuerte detonación. Los caballos se desbocaron y el carruaje fue dando tumbos por el camino, descontrolado.

—¿Qué ha sido eso? —preguntó Elena asustada.

—¡Nos atacan! —respondió Kanar asomándose al exterior.

—¡Sujétate!

Tanto Melchor como Kanar protegieron a la joven con su cuerpo, pero el carruaje cayó por un terraplén y acabó volcando. Sus ocupantes salieron despedidos. Los más perjudicados fueron los caballos y el joven Unche, que se despeñó hacia el fondo de un barranco. Elena, Melchor y Kanar, aunque heridos, seguían vivos. Cuando quisieron reaccionar, estaban rodeados por un grupo de hombres y mujeres que los apuntaban con sus ballestas y arcabuces.

—Vaya, vaya... —dijo el que estaba al mando—. Mirad lo que tenemos aquí...

Los arrastraron al interior de una dehesa y los ataron a un árbol junto a un grupo de cabañas de madera que, aunque habitadas, tenía aspecto de ser un poblado ambulante.

—¿Quiénes son? —preguntó Kanar, que había sufrido un profundo corte sobre la ceja y tenía la cara cubierta de sangre seca.

—Bandidos que se han echado al monte porque pesará sobre ellos alguna orden de busca y captura. Debemos mantener la calma hasta que nos digan qué pretenden.

—Nada bueno, me barrunto —dijo Elena—. Por lo pronto, han matado al pobre Unche. Lo lamento en el alma, Kanar.

—Yo también. Se merecía regresar a Achinet.

Varios bandidos, hartos de comer venado que se seguía asando en la hoguera y de beber vino de barriles robados a algún vendedor imprudente, se acercaron a ellos.

—Veo que tenéis ganas de cháchara —dijo Guillermo, el jefe del grupo, un hombre fuerte y grande de alrededor de cincuenta años con el pelo canoso y barba de varios días—. Hablemos, pues.

—¿Qué queréis de nosotros? —preguntó Melchor.

—En primer lugar, que nos digáis quiénes sois. Y no se os ocurra mentirnos, porque esto... —Guillermo les mostró la documentación que habían encontrado entre los restos del carruaje a nombre de Leonor Alborx Fabra— es más falso que una moneda de madera.

—Ese es el nombre de mi...

—Shhh —lo interrumpió apoyándole la punta de su lanza en el pecho—. Piénsatelo bien antes de contestar, porque en esta pequeña comunidad el mínimo embuste se castiga con la muerte.

—Y, como podéis ver —añadió una de las mujeres—, si algo nos sobra son árboles y sogas.

Los bandidos se rieron. Melchor, Elena y Kanar se miraron con preocupación.

—¿Y bien? Solo tenéis una oportunidad. ¿De dónde venís?

—Del reino de Valencia.

—¿Vuestros nombres?

—Yo me llamo Ancor, mi compañero Kanar y ella Nayra.

—¿Qué clase de nombres son esos?

—Nombres guanches. Nos dirigimos a la costa de Cádiz para coger un barco que nos lleve de regreso a nuestra tierra en las islas Canarias.

La mayoría de los allí presentes no tenía ni idea ni de que existieran unas islas llamadas así, pero uno de los ancianos se abrió paso hasta ellos y agarró sus caras sin ninguna delicadeza para observar sus facciones.

—No mienten, son guanches.

—¿Y tú eso cómo lo sabes?

—Porque hace treinta años me harté de capturar de estos salvajes para venderlos en Sevilla como esclavos.

—Ellos, tal vez, pero la mujer no tiene pinta de esclava.

—No era extraño toparte con algunos con ojos claros como los suyos. Esos se pagaban bien, sobre todo las mujeres.

—Lo que no entiendo es qué hacían tres esclavos con casi mil ducados de oro. —Mostró la bolsa de cuero con el sello del barón de Cheste.

—Los habrán robado.

—Esclavos fugados y, además, ladrones... —sonrió—. Algo me dice que nos darán una buena recompensa por devolvérselos a sus amos.

Por más que trataron de negociar, los tres guanches no tenían nada que ofrecer a los bandidos para evitar que los entregasen a las autoridades. Melchor y Elena se habían recuperado bien del accidente del carruaje, no así Kanar, al que la infección en la herida de la cabeza le hacía pasar la mayor parte del tiempo delirando. Una de las mujeres del grupo que se había quedado vigilándolos mientras Guillermo iba a interesarse a los alrededores de la mezquita de Córdoba, donde se reunían comerciantes, nobles y gentes de mal vivir, se acercó a él y le dio una patada, pero Kanar no reaccionó.

—Para mí que ha estirado la pata —le dijo a su compañero.

—Mientras respire, alguna moneda valdrá —replicó un compañero.

Le tendió a Elena un odre de agua; ella bebió y se lo dio a Melchor antes de quedarse mirando a su guardiana.

—¿Qué miras? —se incomodó la mujer.

—Dejadnos marchar, os lo ruego. Ya habéis obtenido de nosotros todo cuanto teníamos.

—Me parece que no lo comprendes, infeliz —respondió con frialdad—: Lo que teníais ya es nuestro, ahora lo que buscamos es lo que puedan darnos por vosotros.

—Nos ahorcarán.

—A nosotros también, pero, hasta entonces, preferimos vivir lo mejor posible.

La mujer le arrancó el odre de agua de las manos al esclavo cuando mojaba los labios de Kanar y regresó con sus compañeros.

—No pierdas el tiempo —le dijo Melchor—. Las palabras no ablandan el corazón de este tipo de gente.

—¿Qué vamos a hacer? Si me entregasen, Daniel Lavilla no se conformaría con colgarme.

—Confiemos en que ese tal Guillermo no haya averiguado nada. Córdoba queda lejos de Valencia y quizá aquí no tengan constancia de que nos buscan.

En cuanto Guillermo y dos de sus hombres regresaron de su visita a Córdoba, sus compañeros salieron a recibirlos interesándose por lo que habían averiguado, pero el líder de los bandidos se apeó del caballo y se plantó frente a los guanches con una enigmática sonrisa en la cara.

—Quién me lo iba a decir...

—¿Qué pasa, Guillermo? ¿Nos van a dar recompensa por ellos?

—Algo rascaremos —respondió mirando a Elena—. Al final va a resultar que esta muchacha vale su peso en oro. Aquí donde la veis, tiene más cojones que todos nosotros juntos.

—¿De qué hablas, Guillermo? —preguntó la mujer impaciente.

—Parece ser que esta mosquita muerta asesinó con sus propias manos a su amo, un terrateniente de Valencia llamado Joaquín Lavilla.

—Te equivocas de persona —dijo Elena tratando de parecer convincente.

—No creo que haya campando por estos mundos de Dios muchas mujeres bonitas a la que acompañan dos esclavos guanches...

Elena buscó la ayuda de Melchor, pero este no supo qué decir.

—Seguramente ese tipo se lo mereciera —continuó Guillermo—, pero resulta que su hijo, desesperado por no encontrarte, acaba de aumentar la recompensa a doscientos ducados de oro.

—Ya nos habéis robado una bolsa con mil... —señaló Melchor.

—El problema es que nosotros repartimos entre muchos y nos puede la avaricia. Además, a tenor de cuánto ansía capturar a la asesina de su padre, encontraré la manera de exprimir a ese pobre huérfano cuando lo tenga delante.

—¿Habéis avisado a Daniel Lavilla? —preguntó Elena demudada.

—Dos de mis hombres van a su encuentro. Dentro de un par de días, podrás darle todas las explicaciones que sean menester.

Elena miró asustada a Melchor. El esclavo le devolvió una mirada de derrota. La fuga había llegado a su fin.

52

Tenerife (islas Canarias). Junio de 1494

Mientras los más de ochocientos muertos del bando castellano se descomponían o eran devorados por alimañas en el fondo del barranco de Acentejo, los trescientos guanches fallecidos aquel día —entre los que se encontraban el joven Dailos y veintidós guerreras— fueron lavados y colocados en piras individuales al borde de los acantilados de Taoro. Delante de tres mil mujeres, ancianos y niños llegados desde los menceyatos aliados, los supervivientes de la batalla más importante en la historia guanche observaban con sentimientos encontrados cómo los guañameñes llevaban a cabo sus rituales; lograron expulsar a los invasores, pero, aunque algunos pensaban que sería para siempre, el precio había sido demasiado alto.

Tras la muerte de uno de los gemelos, el corazón de Hucanon se veía desbordado por la tristeza. Gara lo miraba compungida; aunque todos insistían en que no era responsabilidad suya, se sentía terriblemente mal por lo sucedido y ni siquiera el reencuentro con su hijo podía aplacar su culpa. Desde que la anciana regresó a Achinet, no hacían más que pedirle que les contase todo lo que había visto en la tierra de los invasores. Al igual que cuando el abuelo de Bencomo les relataba la llegada de los primeros guanches, toda la comunidad se reunía en torno a la hoguera para escucharla. Les habló de ciudades con plazas y mercados en los que se podía comprar cualquier producto; de las ropas que vestían, de los transportes que utilizaban o de lo que comían. También les habló de las hambrunas, de los robos y asesinatos, de las múltiples guerras en las que estaban envueltos y de lo que hacían con los esclavos que llevaban desde las islas o desde África. Tinguaro, Bencomo y Hucanon le rogaron que no les hablase sobre la inmensidad de su ejército para no mermar la confianza de su pueblo en la victoria definitiva. Ella aceptó, aunque pensaba que todos debían saber a lo que se enfrentaban.

Durante el multitudinario funeral, la madre de Hucanon sufrió al ver llorar a su nieto Ubay, a quien Alonso Fernández de Lugo, como a ella durante años, había arrancado un trozo de alma al matar a su hermano gemelo. El joven permanecía junto a su madre, su esposa y sus dos hijos pequeños. A su lado, la viuda abrazaba desamparada a los dos huérfanos que había dejado Dailos con su marcha.

Justo delante de ellos, los cinco menceyes del bando de guerra presidían la ceremonia junto a sus familiares y consejeros más cercanos, los zigoñes. Cuando ya todo estaba dispuesto y los sacerdotes terminaron sus oraciones, Bencomo se volvió hacia su pueblo, que guardaba un respetuoso silencio solo interrumpido por el graznar de las gaviotas y el llanto de algún niño.

—¡Hermanos y hermanas de Achinet! ¡Estamos aquí para despedir a los caídos y para rogar al creador que los acoja con los brazos abiertos! ¡Gracias a ellos hemos expulsado a los extranjeros, y por su sacrificio se merecen pasar la eternidad junto a Achamán, Magec y su madre, la diosa Chaxiraxi!

El rugido procedente de lo más profundo de la garganta de las miles de almas que había allí congregadas se pudo escuchar desde casi todos los rincones de la isla. Bencomo procuró no dejarse contagiar por la excitación y, cuando de nuevo se hizo el silencio, continuó hablando con un tono mucho más moderado.

—¡Sin embargo, estoy seguro de que Alonso Fernández de Lugo o cualquier otro de su calaña volverá desde aquel lugar llamado Castilla con más hombres y más armas!

—¡Volveremos a enviarlos con sus reyes y su dios! —gritó una voz anónima y todos apoyaron su afirmación con nuevos rugidos.

—¡Lo haremos, sin duda, pero hemos de prepararnos a conciencia para cuando llegue el momento! ¡Descansad, traed hijos al mundo y disfrutad de la paz, pero nunca olvidéis que nuestro destino es la guerra!

Los guerreros golpearon los escudos con sus suntas. Durante los primeros instantes solo se escuchaba un ruido desordenado, pero enseguida se fueron acompasando unos con otros y se creó una cadencia en el golpeo que se prolongó hasta que Bencomo hizo una señal y todos se detuvieron de golpe. Después miró al cielo.

—¡Achamán, creador del cielo y de la tierra, padre de todos nosotros! ¡Los hombres y mujeres que te enviamos han perdido la vida defendiendo tu creación! ¡Hónralos y cólmalos de atenciones!

Dicho esto, los guañameñes encendieron sus antorchas y fueron prendiendo una a una las trescientas piras funerarias, formando una enorme columna de humo que condujo a las almas de los muertos hacia la eternidad.

Añaterve y sus aliados del bando de paces, los menceyes de Adeje, Abona y Anaga, miraban pesarosos la columna de humo que se alzaba hacia el cielo en el norte de la isla. El mencey de Güímar, sorprendido por la victoria de Bencomo, sintió una punzada de celos por no haber participado en una batalla que sería recordada hasta el fin de los días, pero se justificaba argumentando que se habría presentado el primero para matar y morir por su pueblo si hubiera sido otro su líder. Él jamás combatiría bajo las órdenes del hombre al que más odiaba.

El acuerdo alcanzado con Alonso Fernández de Lugo por mantenerse al margen les facilitaría mucho la vida, pero el castellano había fracasado estrepitosamente. Sucedió lo impensable hasta para los que ya conocían cómo se las gastaba Bencomo y el alto concepto que tenía de sí mismo como estratega.

—¿Qué vamos a hacer? —preguntó Pelinor.

Los otros tres lo miraron con censura, como si aquella pregunta estuviese fuera de lugar, aunque en el fondo todos se cuestionaban lo mismo.

—¿A qué te refieres? —preguntó Adjoña.

—Bencomo ha vencido y nosotros hemos quedado a ojos de todos como los que le dieron la espalda cuando intentaron invadirnos los extranjeros.

—Según tengo entendido, Lugo continúa vivo. No tardará en volver y regresar con más hombres y armas.

—Parece que lo estás deseando, Añaterve —le reprochó el mencey de Abona.

—Deseo que ese miserable de Bencomo visite cuanto antes a Achamán o al mismísimo Guayota, Adjoña —se justificó el de Güímar—. Recuerda que puede conducirnos a todos a la aniquilación.

—De momento, nos ha conducido a la libertad.

Añaterve crispó el gesto. Por más argumentos que diese en contra de Bencomo, el mencey de Taoro se había convertido en un héroe para todos los guanches, incluidos los de los menceyatos del bando de paces, entre los que estaban sus propios súbditos. Aquella mañana, cuando salió de su cueva-palacio, se detuvo para ver entrenar a dos de sus nietos pequeños y los había escuchado fantasear con que luchaban a las órdenes de Bencomo. Le hirvió tanto la sangre que quiso reunir a todos los ejércitos del sur y atacar a sus hermanos del norte cuando las tropas aún se recuperaban de la batalla de Acentejo, pero sabía que aquello no contaría con el respaldo de los demás menceyes, ni siquiera con el de su ejército, y una gran parte desertaría para engrosar las tropas de su enemigo.

—No haremos nada —contestó al fin.

—¿Ni siquiera lo vamos a felicitar?

—Si tanto ansías besarle los pies, hazlo, Pelinor, pero lo mejor es esperar al Beñesmer.

—Estoy de acuerdo —asintió Beneharo—. La fiesta del Beñesmer es un hermanamiento en el que se dejan atrás las diferencias de unos cantones con otros. Será una buena ocasión para acercar posturas.

Todos accedieron. Conocían bien a Bencomo y sabían que presentarse ante él tras su victoria sobre los todopoderosos castellanos solo serviría para alimentar su soberbia y para sufrir una nueva humillación. Añaterve se levantó del tagoror, farfulló una despedida y se marchó con su séquito de regreso a Güímar. De camino hacia su cantón, se lamentó por no haber acabado con Bencomo cuando simplemente era un hombre y no una especie de dios.

Gonzalo del Castillo sintió que un líquido tibio le recorría el cuerpo, pero, por más que intentaba ver de qué se trataba, seguía tan cansado después de la batalla que no pudo despegar los párpados. La sensación era agradable, como cuando de niño se lavaba junto a su hermana pequeña en un barreño de agua templada. Recordó esos días en su Sevilla natal y sonrió imaginando que ella no había muerto de tuberculosis hacía una década y que podría ir pronto a visitarla y conocer a unos sobrinos que nunca habían nacido. De repente, encajó un golpe en los riñones y volvió en sí, sobresaltado.

Al abrir los ojos, reparó en que estaba tumbado en el suelo junto a una docena de soldados castellanos sucios y desnutridos, hacinados en una rudimentaria jaula. Una de las paredes era la piedra de una montaña, y tanto las laterales y la frontal como el techo de la misma lo formaba un recio enrejado de madera de drago. Miró hacia el hombre que tenía al lado, el que lo había despertado con tan poca delicadeza.

—Te están meando. Esos salvajes te están meando.

Gonzalo miró hacia arriba y vio a un grupo de niños guanches sobre el techo de la jaula. Se reían mientras le escupían y le orinaban encima.

—¡Malditos mocosos!

Gonzalo se incorporó y los críos se marcharon corriendo. Su cuerpo fue despertando poco a poco y sintió que le dolía hasta el último poro, sobre todo la pierna, cuyo moratón se había extendido desde el tobillo hasta la cadera.

—Eso tiene mala pinta —dijo su compañero.

—Lo que tiene mala pinta es esto —respondió Gonzalo mirando a su alrededor—. ¿Dónde nos han traído?

—A la pocilga donde viven.

—¿Tenemos agua y comida?

El soldado señaló con la cabeza a una esquina de la celda, donde había restos de verduras podridas tiradas en el barro.

—Es todo cuanto nos dan.

Al descubrir que el prisionero había despertado, uno de los guardias le dijo algo a su compañero que Gonzalo no alcanzó a escuchar. El guanche se marchó y, al rato, regresó acompañado por Dácil y Yeray.

—Así que ya has despertado... —dijo la princesa de Taoro.

—Los hombres necesitan agua y comida. Y cuando digo comida, no me refiero a esa bazofia —respondió Gonzalo señalando los restos.

—Eso es lo que comen los cerdos. Y cerdos es lo que sois. Sacadlo.

Los dos guardias abrieron la portezuela y sacaron a Gonzalo.

—Apestas —dijo Yeray tapándose la nariz con repulsa.

—Tratadnos como hombres y dejaremos de oler como animales.

—Te trataremos igual a como tratáis vosotros a vuestros prisioneros —replicó Dácil con dureza—. Camina.

Gonzalo enfrentó su mirada a la de la guerrera sin avanzar un solo paso y ella lo golpeó con la sunta en el moratón de la pierna. El soldado cayó al suelo roto de dolor, pero enseguida volvió a levantarse, renqueante.

—Camina o después del siguiente golpe tendremos que llevarte a rastras —dijo Dácil—. No volveré a repetírtelo.

—¡Camina! —Yeray lo empujó con fuerza.

Gonzalo caminó a duras penas seguido por Dácil, Yeray y uno de los guardias, a los que se les unieron los niños que habían orinado sobre él. Al atravesar el poblado, todos detuvieron sus quehaceres para mirar al extranjero. Una mujer, cuyo marido y sus dos hijos habían muerto durante la batalla de Acentejo, se plantó frente a él.

—Yo te maldigo, asesino. Espero que Guayota te persiga toda la eternidad.

Dicho esto, lo abofeteó y le escupió en la cara.

—Sigue andando —dijo Dácil.

Gonzalo se limpió la cara y reanudó la marcha. Varias mujeres más y algunos ancianos que también habían perdido a los suyos se acercaron para insultarlo y agredirlo, y, aunque Dácil habría consentido con gusto que lo despellejasen allí mismo, ordenó al guardia que lo protegiera y lo hiciese avanzar a empellones.

Dejaron atrás el poblado y llegaron a la playa, donde estaban reunidos Bencomo y algunos de los guerreros y prohombres más importantes de Taoro. Permanecían frente a un enorme montón de espadas y de lanzas, las armas de los caídos castellanos. Las ballestas, que habían provocado más de un accidente mientras las recogían, estaban en un montón aparte, como apestadas. Todos se callaron al ver aparecer a Dácil y a Yeray con el castellano. Bencomo tuvo que contener a Hucanon para que no acabase con él allí mismo.

—Tranquilo, hermano. Deja que yo me ocupe.

Hucanon obedeció de mala gana y el mencey se acercó al prisionero. Lo observó con detenimiento antes de decir una palabra. A pesar de su aspecto demacrado y el olor que desprendía, le mantenía la mirada.

—Me han dicho que hablas nuestro idioma.

Gonzalo se limitó a asentir.

—Has de saber que los cuervos y los guacanchas han devorado a casi un millar de los tuyos. Y los que han logrado sobrevivir han huido como cobardes dejándoos a vosotros atrás.

—Volverán.

—Eso me temo. Pero aún tardarán un tiempo. Y hasta entonces tú puedes vivir como un perro o como un hombre. En tu mano está.

—¿De qué depende?

—Te vi luchar y he de reconocer que, aunque mi hija te derrotó sin dificultad, eres un buen guerrero.

—Aún no has respondido a mi pregunta.

—Lo que pretendo de ti —respondió Bencomo, molesto por la impertinencia de aquel joven— es que nos enseñes a manejar vuestras armas.

Gonzalo lo miró sorprendido y estalló en carcajadas. Hucanon lo agarró del cuello y lo levantó un palmo del suelo sin hacer apenas esfuerzo.

—¿Te parece gracioso, puerco?

—Suéltalo, hermano. —Tinguaro le puso la mano en el hombro—. ¿Cómo quieres que te responda si no le dejas respirar?

Hucanon lo tiró sobre la arena con desprecio. Cuando Gonzalo consiguió volver a respirar con normalidad, Yeray lo incorporó

—Ahora soy yo quien aguarda tu respuesta, muchacho —volvió a hablar Bencomo—. No me obligues a dejar esta conversación en manos de Hucanon. ¿Aceptas el acuerdo que te ofrezco?

—¿Pretendes que te enseñe cómo matar a los míos solo para poder vivir un poco mejor?

—Veo que lo has entendido.

—Entonces mi elección es que me trates como a un perro.

A Bencomo le sorprendió aquella nobleza en una clase de hombres que supuestamente no la tenían, pero asintió.

—Tú lo has querido.

53

Gran Canaria (islas Canarias). Junio de 1494

Beatriz entró en el hospital de campaña y miró espantada a las decenas de mutilados, descalabrados y destripados llegados desde Tenerife, muchos de los cuales ya jamás se levantarían de aquellos catres que apestaban a orina y a heces. Una viuda de guerra, encargada de preparar a los heridos más graves para su encuentro con el Señor, salió de una pequeña estancia con cara de cansancio.

—¿Puedo ayudaros en algo, señora?

—Pregunto por don Alonso Fernández de Lugo.

—¿Y vos sois?

—Beatriz de Bobadilla, gobernadora de La Gomera y El Hierro y patrocinadora del adelantado en esta empresa tan... —miró a su alrededor, buscando la palabra exacta— ruinosa.

—No es conveniente molestarlo —respondió la viuda con la cautela de no saber si aquella señora tenía realmente tanto poder como aparentaba.

—No lo molestaré, perded cuidado. Llevadme hasta él, por favor.

Siguió a la viuda a través de un pasillo atestado de moribundos hasta la zona del hospital ocupada por nobles y oficiales, cuyas camas estaban separadas unas de otras por mamparas de tela. Al llegar al final del pasillo se detuvo, señaló uno de los habitáculos y se marchó. Beatriz, horrorizada por lo que veía y por un olor que ya se le había metido hasta el tuétano, deseó salir de allí, pero se obligó a asomarse al último de los recintos. Tumbado en el camastro había un hombre que bien pudiera ser Alonso Fernández de Lugo, el rey Fernando de Aragón o el mismísimo papa, puesto que el vendaje que le cubría la cabeza hacía imposible reconocerlo. Solo boca, nariz y ojos quedaban descubiertos.

—¿Alonso?

El herido se revolvió e intentó decir algo, pero no se le entendía.

—Por los cielos benditos, Alonso. —Se acercó a él con reparo—. ¿Cómo has permitido que te dejen tullido?

—No... estoy... tullido —respondió él con enorme esfuerzo.

—Cualquiera lo diría. ¿Qué ha pasado para que te derroten de esa manera unos salvajes con palos, piedras y taparrabos?

—Nos... emboscaron.

—Deberías haberlo previsto, Alonso. Yo aguanté semanas en una ratonera bajo el asedio de cientos de gomeros y aquí me tienes, de una pieza.

Un médico que hacía la ronda la observó en silencio, sorprendido de ver a una mujer tan bella y elegante en un lugar como aquel. Cuando Beatriz reparó en su presencia, se volvió para mirarlo.

—Le han roto la quijada de una pedrada —explicó él, sin necesidad de que ella preguntara.

—Con razón es tan parco.

—Cada palabra que pronuncia le duele como un verdugazo.

—¿Se repondrá, doctor?

—Su vida no corre peligro, aunque no sabría decirle las secuelas que le quedarán. ¿Sois su esposa?

Beatriz dudó. Iba a decirle que no, que habría podido serlo, pero su fracaso en la conquista de Tenerife la exoneraba del compromiso que habían adquirido. Sin embargo, sin saber por qué, su respuesta fue otra.

—Si Dios quiere, lo seré. ¿Cuándo podré llevarlo de regreso a casa?

—No estará en condiciones de viajar hasta dentro de unos días.

—Enviaré a buscarlo. —Volvió la mirada hacia la cama—. Recupérate, Alonso. Yo estaré esperándote en La Gomera.

Beatriz le apretó la mano cercana aunque fugazmente y se marchó, tras despedirse del médico con un gesto de cabeza. Si con cada palabra que decía no sintiera que se le desgarraba el alma, Alonso le hubiese dicho al doctor que dejase de mirarla con lascivia mientras se alejaba, que aquella mujer era suya.

Cuando, unos días más tarde, el obispo de Canarias informó a su homólogo en Zamora, don Diego de Deza, del acto tan altruista llevado a cabo por Beatriz de Bobadilla de alojar al adelantado y de correr con los gastos de su recuperación (algo que ella procuró que llegase a sus oídos), el religioso dio por concluida su investigación e informó a la reina Isabel de que las acusaciones vertidas por doña Inés Peraza contra ella no eran sino falacias con las que intentar arrebatarle su legítima herencia al primogénito.

Aunque la reina conocía de sobra la naturaleza de esa mujer, estaba inmersa en la ratificación del Tratado de Tordesillas —en el que los reyes de Castilla y el rey Juan II de Portugal se repartían los derechos de navegación del océano Atlántico, así como los derechos de conquista del Nuevo Mundo— y decidió dar el asunto por zanjado.

—Dejarlo correr no es suficiente, majestad —protestó el religioso—. Doña Inés Peraza debe pagar una multa por verter acusaciones falsas contra su nuera y por haber hecho perder el tiempo a esta santa institución.

—Pagará, perded cuidado... —aseguró la reina.

54

Tenerife (islas Canarias). Agosto de 1494

Después de ocho semanas encerrados en la misma jaula, Gonzalo y el resto de los cautivos luchaban para que no los devorasen las infecciones o las ratas que llegaron en barcos desde la Península hacía años y que se reproducían con más rapidez incluso que los conejos. De los doce prisioneros iniciales, cuatro de ellos habían muerto por enfermedad o como consecuencia de las heridas de guerra, y dos más se habían dejado morir de hambre, así que solo quedaban seis. Aunque debilitado por la falta de comida y de descanso, Gonzalo ya estaba recuperado de sus lesiones y procuraba ejercitarse cuanto podía.

—No sé de dónde sacas fuerzas para eso —le dijo un toledano que se había alistado en aquella locura solo para poder ver el mar.

—Quiero estar preparado cuando llegue mi oportunidad.

—¿Oportunidad de qué?

—De escapar, de pelear, ¿qué sé yo? Lo único que tengo claro es que no moriré aquí encerrado.

—Y decían que esta isla era el paraíso... —intervino un gaditano al que le había aparecido un temblor en las manos que cada día le costaba más controlar.

—Cuando la conquistemos, lo será —contestó Gonzalo convencido.

—¿Conquistarla? —preguntó un extremeño, sin darle ningún crédito—. En el caso de que el capitán sobreviviese a estos salvajes, apuesto a que no vuelve a aparecer.

—No tienes nada para apostarte, desgraciado —indicó un vallisoletano alto y encorvado—. Estos malnacidos nos lo han quitado todo.

El último de los prisioneros, un granadino calvo y malencarado, miró hacia el exterior de la celda y torció el gesto.

—¿Qué quieres, mocosa?

Gonzalo se volvió y encontró a una niña de unos cinco años mirándolo en silencio. Llevaba la cara decorada con pinturas de guerra, vestía un tamarco semejante al de los adultos y agarraba con firmeza su pequeño banot.

—Eh, tú, niña. —El toledano se acercó a los barrotes—. Dame ese cuchillo.

El soldado señaló con insistencia el minúsculo cuchillo de obsidiana que llevaba la cría en la cintura. Tal vez no lograse matar con él a ninguno de los guerreros guanches, pero, si se lo clavaba a alguien en un ojo, podría hacerle mucho daño. La niña se dio cuenta de lo que pedía aquel prisionero y lo desenfundó.

—Eso es. —El soldado extendió la mano—. Dámelo.

La niña se lo acercó lentamente, pero, cuando el extranjero iba a cogerlo, le cortó con él la palma.

—¡¡Aghhh!! —gritó apartándose del enrejado—. ¡Hija de perra!

La niña, con total tranquilidad, guardó el cuchillo en su cintura y volvió a mirar a Gonzalo. Este no pudo hacer otra cosa que sonreírle, pero, cuando fue a decir algo, llegó a buscarla su madre, una bellísima mujer embarazada.

—¡Nelyda! ¡¿Qué estás haciendo aquí?! —Idaira la agarró del brazo y tiró de ella—. No quiero que te acerques a estos hombres, ¿me oyes?

Mientras se alejaba con su madre, la nieta de Bencomo no dejó de mirar a Gonzalo con curiosidad.

Durante los siguientes días, la pequeña Nelyda, haciendo caso omiso de las órdenes de su madre, se acercaba siempre que podía a observar a los prisioneros, pero quien verdaderamente le llamaba la atención era Gonzalo. Este decidió aguardar hasta que ella le hablara, lo que sucedió el quinto día.

—¿A cuántos hombres has matado?

—No llevo la cuenta. ¿Y tú?, ¿has matado ya a alguno?

—Todavía no. Pero, cuando vuelvan los tuyos, los mataré a todos.

Gonzalo sonrió y se fijó en su pequeña faltriquera, de la que asomaba un pedazo de masa tostada de color amarillento.

—¿Qué es eso?

—Gofio con habas y leche de cabra. Mi madre quiere que lo coma para que crezca tan fuerte como mi tía Dácil.

—¿Me dejas probarlo?

La niña dudó, pero lo sacó y lo tiró a sus pies. Gonzalo lo cogió y le dio un mordisco para después entregárselo a sus compañeros, que lo partieron y lo devoraron en un abrir y cerrar de ojos.

Desde aquel día, cada vez que iba a visitarlo, Nelyda le llevaba algo para comer que había robado de la mismísima cueva-palacio de Bencomo, pues su familia había decidido instalarse en Taoro hasta que naciera el tercer hijo de Idaira y la pequeña vivía allí con sus abuelos, sus padres y su hermano Nahuzet. No era suficiente para alimentar a seis hombres hambrientos, pero al menos no se trataba de la verdura podrida que solían darles.

La rutina de los prisioneros consistía en salir a trabajar el campo desde el amanecer hasta el ocaso, un día tras otro, hasta que una noche la princesa Dácil se acercó a la celda y habló a uno de los vigilantes sin dejar de mirar a los prisioneros.

—Baldéalos y dadles agua fresca y comida. Mañana, cuando Magec asome, nos los llevaremos.

—¿Adónde? —preguntó Gonzalo.

—Seguramente a morir... —respondió la princesa antes de marcharse.

Sus compañeros le preguntaron qué había dicho aquella mujer, pero Gonzalo decidió no contarles la verdad para evitar que cundiera la desesperación. Les dejaron asearse y les dieron de cenar. La leche, la miel y la carne de cabra cocida les supo a gloria y aquella noche durmieron con el estómago lleno por primera vez en meses.

Los seis prisioneros avanzaban atados unos a otros por la cintura, vigilados de cerca por varios guerreros, entre otros, Dácil, Bentor, Yeray, Dádamo y Ubay. Por delante de ellos caminaban el mencey Bencomo junto a su comitiva, seguido por representantes de todas las clases sociales de Taoro con sus mujeres e hijos y, en la retaguardia, un centenar de guerreros armados con banots y suntas.

—¿Adónde nos llevan? —preguntó el extremeño mirando asustado los acantilados y desfiladeros que atravesaban.

—Quizá el capitán haya regresado a buscarnos y nos quieran intercambiar por prisioneros guanches —respondió el vallisoletano.

—Si consigo salir de aquí —aseguró el de Toledo—, juro por Dios que buscaré una buena mujer con la que casarme y tener hijos a mansalva.

—De aquí no vamos a salir ninguno, iluso.

—¿Por qué tienes que contagiarnos a todos esa malasombra, quillo? —reprochó el gaditano al de Granada—. ¿Qué sabrás tú lo que nos van a hacer?

—Nada bueno... —murmuró Gonzalo.

—¡Silencio! —ordenó Ubay para después dirigirse a Gonzalo—. Diles a tus hombres que al primero que vuelva a hablar lo abriremos en canal y se lo daremos de comer a los guacanchas.

—Solo se preguntan adónde nos lleváis.

—Al menceyato de Daute —contestó Bentor, menos beligerante que su primo—. Es allí donde se celebra la fiesta del Beñesmer.

—¿Una fiesta?

—Una fiesta —confirmó Dácil—, aunque dudo que vosotros la vayáis a disfrutar...

Cuando la comitiva de Taoro llegó a Daute, ya los estaban esperando los representantes de los demás menceyatos, incluidos los del bando de paces. Bencomo había planificado ser el último en llegar para saborear la incomodidad de Pelinor, Adjoña, Beneharo y, sobre todo, de Añaterve. El mencey Romen, el anfitrión aquel año, se adelantó para saludar a los recién llegados.

—Bienvenido a mi cantón, Bencomo —lo recibió con afecto—. Los augurios son buenos.

—Eso parece —respondió este al mirar hacia el volcán y comprobar que Echeyde no sangraba—. Aunque los guañameñes sigan sedientos de sangre, no habrá que ofrecer sacrificios a Magec.

—¡Que alguien proporcione leche y alimento a nuestros hermanos de Taoro!

Un grupo de mujeres llevó a los recién llegados cuencos de leche, de chacerquen y todo tipo de alimentos mientras los menceyes aliados recibían a su líder. Los niños de los diferentes cantones corrieron a importunar a los prisioneros castellanos, a los que, para su sorpresa, también ofrecieron de comer y de beber.

Cuando llegó el inevitable encuentro entre Bencomo y Añaterve, todos se callaron para no perderse una palabra de los dos grandes líderes guanches.

—Mencey Bencomo... —lo saludó el de Güímar, tragándose su orgullo.

—Te veo más gordo, Añaterve —respondió Bencomo incisivo—. La vida te ha tratado bien en los últimos tiempos..., alejado de preocupaciones.

—Te felicito por tu victoria contra los extranjeros.

—Yo te doy el pésame por tu derrota.

—Esta es la fiesta del Beñesmer —intervino el mencey Acaymo al ver que la tensión entre los dos hombres podría hacerlo saltar todo por los aires—. Es tradición que dejemos de lado nuestras diferencias para honrar a la diosa Chaxiraxi.

Bencomo y Añaterve aún se miraron a los ojos con inquina unos instantes que a todos se les hicieron eternos, pero el mencey de Taoro sonrió condescendiente.

—No te falta razón, Acaymo. Este es un día de hermanamiento y no seré yo quien lo estropee. Ya habrá tiempo para hablar de traiciones.

Se dirigió a saludar a los demás menceyes del sur como si nunca le hubieran dado la espalda. Un grupo de hombres escoltado por guerreros guanches, varios guañameñes y un numeroso grupo de harimaguadas llegó con la figura de la diosa Chaxiraxi y los niños y curiosos que hostigaban a los soldados castellanos se olvidaron de ellos para ir a postrarse ante la madre de Magec. Durante lo que quedaba de mañana, tanto los nueve menceyes como sus súbditos fueron a rezar a la diosa y a pedirle, como era tradición, por toda clase de cosas que pudieran hacerles la vida más fácil.

Mientras tanto, los prisioneros permanecían encerrados en una jaula similar a la que compartían en Taoro, aún sin saber lo que les esperaba. El mencey Añaterve se acercó a la jaula y miró a Gonzalo con suficiencia.

—Creí en vuestra superioridad y lo único que mostró tu capitán fue una tremenda soberbia y estupidez al enfrentarse a Bencomo en el barranco de Acentejo.

—Caímos en la trampa de Hucanon.

Añaterve buscó con la mirada al hermano de Bencomo, que celebraba aquel día junto a su familia. Se fijó en Gara, que permanecía arrodillada frente a la figura de la diosa, agradeciéndole el haberla devuelto a su tierra tras tantos años cautiva. Después se giró de nuevo hacia Gonzalo, que intentaba no evidenciar su desesperación.

—Ayúdanos a escapar y, cuando regresemos, no cometeremos el mismo error.

—Si sobrevives a este día, volveremos a hablar.

—¿Qué van a hacer con nosotros?

—Queda poco para que lo sepas… —respondió con una enigmática sonrisa.

Los prisioneros castellanos permanecieron todo el día encerrados en su jaula, desde donde podían ver las diferentes competiciones que se disputaban entre los nueve menceyatos. Aunque reinaba la deportividad, la tensión se multiplicaba cuando tenían que enfrentarse participantes de los dos bandos en los que se dividía la isla, en especial en las pruebas de lucha. A pesar de que a los hombres de Alonso Fernández de Lugo nunca les faltó agua y comida, la pequeña Nelyda se las ingenió para llevarles unas lapas envueltas en una hoja de palma.

—¿Te gustan? —preguntó la niña.

—Me encantan. Donde yo vivo, hay unas conchas algo más pequeñas a las que llamamos coquinas o tellinas. Mi madre solía hacerlas a la cazuela, con aceite, pimienta negra y otras hierbas.

La niña lo miró con curiosidad mientras las probaba y son- rió cuando lo vio relamerse. Después de comerse un par de la pas, repartió el resto entre sus compañeros.

—¿Cómo se llama tu dios?

—Jesucristo. Aunque en realidad él es el hijo de Dios. Mi dios se llama simplemente... Dios.

—¿Qué le vas a decir cuando lo veas hoy?

A Gonzalo se le borró la sonrisa.

—¿Por qué estás tan segura de que lo veré hoy?

—Porque jamás podrás vencer...

Los seis prisioneros miraron las suntas, los escudos y los banots que varios guerreros guanches arrojaron a sus pies tras sacarlos de la jaula y conducirlos al centro de la enorme explana-da donde se habían celebrado las competiciones. La totalidad de los hombres, mujeres y niños que habían asistido a aquella fiesta del Beñesmer los rodeaban, observándolos en silencio.

—¿Qué se supone que tenemos que hacer con esto? —pre-guntó el extremeño.

—Mucho me temo que nos va a tocar pelear por nuestra vida, muchachos —se resignó Gonzalo.

Aunque había perdido mucho músculo, estaba recuperado de sus heridas y se sentía preparado. Llevaba tiempo esperando la oportunidad de luchar y de morir con dignidad, porque si algo daba por seguro era que ni él ni ninguno de los cinco vale-rosos guerreros con los que había compartido desdichas, ham-bre y hasta algunas risas en los últimos meses saldrían de allí de una pieza. Respiró hondo y se agachó para coger un escudo y seleccionar una de las suntas, la que encontró más liviana para evitar que el cansancio pudiese con él en los primeros envites. Los demás lo imitaron precipitados, sin pararse a pensar en nada más que en armarse.

Se abrió un pasillo y entraron en la explanada los tres temidos hermanos de Taoro seguidos por Bentor, Dácil y Ubay. Gonzalo percibió los suspiros de desánimo entre sus compañeros: aunque parecía que iba a ser un enfrentamiento igualado en número, sabían que sus posibilidades de vencer se habían reducido a la nada, ya que todos los allí presentes habían visto a Hucanon destrozar en solo un par de golpes al guerrero con quien Alonso Fernández de Lugo le obligó a combatir para demostrar su fidelidad.

Bencomo señaló a los prisioneros y alzó la voz para imponerse a los murmullos:

—¡Estos hombres pertenecen al ejército que hace dos lunas quiso someter a nuestro pueblo! ¡No cabe otra condena para ellos que la muerte!

Todos jalearon las palabras del mencey.

—¿Qué dice? —le preguntó el toledano a Gonzalo.

—Nos condenan a muerte.

—¡Pero nosotros somos un pueblo justo —continuó Bencomo— y les daremos la oportunidad de defender sus vidas!

Hucanon miró a los castellanos con unas ansias de venganza que casi se podían palpar y le dijo algo al oído a Bencomo. Este se sorprendió y negó con la cabeza.

—Ni lo sueñes, hermano. Lucharemos con ellos en igualdad de condiciones.

—Esos miserables han asesinado a Dailos. Deja que seamos Ubay y yo quienes nos encarguemos de ellos.

—No pienso arriesgarme, Hucanon.

—¡Era mi hijo, Bencomo! —respondió vehemente—. ¡No puedes arrebatarnos la venganza!

Bencomo miró a su hermano y a su sobrino dubitativo, comprendiendo que era algo que tenían planeado. Aunque ya todos sabían que la supuesta rendición de Hucanon a los extranjeros había sido una estratagema para liberar a su madre, aún quedaban quienes dudaban de sus verdaderas intenciones. Y con eso acallaría aquellas voces para siempre, así que cedió.

—Espero que sepas lo que haces.

Hucanon asintió agradecido y Bencomo volvió a dirigirse a su pueblo.

—¡Como todos sabéis, mi hermano Hucanon perdió a su hijo Dailos aquel aciago día, así que es de justicia que él y Ubay sean los encargados de enviar a estos miserables con su maldito dios!

Los presentes volvieron a aplaudir las palabras de Bencomo, excitados ante la inminencia de un combate tan extraordinario. Bencomo, Tinguaro, Dácil y Bentor se despidieron de padre e hijo deseándoles fortuna y se unieron a los espectadores.

—¿Qué pasa? —preguntó el vallisoletano.

—Que vamos a batirnos los seis contra esos dos animales... —respondió el granadino para después escupir al suelo con desprecio.

—Eso parece —dijo Gonzalo—. Y la mejor posibilidad que tenemos de sobrevivir es que nos dividamos para atacarlos por separado.

—¡Eso es una locura! —exclamó el extremeño—. Debemos permanecer juntos.

—Si solo dos hombres se han ofrecido para pelear contra seis soldados armados es porque saben cómo vencernos. Si los separamos, recuperaremos la ventaja. Es más, uno de nosotros debería intentar entretener a Hucanon y los otros cinco atacar al muchacho. Cuando consigamos matarlo, la lucha contra su padre nos será favorable.

—Estoy de acuerdo —dijo el vallisoletano.

—¿Y quién cojones va a querer enfrentarse en solitario a esa mala bestia?

—Yo mismo —contestó Gonzalo—. Si voy a morir aquí, que sea a manos de su mejor guerrero.

Sus compañeros se volvieron hacia él, impresionados, pero enseguida accedieron, convencidos de que era su única opción de salir con vida.

Tras contarles la estrategia, Gonzalo se desplazó unos pasos junto con dos compañeros y retó con la mirada a Hucanon, mientras que los otros tres se movieron hacia el lado contrario.

—Nos separan —señaló Hucanon.

—Ya lo esperábamos —respondió Ubay.

—No te fíes de su aspecto, hijo. Ya ves que saben lo que se hacen. Todos ellos han peleado en muchas guerras y no tienen nada que perder.

—Aplastaré sus cabezas con mi sunta. Piensan que lucho solo, pero tengo a mi lado a Dailos y a nuestros antepasados observándonos desde arriba.

—Entonces no les fallemos...

55

Casas Reales de Arévalo (Ávila). Agosto de 1494

Cada vez que sus obligaciones se lo permitían, la reina Isabel de Castilla visitaba a su madre, doña Isabel de Portugal, en el pueblo abulense de Arévalo, en el que la reina y su hermano pequeño, Alfonso, habían pasado buena parte de su infancia. Aquel era uno de los pocos lugares en los que encontraba cierta paz, a pesar de que tenía que bregar con la frágil salud mental de su progenitora, que empezó a perder la cabeza al enviudar cuarenta años antes y cuyo estado se agravó con las muertes y desgracias que se sucedieron a su alrededor, entre ellas la de su hijo Alfonso. Aunque la versión oficial hablaba de pestilencia, doña Isabel estaba convencida de que había sido envenenado por el primogénito de su marido, Enrique IV de Castilla, para que no le pudiese disputar el trono. Su única alegría fue ver cómo su hija Isabel, a pesar de tenerlo todo en su contra, se convirtió en la mujer más poderosa del mundo.

La reina observaba a su madre con cariño mientras paseaban por el pinar que rodeaba la villa, pero también con temor al reconocer en ella muchos de los gestos y comportamientos que empezaba a mostrar su hija Juana, que por aquel entonces tenía catorce años y se había convertido en uno de los principales motivos de preocupación de la monarca. Abuela y nieta pasaban con una rapidez pasmosa de un estado de euforia a un profundo abatimiento.

—¿Me estáis escuchando, madre?

—Por supuesto, hija. Ni estoy loca, como dicen algunos, ni mucho menos sorda.

—Pues dejad de canturrear y atendedme.

—Menudos humores te gastas hoy. ¿Hablabas de...?

—De Juana, vuestra nieta —respondió armándose de paciencia—. Me preocupa su... escepticismo.

—¿Qué quieres decir?

Antes de responder, la reina comprobó que ninguno de los religiosos y sirvientes que las acompañaban pudieran escucharla.

—Se niega a asistir al culto y a confesarse, madre —contuvo la voz—. He consultado con entendidos y consideran que es debido a su fecha de nacimiento.

—¿Qué sucedió el día que la alumbraste?

—Que se ajusticiaron herejes en la hoguera y, tal vez, el alma impura de alguno de ellos emponzoñó la de Juana.

—Deberías llevarla a Roma para que la asista el papa Alejandro VI —dijo la anciana al tiempo que se santiguaba—, que al fin y al cabo nació en Valencia y te debe fidelidad.

—Me gustaría que este asunto quedase en la intimidad, madre. No quiero que la Iglesia se lo guarde para utilizarlo como arma arrojadiza en el futuro.

—Pacta su matrimonio. Ya está en edad y, cuando forme su propia familia, logrará encauzarse.

Hacía tiempo que Juana había sido considerada para casarse con el heredero del trono francés, e incluso pedida en matrimonio por el rey Jacobo IV de Escocia, aunque la reina, conociendo el carácter tan especial de su hija, no quiso entregarla a tan temprana edad. Sin embargo, Fernando y ella necesitaban amarrar algunas alianzas y había llegado la hora de poner su matrimonio sobre la mesa.

—Lo hablaré con el rey.

—¿Sigue siendo un putañero?

La reina miró a su madre molesta. Doña Isabel era la única persona que la tuteaba en la intimidad, y ella se lo tomaba bien, pero que hablase en esos términos del rey no le parecía correcto. Por otra parte, por todos era conocida la afición de don Fernando por las féminas y su escasa prudencia a la hora de visitar sus alcobas. La reina sabía que seguía teniendo amantes, aunque ninguna la había preocupado tanto como la Cazadora y se mostraba tranquila e incluso comprensiva con sus deslices.

—La cabra siempre tira al monte, madre —respondió suspirando—. Apostaría todo cuanto tengo a que ahora mismo está en brazos de alguna fulana.

—Mejor eso a encontrártelo bajo un hombre, como sorprendí yo a tu padre con Álvaro de Luna. Supongo que ambos estarán ardiendo en el infierno por pervertidos.

—No digáis eso.

—Lo digo porque es cierto. Lo que deberías hacer tú es buscarte un amante que te dé el afecto que necesitas, hija, que tanto desasosiego y ninguna alegría te está ajando antes de tiempo.

—La que terminará en el infierno sois vos si continuáis diciendo semejantes desatinos, madre.

—Si nos guiamos por los mandamientos de la Santa Madre Iglesia, allí terminaremos todos, pues no conozco a nadie que los siga al pie de la letra.

—Para eso están las confesiones.

—No tengo claro que un sacerdote, algunos de ellos más mujeriegos que tu marido, tenga capacidad para hacernos llegar así como así el perdón de Dios.

La reina Isabel cabeceó, dándola por imposible. Pero lo cierto es que ella seguía estando viva y tenía sus apetencias. Aunque, aparte de entregarse a su marido, solo se permitía fantasear con un hombre: Cristóbal Colón.

Le atrajo desde el día que lo vio, pero, cuando se presentó ante ella para decirle que sus sospechas eran ciertas y había hallado un nuevo mundo por descubrir y por cristianizar en su nombre, lo admiró con fervor. Y de aquello pasó a pensar en él en las frías y solitarias noches de Medina del Campo.

Esperaba con impaciencia recibir correspondencia suya, y, pese a que la mayoría de las noticias que le llegaban eran para pedir refuerzos, barcos y comida, también había determinadas frases que, por su ambigüedad, le hacían soñar con poder abandonarse algún día en sus brazos. Aunque para eso tenía que volver, y Cristóbal Colón no hacía más que llegar a nuevas islas habitadas por salvajes contra los que debía luchar por su vida.

56

Sierra Morena (Andalucía). Mayo de 1523

—¡Caminad!

El grupo de bandoleros encabezado por Guillermo conducía a los tres esclavos guanches por un frondoso bosque de olmos y fresnos. Kanar estaba bastante recuperado del golpe en la cabeza, pero aún débil después de una semana debatiéndose entre la vida y la muerte, por lo que le costaba seguir el ritmo de sus compañeros.

—Necesita descansar, ¿no lo veis? —dijo Elena ayudándolo a caminar.

—Ya descansará cuando Daniel Lavilla lo cuelgue de un árbol —respondió Guillermo.

—No es a él a quien quiere, sino a mí.

—He acordado un buen precio por los tres. Se ve que no solo tiene ganas de echarte el guante a ti, sino a todos los que te han ayudado a escapar tras asesinar a su padre.

—Solo me defendí de él.

—Te creo, pero ese no es mi problema.

Kanar tropezó con una raíz y se cayó de bruces al suelo.

—Maldita sea mi estampa —dijo el bandolero para sí, contrariado—. ¡Vamos a descansar un rato!

—Si paramos, llegaremos de noche al lugar acordado —replicó uno de sus hombres.

—Si no estás dispuesto a llevarlo en brazos, tenemos que detenernos para que recupere fuerzas.

Los bandoleros condujeron a los guanches hasta un arroyo para que bebieran agua y descansaran. Mientras Elena atendía a Kanar, Melchor buscó desesperadamente la manera de ayudar a la muchacha a escapar de una muerte segura y, con toda probabilidad, muy dolorosa a manos de Daniel Lavilla, pero, en el improbable caso de que consiguiese desembarazarse de sus captores, desconocía el terreno y no llegaría demasiado lejos. Lo sintió por todos los que habían sacrificado sus vidas para mantenerla a salvo, como él mismo, Nicolás, la Canaria o Gara, pero ya no se le ocurría qué más podía hacer.

De pronto, como si la diosa Chaxiraxi hubiese escuchado sus plegarias, vio la solución delante de sus narices; a unos pasos, en la otra orilla del arroyo, había una osera, y en su interior, un par de oseznos con muy pocos meses de vida. Buscó a su alrededor esperando ver a la madre, y, aunque no pudo localizarla, sabía que no podía estar demasiado lejos.

Se fijó en que los bandoleros estaban distraídos refrescándose, buscó a Elena con la mirada y le dijo con un gesto que estuviera preparada. En cuanto Melchor se acercó a los cachorros, estos empezaron a berrear pidiendo ayuda. Los bandidos lo miraron y palidecieron.

—¿Qué estás haciendo? —dijo uno de ellos—. ¡No los toques!

Al instante, el bosque rugió. Todos se pusieron en alerta esperando el ataque de la osa, que apareció a menos de veinte pasos de ellos, en mitad del arroyo. Al ver a Melchor tan cerca de sus dos oseznos, corrió furiosa hacia él levantando una nube de agua. Cuando estaba a punto de saltar sobre el esclavo, este lanzó a los cachorros sobre los bandoleros. La osa cambió la trayectoria y, aunque todos trataron de huir despavoridos, los atacó.

Con los primeros zarpazos destripó a varios de ellos y a otro le arrancó un brazo de un mordisco. Guillermo consiguió clavarle la espada en el lomo y eso hizo que el animal se revolviese, aún más furioso.

—¡Elena, aprisa! —le gritó Melchor.

Aprovechando el revuelo, la muchacha ayudó a Kanar a incorporarse.

—¡Vamos, Kanar! ¡Tenemos que marcharnos!

—Huid vosotros —dijo él debilitado—. Yo solo os retrasaría.

—¡No pienso dejarte aquí!

—¡Marchaos!

Melchor cogió a Elena del brazo y, después de asentir con respeto a Kanar, la arrastró hacia la espesura del bosque. Al mirar hacia atrás vieron cómo los bandidos consiguieron someter a la osa, que siguió dando zarpazos y mordiscos hasta su último aliento. Una vez que yacía muerta en el suelo, Guillermo se dio cuenta de que la muchacha y el guanche más mayor huían río arriba.

—¡Que no escapen!

Cuando iban tras ellos, Kanar les cortó el paso. Como la osa, aún pudo acabar con varios bandoleros antes de caer atravesado por sus espadas y por sus lanzas, lo que dio la oportunidad a Melchor y a Elena a alejarse del lugar.

—¡Cogedlos! —bramó Guillermo furioso.

Melchor y Elena avanzaron sin rumbo fijo, atravesando dehesas y ríos mientras seguían escuchando a sus perseguidores, cada vez más cerca. La joven agradeció que, al contrario que la última vez que se encontró en una situación parecida, aquella vez no se oían ladridos de perros.

—Nos alcanzan —jadeó Elena.

—¡Allí!

Melchor señaló un enorme árbol caído cuyo tronco estaba podrido y cubierto de musgo. Ambos corrieron hacia él y se escondieron en su interior. Elena se tapó la boca con la mano para acallar el mínimo sonido. Por suerte para ellos, a los bandoleros no se les ocurrió que pudieran estar allí y pasaron de largo.

—¡Abrid bien los ojos! —ordenó Guillermo—. ¡No pueden estar muy lejos!

Aún estuvieron escondidos dentro de aquel tronco varias horas, hasta que se hizo de noche y ya no se escuchaban más que sonidos de la naturaleza.

—¿Y ahora qué? —preguntó Elena atemorizada.

—Tenemos que seguir hacia el sur y llegar cuanto antes a la costa. —Melchor observó el cielo y, después de localizar la estrella polar, miró en dirección contraria hasta dar con la Cruz del Sur—. Por allí.

Ambos caminaron en silencio por el bosque, atentos a cuantos peligros pudieran salirles al paso, tanto humanos como animales. Cuando ya había amanecido, llegaron agotados a un camino y se ocultaron entre la maleza.

—Seguir andando a la luz del día es demasiado arriesgado dijo Melchor . Debemos esperar a que pase alguien a quien pedir ayuda.

Aún tuvieron que aguardar un buen rato —en el que se lamentaron por la pérdida de Kanar— hasta que, ya cerca del mediodía, apareció una caravana compuesta por media docena hombres a caballo fuertemente armados que escoltaban dos carretas, una de las cuales transportaba un ataúd.

—Espera aquí. Si ves que algo va mal, corre todo lo que puedas, ¿lo has entendido?

Elena asintió y Melchor salió al camino haciendo aspavientos. La caravana se detuvo tras la orden de uno de los jinetes.

—¡¿Quién va?! —preguntó apuntándolo con su arcabuz—. ¡No os acerquéis o juro por Dios, Nuestro Señor, que os agujereo la sesera!

—¡Voy desarmado! —Melchor mostró las palmas de las manos.

—¡¿Quién sois y qué buscáis?!

—Mi nombre es Melchor. Hace unos días me asaltaron unos bandoleros en la Sierra Morena. Solo busco quien me lleve hacia la costa.

—¿Viajáis solo?

Melchor evitó contestar, todavía sin fiarse.

—¡Os he hecho una pregunta!

Elena salió de su escondite y se situó junto a él.

—Viaja conmigo.

—¿Y vos sois?

—Me llamo Leonor Alborx Fabra. Como ha dicho mi esclavo, solo necesitamos llegar hasta la costa para contactar con mi familia y decirles lo que nos ha sucedido para que envíen ayuda.

Los jinetes se miraron, dubitativos. Del interior del carromato asomó una señora mayor vestida íntegramente de negro.

—Por el amor de Dios, Genaro —le dijo a uno de los jinetes—. ¿No ves que están famélicos?

—Podría ser una trampa, madre.

—¿Y qué crees que van a robarnos?, ¿el cadáver de vuestro padre? —Cabeceó para sí y miró a Elena y a Melchor, que aguardaban, a la expectativa—. Nosotros hasta la costa no llegamos, pero podríamos llevaros hasta Vejer de la Frontera, adonde vamos a enterrar a mi difunto marido.

—¿Dónde queda ese lugar, señora?

—A medio día de camino de Barbate.

Melchor y Elena se miraron aliviados, sintiendo que por fin les sonreía la fortuna.

57

Tenerife (islas Canarias). Agosto de 1494

Hucanon y Ubay estudiaron a sus oponentes antes de iniciar el combate. Tenían clara su superioridad física, pero no podían fiarse de hombres como aquellos, a los que llevaban viendo muchos años secuestrar, violar y matar sin una provocación previa. A una señal de Gonzalo, sus dos compañeros lo dejaron solo frente a Hucanon y se unieron a los otros tres.

—¿Qué diablos están haciendo —preguntó Hucanon sorprendido.

—¡Se creen que atacándome cinco a mí podrán doblegarme, padre! —dijo Ubay orgulloso por tal deferencia.

Para cualquier neófito, era un error enfrentar a un solo guerrero con Hucanon, pero este sabía que, de tardar más de la cuenta en matarlo, les daría una oportunidad a los otros de acabar con su hijo. Y, si perdiese también a Ubay, el dolor sería insoportable. El joven guerrero leyó sus pensamientos y sonrió.

—No se preocupe por mí, padre. Los enviaré a todos con su dios.

—Tú solo procura mantenerlos a raya, Ubay —dijo Hucanon—. No te arriesgues innecesariamente. En cuanto acabe con el mío, me uniré a ti.

El muchacho asintió. Agarró las tiras de cuero de su escudo, apretó la empuñadura de hoja trenzada de su sunta y esperó a que los soldados hiciesen el primer movimiento. Cuando comprobó que su hijo, tal y como él le había pedido, no se precipitaba en su ataque, Hucanon procedió a estudiar a la mano derecha de Lugo.

Enseguida vio que Gonzalo era especial.

Se movía con agilidad y, al contrario que los demás, que la agarraban demasiado cerca de la cabeza, sabía empuñar la principal arma de guerra de los guanches. Hucanon llevaba días escuchando cómo Dácil lo había vencido sin esfuerzo en un duelo tras la batalla de Acentejo, pero, aunque él conocía el inmenso talento de su sobrina, fue Bencomo quien lo puso al tanto de detalles que no debían pasar desapercibidos; aparte del cansancio de pelear en desventaja durante horas, Gonzalo estaba herido en una pierna y no fue hasta que Bencomo se lo indicó a Dácil cuando esta logró someterlo. Observó su pierna y comprobó que ya no había rastro de ningún moratón. Y, si tenía algún otro punto débil, sabía cómo protegerlo con el escudo.

Para sorpresa de todos, el primero en atacar fue el propio Gonzalo. A Hucanon no le costó detener el golpe con su escudo de madera de drago, pero sintió la fuerza de aquel muchacho.

Inmediatamente, los otros cinco imitaron a su compañero y atacaron a Ubay de manera anárquica. El hijo de Hucanon esquivó la embestida de un soldado que se había adelantado a sus compañeros y le hundió la maza en el cráneo. Lo único que quedó vivo del joven gaditano fue el temblor que le había aparecido en las manos hacía semanas y que aún tardó un rato en desaparecer.

—¡Uno menos, padre!

Los guanches rugieron celebrando aquella muerte, mientras que los cuatro supervivientes se detuvieron para organizar mejor su ataque.

—¡Por los flancos! —dijo el granadino—. ¡Ataquemos dos por cada lado!

Los soldados se organizaron mejor y procedieron a un ataque mucho más ordenado, aunque algo tímido después de ver lo que podía hacer un solo golpe de sunta. Ubay los contuvo sin demasiado esfuerzo, pero tampoco logró encontrar el modo de herirlos.

Hucanon, por su parte, al ver que su hijo no pasaba excesivos aprietos, se centró en Gonzalo y avanzó hacia él haciendo girar la sunta sobre la cabeza. Por segunda vez aquella tarde, el extranjero lo sorprendió, ya que, en lugar de retroceder como hacían todos sus adversarios cuando iniciaba esa maniobra, fue a su encuentro bajando el punto de gravedad y buscando golpearlo en las piernas. El guanche se vio obligado a saltar y cubrirse, y, aunque Gonzalo no conectó un solo golpe, le estaba haciendo perder un tiempo precioso.

¡Crac!

Los guerreros guanches celebraron excitados y algunas mujeres volvieron la cabeza al ver cómo Ubay había golpeado al soldado vallisoletano en la mandíbula y se la había arrancado de cuajo. Buscaba el pedazo que le faltaba por el suelo, aterrado, con media cara cercenada y la lengua colgándole desde la garganta. Sus gritos los silenció Ubay con otro certero golpe en la base del cráneo.

—¡Ya solo me quedan tres, padre!

Hucanon quiso recordarle a su hijo que aquello no era un juego y que no debía perder la concentración, pero, de hacerlo, la habría perdido él y podría costarle la vida a manos de aquel muchacho que atacaba y se cubría como el mejor de sus guerreros. Dejó de escuchar los gritos de ánimo de sus hombres y los golpes de sunta que Ubay detenía con su escudo para centrarse en su respiración y, sobre todo, en la de Gonzalo. La del castellano estaba desbocada, cogía más aire del que sus pulmones le reclamaban. Una de las lecciones que les había dado Hucanon a sus hijos era que mantuviesen una respiración tranquila, acompasada, ya que lo contrario podría hacerles perder estabilidad. Se aprovechó de eso y atacó lanzando golpes en todas las direcciones. Gonzalo consiguió repeler algunos, pero, en cuanto Hucanon conectó el primero en su muslo, trastabilló y encajó tres más: el primero le destrozó el hombro y le hizo perder su sunta, el segundo, en el pecho, le cortó la respiración, y el tercero le barrió las piernas y provocó que cayese de espaldas.

Hucanon sintió cierta lástima por tener que matar a un guerrero como aquel, que había decidido sacrificarse para que sus compañeros tuvieran una oportunidad, pero era su deseo y su obligación. Cuando iba a terminar el trabajo, escuchó unos gritos a su espalda y, al volverse, vio que los tres soldados estaban haciendo retroceder a Ubay. Su hijo estaba demasiado cerca del acantilado.

—¡Ubay!

El muchacho se distrajo y el extremeño lo alcanzó en el costado. Ya llevaban rato combatiendo y no fue un golpe demasiado duro, pero lo suficiente para que Ubay bajase la guardia. Hucanon corrió hacia él y, cuando el soldado iba a rematarlo, saltó con los pies por delante, pateándolo en la espalda y lanzándolo hacia el fondo del acantilado. El grito se acalló en cuanto se estrelló contra las rocas.

El granadino y el toledano buscaron con la mirada a Gonzalo, que, aunque seguía vivo, permanecía tirado en el suelo, malherido. Antes de poder reaccionar, recibieron el furioso ataque de Hucanon. Retrocedieron unos pasos hasta que la sunta hundió la cabeza del toledano entre sus hombros, haciendo desaparecer su cuello. Los espectadores volvieron a celebrar la muerte de un enemigo.

El granadino aprovechó que Hucanon ayudaba a levantarse a su hijo para buscar una vía de escape, pero a un lado había unos acantilados de muchos pies de altura por los que era imposible descender, y rodeándolo, cerca de medio millar de guerreros con ganas de cumplir su sentencia de muerte. Y entonces la vio, prácticamente al alcance de su mano.

Soltó el escudo y la sunta, agarró a la pequeña Nelyda por la cintura, le quitó el cuchillo de obsidiana y se lo puso en el cuello.

—¡Dejadme marchar o juro por Dios y todos los santos que le rebano el pescuezo a esta cría!

Se hizo un silencio sepulcral. Bencomo se acercó al soldado, sobrecogido.

—¡Suelta a mi nieta!

—¡Da un paso más y la mato! —insistió el granadino, sin necesidad de hablar la lengua guanche para hacerse entender.

—Traed al que habla nuestro idioma —les ordenó Bencomo a Bentor y a Dácil.

Los dos hermanos corrieron a buscar a Gonzalo mientras Yeray sujetaba a Idaira, que lloraba al ver a su hija a punto de morir.

Cuando los hijos de Bencomo llegaron con Gonzalo, que apenas conseguía mantenerse en pie, el mencey le agarró la cara y le hizo abrir los ojos.

—Dile a tu compañero que suelte a mi nieta o te juro que...

—¿Qué? —lo interrumpió Gonzalo—. ¿Qué va a hacer? ¿Matarnos?

—Solo es una niña. —Idaira se arrodilló frente a él—. Dile que la suelte, te lo ruego.

Gonzalo miró a la mujer, a la que ya le quedaba poco para dar a luz, y después a su compañero, que seguía sujetando a la niña, sin dejarla escapar por mucho que patalease. El cuchillo de obsidiana empezaba a clavarse en su cuello y la sangre le recorría el cuerpo hasta gotear desde uno de sus diminutos pies.

—No le hagas daño, Ricardo —le dijo Gonzalo—. Esa cría lleva semanas dándonos de comer.

—Esta cría es nuestro salvoconducto para largarnos de esta isla. Diles que nos dejen marchar y no le haremos nada, que la soltaremos al llegar a Añazo.

Gonzalo transmitió el mensaje de su compañero a Bencomo y este, más asustado de lo que había estado en su vida, lo miró a los ojos.

—Júrame que cumpliréis vuestra palabra.

—Durante las últimas semanas he podido conocer a su nieta y no tengo ninguna intención de hacerle daño —respondió con solemnidad.

Para llegar desde el menceyato de Daute hasta el de Anaga, donde se encontraban los restos de la fortificación construida por Alonso Fernández de Lugo y donde seguramente habría alguna embarcación en condiciones de poder llevarlos a Gran Canaria, Gonzalo y Ricardo tenían que atravesar prácticamente toda la isla. Para no recorrer los menceyatos de Icod, Taoro, Tacoronte y Tegueste, todos ellos pertenecientes al bando de guerra, decidieron ir por los pastos comunales, por cuya posesión tantas veces habían luchado los distintos cantones.

Debido a las heridas infligidas por Hucanon durante el duelo, Gonzalo caminaba renqueante, con el brazo izquierdo pegado al cuerpo. Se miró el hombro y vio que se le estaba hinchando y amoratando.

—Necesito parar.

—Debemos alejarnos un poco más. —Ricardo llevaba a la pequeña Nelyda sujeta con una cuerda por la cintura, caminando unos pasos por delante de él—. Esos salvajes nos siguen de cerca.

Gonzalo miró hacia la espesura del bosque. No pudo ver a nadie, pero sabía que los guanches estaban ahí aunque Ricardo los hubiera amenazado con matar a Nelyda si iban tras ellos.

—¡Largaos, malnacidos! —Ricardo gritó blandiendo el cuchillo—. ¡Como vea a alguno, la mataré! Díselo tú, Gonzalo.

—Nos seguirán hasta que lleguemos a Anaga —respondió Gonzalo.

—¡Díselo, maldita sea!

Gonzalo volvió a internarse en el bosque, donde le salieron al paso Bencomo y sus hombres. Les juró que protegería a la niña con su propia vida, pero, para que no hubiera problemas, necesitaba que Ricardo estuviera tranquilo. Y eso solo sucedería cuando dejasen de acecharlos. Una vez que consiguió convencerlos de que se marchasen, regresó con Ricardo y Nelyda y se sentó en el tronco de un árbol caído.

—Ya no nos seguirán. Y, ahora, yo necesito descansar porque este hombro me mata con cada paso que doy.

El granadino resopló y accedió a parar. Gonzalo miró a la cría, que le devolvía una mirada llena de decepción.

—¿Tienes sed? —Le ofreció un pellejo de cuero con agua que había cogido al salir del menceyato de Daute.

—¿Cuándo me soltaréis? —preguntó ella a su vez.

—Pronto. En cuanto lleguemos a Anaga. Puedes estar tranquila, no dejaré que este hombre te haga daño. Ahora bebe.

Nelyda cedió y bebió un trago. Gonzalo revisó las diferentes heridas que tenía por todo su cuerpo, y, al levantar la mirada, se encontró con la de su compañero.

—¿Qué?

—No me gusta que hables con la cría y que yo no entienda qué decís.

—Tienes dos opciones, Ricardo: o te quedas una temporada aquí para aprender su idioma o te aguantas, porque poco me importa a mí lo que te guste o te deje de gustar. ¿Te ha quedado claro?

El otro lo miró con inquina y procedió a limpiarse las heridas de unos pies que no tenían costumbre de caminar con unos xercos fabricados con piel de cabra.

—Salvajes, que ni zapatos tienen. Larguémonos de una vez. Quiero llegar cuanto antes a la civilización.

Se levantó y, sin ninguna delicadeza, tiró del extremo de la cuerda con la que había atado a Nelyda y la volvió a colocar delante de él.

—Camina.

Mientras avanzaban, el dolor de las heridas de Gonzalo se hacía más insoportable, y el terreno tan abrupto que debían recorrer no ayudaba a calmarlo. Cuando iba a anochecer, Gonzalo volvió a detenerse junto a un barranco.

—Debemos acampar. Ni la niña ni yo tenemos ya fuerzas para marchar.

—Está bien —respondió Ricardo, también agotado—. Continuaremos al alba. Este será un buen sitio para pasar la noche. Si esos bárbaros intentan algo, los veremos llegar a la legua.

Sin dejar de sujetar la cuerda que ataba a Nelyda, el soldado buscó leña y encendió un fuego junto a la entrada de una cueva. Gonzalo comió un poco del gofio que también se habían llevado de Daute y se propuso descansar solo un momento, lo suficiente para sacudirse aquel terrible cansancio. Pero, en cuanto se tumbó, cayó en un profundo sueño.

Sintió un agradable vaivén meciendo su cuerpo y, al abrir los ojos, descubrió que estaba navegando. Las gaviotas revoloteaban bajo uno de los cielos más azules que hubiera visto en su vida. Se incorporó y se dio cuenta de que estaba solo en la cubierta de un barco que, por las maderas nobles con que estaba construido, bien pudiera pertenecer a los reyes Isabel y Fernando.

—¡¿Hola?! ¡¿Hay alguien aquí?!

Pero nadie respondió. Miró hacia el horizonte y vio una construcción de forma dodecaédrica que ya había visto con anterioridad. Al fijarse en los alrededores, advirtió que el barco estaba remontando el río Guadalquivir y que aquello era la torre del Oro sevillana. Lo inundó la felicidad al comprender que había vuelto a casa, pero le extrañó no ver a nadie en los márgenes de un río siempre lleno de comerciantes y de clientes regateando por toda clase de productos.

De pronto, escuchó un lejano grito pidiendo auxilio.

Aguzó la vista, pero no vio a nadie. Cuando el grito se repitió, supo que procedía del interior de la torre del Oro. Agarró el timón y dirigió el barco hacia el pequeño embarcadero. Según se acercaba, los gritos aumentaban de intensidad y pudo distinguir que se trataba de una voz de niña que le resultaba muy familiar. Saltó del barco y corrió hacia allí.

Al entrar en la edificación, escuchó las súplicas de la nieta de Bencomo.

—¡Aguanta, Nelyda! ¡Ya voy!

Subió corriendo las escaleras hasta que llegó a una puerta. Detrás de ella, la niña suplicaba ayuda con desesperación. Fue a abrirla, pero estaba cerrada. Le dio una patada y la madera cedió. Entró en la estancia y encontró a la cría, pero no había nadie con ella.

—¿Qué te pasa, Nelyda?

—Despierta —respondió la niña llorosa—. Tienes que despertar.

—¿Qué? —preguntó Gonzalo aturdido.

—¡Despierta!

Gonzalo despertó sobresaltado y descubrió que seguía en la isla de Tenerife, tumbado junto a la hoguera que había encendido Ricardo unas horas antes. Aunque todavía era noche cerrada y solo se escuchaba el crepitar de las ramas en el fuego, tardó en percibir los gritos ahogados que procedían del interior de la cueva.

Se levantó dolorido y entró. Allí los gritos se hicieron más audibles. Vio la luz de una antorcha que procedía de una pequeña sala en el lateral de la galería principal y se dirigió hacia allí. Al llegar, vio a Ricardo tumbado sobre la pequeña Nelyda. La niña pataleaba y gritaba, pero el soldado le tapaba la boca con una mano mientras se bajaba los pantalones con la otra.

—¿Qué estás haciendo, Ricardo?

—Espera tu turno. Esta zorrita va a conocer lo que es un hombre de verdad.

—¡Suéltala!

—He dicho que esperes tu turno.

Ricardo siguió forzándola. La niña le mordió la mano y él la abofeteó.

—¡Puta! Ahora vas a saber lo que es bueno.

Cuando se disponía a penetrarla, Gonzalo cogió la antorcha y le golpeó con ella en la cabeza.

—¡Aghhh!

Ricardo cayó hacia un lado y Nelyda se refugió asustada en un recoveco de la cueva.

—Nunca me has caído bien, Gonzalo —dijo el granadino frotándose la quemadura de la cara, una vez que volvió a incorporarse—. Siempre con tus aires de superioridad solo porque te entiendes con estos salvajes.

Sacó el puñal de Nelyda y se dispuso a atacarlo. En cualquier otro momento, aquel hombre no hubiera sido rival para Gonzalo, pero le dolía el cuerpo entero y tenía inutilizado el brazo izquierdo. Aun así, lo amenazó con la antorcha.

—No quiero hacerte daño, Ricardo, pero, si insistes, te mataré.

—Insisto.

Ricardo hizo un par de amagos y esquivó con habilidad el golpe que le lanzó Gonzalo, que descuidó su guardia y vio cómo le clavaba el cuchillo en el estómago. Soltó la antorcha y lo miró con los ojos vidriosos.

—No tendrías que haberte cruzado en mi camino, muchacho...

Cuando iba a rajarlo de lado a lado, Nelyda salió de entre las sombras y le hizo a Ricardo un corte en el muslo con el canto de una roca.

—¡Maldita niñata!

El soldado cogió a la niña por el pelo y la arrojó con violencia contra la pared. Al darse la vuelta para acabar con Gonzalo, este se había arrancado el cuchillo del estómago y se lo clavó en un ojo.

Ricardo gritó de dolor y retrocedió, buscando a la desesperada la salida de la cueva, pero tropezó y se precipitó por una grieta. Cuando Gonzalo comprobó que había quedado encajado a muchos pies de profundidad y ya no podría salir de allí, miró a la niña.

—¿Estás bien, Nelyda?

La niña asintió y corrió a abrazarlo. Al hacerlo, vio que por la herida del estómago se le empezaban a salir las tripas. Gonzalo se miró, hincó las rodillas en el suelo y, dedicándole una sonrisa a la pequeña, cerró los ojos y cayó hacia un lado.

58

La Gomera (islas Canarias). Agosto de 1494

Beatriz hizo ir desde Gran Canaria al mismo galeno que había atendido a Alonso tras ser herido en la conquista fallida de Tenerife. Al principio, el médico rechazó desplazarse a otra isla solo para retirarle las vendas de la cara a un paciente, pero, al saber que quien lo reclamaba era la bellísima mujer que había visto en el hospital de campaña y que estaba dispuesta a pagarle una buena suma, accedió.

Aunque el adelantado seguía sin vocalizar con claridad, se le entendía mucho mejor que cuando, unos días atrás, lo trasladaron a La Gomera para terminar allí su recuperación. La primera vez que Guillén e Inés lo vieron, creyeron que se trataba de un ánima y echaron a correr despavoridos. «Eso mismo debí hacer yo», pensó Beatriz, pero el incomprensible apego que sentía por aquel hombre que le había demostrado su amor incondicional desde que se conocieron en Sanlúcar de Barrameda hacía casi veinte años lo hizo mantenerse a su lado.

—Proceded, doctor —dijo Beatriz armándose de valor—. Estoy preparada.

—¿Y vos, capitán? —le preguntó a Alonso—. ¿Lo estáis?

—Quitadme ya esta maldita venda —respondió con una voz que, aunque tomada, ya se reconocía como la suya.

El médico procedió a retirarle el vendaje. Lo hizo con sumo cuidado para no reabrir sus heridas, pero tanta lentitud exasperó a Beatriz, que se debatía entre la curiosidad y el horror por lo que podía encontrarse.

—Apurad, haced el favor, que nos metemos en Año Nuevo.

Al instante, la cara de Alonso Fernández de Lugo quedó al descubierto por primera vez en más de dos meses. Tanto Beatriz como el médico lo miraron sobrecogidos.

—¿Qué pasa?, ¿cómo estoy? —preguntó acobardado—. Dadme un espejo.

Alonso no esperó a que se lo dieran; alargó el brazo y cogió de encima del aparador el espejo de mano de Beatriz, un precioso marco tallado de marfil que envolvía una plancha de plata pulida. Se asomó a él con ansia y se espantó al comprobar que la mandíbula estaba descolgada hacia un lado y le resultaba imposible cerrar del todo la boca. También se le había quedado hundido el lugar donde había recibido la pedrada y la cicatriz era mucho más llamativa de lo que esperaba.

—Dios mío... —dijo abatido y, al hablar, un hilo de saliva se le cayó por el lateral de la boca—. Soy un monstruo.

—No seas exagerado, querido —respondió Beatriz, haciendo de tripas corazón, para después mirar al médico—. ¿Verdad que todo eso se corrige?

—Seguramente, cuando ejercitéis la mandíbula y los músculos adquieran pujanza, la quijada se sostendrá con mayor facilidad.

—¿Y las babas? —preguntó Beatriz disimulando su repulsa.

—Supongo que se contendrán...

Ninguno supo qué más decir mientras Alonso se miraba horrorizado en el espejo. Nunca había sido un hombre guapo, pero su aplomo y su educación le procuraban una buena presencia que peligraba seriamente. Una sirvienta miraba al señor embobada. Beatriz, al percatarse, la atravesó con la mirada.

—¿Qué haces ahí como un pasmarote, muchacha? ¿No ves que el señor necesita un pañuelo? ¡Tráelo!

La sirvienta dio un respingo y sacó un pañuelo del aparador para dárselo a Alonso. Beatriz, resolutiva, le arrebató el espejo.

—Ya está bien de mirarse, Alonso. Aún estás convaleciente y no conviene que te recrees en tus miserias. Ya has oído al doctor: dentro de unos días tu boca quedará recta como el horizonte.

—Yo no he dicho tal cosa, señora —aclaró el médico—. Solo comento que, ejercitando los músculos de la quijada, tal vez...

—Descuidad —lo interrumpió—, que yo me ocuparé personalmente de que los ejercite cada día.

El médico aceptó y Beatriz lo miró con intención. Aunque no era el tipo de hombre que le atraía, no dejaba de ser un muchacho joven e inteligente que se la comía con la mirada desde que desembarcó.

—¿Os espera vuestra esposa en Gran Canaria, doctor?

—No, señora. Mi esposa y mis hijos viven en Granada.

—Entonces os sentiréis muy solo en estas islas alejadas de la mano de Dios. Aunque intuyo que a un médico tan atractivo como vos no le faltará compañía femenina siempre que lo desee.

—Me paso el día trabajando —respondió él halagado—, y cuando llego a casa solo deseo meterme en el catre para dormir, porque no hay noche que no me vengan a avisar para atender alguna urgencia.

—Pues hoy olvidaos de urgencias. Cenaréis con nosotros y os mandaré preparar una alcoba para que descanséis sin sobresaltos.

Alonso, muy molesto por el claro coqueteo de Beatriz y por la falta de disimulo del médico, cuya atracción por ella era evidente, decidió intervenir.

—Ya has oído al doctor, Beatriz. En Gran Canaria tiene trabajo a espuertas y no debe ausentarse.

—¿No pretenderás que navegue de noche en unas aguas tan traicioneras, Alonso? Partirá mañana al alba y no hay más que hablar.

Durante la cena, Alonso, pendiente de no mancharse la camisa con las babas que le caían por el lateral de la boca, presenció molesto cómo continuaba el coqueteo y se juró que aquel matasanos terminaría pagando por la humillación.

Ya bien entrada la noche, colocó una silla en el pasillo y aguardó hasta que vio a Beatriz salir de su alcoba.

—¿Adónde vas, querida?

—Alonso, ¿qué haces ahí? —se sobresaltó ella.

—Las noches de agosto en esta isla son insufribles y en el pasillo es donde más corriente hace. ¿Y tú?

—Yo... —Beatriz improvisó, chasqueada— también sufro estos calores e iba a buscar agua.

—Yo te la llevaré, pierde cuidado. Ahora regresa a la cama.

Beatriz forzó una sonrisa y volvió a su habitación. A la mañana siguiente, mientras veía alejarse el barco que llevaba al médico de regreso a Gran Canaria, comprendió que aquellos días junto a Alonso —que, sin perderla de vista, contenía la cascada de babas con un pañuelo— se le harían eternos.

59

Tenerife (islas Canarias). Agosto de 1494

Lo primero que pensó Gonzalo al abrir los ojos fue que estaba en el infierno, donde sabía que pasaría la eternidad desde que mató a su primer hombre en el barrio de Triana. Vio las frías paredes de piedra de una cueva tenuemente iluminada por un rayo de luz que entraba por algún recoveco del techo y, al intentar incorporarse, sintió un pinchazo en el abdomen. Recordó la cuchillada que le había dado Ricardo y descubrió que tenía puesto una especie de vendaje hecho a base de hojas.

Escuchó un ruido en la entrada y, al levantar la mirada, se encontró al mencey Bencomo escoltado por varios guerreros y por sus dos hijos. Buscó rápidamente algo con lo que defenderse, pero en aquella estancia solo había el lecho de paja sobre el que estaba tumbado.

—No te muevas —dijo Bencomo—, o tus heridas podrían abrirse.

—¿Dónde estoy?

—Deberías estar ya con tu dios —respondió Dácil con resentimiento—, pero mi sobrina nos contó lo que había pasado y te hemos traído a Taoro.

—Nelyda... ¿Cómo está?

La niña entró sorteando las piernas de su abuelo y de sus tíos y corrió a abrazarlo. Gonzalo sonrió.

—Te dije que no dejaría que ese hombre te hiciera daño.

—Gracias —respondió Idaira, que había entrado tras ella—. Mi hija vive gracias a ti.

Gonzalo volvió a mirar al mencey y a sus hijos, que continuaban observándolo en silencio, con cara de pocos amigos.

—¿Qué va a pasar ahora? —preguntó con cautela.

—Te diré lo que va a pasar, muchacho —respondió Benco-mo—. Has salvado a mi nieta y estoy en deuda contigo, así que ninguno de mis hombres te hará daño.

—Es una buena noticia.

—En cuanto te recuperes —el mencey continuó—, te marcharás para no regresar jamás. Si algún día volvieses a poner los pies en Achinet, no habrá recuerdos ni gratitudes. ¿Lo has entendido?

—Perfectamente.

—Bien. Cuando puedas levantarte, muévete con libertad. Mi hija velará por tu seguridad.

—¿Qué? —Dácil miró contrariada a su padre—. ¿Por qué yo? ¿Por qué no se encarga Bentor?

—Porque así lo he decidido. Lo atenderás en lo que necesite y me tendrás al tanto de sus avances. ¿De acuerdo?

—¿Qué opción me queda?

Bentor le dedicó una sonrisa burlona a su hermana mayor y salió detrás de Bencomo y los guerreros. Una vez a solas, Dácil miró a Gonzalo con animadversión y este le devolvió una tímida sonrisa.

—Borra esta estúpida mueca. Mi padre ha dicho que ninguno de sus hombres te hará daño, pero no ha hablado de las mujeres. Deberías ir con los ojos bien abiertos.

—¿Podrías darme un poco de agua?

Dácil se marchó sin decir nada más. Gonzalo resopló y se dejó caer en el jergón, terriblemente cansado y dolorido.

Desde aquel día, tuvo que esperar a que el agua se la llevase Nelyda, que se escapaba siempre que podía para visitarlo. La niña cada vez cogió más confianza con él.

—¿Así que serás una gran guerrera? —le preguntó Gonzalo una mañana.

—La mejor. Como mi tía Dácil, que te venció en un combate.

—Sí, pero porque yo estaba herido.

Nelyda se rio.

—¿De qué te ríes?

—Te vencería aunque la herida fuese ella.

—Seguramente tengas razón.

Pasaron varios días hasta que Gonzalo se vio con fuerzas para levantarse y salir al exterior. Cuando lo hizo, se encontró una comunidad que, aunque muy diferente de la suya, también tenía algunas similitudes: un grupo de mujeres molían grano para hacer gofio mientras charlaban de asuntos cotidianos y reprendían a sus hijos, que jugaban a perseguirse en torno a ellas. Un poco más allá, en la costa, algunos hombres y mujeres pescaban mediante la embarbascada y sacaban con sus propias manos los peces que habían quedado atrapados en el recinto de piedras. También había carniceros y artesanos que trabajaban en una explanada cercana junto a varios curtidores, que estiraban y lavaban las pieles de las cabras que habían sido sacrificadas para cambiarlas por cualquier otra cosa que pudiesen necesitar.

—¿Dónde están los guerreros? —le preguntó a Nelyda.

—Entrenando en la playa.

—Llévame con ellos...

Mientras los más jóvenes entrenaban en la playa, los tres hermanos y sus mujeres daban buena cuenta de un estofado de carne de cabra que había cocinado Gara bajo la sombra de un gran drago.

—No entiendo cómo esos castellanos pueden estar tan enclenques si comen como dioses —se relamió Hucanon.

—Poseen numerosos manjares, hijo —respondió la antigua esclava—, pero no todos tienen acceso a ellos. Existe mucha hambre y pobreza en aquel mundo, más aún que aquí cuando Achamán nos priva de las lluvias y se secan los cultivos.

—¿Y esos reyes a los que pretenden que nos sometamos no hacen nada para alimentar a su pueblo? —preguntó Bencomo extrañado.

—Solo estuvieron una vez en la tierra donde yo vivía, y fue para alojarse en el palacio del duque de Medina Sidonia.

—¿Tan grande es aquello? —preguntó Tinguaro.

—Más de lo que podríais imaginaros. En el mercado donde yo solía ir vendían productos procedentes de todos los lugares del imperio, y, a pesar de que los enviaban en carros tirados por caballos, algunos tardaban varias lunas en llegar.

Los tres hermanos cruzaron las miradas, circunspectos.

—Entonces ¿es cierto que los hombres que llegaron con Alonso Fernández de Lugo solo son una mínima parte de su ejército? —preguntó Hañagua.

—Da igual cuántos sean —se adelantó Bencomo, consciente de que la respuesta preocuparía a su esposa—, volveremos a derrotarlos como ya hicimos en Acentejo.

—Dejemos que sea Achamán quien decida nuestro futuro —intervino Tinguaro—. De momento, vivamos el presente y disfrutemos de la paz.

Todos se mostraron de acuerdo. Arminda, la esposa de Hucanon, miró tímidamente a Gara y decidió preguntar lo que llevaba mucho tiempo rondándole la cabeza.

—¿Cómo son los poblados de esos hombres?

—Enormes, con muchas calles y cabañas de varias alturas ocupadas por familias enteras. Y también hay plazas donde se reúne la gente e iglesias donde rezan a sus dioses.

—¿Alguna vez entró en una de esas iglesias?

—Muchas veces. Son altas como montañas, y tienen en su interior grandes salas repletas de pinturas, tapices y figuras parecidas a la de la diosa Chaxiraxi.

—Se pasarán el día limpiando todo aquello.

El comentario de Guajara arrancó las risas de los demás.

—Para eso tienen esclavos. Aparte de guanches, también hay negros y sarracenos que les sirven en lo que se les antoje.

—Cuando esto acabe —dijo Hucanon—, cogeremos una de esas casas flotantes y los liberaremos a todos.

—No creo que sea tan fácil, hijo.

La animada conversación se vio interrumpida bruscamente.

—¡Detente!

Todos se volvieron sobresaltados para ver a Dácil saltar sobre Gonzalo e inmovilizarlo en el suelo en presencia de sus primos, su cuñado y una desconcertada Nelyda.

—¿Qué sucede, Dácil? —preguntó Tinguaro.

—¡Este hijo de Guayota iba a atacarlos!

—¡Eso no es cierto! —protestó Gonzalo con la cara pegada a la arena.

—¡Suéltalo! —gritó la pequeña Nelyda.

—Tú no te metas en esto, hija —dijo Yeray cogiéndola en brazos.

—Ya está bien, Dácil —intervino Bencomo—. Suéltalo

—Debemos acabar con él antes de que haga daño a alguien, padre.

—Estoy de acuerdo con mi hermana —dijo Bentor pisando la cabeza de Gonzalo—. Todos sabemos que estos hombres no son de fiar. Dígaselo, tío.

—Si algún día nos guías, tomarás tus decisiones y ninguno las cuestionaremos, Bentor —respondió Hucanon—. Hasta entonces, obedeced a vuestro mencey.

—Ya lo has oído, Dácil —zanjó Hañagua.

Dácil bufó contrariada y soltó a Gonzalo, que se puso en pie tan rápido como le permitieron sus lesiones y se sacudió el polvo del tamarco que le habían prestado.

—Gracias...

—Veo que ya estás recuperado de tus heridas —dijo Tinguaro.

—Más o menos. La herida del estómago no ha cerrado del todo, y el brazo casi no lo puedo separar del... —Gonzalo se interrumpió al ver el contenido de la olla de barro—. ¿Eso es estofado de carne?

—Sírvale un plato, madre —dijo Hucanon.

—Ya he servido suficiente a esta clase de hombres, hijo —respondió Gara con sequedad—. En vuestro lugar, yo haría caso a Dácil y a Bentor y acabaría con él antes de que lo lamentéis.

Mientras las palabras de Gara los hacían dudar a todos, llegó corriendo el pequeño Nahuzet. Por su cara de susto, no parecía traer buenas noticias.

—¿Qué pasa, Nahuzet? —preguntó Hañagua.

—Es mi madre —respondió el niño—. Se ha caído.

Dácil, Nelyda y los hombres de la familia aguardaban en el exterior de la cueva con impaciencia. En el interior, Idaira ya llevaba muchas horas de parto y las noticias que les llegaban eran muy preocupantes, ya que la posición del bebé dificultaba el alumbramiento y hacía peligrar las vidas de la madre y del niño.

—¿Cómo fueron sus dos partos anteriores? —La pregunta de Tinguaro rompió el tenso silencio.

—Rápidos y sin contratiempos —contestó Yeray—. Cuando nació Nelyda yo había salido de caza y, al regresar, ella ya estaba en pie, amamantando a nuestra hija. Y con Nahuzet, lo mismo. Incluso la encontré moliendo grano para hacer gofio.

—Idaira siempre ha sido una muchacha muy fuerte. —Bencomo intentó sonreír a pesar de su miedo.

—De eso doy fe —respondió Dácil—. Hasta que se hizo harimaguada y fue a cuidar a la diosa, cargaba conmigo desde que Magec asomaba por el horizonte.

Nada más decirlo, la joven se puso en tensión y se levantó al ver acercarse a Gonzalo, que llevaba algo envuelto en un pedazo de cuero.

—¿Dónde te crees que vas? —preguntó apuntándolo con su banot.

El castellano se detuvo en seco.

—Solo vengo a traerles algo a Nelyda y a Nahuzet para hacerles más llevadera la espera.

—Mis sobrinos no necesitan nada de ti. Lárgate.

—Guárdate esa bravuconería para cuando regrese Lugo con lo que le queda de su ejército, Dácil —dijo Bencomo para mirar con curiosidad al extranjero—. ¿Qué es eso que quieres entregar a mis nietos?

Gonzalo abrió el hatillo y mostró un par de caballitos tallados en madera. Tanto los dos niños como los adultos se quedaron pasmados al ver aquellas figuras tan bien esculpidas. Entre los guanches no existía esa clase de artistas y las únicas figuras que creaban eran representaciones en piedra de Achamán, Magec o la diosa Chaxiraxi, pero, en comparación con aquello, eran esculturas muy burdas que parecían fabricadas por un niño de tres años.

—Son... caballos —dijo Gonzalo, extrañado ante el prolongado mutismo de los guanches.

—¿Cómo los has hecho? —Nelyda, con los ojos como platos, expresó en voz alta la pregunta que todos se estaban haciendo.

Las largas jornadas en el ejército hay que ocuparlas con algo, y a mí siempre se me ha dado bien tallar este tipo de cosas —respondió para volver a mirar a Bencomo—. ¿Puedo dárselos?

El mencey asintió y Gonzalo les entregó las figuras a los niños. Apenas pudieron disfrutar de ellas cuando salió Gara, con la cara desencajada.

—¿Ha ido bien, madre? —preguntó Hucanon impaciente.

—No, hijo —contestó la mujer circunspecta—. Por más que lo intenta, Idaira no consigue parir.

—¿Qué significa eso?

—El niño se niega a salir. Y, después de tanto tiempo, la madre y el bebé se han quedado sin fuerzas.

—Entonces... ¿no se puede hacer nada? —preguntó Bentor desencajado.

—Rezar, únicamente. Pero me temo que solo servirá para que Achamán los reciba como se merecen. La muchacha está a punto de perder la batalla.

—No, no puede ser —se desesperó Bencomo—. ¡Tiene que haber alguna forma de sacarle a ese niño de las entrañas!

—Ya lo hemos intentado todo, pero no ha funcionado. Y, si lo forzamos aún más, ambos morirán.

—¡Debéis encontrar la manera de que mi hija viva!

—Ojalá la hubiera, mencey, pero...

—Tal vez la haya... —interrumpió Gonzalo.

Todos se volvieron hacia el extranjero, que había asistido en silencio al drama que se cernía sobre la familia de Bencomo.

—Si tienes algo que decir, dilo —le inquirió Bentor.

—Cuando las yeguas tienen dificultades para parir, les dan una pócima que hace que expulsen al potro.

—¿Estás comparando a mi hermana con una bestia? —se molestó Dácil.

—El albéitar, el galeno de los animales, cierto día me comentó que aquella misma pócima había funcionado con más de una mujer.

—¿Qué contiene esa pócima?

—No tengo idea, yo solo soy un soldado. Todo cuanto sé es que son hierbas que traen de diferentes partes de Europa, de África e incluso de Asia.

—¿Y de dónde pretendes que saquemos esas hierbas? —preguntó Gara.

—Estoy seguro de que en las caballerizas del campamento de Añazo podremos encontrar alguno de esos preparados. Si es que aún sigue algo en pie.

—Es una trampa —afirmó Dácil.

—¡No es ninguna trampa, por Dios! —Gonzalo se desesperó—. Lo único que pretendo es ayudar. No sé si encontraremos lo que tu hermana necesita, o si será suficiente para salvarla, pero juro que lo que digo es cierto y que he visto parir a yeguas que estaban más muertas que vivas.

—Si alguna de esas pócimas salva a mi hija —resolvió Bencomo—, estaré en deuda contigo para siempre.

60

Barbate (Cádiz). Mayo de 1523

La caravana que recogió a Elena y a Melchor aún tardó varias jornadas en llegar a su destino, durante las cuales, aparte de descansar tras algunos días demasiado movidos, supieron que aquella señora y los seis hijos de entre quince y veintidós años que la acompañaban se dirigían a dar sepultura al padre de familia a su pueblo natal tras haber perdido este la vida al caer desde lo alto de la torre de Calahorra, una fortaleza de origen islámico a orillas del Guadalquivir a su paso por tierras cordobesas.

—Si me permitís una indiscreción —dijo Elena con curiosidad mientras viajaban las dos mujeres solas en el carruaje—, ¿qué hacía vuestro marido encaramado a esa torre?

—Estaba borracho y se apostó diez ducados de oro con unos desaprensivos que decían llamarse amigos a que lograba trepar a lo más alto.

—Jesús, qué temeridad.

—Hombres, hija —suspiró resignada—, que normalmente tienen menos seso que una cebolla asada.

Elena rio después de mucho tiempo.

—Mi gran sueño —continuó la señora— siempre fue tener una hija como tú, pero solo he parido a los seis tacarotes que ya conoces.

—Parecen buenos muchachos.

—No te digo yo que no lo sean, pero también son brutos como su padre. Si quieres desposarte con alguno, me lo dices y es todo tuyo. Ya has visto que los seis se desviven por ti. A mí me encantaría tenerte como nuera.

—No se me ocurre suegra mejor —respondió divertida—, pero yo ahora no tengo la cabeza para maridos.

—Si cambias de opinión, búscame y lo negociamos. Muy listo no es ninguno, pero todos tienen buen corazón.

—Al final, eso es lo que importa.

—Y que tenga cuartos, no te olvides... —Elena volvió a reír y la señora cambió de tema—. ¿Qué tal es ese esclavo que te acompaña? ¿Es de fiar?

—Melchor es lo mejor que me ha pasado en la vida. Me ha demostrado que es capaz de morir por mí.

—Esa fidelidad no se encuentra fácilmente.

—Lleva trabajando para mi familia desde antes de que yo naciera —dijo ciñéndose a la historia que habían quedado en contar durante el viaje—, tanto que ya es hora de darle la libertad.

—Eres una buena muchacha, Leonor..., si es que de veras te llamas así —añadió guiñándole el ojo.

Elena apartó la mirada, cogida en falta. Por fortuna para ella, la caravana se detuvo y no necesitó seguir mintiendo a aquella señora que tan bien la había tratado. Uno de sus hijos abrió la puerta del carruaje.

—Ya hemos llegado, señoras.

—¿Ya? —se sorprendió su madre—. En tan buena compañía se me ha hecho el viaje mucho más liviano. Salgamos a estirar las piernas.

Las dos mujeres se apearon con la ayuda de los hijos de la señora, que colmaban de atenciones a Elena.

—Tened cuidado, no piséis malamente...

—Malamente lo lleváis vosotros, hijos —dijo la señora con condescendencia—, porque Leonor no busca marido.

—Madre, por favor —le reprochó uno de los chicos—. ¿Es que nunca os cansáis de avergonzarnos?

—La verdad es que no —respondió para volver a dirigirse a Elena—. Aquí se separan nuestros caminos, hija.

—¿Esto es Vejer de la Frontera?

—Vejer queda en lo alto de la montaña y aún deberemos escalar como cabras un buen trecho, pero Barbate está en aquella dirección. —Señaló hacia la costa.

—Ya noto el olor a mar. —Melchor inspiró hondo mientras bajaba del carromato que transportaba el ataúd.

—No entiendo cómo puede gustaros esta humedad que se queda pegada a la piel, pero allá vosotros.

—Ha sido un placer conoceros, señora —dijo Elena.

—El placer ha sido mutuo, hija. Espero que encuentres lo que estás buscando.

La señora le dio un espontáneo abrazo y regresó al carruaje, ligeramente emocionada por la despedida. Tras agradecer la ayuda y el cuidado a sus seis hijos —que aún hicieron torpes intentos por conquistarla—, Melchor y Elena pusieron rumbo hacia la costa.

Ser una de las puertas de entrada para los piratas en la Península y frontera con el mundo árabe había convertido a Barbate en un lugar poco seguro en el que vivir. Para frenar su creciente despoblación, a mediados del siglo xiv, el rey Alfonso XI había ofrecido el indulto a los homicidas que protegiesen aquella costa durante un año y un día. La mayoría de ellos, una vez cumplido el acuerdo, se quedaron allí a vivir, lo que lo colocó en cabeza de la lista de pueblos más peligrosos de todo el reino.

—No te separes de mí, muchacha.

Melchor agarró a Elena del vestido para atraerla hacia sí mientras atravesaban el pueblo en dirección al puerto. Decenas de hombres de diferentes edades y procedencias, pero todos ellos con aspecto amenazador, dejaban de beber a su paso para observar a aquella extraña pareja y soltarle algún piropo a la muchacha, que jamás había escuchado obscenidades de aquel calibre.

—No hagas caso ninguno —le dijo Melchor al percibir su tensión—. Procura no prestarles atención.

—Ni aun tapándome los oídos dejaría de escuchar semejantes ordinarieces —respondió intimidada.

Un par de hombres con una botella de vino que se pasaban después de cada trago les cortaron el paso.

—¿Adónde vas tan aprisa, palomita? —preguntó uno mirando rijoso a Elena—. ¿No te apetece acompañarnos a tomar unos vinos?

—Tenemos prisa —respondió Melchor.

—¿A ti quién te ha preguntado? —El otro lo agarró de la pechera.

—¡Dejadnos en paz! —se revolvió Elena.

—Vaya, vaya... Resulta que la palomita tiene carácter.

—Así me gustan más —dijo su compañero—, que pataleen. Estoy harto de fulanas que parecen muertas cuando las montas, y encima hay que pagarles.

Se escucharon algunas risas ahogadas, pero la mayoría de los presentes ni rieron ni protestaron. Únicamente intervino una mujer, cuyo escote dejaba claro a lo que se dedicaba, al asomarse a uno de los balcones.

—¡No molestes a la muchacha, Pascual!

—¡Tú no te metas!

De pronto se escuchó una detonación. Todos se volvieron sobresaltados y vieron a los seis hermanos que habían acompañado a Elena y a Melchor los últimos días, sobre sus caballos, apuntándolos con sus arcabuces.

—Será mejor que dejéis de importunar a nuestros amigos, caballero —dijo el que había disparado al aire volviendo a cargar su arma.

Los dos hombres fueron a retarlos, pero otro de los hermanos, anticipándose, disparó a uno en el pie. El bravucón cayó al suelo, muerto de dolor.

—¡Me has arrancado los dedos!

—Si no os largáis de inmediato, lo próximo que te arrancaremos será la cabeza.

Los dos hombres farfullaron una maldición y se largaron, uno de ellos ayudando a su compañero herido, que saltaba a la pata coja dejando un reguero de sangre. Una vez que se vio fuera de peligro, Elena respiró aliviada.

—Bendita casualidad que hayáis aparecido.

—Casualidad ninguna, mi señora —respondió el mayor—. En cuanto llegamos a Vejer, mi madre nos envió a comprobar que todo estuviera bien. Como habéis visto, en este pueblo abundan gentes de la peor ralea.

—¿Qué se os ha perdido aquí, Leonor? —preguntó otro de los hermanos.

—Nos dirigimos hacia el puerto, donde nos espera un... amigo.

—Si nos permitís, os acompañaremos hasta dejaros allí sana y salva.

Los muchachos se apearon de sus caballos y los escoltaron hasta el puerto sin que ningún paisano más se atreviera a dirigir les la palabra. Mientras Melchor localizaba a quien debía ayudarlos, los seis hermanos vieron una última oportunidad para intentar seducir a la muchacha.

—Así que sois de Valencia, ¿no? —dijo el mayor—. Pues precisamente estaba pensando en montar allí algún tipo de empresa.

—¿Qué empresa ni qué niño muerto? —preguntó descreído uno de los medianos—. Si tú no has dado palo al agua en tu vida.

—A ver si el palo te lo voy a dar a ti, mocoso —respondió molesto.

—Sois patéticos... —dijo un tercero.

—¿Y eso lo dice quien anoche le escribió una carta de amor y no ha tenido narices de dársela? —preguntó otro.

El chico intentó encontrar la carta de su hermano y este se revolvió.

—¡Ni se te ocurra tocarme!

—Haya paz, muchachos —dijo Elena—. Me siento muy halagada por vuestras atenciones, pero no está en mis planes casarme con nadie.

—¿Qué clase de mujer renuncia así al matrimonio? —preguntó el más joven.

—La clase de mujer que jamás podría volver a enamorarse después de haber visto cómo ahorcaban al amor de su vida.

Los seis hermanos enmudecieron. El que aún no había hablado le dio una colleja al inoportuno.

—Mira que eres bocazas.

Melchor apareció desde detrás del espigón acompañado de un hombre con un aspecto imponente, muy alto y fornido. Ambos se detuvieron a unos pasos de Elena y de los seis hermanos. La joven se puso en pie.

—Muchachos, a todos vosotros os llevaré en el corazón por lo que me habéis ayudado. No cambiéis nunca, ¿de acuerdo?

Les dio a cada uno un beso en la mejilla que los dejó flotando en una nube y fue al encuentro de Melchor y su acompañante. Al fijarse en él, sintió un escalofrío; aparte de su gesto, extremadamente serio, una enorme cicatriz le atravesaba la cara. La piel, oscura de por sí y ennegrecida por el sol y la brisa marina, ayudaba a darle un aspecto lúgubre.

—Elena, quiero presentarte a Cherfe, superviviente de la gran batalla.

—Encantada, Cherfe. ¿Luchaste junto a Bencomo?

—Luchamos juntos, sí, aunque en bandos opuestos —respondió el guanche—. De hecho, a él le debo mi aspecto.

Elena asimiló, desconcertada. No comprendía por qué Melchor los ponía en manos de alguien que había apoyado a los conquistadores. Iba a pedirle explicaciones, pero el esclavo se limitó a devolverle una mirada serena que le rogaba que continuase confiando en él.

61

Tenerife (islas Canarias). Agosto de 1494

—¡Parad! —avisó Ubay a Dácil, Yeray y Bentor.

Todos miraron a Gonzalo, que, unos pasos por detrás, recuperaba el resuello apoyado en un árbol. Dácil endureció el gesto y se acercó a él con determinación.

—No es momento de descansar. ¡Mi hermana se está muriendo!

—Dácil...

Bentor señaló con la cabeza el tamarco del soldado, empapado en sangre.

—¿De dónde sale esa sangre?

—Creo que se me ha abierto la herida —respondió Gonzalo examinándose la cuchillada que le había dado Ricardo en el estómago—, pero estoy bien. Intentaré ir lo más rápido que pueda.

Aunque renqueante, reanudó la carrera. Bentor miró a su hermana, como diciéndole que quizá ese extranjero no fuera tan malo como ella pensaba, y el grupo siguió atravesando bosques y acantilados en dirección a Añazo. A pesar de que el extranjero seguía perdiendo sangre, solo necesitó detenerse en un par de ocasiones, cuando las fuerzas estaban a punto de abandonarlo.

Al llegar al campamento, se les cayó en alma al suelo. Se hallaba totalmente destruido; no quedaba una piedra sobre otra, y la madera que habían utilizado para construir las estructuras se había reducido a carbón. Tampoco quedaba ya ningún barco fondeado en la bahía.

—¿Dónde está esa pócima? —preguntó Yeray.

—De estar, solo podremos encontrarla en las caballerizas. Por aquí.

Gonzalo los condujo al lugar donde habían levantado los establos, pero estaban tan devastados como el resto del campamento. Buscó entre las ruinas, intentando recordar la antigua distribución de aquel lugar.

—Ayudadme. Si no recuerdo mal, aquí estaba el almacén.

Los cuatro jóvenes guanches ayudaron a Gonzalo a levantar unos tablones, bajo los que localizaron una amalgama de cristales rotos y frascos deformados por el calor.

—Están casi todos los frascos rotos. Y los que no... —dijo recuperando uno de ellos— tienen las etiquetas quemadas, por lo que no sé qué contienen.

—Aquí hay más —dijo Bentor.

Gonzalo se dirigió hacia allí y encontró una caja con varios frascos intactos.

—Cruzad los dedos...

Los guanches se miraron sin comprender qué quería decir el extranjero con aquello, mientras él rebuscaba con cuidado entre los frascos. Cuando ya empezaba a rendirse, vio uno algo más pequeño con una etiqueta parcialmente quemada en la que, entre otros ingredientes ilegibles, podía leerse: «Cornezuelo del centeno – *Capsella bursa-pastoris – Verbena officinalis*».

—Aquí está...

—¿Es este el brebaje que salvará a mi esposa y a mi hijo? —preguntó Yeray esperanzado.

—Es lo que he visto utilizar en yeguas con éxito, en efecto. Pero quiero que sepáis que no hay nada asegurado.

—Mirad...

Todos miraron hacia la falda de la montaña, donde un caballo pastaba, aún con la silla de montar puesta.

—Estamos de suerte —dijo Gonzalo—. Con una montura llegaremos mucho antes. ¿Quién me acompaña?

Los cuatro disimularon, desconfiados. Aunque siempre se habían preguntado cómo sería montar en una bestia como aquella, preferían regresar a Taoro a pie. Al ver que ninguno se decidía, Dácil dio un paso al frente.

—Yo iré.

—Agárrate bien —dijo Gonzalo una vez que ayudó a Dácil a subir al caballo—. He visto a más de un hombre descalabrarse al caer desde aquí.

—¿Dónde pretendes que me agarre?

—A mí.

Gonzalo guio sus manos y Dácil se incomodó por tanta cercanía. Cuando él comprobó que estaba segura, arreó al caballo, que relinchó poniéndose a dos patas y galopó hacia el bosque. Al principio, la princesa de Taoro cerró los ojos, deseando no haberse prestado para aquella locura, pero enseguida disfrutó de una velocidad que jamás había soñado con alcanzar.

—¡Es como volar!

—Eso no lo sé, porque nunca he volado —sonrió Gonzalo—, pero estos animales son el mejor invento del Señor.

—¡Pídele que corra más!

Gonzalo espoleó al caballo y este aceleró, para disfrute de Dácil, que ya había perdido el miedo. Solo aminoraron la marcha cuando tuvieron que atravesar un desfiladero con el piso irregular. Aun así, Dácil seguía agarrada a Gonzalo, que la miraba de reojo, dudando sobre si saciar su curiosidad.

—¿Puedo hacerte una pregunta?

—¿Qué te lo impide?

—Quizá te moleste.

—Si es así, lo sabrás.

—En los días que llevo entre vosotros me he fijado en que todas las mujeres de tu edad ya están casadas y tienen hijos. ¿Por qué tú no?

—Yo no he venido a este mundo para parir a los hijos de nadie. Desde que nací supe que mi destino era matar y morir en el campo de batalla. No hay lugar en mi vida para ninguna otra distracción.

—No siempre hay batallas que librar.

—Desde niña he visto a hombres como tú llevarse a los míos para que os sirvan de esclavos en vuestra tierra. Claro que siempre hay batallas que librar. Y, ahora, haz que el caballo corra. Mi hermana nos espera.

Gonzalo asintió y volvió a espolear al caballo, pero, cuando empezaron a coger velocidad, tiró de las riendas.

—¿Qué pasa? —se desconcertó Dácil—. ¿Por qué paramos?

La respuesta apareció en forma de media docena de guerreros guanches que salieron de detrás de unos árboles.

—Son hombres de Añaterve —dijo Dácil al ver las marcas de su piel.

La muchacha se apeó del caballo de un salto y caminó unos pasos hasta colocarse frente a ellos

—Soy Dácil, hija de Bencomo.

—Sabemos quién eres —respondió uno de ellos—. Creíamos que los de Taoro no queríais nada con los extranjeros y te encontramos agarrada a uno de ellos.

—Venimos de...

—De fornicar, imaginamos —la interrumpió—. Debes de estar muy necesitada para entregarte a estos incapaces.

Sus compañeros se rieron. Dácil aguantó, sin entrar en la provocación.

—Como te decía, venimos de Añazo. Mi hermana Idaira necesita una medicina de los extranjeros para poder parir a su hijo. Si no nos dejáis pasar, mi pueblo entero caerá sobre vosotros.

—Eso si se enteran de que hemos sido nosotros quienes os hemos matado.

El guerrero se dispuso a atacar a Dácil, pero Gonzalo sacó un puñal de las alforjas del caballo y se lo lanzó, clavándoselo en el pecho.

—¡Dácil!

Gonzalo golpeó con las riendas al caballo. Al pasar junto a la princesa, le tendió el brazo para subirla a su montura. Ambos se alejaron galopando, esquivando los banots que los hombres de Añaterve les lanzaban. Ya no se detuvieron ni hablaron hasta llegar a Taoro, donde Bencomo, Tinguaro y Hucanon salieron a su encuentro.

—¿Cómo está mi hermana? —preguntó Dácil bajándose del caballo.

—Débil, pero aún con vida —respondió el mencey—. ¿Tenéis el brebaje?

—Aquí está. —Gonzalo le tendió el frasco—. Debéis hervir agua y mezclarla con estas hierbas. En cuanto se enfríe, que se lo beba.

—¿Y después?

—Si todo va como creo, sufrirá contracciones y expulsará el feto.

—Estás herido —dijo Tinguaro al ver el estado del tamarco de Gonzalo.

Gonzalo se miró y, agotado por el esfuerzo y por la pérdida de sangre, que ya le había teñido de rojo una de las piernas, se desplomó.

En aquella ocasión, a quien Gonzalo encontró a su lado cuando volvió en sí fue a Dácil. La princesa sonrió, aliviada al verlo regresar de la oscuridad una vez más.

—Nunca he visto a ningún otro hombre escapar tanto de las entrañas de Echeyde.

—Es que cruzarse con vosotros es muy arriesgado. ¿Cómo está tu hermana?

—Los has salvado —respondió Dácil contenta—. Como dijiste, en cuanto Idaira bebió ese brebaje, pudo parir a mi sobrino. Ambos están débiles pero vivos.

—Lo celebro.

—Yo también. ¿Cómo estás tú?

—Dolorido, pero creo que sobreviviré. Ayúdame a levantarme.

Dácil lo ayudó con cuidado para que no se le volviese a abrir la herida que habían limpiado y cubierto con hojas. Aquel contacto, al contrario que el que se produjo sobre el caballo que los trajo desde el campamento de Añazo, no fue incómodo para ninguno de los dos. Gonzalo la miró a los ojos y descubrió en ella una amabilidad que hasta entonces solo había encontrado en la pequeña Nelyda. Se alegró de ver que ya no lo consideraba un enemigo.

—Salgamos. Todos esperan verte.

Al salir de la cueva, la actitud de los hombres, mujeres y niños no tenía nada que ver con la desconfianza con que Gonzalo tenía que bregar unas horas antes. Sintió que lo empezaban a considerar uno de los suyos. Entre un grupo de niños, reconoció al que le había orinado encima poco después de ser hecho prisionero.

—Ya hablaremos tú y yo —le dijo indulgente.

Los niños se rieron y lo rodearon para toquetearlo. Dácil se los quitó de encima sin demasiada delicadeza.

—Dejadlo tranquilo. ¿No veis que está herido?

Al llegar a la playa, vieron a Bentor, Ubay, Yeray y otros jóvenes guerreros intentando montar el caballo, al que le habían quitado la silla, el bocado y las riendas. Solo conseguían mantenerse encima del animal durante unos instantes hasta que este los tiraba al suelo y arrancaba las risas de los espectadores. Al verlos, todos se aproximaron a Gonzalo.

—Nos alegramos de comprobar que ya estás recuperado, extranjero —dijo Bentor—. Así podremos hacer el intercambio cuanto antes.

—¿Qué intercambio? —preguntó él.

—Hemos llegado a un acuerdo con Añaterve para canjearte por tres de estos caballos. Es un buen trato.

Gonzalo palideció y todos a su alrededor estallaron en carcajadas.

—No hagas caso a mi hijo —dijo Bencomo estrechándole el antebrazo—. Bienvenido al mundo de los vivos.

—Gracias.

Hañagua se adelantó a su marido y cogió las manos de Gonzalo para besarlas.

—Gracias a tu brebaje, mi hija y su bebé están vivos. Nos gustaría que tú decidieras el nombre de mi nieto.

—Es un honor... —respondió sobrepasado—, pero ahora no se me ocurre ninguno.

—Tendrás tiempo para pensarlo —dijo Tinguaro imitando el saludo de su hermano mayor—. Nuestra familia te debe mucho; has salvado a la pequeña Nelyda, has salvado a mi sobrina Idaira y a su hijo...

—Y has salvado a Dácil del ataque de los hombres de Añaterve —se adelantó Hucanon con gesto serio.

Gonzalo no supo cómo reaccionar ante el hombre con el que había luchado a muerte poco antes, pero Hucanon relajó su expresión.

—Gracias.

En cuanto le estrechó el antebrazo, todos lo celebraron, incluida Gara, que, por su sonrisa, era evidente que también le había dado un voto de confianza.

—Tienes que enseñarnos a montar en esa bestia —dijo Ubay animado por primera vez tras la muerte de su gemelo.

—¿Por qué le habéis quitado las riendas y la silla? —preguntó Gonzalo cuando vio la montura del animal tirada en el suelo.

—Porque a él no le gustaba llevarlas —respondió Dácil para dirigirse a Bentor y a sus primos—: Pero ya os enseñará a cabalgar en otra ocasión. Ahora tiene que alimentarse y descansar o volverá a desvanecerse.

Cuando los dos se alejaron, para nadie pasó desapercibida la complicidad que había surgido entre la princesa y el extranjero. Bentor miró a su padre jovial, pero, antes de que pudiera decir algo, Bencomo se adelantó, amenazante.

—Una sola palabra y te hago pasar la noche metido en el agua hasta el cuello, como cuando eras niño.

Las risas volvieron a inundar el ambiente.

Las siguientes semanas fueron muy apacibles tanto para Gonzalo como para los habitantes de Taoro, que disfrutaron de una paz impensable unas lunas atrás. Con la colaboración de Nelyda, Gonzalo había propuesto que el hijo de Idaira se llamase Mitorio, como el primer mencey. Aunque los guañameñes y algunos consejeros lo consideraban una falta de respeto hacia la memoria del hombre que condujo a los guanches hasta Achinet al principio de los tiempos, tanto a los padres como a los abuelos del bebé les pareció un nombre adecuado por todo lo que ambos habían sufrido para llegar a aquel lugar.

Mientras terminaba de recuperarse de sus heridas, Gonzalo instruyó a los más jóvenes sobre cómo montar a caballo, y, aunque estos se negaron a volver a colocarle la silla, terminaron haciéndose con él. Lo único que preocupaba entonces a los guanches era la falta de lluvias; desde hacía semanas, solo habían caído unas pocas gotas, insuficientes para dar de beber a los animales y regar los cultivos, que empezaban a secarse sin remedio.

Una mañana, al salir de la cabaña que le habían habilitado al pie de las cuevas del mencey, Gonzalo vio cómo los pastores reunían a todo su ganado en la playa.

—¿Qué pasa?

—¿Crees que aguantarás una marcha hasta Echeyde? —le preguntó Bencomo.

—Yo diría que sí. ¿Qué hay allí?

—Achamán nos castiga sin lluvias y hemos de pedir su favor.

Gonzalo no quiso preguntar más y se limitó a acompañar a buena parte de los habitantes de Taoro, que conducían a cientos de cabezas de ganado hacia la cima del volcán. De camino se juntaron con expediciones semejantes llegadas desde los menceyatos de Tacoronte y Tegueste. El rebaño que se formó superaba las dos mil cabezas, y aún se convirtieron en el doble cuando se unieron Daute e Icod.

—Guayota y los guacanchas están al acecho, padre. —Bentor señaló hacia un desfiladero próximo, donde se habían congregado una docena de perros salvajes.

—¿Son todos?

—De momento no hemos visto más.

—Separad a las tres cabras más viejas del rebaño y ofrecédselas para que las cacen. Solo así nos los quitaremos de encima.

Bentor fue a trasladar la orden a los cabreros. Estos seleccionaron tres animales y los ataron a un árbol. Los balidos desesperados de las cabras llamaron la atención de los perros, que las rodearon y empezaron a devorarlas mientras aún seguían vivas.

—¿Cómo reconoceréis después a vuestro rebaño? —preguntó Gonzalo cuando se detuvieron a hacer noche a mitad de ascenso.

—¿Qué quieres decir? —Bencomo miró al extranjero con extrañeza.

417

—Los rebaños de los diferentes menceyatos se han ido mezclando durante el trayecto. ¿Cómo sabréis a quién pertenece cada animal?

—¿Es que tú no reconocerías a tus hijos por mucho que los mezcles con los de otro padre? —preguntó Ubay.

—No creo que sea lo mismo. Y, aunque así fuera, si yo tuviera tantos hijos como cabras tenéis en Taoro, seguramente no los recordaría a todos.

Los guanches se miraron perplejos y rieron con ganas, como si Gonzalo hubiese contado el mejor chiste de la historia. Él forzó una sonrisa mientras recibía palmadas de felicitación por parte de todos, pero en el fondo seguía sin saber cómo lo hacían. Para su tranquilidad, antes de irse a dormir, Bencomo se acercó a él y le dijo al oído que los pastores se limitaban a silbar y eran los propios animales los que reconocían a sus dueños, y no al revés.

Nada más amanecer, el ganado y los representantes de los cinco menceyatos aliados continuaron la marcha, hasta que llegaron a su destino a primera hora de la tarde. A escasos cien pasos de la cima del volcán había un cráter menor en cuyo interior una piscina de lava burbujeaba, elevando la temperatura del lugar hasta hacer el ambiente casi irrespirable.

—¿Qué hacemos aquí? —preguntó Gonzalo a Dácil.

—Los balidos de los cabritillos despertarán a Achamán de su sueño y nos enviará el agua que necesitamos. Tenemos que separar a las crías de sus madres. Vamos.

Durante varias horas, procedieron a meter a todas las crías del rebaño en un cercado junto al cráter. El estar separadas de sus madres, sumado al terrible calor que tenían que soportar, hizo que las cientos de crías balasen agonizantes. El coro de desesperación se volvió insoportable; si de veras había algún dios allí arriba, por fuerza tenía que escucharlas. Algunas no aguantaron el calor y cayeron desplomadas. Los pastores las recogían y se las entregaban a los guañameñes, que, tras lanzar algunas plegarias al cielo, las arrojaban al volcán.

—¿Por qué hacen eso? —volvió a preguntar Gonzalo.

—Alimentan a Guayota para que no se oponga a la lluvia.

Cuando anocheció, un total de cincuenta y seis cabritillos habían sido sacrificados, pero Achamán se resistía a enviar la lluvia.

—¿Y ahora?

—Continuaremos mañana.

En cuanto liberaron a las crías, estas corrieron a reunirse con el rebaño y comenzó otro tipo de balido: el de las madres que llamaban desesperadamente a las que habían servido para alimentar al espíritu maligno que habitaba dentro del volcán.

Al terminar de cenar, cuando ya solo quedaban en pie los vigías, Gonzalo trepó a un pequeño risco, desde donde podía observar el reflejo de la luna en un mar embravecido.

—¿Deseas estar solo para rezar a tu dios?

Gonzalo se volvió y sonrió al ver a Dácil.

—Mi dios nunca me ha escuchado.

—Quizá es que no te has sacrificado lo suficiente por él.

Ella se sentó a su lado.

—He pasado la vida matando a gente como tú solo para lograr que todo el mundo lo adore, cuando yo soy el primero que duda de él.

—¿Dudas de él?

—¿Acaso no dudas tú de Achamán?

—¡Por supuesto que no! —contestó vehemente—. Achamán siempre nos protege y nos da cuanto necesitamos.

—Menos lluvia...

Dácil miró a Gonzalo molesta, pero su cara se transformó cuando una gota cayó sobre su mejilla. Observó el cielo esperanzada y, acto seguido, empezó a caer un torrente de agua.

—¿Qué tienes que decir ahora, eh? —preguntó exultante.

—Tu dios es mejor que el mío, está claro.

Dácil se puso en pie y dejó que el agua la empapase. Gonzalo miró con deseo cómo el movimiento hacía que sus pechos se saliesen del tamarco. Cuando ella se dio cuenta, se acercó a él y lo besó sin mediar palabra. Gonzalo le devolvió el beso, pero Dácil se separó.

—Ni se te ocurra volver a besarme.

—Si me has besado tú.

—Como le cuentes a alguien esto, juro por Achamán que te destriparé vivo.

Dácil se marchó corriendo bajo la lluvia. Gonzalo la vio alejarse confundido, pero no pudo evitar llevarse los dedos a los labios y sonreír.

62

La Gomera (islas Canarias). Octubre de 1494

La paciencia de Beatriz se agotaba a marchas forzadas. Aunque Alonso seguía sin poder encajar del todo la mandíbula y debía utilizar un pañuelo para controlar el babeo, ya no parecía un tullido rescatado de algún hospicio. Pero ella no se conformaba con tener a su lado a un hombre en apariencia normal, necesitaba a alguien que le facilitase su objetivo, que no era otro que convertirse en reina de las islas Canarias. Y, observando a quien se lo había prometido, empezaba a dudar seriamente de que pudiera conseguirlo.

El carácter de Alonso cambió después de la derrota en Acentejo, un lugar que Beatriz odiaba con toda su alma por lo que había hecho con él; el caballero impetuoso y seguro de sí mismo que conoció años atrás se había convertido en un pusilánime más preocupado por enseñar a hacer fuego a su hijo Guillén que en tomar la derrota como un aprendizaje para regresar más fuerte y aplastar a los guanches.

Alonso masticaba un pedazo de cerdo asado que, debido a su dureza y a la falta de simetría de su mandíbula, le costaba un triunfo tragar. Notó la inquisitiva mirada de Beatriz e intuyó que se avecinaban problemas.

—¿Sucede algo?

—Yo diría que sí. Hijos, dejadnos solos.

—Aún no hemos terminado de comer, madre —protestó el niño.

Bastó una mirada de Beatriz para que Guillén e Inés se levantasen de la mesa y abandonasen el comedor.

—¿Y bien? —preguntó Alonso con cautela.

—¿Recuerdas lo que te dije hace años, cuando me propusiste que me quedase a vivir contigo en Sanlúcar de Barrameda?

A Alonso se le ensombreció el semblante; claro que recordaba que Beatriz le había dicho que era un don nadie, puesto que nunca antes, ni siquiera cuando vio caer a su ejército a manos de un grupo de salvajes armados con palos, se había sentido tan humillado. Aquello fue lo que provocó que se enrolase a las órdenes del capitán Juan Rejón y pasase de comprar esclavos maltrechos por un puñado de maravedís en el puerto de su pueblo a conquistar las islas Canarias.

—¿A qué viene eso, Beatriz?

—A que siento decirte que aún pienso de igual manera. No soy yo mujer que tenga como aspiración envejecer en la indigencia.

—¿A esto lo llamas indigencia?

—Comparado con lo que me merezco, sin duda ninguna. Me prometiste hacerme reina y me he quedado en simple cuidadora de un hombre que ha dejado de vestirse por los pies hace tiempo.

Alonso la abofeteó y ella se acarició la mejilla, sorprendida; aparte de su difunto marido, la única persona que se había atrevido a ponerle una mano encima había sido la reina Isabel cuando la interrogó sobre la presencia del rey en su alcoba.

—Discúlpame —se arrepintió él al instante.

—No te disculpes. Por fin has demostrado que corre sangre por tus venas. Solo espero que no te limites a pagar tu frustración con una mujer indefensa.

—Tú de indefensa tienes lo mismo que de indigente.

—Yo he nacido para rodearme de oro, no de cabras. Y, a tu lado, me temo que eso es lo que me espera.

—Si tienes algo que decir, dilo —la urgió Alonso, terriblemente molesto.

—Pídele a los reyes otra oportunidad.

—Bencomo ha humillado a la corona y yo soy el responsable. Ni siquiera me recibirán.

—Haz lo necesario por verlos y júrales venganza, Alonso. Júrales que postrarás a sus pies a todos los menceyes de Tenerife y que serán testigos de su conversión al cristianismo. Júrales incluso que ellos podrán elegir sus nombres.

Alonso sopesó aquella idea mientras se limpiaba la comisura de la boca con su pañuelo. Era difícil volver a ganarse la confianza de los reyes, pero, si actuaba con astucia, tal vez conseguiría hacerse escuchar.

—A no ser... —Beatriz dejó la frase colgando intencionadamente.

—A no ser, ¿qué?

—Que no te veas capaz de derrotar a los guanches.

—Por supuesto que me veo capaz —respondió herido en su orgullo—. Ya te he dicho que mi derrota fue una trampa perpetrada por Hucanon.

—Reconócelo ante Isabel y Fernando, asume tus culpas y jura que no se volverá a repetir, que en menos de un año habrás anexionado Tenerife a la Corona de Castilla y que la zorra de la reina podrá bautizar a todos los salvajes que se le antoje.

—El problema es que mi ejército fue aniquilado, Beatriz. Seguramente sus cuerpos sigan pudriéndose en...

—No nombres más ese lugar —lo interrumpió—. Si ya no tienes ejército, tendrás que buscar otro.

—¿Dónde?

—Debajo de las piedras, si es menester. Hay miles de hombres emborrachándose en las tabernas porque no tienen guerras que combatir ni castillos que sitiar. Promételes la victoria y que podrán fornicar y ahogarse en vino si es lo que desean.

—Eso cuesta dinero.

—Yo sabría bien qué ofrecerle al duque de Medina Sidonia o a cualquier otro potentado para vaciarle los bolsillos, Alonso —respondió apretando sus pechos con descaro—. Solo debes encontrar de qué manera lo has de hacer tú.

—Eres una furcia, Beatriz.

—No descubres nada nuevo, querido. Ahora decide si quieres que sea tu furcia o la de otro.

Alonso quiso volver a abofetearla, pero arrastró el mantel, tirando platos y vasos al suelo. Agarró con violencia a Beatriz y, sin decir una palabra, la volteó, le levantó el brial de seda y la penetró mientras le sujetaba la cara contra la mesa. Ella sintió que le partía las entrañas, pero tuvo uno de los orgasmos más intensos de los últimos tiempos.

63

Tenerife (islas Canarias). Octubre de 1494

Desde que Gonzalo y Dácil se besaron la noche de la baladera de los cabritillos, ella hizo lo posible por evitarlo, incluso se ofreció para encabezar expediciones que salían a la caza de hombres de Añaterve, que seguían importunando a todo el que no perteneciese al denominado bando de paces. Al enterarse, Gonzalo quiso acompañarla, pero ella lo rechazó alegando que aquello nada tenía que ver con un extranjero como él. Desde entonces, poco después de que acabase la sequía, y a pesar de que ya estaba integrado en la sociedad guanche y todos lo trataban como a un igual, su carácter se había agriado. Una tarde, mientras tallaba una réplica de uno de los guacanchas que merodeaban por el poblado, varios guerreros fueron a buscarlo.

—El mencey Bencomo desea hablarte.

—¿De qué?

—No lo hagas esperar.

Gonzalo siguió a los dos hombres hasta el tagoror que se había convocado en la zona más alta del poblado. Allí lo aguardaban Bencomo, sus hermanos, sobrinos e hijos acompañados de los guañameñes y consejeros del mencey de Taoro.

—¿Ha pasado algo?

—Ya estás recuperado de tus heridas —contestó Bencomo—, así que es hora de que cumpla mi palabra y te deje marchar.

—¿Queréis que me vaya?

—¿No quieres regresar con los tuyos?

Gonzalo buscó con la mirada a Dácil, pero esta apartó la suya, incómoda. Al comprender que ya no pintaba nada allí, asintió.

—Sí, va siendo hora de que retome mi vida.

Cuando salió de recoger sus cosas en la cabaña que le había servido de vivienda los últimos meses, la mayoría de las personas con las que tuvo relación lo esperaban para despedirlo y desearle un buen viaje. Hañagua, Yeray e Idaira, junto a sus tres hijos, volvieron a agradecerle lo que había hecho primero por la pequeña Nelyda y más tarde por Mitorio.

—Entregádselo, hijos —les dijo Idaira a Nahuzet y a Nelyda.

El niño le tendió un escudo de madera de drago y la niña un banot.

—Ese escudo y ese banot pertenecieron al abuelo de mi padre, Tinerfe el Grande —dijo Yeray—. Te servirán para recordar las lunas que has pasado con nosotros.

Los siguientes en acercarse fueron Hucanon y Ubay, que le hicieron entrega de una imponente sunta recién fabricada.

—Desde hace tiempo sabíamos que este día llegaría y mi hijo y yo la hemos tallado para ti. —Se la tendió Hucanon.

—Es un honor recibir este presente de los dos mejores guerreros que he conocido jamás. Aún no sé cómo sobreviví enfrentándome a vosotros.

—Nosotros tampoco —contestó Ubay para regocijo de los presentes.

Bentor se abrió paso llevando de las riendas al caballo, al que, aparte del bocado, también le habían vuelto a poner la silla de montar.

—Este caballo te trajo y es quien debe llevarte hasta Añazo. Le hemos puesto la silla porque tú eres muy torpe y, si te caes, te sumirás en la oscuridad una vez más.

—Gracias, Bentor —respondió Gonzalo encajando la chanza—. Algún día serás un gran mencey.

Tinguaro y su esposa Guajara le hicieron entrega de collares de piedras y conchas marinas, un tamarco confeccionado con el mejor cuero gamuzado y todo tipo de adornos que habían elaborado las mujeres de la tribu, mientras que Bencomo le dio el cuchillo de obsidiana que lo había acompañado toda la vida.

—Ojalá que este cuchillo no vuelva a mancharse de sangre.

Gonzalo se lo agradeció de corazón y miró a Dácil, la última que quedaba por despedirse de él.

—Yo no tengo presentes para ti.

—Me basta con llevarme todo lo que me has enseñado, Dácil.

Por un momento, dio la impresión de que la muchacha se ablandaría, pero no varió la dureza de su gesto.

—No regreses jamás. Si lo haces, volverás a ser nuestro enemigo y esta vez nadie impedirá que te quite la vida.

Hañagua y Bencomo miraron decepcionados a su hija; ambos sabían que lo que decía nada tenía que ver con lo que en realidad sentía, pero callaron.

—Una escolta te acompañará hasta Anaga —volvió a intervenir Bencomo—. Espero que tengas un buen viaje y una buena vida.

Gonzalo cargó el caballo con todos los presentes que le habían entregado y, escoltado por media docena de guerreros, puso rumbo hacia el antiguo campamento de Añazo. Durante el trayecto, no pronunció una palabra, sabiendo que iba a echar mucho de menos lo que estaba dejando atrás.

—Podéis regresar a Taoro —les dijo a los guerreros una vez que llegaron a lo que quedaba de la muralla exterior del campamento—. Aquí no creo que nadie me ataque. Además, se supone que mis enemigos sois vosotros.

—El mencey nos ha ordenado acompañarte hasta que abandones Achinet.

—No tengo claro cómo voy a hacer tal cosa. No han dejado un triste bote.

—Allí...

Gonzalo miró hacia donde señalaba el guanche y, en el horizonte, a varias millas de tierra, vio un pequeño bejel que ponía rumbo hacia el norte desde la cercana isla de Gran Canaria. Supuso que era la ruta que utilizaban para llegar a la Península. Le bastaría con acercarse un poco para que lo vieran y lo recogiesen.

Recorrieron el campamento en busca de alguna embarcación, pero todo lo que había que antes pudiera flotar estaba quemado o hecho astillas. Gonzalo se fijó en los abrevaderos de los caballos, rebosantes por las lluvias de los últimos días.

—Si no se sale el agua, tampoco entrará.

Lo ayudaron a vaciar el más grande y lo echaron al agua. Después de reforzar su impermeabilidad con hojas, colocarle pesos que lo estabilizaran y buscar unos remos, Gonzalo se subió en él.

—Parece que aguanta...

Los guanches le entregaron sus pertenencias y, una vez que se despidió de ellos, comenzó a remar mar adentro, sin percatarse de que había alguien vigilando todos sus movimientos.

Desde lo alto del barranco del Bufadero, Dácil observaba con los ojos empañados cómo se alejaba para siempre el único hombre al que había amado. Aunque deseara probar una vez más sus labios, como aquella noche en la cima de Echeyde, si algún día volvía a tenerlo delante, su obligación sería matarlo.

El barco que recogió a Gonzalo era un carguero que se dirigía a Lisboa. Dudó sobre si pedirle al capitán que lo dejase desembarcar en la isla de Fuerteventura para encontrar un transporte más directo hacia Sevilla, pero no tenía ninguna prisa por llegar a una tierra donde solo lo esperaban un padre desmemoriado y postrado en la cama y una madre con la que nunca tuvo demasiada cercanía. Después de más de dos meses de viaje, remontó el río Guadalquivir igual que como había soñado cuando salvó a la nieta de Bencomo de ser violada por Ricardo, pero, al contrario que entonces, las orillas del río y los alrededores de la torre del Oro estaban atestados de vendedores ambulantes, de clientes y de rateros de todas las edades intentando conseguir unas monedas con las que comprar comida unos pocos y vino los que más.

Varios fueron los comerciantes que, al verlo desembarcar con los presentes de los guanches, le hicieron generosas ofertas por ellos, pero ninguna alcanzaba ni de lejos el valor que tenían para él. Paseó asombrado por una ciudad que había crecido mucho en los últimos años, hasta llegar a su antiguo hogar.

—Gonzalo, ¿eres tú? —preguntó su madre sorprendida al abrir la puerta medio podrida de la casucha familiar.

—Hola, madre.

—Creí que habías muerto.

—Estuve varias veces más muerto que vivo, pero aquí sigo.

Para sorpresa del muchacho, la mujer lo abrazó. No lo hacía desde que, a los doce años, Gonzalo había matado a un hombre que creía que la estaba importunando. Unos meses más tarde descubrió que aquel hombre era en realidad su amante y la relación entre madre e hijo ya jamás fue la misma.

—¿Y padre?

—Murió hace meses.

Gonzalo caminó cabizbajo hacia el cementerio del convento de la Trinidad, donde se decía que reposaban los restos de las santas Justa y Rufina. Temió que, como tantos otros, su padre habría sido arrojado a una fosa común, pero, con la ayuda de un sepulturero, localizó la humilde tumba entre la del hijo díscolo de una familia de comerciantes venidos a menos y un marinero acuchillado en una pelea de taberna. Se despidió de quien le había enseñado a ser el hombre que era y cavó un pequeño agujero a la altura de su pecho. Introdujo en él un collar de conchas que había traído de Taoro y volvió a taparlo con las manos.

—Que Achamán os reciba, padre.

En las tascas del puerto, no vio caras conocidas, quizá porque hacía demasiado que se había marchado o porque Sevilla ya no era exclusivamente de los sevillanos. Siguió caminando sin rumbo hasta que llegó al barrio del Arenal, donde las autoridades habían agrupado a las prostitutas en una mancebía para intentar mantener a raya el pecado y las enfermedades de transmisión sexual.

—¿Queréis pasar un buen rato?

Gonzalo se dio la vuelta para descubrir a una chiquilla de no más de quince años, con una melena larga y negra y unas facciones muy afiladas. Era más flaca que delgada y llevaba un vestido sucio y lleno de remiendos, pero, aun así, le resultó atractiva.

—Por veinte maravedís os hago o me hacéis lo que más os agrade —insistió la joven prostituta al ver que había llamado su atención.

—¿De dónde crees que voy a sacar yo tanto dinero?

—Tenéis pinta de militar y habréis cobrado vuestra soldada.

—Llevo meses sin cobrar. Mejor búscate a otro.

La chiquilla maldijo su suerte y fijó su atención en un viejo vendedor de telas que ofrecía su mercancía en los burdeles de la zona. Gonzalo siguió deambulando hasta que decidió entrar en la taberna más vacía que encontró, indicativo de que allí se servía vino agrio y comida pasada. Pero lo que él buscaba era soledad. Se sentó en la mesa más alejada de la puerta y pidió una jarra de vino. Cuando ya había anochecido, entraron dos borrachos y se acodaron en la barra. Uno de ellos entornó los ojos al ver a aquel hombre que, a tenor de las tres jarras vacías que tenía sobre la mesa, había llegado sediento. Se acercó a él.

—¿Gonzalo? ¿Eres Gonzalo del Castillo?

—¿Nos conocemos?

—Por seguirte casi pierdo la vida —respondió mostrándole una larga cicatriz que le partía del cuello y le llegaba hasta el estómago—. Casi muero en Acentejo, y tenía entendido que tú lo habías hecho.

—Murieron muchos allí, pero se ve que ni tú ni yo caímos.

El soldado cogió un vaso de la barra, se sentó a su lado y se sirvió de su vino sin pedirle permiso.

—Lo último que supe de ti es que estabas peleando con la hija del tal Bencomo. Por lo que veo, mandaste al infierno a aquella zorra.

—Ganó ella.

—¿Ganó ella? —preguntó desconcertado.

—Así es. Me derrotó, me hizo prisionero y he vivido hasta hace poco en el menceyato de Taoro.

—Por los clavos de Cristo —dijo impresionado—. No me quiero ni imaginar lo que será vivir entre aquellos salvajes.

—No mucho peor que vivir entre castellanos...

El hombre rio y le palmeó la espalda, más contento de verlo vivo que Gonzalo de estarlo.

—Ya verás cuando se entere Lugo de que sigues en este mundo.

—¿Alonso Fernández de Lugo sobrevivió?

—Y tanto que sí. Ahora está camino de la corte para pedirles a los reyes una nueva oportunidad de acabar con los guanches de Tenerife.

—¿La logrará?

—Si no es a él, a otro se la darán. A mí me da igual quién me lleve, pero por Dios que regresaré a esa isla a vengarme de esos animales.

Durante las siguientes semanas, Gonzalo intentó ampliar la información de aquel soldado, pero apenas le llegaron nuevas de la corte ni de Fernández de Lugo. Por una parte se moría de ganas de regresar a la isla donde había pasado los días más duros y a la vez felices de su vida, pero, como le había advertido Dácil, de hacerlo sería como enemigo de los guanches.

Mientras atravesaba el barrio de Feria, escuchó un alboroto y niños corriendo hacia el río Guadalquivir.

—¿Qué pasa?

—*Culleum, culleum!* —respondió sin detenerse uno de los muchachos.

Gonzalo sintió un escalofrío y los siguió. El *culleum* o encubamiento era un método de ejecución heredado de los romanos y aplicado a quien mataba a su esposa o a un pariente cercano. Consistía en introducir al reo atado de pies y manos en un tonel junto con diversos animales vivos para después arrojarlo al río. Lo establecido era que los animales fuesen un perro, un gallo, un mono y una serpiente, pero, ante la dificultad de encontrar monos y el coste de los gallos, los sevillanos se conformaban con lo que tenían. En aquella ocasión, decidieron condenar a muerte junto al asesino —un tal Rodrigo Álvarez, acusado de matar a su mujer embarazada— a una rata, un gato y una víbora.

—¡Era una adúltera! —gritó a la desesperada cuando estaban a punto de introducir los animales en la cuba—. ¡El hijo que esperaba no era mío!

Nadie le hizo caso y procedieron con la ejecución. En cuanto los animales se juntaron y taparon la cuba, los sonidos de lucha y los gritos del condenado acallaron las voces de los miles de espectadores. Tras flotar durante unos instantes, la cuba se llenó de agua y se fue al fondo del Guadalquivir.

Gonzalo continuó deambulando por una ciudad que ya no sentía como suya hasta que vio otro alboroto de gente junto a la puerta de la Carne. Al aproximarse, descubrió que se trataba de una venta de esclavos, la mayoría de raza negra, aunque también había varios moriscos, un hombre y una mujer nórdicos que despertaron la curiosidad de los asistentes, y dos muchachas jóvenes con unas facciones y un tono de piel que le resultaban muy familiares. Se abrió paso hasta ellas y aguardó mientras los compradores observaban su dentadura y la dureza de sus carnes. Al llegar su turno, el vendedor se acercó a él.

—¿Buscáis un par de muchachas que os calienten el catre?

—¿De dónde son? —preguntó Gonzalo sin dejar de observarlas.

—De las islas Canarias. Si no las queréis para vos, tal vez os sirvan para ponerlas a trabajar en el barrio del Arenal —le guiñó el ojo con complicidad—, ya me entendéis. Por treinta mil maravedís, vuestras son.

Gonzalo sabía que, a no ser que tuviesen la fortuna de ir a servir a una buena casa, su destino más probable era convertirse en prostitutas hasta que, si no morían antes a manos de algún cliente o de una enfermedad, se marchitasen y dejasen de dar beneficios a su amo. Volvió a mirarlas y se fijó en que compartían las mismas facciones.

—¿Sois hermanas?

Las muchachas se sorprendieron al escuchar a aquel hombre hablar en su idioma.

—Os he hecho una pregunta. ¿Sois hermanas?

—Sí, señor —respondió una de ellas.

—¿Venís del norte o del sur de Achinet?

—Del norte, del menceyato de Daute.

—¿Os interesan o no? —insistió el vendedor, molesto por que estuvieran hablando en un idioma que no entendía.

—Son demasiado caras para mí.

—Por veinticinco mil maravedís os las lleváis.

—Sigue siendo demasiado.

Los siguientes días, Gonzalo no se pudo quitar de la cabeza a aquellas dos muchachas que habían sido arrancadas por la fuerza de una isla que cada vez echaba más de menos. Durante aquel tiempo, se dio cuenta de que Sevilla ya no era su hogar.

64

Barco pesquero (océano Atlántico). Junio de 1523

El barco que Cherfe había heredado de su amo después de más de veinticinco años a su servicio era una fusta de treinta pies de eslora y un único mástil con vela latina. En el interior tenía un pequeño almacén donde guardaba redes y aparejos, y un habitáculo con un jergón que le servía de hogar. No era demasiado, pero comparado con otros esclavos que faenaban en el puerto, podía considerarse un hombre rico. Normalmente trabajaban con él tres pescadores más que se llevaban un porcentaje de los atunes que capturasen y se ocupaban de los remos si no había vientos favorables, pero aquella mañana les dijo que ya no necesitaría de sus servicios; si conseguía llegar a Achinet, lo más probable era que se quedase allí.

En cuanto puso un pie en el barco, Melchor se mareó y tuvo que ser Elena quien ayudase a Cherfe con los remos. Nada más salir del puerto, cuando desplegó la vela triangular y comenzaron a navegar por las embravecidas aguas que unían el golfo de Cádiz con el estrecho de Gibraltar, vomitó por la borda.

—¿Puedo hacer algo por ti? —se preocupó la joven.

—Estoy bien, tranquila. —Melchor se limpió la boca con la manga de la camisa—. Los guanches no estamos hechos para navegar.

Elena miró con cara de circunstancias a Cherfe, que se desplazaba por la cubierta de su pequeño barco con la habilidad de un gato.

—La mayoría de los guanches —matizó Melchor—. Algunos hasta eran grandes nadadores, como el propio Bencomo, que rescató a su hermano Hucanon de un barco esclavista y lo llevó nadando hasta la costa.

—Debía de ser todo un héroe.

—Tenía el mismo número de admiradores que de detractores.

—Lo que me resulta extraño —dijo Elena volviendo a mirar a Cherfe— es que, habiendo luchado a favor de los castellanos, ahora nos esté ayudando.

—No todos los que pelearon contra Bencomo eran sus enemigos. Muchos lo hicieron por lealtad a sus menceyes, pero, si hubieran podido elegir, habrían combatido en el bando de guerra para expulsar a los extranjeros de Achinet.

—¿Cómo sabías que Cherfe era uno de ellos?

—Nicolás y yo viajamos en el mismo barco que él cuando nos vendieron en el mercado de Sevilla y conocimos su historia. A decir verdad, también tú viajabas en ese barco.

Cuando Elena iba a hacer algún comentario, el guanche sufrió otra arcada y volvió a vomitar por la borda, descompuesto. Los pocos ratos que Melchor conseguía controlar el mareo, Cherfe les hablaba sobre su vida como esclavo y sobre la suerte que tuvo al encontrar a su amo, que no solo le enseñó un oficio, sino que le había tratado como a un hijo hasta su muerte.

—¿Nunca pensaste en regresar a Achinet? —le preguntó Elena.

—Cada mañana al despertar, pero, por lo que sé, nuestra tierra ya no es como era antes. Donde había bosques y playas ahora hay granjas y cultivos, y donde antes estaban nuestros lugares sagrados ahora hay ingenios de azúcar. Además, toda mi familia murió y nada me ata a aquel lugar.

La mañana del quinto día de navegación, al amanecer, cuando Melchor ya se había acostumbrado al vaivén de las olas, divisaron tierra.

—¿Es Achinet? —se emocionó Elena.

—Aún faltan varios días para llegar —contestó Melchor—. Si no me equivoco, esa isla es la que los castellanos llaman Lanzarote. ¿No es así, Cherfe?

El capitán del barco se hallaba en popa, con la mirada fija en el horizonte y gesto de preocupación. Melchor buscó aquello que tanto llamaba su atención, pero las nubes estaban bajas y no pudo ver nada.

—¿Va todo bien, Cherfe?

—Nos siguen.

Elena y Melchor continuaban sin ver ningún barco, hasta que la niebla se disipó y divisaron una carabela a menos de una legua de distancia.

—Dios mío, ¿es Daniel Lavilla? —preguntó Elena.

—Quizá no vengan tras nosotros —intentó tranquilizarla Melchor—, quizá solo sean comerciantes que...

Lo interrumpió un fogonazo procedente de la carabela, seguido de una fuerte explosión similar a un trueno. La esfera de piedra fue hacia ellos dibujando una parábola hasta caer a cincuenta pasos a estribor.

—Creo que eso ha aclarado todas tus dudas, amigo mío —dijo Cherfe.

—¿Conseguiremos escapar? —preguntó Melchor.

—Lo dudo mucho. Ese barco es mucho más rápido que el nuestro.

Sonó un segundo cañonazo y los tres volvieron a tensarse. En aquella ocasión, la bala impactó a apenas diez pasos del barco.

—¡Se están acercando! —dijo Elena aterrada.

—¿Qué hacemos, Cherfe? No podemos caer ahora que estamos tan cerca.

—Lo bordearemos. —Señaló un islote al norte de Lanzarote que los castellanos habían bautizado como La Graciosa—. Su barco tiene demasiado calado y no podrán arrimarse.

Cherfe viró hacia la costa occidental intentando dejar atrás la carabela, pero un tercer cañonazo los hizo enmudecer. Entonces sí, el proyectil impactó en el mástil de la embarcación, inutilizándolo por completo.

—¡Hay que remar hasta la costa!

Cherfe y Melchor remaron con todas sus fuerzas, ayudándose por las olas. Cuando llegaron y la fusta encalló en la playa, ya habían botado desde la carabela una barcaza llena de hombres que se dirigía hacia ellos.

—¡Desembarquemos, aprisa!

Ante la orden de fuego de Daniel Lavilla, se escucharon unas explosiones de menor intensidad que las anteriores. Los

proyectiles de los arcabuces silbaron alrededor de los tres guanches y fueron a incrustarse en una extraña montaña de color
amarillo que acotaba la playa.

—¡Debemos ponernos a cubierto!

Los tres corrieron hacia la gran roca amarilla y comenzaron
a escalar cuando Daniel y sus hombres iban a alcanzar la orilla.

65

Palacio Real de Medina del Campo (Valladolid). Febrero de 1495

—¿Se puede saber qué os atormenta, Isabel? —preguntó el rey mirando a su esposa, que ocupaba el trono a su lado y tenía la mirada perdida—. Desde que he regresado de Burgos, no habéis dicho palabra.

—Disculpadme, Fernando, pero esta mañana he sido testigo de un hecho que me ha perturbado.

—Yo de esos soy testigo a diario. ¿Qué ha sucedido?

—He visto desmembrar a un muchacho condenado por la Santa Inquisición. Apenas era un crío, y su vigor juvenil ha hecho que la tortura se prolongase en exceso.

—Cuanto más se resisten, más sufren.

—No os podéis imaginar los gritos que profería hasta que se le han descoyuntado las extremidades y ha perecido.

—¿Era un falso judeoconverso?

—Eso creo.

—Entonces se lo tenía bien merecido —dijo el rey con frialdad—. Si continúan realizando sus rituales incluso después de haberse convertido al cristianismo, saben a lo que se enfrentan.

La reina no pudo contradecir a su marido, ya que ella pensaba de manera semejante, pero no disfrutaba en las ejecuciones cuando ya había asistido a tantas a lo largo de su vida. Y algunas, sin conocer el motivo, le afectaban más de la cuenta. Aún recordaba cuando, años atrás, presenció cómo el todavía inquisidor general, Tomás de Torquemada, ordenaba quemar vivas a dos primas malagueñas por judaizantes. Ninguna pidió clemencia o protestó mientras el fuego las consumía; se limitaron a mirarla fijamente, y ella hasta juraría que sonreían. Cuando las llamas iban a alcanzar su rostro, ambas dijeron algo, pero el crepitar de la hoguera y el griterío del público evitó que pudiese siquiera leerles los labios.

Aunque había pasado el tiempo y desde aquel día presenció innumerables horrores, algunas noches se despertaba envuelta en sudor creyendo que lo que le decían era que ella moriría de igual forma. Le horrorizaba pensar lo que sufriría con una muerte así y ordenó a su dama de confianza, la tía de Beatriz de Bobadilla, que llevase siempre encima un botecito con una mezcla de venenos creado por un alquimista expresamente para que la reina pudiera tomárselo si acaso el Santo Oficio la condenaba por algún motivo que escapaba a su comprensión.

—¿Tenemos alguna audiencia relevante hoy? —preguntó el rey a su secretario—. La reina no se encuentra bien y desea retirarse a descansar.

—Asuntos menores, majestad. Aunque don Alonso Fernández de Lugo insiste en ser recibido por vuestras excelencias.

—Alonso Fernández de Lugo —repitió el rey contrayendo el gesto—. El mismo que ha arrastrado por el fango el nombre de sus reyes al dejarse derrotar por unos salvajes con taparrabos, ¿cierto?

—Así es, majestad. Le diré que no deseáis recibirle.

—Aguardad —intervino la reina—. Hacedle pasar. Quiero escuchar de su boca lo sucedido en la isla de Tenerife.

El secretario trasladó la orden a un alguacil y este salió en busca de Alonso, que enseguida entró acompañado por un sirviente que se quedó junto a la puerta. Al postrarse ante los reyes, los monarcas lo miraron sorprendidos.

—¡Por los cielos benditos, Lugo! —exclamó el rey asqueado—. ¿Qué diantres os ha pasado en la quijada para que andéis babeando como un perro que olfatea a su presa?

—Recibí una pedrada durante la emboscada de la isla de Tenerife, majestad —respondió Alonso avergonzado, secándose la comisura de la boca con su pañuelo.

—Tengo entendido que salieron peor parados alrededor de mil soldados de vuestro ejército —dijo la reina incisiva.

—Las bajas fueron numerosas, majestad. Sin embargo, sirvieron para darme una idea de cómo derrotar de una vez por todas a los salvajes.

—¿Así que dejáis morir a las tropas castellanas para encontrarle el punto débil al enemigo? —preguntó el rey mordaz—. No tengo claro que vuestra estrategia sea demasiado provechosa, Lugo. ¿Qué opináis vos, querida?

—No, definitivamente creo que así no habríamos derrotado a Boabdil en Granada, y a estas alturas seríamos todos moros.

Tanto el rey como los cortesanos que había en el salón principal del palacio se rieron por el comentario de la reina.

—Sé que mi error fue imperdonable —Alonso aguantó la humillación—, pero creedme si os digo que, antes de un año, Tenerife caerá y todos los guanches que queden vivos jurarán lealtad al trono de Castilla y se postrarán ante la cruz.

—Lo mismo jurasteis cuando os nombramos adelantado.

—En esta ocasión será diferente, majestad. Ya tengo planificada la ofensiva y no hay posibilidad de una nueva derrota. —Alonso le hizo una seña a su sirviente, que se acercó solícito y le entregó un pergamino—. Si me dejáis mostrároslo, yo...

—Ya habéis tenido una oportunidad y la habéis desperdiciado —interrumpió la reina—. Esa misión habremos de encargársela a otro más avezado.

—Ya habéis oído a la reina —intervino el secretario—. Abandonad la corte.

—Os lo ruego, majestad —insistió Alonso a la desesperada.

—La respuesta es no —zanjó el rey ayudando a su esposa a incorporarse—. Además, hasta que Cristóbal Colón cumpla su palabra y nos envíe el oro de las Indias, la situación de la corona no es demasiado boyante.

—No he venido a solicitar vuestra financiación, majestad —respondió Alonso—. Serán el duque de Medina Sidonia y otros patrocinadores privados quienes colaboren con sus tropas para combatir a los guanches. Es tal mi seguridad en la victoria que ya he vendido todas mis propiedades para disponer de más capital. Vuestras majestades no deberán hacer dispendio alguno.

La reina, que ya se dirigía hacia la puerta que conducía directamente a los aposentos reales, se detuvo y se giró hacia Alonso, interesada.

—¿Qué pretendéis entonces de la corona?

—Que, cuando someta la isla, me nombréis gobernador y permitáis mi matrimonio con Beatriz de Bobadilla, señora de El Hierro y La Gomera.

Los reyes asimilaron sorprendidos el giro en los acontecimientos, aunque por diferentes motivos; a la reina le sulfuraba siquiera escuchar el nombre de aquella mujer, pero que se casase con Lugo era una buena noticia para todas las esposas de Castilla, incluida ella misma. Además, saberla ligada a un hombre que babeaba incesantemente por una boca que no lograba mantener recta le supuso una inmensa satisfacción. Al rey le agradó recordar las lejanas noches en compañía de la Cazadora, pero al notar que su esposa no le quitaba ojo, analizando todas sus reacciones, cedió de aparente buena gana.

—A mí me parece un buen acuerdo.

—Tenéis un año para cumplir vuestra promesa, Lugo —sentenció la reina mirando al adelantado—. Y, para que veáis lo desprendida que es la corona, pondremos a vuestra disposición el ejército de la madre de vuestra amada.

—¿El ejército de Inés Peraza? —preguntó Alonso sorprendido.

—Así es. Esa mujer está en deuda conmigo y con el Santo Oficio por una denuncia falsa que cursó y esa será su multa.

—Sois muy dadivosa, majestad.

—Que no os vuelvan a emboscar o la próxima vez que nos veamos deberéis rendir cuentas ante mí, Lugo. Y os aseguro que soy peor que la Inquisición.

Alonso respondió con una reverencia y los reyes se marcharon. Mientras el secretario real le daba las órdenes pertinentes al escribano, el adelantado sonrió complacido; su ansiada venganza contra Bencomo y el inicio de la vida con la que siempre había soñado ya estaban muy cerca de convertirse en realidad.

66

Gran Canaria (islas Canarias). Marzo de 1495

En cuanto desembarcó en la isla de Gran Canaria, Gonzalo se sorprendió al ver los alrededores del puerto tomados por los soldados supervivientes de la batalla de Acentejo, a los que se les habían sumado las tropas del duque de Medina Sidonia. Cuando se presentó en el campamento, muchos de sus excompañeros creyeron estar ante un espectro.

—Eso lo sería si hubiera regresado de la muerte —aseguró Gonzalo—, pero nunca marché. Solo fui hecho prisionero.

—¿Te fugaste? —preguntó un oficial.

—Digamos que llegué a un acuerdo con los guanches.

—¿Qué clase de acuerdo?

—Eso se lo diré al adelantado. ¿Se sabe cuándo regresará de la corte?

—Regresó hace una semana, pero ha recibido la visita de Beatriz de Bobadilla y no han salido del catre ni para hacer sus necesidades.

Aunque habían pasado dieciocho años desde que se conocieron, Alonso sentía la misma atracción hacia Beatriz que el primer día, cuando la salvó de ser atacada por dos rateros cerca del puerto de Sanlúcar de Barrameda. Ella no negaba que Alonso había sido uno de sus amantes más entregados, pero la edad y la quijada descolgada le habían hecho perder atractivo. Sin embargo, lo que a Beatriz seguía atrayéndole de Alonso no era su físico, sino la promesa de convertirla en reina de las islas Canarias, algo que solo él podía darle. De su otro gran amor, el almirante Cristóbal Colón, poco sabía desde que marchó a su segundo viaje hacia el Nuevo Mundo, pero aborrecía imaginar que se dedicaba a conquistar nuevas tierras en nombre de la Corona de Castilla, engrandeciendo aún más el nombre de su odiada reina Isabel. En cuanto al rey Fernando, no le guardaba rencor por su cobardía al dejar que su esposa la desterrase cuando se suponía que ambos estaban enamorados y, aunque podría haber coincidido con él en alguno de sus traslados a la Península, simplemente lo evitó. Aun así, debía reconocer que echaba de menos la emoción de encamarse con el marido de la mujer más poderosa del mundo o de serle infiel a su esposo prácticamente delante de sus narices.

Lo que no había cambiado en ella era su apetito sexual y seguía siendo muy activa en su residencia de La Gomera. Cierta noche, mientras Alonso viajaba a Castilla para pedirles una nueva oportunidad a los reyes para conquistar Tenerife, recibió la visita de un cartógrafo que trabajaba en un mapa del archipiélago canario. Aunque era un hombre mayor que no tenía ninguna aspiración sexual, despertó en ella la curiosidad y el deseo al hablarle de Mesalina, la tercera esposa del emperador romano Claudio. Según le relató, su promiscuidad y lascivia eran tales que llegó a prostituirse a escondidas por las calles de la Subura y retó a la mejor prostituta de Roma a una competición para ver cuál de las dos podía satisfacer a más hombres en una sola noche. Al amanecer, la prostituta se rindió, alegando que partía en inferioridad de condiciones, ya que aquella mujer tenía muy pocos escrúpulos y las entrañas de acero.

Esa historia hizo fantasear a Beatriz durante semanas, hasta que, al enterarse de que varios barcos que exploraban el continente africano con cientos de hombres a bordo habían llegado a Gran Canaria, decidió presentarse en el mejor burdel del puerto para ofrecer sus servicios de manera gratuita. Pero, nada más entrar, el olor a vómitos, a sudor rancio, a meados y a dientes podridos le hizo comprender que había fantasías que era mejor no cumplir.

Dejó atrás aquellas sucias callejuelas —en las que sus esclavos tuvieron que esforzarse al máximo para proteger a su ama de borrachos y maleantes— y puso rumbo al hospital de campaña instalado junto al puerto. Al verla entrar, el médico que había atendido a Alonso se sorprendió.

—Doña Beatriz, ¿qué os trae?

—Vengo a ver al médico.

—¿Os encontráis mal?

—No me habéis entendido...

Unos golpes en la puerta de la habitación de los dos amantes despertaron a Alonso Fernández de Lugo de su plácido sueño.

—Maldita sea mi estampa —dijo antes de limpiarse con un pañuelo la saliva, que había empapado la almohada—. ¡¿No he dicho que no se me importune?!

Los golpes en la puerta se repitieron. Alonso se incorporó refunfuñando y, tras ponerse unos pantalones y tapar a Beatriz, que dormía desnuda sobre la cama, fue a abrir la puerta.

—¡Espero que sea grave el asunto o...!

Alonso se interrumpió, perplejo, al ver al joven Gonzalo frente a él.

—A vuestras órdenes, mi capitán.

—Dime que estoy soñando, muchacho.

—Por vuestro aspecto —respondió Gonzalo divertido—, diría que lo hacíais hace un momento. Disculpadme por despertaros, pero me urgía veros.

—Tú no has de disculparte, amigo mío. Recuerda que te prometí cubrirte de oro y por Dios y todos los santos que lo voy a cumplir. Espérame en la taberna del portugués.

Gonzalo esperó en una de las tabernas más concurridas del puerto y, al rato, llegó el adelantado. Pocas veces se le había visto tan contento como al reencontrarse con su joven ayudante, hasta el punto de convidar a los soldados allí presentes a cuanto pudieran beber y comer. Después de los primeros brindis, Alonso se lo llevó a una mesa apartada y quiso saber cómo había conseguido escapar de los guanches. Gonzalo le contó una versión real aunque algo edulcorada de lo sucedido desde que fue apresado, evitando hablarle sobre la buena relación que había tenido las últimas semanas con Bencomo y su familia.

—No sé si me parece bien que matases a Ricardo solo porque deseaba desahogarse con aquella salvaje, Gonzalo —le dijo circunspecto—. Era un hombre fiel a la corona y un buen soldado.

—Aquella cría nos había proporcionado los víveres que nos ayudaron a sobrevivir, capitán. Además, de no haberlo hecho, Bencomo nos habría mandado matar a los dos.

—Bien está entonces —zanjó Lugo—. A veces, los hombres como nosotros tenemos que tomar decisiones difíciles. Yo también me he visto obligado a desembarazarme de un médico demasiado despierto. Ahora te pondré al tanto de los planes que tengo para esa isla que aún permanece sin conquistar.

—¿Habéis recibido permiso de los reyes para regresar?

—Así es, aunque los muy avaros, con la excusa de las expediciones de Colón, aseguran tener las arcas vacías y no han soltado un real. Por eso he tenido que recurrir al ejército del duque de Medina Sidonia, a las tropas que le quedan a Beatriz de Bobadilla en La Gomera y en El Hierro, y a las de su suegra. En total, si juntamos a los aborígenes de otras islas fieles a la corona, seremos casi tres mil hombres.

—No bastan para derrotar a un pueblo envalentonado tras la victoria del barranco de Acentejo.

—Hay algo que aún no te he contado... —respondió Lugo sonriente.

—¿El qué?

—Ya estoy en negociaciones con Añaterve y sus aliados para que esta vez no se limiten a ser meros espectadores. Conseguiré que aporten mil guerreros cada uno de los cuatro menceyatos de paces. Además, no volveré a cometer el error de subestimar a esos salvajes. Enviaremos a Bencomo y a todos los suyos al infierno o a la esclavitud.

—Estamos hablando de una aniquilación...

—Exacto. En cuanto nos deshagamos de los hostiles, nos instalaremos allí y viviremos como reyes hasta que la parca nos lleve.

Gonzalo quedó en incorporarse al día siguiente a las órdenes de Lugo y aseguró que pasaría la noche en algún burdel de la zona, algo que el adelantado se ofreció a financiar entregándole mil maravedís como adelanto por sus servicios. Sin embargo, donde se dirigió el muchacho fue a la posada en la que había alquilado una habitación nada más desembarcar aquella mañana. Al abrir la puerta, encontró a las dos hermanas guanches durmiendo acurrucadas en una esquina.

Durante varias semanas las había estado buscando por las calles del barrio sevillano del Arenal, hasta que las localizó sirviendo en la casa de un sacerdote que no tenía pinta de respetar el voto de castidad. Para reunir los veinte mil maravedís por los que acordó recomprárselas con la condición de no denunciarlo ante la Santa Inquisición, Gonzalo tuvo que vender todo lo que había llevado de Taoro, incluido el cuchillo de obsidiana de Bencomo, la sunta fabricada por Hucanon y su hijo Ubay y el banot y el escudo que habían pertenecido a Tinerfe el Grande. Solo le sobraron unos maravedís para comprar tres pasajes en un mercante de mala muerte con destino a Gran Canaria.

—Levantaos. Nos marchamos.

—¿Adónde? —preguntó la mayor de las hermanas.

—No hagáis preguntas y levantaos de una vez. No tenemos mucho tiempo.

Gonzalo les hizo atravesar bosques y acantilados en la oscuridad, y al alba llegaron a la costa norte de Gran Canaria. Aguardaron escondidos detrás de las rocas hasta que vieron regresar de la faena a un viejo pescador malagueño que se había instalado allí al casarse con una aborigen.

—Esperad aquí.

Las chicas obedecieron y Gonzalo se acercó al pescador. Después de saludarlo y preguntarle por la faena, se centró en lo que realmente le interesaba:

—¿Cuánto me cobraríais por llevarme hasta allí?

El pescador se sorprendió al mirar hacia la isla de Tenerife y percatarse de lo que pretendía aquel muchacho.

—¿No sabéis que en aquella isla solo viven salvajes?

—Vos no tendríais que desembarcar, solamente llevarme a mí y a mis dos esclavas hasta la playa y regresar con los bolsillos llenos.

—Deliráis. —El hombre negó con la cabeza mientras descargaba las escasas capturas de aquella mañana.

—¿Qué tal si os pago mil maravedís y zanjamos la discusión?

El hombre miró los billetes que le tendía Gonzalo.

—¿Habláis en serio?

—¿Me veis cara de chanza?

Gonzalo llamó a las dos adolescentes, que salieron de su escondite y corrieron hacia ellos.

—Subid al bote —les ordenó en lengua guanche—. ¿Sabéis nadar?

—No.

—Entonces procurad no caeros al agua.

Gonzalo subió tras ellas y aguardó a que el pescador se pusiera en marcha mientras seguía ofreciéndole el dinero de los pasajes. Este dudó, pero, después de mascullar que se habían vuelto locos, acabó cogiendo el dinero y desplegó las velas de su pequeño barco.

67

Tenerife (islas Canarias). Marzo de 1495

El largo periodo de paz desde la victoria sobre los extranjeros en el barranco de Acentejo había hecho que los guanches se acomodasen. Aunque seguían ejercitándose a diario, no lo hacían con la misma intensidad que cuando se preparaban para la primera gran batalla un año antes; lo que entonces eran combates casi a muerte se habían convertido en entrenamientos en los que no se solía derramar una gota de sangre y en los que el vencedor y el perdedor se reían juntos al terminar la jornada en lugar de pensar en cada lance para intentar cambiar las tornas al día siguiente.

Hucanon frunció el ceño al ver que sus propios hermanos eran los primeros que habían relajado la costumbre de practicar hasta el agotamiento. Tinguaro estaba más centrado en acondicionar una cueva cerca del mar para pasar allí la época estival junto a su familia, mientras que Bencomo estaba volcado en sus nietos. Al igual que había hecho con sus hijos y sobrinos, acostumbraba a llevar a los dos mayores a cazar, aunque, para evitar fatales encuentros con enemigos o con Guayota y los guacanchas, no se alejaba demasiado y se hacía acompañar por Bentor y Dádamo, que disfrutaban más siguiendo la pista de cerdos salvajes que preparándose para la guerra.

Dácil, por su parte, atravesaba una época de nostalgia y, por primera vez en su vida, prefería hacer cualquier otra cosa antes que combatir con los hombres en la playa. Su hermana Idaira y Hañagua se miraron preocupadas cuando la vieron sentarse junto a ellas, su tía Guajara y el resto de las mujeres, que molían grano para hacer gofio.

—¿Hoy no te ejercitas, hermana?

—Ya lo he hecho... ¿Puedo ayudaros en algo?

—Cada vez que tú mueles grano, alguien se termina rompiendo un diente, hija.

Las mujeres ahogaron una risa. Dácil se limitó a encajar el golpe, sin que su habitual talante guerrero saliera a flote.

—¿Por qué no entretienes un poco a tu sobrino? —preguntó Idaira—. Ya se ha despertado y falta poco para que empiece a protestar.

Dácil se levantó y fue a sacar a Mitorio de la pequeña cuna de madera que Bencomo había fabricado años atrás para Bentor. Solo al tenerlo en brazos asomó una sonrisa en la cara de la joven.

—Siempre he pensado que tú serías una buena madre, Dácil —dijo Guajara.

—Yo no he nacido para ser madre, sino guerrera.

—Tu hermana y yo —respondió Hañagua— nacimos para servir a la diosa Chaxiraxi como harimaguadas, y en cambio hemos parido muchos hijos. El destino de cada una lo ha de decidir Achamán.

—El mío lo decidió cuando nací, y no es ser esposa ni madre.

—¿Ni siquiera te planteaste cambiar ese destino cuando conociste al extranjero?

La pregunta de Guajara hizo que las demás mujeres detuvieran sus labores para mirar a Dácil. Ella intentó mantener la entereza.

—Yo por el extranjero nunca sentí nada más que agradecimiento por salvar a mi sobrina Nelyda, tía.

—A tu sobrina, a tu hermana Idaira, al niño que tienes en brazos y a ti misma —señaló su madre.

—Nos salvamos mutuamente, madre —matizó molesta—. Además, aunque hubiésemos sentido atracción el uno por el otro, algo que jamás sucedió, nuestra relación hubiese sido imposible.

—Más imposible era la mía con tu tío Tinguaro —dijo Guajara—. Yo estaba casada con el mencey Atbitocazpe de Adeje y aquí me tienes.

—No es lo mismo.

—Para que Tinguaro y yo pudiésemos estar juntos, tu padre tuvo que declarar la guerra a la mitad de Achinet. ¿Qué os lo impedía a vosotros?

—El extranjero era un asesino que vino con la única intención de aniquilar a nuestro pueblo —contestó irritada—. ¿No le parece suficiente motivo? Ahora discúlpenme. Debo regresar a mis prácticas.

Dácil se levantó, le entregó a Mitorio a su hermana Idaira y se marchó sin decir nada más. Guajara miró al resto, sintiéndose culpable.

—Siento haberla importunado de esa manera.

—A mi hija ahora cualquier cosa la importuna. —Hañagua le restó importancia—. Por mucho que diga, ese muchacho le dejó huella.

Aquella mañana, Dácil regresó a la playa cargada de rabia y entrenó con la misma intensidad que antes, derrotando sin compasión a todos sus contrincantes. Hucanon fue a llevarle un cuenco de agua cuando se detuvo para descansar y limpiarse las salpicaduras de sangre de la cara.

—Me alegra ver que no está todo perdido. Si no volvemos a ejercitarnos como tú lo has hecho hoy, cuando regresen los extranjeros, nos aniquilarán.

—Muchos piensan que ya no se atreverán a regresar y, si lo hacen, que los derrotaremos como en Acentejo.

—No volverán a caer en la misma trampa, Dácil. Debemos combatir con una estrategia diferente.

—¿Cuál?

—No lo sé. Al igual que el tuyo y el de mi hijo Ubay, mi don es el manejo de la sunta y la lucha cuerpo a cuerpo. Son tu padre, Bentor, Tinguaro e incluso Dádamo los que deben pensar en ello. Pero están demasiado ocupados disfrutando de la paz.

De pronto, un alboroto se formó entre los hombres. Hucanon y Dácil se abrieron paso entre ellos para ver qué lo originaba.

—¿Qué sucede?

—Lo hemos encontrado merodeando en la frontera con Icod.

A Dácil se le detuvo el corazón al ver que un par de vigías arrojaron al suelo a un extranjero ensangrentado. A pesar de los golpes que le habían deformado la cara, esbozó una sonrisa.

—Hola, Dácil —dijo Gonzalo.

—Creíamos que había quedado claro que, de regresar, lo harías en condición de enemigo de nuestro pueblo —dijo Bencomo escoltado por la práctica totalidad de los habitantes de Taoro.

—He venido a advertiros.

—¿Advertirnos sobre qué? —preguntó Dácil irritada.

—Alonso Fernández de Lugo ha obtenido un nuevo permiso de los reyes de Castilla para conquistar Achinet y se está preparando para regresar con su ejército.

—¡Volveremos a derrotarlo!

El pueblo aclamó las palabras de Bentor, convencido de su victoria. Los únicos que no se dejaron contagiar por el entusiasmo colectivo fueron Bencomo y sus hermanos. El mencey levantó la mano pidiendo silencio.

—Como bien dice mi hijo, si es cierto que Lugo piensa regresar, volveremos a derrotarlo como en el barranco de Acentejo.

—Esta vez no será tan sencillo, mencey. Aparte de que traerá más hombres y mejores armas, no os volverá a subestimar. En Acentejo nos pudo la soberbia y quisimos creer que Hucanon traicionaba a su pueblo para salvar la vida de su madre. Pero en esta ocasión avanzará con más orden y no cargará tanto ni hombres ni caballos.

—Aun así —intervino Tinguaro—, nosotros conocemos mucho mejor el terreno en el que nos movemos. Siempre partiremos con ventaja.

—Eso tampoco es del todo cierto.

Todos aguardaron en silencio a que continuase, temerosos por lo que esa frase implicaba. Gonzalo no sabía cómo transmitirles una noticia tan funesta para ellos.

—Si tienes algo que decir, dilo de una vez —lo apremió Hucanon cuando el silencio se hizo incómodo.

—Los menceyatos del sur no se limitarán a mantenerse neutrales. Lugo está llegando a acuerdos con ellos para que cada mencey aporte un millar de hombres.

Esa información supuso un jarro de agua fría para los guanches, que consideraban aquello lo peor que podía hacer un mencey, algo por lo que serían castigados a pasar la eternidad encerrados en la guarida de Guayota. Hubo protestas, insultos y gestos de preocupación. Cuando los ánimos se serenaron, Bencomo volvió a centrar la atención en Gonzalo.

—¿Qué les ha prometido para que acepten traicionarnos de esa manera?

—Lo desconozco, pero seguramente oro.

—El oro aquí no sirve de nada.

—Todavía no, pero, cuando la isla pertenezca a la Corona de Castilla, los hombres se volverán locos al ver su brillo, como en todas partes.

Aunque ellos no utilizaban moneda alguna y el trueque regía todas las transacciones comerciales, eran conscientes del valor que le daban los extranjeros al dinero. Muchas noches, junto a la hoguera, Gara les había hablado de lo que eran capaces de hacer por conseguir una moneda.

—Ya nos has advertido y te estamos agradecidos por ello. Mis hombres te escoltarán hasta donde sea que hayas dejado el barco en el que has venido.

—No tengo ningún barco.

—Entonces ¿cómo piensas marcharte de Achinet? —preguntó Dácil.

Gonzalo la miró y la joven contuvo el aliento.

—No pensaba hacerlo, Dácil. Desde que me marché solo he echado de menos este lugar. He descubierto que en mi tierra hay más extraños para mí que aquí, así que... quiero convertirme en uno de vosotros.

De nuevo hubo diferentes reacciones entre los habitantes de Taoro; los guañameñes consideraban aquello imposible, puesto que no había sido Achamán sino su falso dios quien le dio la vida y podrían ofenderlo, mientras que los jóvenes y los que lo habían visto combatir pensaban que era mejor tenerlo como amigo que como enemigo. Hañagua e Idaira, por su parte, se miraron y sonrieron, convencidas de que aquello acabaría con la melancolía de Dácil, aunque ella fuera la que más impedimentos ponía calificando de absurda la idea del extranjero.

—Antes de decidir sobre esta inaudita petición —Bencomo habló tras consultarlo en voz baja con sus hermanos—, acláranos qué podrías aportar tú a nuestro pueblo.

—Podría enseñaros a manejar las espadas y ballestas para luchar en igualdad de condiciones contra Lugo.

—¿Quieres traicionar a los tuyos y pelear de nuestro lado, muchacho? —preguntó Tinguaro sorprendido.

—Si mi destino es morir en el campo de batalla, y cada día tengo más claro que será así, no quisiera estar en el bando equivocado.

Gonzalo se preparaba dentro de la cueva-palacio de Bencomo para la ceremonia que lo convertiría en un guanche de pleno derecho. Lo acompañaban Bentor, Yeray, Ubay y Dádamo. Cada uno de ellos le había obsequiado con un adorno o una prenda que habían utilizado previamente, como símbolo de que ya lo consideraban uno más de su familia.

—¿Cómo será la ceremonia? —preguntó Gonzalo nervioso mientras se ajustaba unas sandalias que habían pertenecido al marido de Idaira.

—No lo sabemos —respondió Dádamo—. Es la primera vez que a alguien que no ha nacido en Achinet se le considera uno de los nuestros.

—Supongo que los guañameñes dirán unas palabras, y después... —Ubay se calló.

—Después ¿qué?

—Quizá tengas que enfrentarte a los guacanchas tú solo —dijo Bentor con gravedad—, tal vez debas saltar desde los acantilados al mar o incluso te pidan que nades en la sangre de Echeyde.

—¡¿Qué?! —Gonzalo los miró asustado—. Si tengo que meter un solo pie en la lava, moriré abrasado.

—No seas tan aprensivo —intervino Yeray quitándole importancia—. En Tacoronte varios han sobrevivido a esa prueba, aunque es cierto que los carniceros les tuvieron que amputar ambas piernas.

Ante su cara de terror, los cuatro se desternillaron. Gonzalo respiró aliviado al comprender que le estaban tomando el pelo.

—Sois muy graciosos...

—Salgamos ya —dijo Bentor—. Lo primero que debes aprender es que no conviene hacer esperar a los menceyes, y mucho menos a los guañameñes.

En el exterior, frente a una multitud llegada desde los cantones aliados frente a los extranjeros, estaban los menceyes de Daute, Icod, Taoro, Tacoronte y Tegueste. Junto a ellos aguardaban sus familias, representantes de los cinco menceyatos, consejeros y guañameñes. Estos últimos pasaron la noche rezando al dios celestial para que bendijera aquella insólita ceremonia y los perdonara si lo molestaban. Los augurios fueron buenos cuando, a pesar de los temores de muchos, las puertas del infierno no se abrieron para liberar a Guayota, ni los atacaron los guacanchas.

Más tarde, los cinco menceyes del norte dijeron unas palabras aceptándolo como uno de ellos. Gonzalo bebía de cada cuenco que le ofrecían sin saber qué contenían, hasta que empezó a sentirse mareado.

—¿Qué me están dando de beber? —le preguntó en voz baja a Bentor.

—Es zumo de yoya agrio —respondió el muchacho divertido—. No es necesario que lo bebas si no quieres visitar a Achamán antes de tu primer amanecer como guanche. Limítate a mojarte los labios.

Gonzalo pasó la noche de un lado a otro, haciendo cuanto le pedían por ilógico que le pareciese, como cuando tuvo que realizar un extraño juramento con un hueso humano sobre la cabeza. Cuando la ceremonia ya iba a finalizar, el guañameñe más anciano y menos convencido se situó frente a él con cara de pocos amigos.

—¿Con qué nombre deseas que te conozcamos de ahora en adelante?

—¿Nombre? No sabía que tuviera que elegir un nombre.

—¿No pretenderás que te llamemos por ese estúpido nombre extranjero?

—¡Dailos!

Todos se volvieron sorprendidos para mirar a Hucanon. El hermanastro de Bencomo, tras pedir permiso a su esposa y a su hijo Ubay y estos concedérselo, se acercó a Gonzalo.

—Si a ti te parece bien, quisiera que adoptases el nombre de mi hijo.

—Será un honor para mí, Hucanon.

Todos celebraron la incorporación a la comunidad de aquel guanche nacido en tierras tan lejanas. Al principio le costó responder al nombre por el que le empezaron a llamar con total naturalidad, pero, en cuanto se acostumbró, olvidó para siempre su antiguo nombre cristiano.

Dailos siguió bebiendo y comiendo cuanto le ofrecían, y bailando con quien se lo pedía. Cuando dejó de ser el centro de atención, se alejó hacia la playa buscando estar solo y asimilar lo que le estaba sucediendo.

—Dailos...

El joven entornó los ojos para intentar identificar aquella silueta que permanecía apoyada en una roca. La silueta avanzó hacia él y reconoció a Dácil.

—Jamás pensé que mi tío Hucanon te ofreciese el nombre de su hijo muerto. Me consta que es el que más odia a los extranjeros de entre todos los que estamos aquí.

—Ha sido muy generoso.

Dácil lo observó en silencio, con una profunda lucha interior; por una parte, no podía negar que, desde su marcha, la había invadido la tristeza y al volver a verlo ese malestar había desaparecido, pero, por otro, no le gustaba sentirse tan vulnerable frente a alguien. Dailos percibió sus dudas.

—Aún no me has dicho si te parece bien que haya regresado.

—Todos creen que eres sincero, pero yo no puedo dejar de pensar en que, para derrotaros en Acentejo, mi tío Hucanon tuvo que tenderos una trampa.

—¿Crees que esto es una trampa?

—No lo sé, Gonzalo.

—Mi nombre es Dailos.

—Con tu nombre no me basta para creerte. Necesito alguna prueba que me demuestre que de verdad estás de nuestro lado.

Antes de que pudiera responder, un guerrero salió de entre las sombras y se postró ante él.

—¿Quién eres? —preguntó Dácil en alerta—, ¿qué estás haciendo aquí?

—Vengo a poner mi vida en manos del extranjero —respondió con solemnidad.

—¿Y eso por qué? —Dailos lo miró desconfiado.

—Tú me has devuelto a mis hermanas. Mi familia está en deuda contigo. Pídeme lo que desees.

—Lo único que deseo es que te levantes... —Al comprender quién era, lo ayudó a ponerse en pie—. Espero que tus hermanas llegasen bien a casa.

—Así es.

—¿Me podéis explicar qué significa esto? —preguntó Dácil confundida.

—Yo lo haré —le dijo al recién llegado—. Ahora ve a disfrutar de la fiesta.

El guerrero asintió y regresó a la aldea. Dácil volvió a mirar a Dailos, interrogante.

—Encontré a sus hermanas en un mercado de esclavos de Sevilla y las compré para traerlas conmigo. No hay más.

Entonces, las dudas de la princesa se desvanecieron. Se acercó a él y volvió a besarlo como aquella noche bajo la lluvia, la noche de la baladera de los cabritillos, cuando aquel muchacho solo era un extranjero que respondía a otro nombre.

68

La Graciosa (islas Canarias). Junio de 1523

Al llegar a la cima de la montaña amarilla, Elena, Melchor y Cherfe habían conseguido cierta ventaja sobre sus perseguidores, lastrados por el peso de sus botas, correajes y armas. Pero perdieron la esperanza al ver que, frente a ellos, solo había una enorme extensión de tierra baldía sin ninguna vegetación entre la que ocultarse.

—¿Adónde vamos? —preguntó Elena angustiada—. Daniel Lavilla y sus hombres ya han empezado a escalar.

—Alejémonos todo lo posible.

Los tres guanches corrieron hacia el interior de la isla buscando dónde ponerse a salvo, pero tras cada pequeño montículo había más y más llanura. Una nueva ráfaga de disparos les hizo comprender que Lavilla y sus esbirros ya habían alcanzado la cima.

—¡Entrégate, Elena! —gritó el muchacho—. ¡No tienes escapatoria!

—¡Corre! —le dijo Melchor ayudándola a avanzar—. ¡No mires atrás!

Tras más de dos meses de búsqueda, Daniel Lavilla estaba a solo unos pasos de capturar a la asesina de su padre. Se le escapó por los pelos a las afueras de Valencia y se esfumó milagrosamente una vez que llegó a la ciudad, pero le había prometido a su madre y a sus hermanas que la llevaría viva a casa para que pudieran presenciar su muerte colgando del mismo árbol que aquel negro al que sorprendieron vendiendo joyas robadas. Durante los primeros días puso vigilancia en cada calle de Valencia, pero alguien debía de estar dándole cobijo porque lo siguiente que supo de ella fue varias semanas más tarde. La denuncia de un barón de un pueblo llamado Buñol no tenía ningún sentido, pero, al ir a hablar con él, no tuvo duda de que era Elena quien le había estafado junto con tres pintorescos esclavos de origen guanche.

Maldijo su mala suerte cuando el tal Pedro Mercader le informó de la cantidad de dinero que le había robado, suficiente para que alguien como Elena pudiera esconderse durante meses. Supuso que no habría ido a Madrid, como le comentó al barón, así que solo le quedaba buscarla yendo al norte o al sur. Daniel no era un muchacho muy estudioso, pero había tratado con algunos esclavos guanches y sabía de dónde procedían. No tenía ni idea de qué relación podrían tener aquellos aborígenes con una esclava con raíces nórdicas —o eso pensaba él—, pero supuso que encaminarse hacia Andalucía sería una buena elección.

Pasó varias semanas buscándola por cada pueblo que atravesaba y empezó a desesperarse por la falta de noticias, hasta que, en el vigésimo día, agotado y sin fondos para seguir pagando a la media docena de hombres que lo acompañaban, decidió regresar a Valencia. Solo llevaba un par de días en casa cuando lo avisaron de que unos cordobeses andaban preguntando por unos esclavos guanches fugados que acompañaban a una bella mujer. Los mandó llamar y, aunque la descripción que hacían de Elena no concordaba con su verdadero aspecto, se convenció de que la pista era buena, ya que sabía por los barones de Buñol que se había oscurecido el pelo. A pesar de que no podía fiarse de aquellos hombres con pinta de bandoleros que venían de Sierra Morena, era tanta su obstinación por capturar a Elena que decidió acompañarlos hasta Córdoba para hacer el intercambio.

El día acordado, el tal Guillermo se presentó con varias horas de retraso y con las manos vacías, excusándose en el ataque de una osa que había acabado con varios de sus hombres y provocado que la mujer y uno de los esclavos escapasen. La historia era absurda, pero, al saber que les habían confesado que se dirigían hacia la costa de Cádiz, decidió hacer un último intento.

Recorrieron varios pueblos costeros preguntando sin obtener pista alguna. Sin embargo, al llegar a Barbate, un maleante al que le faltaba medio pie por un disparo de arcabuz le habló de una mujer a la que acompañaba un esclavo muy moreno de piel. Cuando Daniel Lavilla y sus hombres llegaron al puerto, solo pudieron ver cómo un pequeño barco de pesca salía por la bocana

—¡Conseguid un barco! —ordenó furioso—. ¡Conseguid un barco, maldita sea, cueste lo que cueste!

Al trepar el risco, Daniel Lavilla estaba convencido de que tendría a Elena y a aquellos guanches a su merced, pero, para su sorpresa, habían desaparecido. Frente a ellos solo encontraron un paisaje árido de rocas y arbustos secos sin ningún lugar posible en el que se pudieran haber escondido.

—¡¿Dónde están?!

Tanto él como sus hombres miraron a su alrededor aturdidos. De pronto, uno de los esbirros emitió un sonido ahogado y, cuando sus compañeros se volvieron para mirar qué sucedía, había desaparecido como por arte de magia.

—Pero qué cojones... —dijo sobrecogido otro de los hombres—. ¿Adónde ha...?

A mitad de pregunta, dos manos oscuras salieron del suelo, lo agarraron por los tobillos y lo arrastraron hacia las profundidades de la tierra. Inmediatamente, el agujero volvió a taparse con una plancha de piedra.

—¡Están bajo tierra! —dijo Daniel Lavilla disparando su arma hacia el suelo.

La tierra se fue tragando uno a uno a todos sus hombres mientras Lavilla recargaba nervioso su arcabuz. Cuando se disponía a disparar de nuevo, también él desapareció.

Las lajas de piedra se clavaban en las rodillas de Elena. Junto a ella, sus dos aliados guanches, Daniel Lavilla y sus hombres permanecían igualmente arrodillados, amordazados y atados con las manos a la espalda en el interior de una galería excavada en el subsuelo, frente al grupo de aborígenes que los habían capturado. Vestían un sencillo tamarco, sandalias y llevaban suntas y banots, aunque también algún puñal de acero, lo que indicaba que no era la primera vez que tenían contacto con extranjeros.

—¿Quiénes sois? —preguntó el más viejo, con la piel curtida por el sol, el pelo largo y una poblada barba blanca.

Melchor intentó hablar, pero la mordaza se lo impedía. El viejo le hizo un gesto a uno de sus hombres y este le quitó la tira de cuero de la boca. Aunque su idioma se diferenciaba ligeramente del guanche, podían entenderse sin dificultad.

—Nosotros tres —señaló con la cabeza a Cherfe y a Elena— somos de Achinet. Esos hombres son castellanos que intentan matarnos.

—Si sois guanches, ¿por qué vestís esas ropas? —preguntó desconfiado.

—Nos apresaron hace muchas lunas y nos llevaron a la tierra de los extranjeros para vendernos como esclavos. Escapamos y por eso nos siguen.

El anciano sacó un puñal y se paseó amenazante frente a Daniel Lavilla y sus hombres, que contenían el aliento, temiendo que hubiese llegado su fin.

—Extranjeros... —dijo con resentimiento—. Por vuestra culpa tuvimos que abandonar nuestra tierra y vivimos en este islote, sin apenas alimento y ocultándonos bajo tierra para que no nos sometan como a nuestros hermanos.

—Sois afortunados de vivir en libertad —dijo Melchor—. Nosotros y nuestros hermanos de Achinet hace tiempo que servimos a los extranjeros.

—Quizá vosotros seáis guanches, pero ella... —Se acercó a Elena y le arrancó la mordaza—. ¿Cómo te llamas?

Elena miró aterrorizada a Melchor, sin entender lo que le preguntaba.

—¿No has escuchado mi pregunta? —insistió—. ¡¿Cuál es tu nombre?!

—No conoce nuestro idioma —respondió Melchor por ella.

—¿Qué clase de guanche viste de esta manera y desconoce nuestro idioma?

—Se la llevaron siendo niña y aprendió a hablar en la tierra de los extranjeros, por eso no te entiende.

—¿Es eso cierto?

Al agarrarla del pelo, el tinte con que la había teñido la Canaria y que ella renovaba cada pocos días le manchó la mano de negro. Se la miró desconcertado y sus ojos centellearon de ira.

—¡Es enviada de Gabiot!, ¡es una bruja! —dijo furioso—. ¡Matadla!

—¡No, por favor! —rogó Melchor—. ¡No podéis matarla!

A pesar de las súplicas del esclavo, dos aborígenes arrastraron a Elena hacia el centro de la cueva y levantaron sus banots para cumplir la orden. Cuando la iban a ejecutar, Melchor volvió a hablar:

—¡Es la nieta de Bencomo!

Los aborígenes se detuvieron. El viejo miró con dureza a Melchor.

—Mientes.

—No, no miento. Juro por Achamán y la diosa Chaxiraxi que es la nieta del gran mencey Bencomo. Llevo toda mi vida velando por ella y ahora la devuelvo a Taoro.

69

Tenerife (islas Canarias). Agosto de 1495

Dailos se desperezó, tumbado en el camastro de la cabaña que habían habilitado para él cerca de la playa, pero sintió que algo no iba bien; todos los días, al abrir los ojos, escuchaba a los carpinteros talando árboles, a las mujeres dirigiéndose a buscar lapas y a los niños jugando en las olas. También a los guerreros más jóvenes cruzando sus suntas, ansiosos por empezar el entrenamiento, y a los cabreros conduciendo el ganado hacia la falda de la montaña. Sin embargo, aquella mañana lo envolvía el silencio.

Al apartar la piel de cabra con la que se protegía del frío del amanecer, descubrió que llevaba puesto el uniforme del ejército castellano y que estaba empapado en sangre.

—Pero ¿qué diablos...?

Se levantó y fue hacia la puerta de la cabaña con cautela. Al abrirla, vio una imagen espeluznante: hombres, mujeres y niños estaban descuartizados en la playa. Corrió horrorizado hacia las cuevas que habitaba la familia del mencey Bencomo, tropezando con todo tipo de restos humanos. En la entrada de la cueva-palacio se topó con el mencey y con sus dos hermanos muertos junto a sus mujeres, hijos y nietos. Un profundo escalofrío le recorrió toda la espalda.

—¡Dácil!

Entró corriendo y sintió que se le partía el alma al encontrar a Dácil destripada en el suelo. Con su cadáver se habían ensañado aún más que con el resto.

—¡¡Nooooo!!

—Despierta, amor mío...

Dailos despertó y descubrió con alivio que todo había sido una pesadilla; no había rastros de sangre, volvía a escuchar los sonidos típicos de un amanecer en Taoro y Dácil estaba a su lado, viva.

—¿Con qué soñabas para revolverte de esa manera?

—Ha sido horrible, Dácil... —respondió con la respiración agitada—. Alguien nos había atacado y... todos estaban muertos...

—¿Quiénes son todos?

—¡Todos! Había mujeres y niños descuartizados, y tus padres, tus hermanos..., y también tú, Dácil..., estabas... Ha sido horrible.

—Tranquilo —lo abrazó—, ya ves que estoy viva. Nadie nos ha atacado. A Guayota a veces le gusta jugar con nosotros mientras dormimos.

Dailos asintió y se refugió en su cuerpo desnudo. El entrenamiento diario la había dotado de una musculatura envidiable, pero aun así conservaba intacta su femineidad. Le acarició la piel y se detuvo en cada una de sus cicatrices; muchas se las habían hecho sus enemigos, aunque la mayoría eran recuerdos de sus propios compatriotas al dejarse llevar demasiado durante el adiestramiento. También había algunas que eran producto de sus encuentros con guacanchas o de perseguir cerdos salvajes por la selva, y una de ellas, aún sin cerrar, le atravesaba el abdomen y se la provocó el propio Dailos al enseñarle a utilizar una espada castellana. La acarició con las yemas de los dedos y la besó con delicadeza.

—¿Todavía te duele?

—Tus besos calman cualquier dolor, así que no pares.

—Debes marcharte, Dácil. Si tu padre se despierta y ve que no estás...

—No sé cómo serán los padres en tu tierra —lo interrumpió ella—, pero el mío sabe perfectamente dónde estoy y lo que hago. No pares.

Dailos sonrió y ascendió por la cicatriz dándole pequeños besos hasta que llegó a uno de sus pezones. Lo recorrió con la lengua y Dácil arqueó la espalda, dejando escapar un suspiro de placer. Se entretuvo jugando con él hasta que pasó al otro pecho. Varias cicatrices lo cruzaban horizontalmente, pero no habían sido causadas por ningún arma, sino por las cintas con las que ella se sujetaba el tamarco para tener mayor libertad de movimientos durante la lucha. Las besó hasta que Dácil le empujó la cabeza de nuevo hacia su vientre. Dailos comprendió lo que quería. La primera vez que se lo pidió, él se quedó sin habla; si la hubiese escuchado alguien en Sevilla y la delatase a la Inquisición, la habrían quemado en la hoguera, pero en aquel lugar alejado de prejuicios la religión no solo no condenaba el sexo por placer, sino que veía adecuado que los novios se conociesen íntimamente antes de decidir unir sus vidas, y se dejó llevar.

Los jadeos de Dácil en cuanto Dailos introdujo la cabeza entre sus piernas le hicieron detenerse alarmado.

—No grites así, Dácil. Te va a escuchar todo Taoro.

—¿Cuál es el problema? —preguntó ella—. Mejor que me escuchen gritar de placer que de dolor, ¿no crees?

Dácil volvió a atrapar la cabeza de Dailos con los muslos y, para bochorno del joven castellano, sus jadeos fueron en aumento hasta llegar al orgasmo. Después lo tumbó boca arriba y se subió a horcajadas sobre él.

—Ahora te toca gritar a ti.

—No pienso hacer tal cosa.

—Ah, ¿no?

Dácil se introdujo el pene y contrajo con fuerza los músculos de la vagina, lo que provocó una sacudida en Dailos.

—No hagas eso o terminaré en menos que canta el gallo.

—¿El qué? ¿Esto?

Dácil volvió a contraer los músculos y, como le había anunciado, Dailos no pudo contenerse por mucho tiempo. La chica se tumbó a su lado y lo miró pensativa.

—¿Qué es un gallo?

—El macho de las gallinas. Es un ave.

—¿Y canta bien?

—Canta temprano, dejémoslo así.

Cuando salieron de la cabaña, Dácil y Dailos se encontraron a Bencomo esperándolos. Por la cara con que el mencey miró al muchacho, era evidente que llevaba allí el tiempo suficiente para saber lo que habían estado haciendo desde que despertaron. Varias adolescentes cuchichearon al verlos, ahogaron una risa y se marcharon hacia las rocas para coger cangrejos.

—¿Qué hace aquí, padre? —se extrañó ella.

—La guerra se acerca y aún tenemos mucho que practicar... —Miró a Dailos con intención—. En cuanto a lucha, me refiero.

El joven tuvo que hacer un esfuerzo para no apartar la mirada, apurado.

—Adelántate, hija —le dijo a Dácil—. Yo he de hablar con Dailos.

—No me lo asuste, padre.

Dácil besó a su padre, le guiñó un ojo a Dailos y se marchó hacia la zona de entrenamiento, donde ya había cientos de hombres y mujeres practicando con sus suntas, hondas y banots. Una vez que se quedaron solos, el mencey fusiló con la mirada a Dailos, que no sabía dónde meterse.

—Antes de que diga nada, quiero disculparme, mencey. No le hará ninguna gracia que Dácil y yo..., ya sabe. Pero debe saber que yo la respeto.

—Tengo entendido que llevas respetándola desde la noche en que te convertiste en uno de nosotros...

Dailos calló.

—¿Y qué? ¿Os compenetráis? Por lo que he podido escuchar esta mañana, yo diría que sí. ¿Me equivoco?

—Sí —contestó nervioso para enseguida corregirse—: Digo, no. Quiero decir, que sí nos compenetramos y no se equivoca.

—¿Y a qué esperas para convertirla en tu mujer?

—¿Quiere que... nos casemos?

—¿Tú no?

—Por supuesto que sí. —Desplegó una enorme sonrisa—. Nada me gustaría más que convertir a Dácil en mi esposa.

La boda entre Dailos y Dácil reunió a invitados de los cinco cantones del norte, entre ellos los menceyes y sus familias. Hombres enviados desde Adeje, Abona y Anaga aguardaban con presentes para los novios en la frontera de Taoro, pero entre los menceyes del norte había discrepancia sobre qué hacer con ellos. Bencomo, Romen de Daute, Pelicar de Icod y Acaymo de Tacoronte no querían tener trato alguno con los traidores, mientras que el mencey Tegueste II de Tegueste abogaba por recibirlos para intentar tender puentes con el denominado bando de paces de cara a la próxima batalla con Lugo.

—No me fío de ellos. —Bencomo negaba con la cabeza—. El único presente que aceptaría de esos malnacidos es que pongan sus ejércitos a nuestra disposición para expulsar a los extranjeros.

—Debemos recibirlos, Bencomo —respondió el mencey Tegueste II—. Quizá nuestra victoria en Acentejo los haya hecho recapacitar.

—Es cierto —lo respaldó Tinguano—. Tal vez este sea el primer paso para lograr su apoyo.

—¿Creéis que traicionarían a Añaterve? —preguntó Hucanon incrédulo.

—Seguramente no, pero nada perdemos por escucharlos.

—¿Qué opinas tú, Dailos?

Todos se volvieron hacia el novio, que asistía a la reunión de los menceyes, los prohombres y los guañameñes como un mero espectador. Su silencio tensó aún más la situación.

—¿Qué te sucede? —preguntó uno de los sacerdotes—. ¿No has escuchado la pregunta del mencey?

—La he escuchado, guañameñe, pero la respuesta no es sencilla.

—Habla con libertad —dijo el mencey Pelicar—. A todos nos interesa escuchar a quien nació entre los extranjeros.

—Mi opinión es que jamás tendremos el apoyo de Añaterve y sus aliados. Todos ellos llevan tiempo negociando con Lugo y ya habrán cerrado sus acuerdos.

—Quizá piensan que, uniéndose a nosotros, podríamos vencer y expulsar para siempre a los castellanos —dijo el mencey Tegueste II.

—Me temo que nuestra victoria completa nunca será posible, mencey —respondió con sinceridad—. Tal vez podamos derrotar nuevamente a Lugo y con ello ganar tiempo, pero los actuales reyes de Castilla o quienes los sucedan seguirán enviando tropas hasta que consigan lo que desean.

—Entonces, ¿nos rendimos sin pelear?

—Yo no he dicho tal cosa. Solo creo que los menceyes del sur se han rendido hace tiempo y buscar acuerdos con ellos a estas alturas es inútil. Sin embargo...

—¿Sin embargo? —preguntó Bencomo.

—Como opinan Tinguaro y el mencey Tegueste II, nada perdemos por hacer un poco de política. Aceptemos sus presentes y quizá, cuando llegue el momento, las negociaciones con ellos no sean tan dificultosas.

Bencomo paseó la mirada entre todos y comprobó que se mostraban conformes con las palabras de su futuro yerno, así que cedió.

—Está bien, nos quedaremos con esos presentes. Aunque, si es comida, quiero que se arroje al mar en cuanto los enviados regresen a sus cantones. No me extrañaría que estuviera contaminada con savia del cardón o con cualquier otro veneno. Y, ahora, disfrutemos de la fiesta.

En la cueva-palacio de Bencomo, algunas mujeres ayudaban a Dácil a prepararse. Aunque la joven ya estaba lista desde hacía rato, el novio aún no la esperaba junto al guañameñe que iba a oficiar la ceremonia, lo que hacía que tuviese los nervios a flor de piel. Cuando iba a salir para enterarse de primera mano de si Dailos se había arrepentido, entró Idaira.

—¿Qué pasa, hermana?

—Tranquila, ya está todo solucionado.

—¿Qué había que solucionar? —preguntó Hañagua.

—Al parecer, los menceyes del sur han enviado presentes y los hombres discutían si era o no conveniente aceptarlos.

—Los presentes siempre son bienvenidos.

—No si vienen de quien se ha unido a los extranjeros para luchar contra sus propios hermanos, tía Guajara —sentenció Dácil.

—¿Se sabe ya con seguridad que los menceyes del sur han pactado con Alonso Fernández de Lugo? —preguntó Gara, más preocupada de lo que quería hacer ver.

—Todavía no se sabe nada, aunque supongo que pronto saldremos de dudas —respondió Hañagua—. Pero ya nos ocuparemos de eso a partir de mañana. Esta noche es para disfrutar.

Todas hicieron caso y disfrutaron de una boda muy esperada. Gara fue la única que no logró quitarse de la cabeza los posibles acuerdos a los que quizá estuviese llegando su antiguo amo con los menceyes del bando de paces...

Unas horas después de que finalizase la boda, cuando aún no había amanecido y casi todos dormían, Gara salió de su cabaña procurando que nadie la viese. Se internó en el bosque de laurisilva y atravesó los pastos comunales en dirección al menceyato de Abona. Al llegar a la costa, vio varios barcos castellanos fondeados en la bahía y un grupo de militares moviéndose con libertad entre la población guanche. Se acercó a una de las cabañas de la playa ocultándose entre las rocas y aguardó a que se marchasen dos soldados que bebían de un pellejo de vino a la sombra de un árbol cercano. Uno de ellos estaba pálido y sudaba con abundancia.

—Este calor me está matando... —dijo secándose la frente con la manga de su camisola—. Maldita la hora en que salí de Trujillo.

—Lo que os mata a los extremeños es la humedad de esta isla —dijo su compañero—. No estáis acostumbrados a salir de aquellos secarrales.

—¿Qué sabrás tú? Anda, trae acá.

Le quitó el pellejo a su compañero y, tras darle un trago, ambos se alejaron hacia la orilla, adonde llegaban botes procedentes de los navíos cargados con toneles de vino, cajas de alimentos y toda clase de enseres. Gara aprovechó su oportunidad y se coló en la cabaña. Observó el interior con nostalgia, buscando algo familiar, pero no había nada en aquel lugar que le trajese algún recuerdo.

—¿Quién eres?

Gara se volvió para ver a un anciano guanche que la miraba junto a la puerta. Llevaba enganchados en el viejo tamarco aparejos de pesca fabricados con huesos y espinas de pescado, y en la mano, dos capturas de un tamaño considerable.

—Te he hecho una pregunta. ¿Qué haces aquí?

—Jamás pensé que esta cabaña siguiese en pie después de tanto tiempo.

—Esta cabaña pertenece a mi familia desde que la construyeron mis abuelos.

—Lo sé. Yo ayudé a nuestros padres a traer piedras desde el barranco para tapar las goteras cuando Achamán enviaba lluvias.

El anciano la miró confundido y, de pronto, comprendió lo que sucedía.

—Gara... ¿Eres tú?

—Hola, Gaumet —respondió ella esbozando una sonrisa—. Si mi hermano pequeño se ve así de viejo, no quiero imaginar cómo estaré yo.

Gaumet dejó caer sus capturas al suelo y corrió a abrazar a su hermana, a la que hacía más de cuarenta años que no veía.

—Gracias al dios celestial, por traerte de regreso. ¿Dónde has estado?

—Me llevaron los extranjeros y regresé hace algunas lunas a Taoro. Llevo tiempo queriendo venir a verte, pero la enemistad entre los menceyatos del norte y del sur lo ha dificultado.

—Varios años después de que marcharas supe que tu hijo Hucanon sobrevivió gracias al mencey Bencomo.

—Y, aun así, los traicionas a ambos.

A Gaumet le cambió la cara y se separó de su hermana, incómodo y avergonzado.

—No sabes lo que dices.

—Estoy bien enterada, hermano. ¿Cómo podéis dar la espalda a los que llevan vuestra propia sangre y la derraman para protegernos a los hijos del volcán?

—¿Qué podemos hacer nosotros, que no somos más que achicasnai, la casta más baja de nuestro pueblo? Le debemos obediencia a nuestro mencey, y Adjoña ha tomado una decisión.

—¿Entonces es cierto? ¿Lucharéis contra Bencomo junto a Fernández de Lugo?

—Como ya te he dicho, no está en mi mano decidir nuestro destino. Pero, si te sirve de algo mi opinión, creo que enfrentarse a los extranjeros es un suicidio. Y lo mismo piensan nuestros hermanos de Adeje, de Anaga y de Güímar.

—Es mejor morir con dignidad que vivir esclavizados por unos hombres que nos tratan como a animales, hermano.

—Es tarde para esa dignidad de la que hablas, Gara. Las tropas extranjeras ya han empezado a desembarcar en Anaga y están reconstruyendo la torre de Añazo.

En ese momento entró el mismo soldado que instantes antes charlaba con su compañero en el exterior de la cabaña. Su aspecto era aún peor, y a los sudores y la palidez se le había sumado una fuerte tiritona.

—Viejo, necesito que... —se interrumpió al ver a Gara—. ¿Quién eres tú?

Gara no supo qué contestar. En cuanto el soldado vio que le faltaba un ojo, no necesitó que contestase.

—¡Tú eres la esclava de Lugo! ¡La madre de ese salvaje!

Se abalanzó violentamente sobre ella. Aunque Gara intentó resistirse, poco pudo hacer para quitarse de encima a aquel hombre.

—¡Te vas a enterar, maldita! ¡Lugo lleva buscándote desde que...!

Pero enmudeció cuando el cuchillo que Gaumet utilizaba para limpiar el pescado le entró por la nuca y le salió por la boca. Un chorro de sangre mezclado con saliva fue a parar al rostro de Gara. El anciano retiró el cuchillo y el soldado cayó desplomado.

—Gracias, hermano —dijo ella limpiándose la sangre de la cara.

—Márchate, Gara. Márchate y no vuelvas nunca más.

Gara se despidió de su hermano pequeño con un gesto lleno de tristeza y salió para siempre de la casa donde había venido al mundo,

Corrió de nuevo hacia el bosque de laurisilva. Cada vez estaba más agotada y sentía que el cansancio no se debía únicamente a la distancia recorrida, pero siguió avanzando hasta que, ya bien entrada la tarde, llegó a la frontera de Taoro.

Hucanon y Ubay corrieron a su encuentro, seguidos por Bencomo, Tinguaro y todos los hombres y mujeres que habían participado en su búsqueda.

—¡¿Dónde estaba, madre?! —preguntó Hucanon desquiciado—. ¡Llevamos buscándola desde que asomó Magec!

—Discúlpame por no haberte avisado, hijo, pero necesitaba visitar a alguien.

—¿A quién?

—A mi hermano Gaumet.

—No sabía que aún tuviese un hermano vivo, abuela —dijo Ubay.

—Tampoco yo, muchacho. Pero necesitaba comprobarlo con mis propios ojos y saber si es cierto que los menceyatos del sur apoyarán a Lugo.

—¿Y bien? —preguntó Bencomo.

—Han llegado a un acuerdo con los invasores, que ya están desembarcando. De hecho, he visto cómo llegaban enseres y alimentos para abastecer a sus soldados.

Bencomo y sus hermanos se miraron con preocupación. Sabían que la nueva batalla estaba cerca, pero no se imaginaban que tanto. Hucanon reparó en el mal aspecto que tenía su madre.

—¿Se encuentra bien?

—Sí. —Gara respiraba con dificultad—. Solo estoy un poco cansada...

Hucanon tuvo que sujetarla para que no se desplomase.

70

Palacio Real de Medina del Campo. Valladolid. Octubre de 1495

Con la única intención de cercar a la monarquía francesa, gran enemiga de la Corona de Castilla en aquel momento, Isabel y Fernando acordaron el doble matrimonio de sus hijos Juana y Juan con los hermanos Felipe y Margarita de Austria respectivamente para un año después, en el otoño de 1496. Aunque los había preparado desde su nacimiento para cumplir con sus obligaciones dinásticas, la reina no tenía muy claro cómo podían resultar aquellos enlaces, en especial el de Juana.

A sus dieciséis años, la muchacha hablaba latín a la perfección, así como varias lenguas romances entre las que se encontraban el francés, el portugués y el italiano; también tenía vastos conocimientos de arte, música y danza y era una experta amazona, pero su talón de Aquiles seguía siendo la religión, a la que no prestaba tanta atención como a doña Isabel le gustaría. Para desesperación de su madre y de sus guías espirituales, cuestionaba cada versículo de la Biblia, argumentando que muchos pasajes no tenían sentido, rigor o simplemente credibilidad. El gran temor de la monarca era que, cuando ella faltase, la Santa Inquisición tomase cartas en el asunto y le rogó por activa y por pasiva que se guardase para sí ese tipo de opiniones. Otra de sus grandes preocupaciones era que los altibajos emocionales de la joven —que tanto le recordaban a los de su propia madre— eran cada día más habituales.

—Si marcho tan lejos, no volveré a veros, madre —dijo Juana empapada en lágrimas—. ¡Borgoña está en el confín del mundo!

—No digas enormidades, hija. Por supuesto que nos veremos, más de lo que imaginas. Además, sé que serás muy feliz junto a ese muchacho.

—¿Cómo podéis estar segura?

—Porque me he informado y sé que es considerado, afectuoso y además muy apuesto.

—¿De veras? —preguntó Juana, de repente dichosa.

—Mis informantes me han dicho que es un adonis.

En ese caso, tendré con él tantos hijos como tuvisteis padre y vos.

—A mí sácame de esa cuenta, que tu padre va dejando el mundo plagado de bastardos.

—Qué cosas tenéis, madre —contestó Juana riendo.

Aunque la reina Isabel acompañó a su hija en aquellos momentos que alternaban el dolor y el esparcimiento, la realidad era que la doble vida que llevaba Fernando le hizo pasar noches de llanto en las que maldecía el día en que se había enamorado y casado con él. Pero, pese a que sabía que el rey había tenido al menos cuatro hijos ilegítimos, a ella lo único que le importaba —y por ello tenía espías en el entorno de su marido que la informaban puntualmente de todos sus movimientos— era que no se acercase a Beatriz de Bobadilla.

En cuanto a los matrimonios de sus hijos, lo que la reina no sabía en aquel entonces era que, si bien ambos encontraron el amor en los hermanos Felipe y Margarita de Austria, con aquellos acuerdos los estaba condenando. Juana, a pesar de parir a seis hijos fruto de sus apasionadas noches con el hombre al que todos apodaban el Hermoso, perdió definitivamente la cordura a causa de los celos y del dolor que le producía la falta de apego de su marido, por lo que fue recluida hasta su muerte en el castillo de Tordesillas, mientras que Juan, ebrio por el ardor de su esposa, murió a los pocos meses de su boda debido a la hiperactividad sexual.

71

Tenerife (islas Canarias). Octubre de 1495

Alonso Fernández de Lugo observó en silencio los restos de los soldados castellanos que habían perecido en el barranco de Acentejo hacía ya casi año y medio y que nadie se molestó en enterrar. Únicamente los habían despojado de sus armas y de sus armaduras, dejándolos pudrirse desnudos al sol. Eran tantos los cadáveres en descomposición que los perros salvajes se habían hartado de alimentarse siempre de la misma carne y no había rastro de ellos en aquella zona. Aunque la mayoría de los muertos eran mercenarios que sabían lo que se jugaban, otros eran jóvenes con la esperanza de enriquecerse para cumplir sus sueños, el mismo motivo que había llevado a Alonso a enrolarse por primera vez bajo el mando del capitán Juan Rejón. Lo sentía en especial por ellos, por los muchos que, como él, se alistaron por amor.

—Conviene enterrarlos y oficiar una misa en honor de sus almas... —dijo uno de los sacerdotes que lo acompañaban con la intención de volver a levantar la capilla en Añazo y bautizar a cuantos salvajes capturasen con vida.

Alonso salió de su ensimismamiento y, tras limpiarse la saliva con su pañuelo, se dirigió a uno de sus oficiales.

—Abrid fosas comunes junto a la santa cruz y trasladad los cuerpos hasta allí.

—No es la faena más adecuada para unos hombres que pronto entrarán en combate, mi capitán —respondió con sensatez el oficial.

—Que se encarguen los hombres de Fernando Guanarteme y los de Beatriz de Bobadilla.

Durante los dos siguientes días, los elegidos para tan amarga tarea recogieron los restos de los cientos de caídos en el primer desembarco, y el adelantado presidió una misa a la que obligó a asistir a todos los hombres que se ocupaban de restaurar el antiguo campamento. Cuando el responso iba a finalizar, su oficial de confianza desde la misteriosa desaparición de Gonzalo del Castillo le susurró al oído, de nuevo con sensatez.

—Quizá deberíais hablar a los hombres, mi capitán. Por la sesera de todos ellos pasa que podrían ser los siguientes en ser enterrados en esta fosa común.

Lugo comprendió que tenía razón y, en cuanto terminó la misa y todos los presentes comulgaron, tomó la palabra.

—Muchos de los que estáis aquí luchasteis junto a estos hombres con honor y valentía, y sé que os estáis preguntando si no seréis los siguientes en caer a manos de los salvajes que habitan esta isla.

Los soldados se revolvieron incómodos. Casi todos llevaban años viendo morir a compañeros en diferentes guerras y sabían que su turno podía llegar en cualquier momento, pero no era algo de lo que les gustase hablar, como si al no mencionarlo pudiesen mantener alejada la mala fortuna.

—¡Mi respuesta es que no! —continuó el adelantado—. Y estoy convencido de ello por dos simples motivos. El primero es porque no cometeremos los mismos errores que la vez anterior; no subestimaremos a los guanches ni tampoco dejaremos que sean ellos los que elijan el lugar de la contienda. Llevo desde aquel aciago día planeando cómo vencerlos ¡y juro por esta cruz que a todos nos da cobijo que los aniquilaremos y repartiré sus tierras entre todos vosotros!

Los soldados aclamaron a su capitán por aquella inesperada promesa. Él les pidió calma para poder continuar y poco a poco fueron callando, ávidos por escucharlo.

—Aun con esto, algunos os preguntaréis si de veras nos resultará sencillo vencerlos. ¿Quién no ha oído hablar del temible Bencomo o de sus hermanos Tinguaro y Hucanon? Incluso de sus hijos Bentor, Ubay o la princesa Dácil. Yo he batallado contra ellos y todo lo que os digan será poco. Además, debo advertiros de que, en esta ocasión, a sus lanzas y piedras han añadido las armaduras, espadas, picas y ballestas que recogieron de nuestros soldados abatidos.

Los soldados volvieron a ponerse nerviosos al conocer aquella información, pero Alonso esbozó una sonrisa.

—Sin embargo, aún no os he dicho el segundo motivo por el que estoy plenamente convencido de nuestra victoria...

—¡Decidlo de una vez, mi capitán, que alguno ha manchado las calzas!

Para contrariedad de los sacerdotes presentes, que no creían que esa fuese ocasión ni lugar para comentarios como aquel, los soldados se carcajearon. Alonso volvió a pedir silencio.

—Está bien, no lo demoraré más. Debéis saber que, aparte de los que habéis llegado desde la vecina Gran Canaria, ¡ya han partido desde el puerto de Cádiz tres carabelas con soldados de refuerzo enviados por el duque de Medina Sidonia y otras tantas desde La Gomera y El Hierro!

Los soldados ovacionaron aquella información.

—Y eso no es todo... —continuó Lugo exultante—. Solo con esas huestes ya nos bastaría para vencer a Bencomo, pero lo que ansío es una victoria sin paliativos para que todos y cada uno de los que estáis aquí os convirtáis en terratenientes al completar la conquista. ¡Y es por eso por lo que estoy negociando con los menceyes de Adeje, de Abona, de Güímar y de Anaga para que sus ejércitos esta vez no se mantengan neutrales y luchen de nuestro lado!

Aquello fue suficiente para que la totalidad de los soldados castellanos se olvidase de que acababan de enterrar lo que quedaba de ochocientos compatriotas y quedasen tan convencidos como el propio Lugo del éxito de la conquista de la última isla libre del archipiélago canario.

Alonso Fernández de Lugo estudiaba junto a dos de sus oficiales el mapa de Tenerife. Después de meditarlo, señaló un punto concreto.

—Aquí, junto a la laguna.

—Será difícil lograr que Bencomo acepte presentar batalla en una llanura, mi capitán. Los guanches se sienten más cómodos en terrenos escarpados.

—Yo no he venido a hacer su vida más cómoda, sino a aniquilarlos —replicó con determinación—. Seguramente nos quieran emboscar en algún otro desfiladero, pero esta vez no les daremos la oportunidad. Quiero que una partida de cincuenta hombres estudie sobre el terreno los lugares en los que podríamos sufrir un ataque de camino a las inmediaciones de la laguna.

—A sus órdenes, mi capitán.

Uno de los oficiales salió para organizar la partida de exploradores mientras la mano derecha de Lugo seguía observando el mapa con inquietud.

—Me preocupa que hayamos perdido la ventaja en armamento sobre los guanches, mi capitán. Como vos mismo habéis anunciado, han podido hacerse con las armaduras, espadas, picas y ballestas de los caídos en Acentejo. Y en campo abierto también podrán utilizarlas.

—Por mucho que hayan practicado, jamás serán tan duchos como un ejército preparado a conciencia.

—No os falta razón, pero si al menos pudiéramos contar con una unidad de arcabuceros que nos dieran la ventaja definitiva...

—Los arcabuces no están al alcance de un ejército como el nuestro. Y, además, no todo el mundo sabe manejarlos. Deberemos conformarnos con las ballestas.

—Lo que aún no he comprendido es cómo pretendéis atraer a Bencomo hasta ese lugar.

—Justo detrás de esta llanura —Alonso volvió a señalar el mapa— está la aldea donde vive su familia. Basta con que sepa que nos dirigimos hacia allí para que sea él mismo quien decida salir a nuestro encuentro.

—Mi capitán —dijo un soldado asomándose a la tienda—. Ya han llegado los menceyes aliados.

El adelantado bebía una copa de vino sentado en su tienda mientras observaba a Pelinor, Adjoña y Beneharo discutir con

Añaterve. A pesar de tener junto a él a Fernando Guanarteme para que hiciese de intérprete, al castellano no le hizo falta para comprender lo que sucedía y le ordenó que guardase silencio.

—Una cosa es mantenernos al margen de la guerra de Bencomo con los extranjeros y otra bien distinta es participar en ella yendo contra nuestro propio pueblo, Añaterve —dijo el mencey Pelinor, mientras Adjoña asentía a su lado.

—Estoy de acuerdo. Nuestra participación en esta guerra ha de ser similar a la anterior.

—¿Tú qué opinas, Beneharo? —Añaterve miró al mencey de Anaga—. Al fin y al cabo, es en tu cantón donde han desembarcado de nuevo los extranjeros.

—Si he de serte sincero, tampoco estoy conforme con unir mi ejército al de Lugo. Muchos de nuestros hombres no comprenderán por qué nos posicionamos de parte de los invasores.

—Es cierto —afirmó Pelinor—. No te extrañe que incluso haya revueltas.

Añaterve miró al adelantado dubitativo. Este le devolvió una sonrisa y alzó su copa de vino a modo de brindis para, acto seguido, darle un trago.

—Lugo no aceptará nuestras condiciones.

—Hemos de intentarlo, Añaterve —insistió Adjoña—. Comprenderá que no podamos enviar a nuestros guerreros a luchar contra sus hermanos del norte.

Añaterve volvió a dudar. Lugo apuró su copa y se levantó de su butaca, dando por finalizada la reunión de los menceyes.

—Ya está bien. Me he cansado de oír este lenguaje a base de gruñidos. Me parece estar escuchando una piara de cerdos rumbo al matadero. Traduce lo que voy a decir, Guanarteme.

Fernando Guanarteme asintió y se dispuso a traducir las palabras de su capitán.

—No hace falta ser muy avispado para darse cuenta de que hay alguna discrepancia entre vosotros, apreciados menceyes. Y lo encuentro de lo más normal; es evidente que una decisión como esta no es fácil de tomar. —Lugo volvió a llenar su copa mientras esperaba a que el intérprete hiciera su trabajo.

—En efecto —respondió Añaterve—. Sería absurdo negar que estamos preocupados.

—Comprendo que tengáis dudas sobre si ceder a vuestros ejércitos para que luchen a mi lado..., pero no tenéis otra opción si no queréis que vuestros poblados ardan, vuestros hombres sean ejecutados y devorados por los perros salvajes y vuestras mujeres e hijos acaben vendidos como esclavos.

Fernando Guanarteme miró perplejo a Alonso Fernández de Lugo.

—Vamos, traduce lo que he dicho. Es lo que hice con tu pueblo y tú mejor que nadie sabes que no me temblará la mano, así que tradúceselo sin ambages.

Guanarteme tradujo sus palabras y los menceyes palidecieron.

—Bien —continuó Lugo con tranquilidad—, pues, si ya sabemos lo que nos jugamos todos, podemos dejarnos de sandeces. No permitiré que vuelva a suceder lo mismo que en Acentejo, y uno de los motivos por los que Bencomo nos venció fue porque vosotros os limitasteis a quedaros en vuestros cantones bebiendo mi vino.

—Nuestro acuerdo se limitaba a mantenernos neutrales —dijo Beneharo.

—Eso ya no es suficiente. Si no ponéis a mi disposición a vuestros ejércitos, os consideraré mis enemigos y os aniquilaré igual que a Bencomo. Quizá tarde más en conquistar esta isla para la Corona de Castilla, pero no dudéis ni por un instante de que lo haré. Si, por el contrario, sois capaces de daros cuenta de que con ello salvaréis la vida de vuestro pueblo, y por consiguiente a vuestras familias, sabré recompensaros con creces. Decidid ahora, porque no hay otra≠ opción ni matiz alguno en mi ofrecimiento: o estáis con Castilla o contra ella.

Una vez que Fernando Guanarteme les transmitió el mensaje, los cuatro menceyes se miraron. No tuvieron que cruzar una sola palabra para tomar una decisión.

—Dile que lo apoyaremos con nuestros ejércitos —Añaterve se dirigió a Fernando Guanarteme—, aunque debería saber que la victoria no es tan sencilla como él piensa, ya que disponen de espadas y ballestas.

—Lo sé. He visto que los cadáveres de mis hombres estaban en cueros, y no creo que hayan sido las alimañas. Aunque, para su desgracia, no tienen a nadie que les enseñe a manejar las armas.

—En eso os equivocáis. Hay alguien, uno de los vuestros, que lleva varias lunas ayudándolos a prepararse.

Alonso Fernández de Lugo sintió un escalofrío, temiéndose lo peor.

—¿Quién?

—Lo llaman Dailos, pero su nombre cristiano es Gonzalo, Gonzalo del Castillo.

72

Tenerife (islas Canarias). Octubre de 1495

La extraña enfermedad que Gara había traído de su visita a Anaga la hizo debilitarse con rapidez. Los curanderos eran incapaces de contener sus sofocos seguidos por episodios de un frío intenso, temblores, convulsiones, estornudos y una congestión nasal que le dificultaba respirar y que la mantenía en una especie de letargo el día entero.

—Tienes que salvarla —le suplicó Hucanon a Dailos—. Debes darle algún brebaje que la cure como hiciste con Idaira.

—Haría lo que fuera por ayudarla, Hucanon —respondió él con sinceridad—, pero desconozco la manera. Yo no soy médico y, aunque tuviera acceso a medicinas, algo del todo imposible, no sabría cuál darle.

—Se muere, Dailos.

Él poco más pudo hacer que sugerir que le aplicasen compresas frías para bajar sus calenturas y que la dejasen descansar. Aunque había visto esa enfermedad en su tierra —incluso él mismo la padeció algunos inviernos atrás—, no era tan demoledora como con la madre de Hucanon.

Por fortuna, Gara empezó a reponerse al cabo de los días —quizá porque ella había convivido durante años con los castellanos y estaba inmunizada de sus males—, pero el suyo no fue un caso aislado y enfermaron cientos de guanches de todos los menceyatos, especialmente de los del norte, en los que el contagio se vio favorecido por compartir espacios desde que habían declarado la guerra a los extranjeros. Algunos salieron adelante, pero otros muchos murieron. Los primeros en caer fueron los ancianos, los niños y los que ya padecían algún tipo de dolencia, pero ni siquiera los más fuertes estaban a salvo de tan demoledora enfermedad; uno de los que la sufrieron con más virulencia fue Dádamo, hijo de Tinguaro. A los habituales síntomas se le unió un siseo al respirar que, en la mayoría de los casos, precedía a la muerte.

—Comprendo tu dolor mejor que nadie, hermano —le dijo Hucanon a Tinguaro cuando trasladaban el cadáver del muchacho para que los embalsamadores, sobrepasados por el trabajo, procedieran a su secado.

—Aún tenía mucho por delante —respondió Tinguaro destrozado.

—Fue un buen hijo y luchó como el que más en Acentejo. Achamán lo recibirá con honores.

El número de contagios y de muertes comenzó a ser tan alto que algunos sacerdotes resolvieron que la enfermedad solo podía ser un castigo de Achamán, pero pocos se atrevían a decir en voz alta qué era lo que pensaban que tanto le había ofendido. Cuando Bencomo sintió las miradas de reproche sobre él, los convocó a un tagoror.

—Si los guañameñes tienen algo que decir sobre la plaga que se cierne sobre nuestro pueblo, que lo hagan de una vez.

—Achamán no está contento con que hayamos acogido y bautizado con un nombre guanche a uno de los que pretenden que lo sustituyamos por el dios extranjero —respondió el mayor de los sacerdotes.

—Mi familia también se ha visto afectada por la enfermedad y no se me ocurre achacarlo a ninguna estúpida maldición.

—Sabemos que tu hija Idaira y su esposo también han enfermado, pero Dailos...

—¡Dailos ha demostrado ser uno de nosotros! —lo cortó iracundo—. Por si no lo recordáis, no solo salvó a mi nieta Nelyda, sino que, de no ser por él, Idaira y Mitorio no habrían sobrevivido al parto.

—Tampoco conviene olvidar que mató a muchos de los nuestros durante la batalla de Acentejo antes de ser capturado, Bencomo.

—Aquel era otro hombre. Ahora nos enseña a manejar las armas castellanas.

—No parece que Achamán piense de la misma manera. Y tampoco muchos de los nuestros, especialmente los familiares de las víctimas de Dailos.

—Yo no he oído quejas.

—No se atreven a hablarte, Bencomo. Desde hace tiempo te rodeas únicamente de tu familia y no tienes en cuenta el sentir de tu pueblo.

—¿Cómo te atreves a decir tal necedad? Todos los días practico mano a mano con mis guerreros.

—Hay muchas más cosas aparte de la guerra.

Bencomo resopló exasperado, cansado de explicar que, desde que aparecieron los extranjeros por primera vez, no había nada más importante que la guerra, puesto que de ella dependía la supervivencia de los guanches. Pero tenía más asuntos que atender, así que volvió a centrarse en el motivo de la reunión.

—Si pensáis que la presencia de Dailos es la causa de esta adversidad, ¿cómo pretendéis que lo resolvamos?

El guañameñe sacó diferentes conchas decoradas de un pequeño morral y las lanzó al suelo. Una vez que interpretó la posición en la que habían quedado, volvió a mirar a Bencomo.

—Al dios supremo solo se le contenta con un sacrificio a la altura de la ofensa.

El mencey sabía que iban a pedirle eso y temió preguntar por los detalles, pero no tuvo tiempo de hacerlo, ya que Bentor ascendió a toda prisa el risco donde estaban reunidos.

—Padre...

Todos lo miraron, molestos por que el muchacho interrumpiera así un tagoror.

—¿Qué pasa, Bentor?

—Es Alonso Fernández de Lugo. Ya ha desembarcado con su ejército.

Bencomo se volvió hacia los guañameñes.

—Si Achamán quiere sacrificios, los tendrá.

Bencomo y su hijo atravesaron el poblado cruzándose con contagiados en diferentes estadios de la enfermedad; los más afortunados solo sentían malestar y un goteo nasal que desaparecía al cabo de los días, pero muchos otros evolucionaban hacia unas dificultades al respirar que habitualmente terminaban con la muerte. Los familiares de estos últimos, desesperados al temer la proximidad de su final, cuando comprobaban que ni los sacrificios ni las súplicas al creador daban resultado, los obligaban a tomar baños de mar que no pocas veces producían ahogamientos.

—Quizá sea cierto que esto es castigo de Achamán… —masculló el mencey.

—¿Es eso lo que opinan los guañameñes?

—Así es.

—¿Y cuál piensan que es la ofensa?

Bencomo miró a su hijo de soslayo. Su relación con Dailos era de hermanos desde que se había convertido en un guanche como ellos, pero conocía a Bentor y sabía que era fácilmente influenciable, así que consideró que lo mejor era ocultárselo para que no hubiese suspicacias contra el marido de Dácil cuando más unidos necesitaba que estuvieran.

—Los guañameñes siempre buscan alguna excusa para ofrecer sacrificios, hijo. Y, en momentos como este, en todo ven malos presagios. Lo mejor es ignorarlos y centrarnos en lo que importa. ¿Cuántos barcos han llegado a la costa de Anaga?

—Según los informantes —respondió Bentor sin sospechar por el cambio de tema—, una docena de grandes navíos con soldados y otros tantos más pequeños cargados de armas y alimentos.

Bencomo se detuvo y le puso la mano en el hombro.

—Será mejor que vayas con la muchacha que te acompaña últimamente, hijo. Quién sabe lo que Achamán tiene reservado para nosotros y si volveremos a ver a los nuestros aquí o ya en la eternidad.

—¿No cree que podamos vencerlos, padre?

—Pronto lo sabremos, Bentor. Ahora ve con ella.

Bentor asintió y se dirigió hacia la cabaña que ocupaba desde hacía varias lunas con una joven de Tegueste con la que había decidido formar una familia. De camino, informó a su primo

Ubay de la situación y, al igual que su padre le había dicho a él, le recomendó que aprovechase el tiempo haciéndole el amor a su esposa.

Bencomo, por su parte, fue a avisar a sus hermanos y se dirigió a su cueva-palacio, donde Hañagua y Gara atendían a Idaira, a Yeray y al hijo mayor de ambos, que también padecían la enfermedad.

—¿Cómo se encuentran?

—Nahuzet apenas tiene síntomas —contestó Hañagua mirando al chico, que jugaba distraído con el caballito de madera que le había tallado Dailos meses atrás—, pero Idaira y Yeray no lo están pasando bien.

—Se repondrán, ya lo verás. ¿Dónde están Nelyda y Mitorio?

—Con Guajara. Gara opina que no deben acercarse a los enfermos para evitar que también se contagien.

Gara escuchaba con gesto serio. Se sentía culpable al pensar que había sido ella la que llevó aquel mal a su pueblo.

—Muchas de las enfermedades que asolan a los castellanos se transmiten de unos a otros por la cercanía —dijo la madre de Hucanon—. Es más seguro que los que aún permanecen sanos se mantengan alejados de los enfermos.

—Hace poco que se ha recuperado, Gara —dijo Bencomo con cariño—. Márchese a descansar, porque ahora más que nunca debe mantenerse fuerte.

—Si necesitáis cualquier cosa, avisadme.

Bencomo y Hañagua asintieron y Gara salió de la cueva. Ambos observaron a Idaira y a Yeray, que dormitaban el uno junto al otro cogidos de la mano. Hañagua sonrió con tristeza.

—Al final va a resultar que la elección de esposo que hiciste para nuestra hija fue de lo más acertada.

—Será una de las pocas cosas acertadas que he hecho en mi vida... —respondió el mencey pesaroso.

—¿Qué sucede, Bencomo?

—Ha llegado la hora, amor mío. El ejército de Alonso Fernández de Lugo ya ha desembarcado en Achinet.

Hañagua sintió un escalofrío y se abrazó a su marido, consciente de que aquello seguramente significase el fin de su pueblo. Bencomo la besó en el pelo con cariño y aspiró un olor que lo había acompañado desde que la conoció, un olor del que ya pocas veces podría disfrutar.

Dácil se levantó mareada y temió haberse contagiado de la enfermedad que llevaba semanas mermando a su pueblo, pero, en cuanto vomitó, se recuperó por completo. Al principio lo achacó a algún alimento que no le había sentado bien, sin embargo, cuando el malestar volvió a aparecer, supo que el motivo era otro.

—¿Qué te pasa, hermana? —preguntó Bentor ese día al ver que no solo no peleaba con el arrojo de siempre, sino que su cabeza estaba muy lejos de allí y vencerla no era tan descabellado como otros días.

—Nada. Solo estoy un poco distraída.

—Estar distraída cuando practicamos con armas no me parece buena idea.

—Tienes razón, hermano. Lo mejor es que lo deje por hoy.

Dácil regresó a la cabaña que compartía con Dailos y se tumbó a descansar. Al enterarse de que lo que había pasado, su marido corrió a atenderla.

—Necesitas aire, Dácil —dijo nervioso—. Y hacerte lavados con agua de mar. Hemos comprobado que ayuda a limpiar por dentro y hace que se respire mejor.

—Respiro perfectamente, Dailos.

—Tu hermano me ha dicho que estás enferma.

—Eso no es del todo cierto.

—Tu aspecto indica lo contrario; estás pálida, tienes ojeras, cara de...

—Lo que estoy es preñada —lo interrumpió.

Dailos la miró abrumado ante aquella inesperada noticia. Tener hijos era algo que ya habían hablado y con lo que soñaban en un futuro no muy lejano, pero aquel era el peor momento, a escasas horas de la batalla definitiva contra las tropas castellanas.

—No veo que te alegres demasiado —dijo Dácil sin ocultar su decepción.

—Claro que me alegro, amor mío —respondió con sinceridad una vez que lo asimiló—. Me haces el hombre más feliz de Achinet.

Dácil sonrió aliviada y Dailos se acercó para besarla. Se sentó junto a ella y le puso la mano en el vientre con delicadeza.

—¿Lo sientes ya?

—Lo único que siento es que mi cuerpo no responde como antes; estoy mareada y sin fuerzas.

—Necesitas descansar, eso es todo.

—Ya descansaré más tarde, Dailos. La enfermedad ha debilitado a nuestro ejército. Los que quedamos en pie tenemos que esforzarnos el doble.

—Tu estado lo cambia todo. Deberías olvidarte de esta guerra y mantenerte a salvo para traer al mundo a nuestro hijo.

—He visto mujeres dejar sus armas solo para parir, y yo no voy a ser menos.

—Dácil...

—No insistas, por favor —lo interrumpió con determinación—. Mi obligación es defender a mi pueblo de la invasión extranjera y no pienso darle la espalda, ya esté enferma o embarazada. Ahora vayamos a practicar.

—¿No prefieres dormir un rato más?

—Ya he dormido suficiente.

Al regresar al campo de entrenamiento, Dácil y Dailos encontraron a todos los guerreros en silencio. Lo único que se escuchaba eran los estornudos y toses de los que, aunque víctimas de la epidemia, seguían manteniéndose activos. Se abrieron paso hasta llegar a la primera fila justo cuando Bencomo, acompañado por Tinguaro y Hucanon, subió a un pequeño promontorio para hablar a los suyos.

—¡Hermanos y hermanas, hijos e hijas de Taoro! ¡La cita con nuestro destino ha llegado!

Todos golpearon sus escudos con sus banots y sus suntas. Bencomo aguardó a que se detuvieran para continuar hablando.

—Desde que derrotamos a Alonso Fernández de Lugo en el barranco de Acentejo, esperábamos que ese hijo de Guayota regresase para vengarse…, y acabo de saber que Lugo ha abandonado su campamento en la costa de Anaga y viene a nuestro encuentro con su ejército.

—¡Volveremos a enviarlos con su dios!

Todos jalearon las palabras de aquel valiente guerrero. El mencey procuró que no se notase cuánto le afectaba lo siguiente que tenía que comunicarles.

—No nos detendremos hasta lograrlo, sin duda. Aunque debéis saber que ha llegado con el mismo número de hombres que lo acompañaban la vez anterior…, a los que se han sumado parte de los ejércitos de Adeje, Abona, Güímar y Anaga.

La decepción y la indignación hicieron que los guerreros profiriesen insultos y maldiciones contra los menceyatos traidores.

—He enviado emisarios a los menceyatos del norte para que sus ejércitos se movilicen y se unan a nosotros en esta última batalla, así que, si hemos de morir, no lo haremos solos. Sé que la traición de nuestros hermanos y la enfermedad con la que hemos tenido que luchar los últimos tiempos y que se ha llevado a muchos de los nuestros nos debilita, ¡pero habéis de saber que Achamán está de nuestro lado! ¡Nosotros somos los hijos del volcán!

Todos aullaron mientras levantaban las armas al cielo, buscando más que nunca la bendición de su dios. Dailos miró a su alrededor afligido. Sabía que, aunque los que se habían convertido en sus hermanos creían en la victoria, Alonso Fernández de Lugo aniquilaría a todos los que no hubiesen perecido por la epidemia. Miró el vientre de Dácil y sintió que se le encogía el corazón; si no sucedía un milagro, a ella la muerte la sacudiría por partida doble.

73

La Graciosa (islas Canarias). Junio de 1523

Daniel Lavilla y sus hombres caminaban atados de manos hacia la playa. Los aborígenes no sentían ninguna simpatía por ellos y lo demostraban con cada golpe que les propinaban ordenándoles avanzar, aun cuando la dificultad de moverse por un terreno tan abrupto les hacía caerse cada pocos pasos. Los tres guanches marchaban tras el grupo, en silencio.

—¿Qué hacemos con ellos? —preguntó el viejo aborigen.

Melchor y Cherfe miraron a Elena, que, aunque había salido ilesa, permanecía seria y pensativa.

—Eres tú quien debe decidir su destino, muchacha.

—¡Liberadnos y juro por Dios, Nuestro Señor, que nos marcharemos para no regresar jamás! —dijo uno de los hombres.

—¡Cierra tu maldita boca! —le ordenó Daniel Lavilla para después mirar a Elena—. Tú asesinaste a mi padre y no pararé hasta que pagues por ello, malnacida.

—Vuestro padre pretendía violentarme.

—¡Estaba en su derecho! ¡Solo eres una esclava!

—Si sirve de algo mi opinión —intervino Cherfe—, los mataría a todos aquí y ahora y enterraba para siempre este problema.

Elena meditó la propuesta de Cherfe; seguramente esa era la solución más sencilla, pero negó con la cabeza. Aunque ya había matado a un hombre y volvería a hacerlo mil veces, no se veía capaz de ordenar una muerte a sangre fría.

—Os dejaremos marchar. Aunque, si volvemos a veros, no tendréis tanta suerte. Podéis soltarlos.

Los guanches procedieron a cortarles las ataduras.

—Ya la habéis oído —dijo Cherfe—. Si queréis morir, ya sabéis dónde encontrarnos. Largo.

Los seis esbirros corrieron despavoridos hacia su bote, que permanecía varado en la orilla junto al barco de pesca de Cherfe, con el mástil partido por la mitad. Lavilla miró con odio a Elena y se reunió con sus hombres.

—Larguémonos, jefe —dijo uno de ellos—. Estamos demasiado lejos de casa para enredarnos en algo así.

Daniel Lavilla se fijó en el interior del bote, donde había una vieja escopeta, la primera arma de fuego, antes incluso que el arcabuz, que había utilizado el ejército castellano. Recordó que, mientras remaban hacia la orilla persiguiendo a los tres esclavos, uno de sus hombres la había cargado, pero no disparó. Daniel se agachó lentamente y la agarró con determinación. Cogió aire y se giró para disparar contra la asesina de su padre, pero, antes de que pudiera apretar el gatillo, un banot lanzado por Melchor lo acertó en mitad del pecho.

Lavilla aún tuvo tiempo de disparar al aire y cayó de espaldas sobre la arena. Se desangró en la orilla viendo cómo sus hombres se alejaban a bordo del bote.

Sentada en una roca junto a la gran montaña amarilla, Elena observaba pensativa a Cherfe y a Melchor, que, con la ayuda de los aborígenes, terminaban de arreglar el mástil del barco, destrozado por el impacto de la bala de cañón. Pese a que se había librado para siempre de la amenaza de Daniel Lavilla, no estaba tan tranquila como le gustaría. Y por si fuera poco, por algún motivo que no alcanzaba a comprender, todos los miembros de esa pequeña tribu procedente de Lanzarote, que había conseguido escapar de las garras de los conquistadores malviviendo en aquel islote, no dejaban de agasajarla. Un grupo de mujeres y niños le entregaron entre reverencias una fuente con gofio y un cuenco de leche de cabra que debía de ser más valioso que el oro que llegaba a Castilla desde el Nuevo Mundo, en vista del lamentable estado de los animales por la falta de verde con el que alimentarse.

—Os lo agradezco, pero no tengo hambre —intentó devolvérselo—. Tomáoslo vosotras con vuestros hijos.

Las mujeres dijeron algo en su idioma mientras rechazaban la comida y se retiraron con nuevas reverencias.

—El barco ya está listo —dijo Melchor cuando el grupo se marchó—. En un rato podremos irnos. Si nos acompaña la fortuna, en menos de dos días habremos llegado a las costas de Taoro —añadió ilusionado.

—¿Por qué estas gentes pasan de querer matarme a agasajarme con gofio y leche de cabra, Melchor? —preguntó Elena con seriedad.

—Será que son un pueblo cordial. —Cogió un poco de gofio con la mano y se lo llevó a la boca—. Mmm... Hacía años que no probaba el gofio de verdad, elaborado en esta tierra. ¿No te gusta?

—Después de todo lo que hemos vivido, comprende que haya perdido el apetito.

—Yo tampoco debería comer demasiado, porque seguro que, en cuanto me suba en ese barco digno de Guayota, lo echaré todo por la borda.

La broma no hizo el efecto esperado en Elena, que seguía mirando a Melchor con aplomo.

—¿Qué les dijiste cuando iban a matarme en la cueva?

—Que no lo hicieran, simplemente —contestó él evasivo.

—No me tomes por estúpida, por favor.

—Ya hablaremos de ello cuando lleguemos a Achinet —esquivó la conversación—. Ahora vayamos al barco. Tenemos que aprovechar las corrientes o no saldremos hasta dentro de varios días.

—¡He dicho que no me tomes por estúpida, Melchor!

El estallido de rabia sorprendió al guanche. La conocía desde niña y sabía que tenía carácter, pero su condición de esclava la obligaba a contenerlo. En aquel momento se sintió libre y lo dejó aflorar.

—Me merezco una explicación y no me subiré a ningún barco si antes no me aclaras lo que pasa, Melchor —añadió con determinación—. Estoy harta de que me ocultes cosas.

Él suspiró, comprometido.

—¿De verdad quieres saber por qué nos han perdonado la vida?

—No me hagas repetírtelo, te lo ruego.

—Está bien... Les dije quién eras realmente: les conté que eres la nieta del mencey Bencomo.

Elena lo asimiló. De entre todas las cosas que se había imaginado, aquella era la más sorprendente.

—¿Y es cierto?

—Claro que es cierto. Yo no me relacioné con tu abuelo; él era el más poderoso de los nueve menceyes, el que unió a la mayoría de los guanches para luchar contra los reyes de Castilla, y yo un simple aspirante a guerrero procedente del reino de Daute. A tus padres, en cambio, el destino me unió para siempre.

—Me dijiste que apenas habías tenido trato con ellos.

—Te mentí. No solo los traté, sino que acompañé a tu madre durante todo su embarazo. Le di a tu padre mi palabra de que no me separaría de ti mientras viviera y cumplo esa promesa desde entonces con honor.

—¿Por qué? ¿Por qué aceptaste un sacrificio de ese calibre?

—Yo tenía dos hermanas pequeñas a las que unos cazadores de esclavos se llevaron una aciaga mañana. Ya las dábamos por perdidas cuando tu padre las rescató en Sevilla y nos las devolvió sanas y salvas. Desde aquel momento, mi familia y yo quedamos en deuda con él.

—¿Y qué hacía un guanche en Sevilla? ¿Mi padre también era un esclavo?

—No... Lo que ocurre es que él no era guanche. Al menos, no era uno que hubiese nacido en Achinet.

—No te entiendo.

—Todos lo conocíamos por Dailos, pero su verdadero nombre era Gonzalo del Castillo, soldado de las tropas castellanas capturado durante la batalla del barranco de Acentejo. Y el nombre de tu madre era Dácil, hija de Bencomo, la mejor guerrera que jamás haya existido.

74

Tenerife (islas Canarias). Noviembre de 1495

—¿Qué diablos les pasa?

Alonso Fernández de Lugo se extrañó al ver frente a él a un ejército que, aunque más numeroso de lo que se esperaba, se movía con dificultad. Quizá fuese porque algunos empuñaban las espadas, picas y ballestas que habían recogido de los muertos castellanos de Acentejo año y medio antes y a cuyo peso no estaban acostumbrados, pero había algo extraño en su manera de desplazarse por la llanura de La Laguna.

—Modorra —respondió uno de los galenos que acompañaban a su ejército—. Lo que a los castellanos nos causa malestar, a ellos los mata sin remedio. Según he sabido, hasta hoy ha acabado con tres mil hombres, mujeres y niños.

—Castigo divino, sin duda ninguna.

—También hemos perdido a algunos hombres de los menceyatos aliados.

—Dios, Nuestro Señor, castiga a todos los salvajes por igual.

Lugo miró a su derecha, donde Añaterve, sobre su caballo negro, ansiaba empezar la guerra, dispuesto a matar a los que antes consideraba hermanos. A su lado, con menos convicción aunque preparados para cumplir con su cometido, los menceyes de Adeje y de Abona. Beneharo, mencey de Anaga, había enviado en su representación a uno de sus hijos, ya que también se había contagiado de aquella modorra. Detrás de los menceyes aguardaban para entrar en combate alrededor de tres mil guerreros guanches de los menceyatos del sur, la mayoría con la sensación de que Achamán los castigaría por estar en el bando equivocado.

—Mi capitán. —Un oficial se acercó a Lugo—. Mirad quién está detrás de Bencomo.

Alonso centró la mirada y apretó los dientes. No quería creer que el traidor del que le había hablado Añaterve fuese realmente Gonzalo del Castillo, el hombre que le salvó la vida en la batalla de Acentejo, hijo de uno de sus soldados más fieles. Pero allí estaba, vistiendo el típico tamarco guanche y empuñando una espada.

—Entonces es cierto que ese miserable me ha traicionado.

—Eso parece...

—Vayamos a su encuentro. Quiero mirarlo a los ojos antes de mandarlo al infierno.

Escoltado por veinte de sus mejores soldados, otros tantos ballesteros y los menceyes aliados junto a cincuenta de sus guerreros, Lugo caminó hacia el centro de la explanada. Allí aguardaron a la delegación guanche, encabezada por Bencomo, sus hermanos y los menceyes Romen, Pelicar, Acaymo y Tegueste II. A pesar de que su aspecto seguía siendo poderoso, los castellanos se sorprendieron al ver que la mayoría habían sobrepasado con creces los cincuenta años.

—Por las barbas de Cristo —comentó jocoso un oficial—. Si demoramos mucho la ofensiva, se nos van a morir de viejos.

Mientras sus hombres se reían, Alonso se limitó a esbozar una tenue sonrisa para mirar con desprecio a Hucanon y después examinar la segunda línea enemiga, mucho más joven y amenazante. Frente a casi cien guerreros —todos ellos sanos y con aspecto feroz— estaban Bentor, Ubay y Dácil. Junto a la princesa aguardaba Dailos, cuya mirada se encontró con la de su antiguo capitán.

—Podías haberlo tenido todo, hijo —dijo el adelantado, condescendiente—. Y, en lugar de eso, decides traicionarme uniéndote a esta estirpe de salvajes y desharrapados.

—Este ahora es mi lugar.

Alonso se fijó en Dácil, que, como los demás, asistía en silencio al intercambio de unas palabras que no entendían.

—¿Es por ella, muchacho? Entiendo que te haya obnubilado, pero no es más que una furcia con los días contados. Estoy dispuesto a ordenar que la apresen viva y a ofrecértela como esclava si regresas conmigo.

—A mí me gusta en libertad.

—Ha de fornicar de maravilla para haber convertido a mi mejor hombre en un botarate. Nunca pensé que fueses tan necio, Gonzalo.

—Ese ya no es mi nombre. Ahora me llamo Dailos.

—Ese será, pues, el nombre del cadáver que se pudra aquí mismo.

—Intuyo que no habéis llegado a un acuerdo —intervino Bencomo.

—Me temo que no, mencey —respondió Dailos.

—Está bien. Dile a Lugo que tengo un mensaje para él y para los menceyes traidores que lo acompañan.

La mirada que les dedicaron los integrantes del bando de guerra a los que habían decidido unirse a los conquistadores hizo que la mayoría de ellos, a excepción de Añaterve, apartaran la suya, avergonzados.

—Adelante —respondió Alonso cuando Dailos lo tradujo—. Ardo en deseos de escuchar lo que tiene que decir el gran rey de los guanches.

—En primer lugar —dijo Bencomo—, queremos ofreceros nuestra amistad. Nadie tiene por qué salir herido en el día de hoy. En segundo lugar, queremos que todos los llamados castellanos, empezando por su capitán, Alonso Fernández de Lugo, se postren ante la madre de Magec y acepten como único y verdadero creador a Achamán. Y, por último, exigimos que todo extranjero que llegue a nuestra isla muestre sumisión ante mí y los menceyes de los reinos de Daute, Icod, Tacoronte y Tegueste, aquí presentes.

Todos los que habían entendido el mensaje sin necesidad de intérprete —incluidos los aliados de los conquistadores— miraron a Bencomo perplejos, como si el líder guanche hubiera perdido la cabeza. Dailos sonrió al recordar que aquel mismo mensaje se lo habían dado ellos la primera vez que se encontraron, año y medio antes, ofreciéndoles la paz a cambio de que adorasen a Jesucristo y se postrasen ante los reyes de Castilla.

Mientras Dailos traducía palabra por palabra lo que había dicho Bencomo, Alonso Fernández de Lugo aguantaba la humillación. Sacó el pañuelo para limpiarse la boca y observó al resto de las tropas guanches, que aguardaban en la retaguardia. Era evidente que la enfermedad estaba haciendo estragos entre ellos.

—Tu rey es muy atrevido cuando su ejército está hecho de despojos, muchacho. Míralos. No pueden ni mantenerse en pie.

—Dile que se marche de Achinet y no tendrá que sujetarse otra vez la mandíbula para contener las babas.

Las palabras de Hucanon hicieron que esta vez fuesen los guanches los que estallasen en carcajadas. Incluso entre los que estaban del lado de los invasores se escuchó alguna risa. Tinguaro, por lo general más serio que sus hermanos, intentó contenerse, pero también sucumbió.

—¿Qué ha dicho? —le preguntó Lugo a Dailos desconcertado.

—Que abandonéis esta isla con vuestro ejército y no tendréis que volver a salir huyendo..., más o menos.

Alonso Fernández de Lugo miró con dureza a sus enemigos, que aún seguían burlándose de él.

—Has perdido tu oportunidad, hijo. Mañana, tú y estos salvajes seréis pasto de los gusanos. Y te juro por Dios y por los reyes Isabel y Fernando que vuestra muerte no será épica, ni tampoco rápida. Te aconsejo que esta noche hagas disfrutar a tu furcia, porque la venderé como esclava al más sucio prostíbulo que encuentre.

Alonso Fernández de Lugo dio media vuelta y regresó con el grueso de sus tropas. Aquella noche la pasaría preparando el enfrentamiento hasta el último detalle; no pensaba permitir que sucediese nada ni remotamente parecido a lo que pasó durante la primera batalla en el barranco de Acentejo.

A Dácil le había costado coger el sueño, pero el agotamiento tras muchos días sometida a un entrenamiento extenuante, sumado a los cambios que las primeras semanas de embarazo producían en su cuerpo, hizo que cayera rendida. Cuando comprobó que estaba profundamente dormida, Dailos salió de su cabaña y se dirigió hacia el campamento donde los miles de guerreros guanches descansaban antes de la gran batalla. La inferioridad de su armamento —a pesar de que casi medio millar de ellos habían aprendido a manejar espadas y ballestas—, junto al calamitoso estado físico en que los había dejado la enfermedad, lo llevaban a pensar que la derrota sería total.

Al llegar a la zona donde se agrupaban los hombres de Daute, uno de los vigías lo detuvo. Conocía al extranjero con el que había luchado en Acentejo, y recelaba aunque ahora usase un nombre guanche y se hubiese casado con la hija de Bencomo.

—¿Adónde te crees que vas?

—Busco a un muchacho de nombre Ancor.

—No conozco a nadie llamado así.

—El mencey Bencomo me envía a buscarlo. Desea encargarle una misión.

El vigía torció el gesto y le pidió que esperase mientras iba en su busca.

—Princesa Dácil...

El joven Ancor zarandeó ligeramente a Dácil. Esta se despertó sobresaltada y le colocó su cuchillo de obsidiana en el cuello. El chico tragó saliva al sentir el filo.

—¿Quién eres y qué haces en mi cabaña?

—Mi nombre es Ancor. Los extranjeros se llevaron a mis hermanas y Dailos las trajo de vuelta. Ahora reclama que pague la deuda que mi familia tiene con él.

Dácil lo reconoció como el muchacho que había aparecido en la playa el día del bautismo de Dailos y le retiró el cuchillo del cuello.

—¿Qué quieres?

—Dailos te espera en la cueva de Magec. Me ha contado que la llamáis así porque allí ibais juntos a ver cómo despertaba el hijo de la diosa Chaxiraxi.

Dácil recordó con nostalgia las primeras noches, cuando Dailos y ella aún se veían a escondidas. Solían ir a una recóndita cueva cerca de los acantilados y hacían el amor hasta que amanecía. Solo ellos le daban ese nombre, así que supo que Ancor no mentía.

—¿Por qué quiere que vaya allí?

—Desconozco los detalles, princesa, pero me ha dicho que es muy importante. Parece ser que ha descubierto algo sobre el ejército de los invasores y necesita que vayas para informarte. Ha recalcado que debes ir sola.

Aun cuando conocía el camino de sobra, Dácil dejó que fuese Ancor quien la guiase. No tenía motivos para desconfiar de él, pero aquella situación le resultaba insólita. Cuando llegaron a la entrada de la cueva, el chico encendió una antorcha frotando con habilidad dos piedras y se la tendió.

—Dailos te espera en el interior.

—¿Tú no me acompañas?

—Mis órdenes son traerte y después regresar con mi ejército.

—¿Nos veremos mañana en el campo de batalla?

—Será un honor seguirte, princesa.

Dácil entró en la cueva y, al llegar a una pequeña cámara, se asomó por un estrecho pasadizo que conducía a la sala en la que solía encontrarse con Dailos.

—¡Dailos! ¿Estás ahí?

—¡Ven! —respondió él desde el otro lado—. ¡Debo enseñarte algo!

Dácil se agachó y entró en la galería. Solo había recorrido unos pasos cuando escuchó un ruido a su espalda. Se giró sobresaltada y vio cómo una gran piedra bloqueaba el pasadizo por donde había entrado.

—¡Eh! ¡¿Qué está pasando?!

Intentó volver atrás y retirar la piedra, pero no logró que se moviera. Ya con todos sus sentidos en alerta, iluminó el estrecho pasadizo y siguió avanzando. Al llegar al final, pudo incorporarse. Se trataba de una sala de unos cinco pasos de ancho por tres de largo sin más acceso que el utilizado por ella. En la cúpula, a una altura considerable, había una pequeña abertura a través de la cual aquellas primeras noches los amantes veían despertar a Magec. En ese momento solo dejaba entrar el reflejo azulado de la luna. Dácil se estremeció al comprobar que estaba sola.

—¿Dailos?

Él se asomó por la abertura del techo y sonrió con tristeza.

—¿Qué significa esto, Dailos? ¿Por qué me has traído aquí?

—Sé que me vas a odiar, amor mío, pero tenía que hacerlo.

—¿Hacer el qué?

—Dentro de poco, cuando Magec nos visite como tantas veces nos visitó a ti y a mí en este lugar, tendrá lugar la gran batalla, la última de los guanches como pueblo libre. Aunque no dudo del valor de nuestros hermanos, no bastará para vencer al ejército de Alonso Fernández de Lugo.

—No entiendo qué quieres decir.

—Digo que la mayoría de nosotros moriremos... y yo no voy a permitir que tú y el niño que crece en tu vientre estéis entre los caídos.

Dácil comprendió lo que pretendía y sintió cómo le hervía la sangre.

—No te atreverás...

—Me juré que haría lo imposible para mantenerte a salvo, y esta es la única forma. Cuando todo acabe, Ancor te liberará y te protegerá hasta que alumbres a nuestro hijo.

—¡No puedes arrebatarme así mi destino, Dailos! —protestó desquiciada—. ¡Sácame de aquí!

—Lo siento, amor mío, pero la decisión está tomada.

—¡No! ¡Escúchame, Dailos! —rogó a la desesperada—. Te juro por el mismísimo Achamán que me mantendré en la retaguardia. No pondré mi vida en peligro.

—Si hicieras eso, no serías la Dácil que yo tanto amo y admiro —contestó él esbozando una amarga sonrisa.

—Déjame ayudar a mi pueblo. Llevo toda mi vida preparándome para esto.

—La mejor manera de ayudar a que tu pueblo perviva es dando a luz a un hijo sano, Dácil. Ahora tengo que dejarte.

—¡No! ¡No te vayas! ¡Te juro que me mataré! ¡Si me dejas aquí encerrada, tu hijo y yo visitaremos a Achamán esta misma noche!

Dailos la vio apretar el cuchillo contra su pecho, y, aunque su determinación le hizo dudar, negó con la cabeza.

—No, no lo harás. No está en tu naturaleza morir así.

—¡Sácame de aquí, Dailos! ¡No puedes hacerme esto!

—Te quiero, Dácil. Nunca he querido a nadie como te quiero a ti. Moriré feliz por haberte encontrado. Espero que algún día sepas perdonarme.

Dailos la miró por última vez y se alejó de aquel lugar escuchando primero sus súplicas, después sus insultos y por último sus gritos de impotencia.

75

Tenerife (islas Canarias). 15 de noviembre de 1495
Llano de La Laguna

La noche, la última para muchos de los guanches que aguardaban junto a la laguna, había sido demasiado calurosa para esa época del año, y no parecía que la temperatura fuese a darles una tregua cuando Magec asomara por el horizonte. A los que sufrían la enfermedad, el calor y la fiebre les hacía sudar en abundancia y debilitarse aún más. Para quienes seguían sanos, era una ventaja poder ir más ligeros de ropa que los castellanos que acampaban al otro lado de la explanada.

Dailos aguardaba a Bencomo cuando el mencey salió de su cueva-palacio tras pasar la noche hablando con Hañagua de un pasado feliz y de un futuro incierto.

—¿Qué haces aquí, muchacho?

De camino a la llanura donde tendría lugar la gran batalla, Dailos le habló del embarazo de Dácil y de la decisión que había tomado. Aunque Bencomo comprendió la indignación de su hija al verse encerrada en una cueva y privada de algo para lo que se había estado preparando desde niña, agradeció saber que ella no sería una de las víctimas aquella mañana.

Tinguaro interceptó a Bencomo cuando atravesaba el campamento de los guerreros llegados desde los otros menceyatos del norte:

—Lugo ha previsto el ataque por los flancos y los ha protegido a conciencia, hermano.

—No esperaba menos. ¿Está dispuesto todo como habíamos planeado?

—Así es. Los ballesteros ya ocupan los lugares asignados para ellos y los portadores de espadas y picas están formados en el frente, aunque muchos han caído esta noche a causa de las fiebres.

—Maldito sea Achamán, si de veras esto es castigo suyo...

Tinguaro miró a su hermano con reproche, pensando que no era un buen momento para faltar al respeto al creador, pero optó por callar. Después miró a Dailos, que seguía muy afectado por lo que se había visto obligado a hacerle a Dácil.

—¿Y mi sobrina? Sus hombres la esperan.

El joven cruzó una apurada mirada con Bencomo y este contestó en su lugar.

—Dácil se ha contagiado y ha sido imposible despertarla del profundo sueño en el que ha caído.

—Lo siento, hermano —dijo Tinguaro compungido—. Ni ella ni mi hijo Dádamo merecían perderse esta batalla.

—Si despierta, tendrá batallas que librar. En la de hoy, Dailos ocupará su lugar.

Bencomo, Dailos y Tinguaro llegaron hasta la posición de Hucanon y los menceyes Romen, Pelicar, Tegueste II y Acaymo. Junto a este último, esforzándose por mantenerse en pie, estaba su hijo Yeray.

—Deberías estar junto a tu esposa, hijo —dijo Bencomo al verlo.

—Una indisposición no va a hacer que rehúya mi destino, mencey Bencomo. Si he de morir, prefiero hacerlo aquí, deteniendo a los extranjeros para que Idaira viva en paz cuidando de nuestros hijos.

Bencomo le apretó el hombro con orgullo y enseguida miró a Hucanon.

—¿Estás preparado, hermano?

—Ya me he despedido de mi madre, de mi esposa y de mis nietos. No me quedan cuentas pendientes en Achinet, así que hoy será un buen día para iniciar el último viaje.

Los dos hermanos se sonrieron.

—¿Ubay y Bentor?

—Acaban de regresar de Echeyde y aguardan en lo alto de la montaña.

—Espero que esa locura que se te ha ocurrido funcione, muchacho —le dijo Bencomo a Dailos.

—No sé si bastará para expulsar para siempre a los castellanos, pero funcionará.

—Entonces, ocupemos nuestros puestos —dijo para dirigirse al resto de los menceyes—. Vosotros acudid junto a vuestros ejércitos. Alentadlos, recordadles el plan y que Achamán os acompañe.

Bencomo se despidió de cada uno de ellos deseándoles fortuna y a continuación acompañó a Hucanon y a Tinguaro a la posición desde donde los tres hermanos iban a enfrentarse a los invasores.

—Hay movimiento en las tropas enemigas, mi capitán.

Mientras dos asistentes lo ayudaban a ajustarse la armadura, Alonso Fernández de Lugo miró sorprendido al soldado que acababa de entrar en su tienda para informarlo.

—¿Nos atacan?

—No, pero están tomando posiciones para hacerlo. El mencey Bencomo ya se ha puesto al frente de su ejército.

—Pues va siendo hora de que lo enviemos con... ¿Cómo llaman a ese dios de baja estofa al que adoran?

—Achamán, señor.

—Enviémoslo, pues, con Achamán.

Los mismos dos asistentes ayudaron al adelantado a montar y se dirigió al trote a la posición que ocupaban sus oficiales, en un promontorio desde donde tenían una vista privilegiada de la llanura. Si todo iba según lo previsto —y Alonso no tenía intención de permitir que nada fallase—, quedaba poco para que la conquista de Canarias se completase y, con ello, su carrera de militar al servicio de la Corona de Castilla. Después se casaría con su amada Beatriz y ambos gobernarían como reyes aquel pequeño universo tan distinto a la Península aunque no carente de encanto. Era lo que llevaba años soñando, pero, al cabalgar entre sus soldados y verlos cuadrarse a su paso con respeto y admiración, supo que lo echaría de menos.

Frunció el ceño al llegar a lo alto de la colina y darse cuenta de que el ejército de los menceyatos de Adeje, Abona, Güímar y Anaga había menguado con respecto al día anterior. Tampoco habían acudido el mismo número de aborígenes de otras islas bajo el mando de Fernando Guanarteme.

—¿Dónde están los guanches que faltan?

—Muertos o enfermos, mi capitán —respondió uno de sus oficiales—. Los menceyes aliados han informado de que muchos de sus guerreros se han contagiado del mal que los asola.

—¿Entre nuestras tropas no hay afectados?

—Los hay, pero la mayoría sin gravedad. Solo han fallecido dos soldados que llegaron ya debilitados, y algunos canarios y gomeros.

—No entiendo cómo hemos tardado tanto a someter a estos bárbaros cuando, a la vista está, son especímenes malsanos.

De pronto, se escucharon unos golpes provenientes de las tropas guanches y todos miraron hacia allí. Los guañameñes acababan de decir sus oraciones y de bendecir a los guerreros que iban a participar en la batalla y estos se preparaban aporreando sus escudos con las suntas y los banots. Después tiraron sus armas al suelo y se golpearon rítmicamente pecho y muslos con las manos mientras retaban a sus enemigos con gritos e insultos. Aunque la danza de guerra era muy primitiva, muchos soldados castellanos se miraron con desasosiego.

—Acabemos con estos salvajes... —dijo Alonso antes de dirigirse a su primer oficial—: Que Añaterve y Guanarteme comanden a sus tropas contra los ballesteros enemigos. Cuando se les acaben las flechas, que la caballería ataque sus flancos y la infantería avance con todo. A la hora del almuerzo quiero tener esta isla conquistada.

Cueva de Magec

El agotamiento y la frustración habían hecho que la princesa Dácil se quedase dormida, pero, en cuanto entraron los primeros rayos de sol por la grieta en la cúpula de la cueva, se despertó y reanudó sus gritos y protestas.

—¡Ayuda! ¡Que alguien me saque de aquí!

Igual que la noche anterior, después de que se marchara su marido —al que había dejado de amar para odiar con toda el alma—, nadie atendió sus súplicas. Intentó regresar al pasadizo y retirar la piedra que bloqueaba la salida, pero era demasiado pesada. Tampoco logró trepar hasta la cúpula de la cueva y, aunque lo hubiera conseguido, no habría podido escapar por una rendija tan angosta. La confirmación de que Dailos tenía previsto que estuviera allí encerrada mientras duraba el enfrentamiento era que había encontrado agua y un zurrón con alimentos. De repente, escuchó un ruido en el exterior, como si alguien estuviese caminando por los alrededores.

—¡¿Quién hay ahí?! ¡Ancor, ¿eres tú?!

El muchacho, cogido en falta, se asomó a través de la abertura.

—¿Necesitas algo, princesa Dácil?

—¡Lo que necesito es que me saques de aquí! ¡La batalla contra las tropas extranjeras va a comenzar!

—Yo también deseo estar allí —contestó él—, pero mi cometido es vigilar que no escapes y liberarte cuando todo haya acabado.

—¡Eso es absurdo, Ancor! Aún estamos a tiempo de luchar. Sácame de aquí y te juro por la diosa que no te culparé de nada.

—Lo siento, pero no puedo.

—¡Claro que puedes! ¡No hay nada que te lo impida!

—Me lo impide la promesa que le he hecho a Dailos. Tu marido me devolvió a mis hermanas y debo pagar mi deuda con él.

—¿Y no sería mejor pagarle evitando que muera a manos de Lugo?

—Debo proteger al hijo que crece en tu vientre.

Dácil se llevó la mano a la tripa instintivamente. Eran tantas las emociones que había olvidado que estaba embarazada.

—Yo no quiero que mi hijo nazca para servir a los extranjeros, Ancor. Si ese es su destino, preferiría que no naciese.

—No está todo perdido. Llevamos muchas lunas preparándonos para este momento. Ahora reza a Achamán para que apoye a los nuestros.

Dicho esto, Ancor se marchó. Aunque Dácil lo llamó y suplicó que la sacase de allí, el muchacho ya no regresaría hasta muchas horas después.

Llano de La Laguna

Desde que decidió combatir del lado de los guanches, Dailos se había encargado de enseñarles a utilizar las espadas, las picas y las ballestas castellanas recuperadas del barranco de Acentejo, pero, por desgracia, no eran muy duchos con su manejo, en especial con las ballestas, cuya complejidad a la hora de cargarlas sacaba de quicio a los aborígenes canarios. Aunque lo peor era la escasa puntería que habían demostrado y que hacía que Dailos se llevase las manos a la cabeza, frustrado, cuando comprobaba que prácticamente ninguna de las flechas alcanzaba las dianas a pesar de colocarlas a solo unos pasos de distancia.

—No parece un arma demasiado útil —le había comentado Bencomo mientras los improvisados ballesteros iban a recuperar las saetas.

—Lo es, pero los guanches no están hechos ni para navegar ni para lanzar flechas.

—Entonces será mejor que nos limitemos a arrojar piedras y banots.

—No, no podemos descartar un arma tan poderosa y con tanto alcance, aunque deberemos utilizarlas de otra manera.

—¿De qué manera?

—¡Lanzad!

Dailos había decidido que debían olvidarse de la puntería y limitarse a disparar al grueso del ejército enemigo cuando estuviesen a tiro, así que las flechas de las casi doscientas ballestas surcaron el cielo hacia los guerreros guanches que avanzaban bajo el mando de Fernando Guanarteme y del mencey Añaterve, el único que iba a caballo. La mayoría de las saetas no alcanzaron su objetivo, pero, aun así, fue suficiente para que acabasen con una veintena de atacantes.

—¡Recargad!

Dailos se exasperaba al ver la lentitud con que se obedecían sus órdenes, a pesar de las semanas de entrenamiento en el manejo de las ballestas. La segunda tanda se redujo a menos de cincuenta flechas disparadas precipitadamente, que no hicieron caer más que a media docena de hombres de los menceyatos del sur.

En la lucha cuerpo a cuerpo tampoco sirvieron de mucho las espadas, que, aunque con cada golpe provocaban cortes y amputaciones, eran más difíciles de manejar que los banots con los que aquellos guerreros llevaban practicando toda la vida. Dailos atravesó con su espada a un hombre de Adeje e intentó atacar a Añaterve, pero el caos reinante a su alrededor le impidió avanzar más que unos pocos pasos.

Escuchó la orden de corneta y vio a la caballería salir de la retaguardia de las tropas castellanas y unirse a la batalla. La pequeña ventaja que tenían se esfumó y murieron a lanzadas decenas de guerreros guanches.

—¡Aguantad! —gritó Dailos—. ¡Tenemos que aguantar un poco más!

Alonso Fernández de Lugo observaba fascinado la orgía de sangre desde su atalaya. Sonreía satisfecho al ver que, aunque había caídos de uno y otro bando, muy pocos eran soldados castellanos. Para su sorpresa, vio que parte del ejército guanche, comandado por Tinguaro, Hucanon y los menceyes aliados a Bencomo, avanzaba directo hacia su campamento en una carrera suicida.

—Están locos... —dijo impresionado un oficial.

—Bendita locura —contestó Lugo—. Que los ballesteros disparen a discreción.

El oficial dio la orden y una lluvia de flechas diez veces superior a la que había caído antes sobre los hombres de Añaterve y Guanarteme oscureció el cielo. Al verlas, los guanches se detuvieron.

—¡Escudos! —gritó Tinguaro a todo pulmón—. ¡Cubríos!

Los guanches se agruparon y se cubrieron con unos escudos más grandes que los que utilizaban habitualmente y que habían fabricado expresamente para aquella ocasión.

Alonso Fernández de Lugo crispó el gesto al ver que aquello neutralizaba su ataque.

—Así que les has enseñado algún que otro truquito, Gonzalo —dijo para sí y se dirigió a su oficial—: ¡Que la infantería avance con todo!

Al escuchar las cornetas ordenando el avance de la infantería, Dailos supo que había llegado el momento clave. Mató de una lanzada a un jinete castellano y montó de un salto en su caballo. Lo azuzó y atravesó la explanada hacia el flanco en el que Bentor y Ubay esperaban la orden definitiva.

—¡Ahora! —gritó Dailos galopando hacia su posición—. ¡Ordenad la retirada!

Un centenar de guerreros hicieron sonar sus bucios y el ejército guanche retrocedió, lo que envalentonó a los castellanos, que iniciaron la persecución descontrolada del enemigo.

A Alonso Fernández de Lugo le extrañó ver que un ejército que había demostrado no temer a la muerte huyese de esa manera. Se fijó en Bencomo, que, al otro lado de la llanura, observaba tranquilo el devenir de los acontecimientos, sin reaccionar ante la huida de sus hombres. Entonces, Lugo lo comprendió.

—¡Es una trampa! ¡Ordenad que se detengan! ¡Que la infantería no siga avanzando, por todos los santos!

Pero, por más que las cornetas ordenasen el cese del ataque, los soldados, animados al presentir una victoria tan aplastante, continuaron adelante.

—¡Ahora! —gritó Bencomo cuando las tropas castellanas se habían acercado lo suficiente—. ¡Preparad las catapultas!

En el otro extremo de la llanura, Ubay dio la misma orden y los guanches retiraron la vegetación que ocultaba treinta enormes catapultas construidas siguiendo las estrictas indicaciones de Dailos y escondidas a ambos lados del campo de batalla días antes de la llegada de los extranjeros.

—¡Cargad!

Los guanches cargaron cada una de las enormes cestas con media docena de extraños recipientes de metal al rojo vivo. Bencomo esperó a que la infantería enemiga avanzase hasta el punto exacto y bajó el brazo.

—¡Ahora!

Los proyectiles de las treinta catapultas salieron despedidos hacia las tropas castellanas. Al caer, prendieron la paja empapada en aceite y grasa animal que habían colocado previamente, creando un caos de fuego y de destrucción.

Desde su atalaya, Alonso Fernández de Lugo no daba crédito a lo que estaba sucediendo en la llanura.

—¿Qué es eso? ¿Qué nos están lanzando?

—¡Es lava, señor! —respondió atónito su oficial—. ¡Esos salvajes nos atacan con la lava del volcán!

Alonso observó demudado cómo aquellos recipientes, al chocar contra el suelo, lo prendían y salpicaban a todos a su alrededor con lava a casi mil grados de temperatura. Cada salpicadura provocaba en los soldados quemaduras que, cuando no los herían de muerte, los hacían huir despavoridos.

—¡¿De dónde han salido esas catapultas?! —preguntó furioso—. ¡¿Cómo no hemos previsto esto?!

Nadie supo qué responder; que los guanches utilizasen la lava contra sus enemigos era algo que no se le había pasado a nadie por la cabeza, ni siquiera a los propios aborígenes. Fue Dailos, cuando aún se llamaba Gonzalo del Castillo, la noche de la baladera, quien se dio cuenta del potencial de aquella arma de la naturaleza. El único problema era cómo trasladar lo que los guanches consideraban la sangre del volcán hasta el campo de batalla. La respuesta la encontró en las armaduras de los castellanos abatidos en Acentejo. Ordenó que las recogieran y las fundieron unas con otras para fabricar aquellos recipientes.

Cuando las bombas de lava dejaron de caer sobre las tropas castellanas, comenzó el ataque conjunto de los ejércitos de los cinco menceyatos del norte. El adelantado temió que, por mucho que hubiera preparado aquella conquista, el desastre ocurrido durante el primer desembarco podría volver a repetirse.

Pastos comunales

A la misma hora que se producía el enfrentamiento con las tropas castellanas, un grupo de mujeres guanches atravesaban los pastos comunales desde Taoro hacia el valle de Güímar, donde se encontraba la cueva que daba cobijo a la diosa Chaxiraxi.

Aunque Hañagua y su hija Idaira —aún convaleciente de la enfermedad— no tenían muchas esperanzas de que la madre de Magec fuera a escucharlas tras abandonar ambas su cuidado, su deber era intentarlo. Al fin y al cabo, habían pasado muchos años a su servicio y no habían dejado de visitarla siempre que podían, si bien la animadversión de Añaterve hacia Bencomo y su familia hacía que la viesen menos de lo que les gustaría. Idaira trastabilló y Gara la sujetó para evitar que cayese por un acantilado.

—Cuidado, muchacha. —Le llevó la mano a la frente—. Estás ardiendo.

—Resistiré. Si mi marido ha podido ir a la guerra, yo podré ir a rezar a la diosa.

A lo lejos se escucharon los golpes y gritos de la batalla. Todas miraron hacia el horizonte estremecidas y vieron las columnas de humo procedentes de los pequeños incendios provocados por la lava.

—¿Habrá funcionado esa locura de Dailos? —preguntó Hañagua.

—Esperemos que sí —contestó la anciana—. Esa sería la única manera de igualar las fuerzas con el ejército castellano.

—Que Achamán los ayude —dijo la esposa de Tinguaro.

—Que nos ayude a todos, Guajara. Si no lo consiguen...

—Lo conseguirán —la interrumpió Hañagua—. Ahora id con los ojos abiertos. Hemos entrado en el territorio de Añaterve.

El grupo de mujeres continuó avanzando con precaución. A lo lejos ya se veía la costa donde se hallaba la diosa y donde vivían más de cien harimaguadas y algunos sacerdotes extranjeros. Y, con ellos, seguramente habría soldados.

Llano de La Laguna

Los tres mil guerreros guanches que no habían muerto por la enfermedad o en los primeros compases de la guerra corrieron hacia las tropas enemigas, que intentaban rehacerse tras el ataque sufrido con las insólitas bombas de lava. Durante el primer encontronazo, gran cantidad de invasores murieron ensartados por banots y aplastados por suntas, pero, en cuanto la caballería se reorganizó y pudo contraatacar, recuperaron la ventaja. A una señal de Tinguaro, los bucios volvieron a sonar y trescientas guerreras guanches se situaron en los laterales de la llanura con sus hondas para acribillar a pedradas y a lanzazos a los castellanos.

Desde su posición, Lugo observaba desencajado el transcurso de la contienda, aún sin creerse que una victoria a priori tan sencilla se hubiera complicado de esa manera. Su oficial al mando le tiró del guardabrazo de su armadura.

—¡¿No me escucháis, mi capitán?!

Volvió en sí y lo miró, aturdido.

—¡Tenéis que dar una orden o esos salvajes van a masacrarnos!

Se centró. Si no hacía algo, volvería a caer derrotado y, aparte de perder para siempre a Beatriz, los reyes de Castilla lo someterían a un severo castigo.

—Los flancos —dijo tras limpiarse las babas con su pañuelo—. Envía a la caballería para que detengan el lanzamiento de piedras y lanzas.

—Si sacamos a la caballería...

—¡Obedece! —ordenó con vehemencia—. ¡Que la caballería ataque sus flancos y después se incorpore a la batalla!

Alonso Fernández de Lugo se colocó su yelmo, montó en su caballo y galopó ladera abajo seguido por los oficiales que, como él, aún no se habían sumado a la lucha, convencidos hasta ese instante de que no haría falta su intervención. Su llegada a la llanura compensó la retirada de la caballería. Aunque muchos caballeros cayeron en el ataque a las guerreras guanches, más de la mitad fueron abatidas y el resto huyó hacia el bosque de laurisilva que había a su espalda. Cuando los jinetes volvieron a reagruparse, la victoria empezó a decantarse con claridad hacia el lado castellano.

Dailos luchaba junto a Yeray. El marido de Idaira, al límite de sus fuerzas a causa de la enfermedad, tenía un tajo en el muslo y no paraba de perder sangre, pero, aun así, seguía en pie.

—¡Yeray! ¡Tienes que retirarte! ¡Ve a la retaguardia!

Un soldado salió de la humareda provocada por la lava y le clavó a Yeray la alabarda en la espalda. Dailos se quitó de encima a varios enemigos y llegó hasta su cuñado, que se desangraba en el suelo, pero no pudo hacer más que agarrarle la mano hasta que exhaló su último aliento. Después miró al soldado que lo había matado y que en ese momento remataba a un guerrero de Icod en el suelo, corrió hacia él y lo golpeó en el casco, que salió despedido y dejó su cara al descubierto. Cuando iba a atravesarlo con el acero, se dio cuenta de que era el mismo hombre al que conoció en aquella taberna de Sevilla.

—Así que volviste a alistarte...

Al soldado le costó reconocerlo con aquellas ropas, la barba y el pelo largo, pero, al hacerlo, lo atacó con su lanza. Dailos consiguió esquivarla agachándose y, con una rodilla en el barro, le clavó la espada por debajo del peto hasta atravesarle el corazón. El soldado le escupió antes de caer.

—Te pudrirás en el infierno, maldito traidor...

A unos pasos de allí, Hucanon y su hijo Ubay combatían espalda contra espalda, destrozando a cada adversario que se atreviese a acercarse a ellos. Los soldados castellanos ordenaban a los guanches aliados que los atacasen, pero todos ellos habían visto a padre e hijo demostrar en cada fiesta del Beñesmer que eran los mejores guerreros de Achinet y rehuían el combate.

—¡Nos temen, padre! —dijo Ubay exultante.

Hucanon y Ubay aplastaron cabezas y rompieron extremidades, disfrutando del don con el que habían nacido. En la anterior contienda, el rescate de Gara en la bahía de Anaga los alejó de la batalla y solo mataron a un puñado de castellanos. Esta vez, pensaban resarcirse. De pronto, una flecha silbó entre las cabezas de los soldados y se detuvo con un golpe seco.

—Padre...

Hucanon miró a su hijo. La flecha lo había alcanzado en el cuello, del que brotaba un reguero de sangre imposible de contener.

—¡Ubay!

Hucanon solo tuvo tiempo de abrazarlo antes de que su hijo se desvaneciera entre sus brazos. Buscó furioso al ballestero y lo vio frente a él, sobre su caballo. Se había levantado la visera de su yelmo y le sonreía con satisfacción.

—¿No es maravilloso que el destino haya hecho que te arrebate de la misma manera a tus dos hijos, Hucanon?

El hermanastro de Bencomo levantó la sunta y corrió gritando desquiciado hacia Alonso Fernández de Lugo.

—¡Acabad con él!

En los veinte pasos que los separaban, Hucanon recibió sobre su cuerpo otros tantos flechazos y lanzadas que le hicieron ir a morir a los pies del hombre que primero le había arrebatado a su madre y más tarde a sus dos hijos.

76

La Gomera (islas Canarias). Noviembre de 1495

Cuando le anunciaron que un barco procedente del Nuevo Mundo había atracado en el puerto de La Gomera con la única intención de entregarle en mano una carta del almirante Cristóbal Colón y un brazalete de oro y piedras preciosas, a Beatriz de Bobadilla le dio un vuelco el corazón. Recibió con fingido desinterés al enviado del único hombre que había amado y dejó la carta sin abrir junto a la joya sobre la repisa de la chimenea. Tras casi una semana tratando de ignorarla, una noche no pudo aguantar más, se levantó de la cama, encendió un candil y se dispuso a leerla.

> *Muy virtuosa y apreciada Beatriz:*
> *El lugar desde el que os escribo se empeña en traeros a mi memoria. Confieso que he intentado olvidaros más aún que hallar el nuevo mundo prometido a sus altezas los reyes Fernando e Isabel, pero vuestro olor, vuestro sabor y la manera en que me mirabais cuando despertábamos juntos se me han quedado tan grabados que mi propia piel protege vuestro recuerdo y ya me es imposible librarme de él sin morir desollado.*
> *Estoy sentado en el jardín de mi villa de La Isabela, la primera ciudad que hemos fundado en la isla bautizada como La Española, y no puedo dejar de soñar que algún día estaréis aquí, a mi lado. Vos mejor que nadie sabéis lo que es vivir en una isla, pero creedme si os digo que jamás habéis visto los colores que aquí se encuentran, tanto el del agua como el de la vegetación o el del plumaje de algunas aves. Esto nada tiene que ver con ese horizonte oscuro y anodino que tanto aborrecéis de vuestra isla. Este paisaje os maravillaría, ya que su belleza solo*

podría equipararse a la que veis reflejada cada día en vuestro espejo.

Soy consciente de que la última vez que nos vimos, cuando partía al frente de la segunda expedición en busca de tierra firme (cometido en el que aún me hallo), nuestra despedida no fue tan cálida como me hubiera gustado, y por ello quiero disculparme; no es excusa que comandase diecisiete naves y guiase el destino de mil quinientos hombres cuando se trata de contentar a la mujer a la que amo. Porque sí, Beatriz: os amo con todo mi ser. Ahora, alejado de mi tierra y rodeado de salvajes que he de someter como vos sometisteis a los gomeros, puedo gritarlo a los cuatro vientos.

Me llegan noticias de que habéis iniciado relaciones con el adelantado Alonso Fernández de Lugo, y, aunque me ha partido el corazón saberlo, aún cabe en él la esperanza de que sean meras habladurías sin fundamento. Si acaso fuera cierto, os deseo la mayor de las dichas posibles, pero, si no, os invito a que no desperdiciemos lo que nos ofrece la vida en bandeja, que no es sino nuestro amor.

Sé que sois una mujer práctica, algo que adoré cuando os conocí, y por ello no me andaré con rodeos y paso a exponeros mi ofrecimiento: si cruzáis el océano y acudís a mi lado, os haré virreina de las Indias Occidentales. Tal vez no os parezca demasiado, pero las islas que he descubierto son diez veces más grandes que La Gomera o que Tenerife y están repletas de oro con el que cubrir vuestro armonioso cuerpo (os envío un brazalete que da buena muestra de ello). Y cuando encuentre tierra firme, que os aseguro será en breve, seréis la reina de un nuevo mundo, quién sabe si aún más extenso que cien Castillas juntas.

Que Dios, Nuestro Señor, os alumbre y os ayude a tomar la decisión más acertada.

Siempre vuestro,

.S.
.S.A.S.
X MY
El Almirante

514

Cuando terminó de leer aquella carta de amor, las mejillas de Beatriz estaban empapadas en lágrimas. Quiso mandar que prepararan una embarcación lo suficientemente recia que la llevase a los brazos del hombre a quien veía cada noche al cerrar los ojos, dejando atrás a Alonso, sus posesiones e incluso a sus propios hijos. Pero ella nunca se había doblegado así ante nadie y, tras un momento de zozobra, se secó las lágrimas con el dorso de la mano.

—Yo solo soy la fulana de quien elijo, querido...

Dicho esto, volvió a coger el candil y prendió una esquina de la carta. El papel ardió enseguida y se llevó para siempre las palabras y el recuerdo de aquel hombre que tanto daño le había hecho. Se levantó, dejando en el asiento el brazalete de oro que le había enviado con su declaración de amor, y ordenó que la visitasen en su alcoba los dos esclavos más solícitos que tenía a su servicio.

Antes de dirigirse a sus estancias, volvió sobre sus pasos, recogió el brazalete y se lo colocó en el antebrazo izquierdo sin perder un ápice de dignidad.

77

Tenerife (islas Canarias). 15 de noviembre de 1495
Llano de La Laguna

Sin más sorpresas por parte de los aborígenes, las tropas castellanas se asentaron en el campo de batalla e hicieron valer su superioridad. Los alabarderos avanzaban aguijoneando los cuerpos enemigos sin mayor protección que unas simples tiras de cuero, a la vez que, desde la retaguardia, los ballesteros los acribillaban y la infantería los remataba a espadazos. Mientras tanto, la caballería se internaba entre lo que quedaba del ejército guanche matando a placer.

—¡Nos están masacrando, Bencomo! —dijo Tinguaro tras matar a un soldado hundiéndole su banot en el ojo.

El mencey miró hacia la primera línea y vio que, en efecto, sus hombres caían sin apenas causar bajas enemigas. El sueño de volver a expulsar a los invasores de Achinet se desvanecía sin remedio.

—Esta vez Achamán nos ha dado la espalda, hermano... —Miró hacia el cielo con resentimiento—. Primero nos castiga con esa enfermedad, y ahora nos abandona en la lucha.

—¡Cuidado!

Tinguaro saltó sobre su hermano justo cuando un jinete galopaba hacia ellos. Mientras caían al suelo, la espada del castellano pasó rozando el cuello de Tinguaro e hirió al mencey en el hombro.

—¿Estás bien, Bencomo?

—Solo es una herida superficial. Me has salvado la vida.

—Te lo debía por cuando tú...

Pero Tinguaro no pudo terminar la frase, ya que un banot lo alcanzó en el pecho. Cuando Bencomo vio quién lo había lanzado, la realidad lo golpeó como una sunta.

—¡¿Qué has hecho, Pelinor?! —gritó Bencomo sujetando angustiado el cuerpo de su hermano.

—¡Se lo merecía, Bencomo! —contestó con frialdad el mencey de Adeje—. Por su culpa, Hucanon asesinó a mi padre. Mi mayor consuelo es que acabo de ver con mis propios ojos su cadáver junto al de su hijo Ubay. Ahora los dos traidores están muertos.

Bencomo se dejó caer junto a su hermano mientras a su alrededor seguían muriendo guanches. Varios de ellos, al ver a los dos hermanos desprotegidos, los rodearon para que nadie pudiera atacarlos.

—Es grave... —dijo Tinguaro después de arrancarse aquel banot—. Ya he iniciado mi último viaje, Bencomo.

—Ya lo hemos iniciado todos —contestó Bencomo derrotado—. Si de veras han matado a Hucanon, ¿quién podría sobrevivir a este infierno?

—No te rindas ahora, hermano.

—Habéis caído los dos. ¿Qué haré yo en este mundo sin Hucanon y sin ti a mi lado?

Tinguaro fue a hablar, pero de su boca solo salió una bocanada de sangre.

—Déjate llevar, hermano. Achamán tiene reservado para ti un lugar de privilegio.

—Mátalos —dijo Tinguaro en su último estertor—, mátalos a todos...

En cuanto cerró los ojos, Bencomo se incorporó cegado de rabia y buscó a Pelinor, pero este había desaparecido. Recogió su sunta del suelo y se internó entre las tropas enemigas destrozando a todo el que le salía el paso, sin importarle si él también estaba siendo herido.

Cueva de Achbinico

El grupo de mujeres de Taoro se aproximó con precaución a los alrededores de la cueva donde estaba la diosa Chaxiraxi. Como si allí no hubiera llegado la guerra, las harimaguadas rea-

517

lizaban sus labores con normalidad. Las vigilaron por si hubiera soldados, pero únicamente vieron a un grupo de sacerdotes cristianos ocupados en construir una capilla.

Aguardaron a que fuesen al bosque a recoger leña para acercarse a una de las harimaguadas más mayores, que limpiaba pescado junto a las rocas.

—Cathaysa...

La mujer se volvió y se sorprendió al ver a Hañagua, junto a la que había entrado al cuidado de la diosa cuando ambas eran niñas.

—Hañagua, ¿eres tú?

—Celebro que me recuerdes, Cathaysa. ¿Recuerdas también a mi hija Idaira?

La harimaguada sonrió al reconocer a aquella muchacha tan devota que había servido a la diosa hasta hacía unos años, pero enseguida se tensó.

—¿Qué hacéis aquí? ¿Es que no sabéis lo que Añaterve os hará si se entera de que habéis venido a su cantón?

—Añaterve está luchando contra Bencomo. Y nosotras venimos a pedirle a la diosa que no sea él quien regrese.

—No puede ser. —La mujer negó con la cabeza—. Vosotras ya no sois harimaguadas y no podéis entrar ahí.

—Hemos arriesgado la vida cruzando Achinet y no nos iremos sin verla, Cathaysa. Pero necesitamos tu ayuda.

Ella dudó, aunque acabó rindiéndose ante la cara de determinación de las recién llegadas.

—Sigues siendo tan testaruda como cuando eras niña, Hañagua. Esperad aquí a que yo os avise.

Cathaysa fue hacia la cueva y les pidió a las jóvenes harimaguadas que rezaban allí que la dejasen sola con la diosa. Aunque no era algo habitual, obedecieron. Una vez que salieron, avisó a las de Taoro y ellas corrieron hacia la cueva.

—Daos prisa. No tenéis mucho tiempo.

—Gracias, Cathaysa.

Entraron en la cueva de Achbinico y se postraron ante la diosa, emocionadas por poder volver a verla y tocarla, especialmente Hañagua e Idaira. Rezaron pidiendo que sus maridos, hijos y nietos regresasen de la guerra después de expulsar a los extranjeros de Achinet. Tras un rato, la humedad de la cueva hizo que Idaira empeorase de su enfermedad y le costase respirar. Hañagua les pidió a las demás que la sacasen al exterior y ella se quedó sola.

—Vaya, vaya... Esto sí que no me lo esperaba.

Hañagua se volvió sobresaltada y vio entrar a Beneharo escoltado por varios de sus guerreros. El viejo mencey de Anaga, cuyo pelo de color rojo se veía ahora de un blanco amarillento, tenía mal aspecto y la voz nasal, evidencias de que se había contagiado de la enfermedad.

—¿Qué haces aquí, Beneharo? ¿No deberías estar en el norte traicionando a tus hermanos?

—Bencomo dejó de ser mi hermano cuando me arrebató a la mujer destinada a ser mi esposa, Hañagua. —Se acercó a ella—. Pero, para tu información, he enviado a mi hijo en mi lugar porque yo he venido a pedir a la diosa por mi frágil salud.

—Espero que Guayota te lleve —escupió Hañagua.

Beneharo endureció el gesto y la agarró del brazo.

—Deberías haberme elegido a mí, Hañagua. Tu vida ahora sería más plácida y tú y los tuyos no estaríais destinados a la esclavitud.

Hañagua sacó un cuchillo de obsidiana de su tamarco y se lo hundió en el estómago mientras le hablaba al oído.

—No cambiaría ni un instante de lo que he vivido con Bencomo por mil vidas plácidas junto a ti, Beneharo.

Al darse cuenta de lo que estaba pasando, los escoltas del mencey se lanzaron sobre Hañagua y le clavaron sus banots. Los cadáveres de la esposa de Bencomo y de uno de los menceyes que lo habían traicionado quedaron tendidos en el suelo de la cueva, bajo la atenta mirada de la diosa Chaxiraxi.

Llano de La Laguna

Cuando Bencomo se sació de matar, se detuvo y miró en rededor, donde había un amasijo de cuerpos aplastados por su sunta. Vio que un joven soldado castellano se alejaba del lugar arrastrándose malherido. Se acercó lentamente a él y le cortó el paso. El muchacho alzó la mirada aterrorizado.

—No, por favor. No me matéis. Yo solo quiero volver a mi casa.

Bencomo le devolvió una mirada cargada de odio, levantó la sunta y le aplastó la cabeza contra el suelo. Acto seguido se dejó caer de rodillas y la envolvió una terrible tristeza. Se llevó las manos a la cara y lloró como cuando era un niño.

—¡Padre!

Bencomo volvió en sí al ver que Bentor llegaba corriendo hasta él.

—Está herido...

—Estoy bien, hijo —respondió mirando los múltiples cortes que ni siquiera notaba sobre su piel—. ¿Cómo estás tú?

—Han caído los ejércitos de todos los menceyatos, padre. Solo quedamos unos pocos peleando para sobrevivir.

—Reúnelos a todos y refugiaos en las montañas.

—Le ayudaré a levantarse para que nos guíe.

—No, hijo. Yo debo morir aquí.

—¿Qué está diciendo? ¡Vayámonos antes de que nos rodeen!

—Escúchame bien, Bentor —dijo Bencomo con serenidad—. Mis hermanos y muchos de mis zigoñes han caído y yo debo irme con ellos, pero es hora de que tú busques tu propio destino.

—Quizá mi destino también sea morir aquí.

—No, tu destino es ser mencey, darle nuevas esperanzas a nuestro pueblo y encontrar la manera de derrotar a los extranjeros.

—No lo lograré, padre.

—Sé que me honrarás, hijo. Sé que honrarás a tu abuelo Imobach y a todos nuestros antepasados. Ahora márchate.

Bentor dudó, sin saber lo que debía hacer.

—¡Márchate, Bentor! Reúne a todos los hombres que puedas e id a las montañas. No pierdas tiempo. Haz que esté orgulloso de ti.

Bentor asintió y, tras estrecharle el antebrazo a su padre, se marchó. Bencomo recogió su sunta, buscó un escudo y fue caminando entre cadáveres hacia donde todavía se escuchaban golpes y gritos de lucha. Un joven guanche apareció de la nada y lo atacó. Consiguió conectar un golpe que, aunque no demasiado fuerte, desequilibró al mencey y le hizo perder su arma. El muchacho fue a golpearlo de nuevo, pero Bencomo encontró una espada en el barro y le rajó la cara desde la frente hasta la barbilla. Acto seguido se incorporó y fue a rematarlo, pero se dio cuenta de que solo era un niño que lloraba mientras se tapaba la herida con las manos.

—¿Cómo te llamas? —le preguntó.

—Mi nombre es Cherfe, de Adeje.

—Vete a casa y cúrate esa herida, Cherfe. Que te sirva para recordar siempre que los guanches no deberíamos matarnos entre nosotros, sino ayudarnos.

Bencomo recogió su sunta y siguió su camino ante la deslumbrada mirada de aquel joven guerrero, que poco después de desertar sería capturado y vendido como esclavo a un pescador de Barbate.

Dailos se hallaba con un grupo de diez guerreros de Daute y de Icod, entre los que se encontraban los hijos del mencey Romen. Habían intentado regresar al campo de batalla, pero la caballería les cortó el paso y no les quedó más remedio que retroceder hacia la montaña. Se situó y se dio cuenta de que no estaban a demasiada distancia de la cueva donde había encerrado a Dácil. Pensó en ir hacia allí y refugiarse con ella hasta que todo pasase, pero eso sería ponerla en peligro.

—Por aquí. —Condujo al grupo en dirección contraria a la cueva de Magec—. Si llegamos a aquel acantilado, los despistaremos.

A todos les pareció una buena idea y se dirigieron hacia allí, pero, cuando se disponían a escalar por el acantilado, escucharon a los castellanos a su espalda.

—¡Allí!

Un puñado de flechas cayeron sobre ellos, matando a varios guerreros guanches. El resto se vieron rodeados por veinte soldados armados con ballestas, picas y espadas.

—¡Rendíos! ¡Si deponéis vuestras armas, os dejaremos vivir!

Todos miraron a Dailos para que les tradujera lo que decían.

—Dicen que nos rindamos y nos dejarán vivir. Pero lo que ellos os ofrecen no es la vida que vosotros queréis. Os llevarán a Castilla y allí os venderán como esclavos. Con suerte os deslomaréis trabajando la tierra y os darán de comer una vez al día. Para algunos es más que suficiente, pero no para vosotros.

—Yo no quiero morir lejos de Achinet —dijo el príncipe de Daute.

—La otra opción es morir aquí y ahora —respondió Dailos—. Yo ya estoy muerto haga lo que haga. Mi traición está penada con la muerte, y seguramente sea menos agradable que la que me pueda dar cualquiera de estos soldados. Vosotros, en cambio, aún tenéis una oportunidad.

Los guanches que quedaban con vida no tardaron en tomar una decisión.

—Si morimos aquí, estaremos más cerca del creador.

Dailos apretó la empuñadura de su espada. Estaban en clara desventaja, pero si algo había aprendido en aquellos últimos meses era que a los guanches no convenía subestimarlos...

Cueva de Magec

La rabia y la frustración la habían hecho llorar durante horas, pero a Dácil ya no le quedaban lágrimas y permanecía sentada en la zona más oscura de la cueva, agarrándose las piernas y balanceándose en una especie de trance mientras se preguntaba cómo pudo traicionarla Dailos así. Comprendía que la había encerrado allí para protegerla y darle la oportunidad de criar al hijo de ambos, pero no tenía derecho a privarla de su destino cuando estaba escrito que debía luchar contra los extranjeros. Y, si Achamán decidía que aquel debía ser su último día, ella lo aceptaría orgullosa de morir en batalla, como le correspondía a la guerrera que era.

Observó los rayos de sol que rebotaban en las rocas a través de la pequeña grieta del techo y calculó que era mediodía. La contienda ya estaría muy avanzada y Dácil se moría por saber cómo estaban saliendo las cosas. Habría dado lo que fuera por estar presente cuando los castellanos viesen sus propias armaduras volar hacia ellos con la sangre del volcán en su interior. Sonrió al recordar la noche en que Dailos lo había contado alrededor de la hoguera. Todos, incluida ella, se rieron de su ocurrencia, pero, al ver que no bromeaba, Dádamo se rascó la cabeza, pensativo.

—Podría funcionar...

—¿Te has vuelto loco, Dádamo? —preguntó Bentor—. Ni siquiera la piedra más dura es capaz de resistir el calor de la sangre de Echeyde.

—No subestimes el poder del acero, Bentor —contestó Dailos.

Tampoco Bencomo, Tinguaro y Hucanon tenían mucha fe en la idea de Dailos, pero fue tanta su insistencia que le dejaron intentarlo. A la mañana siguiente, recogió algunas armaduras del barranco de Acentejo y, tras fundirlas unas con otras hasta formar un recipiente estanco, fueron a llenarlo de lava a la cima del volcán. Tardaron más de lo esperado porque el recipiente se agrietaba con el calor y los palos con los que lo transportaban ardían en poco tiempo, pero, después de dos días de viaje, regresaron a Taoro con el cargamento de lava. No había llegado entero, aunque era la prueba de que se podía hacer.

—Muy bien —dijo Bencomo sorprendido—. Te creo, muchacho. Pero ¿cómo piensas lanzarle eso a los extranjeros?

—¿Ha oído hablar alguna vez de las catapultas, mencey?

Dácil recordaba aquellos días como los más felices de su vida. Las catapultas iniciales eran un desastre que se desmoronaba al primer lanzamiento, pero, gracias a las aportaciones de Dádamo, consiguieron lanzar una gran roca a una distancia considerable. Aquel día empezaron a soñar con la victoria.

De pronto, Dácil sintió un fortísimo pellizco en el pecho y comprendió lo que eso significaba

—Dailos...

Una solitaria lágrima rodó por la mejilla de la princesa de Taoro.

Llano de La Laguna

Dailos agarró con fuerza el mango del hacha que le acababan de clavar en el pecho y se la arrancó de un tirón. La sangre manaba a borbotones por esa herida y por los múltiples cortes en el resto del cuerpo. Retrocedió hasta apoyar la espalda en una roca y se dejó caer, vencido. Sentado en el suelo, vio que sus compañeros morían uno detrás de otro.

Un jinete se detuvo a unos pasos y desmontó con la ayuda de un soldado. Se quitó el yelmo y sonrió.

—Mírate, estás hecho un eccehomo —dijo Alonso Fernández de Lugo—. Te dije que te equivocabas de bando, muchacho.

—El que se equivoca de bando sois vos, capitán —respondió con esfuerzo.

—¿Tú crees? Diría que no soy yo el que escupe sangre con cada palabra que dice.

—Lo que escupís vos son babas...

Alonso se limpió con el dorso de la mano y lo observó con lástima.

—Esta misma tierra que tiñes con tu sangre podía haber sido tuya, hijo. Podrías haberte construido una casa junto a la laguna y comprar a unos cuantos guanches para que trabajasen un ingenio de azúcar mientras tú fornicabas con esa fulana de la que te habías encaprichado. Dácil, ¿verdad?

Dailos se limitó a mirarlo a los ojos con odio.

—Reza para que haya muerto igual que tú. Porque, si no lo ha hecho, la capturaré y pasará lo que le queda de vida maldiciendo el momento en que te conoció.

—Sois un hijo de mil putas, capitán...

Alonso Fernández de Lugo desenfundó su espada y lo atravesó con ella. Disfrutó mirando cómo los que lo habían traicionado iban cayendo ante sus ojos. Un soldado se aproximó corriendo a él.

—Tenemos a Bencomo, mi capitán.

—Esa sí que es una espléndida noticia.

Limpió su espada en el tamarco de Dailos, enfundó y regresó a su caballo. Atravesó la llanura galopando sobre cientos de cadáveres hasta que llegó al lugar que le habían indicado. Desmontó y se abrió paso entre sus hombres, que, cansados y ensangrentados, rodeaban al rey de los guanches. Pese a tener varias heridas de consideración, Bencomo seguía defendiéndose con fiereza. Pero entre sus enemigos ya no causaba temor, sino risas y felicitaciones a los que lograban esquivar sus embestidas. Aun así, algún castellano se confió más de la cuenta y la sunta del mencey le aplastó la cabeza.

—¿Dónde están los demás cabecillas? —le preguntó Alonso a un oficial.

—Los que no han caído han huido hacia las montañas, mi capitán.

—Perseguidlos. Y escúchame bien. —Lo agarró del brazo para obtener su completa atención—. Quiero que encuentres a la madre de Hucanon y a la princesa Dácil y que me las traigas a ambas con vida, ¿ha quedado claro?

—Sí, mi capitán.

Alonso Fernández de Lugo volvió a centrar su atención en Bencomo, que, aunque ya sin fuerzas, seguía atacando a los soldados que lo rodeaban. Cuando el mencey vio a Lugo, le señaló con su sunta, que goteaba sangre y sesos.

—¡Tú! ¡Bátete conmigo!

Alonso no necesitó un intérprete para comprender lo que Bencomo pretendía. Pensó en aceptar el reto y terminar aquella conquista de la manera más heroica posible, pero, con todo ganado, no tenía sentido arriesgar la vida. Además, pensaba llevar al mencey guanche que había tenido a los castellanos en jaque a arrodillarse ante los reyes. Le hubiera encantado poder llevar a los tres hermanos, pero había visto morir a Tinguaro y a Hucanon.

Otro revuelo se formó entre los hombres, que se apartaron para dejar pasar a un nuevo jinete a lomos de un impresionante caballo negro. El hombre, cubierto de sangre ajena, bajó de un salto junto a Alonso.

—Me alegra ver que sigues vivo, Añaterve.

El mencey de Güímar señaló con la sunta a Bencomo.

—¡Es mío!

Alonso Fernández de Lugo se dirigió a Fernando Guanarteme, que también había sobrevivido.

—Dile que me encantaría dejar que lo matase, pero es mi presente para los reyes de Castilla. Y llevarles solo la cabeza no es de buen gusto.

Cuando Fernando Guanarteme tradujo sus palabras, Añaterve se volvió hacia Lugo y lo miró con determinación.

—He visto cómo enviabas a mis hombres a la muerte y he callado, he matado a los que eran mis hermanos porque tú me lo has pedido, me he tragado el orgullo al escucharte hablarme como a un siervo cuando soy un rey... ¡Pero no me pidas que deje a un lado mi venganza contra Bencomo cuando la espero desde antes de que tú nacieras!

Al ver su agresividad, varios soldados lo apuntaron con sus espadas, pero Alonso les pidió calma con un gesto y esperó a que Fernando Guanarteme tradujera sus palabras. Cuando terminó, Añaterve volvió a hablar.

—Me lo merezco, me merezco ser yo quien lo mate. Si finalmente yo caigo, entonces dispón de su vida como te plazca.

Todos los supervivientes de la batalla —incluidos los casi trescientos guerreros guanches apresados para el comercio de esclavos y los más de dos mil que habían luchado a las órdenes de Añaterve y los demás menceyes del sur— aguardaban para ver el desenlace de una animadversión que había empezado hacía décadas entre los dos hombres más poderosos de Tenerife. Los menceyes de Güímar y de Taoro iban a batirse en duelo por segunda vez en su vida, pero, en esta ocasión, no habría piedad ni perdón.

El aspecto de ambos era majestuoso, pero las heridas de Bencomo y las horas que había pasado batallando a pie le daban una clara desventaja.

—¿Estás preparado para reunirte con Achamán, Bencomo? —le preguntó Añaterve desafiante, asiendo su sunta y las tiras de cuero de su escudo de madera de drago.

—No temo reunirme con el creador, Añaterve. Tú, en cambio, sí deberías temer a la muerte. Si no es hoy, cuando abandones este mundo quien te llevará será Guayota por haber traicionado a tu pueblo.

—Tú lo ves como una traición, pero mira a tu alrededor. Todos los que te han seguido son alimento de los guacanchas, mientras que los que me han seguido a mí tendrán una vida larga y próspera.

—Una vida de sometimiento.

—¡Basta ya de cháchara! —intervino Alonso Fernández de Lugo, harto—. Si no os matáis entre vosotros, juro por Dios que le pediré a los ballesteros que os dejen más agujereados que un colador.

Las risas de los soldados sirvieron a Añaterve para lanzar su primer ataque. Aunque Bencomo lo vio venir, esquivó el golpe de sunta a duras penas debido al cansancio y a la sangre que había perdido. Si aquel duelo duraba demasiado, no tendría nada que hacer.

Añaterve también se dio cuenta de su debilidad y, aunque le hubiera gustado verlo sufrir e incluso suplicar por su vida como le había obligado a hacer a él cuando ambos eran muchachos, volvió a atacar, buscando con cada golpe el definitivo.

Bencomo sorteó los primeros envites, pero eran tales la fuerza y la rabia con las que atacaba su enemigo que, al detener uno de los golpes con su escudo, este se partió por la mitad, dejándolo sin defensa. Añaterve sonrió y tiró el suyo a un lado. Bencomo aprovechó que habían vuelto a quedar en igualdad de condiciones para lanzarse contra él. Los sonidos de las suntas al chocar daban idea de lo que haría cualquiera de ellas de encontrar su objetivo, y el primero que lo logró fue el mencey de Güímar. Bencomo comprendió que había cometido un error fatal y se cubrió el costado con el brazo derecho; evitó que la sunta le reventase el hígado, pero no que le rompiese el húmero por varias partes, dejándole el brazo inutilizado.

—¿Duele? —preguntó Añaterve satisfecho.

Bencomo se abalanzó sobre él a la desesperada y ambos rodaron por el suelo. Añaterve enseguida tomó el control y, a horcajadas sobre su adversario, lo asfixió con el mango de su arma. Mientras Bencomo intentaba coger aire, Añaterve acercó el rostro al de su rival.

—¿Sabes lo primero que haré después de matarte, Bencomo? —preguntó disfrutando—. Iré a buscar a Hañagua y la haré mía. Y, cuando termine con ella, me ocuparé de tu hija Idaira. Ambas sabrán lo que es un hombre por primera vez en su vida.

Bencomo se revolvió con rabia, pero Añaterve lo tenía bien sujeto. Al mirar hacia un lado, ya a punto desfallecer, vio un trozo de armadura que aún conservaba algo de lava en su interior. Alargó el brazo y, a pesar de que el metal estaba al rojo vivo, lo agarró y golpeó en la cara a Añaterve. Este se retiró, aullando de dolor. Bencomo se incorporó con esfuerzo y sonrió al verle la mitad de la cara quemada.

—¿Duele?

Rabioso, Añaterve recuperó su sunta del suelo e hizo su ataque definitivo, rompiéndole el otro brazo, una pierna y hundiéndole el pecho. Bencomo cayó de rodillas y Añaterve fue a ejecutarlo, pero Alonso Fernández de Lugo, extasiado por el espectáculo que habían dado aquellos dos inmensos guerreros, intervino.

—¡Añaterve!

El mencey vencedor lo miró, temiendo que fuera a arrebatarle su venganza, pero Lugo desenfundó su espada y la tiró a sus pies.

—Quisiera tener su cabeza presentable...

Añaterve comprendió lo que quería, cogió la espada y lo decapitó. La cabeza de Bencomo rodó por el suelo y se quedó contemplando el volcán. Antes de marcharse para siempre, vio el rostro de Hañagua observándolo desde el cielo y sonrió al saber que ella ya lo estaba esperando.

78

Tenerife (islas Canarias). Junio de 1523

La travesía desde La Graciosa hasta la costa norte de Tenerife les llevó algo más de dos días, en los que Melchor por fin pudo hablarle a Elena sobre la relación de sus padres sin ahorrarse ningún detalle. Todo su pueblo había vivido su historia con emoción, pues el odio más profundo en el campo de batalla se convirtió en el amor más puro en cuanto pudieron derribar las barreras que los separaban. También le relató la conversión de Gonzalo del Castillo en Dailos y la boda de sus padres, el último gran acontecimiento antes de que su pueblo fuera aniquilado.

—Ya hemos llegado... —intervino Cherfe.

Melchor miró hacia la playa y lo invadió una profunda emoción. Aunque había barcos castellanos fondeados junto a la orilla y se veían mayoría de extranjeros en un pequeño núcleo urbano levantado en el lugar que antes ocupaban las cabañas de los habitantes de Taoro, reconoció a simple vista escenarios en los que había pasado sus últimos días en libertad.

—Busca un lugar menos concurrido y llévanos a la orilla.

Al dejar atrás la roca hasta la que nadaba cada mañana Hucanon, Cherfe vio una cala cubierta de algas y dirigió la embarcación hacia allí. Cuando bajó a tierra, Melchor se arrodilló y besó la arena.

—Pensé que no volvería a pisar Achinet...

—¿Tú no desembarcas? —le preguntó Elena a Cherfe.

—Aguardaré a llegar a Adeje para hacerlo, princesa. Quizá, cuando pise tierra en el hogar de mis antepasados, sienta lo mismo que él.

—Entonces ¿esto es una despedida?

—No sé hacia dónde me llevarán las corrientes, pero, si algún día me necesitas, búscame. Como me dijo tu abuelo, los guanches debemos ayudarnos.

—Gracias, Cherfe. Nunca olvidaré lo que has hecho por mí.

Elena lo abrazó y a Cherfe se le humedecieron los ojos. Melchor sonrió al verlo.

—Me ha alegrado compartir este viaje contigo, Cherfe. Estoy seguro de que nuestros caminos se volverán a cruzar.

Los dos hombres se apretaron los antebrazos con respeto y, sin decir nada más, Cherfe remó alejándose de la orilla. Elena y Melchor lo observaron hasta que desplegó la vela y desapareció remontando la costa.

—¿Qué hacemos ahora? —le preguntó Elena.

—Acompáñame, quiero enseñarte algo...

—¿Aquí fue?

—Así es. Esta es la cueva que tus padres bautizaron como la cueva de Magec, donde Dácil permaneció encerrada mientras duró la batalla de La Laguna.

Elena la observó, estremecida. Cuando Melchor le habló de aquel lugar, se había imaginado una enorme cueva con multitud de pasadizos, pero se trataba de un espacio reducido al que se accedía por un estrecho corredor y que, aparte de la antorcha que llevaba Melchor en la mano, solo estaba iluminado por un rayo de sol que entraba por una reducida abertura en el techo.

—No me quiero ni imaginar lo que sintió mi madre al estar aquí encerrada mientras los suyos luchaban y morían tan cerca.

—Cuando no nos insultaba a tu padre y a mí, lloraba de rabia hasta caer rendida, pero, gracias a eso, tú estás viva.

—Debió de enfadarse mucho con él.

—No te imaginas cuánto, pero tardó poco en perdonarlo.

—¿Podría...?

—Claro —se adelantó Melchor—. Te esperaré fuera.

Melchor dejó la antorcha en la entrada del pasadizo y abandonó la cueva. Cuando se quedó sola, Elena rozó con la yema de los dedos cada palmo de aquel lugar, imaginando que los padres que jamás pensó que había tenido también lo tocaron tiempo atrás. En un rincón de la cueva, donde no llegaba la luz del sol, notó una hendidura, una pequeña marca hecha por el ser humano. Fue a buscar la antorcha e iluminó la pared. Sus ojos se anegaron en lágrimas al descubrir la inscripción que había hecho Dailos una de las primeras noches que pasaron allí juntos, dos pequeñas «D» entrelazadas y una fecha: 9-IV-1495.

79

Tenerife (islas Canarias). Noviembre de 1495

En cuanto los castellanos abandonaron los alrededores de la laguna llevándose a sus caídos, cientos de mujeres y niños guanches fueron a buscar los cadáveres de sus seres queridos. Muchos de los familiares no solo tenían que enfrentarse a la pena, sino también a los guacanchas y a las aves carroñeras, que se daban un festín.

Después de dos días encerrada en la cueva de Magec, Ancor había liberado a Dácil y ambos paseaban entre los miles de cuerpos. La joven lo hacía con sentimientos encontrados; sentía que ella también debía haber perecido allí, junto a los suyos, pero en el fondo se alegraba de seguir viva.

—Princesa Dácil... —la avisó Ancor.

Dácil vio a su hermana mayor, que llegaba con Guajara y Gara. Corrieron la una hacia la otra y se abrazaron aliviadas.

—¡Dácil! ¡Gracias a Achamán que estás viva! ¡Todas pensábamos que habías muerto en la batalla!

—Ni siquiera participé, hermana —respondió amargada—. ¿Dónde está madre?

A Idaira se le volvieron a empañar los ojos, como tantas veces en los últimos días.

—La asesinaron los hombres del mencey Beneharo, aunque ella antes había enviado con Guayota a ese traidor.

Dácil bajó la cabeza, incapaz de asimilar tanto dolor.

—Dicen que vieron caer a padre a manos de Añaterve y que los extranjeros se llevaron su cadáver —continuó Idaira, también rota—. Pero Bentor ha conseguido huir y refugiarse en las montañas.

—¿Y Dailos?

Idaira se encogió de hombros, sin saber qué responder.

Las mujeres se separaron buscando a los suyos y, cada vez que los encontraban, protagonizaban las mismas escenas de dolor; Guajara lloró con serenidad abrazada al cadáver de Tinguaro, Idaira hizo lo propio con el de Yeray, al que había empezado a querer demasiado tarde, y Gara se rompió cuando vio a su nieto Ubay con una flecha clavada en el cuello y a Hucanon con el cuerpo agujereado. Llevó a su nieto a rastras junto a su hijo y pasó varias horas abrazada a ambos.

—El adelantado no se equivocaba al decir que vendrías, esclava.

Gara levantó la mirada y vio a varios soldados castellanos junto a ella. Ni siquiera los había escuchado llegar en sus caballos.

También a Dácil la estaban esperando y, cuando se aproximó al lugar donde reposaba Dailos, cuatro soldados cayeron sobre ella. Pero la princesa estaba bien entrenada y logró revolverse y apuntarlos con su banot.

—Será mejor que te entregues —dijo uno de los soldados—. El adelantado nos ha pedido que te llevemos con vida, pero, si te resistes, se conformará con tu cabeza.

Una piedra salió disparada de entre los árboles. Le abrió la frente al que había hablado y los otros tres se volvieron para protegerse del ataque de Ancor. Dácil aprovechó que le daban la espalda para matarlos con su banot. Ancor la miró impresionado por su frialdad mientras la princesa siguió buscando sin decir una palabra. A unos pasos, apoyado en una piedra, vio el cadáver de Dailos. Se aproximó lentamente a él, se sentó a su lado, apoyó la cabeza en su regazo y toda la entereza que había demostrado hasta ese momento se esfumó. Ancor se retiró, dejándola llorar a solas.

Un viejo esclavo gomero afeitaba a Alonso Fernández de Lugo. El adelantado tenía por pusilánimes a todos los que, pudiendo degollar a quien los privaba de la libertad, no eran capaces de vengarse. Él no dudaría, aunque después, según la costumbre romana, no pagase con su vida solo el esclavo en cuestión, sino todos los que servían al mismo amo.

—¡Ten cuidado, demonios! —protestó mientras se limpiaba un pequeño corte en la mejilla con un paño.

—Disculpadme, amo. —El esclavo bajó la cabeza.

Alonso le perdonó la vida con la mirada y se fijó en sus manos, que temblaban a causa del miedo por las posibles represalias.

—Lárgate y regresa más tarde. Ahora eres capaz de cortarme las orejas de cuajo.

El esclavo salió a toda prisa de la tienda a la vez que entraba Fernando Guanarteme.

—¿Dais vuestro permiso, capitán?

—¿Has parlamentado ya con Bentor?

—Era reacio a recibirme, pero hemos podido analizar la situación tras la batalla de La Laguna.

—¿Y bien? ¿Se rinde?

—Es digno hijo de su padre y esa palabra no está en su vocabulario. Dice que la única manera de que haya paz es que os marchéis con vuestras tropas de la que sigue considerando su isla.

—Pues, como a su padre, le cortaré la cabeza y la clavaré en una pica.

Alonso despidió a Guanarteme con un gesto, se sirvió una copa de vino y se disponía a darle el primer sorbo cuando entró uno de sus oficiales, exultante.

—Mi capitán, traigo buenas noticias.

—Dímelas, pues, que no oigo más que penurias.

—Mejor dejaré que las veáis.

Hizo una seña hacia el exterior y entró un soldado agarrando la cuerda con la que llevaba atada a Gara. Al verla, Alonso sonrió con satisfacción.

—¡Querida Ana! ¡Qué alegría! Ya pensé que no volvería a verte. ¿Dónde está la princesa Dácil? —le preguntó al oficial.

—Seguimos buscándola, mi capitán.

—Encontradla. —Volvió a mirar a Gara—. ¿Has disfrutado de la compañía de tu hijo y de tus nietos? Lástima que haya sido tan poco tiempo y ya estén los tres visitando al tal Achamán.

Gara no varió su expresión.

—Aparte del ojo, ¿has perdido también la lengua? Con lo afilada que la has tenido siempre. ¿Cómo te ha ido en tu regreso a tu tierra?

Gara se limitó a observarlo y sonrió ligeramente.

—¿Qué miras?

—Ya me habían comentado lo cómico que resultabais con la quijada partida, pero aparte estáis mal afeitado. Si lo deseáis, yo puedo terminar la faena.

—Ni por asomo pondría yo mi cuello a tu merced, querida. Aunque recuerdo lo bien que nos afeitabas a mi padre y a mí antes de chuparnos la verga por igual.

Gara le escupió en la cara.

—Si con esto piensas que te voy a hacer matar, estás muy equivocada —dijo Alonso sin perder la sonrisa, mientras se limpiaba con el paño—. Todavía te quedan muchos años de servicio al hombre más ruin que puedas echarte a la cara.

—¿Os serviré de nuevo a vos?

—No —respondió él—. Ya verás como encontramos a alguien mucho peor...

La última batalla del pueblo guanche contra los castellanos se produjo el día de Navidad del año 1495, cuando el mencey Bentor, al frente de varios miles de guerreros con más honor que esperanza, emboscaron a las tropas de Alonso Fernández de Lugo en el mismo barranco de Acentejo donde los habían vencido hacía casi dos años. Aunque el factor sorpresa jugó a su favor y mataron a un puñado de soldados invasores, el adelantado tenía prevista esa posibilidad y había dividido a su ejército; mientras una parte aguantaba la lluvia de piedras y banots en el fondo del barranco, la otra atacó a los aborígenes por la retaguardia. Bastaron unas pocas horas para que fueran aniquilados.

Por orden del adelantado, la mayoría de los guerreros fueron apresados, pero un pequeño grupo huyó hacia las montañas. Entre ellos estaban Bentor y los menceyes Romen, Pelicar y Acaymo, estos últimos ya cansados de luchar y de presenciar el exterminio de su pueblo.

—Lo mejor será rendirse y negociar la paz —dijo el mencey Romen.

—Alonso Fernández de Lugo no quiere paz —respondió Bentor—, sino esclavizarnos a todos.

—Lugo lo que quiere es terminar la conquista y regresar con la mujer a la que ama —dijo Acaymo.

—¿Ese hombre es capaz de amar?

—Según comentó Fernando Guanarteme —intervino Pelicar—, todo esto lo hace por ella. Tal vez sí que quiera llegar a un acuerdo. Ni a él ni a lo que queda de nuestro pueblo le interesa continuar con esta guerra.

Bentor vio la derrota en la cara de todos los que estaban a su alrededor y comprendió que aquel sueño había terminado. Solo le quedaban unos pocos hombres y mujeres con los que aún podría hacer mucho daño a las tropas castellanas, pero no podía culparlos por querer vivir y proteger a sus familias. Al fin, asintió.

—Si es lo que queréis, me parece bien.

—Enviaremos un mensajero a Guanarteme para que organice una reunión entre Lugo y tú —dijo Romen.

—Reuníos vosotros con él. Yo soy hijo de Bencomo y conmigo sería menos clemente.

—Negociaremos en tu favor, Bentor. Tú solo trata de mantenerte vivo.

El joven asintió.

—¿Dónde podremos encontrarte?

—He sabido que mi hermana Dácil sigue viva. Iré a buscarla y seré yo quien os encuentre a vosotros.

Todos se despidieron con respeto de él y Bentor se marchó, pero en lugar de dirigirse hacia Taoro, donde le habían dicho que estaba Dácil, ascendió por la ladera de Tigaiga. Cuando llegó al risco más alto, se detuvo y abrió los brazos para sentir el viento que llegaba desde la costa. Aspiró el olor del bosque en el que tan buenos ratos había pasado cazando junto a los suyos y, por fin, miró al cielo.

—Le he fallado, padre.

Después, se lanzó al vacío.

80

Tenerife (islas Canarias). Junio de 1496

El embarazo de Dácil ya estaba en su recta final y a la princesa le costaba desplazarse por los abruptos acantilados de Achinet. Idaira le había sugerido que la acompañase a Tacoronte, pero ella declinó la invitación y prefirió seguir deambulando en libertad por la isla, como tantos otros que se resistían a la rendición y a los que perseguían para vender como esclavos. Se detuvo junto a un riachuelo para beber agua y miró hacia el horizonte. A lo lejos, junto a la playa, levantaban uno de aquellos ingenios azucareros, muchos de ellos explotados por soldados extranjeros, pero otros por guanches que habían alcanzado buenos acuerdos con los conquistadores. Escuchó un ruido a su espalda, entre los matorrales, pero ni siquiera se volvió para mirar.

—¿Cuándo te cansarás de seguirme, Ancor?

El muchacho salió de entre la maleza y se acercó a ella.

—Vas a parir pronto, princesa.

—Deja de llamarme así. Ya no soy una princesa, ya no soy nada.

—Debes buscar un refugio seguro —ignoró su comentario—. Cerca de aquí hay una cueva que podría servirnos.

—¿Servirnos?

—Ahora más que nunca pienso cumplir la promesa que le hice a Dailos.

Dácil suspiró, harta de escuchar hablar sobre aquella promesa, pero tenía que reconocer que Ancor había resultado ser alguien leal de quien podía fiarse. Decidió acompañarlo a aquella cueva y se dejó cuidar las siguientes dos semanas, cuando, tras empeñarse en salir a cazar, se puso de parto. El joven aguardó fuera de la cueva, nervioso como si el padre fuera él. Al rato,

Dácil le permitió entrar y le presentó a su hija, un hermoso bebé rubio y de piel blanca.

—Se llamará Nayra.

—Es un nombre precioso...

Durante el embarazo, Dácil pensó que el bebé sería un estorbo, pero, en cuanto miró a su hija a los ojos, comprendió que su vida tenía un nuevo sentido. Aprendió a marchas forzadas lo que era ser madre y se dio cuenta de que el amor que sentía por sus sobrinos, en especial por Nelyda, no era nada comparado con lo que aquella criatura ruidosa y sucia despertaba en ella. Por primera vez desde la muerte de Dailos rio al ver cómo el joven Ancor hacía toda clase de muecas para tratar de acallar el llanto de Nayra.

Los tres permanecieron semanas refugiados en aquella cueva, pero los soldados castellanos no habían cejado en su empeño de encontrar a Dácil y alguien los avisó de que quizá se escondiera por aquella zona. Después de lo que había sucedido la anterior vez que trataron de capturarla, tomaron precauciones y se desplazó hasta el lugar un contingente de treinta soldados bien armados.

—No hagas ninguna tontería, mujer —le dijo un oficial cuando la sorprendieron amamantando a su hija—. Entréganos a la niña y no le haremos daño.

Ancor no supo qué hacer y miró a Dácil angustiado. La princesa, manteniendo la calma, le dijo unas palabras a Nayra al oído, la besó en la frente y se la tendió a Ancor.

—¿Qué estás haciendo, princesa?

—Mi destino siempre ha sido morir luchando contra los extranjeros y ya es hora de que deje de rehuirlo. Cuida de ella.

En cuanto Ancor cogió a la niña, Dácil atacó a los soldados. Antes de que la hirieran con una espada y le clavaran una pica en el costado, logró abatir a tres de ellos. Cuando fue a lanzarles su banot, un soldado disparó uno de aquellos modernos arcabuces y el impacto en el pecho hizo caer a la princesa barranco abajo.

—Apresadlo... —dijo el oficial señalando a Ancor.

Un soldado le quitó a la niña y otro lo engrilletó. Él no se resistió, sobrecogido al ver morir a la mujer de la que estaba enamorado en secreto desde el mismo día que la conoció. Otro de los soldados se asomó al barranco. Al fondo, sobre una roca, se encontraba el cuerpo de Dácil.

—Va a ser muy difícil recuperar el cadáver.

—Déjala ahí. Con llevarnos a la niña y a este salvaje será suficiente,

Cuando Ancor desembarcó en Sevilla junto a otros guanches capturados en rebeldía, se dio cuenta de que todo lo que le habían contado sus hermanas sobre aquel lugar era cierto. Aunque había visto morir a muchos, empezó a creer que de veras aquellos extranjeros eran dioses. Lo que más llamaba su atención fueron los edificios que eran capaces de construir sin que se derrumbasen. Se detenía cada dos pasos a mirar sus formas, deslumbrado.

—No te pares —le dijo un guanche de Taoro—, o nos azotarán a todos por tu culpa.

Ancor siguió caminando hasta una enorme plaza repleta de castellanos que lo miraban con la misma curiosidad con que él observaba todo. Le hicieron desfilar desnudo y enseñar la dentadura, hasta que un hombre mayor decidió comprarlos a él, al guerrero de Taoro y a tres muchachas apresadas en Tegueste. Cuando vio que a la pequeña Nayra la compró un terrateniente valenciano, Ancor se revolvió, rogando que no la separasen de ella.

—¡Cállate! —dijo el tratante de esclavos, echando mano del látigo.

Pero, a pesar de los verdugazos que recibía, Ancor no dejó de protestar hasta que perdió de vista a la niña.

—¿Quién es esa niña por la que tanto pedías? —le preguntó aquella noche el guerrero de Taoro—. ¿Tu hija?

—Es la hija de la princesa Dácil y de Dailos, la nieta del gran mencey Bencomo.

Después de varios años trabajando en una fábrica de calzado, cuando Ancor ya se había resignado a aquella vida de esclavitud, el guerrero de Taoro, al que habían bautizado como Nicolás, se acercó a él.

—No te vas a creer lo que he averiguado...

—¿El qué?

—El hombre que compró a la hija de Dailos y de la princesa Dácil se llama Joaquín Lavilla. Viene al mercado todos los meses desde Valencia.

Durante los siguientes tres años, Ancor hizo lo imposible por coincidir con aquel hombre. Le alivió saber que Lavilla seguía conservando a Nayra en propiedad. Por fin tuvo un golpe de suerte y, al morir su amo, otro empresario valenciano se interesó por el estado de los dos esclavos guanches.

—Si nos compráis, no os arrepentiréis, señor —le dijo Ancor, a quien ya todos conocían como Melchor—. Os serviremos con lealtad hasta el fin de nuestros días.

—¿Por qué os interesa tanto venir conmigo? —preguntó desconfiado.

—Porque todos hablan de vuestra generosidad con quien trabaja duro, señor. Además, nosotros procedemos de un lugar donde hay mar y lo extrañamos. Dicen que el mar en Valencia es azul como el cielo.

El hombre se lo confirmó y decidió comprarlos. Melchor trabajaría con él, pero Nicolás serviría a la familia de su mujer, también en Valencia.

El día que Melchor y Nicolás volvieron a ver a Nayra, descubrieron que la habían bautizado como Elena y la salvaron de ser atacada por tres rateros mientras lavaba ropa en la orilla del río Turia.

Gara, por su parte, acabó al servicio del primer marqués de Cenete, Rodrigo Díaz de Vivar y Mendoza, primogénito del gran cardenal Mendoza. Se la regaló su amigo Alonso Fernández de Lugo con la condición de que le hiciera vivir un infierno cada día hasta su muerte.

Y el noble sabía cómo conseguirlo.

Después de la guerra de Granada, los reyes Isabel y Fernando le habían concedido la explotación de las minas de hierro de Alquife y Jéres, así que la envió allí a hacer los trabajos más pesados, entre los que se encontraba satisfacer sexualmente a todos los hombres que se lo pidieran, tanto libres como esclavos. Aunque ya era mayor y estaba tuerta y derrotada, siempre había alguien que la reclamaba. Así pasó los siguientes diez años, vigilada constantemente y engrilletada por las noches para que no se quitara la vida. Durante los últimos tiempos en aquel lugar, su falta de higiene logró que todos la rehuyeran, lo que hizo su existencia más llevadera.

Una mañana, Ancor viajó desde Valencia para comprar un cargamento de metal para su amo y la vio. Al preguntar por ella, el capataz le dijo que estaba a su disposición. Cuando le dijeron que un hombre la reclamaba, ella se limitó a tumbarse, subirse la falda y esperar a que se desahogara.

—Puede cubrirse, Gara.

Ella miró con curiosidad a aquel hombre que le hablaba en su idioma y que la llamaba por su nombre guanche y no por el cristiano.

—¿Quién eres?

—Mi nombre es Ancor, provengo del menceyato de Daute. La princesa Dácil sintió mucho saber que había sido apresada.

—¿Conocías a Dácil?

—Estuve a su lado hasta que la mataron.

—Alguien me dijo que había quedado preñada de Dailos, el guerrero castellano. ¿Sabes si su hijo llegó a nacer?

—Así es: una hija a la que llamó Nayra. Vive con una familia de Valencia y somos ya muchos los que estamos velando por ella. Si algún día consigue salir de aquí con vida, allí será bienvenida.

Gara aún pasó en las minas dos años más, aunque con un objetivo por el que vivir. Cuando el marqués de Cenete fue de visita y se cruzó con ella, quedó espantado por la presencia de aquella mujer y ordenó que la echasen a patadas, ya que nadie compraría a una esclava vieja, tuerta y apestosa.

En cuanto abandonó las minas, Gara puso rumbo a Valencia, donde pasó los últimos años de su vida pendiente de que a Nayra, la última princesa guanche, no le faltase nada.

81

Tenerife (islas Canarias). Julio de 1523

Los dos hombres miraron con censura a su hermana cuando entró en el comedor; ellos vestían calzas y un elegante jubón sobre una camisa de lino con gorguera, mientras que ella llevaba una camisola sucia con algún roto reciente y sandalias en los pies.

—Esto no es de recibo —le dijo el mayor con reproche—. Madre está a punto de bajar para ir a la iglesia y tú vistes como una pordiosera.

—Me juntaré con los pobres que piden en la puerta, entonces —respondió con descaro seleccionando una pieza de fruta de una bandeja.

—¿Dónde estuviste anoche? —le preguntó el otro, inquisitivo.

—Yo a ti no he de darte explicaciones, hermanito.

—Sí cuando nos avergüenzas delante de todos alternando con la peor calaña de Tacoronte, María.

—Mi nombre no es María —se revolvió ella—. Si vosotros queréis llamaros Fernando y Luis en lugar de Nahuzet y Mitorio, es vuestro problema, pero a mí me llamáis Nelyda.

—¿No te das cuenta de que, comportándote como lo haces, nos pones en peligro a toda la familia?

—¿Qué peligro corres tú cuando, en lugar de luchar en desventaja como nuestro padre y todos nuestros antepasados, te has casado con la hija de un terrateniente castellano, Nahuzet? ¿Y qué me dices de ti, Mitorio? —Se volvió hacia su hermano pequeño—. Llevas el nombre del primer mencey de Achinet y prefieres llamarte Luis y hacer política en un ayuntamiento fundado por los extranjeros.

—Un ayuntamiento desde el que procuro lo mejor para nuestro pueblo.

—¡Ja! ¡No me hagas reír! Lo mejor sería vivir en libertad y buscarnos nuestro sustento, como hemos hecho desde el principio de los tiempos, no que nos deis como limosna sacos de grano que nadie ha pedido.

—Es imposible razonar contigo, hermana —se resignó el mayor.

Se abrió la puerta y entró la madre. Idaira conservaba la belleza de su juventud y, aunque también vestía a la manera castellana, seguía llevando algún adorno guanche, como la pulsera de conchas que utilizó en su boda con Yeray. Aquel día se la puso con desagrado, pero más tarde aprendió a valorar a quien había sido un buen marido y magnífico padre de sus hijos y ya no quiso quitársela jamás.

—¿Ya estáis otra vez riñendo? —Miró a Nelyda y suspiró, aunque más indulgente que sus hermanos—. ¿Todavía estás así, hija?

—Hoy no iré a la iglesia, madre. No soporto que esos guañameñes extranjeros llamen Virgen María a la diosa Chaxiraxi. Y una antigua harimaguada tampoco debería consentirlo, dicho sea de paso.

—A mí me da igual cómo la llamen, Nelyda —respondió con firmeza—. Lo importante es cómo yo la sienta, y ni ellos ni tú vais a decirme cómo debo hacerlo, ¿de acuerdo?

Su hija asintió, fastidiada.

—Bien. En ese caso, ve a cambiarte y...

Pero la interrumpió la llegada precipitada de una sirvienta. Por su cara, Idaira comprendió que había pasado algo grave.

—¿Qué sucede, Catalina?

—Ha venido una visita, señora —contestó nerviosa—. Es alguien que dice ser..., que dice ser... Será mejor que lo veáis con vuestros propios ojos.

Idaira y sus tres hijos siguieron extrañados a la sirvienta hasta un patio interior en el que se conservaban algunos utensilios y armas típicas guanches que los recién llegados observaban con curiosidad.

—¿En qué puedo ayudaros?

Melchor se volvió hacia la hija mayor de Bencomo y sonrió.

—Me alegra volver a verte, princesa Idaira. Estás tan bella como siempre. Supongo que esos son tus hijos Nahuzet, Mitorio y la gran guerrera guanche que nos tuvo a todos en jaque cuando era una niña, Nelyda.

—¿Quién sois vos? —preguntó el hijo menor.

—Ancor... —contestó Idaira demudada tras fijarse bien en aquel hombre al que llevaba sin ver desde hacía tanto tiempo.

La nueva sonrisa de Melchor lo confirmó y ella corrió a abrazarlo, sinceramente emocionada.

—¡Qué alegría me da volver a verte, Ancor! Supe que te capturaron los extranjeros.

—Sí, lo hicieron. He pasado estos últimos veinticinco años sirviéndolos como esclavo y cuidando de... ella.

Todos repararon en aquella muchacha que lo acompañaba. Tenía una belleza que les resultaba familiar, aunque el pelo desteñido y el vestido sucio y hecho jirones desmejoraba mucho su aspecto.

—¿Quién es? —preguntó Idaira.

—Fíjate bien y tú misma hallarás la respuesta, Idaira. Nunca ha practicado la lucha, pero en el fondo de sus ojos se puede ver que tiene alma de guerrera..., igual que su madre.

A Idaira le dio un vuelco el corazón.

—No... No puede ser... ¿Nayra?

Cuando Melchor asintió, la tía de la muchacha se lanzó a abrazarla mientras le dirigía un torrente de palabras en guanche que Elena no comprendió.

—Solo me ha dado tiempo de enseñarle algunas palabras en nuestro idioma, Idaira —dijo Melchor—. Será mejor que hables en castellano.

—Bienvenida a tu casa, Nayra. —La besó en la mejilla y se volvió hacia sus hijos—. Hijos, saludad a vuestra prima, hija de Dácil y de Dailos.

Los dos chicos la saludaron con afecto, aunque también con cierta reserva, pero Nelyda se abrazó a ella como si hubiesen crecido juntas.

—Tu padre me salvó la vida, Nayra. Cuidaré de ti como él cuidó de mí.

—Gracias —contestó Elena abrumada.

—Dejemos respirar a la muchacha, hijos —dijo Idaira para volverse hacia Melchor—. ¿Cuándo habéis llegado?

—Hace unos días. He querido mostrarle la cueva donde estuvo encerrada su madre durante la batalla de La Laguna y el lugar en el que murió.

Idaira lo miró extrañada.

—Pero, Ancor... Dácil no murió.

—¿Qué?

—Quedó malherida tras haber sido atacada por los hombres de Alonso Fernández de Lugo, pero, después de muchas lunas debatiéndose entre la vida y la muerte, sobrevivió. De hecho... —Idaira miró a su hija, que asintió sonriente.

—Yo fui a visitarla ayer mismo...

La princesa Dácil aguantó la respiración, apretando con fuerza su banot. Podría utilizar armas más certeras y modernas, e incluso poner trampas castellanas que le permitieran ir simplemente a recoger las piezas que quedasen atrapadas en ellas, pero prefería cazar a la antigua usanza, como le había enseñado su padre.

Cerró los ojos y escuchó las pisadas sobre las hojas secas y el hocico rebuscando raíces en la tierra. Aunque se mantenía en plena forma, su rostro reflejaba la dureza de la vida que había llevado, siempre ocultándose de los extranjeros en los lugares más recónditos de la isla y echando de menos a Dailos y a la hija de ambos, de la que solo pudo disfrutar unas semanas antes de que se la arrebatasen. Cuando sintió que el animal estaba lo suficientemente cerca, volvió a abrir los ojos y saltó sobre él. El banot le entró por la base del cráneo y fue a clavarse en el suelo; una estocada perfecta que hizo que el cerdo salvaje se desplomase sin saber lo que había pasado. Lo despiezó y lo llevó a las familias más necesitadas que vivían en el valle. Ella se quedó con una pata que le serviría para alimentarse más de una semana.

Acababa de terminar de comer cuando escuchó un ruido en la entrada de la cueva en la que se ocultaba las últimas lunas. Antes cambiaba cada pocos días de refugio, pero se estaba cansando de huir y eso quizá la había puesto en peligro.

—¡Tía Dácil, ¿está ahí?!

Dácil respiró aliviada. Le encantaba recibir la visita de esa muchacha tan parecida a ella, la única persona con la que podía hablar con libertad de Dailos, al que ambas aún recordaban con inmenso cariño. Nelyda entró en la cueva antes de que a Dácil le diera tiempo a salir.

—¿Otra vez aquí, Nelyda?

—Ya sé que no le gusta recibir visitas tan de seguido, tía Dácil —respondió conteniendo su emoción—, pero es que ha sucedido algo.

—¿El qué?

—Sígame y lo verá.

Sin darle opción a réplica, Nelyda salió de la cueva. A Dácil no le gustaban las sorpresas y dudó, pero terminó siguiendo a regañadientes a su sobrina. Al salir al exterior, la deslumbró el sol y tardó en reparar en aquel hombre que aguardaba a unos pasos, en silencio. Dácil miró interrogante a su sobrina, pero ella se limitó a sonreír de oreja a oreja y volvió a fijar la mirada en ese hombre con aspecto de guanche pero con ropas y corte de pelo castellano.

—¿Quién eres?, ¿qué buscas aquí?

—Ha pasado mucho tiempo, princesa. Veintisiete años en los que no ha habido día que no haya llorado tu muerte.

—¿De qué hablas? Yo no estoy muerta.

—Eso lo he sabido hoy mismo, pero vi con mis propios ojos cómo te disparaban y te despeñabas por un barranco.

Dácil aún tardó en atar cabos. Al hacerlo, se le erizó la piel.

—¿Ancor? —preguntó con voz trémula.

—Me hace muy feliz ver que estás bien, princesa.

Melchor caminó hacia ella y bajó la cabeza con respeto y sumisión. Dácil sonrió ligeramente y levantó su barbilla con suavidad para mirarlo a los ojos.

—Te he echado de menos, Ancor. ¿Dónde has estado todo este tiempo?

—Hice una promesa, y me complace decirte que no la he incumplido en todos estos años.

Dácil lo miró interrogante, sin comprender qué quería decir. Entonces, Idaira y sus dos hijos varones salieron de detrás de unas rocas acompañados por una joven que vestía ropa de Nelyda y ya había recuperado el color natural de su pelo.

—Hola, hermana.

—¿Qué hacéis todos aquí, Idaira? —preguntó Dácil desconcertada.

—Queríamos acompañarte en este momento de felicidad, Dácil. Llevas muchos años soñando con este día y Achamán por fin lo ha propiciado.

Idaira le hizo una seña a Elena y esta dio un paso al frente.

—Hola, madre... —dijo en idioma guanche.

Dácil contuvo el aliento, sin creer que aquello fuese cierto.

—¿No va a abrazar a su hija, tía? —preguntó Nelyda—. Ha hecho un largo camino para conocerla.

—¿De veras eres tú, Nayra?

La joven asintió y su madre se llevó la mano a la boca y se permitió llorar por primera vez desde que encontró el cadáver de Dailos en el campo de batalla. Se acercó a ella y la abrazó, profundamente emocionada.

Todos se alejaron discretamente, dejando a madre e hija disfrutar de un reencuentro que las dos daban por hecho que jamás se produciría. Aunque ambas hablaban idiomas diferentes, no necesitaron intérpretes para entenderse.

82

San Cristóbal de la Laguna (Tenerife, islas Canarias). Agosto de 1498

El fin de la conquista de las islas Canarias para la Corona de Castilla se hizo oficial en la primavera del año 1496, en la Paz de Los Realejos, donde tanto el primogénito de Beneharo como los menceyes que quedaban con vida firmaron su rendición a los conquistadores. Inmediatamente después, Alonso cumplió su promesa y todos los menceyes supervivientes —salvo Pelinor, que había contraído la enfermedad que mató a más de cinco mil guanches— acudieron a la corte a refrendar esa sumisión ante Isabel y Fernando. Los reyes los acogieron con los brazos abiertos y actuaron como padrinos de su bautismo. Por aquel motivo, por los nuevos cristianos bautizados en las Indias Occidentales, por la reconquista de Granada, por la expulsión de los judíos y por la defensa que hicieron de los intereses pontificios en Nápoles y en Sicilia, en diciembre de ese mismo año el papa valenciano Alejandro VI les concedió el título de Reyes Católicos.

El destino de los menceyes fue variado; algunos llegaron a acuerdos ventajosos para ellos y sus familias, recibiendo tierras y riquezas, mientras que otros fueron traicionados al cabo del tiempo, como los menceyes Acaymo, Romen, Pelicar o Tegueste II. Pero no solo los pertenecientes al bando de guerra terminaron así sus días.

Tras la visita a la corte, el mencey Añaterve desapareció misteriosamente. Hay quien dice que Alonso Fernández de Lugo ordenó matarlo, otros aseguran que terminó como esclavo y algunos piensan que fue el mencey regalado por los reyes a la República de Venecia, donde pasó sus últimos días borracho y siendo exhibido como una simple criatura exótica con media cara quemada.

Cuando Alonso regresó triunfal a Tenerife, Beatriz de Bobadilla ya había organizado todo lo relativo a la boda y prácticamente lo estaba esperando vestida de novia frente al altar. En los meses transcurridos desde el final de la conquista, había mandado confeccionar para la ocasión un colorido vestido de seda, y uno de los adornos que más llamó la atención de su atuendo fue un llamativo brazalete de oro con incrustaciones que nadie sabía de dónde había salido.

Después de convertirse en la señora de las islas Canarias —solo se hacía llamar reina en la intimidad por temor a las represalias de doña Isabel—, vivió una etapa de paz y tranquilidad en la enorme villa que Alonso había mandado construir en San Cristóbal de La Laguna, en el lugar exacto donde el mencey Añaterve decapitó a Bencomo y donde posteriormente, al ver que su regreso a Castilla se iba a demorar más de la cuenta, Alonso arrojó su cabeza a los guacanchas.

Durante varios años, organizaron allí orgías semejantes a las que Beatriz acostumbraba a hacer en La Gomera, y, aunque al principio a Alonso le costaba verlo con naturalidad, pronto empezó a disfrutar de aquellos momentos de desinhibición, si bien exigía misa y confesión a todos los asistentes a la mañana siguiente.

En el año 1501, por orden de los Reyes Católicos, el gobernador desembarcó en la costa africana con la misión de levantar una fortaleza en la desembocadura del río Nun, donde pasó varios años luchando contra los bereberes. Durante su ausencia, Beatriz asumió la gobernación de Tenerife y volvió a sus viejas costumbres de ilegalidades y abusos hacia la población, tantos que, en octubre de 1504, fue llamada al Palacio Real de Medina del Campo para rendir cuentas.

—Nuestros caminos vuelven a encontrarse, Beatriz...

La reina miró a su gran enemiga con un rencor que ya la acompañaría hasta la tumba. Beatriz hizo una reverencia esbozando una sonrisa complaciente, aunque doña Isabel tenía claro que la animadversión era mutua.

—Os encuentro más joven que nunca, majestad.

—A vos, en cambio, no parece haberos sentado bien ni el matrimonio con Lugo ni vuestro papel como gobernadora. Aunque supongo que tener que ayudar a vuestro esposo a contener las babas no es plato de buen gusto y por eso os mostráis tan mohína y deslucida.

—Yo diría que es a causa del largo viaje, majestad —respondió manteniendo la dignidad—. Pero agradezco vuestra preocupación.

La reina disfrutó de aquella pequeña humillación, aunque ambas sabían que todo era palabrería: a sus cuarenta y cuatro años, Beatriz mantenía casi intacta su belleza, y, si no fuera porque sería una muestra de inseguridad, la reina hablaría con el inquisidor general para que investigase si no había alcanzado algún tipo de acuerdo con el diablo que le permitiese conservar tal lozanía. Isabel, en cambio, estaba en la última etapa de la enfermedad que padecía desde comienzos del nuevo siglo y que, a pesar de tener solo cincuenta y tres años, la hacía parecer una anciana.

La reina levantó temblorosa una copa de agua y bebió con ansia, como si llevase semanas vagando por el desierto. El rencor que Beatriz sentía hacia ella desde que la obligó a casarse con Hernán Peraza el Joven cuando era solo una cría se había mitigado a lo largo de los años y le dio lástima ver a la mujer más poderosa del mundo en aquel estado. Por el contrario, Isabel la odiaba más que nunca, pues, sin la Cazadora saberlo, su infame belleza y su atractivo para los hombres habían seguido hiriéndola.

Hasta el regreso de Cristóbal Colón del tercer viaje a las Indias, el almirante y la reina Isabel no pudieron verse a solas. En octubre de 1500, debido a los problemas surgidos en la isla de La Española por la manera de administrar los bienes obtenidos en el Nuevo Mundo, el almirante, su hermano Bartolomé Colón y el hijo del descubridor, Diego Colón, fueron detenidos y trasladados a Cádiz.

—¿Qué he de hacer con vos, almirante? —le preguntó la reina cuando ordenó que lo llevasen a su presencia . No recibo más que quejas y denuncias por vuestro modo de gobernar.

—Vos mejor que nadie sabéis lo difícil que es contentar a todos, majestad.

—Solo debíais contentar a vuestros reyes y tampoco lo habéis logrado. ¿Dónde están esas riquezas que prometisteis? ¿No me dijisteis en Granada que todo cuanto invirtiese en vuestra expedición sería multiplicado por mil?

—Así es, y lo mantengo.

—¡Por el amor de Dios! —La reina se levantó irritada—. ¡No hacéis más que pedir pertrechos y hombres! ¡Y lo único que recibo son migajas! ¡Y eso por no hablar de que tratáis a los indios como esclavos, cuando yo los he nombrado súbditos de la Corona de Castilla y, por lo tanto, son hombres libres!

—Las cosas cambiarán a partir de ahora, majestad —respondió Colón—. Al fin hemos llegado a tierra firme, donde hallaremos el oro suficiente para resarcir a la Corona de Castilla. Y, en cuanto a los indios, os doy mi palabra de que recibirán mejor trato de ahora en adelante.

—Más vale que así sea y estéis en lo cierto con respecto al oro, porque, gracias a vuestras extravagancias, apenas podemos pagar las soldadas de nuestro ejército.

—Confiad en mí una vez más, os lo ruego.

Él le sonrió de tal forma que la reina sintió un escalofrío. Había soñado tantas veces con tenerlo cerca para besarlo y abrazarlo que en aquel momento dejó de ser Isabel I de Castilla para convertirse simplemente en Isabel, una mujer que llevaba batallando desde los diez años por alcanzar su destino y que no había conocido el amor más que en los primeros tiempos de su matrimonio, cuando Fernando y ella se enfrentaron a todo y a todos por estar juntos. Colón era consciente de la fascinación que despertaba en ella y se atrevió a cogerle las manos.

—Confiad en mí —repitió con voz templada—. ¿Cómo podría engañaros cuando me habéis dado todo cuanto soy? Sin vos, yo no sería más que un marinero perturbado que se pasaría la vida hablando en tabernas de puerto sobre un mundo por descubrir.

—Claro que confío en vos —respondió ella con el corazón desbocado—, pero me urgen resultados.

—Tenéis mi palabra de que de mi próximo viaje regresaré con tanto oro que no sabréis qué hacer con él.

—Y vos tenéis la mía de que, de ser cierto, haré que vuestro nombre se recuerde por los siglos de los siglos.

Cristóbal Colón se acercó a ella y la besó con delicadeza. La reina cerró los ojos, extasiada, esperando otro beso más, pero, al ver que no llegaba, lo miró con extrañeza.

—¿Por qué os detenéis? Seguid hablándome. Que vuestros labios solo se silencien para besarme.

—Corro el riesgo de enamorarme de vos y que me rompáis el corazón, majestad.

—Dudo mucho que un hombre con tanto mundo sepa lo que es sufrir por amor —contestó la reina jovial.

—Os sorprenderíais.

—¿Quién ha sido la desaprensiva?

Al escuchar su nombre en boca de Cristóbal Colón, la reina Isabel entró en cólera y lo echó a patadas de su palacio. Desde aquel día, la carrera del más importante descubridor de todos los tiempos entró en declive.

—Y bien... —dijo la reina sin molestarse en ocultar el desprecio que sentía por Beatriz—. Supongo que sabéis por qué estáis aquí.

—Por denuncias falsas, majestad.

La reina miró a su secretario y este desplegó un pergamino y comenzó a leer con voz monótona.

—En el Registro General del Sello relativo al archipiélago canario, se archivan innumerables denuncias contra la persona de doña Beatriz de Bobadilla y Ossorio, esposa del gobernador de Tenerife y La Palma, el adelantado don Alonso Fernández de Lugo. Se la acusa de no permitir la venta del excedente de grano a la vecina isla de Gran Canaria para exportarlo a mercados más beneficiosos para su persona.

—¿De veras me habéis hecho venir desde Tenerife para hablar sobre unas sacas de grano, majestad? —preguntó Beatriz con incredulidad.

—Asimismo —continuó el secretario—, se la ha denunciado por abuso de poder, maltrato a sirvientes, venta ilegal de esclavos, ejecuciones aleatorias, expropiación ilegal de tierras y cultivos y conducta indecorosa, entre otras muchas inculpaciones.

Beatriz le quitó importancia con un gesto, como si aquello no fuese con ella.

—Falsedades de todo punto. Os aseguro que las únicas ejecuciones que he ordenado han sido por despreciar a la corona y por seguir venerando a ese dios primitivo de los guanches. Aún hoy, a pesar de haber pasado casi diez años desde su muerte, quedan muchos fieles a Bencomo que adoran a Achamán, a Magec y a la diosa como se llame, que identifican con una figura de la Virgen María. Seguro que tenéis asuntos más importantes de los que ocuparos que reprenderme sin pruebas, majestad.

—Está visto que las sanciones no os afectan... ¿Recordáis que la última vez tuve que multaros con un cuento de maravedís?

—Como para olvidarlo, majestad. Gracias a ese dinero, nuestro amigo común, Cristóbal Colón, llegó a las Indias Occidentales.

La reina Isabel captó cierto tono de burla en las palabras de Beatriz y le hirvió la sangre al pensar que estaba enterada de su amor por el almirante.

—Salid inmediatamente de mi vista —dijo irritada—. Cuando haya decidido qué castigo imponeros, os lo haré saber.

La visita de aquella mujer había acabado con las pocas fuerzas que le quedaban y la reina Isabel suspendió todos sus compromisos. Se acostó y, a mitad de la siesta, se despertó teniendo claro el castigo que debía imponerle.

Aquella noche, Beatriz de Bobadilla se instaló en la casa de su infancia para aguardar la sanción de la reina. Se retiró temprano a su antigua habitación y pidió para cenar un caldo de gallina. El médico que fue a la mañana siguiente a certificar la muerte por envenenamiento de la gran señora de las islas Canarias dijo que era el cadáver más hermoso que había visto en su vida.

Al cabo de un mes, el 26 de noviembre del año 1504, la reina Isabel I de Castilla, conocida como Isabel la Católica, se despidió de su marido y de los hijos que le quedaban vivos de los siete que había parido. Tras decir testamento —en el que confirmaba a su hija Juana como heredera de sus reinos, a pesar de las serias dudas sobre su salud mental—, pidió quedarse a solas con su confesor. Ante él aseguró que se marchaba tranquila al saber que, después de su muerte, el rey Fernando no volvería a echarse en brazos de Beatriz de Bobadilla, la Cazadora. Sus últimas palabras fueron:

—Ese crapuloso habría sido capaz de convertirla en reina...

Tras perder el favor de la reina Isabel, el almirante Cristóbal Colón recuperó su libertad, pero le fueron arrebatados su prestigio y los poderes que había obtenido de la Corona de Castilla. Aun habiendo caído en desgracia, todavía haría un cuarto viaje a las Indias Occidentales en busca del tan ansiado oro, pero, tras dar tumbos durante meses por las diferentes islas y por la costa del continente en busca del paso hacia el Gran Océano, Colón, enfermo y ya sin apoyos, se vio obligado a regresar a Castilla. Falleció en Valladolid el 20 de mayo del año 1506.

Aunque muchos dijeron que había muerto arruinado, dejó en herencia a su hijo Diego una considerable fortuna.

Epílogo

Tenerife (islas Canarias). Mayo de 1525

A los pocos meses de reencontrarse madre e hija, Dácil enfermó. La princesa guerrera se consumió rápidamente y murió cuando iba a cumplir sesenta años. A pesar de ello, lo hizo con una sonrisa por haber podido disfrutar durante casi dos años de la compañía de su hija.

—No llores por mí, Nayra —le dijo antes de marcharse para siempre—. Es hora de reunirme con tu padre. Si no lo he hecho antes era porque aún le guardaba rencor por privarme de la gran batalla, pero, de no haber actuado así, tú hoy no estarías aquí. Me voy en paz y feliz de saber que quedas en buenas manos.

—La echaré mucho de menos, madre.

—Tu padre y yo te estaremos velando.

El cadáver de la princesa Dácil fue trasladado a la cueva de Magec, donde —a espaldas de las autoridades castellanas— dos embalsamadores experimentados la convirtieron en xaxo. Durante los quince días que duró el secado del cuerpo, los supervivientes de la familia del mencey Bencomo no se separaron de ella. Ancor —al que le pesaba despedirla sin haber tenido oportunidad de confesarle sus sentimientos— apareció el último día con una carreta tirada por un buey.

—Pensaba que no vendrías, Ancor —le dijo Elena.

—Tenía algo importante que hacer.

—¿Más que despedir a mi madre? —le reprochó la joven.

—El descanso de tu madre no sería completo si él no la acompañase —respondió mientras descubría la parte trasera de la carreta.

Todos miraron estupefactos el xaxo de Dailos, al que Dácil había ordenado embalsamar en secreto después de la batalla de

La Laguna y ocultar en la galería más recóndita de una gruta que solo Ancor y ella conocían. Introdujeron las dos momias en la cueva de Magec y, tras dejar que sus familiares se despidiesen de ellas, sellaron para siempre la entrada y la estrecha abertura de la bóveda.

Elena aceptó la invitación de su tía Idaira y de su prima Nelyda de ir a vivir con ellas a Tacoronte, pero a las pocas semanas dijo que necesitaba recorrer sola algunos de los rincones de la isla de los que le había hablado su madre y se marchó. El 15 de mayo de 1525, llegó a San Cristóbal de La Laguna.

Al morir Beatriz de Bobadilla, Alonso Fernández de Lugo pactó su unión con la cuñada del duque de Medina Sidonia, pero las negociaciones se estancaron y aquel matrimonio nunca llegó a celebrarse. Aún pasó algunos años sirviendo a la Corona de Castilla en labores de conquista en África, hasta que en 1514 decidió dejar la vida activa y casarse con Juana de Massiéres, una dama de origen francés con la que engendró dos hijas.

Así como con los hijos de su primer matrimonio con Violante de Valdés —Pedro, Fernando y Beatriz— jamás tuvo demasiada cercanía, Constanza y Luisa enseguida se convirtieron en las niñas de sus ojos. Por primera vez desde que perdió al amor de su vida, sintió que estaba dispuesto a morir por alguien.

—Niñas, no os entretengáis —les dijo en tono afable—. Vuestro padre es el gobernador y tiene obligaciones.

A Alonso le encantaba pasear por el mercado todas las mañanas junto con sus hijas, a las que los comerciantes agasajaban con mazapanes, hojaldres y todo tipo de frutas bañadas en miel. Una escolta de media docena de hombres armados con lanzas, espadas y arcabuces vigilaban que nadie se les arrimase con malas intenciones, ya que sobre toda la familia pendía la amenaza de muerte de guanches rebeldes que seguían viviendo en las montañas, fieles a las creencias de sus antepasados.

A sus setenta años, Alonso seguía siendo un hombre activo y especialmente sensible a la belleza femenina. Por eso, lo que sintió la primera vez que su mirada se encontró con la de aquella joven rubia de ojos claros fue muy parecido a lo que le provocaba su amada Beatriz. El tercer día que la vio comprando en un puesto de fruta, decidió acercarse.

—¿Nos conocemos?

—Yo a vos, por supuesto, gobernador —respondió ella haciendo una leve reverencia.

—Partís con ventaja entonces. ¿Vuestro nombre es?

—Leonor... Leonor Alborx Fabra. Del reino de Valencia.

—¿Qué hacéis tan lejos de vuestra tierra, Leonor?

—Hace varios años, después del fallecimiento de mi padre, vine a atender unos negocios, pero me he enamorado y ya no hay quien me mueva de aquí.

—¿Conozco al afortunado?

—Me temo que no me habéis entendido, gobernador. De lo que me he enamorado es de la isla. De momento, no hay ningún hombre en mi vida.

Cuando ella le sonrió y bajó la mirada con una mezcla de timidez y picardía, Alonso se excitó como hacía años que no lo hacía. Aprovechando que su esposa se hallaba en su país atendiendo asuntos familiares, insistió en invitarla a cenar aquella misma noche en su palacete.

—Confío en que os guste el buen vino —dijo llenándole la copa una vez que el servicio y la escolta del gobernador los habían dejado solos.

—¿A quién no? El problema es que, si bebo más de la cuenta, pierdo la cabeza, gobernador —respondió Elena con fingida timidez.

—Llamadme Alonso.

Elena aceptó con una sonrisa y, en esa ocasión, fue ella quien le rellenó la copa. Dejó que le hablase sobre sus triunfos y sus conquistas, hasta que, después de un rato aguantando su nauseabundo aliento, sus babas cayéndole por el lateral de la boca ya sin control ninguno y sus manos toqueteándola cada vez con menos pudor, cuando vio que Alonso ya estaba lo suficientemente borracho, la muchacha volvió a levantar su copa.

—Quiero proponer un brindis.

—Faltaría más, pimpollo. ¿Por qué queréis brindar?

—Por una mujer a la que vos tratasteis hace años.

—Ah, ¿sí? —preguntó él con curiosidad—. ¿Quién?

—Vos la conocisteis como Ana, yo como la Tuerta..., pero su verdadero nombre era Gara, madre de Hucanon.

A Alonso le mudó el semblante.

—¿Qué estáis diciendo? ¿Quién sois vos?

—Disculpad, pero confieso que os he dicho una mentirijilla. Mi nombre no es Leonor, sino Nayra, nieta del mencey Bencomo, hija de la princesa Dácil y de vuestro querido Gonzalo del Castillo.

Alonso abrió mucho los ojos y se dispuso a pedir ayuda, pero ella saltó sobre él con un cojín en las manos y se lo sujetó contra la cara con todas sus fuerzas. La edad del gobernador, sumada a la ingesta de alcohol de aquella noche, facilitó la tarea.

Cuando dejó de luchar, Elena retiró el cojín y escupió sobre el cadáver de Alonso Fernández de Lugo como le había pedido Gara, la madre de Hucanon, justo antes de ser despedazada por los perros de Daniel Lavilla.

Nota del autor

Como muchos de vosotros, yo también había oído hablar en alguna ocasión de los guanches, pero solo sabía que eran aborígenes canarios, sin tener claro su origen, su forma de vida ni mucho menos su destino. No fue hasta el año 2018 cuando, después de leer una noticia sobre las momias guanches, me empecé a interesar por esa cultura. Aquel mismo verano, tras consultar algunos libros y artículos que me creaban más dudas que certezas, mi pareja y yo decidimos pasar las vacaciones en Tenerife. Nuestro objetivo principal era ir a la playa y descansar, pero también nos reservamos algunas jornadas para visitar el Museo de Naturaleza y Arqueología, ver la réplica de la diosa Chaxiraxi en la basílica de Candelaria, pasear por La Victoria y La Matanza de Acentejo, y buscar la cueva del famoso mencey Bencomo. En ese momento, decidí que contaría la historia de aquella gente de la que por desgracia hoy muy pocos se acuerdan.

Todos los sucesos, fechas, batallas y la mayoría de los personajes que aparecen en *Los nueve reinos* son reales, pero debo aclarar que buena parte de la vida personal de los protagonistas, así como algunos de los hechos relatados, son ficción. Los hermanos Bencomo y Tinguaro existieron y lideraron a los guanches libres contra las tropas de Alonso Fernández de Lugo; sin embargo, Hucanon y su madre son producto de mi imaginación. Tampoco hay pruebas de la existencia de desertores castellanos que luchasen del lado de los aborígenes en la batalla final de La Laguna ni de que la muerte de Bencomo sucediese en esa misma batalla a manos de Añaterve.

Las costumbres guanches, la religión y las relaciones entre los distintos menceyatos fueron descritas casi un siglo después de la conquista por fray Alonso de Espinosa en su obra *Del origen y milagros de la Santa Imagen de Nuestra Señora de Candelaria*

(1594), dividida en cuatro tomos que tratan diferentes aspectos de la historia guanche; por Gonzalo Argote de Molina en su *Historia de las islas Canarias* (1596), obra inacabada a causa de su muerte y plagiada años después por un inexistente fray Juan de Abréu Galindo; por Leonardo Torriani en *Descripción e historia del reino de las islas Canarias*; en los poemas de Antonio de Viana, a quien se atribuye la invención de algunos de los nombres guanches que han llegado hasta nuestros días; por José de Viera y Clavijo en *Noticias de la historia general de las Islas de Canaria* (1772), o incluso más tarde aún, a finales del siglo xix, por Juan Bethencourt Alfonso en su *Historia del pueblo guanche*.

Es evidente que esta bibliografía tan tardía, basada en la tradición oral, contaminó en gran medida la realidad, y a eso hay que sumarle los intereses de diversa índole que transforman el relato al gusto de cada cual: unos aseguran con vehemencia que los guanches eran la viva imagen de la felicidad y que habitaban su isla en armonía con sus congéneres y con la naturaleza hasta que llegaron los malvados castellanos, mientras que a otros les conviene más decir que se trataba de salvajes con costumbres primitivas que llevaban a cabo recurrentes sacrificios humanos y que estaban en constante guerra entre ellos. Es indudable que el canario en general fue un pueblo masacrado y esclavizado, pero también se sabe que, antes de la llegada de los invasores, la desigualdad social estaba generalizada y las muertes violentas o los sacrificios humanos eran más comunes entre los guanches que entre sus pueblos contemporáneos, evidenciando el alto grado de violencia existente en Tenerife.

La separación entre los menceyatos del norte de la isla liderados por Bencomo y los del sur liderados por Añaterve tampoco escapa de la controversia; para muchos, Añaterve fue un traidor a su pueblo y Bencomo el héroe, mientras que para otros Añaterve solo pretendía salvar a su gente de la aniquilación y Bencomo era un loco que los empujó a una guerra que no podían ganar.

Mi recomendación es que quien desee profundizar en estas cuestiones y en algunas más que puedan surgirle recurra a ensayos, crónicas y artículos de investigación, con especial atención a los trabajos del profesor Alfredo Mederos.

El motín a bordo del barco romano que relato al inicio de esta novela es una teoría de cosecha propia, ya que ni los expertos se ponen de acuerdo sobre la llegada de los guanches al archipiélago canario, y algo semejante sucede con la figura de la diosa Chaxiraxi, cuya aparición en las costas de Güímar sí se documenta, pero nadie sabe con certeza de dónde salió, o en todo lo relativo a las funciones de las harimaguadas a su servicio.

La vida de Beatriz de Bobadilla sí está bastante ajustada a la realidad historiográfica, incluyendo su fogosidad sexual y su crueldad. También se da por bueno que, debido a sus amoríos con Fernando de Aragón primero y con Cristóbal Colón más tarde, se granjeó la eterna enemistad de la reina Isabel de Castilla. Muchos historiadores defienden que fue la reina Isabel quien ordenó su muerte en Medina del Campo en 1504 por el odio y los celos que sentía hacia una mujer tan bella, bajo cuyo hechizo también cayó Alonso Fernández de Lugo. Así pues, por la cama de la Cazadora realmente pasaron al menos tres de los hombres más importantes de su época.

Por último, la historia de Elena, la esclava guanche de Valencia, es ficción, aunque la época en la que la sitúo y los acontecimientos que se suceden están debidamente documentados. Sin embargo, sí hay constancia de que algunos familiares del mencey Bencomo fueron esclavizados y llevados a la Península, así que ¿quién sabe si una de sus nietas regresó treinta años después para intentar vengar a su pueblo?

Os ruego que toméis *Los nueve reinos* como una historia de ficción, aunque si indagáis un poco os daréis cuenta de que hay mucha más verdad oculta entre estas páginas de la que inicialmente os podríais imaginar. Espero que la hayáis disfrutado.

SANTIAGO DÍAZ

Glosario de términos guanches

Achamán: dios supremo.
achicasnai: casta más baja de la sociedad guanche, formada por carniceros, verdugos y embalsamadores.
achimencey: familiar directo de los menceyes.
Achinet: Tenerife.
añepa: bastón de madera que identificaba al mencey.
banot: lanza.
bucio: caracola marina que emite un potente sonido al soplarla.
chacerquen: especie de miel obtenida de la yoya, fruto del mocán.
Chaxiraxi: diosa, madre del sol.
Echeyde: Teide.
gánigo nupcial: cuenco de barro del que los novios bebían durante la ceremonia.
gofio: pasta elaborada a base de harina, principal alimento de los guanches.
guacanchas (también conocidos como tibicenas): perros salvajes que sirven a Guayota, el espíritu del mal.
guanarteme: mencey de Gran Canaria.
guañameñe: sumo sacerdote.
Guayota: espíritu maligno que habita dentro del volcán.
harimaguada: sacerdotisa dedicada al cuidado de la diosa Chaxiraxi.
Magec: dios del sol.
mencey: rey de cada uno de los nueve cantones.
sunta: arma parecida al garrote.
tagoror: lugar de reunión.
tamarco: vestido típico guanche, hecho de piel.
tibicenas: *ver* guacanchas.
xaxo: momia.

xercos: calzado guanche.
yoya: fruto del mocán.
zigoñe: consejero de los menceyes.

Cronología

Entre los siglos III y I a. C.: pueblos bereberes llegan a las islas Canarias.

1312: Lanceloto Malocello llega a Lanzarote.

1350-1391: una comunidad franciscana se establece en Telde (Gran Canaria).

1393 (rebelión aborígenes canarios): aparición de la Virgen de la Candelaria en la playa de Güímar.

1402-1405: inicio de la conquista de Lanzarote, El Hierro y Fuerteventura por Jean de Bethencourt y Gadifer de La Salle.

1443:* nacimiento de Bencomo.

1447: llegada de Hernán Peraza el Viejo a las islas. Muerte de su hijo Guillén al intentar llevar a cabo una razia en La Palma.

1447: nacimiento de Tinguaro.

1448: boda de Diego García de Herrera e Inés Peraza.

1450: conquista de La Gomera. Peraza lucha con los portugueses por la posesión de las islas conquistadas.

1452: muerte de Hernán Peraza el Viejo. Diego de Herrera e Inés Peraza litigan hasta conseguir la titularidad de las cuatro islas menores.

1454: llegada de Diego García de Herrera a las islas.

1455: nacimiento de Alonso Fernández de Lugo.

1460: nacimiento de Beatriz de Bobadilla, apodada la Cazadora.

1461 (agosto): acta de posesión de Gran Canaria por Diego de Herrera.

1464 (junio): Acta del Bufadero. Diego de Herrera construye la torre de Añazo.

---

* Algunos historiadores sostienen que nació en 1425, pero resulta extraño que, durante la conquista, estuviese batallando y dirigiendo a las tropas con más de setenta años.

1465: Bencomo es elegido mencey de Taoro.

1475: boda de Alonso Fernández de Lugo con Violante de Valdés y Gallinato.

1476: demolición de la torre de Añazo.

1477: Isabel y Fernando toman para sí el derecho de conquista de Tenerife, Gran Canaria y La Palma.

1478: inicio de la reconquista de Gran Canaria por Juan Rejón con Alonso Fernández de Lugo a su mando. Los reyes de Castilla sustituyen a Rejón por Pedro de Algaba, al que ejecuta el propio Rejón.

1480: Rejón es detenido y se queda al mando Pedro de Vera. Cae Doramas, líder de los aborígenes canarios.

1482: llegada de Hernán Peraza el Joven (hijo de Diego de Herrera e Inés Peraza). Alonso Fernández de Lugo, a sus órdenes, captura al rey aborigen Tenesor Semidán, que es enviado a Castilla y bautizado como Fernando Guanarteme, desde entonces fiel aliado de los conquistadores.

1482: boda de Hernán Peraza el Joven y Beatriz de Bobadilla.

1488: rebelión de los gomeros. Muerte de Hernán Peraza el Joven, marido de Beatriz de Bobadilla.

1493: Alonso Fernández de Lugo obtiene de los reyes de Castilla los derechos de conquista sobre La Palma y Tenerife.

1493: Alonso Fernández de Lugo conquista La Palma casi sin resistencia.

1492: descubrimiento de América.

1494 (abril): primer encuentro de Alonso Fernández de Lugo con el mencey Bencomo. Inicio de la conquista de Tenerife.

1494: derrota castellana en la primera batalla de Acentejo.

1495: Alonso Fernández de Lugo reconstruye la torre de Añazo.

1495 (noviembre): batalla de La Laguna. Mueren Bencomo y Tinguaro.

1495 (diciembre): derrota final de los guanches, dirigidos por Bentor. La victoria de Acentejo.

1496 (enero): suicidio de Bentor lanzándose desde los altos de la ladera de Tigaiga.

1496: los reyes Isabel y Fernando reciben el título de Reyes Católicos.

1498: boda de Alonso Fernández de Lugo y Beatriz de Bobadilla.
1504: muerte de Beatriz de Bobadilla.
1504: muerte de la reina Isabel la Católica.
1525: muerte de Alonso Fernández de Lugo.

Agradecimientos

La escritura de esta novela ha sido posible gracias a la ayuda de muchas personas, empezando por los innumerables historiadores, arqueólogos y escritores que han traído hasta nuestros días los secretos de la cultura guanche. Gracias también a Patricia, que me ha acompañado y me ha animado desde la primera vez que le hablé de los antiguos aborígenes canarios. Ella ya la veía como mi mejor novela antes incluso de que escribiese la primera palabra.

Gracias a todo el equipo de Penguin Random House, desde la primera hasta el último, que me ha acompañado durante este largo proceso. A Pilar Reyes, María Fasce, Ilaria Martinelli y Jaume Bonfill, por creer en esta historia y darme la oportunidad de escribirla. A Maya Granero y a José Luis Rodríguez por ayudarme a corregirla, y a dirección, edición, diseño, comunicación, marketing, contabilidad, jurídico, distribución, comercial..., gracias porque todos sois imprescindibles para que una novela llegue a los lectores.

Gracias a Justyna Rzewuska por seguir cuidando de mí, a Katherin K. por sus consejos y a todos los que habéis resuelto mis innumerables dudas (Francis de San Miguel de Abona, Alejandro y Ayoze de Tenerife Noir, María Yurena de La Victoria de Acentejo, Fernando Barriales...).

Gracias a mis primeros lectores por vuestras sugerencias y consejos (Jorge, Antonio, Juanchi, Juanjo, Dani, Pollo, Juan Tranche, Jorge y Mabel, Perico, Loli y el señor Dispensario...). Por último, gracias a todos mis lectores por seguir estando ahí. No me cansaré de deciros que, si os ha gustado esta historia, recomendarla en vuestras redes sociales y en vuestro círculo más cercano es el mayor favor que podríais hacerme.

¡Muchas gracias y hasta pronto!

Santiago Díaz
Instagram: @santiagodiazcortes
Twitter (X): @sdiazcortes

573

Este libro se terminó
de imprimir en
Móstoles, Madrid,
en el mes de
mayo de 2024